KB106725

Read on for an essay by and interview with
Viet Thanh Nguyen, author of The Sympathizer.

The article first appeared in the New York Times
Sunday Review Opinion pages,
April 24, 2015.

The Q&A first appeared in the Asian American Writers' Workshop's

THE SYMPATHIZER

VIET
THANH
NGUYEN

비엣 타인 응우옌
장편 소설

김희용 옮김

민음사

차례

1장

나는 스파이, 고정간첩, CIA 비밀 요원, 두 얼굴의 남자입니다. 아마 그리 놀랄 일도 아니겠지만, 두 마음의 남자이기도 합니다. 만화책이나 공포 영화에 흔히 나오는, 편견에 시달리는 돌연변이 괴물은 아닙니다. 어떤 이들은 나를 그런 존재로 취급하기도 했지만 말입니다. 나는 그저 모든 문제를 양면의 관점에서 생각해 볼 수 있을 따름입니다. 이것이 일종의 재능이라고 자부하기도 합니다. 대수롭지 않은 특징이라는 점은 인정합니다만, 이거야말로 내가 내세울 수 있는 유일한 재능일 테니까요. 그러다 가끔 왜 내가 세상을 이런 식으로밖에 볼 수 없는지 곰곰이 생각할 때면, 이걸 과연 재능이라고 부를 만한가 자문해 보기도 합니다. 어쨌든, 재능이란 사람이 사용하는 어떤 특성이지, 사람을 사용하는 기술은 아니니 말입니다. 사용하지 않고는 견딜 수 없는 재능, 사람을 지배하는 재능, 이는 오히려 위험을 불러들이는 요소임을 나는 실토할 수밖에 없습니다. 하지만 이 자술서가 시작되는 달에는, 내가 세상을 바라보는 방식이 아직은 위험 요소라기보단 장점으로 보였습니다. 어떤 것들은 그런 식으로 모습을 드러내게 마련이지요.

문제의 그달은 4월, 가장 잔인한 달*이었습니다. 아주 오랫동안 쉼 없이 줄달음치던 전쟁이 팔다리를 모두 잃을 지경이 된 시기이기도 했습니다. 대개의 전쟁이 그렇듯 말입니다. 그것은 우리의 작은 세상에 속한 모든 사람들에게는 전부를 의미했지만, 나머지 세계에 속한 대다수 사람들에게는 아무 의미도 없는 달이었습니다. 전쟁이 끝난 달이자 무언가가 시작된 달이기도 했는데……. 음, '평화'는 그리 적절한 말이 아니네요. 안 그런가요, 경애하는 소장님? 그것은 내가 5년을 살던 빌라의 담장, 갈색 유리 파편이 반짝이고 꼭대기에는 녹슨 가시철조망을 두른 담장 뒤에 숨은 채 모든 것이 지나기를 기다린 한 달이었습니다. 빌라에는 나만의 방이 있었는데, 이 수용소에 나만의 방이 있는 것과 매한가지였지요. 소장님. 물론 내 방의 정식 명칭은 '독방'이고, 소장님은 지금껏 내게 날마다 청소하러 오는 가정부 대신 청소는 일절 하지 않는 앳된 얼굴의 보초를 보내주셨지요. 하지만 불평은 아닙니다. 청결은 내가 이 자술서를 쓰는 단 하나의 전제조건은 아니니까요.

장군의 빌라에선 밤에는 충분히 사생활을 누렸지만 낮에는 좀처럼 그럴 수 없었습니다. 나는 휘하 장교들 가운데 장군의 사저에 거

---

*   영국 시인 T. S.엘리엇의 시 「황무지(The Waste Land)」의 한 구절인 "4월은 가장 잔인한 달(April is the cruelest month.)"에서 따온 표현이다.

주하는 단 한 사람, 참모진 중 유일한 총각, 신뢰 받는 부관이었습니다. 아침마다 내가 차에 장군을 태워 지척에 있는 사무실로 데려다 주기 전, 우리는 함께 아침 식사를 하면서 티크 식탁 한쪽 끝에서 긴급 공문들을 분석하곤 했습니다. 그동안 장군의 아내는 반대편 끝에서 가정교육을 잘 받은 열여덟 살, 열여섯 살, 열네 살, 열두 살짜리 네 자녀를 감독했습니다. 미국에서 유학 중인 딸을 위한 자리 하나는 비워 둔 채로요. 모든 사람이 끝을 두려워하지는 않았을지 몰라도, 장군은 유독 눈에 띌 정도로 그랬습니다. 그는 마른 몸집에 흠잡을 데 없는 자세를 취하는 남자로, 수많은 훈장을 정말로 받을 만하여 받은 노련한 역전의 용사였습니다. 포탄 파편과 총탄에 손가락과 발가락 도합 세 개를 잃어 손가락 아홉 개와 발가락 여덟 개가 남았을 뿐이었는데도, 그의 왼발이 어떤 상태인지는 가족과 절친한 친구들만 알았습니다. 그는 가슴에 품은 야망이 좌절된 적이 거의 없는 사내였습니다. 어떻게든 훌륭한 부르고뉴 포도주 한 병을 구해서, 포도주 잔에 얼음덩어리를 넣어 마실 만큼 어리석지 않은 친구들과 그것을 마시고 싶다는 바람을 제외하고는요. 쾌락주의자이자 기독교도였고, 식도락과 하느님, 아내와 아이들, 그리고 프랑스인들과 미국인들을 신봉하는 사람이었습니다. 장군의 견해로 그들은 우리의 남쪽 동포들 가운데 일부와 북쪽 동포들을 홀린 저 다른 외국인 스벵갈리*들, 다시 말해, 카를 마르크스, 블라디미르 일리치 레닌, 마오쩌둥

---

*　조르주 뒤 모리에의 소설 『트릴비』의 등장인물. 여주인공 트릴비를 최면술로 조종하여 최고의 가수로 만드는 음악가로, 다른 사람의 마음을 조

주석보다 우리에게 훨씬 나은 가르침을 주었다고 합니다. 이 현자들의 글을 어느 한 대목, 단 한 번도 읽어본 적 없으면서! 장군의 부관이자 정보부 위관 장교로서 내 일은 그에게, 가령 『공산당 선언』이나 『마오쩌둥 어록』에 관한 일종의 커닝 페이퍼를 제공하는 것이었습니다. 적의 사상에 관한 지식을 증명할 기회를 찾아내는 건 그의 몫이었고요. 장군이 특히 좋아한 것은 레닌의 질문이었는데, 필요할 때면 언제든 도용했습니다. 꽉 쥔 주먹으로 적당한 테이블을 쾅쾅 치며 말하곤 했지요. 제군들, 무엇을 해야 할 것인가?* 장군에게 사실은 니콜라이 체르니셉스키**가 동명 소설에서 이미 같은 질문을 던졌다고 지적하는 건 무의미해 보였습니다. 오늘날 체르니셉스키를 기억하는 사람이 몇이나 되겠습니까? 중요한 사람은 바로 레닌이었습니다. 무엇을 해야 할 것인가라는 질문을 택해서 자신의 캐치프레이즈로 만든 활동가 말입니다.

여느 4월보다도 더 잔인한 이번 4월에 무엇을 해야 할 것인가라는 질문에 맞닥뜨리자, 늘 뭔가 할 일을 찾아내던 장군도 더 이상은 그러지 못했습니다. 문명화 사명***과 미국의 방식을 신봉하던 사람이

* 종해 나쁜 짓을 하게 하는 힘을 지닌 사람을 일컫는 말로 주로 사용된다. 레닌이 1902년 발표한 소책자 『무엇을 해야 할 것인가?』의 제목. 마르크스주의 당의 원칙과 조직이론을 구체화한 책.
** 러시아의 소설가. 그의 소설에 감명을 받은 레닌이 제목을 차용하여 소책자의 제목으로 삼았다고 한다.
*** 18세기 후반에서 19세기 초반, 프랑스가 효과적인 식민 지배를 도모하며, 열대 토착민을 타자화하는 과정에서 성립된 개념으로, 간단히 말해 서구가 비서구를 문명화해야 한다는 의미이다.

마침내 불신이라는 벌레에 물리고 만 것입니다. 그는 별안간 불면증에 걸리더니, 말라리아 환자처럼 푸르스름한 빛이 도는 창백한 얼굴로 빌라를 배회하는 버릇이 생겼습니다. 몇 주 전, 3월에 우리 측 북부 전선이 붕괴된 이후 그는 줄곧 내 사무실 문간이나 빌라의 내 방에 불쑥 나타나, 비관적인 소식을 띄엄띄엄 전했습니다. 자넨 그걸 믿을 수 있겠나? 장군이 이렇게 다그치듯 물으면, 나는 둘 중 한 가지 답변을 했습니다. 아닙니다, 장군님! 혹은, 말도 안 됩니다! 우리는 쾌적하고 경치가 아름다운 커피 산지 반메투옷*을, 고원지대에 자리 잡은 내 고향을 3월 초에 빼앗겼다는 사실을 믿을 수가 없었습니다. 우리는 우리 대통령 티에우**가, 부디 이 이름을 입 밖에 내는 걸 허락해 주시길 바랍니다만, 뚜렷한 이유도 없이 그 고지대를 방어하던 우리 군에게 퇴각을 명했다는 사실을 믿을 수가 없었습니다. 다낭과 나트랑이 함락되었다거나, 탈출하려고 바지선이며 보트 위에서 저마다 필사적으로 드잡이하는 민간인들의 등에 우리 군대가 총격을 가해 수천 명이 죽었다는 사실을 믿을 수가 없었습니다. 아무도 없이 혼자 사무실에 있을 때면, 나는 이런 보고서들을 착실하게 사진으로 찍었는데, 내 통제관인 만(Man)이 만족스러워 할 내용들이었습니다. 보고 내용은 정권이 결국 무너질 수밖에 없음을 알리는 징후로, 거기에 만족한 나도 이 불쌍한 사람들의 곤경에는 마음이 아플 수밖에 없었

---

* 　부온마투옷이라고 부르기도 하는 닥락 주의 주도.

** 　응우옌 반 티에우. 남베트남의 군인이자 정치가. 1967년에서 1975년까지 대통령으로 재직하다가 함락 직전 사이공을 떠나 망명했다.

습니다. 그들을 동정하는 게 정치적으로는 올바르지 않겠지만, 살아 계셨다면 내 어머니도 그들 가운데 하나였을 겁니다. 어머니는 불쌍한 분이었으며, 나는 그분의 불쌍한 아이였습니다. 불쌍한 사람들에게 전쟁을 원하는지 묻는 사람은 아무도 없습니다. 마찬가지로 이 불쌍한 사람들에게 연해상에서 탈수증과 저체온증으로 죽고 싶은지, 혹은 자국 군인들에게 약탈과 강간을 당하길 원하는지 묻는 사람도 없습니다. 이미 사망한 수천 명이 아직 살아 있다면, 자신들이 이런 식으로 죽게 되리란 사실을 믿으려 하지 않았을 겁니다. 미국인들이, 우리의 친구이자 후원자이자 보호자들이 자금을 더 보내달라는 우리의 요청을 일축했다는 사실을 우리가 도저히 믿을 수 없었던 것과 마찬가지로요. 게다가 그 자금으로 우리가 뭘 했겠습니까? 바로 그 미국인들이 우리에게 무상으로 제공하던 탄약, 휘발유, 각종 무기용 예비 부품, 비행기, 탱크를 사들이는 거였습니다. 그들은 우리한테 주삿바늘을 줘 놓고, 이제 와서는 심술궂게도 마약을 더 이상 공급하지 않았던 겁니다.(장군은 이렇게 투덜거렸습니다. 공짜보다 더 비싼 물건은 없는 법이지.)

논의와 식사를 마치고 내가 장군의 담배에 불을 붙이면, 그는 손가락 사이에서 서서히 타들어가는 러키 스트라이크의 연기를 빨아들이는 것도 잊어버린 채 허공을 빤히 바라보았습니다. 4월 중순, 그가 담뱃재에 뜨끔 하고 데면서 몽상에서 깨어나 입 밖에 내서는 안 되는 한마디를 토해내자, 부인이 킥킥대며 떠드는 아이들을 침묵시키고 이렇게 말했습니다. 당신이 너무 오래 기다리면 우린 빠져나가지 못할 거예요. 당장 클로드에게 비행기를 보내 달라고 해요. 장군은 부인의 말을 못 들은 척했습니다. 그녀는 아이 다섯을 낳은 후에도 여전히 주판을 튕기는 듯한 사고방식, 훈련교관의 척추, 처녀의 몸을 지니고 있었습니다. 그녀의 이 모든 요소는 보자르 양식*에 숙달된 우리 화가들이 가장 은은한 색조의 수채 물감으로 붓질해 가장 어렴풋한 모습으로 그려넣도록 영감을 불어넣는 저 외모들 중 하나에 감싸여 있었습니다. 요컨대, 그녀는 이상적인 베트남 여성이었습니다. 장군은 늘 이런 행운을 고맙게 여기면서도 두려워했습니다. 그가 그슬린 손가락 끝을 주무르며 나를 쳐다보고 말했습니다. 클로드에게 비행기를 요청할 때인 것 같군. 나는 장군이 손상된 손가락을 다시 살피기 시작하자 부인을 힐끗 쳐다보았는데, 그녀는 그저 한쪽 눈썹을 추켜올릴 뿐이었습니다. 나는 이렇게 말했습니다. 좋은 생각입니다, 장군님.

클로드는 가장 믿을 만한 미국인 친구로, 우리는 정말 허물없는 사이였고, 그래서 한번은 클로드 자신이 16분의 1만큼 흑인이라는 비밀을 내게 털어놓은 적도 있었습니다. 똑같이 테네시 버번에 곤드레만드레 취한 채로 내가 말했습니다. 아, 왜 당신 머리가 검은색인지, 왜 당신이 햇볕에 잘 그을리는지, 왜 당신이 우리 중 하나인 것처럼 차차차를 출 수 있는지가 그걸로 설명되는군요. 그가 말하더군요. 베토벤도 16분의 1만큼은 흑인 혈통이었어. 뒤이어 제가 말했습니

---

*   '순수미술'을 가리키는 프랑스어로, 특히 프랑스의 에콜 데 보자르에서 주류를 이룬 고전주의 양식을 가리킨다.

다. 어떻게 당신이 「생일 축하 노래」를 그렇게 정확한 음으로 부를 수 있는지가 그걸로 설명되네요. 우리는 20년 넘게 알고 지냈습니다. 클로드가 1954년에 난민선에서 나를 발견하고 내 재능을 알아본 이후로 줄곧 말입니다. 나는 당시 영어를 제법 익힌 조숙한 아홉 살짜리였는데, 어느 선구적인 미국인 선교사에게서 그 언어를 배웠습니다. 클로드는 아마도 난민 구호 일을 했을 겁니다. 지금은 미국 대사관에서 일하고 있고, 표면적으로는 전쟁에 찌든 우리 나라에서 관광 개발을 촉진하는 임무를 맡았습니다. 소장님도 짐작하시다시피 이는 하면 된다는 미국인의 정신에서 비롯된, 땀으로 흠뻑 젖은 손수건에서 가능하면 마지막 한 방울까지 모조리 짜낼 것을 요구하는 일이었습니다. 사실 클로드는 거슬러 올라가자면 프랑스가 여전히 제국을 다스리던 시절부터 현재까지 계속 이 나라에서 암약하던 CIA 요원이었습니다. 당시에, 그러니까 CIA가 OSS*이던 시절, 호찌민**은 프랑스인들과 벌이는 싸움에서 그들이 우리를 도와주리라 기대했습니다. 심지어 그는 우리 나라 독립선언서에 미국 건국의 아버지들이 한 말을 그대로 인용했지요.*** 호 아저씨의 적들은 그가 한 입으로 두 말

* 전략 사무국(Office of Strategic Services). 1941년 창설된 제2차 세계 대전 당시 미국의 정보기관. CIA의 전신.
** 본명 응우옌 텃 타잉. 베트남의 혁명가이자 정치가. 인도차이나 공산당을 창설하여 베트남의 독립운동을 이끌었다. 베트남 민주 공화국의 초대 대통령.
*** 2차 세계 대전 이후 호찌민은 미국의 독립선언서를 기초로 해서, 다음과 같은 내용이 포함된 베트남의 독립선언서를 발표한 바 있다. "우리들은 다음과 같은 것을 자명한 진리라고 생각한다. 즉, 모든 사람은 평등하

을 했다고들 하지만, 클로드는 그가 양쪽 면을 동시에 본 거라고 믿었습니다. 나는 복도를 따라 장군의 서재보다 더 안쪽에 있는 내 사무실에서 클로드에게 전화를 걸어, 장군이 모든 희망을 잃었음을 영어로 알려주었습니다. 클로드는 베트남어가 서툴렀고 프랑스어는 더 서툴렀지만, 영어는 탁월했습니다. 내가 이 점을 지적하는 이유는, 미국인들이라고 다 그렇진 않기 때문입니다.

　내가 말했습니다. 다 끝났어요. 클로드에게 그렇게 말하자, 마침내 진짜로 다 끝난 것 같은 생각이 들었습니다. 나는 클로드가 이의를 제기하면서 미국 폭격기들이 아직도 상공을 메우고 있을지 모른다거나 미국 공수 정찰 부대가 우리를 구출하러 곧 무장 헬리콥터를 타고 올 거라고 주장할지도 모르겠다고 생각했지만, 클로드는 나를 실망시키지 않았습니다. 내가 뭘 보내 줄 수 있을지 알아볼게. 멀리 수화기 너머로 웅얼거리는 목소리들이 들리는 가운데 그가 말했습니다. 나는 대사관이 혼란에 빠졌고, 텔레타이프들이 마구 열기를 내뿜으며 사이공과 워싱턴 사이에 다급한 전신이 오가고, 직원들은 한숨 돌릴 틈도 없이 일하며, 패배의 두려움이 너무도 얼얼해서 에어컨마저 압도할 지경일 거라고 짐작했습니다. 클로드는 기질이 성마른 사람들에게 둘러싸였을 때도 침착했고, 여기서 아주 오래 살아서인지 습도 높은 열대 지방 날씨에도 땀을 거의 흘리지 않았습니다. 그는 어둠 속에서 상대에게 몰래 다가갈 수는 있었지만, 우리 나라에서

　　게 태어났고, 조물주는 몇 개의 양도할 수 없는 권리를 부여했으며, 생존, 자유, 행복의 추구 등이 바로 그 권리이다."

15

그가 남의 눈에 띄지 않는 건 불가능했습니다. 그는 비록 지적이기는 했지만 유별나게 미국인 티가 나는 부류로, 노를 저어 선원들을 건네주며, 크고 단단한 알통을 불끈거리는 근육질 유형이었습니다.* 학구파들이 창백하고 근시인 데다 왜소한 경향이 있는 데 반해, 클로드는 6피트 2인치의 키에 시력이 완벽한 데다, 매일 아침 눙족** 하인을 등위에 앉혀 놓은 채 팔굽혀펴기 200개를 하며 몸매를 유지했습니다. 시간이 나면 책을 읽었고, 빌라를 방문할 때면 늘 한 권을 겨드랑이에 끼고 있었습니다. 며칠 후 찾아왔을 때 그는 리처드 헤드의 문고판 서적 『아시아의 공산주의와 동양적인 파괴 방식』***이라는 책을 가지고 있었습니다.

그 책은 나에게 주는 선물이었습니다. 반면 장군은 잭 대니얼스 한 병을 받았는데, 만약 선택권이 주어졌다면 나는 주저 없이 후자를 택했을 것입니다. 그럼에도 나는 헤드의 책 표지를 주의 깊게 읽어 보았는데, 흥분한 키득거림 같은 추천 문구들을 쓴 당사자가 국방부 장관 두 사람과, 실상을 알아내기 위해 두 주 동안 우리 나라를 방문했던 어느 상원의원과, 찰턴 헤스턴이 연기한 모세를 본떠서 발음을 가다듬은 어느 유명 텔레비전 앵커라는 사실만 빼면, 십대 팬클럽 소녀들의 말을 표절한 게 아닐까 싶을 만큼 짧고 과장된 추천 문구들이 숨이 막힐 지경으로 빡빡하게 들어차 있었습니다. 그들이 흥분한 이

---

* 만화 캐릭터인 뽀빠이를 암시하는 표현이다.
** 베트남 소수 민족 중 하나.
*** 이 소설에 등장하는 가상의 작가와 그가 집필한 책이다.

유는 '아시아를 위협하는 마르크스주의자를 이해하고 물리치는 것에 관하여'라는 의미심장한 부제에서 찾을 수 있었습니다. 클로드가 모두 이 입문서를 읽고 있다고 하기에 나도 읽겠다고 했습니다. 장군은 이미 술병 마개를 따 버렸고 책에 대해 토론하거나 잡담을 할 기분이 아니었습니다. 어쨌거나 적의 열여덟 개 사단이 수도를 포위하고 있는 판이었으니 말입니다. 그는 비행기에 대해 논의하고 싶어 했고, 클로드는 양 손바닥 사이에 위스키 잔을 넣어 빙글빙글 돌리면서 자신이 할 수 있는 최선의 조치는 비공식적으로 C-130*에 태워 비밀리에 탈출시키는 것이라고 말했습니다. 대통령 본인에게 경찰을 지휘해 달라는 요청을 받기 전에는 공수부대에 복무했기에 장군도 잘 알고 있었다시피, 거기에는 낙하산병 아흔두 명과 그들의 장비를 실을 수 있었습니다. 그가 클로드에게 설명했듯이, 문제는 친척들을 포함해 장군의 가족만 해도 무려 쉰여덟 명에 이른다는 사실이었습니다. 장군은 그들 중 일부를 좋아하지 않는 데다 사실 몇몇은 경멸하기까지 했지만, 만일 친척을 모두 구해 내지 않으면 부인은 남편을 결코 용서하지 않을 터였습니다.

그러면 내 참모들은요, 클로드? 장군이 명확하고 딱딱한 영어로 말했습니다. 그들은 어찌되나요? 장군과 클로드, 둘 다 나를 힐끗 쳐다보았습니다. 나는 용감해 보이려고 애썼습니다. 나는 참모진 가운데 고위급 장교는 아니었지만, 부관이자 미국 문화에 가장 능숙한 장

---

*   미국의 대표적인 전술 수송기. 'C-130 허큘리스'라고도 부른다.

교로서 장군이 미국인들과 여는 모든 회의에 참석했습니다. 비록 대다수가 특유의 억양을 갖고 있기는 했지만, 우리 동포들 중 일부는 나 못지않게 영어를 잘했습니다. 하지만 야구 순위표나 제인 폰다의 끔찍함이나 비틀스에 비해 롤링 스톤스가 뛰어난 점을 나처럼 토론할 수 있는 사람은 거의 없었습니다. 만약 미국 사람이 눈을 감고 내가 하는 말을 들으면 내가 자신과 동류의 사람이라고 생각했을 겁니다. 실제로 전화 통화에서 상대는 쉽사리 나를 미국인으로 여겼습니다. 직접 만나면 예외 없이 내 외모에 놀라면서 어쩌면 그렇게 영어를 잘하는지 묻곤 했습니다. 미합중국의 체인점 역할을 하는 이 잭푸르트 공화국*에서, 미국인들은 내가 영어를 아예 못하거나 아니면 피진 영어**나 억양이 강한 영어를 구사하는 저 수백만 명의 사람들과 비슷할 거라고 짐작했습니다. 나는 그들의 짐작에 분개했습니다. 그래서 늘 음성 언어로든 문자 언어로든 그들의 언어에 능통하다는 사실을 간절히 입증하고 싶어 했습니다. 나는 평균 수준의 교육을 받은 미국인보다 더 폭넓은 어휘와 더 정확한 어법을 구사했습니다. 저음뿐 아니라 고음도 제대로 낼 수 있어서, 미국 대사를 도시의 함락이 눈앞에 닥쳤는데도 이를 부인하며 "어리석은 짓만 하는 얼간이", "멍청이"로 정의한 클로드의 설명을 이해하는 데 아무 지장이 없었습니

---

* 잭푸르트는 바라밀이라고도 불리는 과일로, 이 표현은 '바나나 공화국' 처럼 단일 농업에 의존하는 가난한 국가를 가리킨다.

** 두 개의 언어가 섞여서 형성된 보조적 언어를 일컬어 '피진'이라 하며, 영어에 토착어가 섞여 주로 상거래에서 사용되는 혼합 언어를 피진 영어라고 한다.

다. 클로드가 말했습니다. 공식적으로, 철수는 없어요. 바로 손을 떼진 않을 테니까요.

그런 적이 거의 없던 장군도 그 순간에는 목소리를 높였습니다. 비공식적으로, 당신들은 우리를 버리려는 거요. 그가 고함을 질렀습니다. 밤낮없이 비행기들이 공항에서 떠나지. 미국인들과 일하는 사람들은 누구나 출국 비자를 원하고. 그들은 비자를 얻으려고 당신네 대사관에 가. 당신들은 자기들 여자는 철수시켰어. 갓난아이들과 고아들도 철수시켰고. 미국인들이 손을 뗄 거라는 사실을 모르는 사람들은 왜 미국인들뿐이지? 클로드는 만일 철수가 공표되면 도시 여기저기에서 폭동이 일어날 테고 이어 온 도시가 남아 있는 미국인들에게 등을 돌릴 거라고 설명할 때, 예의 바르게도 난처해하는 표정을 보였습니다. 이런 일은 다낭과 나트랑에서 이미 벌어져서, 미국인들은 필사적으로 달아났고 방치된 주민들은 멋대로 서로 공격했습니다. 하지만 앞서 이런 사례가 있었음에도 사이공은 이상할 만큼 고요했고, 대다수 시민들은 아무도 간통의 진상을 밝히지 않는 한 서로 끈덕지게 매달린 채로 물에 빠져 죽기조차 마다하지 않으면서 실패한 결혼 생활을 이어가는 사람들처럼 행동했습니다. 적어도 백만 명의 사람들이 이런저런 역할을 수행하며 미국인들을 위해 일하는 중이거나 일한 적이 있다는 것은 분명한 사실이었습니다. 미국인들의 구두를 닦는 일부터 그들이 만든 부대를 관리하고 피오리아*나 포킵

---

*　　미 해군의 뉴포트급 상륙용 주정의 명칭.

시* 안에서 햄버거 하나 사 먹을 돈을 받고 펠라티오를 해주는 일에
이르기까지 말입니다. 이런 사람들 가운데 상당수가 만일 공산주의
자들이 이긴다면 ── 그들이 일어날 거라고 믿기를 거부하는 일이기
는 했지만 ── 교도소나 교수형이 자신들을 기다리고 있으며 처녀들
은 야만인들과 강제 결혼을 해야 할 거라고 믿었습니다. 왜 안 그랬겠
습니까? 이런 것들이 CIA가 퍼뜨리고 있는 소문들이었는데요.

그래서……. 장군이 입을 열었지만, 클로드가 말을 가로막는 결과
를 낳을 뿐이었습니다. 비행기 한 대라도 있으니 운이 좋다고 생각해
야 합니다, 장군님. 장군은 애원하는 사람은 아니었습니다. 클로드가
그랬듯이 그도 위스키를 죽 들이켰습니다. 그런 다음 클로드와 악수
를 하며 작별을 고했습니다. 단 한 번도 클로드의 시선에서 눈을 떼
지 않으면서요. 전에 장군이 내게 미국인들은 특히 다른 사람들을 등
쳐 먹으려고 할 때 눈을 똑바로 쳐다보기를 좋아한다고 말했던 적이
있었습니다. 클로드가 상황을 인식한 방식은 그런 방향이 아니었습
니다. 클로드는 헤어지면서 이렇게 말했습니다. 다른 장군들은 직계
가족들을 위한 자리만 얻게 될 거예요. 하느님과 노아조차도 모든 사
람을 구하지는 못했지요. 아니, 어차피 그럴 마음도 없었겠지만.

하느님과 노아에게 정말 그럴 능력이 없었던 걸까요? 내 아버지라
면 뭐라고 했을까요? 그분은 가톨릭 사제였지만, 나는 이 불쌍한 성
직자가 노아에 관한 설교를 늘어놓은 적이 있었는지 기억이 나지 않

*   미 해군의 타코마급 소형 구축함의 명칭.

았습니다. 내가 미사를 드리러 가기만 하면 백일몽에 **빠졌다는** 사실을 인정하기는 합니다만. 하지만 하느님이나 노아가 무엇을 할 수 있었는가와 상관없이, 장군의 참모진에 있는 모든 사람이 할 수만 있다면 뇌물을 쥐여줄 여유가 있는 서류상의 친척 전원과 100여 명에 달하는 혈족들을 구할 거라는 데는 거의 의심의 여지가 없었습니다. 베트남 사람들에게 가족이란 복잡 미묘한 문제였습니다. 비록 따돌림받던 어머니의 외아들이었기에 이따금 가족 간의 왕래를 간절히 바라기는 했지만, 그때의 나는 그런 마음이 들지 않았습니다.

그날 늦게, 대통령이 사임했습니다. 나는 전부터 대통령이 독재자에게 어울리는 방식으로 이미 몇 주 전에 나라를 버리고 떠날 거라고 보았기에, 철수자 명단을 작성하는 동안 대통령 생각은 거의 하지 않았습니다. 장군은 까다롭고 꼼꼼했으며 신속하게 어려운 결정들을 내리는 데 익숙했지만, 이 임무만은 내게 결정을 맡겼습니다. 그는 자기 사무실의 온갖 문제에 정신이 팔려 있었습니다. 오전에 받은 심문 보고서들을 읽고, 합동참모본부 구내에서 열리는 온갖 회의에 참석하고, 이 도시를 지키는 동시에 기꺼이 버리고 떠날 준비를 하는 방법을 논의하는 동안에도 절친한 친구들에게 전화를 걸어 가장 인기 있는 노래 선율에 맞추어 의자 뺏기 놀이를 하는 것만큼이나 까다로운 기동 작전을 알렸습니다. 내 머릿속은 음악으로 가득했습니다. 밤 시간에 명단을 작성할 때, 빌라의 내 방에서 소니 라디오로 미군 라디오 방송을 들었기 때문입니다. 템프테이션스와 재니스 조플

린과 마빈 게이의 노래들은 평소에는 안 좋은 일들을 견딜 만하게 해 주고 좋은 일들을 놀랄 만큼 멋지게 만들어 주었지만, 이런 때에는 그렇지 못했습니다. 이름을 죽 써 나가는 내 펜놀림 하나하나가 다 사형 선고처럼 느껴졌습니다. 최하위급 장교에서 장군에 이르기까지 우리 모두의 이름이, 3년 전 우리가 어떤 여자의 방문을 때려 부쉈을 때 그녀가 가지고 있다가 억지로 입안에 쑤셔 넣었던 명단에서 발견된 적이 있었습니다. 내가 만에게 전한 경고 메시지가 그녀에게 미처 도달하지 않았던 겁니다. 경찰관들이 몸싸움을 벌여 그녀를 제압했을 때 나는 어쩔 수 없이 이 공산당 첩자의 입안에 손을 넣어 침에 흠뻑 젖은 명단을 뽑아내야만 했습니다. 이 걸쭉한 종이 반죽은 감시하는 데 익숙한 공안부 경찰들이 바로 감시의 대상이었음을 입증했습니다. 설령 잠시나마 단둘이 있었다 해도, 그녀에게 나는 당신과 한편이라고 말해서 내 정체가 탄로 날 위험을 무릅쓸 수는 없었을 겁니다. 나는 어떤 운명이 그녀를 기다리는지 잘 알았습니다. 모든 사람이 공안부 심문실에서는 저도 모르게 비밀을 누설했고, 그녀도 엉겁결에 내 비밀을 털어놓을 터였습니다. 그녀는 나보다 어렸지만, 현명하게도 무엇이 자신을 기다리고 있는지 알았습니다. 아주 짧은 순간 여자의 눈 속에서 진실을 보았습니다. 그 진실은 그녀가 당시의 나를 억압적인 정권의 앞잡이라 단정하여 증오하고 있다는 것이었습니다. 이내, 나와 마찬가지로 그녀도 본인의 역할을 기억해 냈습니다. 정말입니다, 선생님들! 그녀가 울부짖었습니다. 저는 아무 죄가 없어요! 맹세해요!

3년 후에도 이 공산당 첩자는 여전히 감방에 있었습니다. 나는 그녀를 구하지 못했음을 잊지 않기 위해 내 책상 위에 관련 서류철을 계속 놔뒀습니다. 만은 말했습니다. 그건 내 잘못이기도 했어. 해방의 그날, 내가 그녀의 감방 문을 열 거야. 그녀는 체포될 때 스물두 살이었고, 서류철에는 구금 당시 찍은 사진 한 장과 몇 달 전에 찍은 또 다른 사진 한 장이 있었는데, 그녀의 두 눈은 흐릿해지고 머리카락은 숱이 줄어 있었습니다. 우리 교도소 감방들은 타임머신이어서, 수감자들이 정상보다 훨씬 더 빨리 나이를 먹었습니다. 가끔씩 사진 속 그녀의 얼굴들을 바라보면, 소수의 구출 받을 사람들을 선택하는 동시에 내가 좋아하는 몇몇 사람들을 포함한 더 많은 이들에게 형을 선고하는 데 도움이 되었습니다. 쑤언록을 방어하던 부대가 괴멸되고 국경 너머에서 프놈펜이 크메르루주*에게 함락되는 동안, 나는 며칠에 걸쳐 명단을 작성했다가 고쳐쓰기를 반복했습니다. 며칠 밤이 지나고 우리의 전(前) 대통령이 남몰래 타이완으로 달아났습니다. 클로드는 그를 비행장까지 차로 데려다주면서 대통령의 터무니없이 무거운 여행 가방들이 금속성의 무언가로, 짐작건대 우리 나라의 금 보유고 중 상당량을 차지하는 금으로 철꺼덕거린다는 점을 알아차렸습니다. 이튿날 아침, 우리 비행기가 이틀 후에 떠날 예정이라는 사실을 전해 주려고 전화했을 때 그는 이 이야기를 해 주었습니다. 나는 그날 저녁 일찍 명단 작성을 마무리하고 나서 민주주의와 대의제

---

*　　캄보디아의 급진 공산주의 혁명 세력.

도를 따르기로 하고, 최고위급 장교, 모두들 가장 정직하다고 생각하는 장교, 내가 함께 있기를 가장 좋아하는 사람 등을 선택했음을 장군에게 알렸습니다. 그는 내 논리와 그에 따른 불가피한 결과, 즉 공안부 업무에서 지식도 과오도 가장 많은 상당수 선임 장교들을 남겨 두고 가게 된다는 점을 받아들였습니다. 나는 결국 대령 하나, 소령 하나, 나 말고 다른 대위 하나, 그리고 중위 둘을 선정해 명단 작성을 마무리했습니다. 나 자신의 경우, 내 자리 하나에 더해 본과 그의 부인, 내 대자인 그의 아이를 위한 자리 셋을 마련해 두었습니다.

그날 밤 장군이 위로하기 위해 이미 반쯤 비어 버린 위스키 병을 들고 나를 찾아왔을 때, 나는 본도 함께 가게 해 달라고 부탁했습니다. 비록 친형제는 아니지만, 그는 학창 시절부터 죽 두 명의 의형제 중 하나였습니다. 만이 나머지 하나였고, 사춘기 시절 우리 셋은 각자의 손바닥을 베어 의식에 따라 악수하면서 피를 섞어 서로에게 영원히 충실할 것을 맹세했습니다. 내 지갑에는 본과 가족의 흑백사진 한 장이 있었습니다. 본의 생김새는 곤죽이 되도록 두들겨 맞은 잘생긴 남자 같았습니다. 그 얼굴이 신이 내린 얼굴이었다는 점만 제외하면요. 그의 낙하산병 베레모와 빳빳하게 다림질된 호랑이 줄무늬 전투복조차 낙하산을 닮은 두 귀와 항상 목주름 사이에 끼여 들어가는 턱, 자신의 정치사상과 마찬가지로 오른쪽으로 심하게 휜 납작코에 시선이 쏠리는 걸 막지 못했습니다. 아내인 린의 얼굴은 시인이라면 아마 한가위 보름달에 비유했을지도 모르겠습니다. 풍만하고 둥글 뿐 아니라 여드름 흉터로 얼룩져 심히 얼룩덜룩하고 우둘투둘

한 모습을 암시하면서요. 그런 두 사람이 어떻게 덕처럼 귀여운 아이를 만들어 냈는지는 수수께끼였습니다. 아니, 어쩌면 그저 음수를 서로 곱하면 양수가 산출되는 원리만큼이나 논리적이었을지도 모르지요. 장군이 내게 사진을 돌려주며 말했습니다. 나로서는 최소한 이 정도는 해 줘야지. 이 친군 공수부대원이군. 만약 우리 군대가 다 공수부대원들이었다면 이 전쟁에서 이겼을 테지.

만약에⋯⋯. 하지만 만약은 없었습니다. 부정할 수 없는 사실이라면, 내가 창가에 서서 위스키를 홀짝거리는 동안 장군이 내 의자 끄트머리에 걸터앉아 있다는 것뿐이었습니다. 마당에서는 장군의 당번병이 55갤런짜리 드럼통 안에서 활활 타오르는 불꽃 속으로 수많은 기밀서류를 한 움큼씩 집어넣으며 무더운 밤을 더욱 무덥게 만들고 있었습니다. 장군이 일어서더니 작은 방 안을 이리저리 서성거렸습니다. 술잔을 들고 소매 없는 속셔츠만 입은 채, 한밤중에 턱을 뒤덮으며 까칠하게 자라난 수염의 흔적을 보이면서 말입니다. 이런 모습을 본 건 오로지 그의 가정부들과 가족, 그리고 나뿐이었습니다. 하루 중 어느 때이건 그는 빌라에 손님들이 찾아오면 머리에 포마드를 바르고, 미인 대회 여왕의 머리를 장식한 보석보다 더 많은 훈장들로 가슴팍을 장식한 풀 먹인 카키색 군복을 입곤 했습니다. 하지만 이따금 터지는 커다란 포격 소리만이 빌라의 고요를 간간이 훼방 놓던 이날 밤, 그는 자기네 말대로만 하면 공산주의로부터 구원해 줄 것이라고 약속했던 미국인들의 방식에 주저 없이 불평을 늘어놓았습니다. 내게 한 잔 더 따라주면서 이렇게 말했습니다. 그들은 이 전쟁을 시작해 놓고는 싫증이 나니까 우리를 배반한 거야. 하지만 우리 자신 말고 누굴 탓하겠나? 우리는 그들이 약속을 지킬 거라고 생각할 만큼 어리석었지. 이제 미국 말고는 갈 데가 없군. 내가 말했습니다. 더 형편없는 곳들도 있습니다. 그가 말했습니다. 아마도. 적어도 우리는 살아서 다시 싸우게 될 거야. 하지만 지금은 완전히 망했어. 이럴 땐 어떤 축배사가 어울릴까?

잠시 후 내게 적당한 말이 생각났습니다.

피를 보게 되기를.*

젠장, 맞는 말이군.

나는 이 축배의 말을 누구에게 배웠는지, 심지어 무엇을 의미하는지도 까먹었습니다. 미국에서 몇 년 지내던 어느 때인가 습득했다는 것만 기억할 뿐이지요. 장군도 미국에 가 본 적이 있었습니다. 1958년에 초급 장교로 몇 달 동안 포트베닝**에서 동료들과 함께 교육을 받았는데, 그린베레들이 그에게 공산주의에 대한, 약효가 영원히 지속될 예방주사를 놓아 주었습니다. 내 경우에는, 예방 접종이 잘 되지 않았습니다. 나는 이미 반은 장학생, 반은 훈련 중인 스파이로 암약 중이었고, 옥시덴털***이라는 이름에, 모토가 옥시덴스 프록시무

---

* 흔히 '건배'라는 의미로 해석되는 문장이지만, 본문에서는 복수를 다짐하는 의미가 가미된 축배사로 사용되었다.
** 미국 조지아 주 남부에 위치한 육군기지 겸 보병 훈련 센터.
*** 옥시덴털 대학. 1887년 설립된 인문학 중심의 사립대학. 미국 캘리포니아주 LA에 위치. 옥시덴털(Occidental)에는 '서양인, 서양사람'이라는 일반적인 의미가 있다.

스 오리엔티*인 숲이 우거진 작은 대학에서 우리 나라 사람들을 대표하는 단 한 사람이었습니다. 거기에서, 1960년대 남부 캘리포니아의 꿈결 같은, 정신을 못 차릴 정도로 태양이 쏟아지는 세상에서 목가적인 6년을 보냈습니다. 고속도로, 하수 처리 체계, 혹은 그처럼 쓸모 있는 대규모 산업에 관한 학문은 나와 무관했습니다. 대신 나의 공모자인 만이 맡긴 임무는 미국인의 사고방식을 배우는 것이었습니다. 나는 정신적인 전쟁을 치렀습니다. 이를 위해 미국사와 미국 문학 작품을 읽었으며, 문법을 완벽하게 숙지하고, 속어를 흡수했으며, 마리화나를 피웠고 동정(童貞)을 포기했습니다. 요컨대, 학사 학위뿐 아니라 석사 학위까지 받아, 온갖 종류의 미국학 전문가가 된 셈이었습니다. 심지어 지금도 나는 무지갯빛으로 반짝이는 자카란다 나무 숲 옆에 펼쳐진 잔디밭, 내가 미국 철학자들 가운데서도 가장 위대한 인물인 에머슨의 글을 처음 읽었던 장소를 더없이 또렷하게 마음속에 그려볼 수 있습니다. 나는 홀터톱과 반바지를 입은 채 왕포아풀밭에 누워 일광욕을 하는 이국적인 황갈색의 여학생들과 낡은 흰 책장 위에 적힌 ─ "일관성은 편협한 사람들의 말썽쟁이 도깨비다."**라는 ─ 엄격하고 암울한 말들에 동시에 관심을 기울이고 있었습니다. 에머슨이 쓴 어느 글도 미국에 이보다 더 잘 들어맞지는 않았습니다. 하지만, 내가 이 구절에 한 번, 두 번, 세 번이나 밑줄을 친 이유는 그

* '서쪽이 동쪽에서 가장 가깝다'는 뜻의 라틴어.
** 랠프 왈도 에머슨의 에세이 『자립』의 한 구절. 전문은 "어리석은 일관성은 편협한 사람들의 말썽쟁이 도깨비다."이다.

것 말고도 또 있었습니다. 당시 나를 강타했고 지금도 내게 깊은 인상을 주는 면이 있으니, 우리 조국에 대해서도 똑같은 말을 할 수 있다는 점입니다. 조국에 모순이라는 게 없다면 우린 아예 존재하지도 않을 겁니다.

* * *

마지막 날 아침에, 나는 차를 몰아 장군을 경찰청 내에 있는 그의 사무실로 데려다주었습니다. 장군의 사무실보다 더 복도 안쪽에 있던 내 사무실에서 나는 선택된 장교 다섯 명을 비공개로 하나씩 호출했습니다. 아주 겁이 많은 대령이 크고 물기 어린 눈으로 물었습니다. 우리가 오늘밤 떠나나? 그렇습니다. 쩔런*의 중국 음식점들을 애용하며 무절제하게 먹고 마셔 대던 소령이 물었습니다. 우리 부모님은? 장인어른과 장모님은? 안 됩니다. 형제들, 누이들, 조카들은? 안 됩니다. 가정부와 유모들은? 안 됩니다. 여행 가방이며 옷장이며 수집해 놓은 도자기들은? 안 됩니다. 성병 때문에 다리를 약간 절던 대위는 만일 내가 자리를 더 마련해 주지 않으면 자살하겠다고 협박했습니다. 내가 회전식 연발 권총을 내밀자 그는 살금살금 도망쳐 버렸습니다. 반면에, 나이 어린 중위들은 고마워했습니다. 그들은 부모의 연줄을 통해 알짜배기 지위를 얻은 탓인지, 발작적으로 움찔거리는

*   한때 미국의 베트남 군사 원조 사령부인 제2베트남야전부대의 본부가 있던 곳. 호찌민 시 북동쪽 인근에 위치.

마리오네트처럼 소심했습니다.

나는 그들 중 마지막 사람이 나가자 문을 닫았습니다. 먼 데서 울리는 꽝음들로 인해 창문들이 덜거덕거리고 동쪽에서 들끓듯 피어오르는 불길과 연기가 보였습니다. 적의 포탄이 롱빈의 탄약창에 떨어져 불이 난 것이었습니다. 나는 애도와 동시에 축하를 하고 싶은 욕구를 느끼면서, 서랍 쪽으로 돌아섰습니다. 거기에 몇 온스 정도 남은 1피프스*들이 짐 빔을 한 병 넣어 두었거든요. 가엾은 어머니가 살아계셨다면 이렇게 말씀하셨을 겁니다. 너무 많이 마시지 마라, 얘야. 그게 너한테 좋을 리가 없잖니. 그런데 정말 그럴 리가 없을까요, 엄마? 사람은 누구나, 장군의 참모진 사이에 숨은 스파이인 나만큼이나 힘든 상황에 처해 있음을 알게 되면 어디에서든 위안을 구하게 마련이었습니다. 나는 위스키를 다 마신 다음, 곧 다가올 절기의 조짐인, 도시 위로 돌연 터져 버린 양수(羊水) 같은 폭풍우를 헤치고 차를 몰아 장군을 집에 데려다주었습니다. 어떤 사람들은 우기이니까 진군하는 북측 사단들이 주춤할 수도 있다는 희망을 품었지만, 나는 그럴 가능성은 없다고 생각했습니다. 나는 저녁 식사를 생략하고, 배낭에 세면도구, 로스앤젤레스의 J. C. 페니에서 구입한 치노 바지 한 벌과 마드라스 셔츠 한 장, 로퍼 한 켤레, 갈아입을 속옷 세 벌, 도둑시장에서 산 전동 칫솔, 액자에 끼운 어머니 사진 한 장, 이곳과 미국의 사진들이 담긴 봉투 여러 개, 코닥 카메라, 그리고 『아시아의 공산

*   1갤런의 5분의 1.

29

주의와 동양적인 파괴 방식』을 챙겨 넣었습니다.

배낭은 클로드가 대학 졸업을 축하하며 준 선물이었습니다. 내가 소유한 가장 멋진 물건으로, 등에 매기도 하고 여기저기 끈이 달려 있어서 손에 드는 여행용 손가방으로 바꿀 수도 있었습니다. 뉴잉글랜드의 평판 높은 제조사가 부드러운 갈색 가죽을 가공하여 만들었는데 불가사의하게도 가을 단풍잎과 바닷가재 구이와 남학생 기숙학교의 땀과 정액 냄새가 진하게 풍겼습니다. 내 이름의 머리글자들로 만든 모노그램이 배낭 옆면에 낙인 찍혀 있었는데, 가장 마음에 드는 특징은 가짜 바닥이었습니다. 클로드가 말했습니다. 모름지기 남자라면 누구나 여행 가방에 가짜 바닥 하나쯤은 있어야지. 그게 언제 필요하게 될지 절대 알 수 없는 법이거든. 나는 클로드 모르게 그걸 내 미녹스 미니 카메라를 숨기는 데 사용했습니다. 만이 준 선물인 미녹스 카메라는 나로서는 몇 년 치 연봉을 모아야 살 수 있는 물건이었습니다. 그간 내가 접근할 수 있는 기밀문서들을 촬영하는 데 사용했는데, 어쩌면 한 번쯤 더 써야 할 것 같다는 생각이 들었습니다. 마지막으로 나머지 책과 음반들을 자세히 살펴보며 정리했는데, 대부분 미국에서 구입한 물건들로 추억이 서린 지문들이 잔뜩 묻어 있었습니다. 엘비스 프레슬리나 밥 딜런의 음반과, 윌리엄 포크너나 마크 트웨인의 책을 넣을 자리는 없었고 그것들을 다시 살 수는 있을 테지만, 책과 음반이 담긴 상자에 만의 이름을 쓰면서 마음은 여전히 무거웠습니다. 가져가기에는 너무 부피가 컸습니다. 내가 떠날 때 침대 위에서 비난하듯 풍만한 엉덩이를 펼쳐 놓고 있던 기타가 그랬듯이 말입니다.

나는 짐을 다 꾸리고 나서 시트로앵 승용차를 빌려 본을 구하러 갔습니다. 매번 검문소에서 헌병들이 자동차에 달린 별판을 보고 통과하라는 신호로 손을 흔들었습니다. 목적지는 강 건너편에 있었고 끔찍한 수로 옆에는 시골에서 온 피난민들의 판잣집들이 나란히 늘어서 있었는데, 그들의 집과 농장은 폭격수라는 천직을 찾아낸 방화벽 있는 군인들과 말쑥한 방화범들에 의해 흔적도 없이 사라져 버린 상태였습니다. 헛간 같은 오두막들이 마구잡이로 펼쳐진 구역을 지나 4지구 깊숙이 들어가니, 내 기억보다 많은 시간 동안 우리 셋이 술에 취한 채 머물렀던 노천 맥줏집에서 본과 만이 기다리고 있었습니다. 테이블마다 일반 병사들과 해병대원들이 가득 차 있었고, 소총은 각자의 스툴 아래 놓여 있었으며, 그들의 머리는 사악한 골상학적 목적으로 두개골 윤곽을 드러내 보이려고 작정한 가학 취미가 있는 군대 이발사들에 의해 바싹 깎인 채였습니다. 본은 내가 자리에 앉는 즉시 맥주를 한 잔 따라주었지만, 자신이 건배사를 할 때까지는 마시지 못하게 했습니다. 재회를 위하여 건배! 그가 잔을 들어 올리며 말했습니다. 우리는 필리핀에서 다시 만나게 될 테지! 내가 사실 만날 곳은 괌이고, 이는 독재자 마르코스가 난민들에게 질려서 더 이상은 절대 받아들이려 하지 않기 때문이라고 말해 주었습니다. 본은 끙 하는 신음 소리를 내며, 술잔을 이마에 대고 문질렀습니다. 그가 말했습니다. 상황이 이보다 더 나빠질 거라고는 생각도 못했는데. 이젠 필리핀 사람들까지 우리를 깔보게 돼 버린 거야? 만이 말했습니다. 필리핀은 잊어버려. 대신에, 괌을 위해 건배하자고. 거기가 미국의 하루가 시작되는 곳이라던데. 본이 중얼거렸습니다. 우리의 하루가 끝나는 곳이기도 하지.

만과 나와는 달리, 본은 순수한 애국자, 그러니까 자진해서 싸우는 공화주의자로, 지역 세포 조직의 간부가 촌장인 자기 아버지를 마을 광장에 꿇어 앉히고 자백하라고 윽박지른 다음 귀 뒤에 힘껏 총알을 박아 넣은 이래로 줄곧 공산주의자들을 증오했습니다. 제멋대로 굴게 내버려 뒀다면 본은 틀림없이 일본인들에게로 가서 끝까지 싸우거나* 자기 머리에 직접 권총을 들이댔을 겁니다. 그래서 만과 나는 아내와 아이를 생각하라고 그를 설득했습니다. 우리는 미국으로 떠나는 것은 탈영이 아니라고 주장했습니다. 전략적인 후퇴였습니다. 본에게는 만도 이튿날 가족과 함께 도피할 거라고 말했지만, 사실 만은 본이 그토록 경멸하는 북쪽 공산주의자들이 남쪽을 해방시키는 광경을 직접 보기 위해 남아 있을 예정이었습니다. 그때 만이 길고 우아한 손가락들로 본의 어깨를 힘차게 붙잡으며 이렇게 말했습니다. 우리는 의형제야. 우리 세 사람은 말이야. 설령 이 전쟁에서 지더라도, 설령 우리 나라를 잃더라도, 우리는 의형제일 거야. 나를 쳐다보는 그의 눈은 젖어 있었습니다. 우리에게 끝은 없어.

네 말이 맞아. 두 눈에 고인 눈물을 숨기려고 고개를 힘차게 흔들며 본이 말했습니다. 슬프고 우울한 얘긴 이제 그만. 희망을 위해 건

---

* 베트남 전쟁 당시 일본 오키나와가 미국의 출격 기지로 사용된 바 있다.

배하자. 우리는 우리 나라를 돌려받으러 돌아올 거야. 그렇지? 그도 나를 쳐다보았습니다. 나는 눈에 눈물이 고였지만 부끄럽지 않았습니다. 이 사내 녀석들은 내가 가질 수 있었을지도 모를 친형제보다도 나았습니다. 왜냐하면 우리는 서로를 선택했기 때문입니다. 내가 맥주잔을 들어 올리고 말했습니다. 귀환을 위하여 건배. 또한 결코 끝나지 않을 형제애를 위하여. 우리는 각자 술잔을 비우고, 한 잔씩 더 달라고 외치며 서로 어깨동무를 한 채 한 시간 동안 형제애와 노래에 빠져 있었는데, 음악은 노천 맥줏집 맞은편 끝에 있는 이중주단이 제공했습니다. 기타 연주자는 장발의 징병 기피자였는데, 지난 10년 동안 낮에는 바 주인의 집 담장 안에서만 지내다가 오로지 밤에만 밖으로 나왔기 때문에 병자처럼 창백했습니다. 노래는 역시 긴 머리에 목소리가 감미로운 여자가 불렀는데, 처녀의 홍조 같은 색조를 띤 실크 아오자이에 호리호리한 몸매가 드러나 있었습니다. 그녀는 심지어 낙하산병들에게도 인기가 많은 포크송 가수 찐꽁선*의 노래를 부르고 있었습니다. 내일이면 나는 가요, 그대여⋯⋯. 그녀의 노랫소리가 수다와 빗소리를 뚫고 크게 들려왔습니다. 잊지 말고 내 고향 집으로 전화해 줘요⋯⋯. 내 가슴이 떨렸습니다. 우리는 나팔이나 트럼펫 소리에 달려가 전쟁터로 돌격하는 민족이 아니었습니다. 그와 달리 우리는 사

---

* 　　베트남의 유명 작곡가, 음악가, 화가. 1960년대에서 1970년대에 걸친 반전가요 활동으로 베트남의 밥 딜런이라고 불리기도 했다. 반전 가사 때문에 남베트남 정부가 그의 노래들을 금지곡으로 지정한 경우도 있었고, 1975년 통일 이후에 공산주의 정부도 통일 이전의 곡들은 다시 금지한 바 있었다.

랑 노래의 선율에 맞춰 싸웠습니다. 우리는 아시아의 이탈리아인이었으니까요.

내일이면 나는 가요, 그대여. 이 도시의 밤은 더 이상 아름답지 않네요……. 이후 수년 동안 만을 볼 마지막 순간이라는 사실을 알았다면, 본은 절대로 비행기에 타려 하지 않았을 것입니다. 국립 고등학교 시절부터 줄곧, 우리는 우리 자신이 '삼총사', 즉 하나를 위한 모두, 모두를 위한 하나라고 생각하기를 좋아했습니다. 만이 우리에게 뒤마를 소개했는데, 첫째, 그가 위대한 소설가이고, 둘째, 흑인 피가 4분의 1 섞인 흑백 혼혈이기 때문이었습니다. 그래서 뒤마는 혈통 때문에 그를 경멸한 프랑스인들에 의해 식민지로 전락한 우리를 위한 본보기였습니다. 탐욕스러운 독자이자 이야기꾼인 만은 평화로운 시대에 살았더라면 아마 모교의 문학 선생님이 되었을 겁니다. 그는 얼 스탠리 가드너의 추리 소설인 페리 메이슨 시리즈 가운데 세 권을 우리 나라 말로 옮겼을 뿐만 아니라, 필명으로 별로 특별할 것 없는 에밀 졸라풍의 소설도 한 권 썼습니다. 만은 미국을 연구했지만 직접 가 본 적은 한 번도 없었습니다. 한 잔씩 더 달라고 청한 다음 미국에도 노천 맥줏집이 있냐고 물었던 본도 마찬가지였고요. 내가 답했습니다. 언제든 맥주를 구할 수 있는 바나 슈퍼마켓이 있어. 그가 물었습니다. 그러면 이런 노래를 부르는 아름다운 여자들도 있어? 내가 그의 술잔을 다시 채워 주며 말했습니다. 아름다운 여자들은 있지만, 이런 노래는 부르지 않아.

이내 기타 연주자가 또 다른 노래의 전주를 울리기 시작했습니다.

만이 말했습니다. 이런 노래는 부르겠지. 그것은 비틀스의 「예스터데이」였습니다. 우리 셋이 함께 노래에 가세했을 때, 내 눈은 젖어들었습니다. 전쟁이 운명이 아닌 시대, 비겁한 사람들과 부패한 사람들의 지휘를 받지 않는 시대, 조국의 경제가 간간이 제공되는 미국의 원조라는 점적정맥주사로만 명맥이 유지될 만큼 이렇게 엉망이 아닌 시대에 살았다면 어땠을까요? 내 의형제들 말고 주위의 젊은 군인들 가운데 아는 사람은 전혀 없었지만, 솔직히 털어놓건대, 나는 그들 모두가 가여웠고, 며칠 내에 죽거나 다치거나, 포로가 되거나, 굴욕을 당하거나, 버림받거나, 잊힐 거라는 그들의 예감에 나 역시 푹 젖어 있었습니다. 그들은 내 적이었지만, 한편으로는 전우였습니다. 그들이 사랑하는 도시는 막 함락되려는 참이었지만, 내가 사랑하는 도시는 곧 해방될 터였습니다. 그들에게는 세상의 종말이었지만 내게는 단지 세상의 변화일 따름이었습니다. 그래서 2분 동안 우리는 진심을 가득 담아 노래하면서 지난날을 안타까워하고 애써 시선을 돌려 미래를 외면했습니다. 배영을 하며 폭포 쪽으로 다가가는 사람들처럼 말입니다.

우리가 떠날 때쯤 마침내 비가 그쳤습니다. 뇌수종 환자 같은 해병 대원 3인조가 여자의 질처럼 어두컴컴한 곳에서 비틀비틀 걸어 나왔을 때, 우리는 습지의 어귀에서, 그러니까 노천 맥줏집의 출구인 물방울이 뚝뚝 떨어지는 뒷골목에서 마지막 담배 한 대를 피우고 있었습니다. 그들은 노래를 불렀습니다. 아름다운 사이공! 오, 사이공!

오, 사이공! 비록 6시에 불과했지만, 그들은 잔뜩 취해 있었고, 전투복은 맥주 얼룩 투성이었습니다. 저마다 M16 소총 한 자루를 어깨끈에 매달고, 여분의 고환 한 쌍을 과시하고 있었습니다. 좀 더 자세히 살펴보니 그것은 벨트 버클 양쪽에 쇠쇠로 고정한 수류탄 두 발이었습니다. 우리들과 마찬가지로 그들의 군복, 무기, 철모는 모두 미국 제품이긴 했지만, 그들을 미국인으로 오인하기는 불가능했습니다. 공짜로 받은 찌그러진 철모는 미국인의 머리 크기에 맞춘 것으로 우리 나라 사람에게는 너무 커서 맞지 않았습니다. 첫째 해병대원은 머리가 이쪽저쪽으로 흔들리다가 철모 챙이 코까지 푹 덮은 직후 나와 쾅 하고 부딪치자 욕설을 내뱉었습니다. 그가 챙을 밀어 올리자 초점을 맞추려 애쓰는 게슴츠레한 두 눈이 보였습니다. 입에서 지독한 악취를 풍기며 그가 말했습니다. 이봐! 남부 지방 억양이 너무 강해서 나는 그의 말을 이해하기가 조금 힘들었습니다. 이건 뭐야? 경찰관인가? 당신 진짜 군인들하고 지금 뭐하자는 거야?

만이 그를 향해 담뱃재를 털었습니다. 이 경찰관은 대위야. 상급자에게 경례를 하게, 중위.

마찬가지로 중위인 둘째 해병대원이 말했습니다. 그렇게 말씀하신다면요, 소령님. 그 말에 역시 중위인 셋째 해병대원이 말했습니다. 소령이고 대령이고 장군이고 다 꺼져 버려. 대통령이 도주했지. 장군들도 — 휙! 연기처럼. 사라져 버렸어. 늘 그러는 것처럼 자기들 목숨이나 구하려고 말이야. 맞혀 볼래? 우리는 퇴각을 엄호하라고 남겨둘 거야. 우리가 늘 그래 왔듯이 말이야. 둘째 해병대원이 말했습니다. 뭔 놈의 퇴각? 갈 데라곤 전혀 없는데. 셋째 해병대원이 맞장구를 쳤습니다. 우린 죽은 목숨이야. 첫째 해병대원이 말했습니다. 죽은 거나 다름없지. 죽는 게 우리 임무야.

나는 피우던 담배를 내던지듯 버렸습니다. 자네들은 아직 죽지 않았어. 부대로 복귀해야 해.

첫째 해병대원이 다시 한번 내 얼굴에 시선을 집중하면서, 제 코가 거의 내 코에 닿을락 말락 할 정도로 한 걸음 더 가까이 다가섰습니다. 당신이 뭔데?

본이 고함을 쳤습니다. 도가 지나치군, 중위!

당신이 뭔지 내가 말해 주지. 그 해병대원이 손가락으로 내 가슴을 쿡쿡 찔렀습니다.

내가 말했습니다. 말하지 마.

그가 외쳤습니다. 잡종 새끼! 다른 해병대원 두 사람이 웃음을 터뜨리며 맞장구를 쳤습니다. 잡종 새끼!

나는 연발 권총을 뽑아서 총구를 해병대원의 미간에 들이댔습니다. 뒤에서 그의 동료들이 저마다 소총 방아쇠에 손가락을 대기는 했지만 더 이상의 행동을 취하지는 않았습니다. 술에 취해 있기는 했지만, 그렇다고 자기들이 취하지 않은 내 친구들보다 더 빨리 총을 쏠 수 있다고 생각할 만큼은 아니었습니다.

자넨 취했어, 그렇지, 중위? 엉겁결에, 나도 모르게 목소리가 떨렸습니다.

그렇습니다, 대위님. 해병대원이 말했습니다.

그렇다면 자네를 쏘지는 않겠어.

정말 다행스럽게도, 그때 우리는 첫 폭탄이 터지는 소리를 들었습니다. 모든 사람의 머리가 폭발이 일어난 방향으로 홱 돌아갔고, 북서쪽에서 잇달아 폭발이 일어났습니다. 본이 말했습니다. 공항이야. 500파운드짜리 폭탄이군. 추후 둘 다 정확한 판단으로 귀결될 터였습니다. 우리 위치에서는 몇 분 후에 피어오른 검은 연기 기둥만을 볼 수 있었습니다. 이내 도시에 있는 모든 총포가 시내에서 공항 쪽으로 발사되는 것 같았습니다. 경화기류는 찰칵-찰칵-찰칵거리고 중화기류는 철컥-철컥-철컥거렸으며, 오렌지색 예광탄들은 마치 눈발이 날리듯 빙빙 돌며 하늘로 날아올랐습니다. 시끄러운 소리에 그 비참한 거리의 모든 주민들이 자기 집 창문과 문간으로 나와 밖을 내다보았고, 나는 연발 권총을 권총집에 넣었습니다. 보는 눈들이 있자 술이 깬 해병대 중위들 역시 한 마디도 더 하지 않고 지프차에 겨우 올라타 출발하더니, 거리에 있는 몇 안 되는 모터바이크들을 이리저리 헤치며 나아가다가 마침내 교차로에 도달했습니다. 그때 지프차가 속도를 줄이며 멈춰 서더니, 해병대원들이 M16 소총을 손에 든 채 비틀거리며 차에서 내렸습니다. 폭발이 이어지고 민간인들이 보도로 몰려드는 순간에 말입니다. 해병대원들이 누르스름한 가로등 불빛 아래서 우리를 노려보는 순간 내 맥박이 빨라졌지만, 그들은 고작 하늘을 향해 총을 겨누고 탄창이 텅 빌 때까지 갈겨 대면서 악을 쓰고 고함을 지를 뿐이었습니다. 심장이 빨리 뛰고 땀이 등으로 줄줄 흘러내리고 있었지만, 나는 친구들을 위해 미소 지으며 또 다른 담배에 불을 붙였습니다.

멍청이들아! 민간인들이 현관 입구마다 웅크리고 앉았을 때 본이 고함을 쳤습니다. 해병대원들은 욕지거리를 섞은 칭호로 우리를 불러댄 다음 지프차에 다시 타고 모퉁이를 돌아 사라졌습니다. 본과 나는 만에게 작별 인사를 했고, 그가 지프차를 타고 떠나자 나는 본에게 열쇠 꾸러미를 던져 주었습니다. 폭격과 충격은 이미 끝났고, 본은 그의 아파트로 시트로엥을 몰고 가면서 줄곧 해병대를 가만두지 않겠다며 야단스레 욕설을 퍼부었습니다. 나는 침묵을 지켰습니다. 사람들이 해병대원들의 식사 예절이 훌륭해서 그들에게 의지하는 건 아니니까요. 생사가 걸린 문제에 직면할 때 해병대원들이 정확한 본능을 발휘할 거라고 믿기 때문에 의지하는 것이었지요. 나에 대한 호칭에 관해 말하자면, 호칭 자체는 아까 내가 보인 반응보다 더 속상한 건 아니었습니다. 이쯤이면 그런 치사한 호칭에는 이골이 나 있어야 했지만, 웬일인지 나는 그렇지가 않았습니다. 내 어머니는 베트남인이고 아버지는 외국인이었는데, 어린 시절부터 줄곧 낯선 사람들과 지인들은 내게 이 점을 즐겨 상기시켰고 침을 뱉은 다음 나를 잡종 새끼라고 불렀습니다. 가끔은 변화를 주려고 잡종 새끼라고 부른 다음에 침을 뱉기도 했지만 말입니다.

2장

심지어 지금도, 날마다 나를 살펴보러 오는 앳된 얼굴의 보초는 기분 내킬 때면 나를 잡종 새끼라고 부르고 있습니다. 이 정도는 놀라울 것도 없습니다. 비록 내가 소장님의 부하들에게서 더 나은 모습을 기대하기는 했지만요, 경애하는 소장님. 나는 그 호칭에 아직도 마음이 아프다는 것을 고백합니다. 전에도 몇몇 사람들이 변화를 주려고 그랬듯이, 어쩌면 보초도 나를 똥개나 튀기 새끼라고 부를 수도 있겠지요. 메티스*는 어떨까요? 프랑스인들은 나를 유라시아 혼혈아라고 부르지 않을 때면, 그렇게 불렀습니다. 유라시아 혼혈아라는 호칭은 미국인들과 있을 때면 내게 낭만적인 느낌을 더하는 듯했지만, 프랑스인들과 있을 때는 아무런 도움도 되지 않았습니다. 여전히 나는 가끔 사이공에서 그들과 마주쳤습니다. 자기들 제국의 권리를 상

* 주로 캐나다에서 프랑스계 백인과 북미 원주민 사이에 태어난 혼혈아를 일컫는 말.

실한 후에도 이 나라에 계속 머물러 있겠다고 완고하게 고집하는, 향수에 젖은 식민지 개척자들과 말입니다. 아지트이던 '르 세크르 스포티프'*에서 그들은 자신들이 프랑스식 옛날 이름으로 부르는 노로돔 대로, 샤스루-로바로, 아르곤 둑길 같은 사이공 곳곳에서 벌어졌던 추억 어린 일들이라는 스테이크 타르타르를 씹으면서 페르노**를 홀짝거렸습니다. 그들은 벼락부자처럼 거들먹거리면서 베트남인 종업원들을 부려먹었고, 내가 찾아갈 때면 여권을 검사하는 국경수비대원처럼 의심에 찬 눈초리로 바라보았습니다.

하지만 그들이 유라시아 혼혈이라는 말을 만들어 내진 않았습니다. 그런 주장을 할 자격은 인도의 영국인들에게 있었습니다. 그들 또한 다크초콜릿 같은 피부를 야금야금 맛볼 수밖에 없음을 알았으니까요. 차양용 헬멧 모자를 쓴 저 영국인들과 마찬가지로, 태평양에 주둔하는 미군도 현지인들의 유혹에 저항할 수 없었고 나 같은 부류의 사람을 가리킬 아메라시안이라는 합성어를 만들어 냈습니다. 나에게 적용될 경우 부정확한 명칭이기는 했지만, 나를 자기네 무리 중 하나로 오인한 미국인들을 도저히 비난할 수가 없었습니다. 열대지

---

*   영어로는 '사이공 스포츠 서클'이라고 불리던 클럽의 프랑스어 명칭. 19세기 후반 처음 설립되었으며 1975년 베트남이 통일되기까지, 처음에는 프랑스인들이 나중에는 주로 미국인들이 이용했다. 넓은 부지와 여러 채의 식민지 풍 건물들에 수영장과 테니스 코트, 바다를 건너온 온갖 신문과 잡지들을 비치해 두고 읽을 수 있는 도서실까지 갖추고 있었다.
**   프랑스가 원산지인 리큐어. 아니스를 비롯해 10가지가 넘는 향료를 곁들여 제조한다.

방 태생인 미군 병사(GI)의 자식으로 작은 나라 하나를 세울 수도 있을 정도이기 때문입니다. GI는 관급품을 의미했지만, 동시에 오늘날의 아메라시안 자체이기도 합니다. 우리 동포들은 두문자어*보다는 완곡어구를 더 좋아해서, 나 같은 사람들을 속세의 티끌**이라고 불렀습니다. 내가 옥시덴털 대학에서 찾아보았던 옥스퍼드 영어 사전에서는, 좀 더 전문적으로 나를 "자연스럽게 태어난 아이"라고 불러도 된다고 밝혀 놓았습니다. 내가 아는 모든 나라의 법률이 나를 법적으로 인정되지 않는 아들이라고 부르는 데 말입니다. 어머니는 나를 자신의 사랑으로 낳은 아이라고 불렀지만 이 점은 깊이 생각하고 싶지 않습니다. 결국, 내 아버지가 옳았습니다. 아버지는 나를 무엇으로도 부르지 않았습니다.

따라서 내가 장군에게 마음이 끌린 것은 전혀 놀랄 일이 아니었습니다. 장군은 내 친구들인 만과 본처럼, 뒤죽박죽인 나의 내력을 비웃은 적이 한 번도 없었으니까요. 장군은 나를 자신의 참모로 선발한 직후에 이렇게 말했습니다. 나는 오로지 자네가 임무에 얼마나 능숙한지에 관심이 있을 뿐이야. 설사 내가 요구하는 일들이 그리 올바르지 않다고 할지라도. 나는 내 능력을 몇 번이고 입증했습니다. 철수 건은 그저 합법과 불법의 미세한 경계를 교묘히 넘나드는 내 능력

---

*   'UN(United Nations)'처럼, 각 단어의 첫 글자를 따 맞춰서 만든 단어.

**   본래 베트남어 'bụi đời'에는 사생아라는 의미보다는 문자 그대로 '속세의 티끌', 즉 도시의 '부랑자'라는 의미가 강했으나, 베트남 전쟁 시기를 거친 이후, 미국 미디어에 의해 점차 먼지처럼 버려진 혼혈 아동들을 가리키는 의미가 가미되었을 뿐이라는 분석도 있다.

을 과시한 최근 사례일 뿐이었습니다. 사람들을 고르고 버스를 마련 했으며, 가장 중요하게는, 안전 통행을 위해 뇌물을 바쳤습니다. 장군 에게서 징발한 1만 달러가 든 손가방에서 돈을 꺼내 지불하기는 했 지만, 사실 그는 이 일을 부인의 손에 맡겼습니다. 부인은 응접실에서 우롱차를 마시며 내게 말했습니다. 엄청난 돈이에요. 내가 말했습니 다. 기막힌 시국이지요. 하지만 아흔두 명의 철수와 통치는 거래란 말 입니다. 부인은 이의를 제기하지 못했습니다. 사실 시내에 떠도는 뜬 소문이라는 철로에 귀를 대 본 사람이라면 누구나 전할 수 있는 소 식이었으니 말입니다. 소문에 의하면 비자와 여권과 철수를 위한 비 행기 좌석 가격이 짐 꾸러미와 히스테리 수준에 따라 이미 수천 달러 에 달했다고 했습니다. 하지만 뇌물을 지불하기에 앞서 반드시 적극 적인 공모자와 접촉해야만 했습니다. 우리 문제를 해결하기 위해 나 는 전에 응우옌 후에*에 있는 핑크 나이트클럽에서 만나 친구가 되었 던, 어느 평판이 나쁜 소령을 점찍었습니다. 사이키델릭한 CBC의 천 둥 같은 소리나 업타이트**의 팝 음악적인 비트 속에서 큰소리로 말 하는 동안, 나는 그가 공항의 당직 장교라는 사실을 알게 되었습니 다. 그는 1,000달러라는 비교적 적은 수수료를 받고 우리가 출발할 때 어떤 사람들이 공항에서 경비를 설지, 또 어디에서 경비대의 중위

---

*   호찌민 중심가에 있는 거리. 외적을 물리친 걸출한 민족 영웅인, 떠이선
           왕조의 두 번째 황제 응우옌 후에의 이름을 땄다.
**   CBC와 업타이트는 둘 다 베트남 전쟁 동안 남베트남에서 인기 있던 베
           트남인들로 구성된 밴드들이다.

를 찾을 수 있을지 알려주었습니다.

모든 준비가 끝나고 나와 본이 그의 아내와 아이를 찾아서 데려온 후, 7시에 출발하기 위해 모두 모였습니다. 푸른색 버스 두 대가 빌라 정문 밖에 대기했고, 창문은 이론적으로는 테러범들의 수류탄이 (기도라는 갑옷 말고는 의지할 데가 없는 로켓추진식만 아니라면) 도로 튕겨나가도록 모두 안전 철망에 싸여 있었습니다. 불안해 보이는 가족들이 빌라 마당에서 기다리는 동안 부인은 집안 일꾼들과 함께 계단에 서 있었습니다. 아이들은 침울하게 시트로앵의 뒷자리에 앉아, 차의 헤드라이트 앞에서 담배를 피우고 있는 클로드와 장군을 지켜보는 내내 무표정한 외교관 같은 표정을 띠고 있었습니다. 나는 손에 탑승객 명단을 들고 남자들과 그들의 가족들을 앞으로 불러내서 이름을 대조 확인하고 각자 탈 버스를 알려주었습니다. 지시 받은 대로 성인과 청소년은 작은 여행 가방이나 여행용 손가방 한 개만 들었고, 몇몇 어린아이들은 얇은 담요나 설화석고 인형을 꽉 움켜잡고 있었는데, 인형들은 열광적으로 활짝 웃는 모습의 서구형 얼굴을 하고 있었습니다. 마지막 차례로 본이 린의 팔꿈치를 잡아 이끌었고 그녀는 덕의 손을 잡고 있었습니다. 덕은 딱 자기 나이답게 자신만만하게 걸으면서, 다른 한 손으로는 내가 미국에서 사다 준 기념품인 노란색 요요를 빙빙 휘두르고 있었습니다. 내가 거수경례를 하자 아이는 집중하느라 얼굴을 찌푸리면서 어머니의 손에서 자기 손을 뗀 다음 답례로 내게 거수경례를 했습니다. 내가 장군에게 말했습니다. 다 왔습니다. 그가 담배를 발꿈치로 비비며 말했습니다. 그럼 이제 가야 할 시간이군.

장군의 마지막 임무는 집사, 요리사, 가정부, 그리고 3인조 사춘기 유모들에게 작별 인사를 하는 것이었습니다. 그들 가운데 일부는 데려가 달라고 애원했었지만, 부인은 단호히 거절했습니다. 장군의 장교들을 위해 비용을 지불했을 때 이미 자신은 지나치게 관대한 조치를 취했노라고 확신하고 있었으니까요. 물론, 그녀가 옳았습니다. 나는 자신에게 배당된 참모용 좌석을 모두 최고가 입찰자에게 팔아넘긴 장군을 최소한 한 사람은 알고 있었습니다. 이제 부인과 갑상샘종에 걸린 목 주위에 자줏빛 애스콧타이를 묶고 있는 노쇠한 집사를 제외한 모든 하인이 눈물을 흘리고 있었습니다. 집사는 장군이 고작 중위였을 때 당번병으로 장군과 함께 일하기 시작했고, 디엔비엔푸*에서 보낸 지옥 같은 시기에는 둘 다 프랑스인들 휘하에서 복무했습니다. 계단 밑에 서 있는 내내 장군은 노인의 눈을 바로 보지 못했습니다. 모자를 벗어 손에 든 채 머리를 숙이며 말했습니다. 미안하네. 그가 부인을 제외한 누군가에게 사과하는 것을 직접 들은 유일한 순간이었습니다. 지금껏 우리를 위해 잘 일해 주었는데 우리는 제대로 보답도 못하는군. 하지만 자네들 중 누구도 해를 입지는 않을 거야. 빌라에서 원하는 것을 챙겨서 떠나게. 누군가 물으면, 나를 안다거나 나를 위해 일한 적이 있다는 사실을 부인하게. 하지만 나는 이

---

* 베트남 북서부, 수도 하노이에서 약 300km 떨어진 지점에 있는 도시. 예로부터 교통, 군사상의 요지로, 인도차이나 전쟁 당시 프랑스군의 기지였다가 1954년 베트남군이 탈환하면서 제네바 협정이 체결되게 되었다.

순간 자네에게 맹세하네. 조국을 위한 싸움을 결코 포기하지 않을 거야! 장군이 눈물을 흘리기 시작했을 때 나는 내 손수건을 건네주었습니다. 침묵이 흐르는 가운데 집사가 말했습니다. 청이 하나 있습니다, 장군님. 이 친구야, 그게 뭔가? 장군님의 권총이요. 그걸로 자살할 수 있게요! 장군은 고개를 가로젓고 손수건으로 눈물을 닦았습니다. 진짜 그런 짓을 할 작정은 아니겠지. 집에 가서 내가 돌아오길 기다리게. 그때 권총을 주겠네. 집사가 거수경례를 하려고 하자, 장군은 대신 악수를 청했습니다. 사람들이 요즘 뭐라고 하든, 나는 장군이 자기가 한 모든 말이 진심이라고 믿는 성실한 남자라고 진술할 수밖에 없습니다. 그것이 설사 거짓말이었다 해도, 장군이 대부분의 사람들과 크게 달라 보이는 것도 아닙니다.

부인은 일꾼들에게 각자 지위에 어울리는 두께의 달러가 든 봉투를 나눠 주었습니다. 장군은 내 손수건을 돌려준 다음 부인을 시트로앵으로 에스코트했습니다. 이 마지막 드라이브를 하는 동안, 장군은 가죽에 싸인 핸들을 직접 잡고 버스 두 대를 공항까지 이끌고 갈 작정이었습니다. 클로드가 말했습니다. 내가 둘째 버스를 타지. 자네는 첫째 버스를 타고 운전사가 길을 잃지 않도록 하게. 나는 차에 오르기 전에, 마지막으로 한 번 더 빌라를 바라보려고 대문 앞에 잠시 멈춰 섰습니다. 고무 농원 소유주였던 코르시카 섬 사람들을 위해 마법으로 만들어 낸 듯한 빌라였지요. 엄청난 타마린드 나무 한 그루가 처마 위로 높이 솟아 있었는데, 시큼한 열매가 들어 있는 길고 마디진 꼬투리들이 마치 죽은 사람들의 손가락처럼 달랑달랑 매달려 있

46

었습니다. 충실한 일꾼들은 여전히 계단 맨 위에 서 있었습니다. 내가 손을 흔들어 작별 인사를 하자 그들도 예의 바르게 한 손을 흔들어 답했는데, 다른 쪽 손으로는 (달빛을 받으며) 어디에도 갈 수 없는 승차권이 되어 버린 그 하얀 봉투를 쥐고 있었습니다.

* * *

빌라에서 공항까지 가는 길은 사이공에서 무엇이든 그럴 수 있을 만큼만 복잡하지는 않았습니다. 다시 말해 엄청나게 복잡했다는 말입니다. 보통은 정문 밖에서 우회전해서 티쑤언가를 따라 가다가, 르반뀌엣에서 좌회전, 홍텁뜨로에서 대사관 방향으로 우회전, 파스퇴르가에서 좌회전, 응우옌딘찌에우 거리에서 또 한 번 좌회전하고, 꽁리에서 우회전한 다음, 공항으로 직진하는 길이었습니다. 하지만 장군은 르반뀌엣에서 좌회전하는 대신 오른쪽으로 꺾었습니다. 잘못 가시고 있어요. 우리 버스의 운전사가 말했습니다. 그의 손가락은 니코틴으로 누렇게 얼룩졌고 발톱들은 위험할 정도로 날카로웠습니다. 내가 말했습니다. 그냥 따라가요. 나는 출입문 계단에 서 있었는데, 시원한 밤공기가 들어오도록 문은 활짝 열어 둔 채였습니다. 바로 뒤에 있는 벤치에는 본과 린이 앉아 있었고, 덕은 내 어깨 너머를 자세히 보려고 어머니의 무릎 위에서 몸을 앞으로 구부리고 있었습니다. 도로는 텅 비어 있었는데, 라디오 방송에 의하면 공항에 대한 공습 때문에 24시간 통행금지령이 선포된 상태였습니다. 보도 역시 거의 비어 있었고, 이따금 탈영병들이 벗어 버린 군복들만 눈에 띄었습니다. 어떤 경우에는 복장 일체가, 윗옷 위에 철모 그리고 바지 아래 군화가 놓인 채 너무나 잘 정돈된 작은 덩어리로 뭉쳐 있어서 마치 광선검이 옷 주인을 증발시켜 버리기라도 한 듯했습니다. 아무것도 허투루 낭비되지 않는 도시에서 아무도 이 군복들을 건드리지 않았습니다.

내가 탄 버스에는 민간인으로 위장한 군인들이 최소한 두엇은 타고 있었습니다. 나머지 장군의 인척과 친척들은 대부분 여자와 아이들이었지만요. 이 승객들은 자기들끼리 소곤거리며 이러쿵저러쿵 불평을 했지만, 나는 못들은 척해 버렸습니다. 우리 동포들은 설사 자신들이 천국에 있음을 알더라도, 지옥만큼 따뜻하지 않다고 투덜거릴 기회를 찾아낼 겁니다. 운전사가 말했습니다. 왜 이 길로 가시는 걸까요? 통행금지령이 내렸는데! 우리 모두 총격을 받게 되거나 최소한 체포될 거예요. 본이 한숨을 쉬고 고개를 가로저으며 말했습니다. 저분은 장군님이에요. 마치 그 사실이 모든 사태를 설명한다는 듯 말입니다. 사실이 그랬습니다. 그럼에도 운전사는 우리가 중앙 시장을 지나 르루아 거리로 들어서는 내내 푸념을 하다가 마침내 장군이 람손 광장에 멈춰 서고 나서야 비로소 입을 다물었습니다. 우리 앞에는 정면이 고대 그리스 양식으로 꾸며진, 예전에 오페라 극장으로 쓰였던 하원 의사당이 있었습니다. 여기서 우리 정치가들은 우리 나라에 관한 조잡하고 익살맞은 오페레타를 용케 만들어 냈습니다. 흰색 정장을 입은 포동포동한 디바들과 맞춤 제작된 군복을 입고 콧수염을 기른 프리마돈나들이 주연을 맡은 음정도 안 맞는 모방작을요. 밖으로 몸을 내밀어 위를 올려다보니 카라벨 호텔* 옥상 바의 타오르듯 선명한 창문들이 보였는데, 나는 거기에 아페리티프며 언론인들과의 인터뷰 때문에 장군을 수행해 여러 번 간 적이 있었습니다. 그 발코니에서는 사이공과 주변 지역의 비길 데 없이 황홀한 경치가 보였는데, 마침 거기에서 희미한 웃음소리가 흘러나왔습니다. 예광탄들이 밤중에 펑펑 소리를 내며 발사되는 동안 지평선 위로 새빨갛게 타오르는 롱빈의 탄약적치장을 지켜보고 있는 비동맹국 대사관 직원들은 물론이고, 도시가 죽어가면서 내는 소리를 듣고 기꺼이 도시의 체온을 재려는 외국 기자들임이 틀림없었습니다.

웃음소리가 나는 방향으로 총을 한 방 갈기고 싶은 강한 욕구가 나를 사로잡았습니다. 그냥 그들의 저녁을 더 생동감 있게 해 주려고요. 장군이 차에서 내렸을 때 나와 똑같은 충동에 따르려는 거라고 생각했지만, 그는 반대편으로 몸을 돌리더니 하원 의사당에서 멀어져 르루아 거리의 풀로 뒤덮인 중앙부의 흉물스러운 기념상을 향해 다가갔습니다. 나는 코닥 카메라를 호주머니가 아니라 배낭에 넣어 둔 것을 후회했습니다. 왜냐하면 앞으로 돌격하는 자세를 취한, 그것도 뒤쪽에 있는 영웅은 전우의 엉덩이에 꽤 세심히 관심을 기울이는 듯한 거대한 해병대원들의 상에 거수경례를 하는 장군의 사진은 내

---

*   1959년 크리스마스 이브에 개관한 호텔. 베트남전 당시 하원 건물 바로 옆에 있던 관계로 베트남 정치와 외교 무대의 중심지가 되었으며 많은 기자들이 머문 곳이기도 했다.

마음에 쏙 들었을 테니까요. 본이 버스에 탄 다른 남자들과 함께 예의 기념상에 거수경례를 하는 동안, 나는 기껏해야 이 해병대원들이 화창한 날 그들이 내려다보는 가운데 한가롭게 거니는 사람들을 지키는 중인지, 아니면 그럴싸하게도 자신들의 기관총이 겨냥하고 있는 하원 의사당을 공격하는 중인지를 곰곰 생각할 수 있었을 따름입니다. 하지만 버스에 탄 남자들 중 한 사람이 흐느꼈을 때, 그리고 나역시 거수경례를 했을 때, 불현듯 동상의 의미가 그렇게 애매하지는 않다는 생각이 들었습니다. 우리 공군은 대통령궁을 폭격했고, 우리육군은 초대 대통령과 그의 남동생을 총으로 쏘고 칼로 찔러 죽였으며,* 사소한 일로도 말다툼을 하는 우리 장군들은 내가 셀 수도 없이 많은 쿠데타를 선동했습니다. 열 번째 정부 전복 기도 후에 절망과 분노로 범벅이 된 나는 우리 나라의 이 어처구니없는 상황을 받아들였고, 약간 유머러스한 기분으로 칵테일을 한 잔 들이켜고 술기운에 다시 한번 혁명의 맹세를 했습니다.

장군은 만족스러워지자 시트로앵에 다시 올라탔고, 호송대는 광장에 들어갔다가 빠져나오면서 일방통행인 투도가의 교차로를 가로질러 다시 한번 나아갔습니다. 나는 지브랄 카페를 마지막으로 힐끗 보았는데, 내가 예의 바른 사이공 아가씨들과 그들의 보호자인 미라처

---

* 1955년부터 1963년까지 남베트남의 초대 대통령을 지낸 응오딘지엠과 비밀경찰을 이끌던 그의 친동생 응오딘누는 1963년 11월 1일 응오딘지엠을 축출하기 위한 쿠데타 발생 후 비밀 통로를 이용해 중국인 거주 지역으로 피신했으나 후에 압송 도중 사살되었다.

럼 바싹 마른 중년 여성들과 만날 때면 프렌치 바닐라 아이스크림을 즐기던 곳이었습니다. 지브랄을 지나면 브로다드 카페가 있었는데, 거기에서는 풍미 좋은 크레페에 대한 취향을 기르면서, 한 발로 깡충거리고 절뚝거리는 극빈자들의 행렬을 못 본 척하기 위해 최선을 다하곤 했습니다. 두 손이 있는 사람들은 돈푼을 얻으려 두 손을 동그랗게 모아 쥐었고, 두 손이 없는 사람들은 야구 모자의 챙을 이 사이에 넣고 이를 앙다물었습니다. 사지가 절단된 상이군인들은 날지 못하는 새들처럼 비어 있는 옷소매를 펄럭였고, 말 못하는 늙은 거지들은 코브라 같은 눈으로 사람들을 물끄러미 바라보았고, 부랑아들은 자기들의 처량한 신세에 대해 실제보다 과장된 이야기들을 떠들어 댔고, 젊은 미망인들은 빌려 왔을지도 모를, 배앓이 하는 아기들을 살살 흔들었으며, 각양각색의 지체부자유자들은 인간에게 알려진 상상할 수 있는, 식욕 떨어지는 온갖 질환을 다 보여 주었습니다. 투도가에서 북쪽으로 더 멀리 떨어진 곳에는 짧은 치마를 입고 발등이 꺾일 듯한 최신식 하이힐을 신은 젊은 숙녀들과 내가 차차차를 추며 수많은 저녁 시간을 보냈던 나이트클럽이 있었습니다. 한때는 전제적인 프랑스인들이 아름답게 꾸민 정부들을 처박아 두었고, 이어좀 더 신분이 낮은 미국인들이 상호를 네온사인에 새기고 주크박스를 컨트리음악으로 가득 채운, 샌프란시스코니 뉴욕이니 테네시 같은 선정적인 바에서 아주 즐겁게 떠들고 놀던 거리였습니다. 방탕한 밤을 보낸 끝에, 죄책감을 느낀 사람들은 투도가 끝에 있는 벽돌 바실리카를 향해 북쪽으로 비틀대며 걸어갈 수도 있었는데, 그곳이 바로 장군이 하이바쫑가*를 거쳐 우리를 데려간 곳이었습니다. 바실리카 앞에는 하얀 성모 마리아 상이 서 있었는데, 성모는 평화와 용서를 담은 두 손을 펼치고 눈길은 아래로 향하고 있었습니다. 성모와 그 아들 예수 그리스도는 투도가의 모든 죄인을 언제라도 환영할 준비가 되어 있었지만, 고지식한 고백자들과 사제들은 — 그들 가운데는 내 아버지도 있었습니다. — 대개 나를 냉대했습니다. 그런 까닭에 우리의 은밀한 임무를 수행하기 위해 내가 만에게 만나자고 하는 곳은 항상 이 바실리카였고, 둘 다 독실한 신도들 중 하나로 간주되는 익살극을 즐겼습니다. 우리는 공손히 무릎을 꿇었지만, 실제로는 하느님보다는 공산주의를 선택한 무신론자들이었습니다.

우리는 매주 수요일 오후에 만났는데, 바실리카는 하늘에 계신 우리 아버지, 아버지의 이름이 거룩히 빛나시며…… 라고 주기도문을 읊조리는 동안 머리를 레이스 만티야**나 검은색 스카프로 가리고 있는 몇 안 되는 엄숙한 미망인들을 제외하고는 텅 비어 있었습니다. 나는 이제 더 이상 기도를 드리지 않았지만, 내 혀는 이 노부인들을 따라 쉴 새 없이 움직여야 직성이 풀렸습니다. 그들은 보병들만큼이나 강인해서, 노약자들은 이따금 열기에 졸도하기도 하는 혼잡한 주말 미사에서도 표정 하나 변치 않고 끝까지 자리를 지켰습니다. 우리

---

*   베트남 최초로 중국 한 나라의 지배에 대항해 독립 운동을 일으키고 수
     년 간의 전쟁 끝에 패하자 자결한 베트남의 민족 영웅인 쯩짝과 쯩니 자
     매의 성을 딴 번화가.
**   스페인, 멕시코, 이탈리아 등지에서 여자들이 머리에서 어깨까지 뒤집
     어쓰는 베일의 일종으로 주로 실크나 레이스로 만든다.

는 너무 가난해서 에어컨을 놓을 수도 없었지만, 열사병은 불굴의 신앙심을 표현하는 또 하나의 방법일 뿐이었습니다. 사이공의 가톨릭교도들보다 더 독실한 가톨릭교도들을 찾기는 힘들 터였는데, 대부분 내 어머니와 나 자신처럼 1954년에 이미 한 번씩 공산주의자들에게서 도망쳤던 적이 있는 사람들이었기 때문입니다*(아홉 살이던 나 자신은 발언권이 없었습니다). 성당에서 만나는 것은 나와 마찬가지로 한때 가톨릭교도였던 만도 즐거워했습니다. 우리가 일주일에 미사 한 번으로는 만족하지 못하는 신앙심 깊은 장교들인 척하는 동안, 나는 정치적, 개인적 실수들에 대해 그에게 고해를 하곤 했습니다. 그러면 만은 내 고해신부 역할을 하면서 기도문 대신에 지령이라는 형태의 사죄문을 내게 속삭이곤 했습니다.

미국이라고? 내가 말했습니다.

미국 말이야. 그가 확인해 주었습니다.

나는 장군의 철수 계획을 알게 되자마자 바로 만에게 알렸고, 그 수요일에 바실리카에서 새로운 임무를 통보 받게 되었던 겁니다. 이번 임무는 그의 윗선에서 부여했지만 그들이 누구인지 나는 알지 못했습니다. 그런 방식이 더 안전했습니다. 이것이 고등학교 때부터 줄곧 우리가 지시를 주고받는 체계였는데, 그 시절 본이 공공연하게 좀 더 틀에 박힌 진로를 계속 밟아 나간 반면, 우리는 연구회를 통해 은

---

*   1954년 5월 7일 프랑스군의 거점인 디엔비엔푸가 함락되고 같은 해 7월 제네바에서 휴전협정이 성립되며 북위 17도를 경계로 남과 북으로 분단된 북베트남에서의 탈출을 말한다.

밀하게 하나의 길만 따라갔습니다. 연구회는 만의 생각이었고, 만과 나, 그리고 반 친구 하나로 구성된 3인조 세포 조직이었습니다. 만은 지도자로서, 혁명 고전들을 읽으면서 우리를 이끌고 우리에게 당 이념의 원리들을 가르쳤습니다. 당시 나는 만이 또 다른 세포의 일부로 거기에서는 청소년 세포원임을 알고 있었습니다. 비록 나머지 사람들의 정체는 내게 수수께끼였지만요. 만이 말해 주었습니다. 비밀 엄수와 위계질서는 둘 다 혁명의 비결이었어. 바로 그래서 나는 만 위에 더욱 헌신적인 사람들로 구성된 또 다른 위원회가 있고, 이 위원회 위에는 훨씬 더 헌신적인 사람들의 또 다른 위원회가 있으며, 그렇게 계속 이어지다가, 결국 (적어도 호 아저씨가 살아 있었을 때는) 여태껏 가장 헌신적인 사람이자 "독립과 자유보다 소중한 것은 아무것도 없다"고 단언한 호 아저씨 자신에게 이르렀으리라고 짐작할 수 있었습니다. 이 좌우명을 위해서라면 우리는 기꺼이 목숨도 바칠 수 있었습니다. 여러 연구회와 위원회와 당의 담론은 물론이고 이런 말 역시 만에게는 쉽게 와닿았습니다. 그는 제1차 세계 대전 때 유럽에서 프랑스인들을 위해 강제로 일해야 했던 종조부로부터 혁명 유전자를 물려받았던 겁니다. 그는 무덤 파는 일꾼이었는데, 이렇게 말했습니다. 식민화된 주체를 가장 분발하게 하는 건 백인 남자들이 발가벗은 채 죽은 모습을 보는 거야. 아니, 그렇게 말했다고 만이 내게 말해 주었습니다. 이 종조부는 그들의 끈적끈적한 핑크빛 내장에 두 손을 찔러 넣었고, 축 늘어진 우스운 고추를 느긋하게 검사했고, 썩고 있는 스크램블드에그 같은 뇌를 보자마자 헛구역질을 하기도 했습니다.

종조부는 시체를 몇 천 구나 묻었습니다. 거미 같은 정치인들이 자아 낸 복잡한 거미줄 같은 찬사에 걸려든 용감한 청년들을 말입니다. 프 랑스가 본토를 위해 가장 좋은 것을 아껴 뒀다는 깨달음이 종조부의 의식의 모세혈관 속으로 서서히 퍼져 나갔습니다. 인도차이나로는 그저 그런 평범한 사람들을 파견했던 겁니다. 학교 운동장에서 아이 들을 괴롭히던 학생, 체스 클럽 부적응자, 타고난 회계사, 그리고 숫 기 없는 벽의 꽃 같은 사람으로 식민지 관료를 충원하려고 말입니다. 그런데 이제 종조부가 그들이 본래의 거주지에서 따돌림 받고 실패 한 자들이었음을 알아본 것이었습니다. 그는 씩씩대며 말했습니다. 우리에게 자신들을 흰 반신반인으로 생각하라고 가르친 사람들이 이처럼 버림 받은 자들이었나? 그의 급진적인 반식민지주의는 어느 프랑스인 간호사와 사랑에 빠지면서 더욱 강화되었습니다. 트로츠키 신봉자인 그녀가 인도차이나반도 문제에 대한 적절한 해답을 내놓 는 유일한 사람들, 즉 프랑스의 공산주의자들과 협력하도록 그를 설 득했던 겁니다. 그녀를 위해서, 종조부는 망명이라는 쓴 차를 삼켰습 니다. 결국 두 사람은 딸을 하나 낳았고, 맏은 내게 종이쪽지 한 장을 건네주면서 그녀가, 즉 그의 당고모가 여전히 거기에 있다고 속삭였 습니다. 종이쪽지에는 한 번도 공산당에 가입한 적이 없고, 그렇기에 감시 당할 개연성도 없는 이 후원자의 이름과 파리 13구의 주소가 있었습니다. 나는 네가 본국으로 편지를 보낼 수 있을지 모르겠어. 그 래서 그분이 중개자가 될 거야. 그분은 샴 고양이 세 마리를 키우는, 아이도 없고 의심스러운 경력도 없는 재봉사야. 그게 네가 편지를 보낼 곳이야.

나는 종이쪽지를 만지작거리며, 내가 준비했던 영화 시나리오를 떠올렸습니다. 장군이 함께 떠나자며 간절히 애원하는데도 내가 클로드의 비행기에 탑승하기를 거절하는 시나리오였지요. 내가 말했습니다. 난 남고 싶어. 거의 다 끝났잖아. 꼭 모아 쥔 두 손 뒤에서, 만이 탄식하듯 말했습니다. 거의 다 끝났다고? 아버지의 나라가 오게 하시며 아버지의 뜻이 이루어지게 하소서.* 계속 싸울 작정인 사람은 너희 장군뿐만이 아니야. 노병들은 사라지지 않아. 그들이 간단히 멈추기에는 전쟁이 너무 오랫동안 계속됐어. 우리한테는 그들을 주시하면서 그들이 절대로 너무 많은 문제에 휘말리지 않게 할 누군가가 필요해. 내가 물었습니다. 내가 안 가면 어떻게 되는 거지? 만은 유럽인의 얼굴로 제단 위로 우뚝 솟은 십자가에 매달려 있는, 멍들어 녹색이 감도는 그리스도를 향해 두 눈을 치켜떴습니다. 십중팔구 벌거벗은 채 죽었을 텐데, 사타구니 둘레를 천으로 가려 놓은 것은 거짓이라는 듯이요. 씩 웃는 만의 얼굴에서 깜짝 놀랄 만큼 하얀 치아가 드러났습니다. 이 치과의사의 아들이 말했습니다. 넌 여기보다 거기에서 더 도움이 될 거야. 만일 그 일을 너 자신을 위해서는 하지 않겠다면, 본을 위해서 하도록 해. 본은 우리가 남을 거라고 생각하면, 가려고 하지 않을 거야. 어차피 넌 가고 싶잖아. 인정해!

내게 인정할 용기가 있을까요? 내게 자백할 용기가 있을까요? 아

---

*   주기도문의 일부. 마태복음 6장 10절.

메리카, 슈퍼마켓과 초고속도로의 나라, 초음속 제트기와 슈퍼맨의 나라, 초대형 항공모함과 슈퍼볼의 나라! 아메리카, 자신에게 단순히 피비린내 나는 탄생에서 유래한 이름을 붙이는 데 만족하려 하지 않은 나라, 대신에 역사상 처음으로 수수께끼 같은 두문자어로 된 이름, 나중에 USSR이라는 네 글자한테만 패배한 세 글자로 된 USA라는 이름을 고집한 나라. 비록 모든 나라가 나름대로 자국이 우월하다고 생각했다고는 해도, 나르시시즘이라는 연방준비은행에서 '슈퍼'가 붙은 용어를 그렇게 많이 새로 만들어 낸 나라가 있었을까요? 엄청나게 자신만만할 뿐 아니라 정말로 엄청나게 강력한 그런 나라가요? 그래서 세상 모든 나라를 풀넬슨 자세*로 꽉 조이고 상대가 엉엉 울며 큰 소리로 '엉클 샘**'을 부르고 나서야 비로소 만족하는 그런 나라가요?

내가 말했습니다. 좋아, 인정하지! 참회하겠어.

그가 쿡쿡 웃으며 말했습니다. 너 자신이 운이 좋은 거라고 생각하라고. 나는 우리의 멋진 조국을 한 번도 떠나 본 일이 없어.

운이 좋다고? 내가? 최소한, 너는 여기서 집에 있는 것처럼 마음이 편안하잖아.

그가 말했습니다. 집은 과대평가되고 있어.

자신의 아버지, 어머니와 무리 없이 잘 지낼 때 이렇게 말하기는

---

*   레슬링에서 두 팔을 등 뒤에서 상대방의 겨드랑이 밑으로 넣은 다음 두 손으로 상대의 뒤통수를 내리 눌러 공격하는 방법.

**   미국 정부를 지칭하는 말.

쉽습니다. 혁명에 동조하는 것만은 형제자매들이 외면한다고 해도 요. 이것은 많은 가정에서 내분이 일어났을 때, 다시 말해, 일부는 북측을 위해 싸우고 일부는 남측을 위해 싸우며, 일부는 공산주의를 위해 싸우고 일부는 민족주의를 위해 싸울 때 상당히 흔한 일이었습니다. 그럼에도, 제아무리 분열되어 있다 해도, 모두 자신이 속한 나라를 위해 싸우는 애국자들이라고 생각했습니다. 나 자신은 여기 속해 있지 않다는 점을 상기시키자, 그는 이렇게 말했습니다. 너는 미국에 속해 있지도 않아. 내가 말했습니다. 아마도. 그렇지만 나는 거기서는 태어나지도 않았습니다. 나는 여기서 태어났습니다.

바실리카 밖에서, 우리는 작별 인사를 했습니다. 나중에 본을 위해 연출해 보인 것 말고 우리의 진정한 작별 인사를 말입니다. 내가 말했습니다. 너한테 내 음반과 책들을 맡길게. 늘 가지고 싶어 했잖아. 만이 내 손을 세게 쥐며 말했습니다. 고마워. 그리고 행운을 빌어. 내가 물었습니다. 내가 언제 고국에 돌아오게 될까? 깊이 동정하는 눈빛을 보내며 만이 말했습니다. 이 친구야, 나는 예언자가 아니라 불온 분자라고. 네 귀국 일정표는 너희 장군이 무엇을 계획하는가에 따라 결정될 거야. 그리고 장군이 바실리카 근처로 차를 몰고 갔을 때, 나는 이 나라에서의 탈출을 제외하고 그의 계획들이 무엇인지 분명히 단정할 수 없었습니다. 그저 어느 반체제 조종사가 이달 초에 폭격했던 대통령궁*으로 이어지는 대로의 양옆에 내걸린 현수막에 선

---

*   1975년 비상 출격한 남베트남의 공군 조종 장교가 도리어 남베트남 대통령궁을 폭격하고 북쪽으로 망명한 사건을 말한다.

명히 새겨져 있는 쓸데없는 말들보다는 더 중요한 것을 염두에 두고 있으리라 추측했을 뿐입니다. 공산주의자들에게 내줄 땅은 없다! 남쪽은 공산주의자들을 거부한다! 연립 정부 반대! 협상 반대! 지붕 있는 초소에서 차려 자세로 꼼짝 않고 서 있는 무표정한 보초가 보였습니다. 하지만 우리가 그 궁에 이르기 전에 마침내 장군이 다행스럽게도 파스퇴르가에서 우회전해 공항으로 방향을 잡았습니다. 저 멀리 어디에선가 중기관총 한 대가 불규칙적으로 짧고 날카롭게 터지는 소리를 내며 발사되었습니다. 박격포 한 문이 낮게 으르렁거리자, 덕이 어머니 품 안에서 훌쩍거리며 울었습니다. 그녀가 말했습니다. 쉿, 아가. 우리는 여행을 가는 것뿐이야. 본이 아들의 숱이 적은 머리를 쓰다듬으며 말했습니다, 우리가 이 거리들을 다시 볼 수 있을까? 내가 말했습니다. 다시 볼 수 있을 거라고 믿어야 해, 안 그래?

본이 한 팔로 내 어깨를 휘감아 안은 다음, 우리는 버스 출입문 계단에 함께 비집고 들어가서, 침울한 아파트들이 구르듯 스쳐 지나가며, 불빛과 시선들이 커튼과 덧문 뒤에서 밖을 엿보는 동안 차문 밖으로 고개를 늘어뜨린 채 두 손을 맞잡고 있었습니다. 우리는 바람이 불어오는 쪽으로 코를 들고 숯과 재스민, 썩어 가는 과일과 유칼립투스, 휘발유와 암모니아, 도시의 형편없는 관개 수로에서 소용돌이치는 분출물 같은 온갖 것이 뒤섞인 냄새를 들이마셨습니다. 공항에 다다랐을 때, 어슴푸레하게 보이는 십자가 모양의 비행기 한 대가 모든 조명을 끈 채 머리 위 높은 곳에서 굉음을 내고 있었습니다. 정문에는 가시철조망이 실의에 빠진 중년처럼 축 늘어져 있었습니다. 철조망 뒤에서 1개 분대의 침울한 헌병대원들과 젊은 중위가, 각자 소총을 손에 들고 벨트에 매단 곤봉이 흔들리는 채로 기다리고 있었습니다. 중위가 장군의 시트로앵으로 다가가 몇 마디 말을 나누기 위해 운전석 창문 옆에서 몸을 숙인 다음 내가 버스 문 밖으로 몸을 내밀고 서 있는 방향을 흘끗 보았을 때, 내 심장은 쿵쾅거렸습니다. 나는 평판이 나쁜 소령의 정보를 바탕으로 그가 아내, 세 아이, 부모, 인척들과 함께 살고 있는 수로 옆 빈민가까지 추적해서 그를 찾아냈습니다. 식구들은 그들 가운데 절반을 먹여 살리기에도 충분치 않은 그의 봉급에 의존하고 있었습니다. 이는 젊은 장교의 전형적인 운명이었지만, 지난주 오후에 나는 이 가련한 육체에서 어떤 종류의 인간이 형성되었는지를 알아내려고 찾아갔습니다. 아내와 아이들과 나눠 쓰는 나무 침대 가장자리에 속옷 바람으로 앉아 있기는 했지만, 반쯤 벌거벗은 중위는 갓 호랑이 우리에 떨어져서 경계심이 강하고 약간 겁은 먹었지만 아직도 육체적으로 망가지지는 않은 정치범같이 궁지에 몰린 표정을 하고 있었습니다. 당신은 내가 조국을 배신하기를 바라는군요. 그는 내가 건네준, 아직 불도 안 붙인 담배를 손에 든 채 단조로운 목소리로 말했습니다. 겁쟁이들과 배신자들이 탈출하도록 내게 돈을 지불하고 싶어 해요. 내가 부하들에게 똑같은 짓을 하라고 부추기기를 바라는군요.

내가 말했습니다. 딴청을 부려서 당신의 지성을 모욕하지는 않겠습니다. 나는 대부분 배심원단, 그러니까 더위로 숨이 막힐 듯한 양철지붕 판잣집의 빈틈없는 공간에서 걸터앉거나 쪼그리고 앉거나 서 있는 그의 아내와 부모와 인척들의 이익을 대변하며 이야기했습니다. 그들은 굶주려서 앙상한 광대뼈를 드러내고 있었는데, 나를 위해 무진 고생을 했던 내 어머니에게서 보아 익숙한 모습이었습니다. 나는 당신을 존경합니다, 중위. 나는 그렇게 말했고, 실제로도 그랬습니다. 당신은 정직한 남자인데, 남자들에게 먹여 살릴 가족들이 있을 때는 정직한 남자들을 찾아보기가 힘들지요. 나는 우리의 요청에 대한 최소한의 보답으로 3000달러를 제안하는 겁니다. 그의 소대 전체의 한 달 치 봉급에 해당하는 금액이었습니다. 중위의 아내는 자신의 본분을 다하여, 1만 달러를 요구했습니다. 결국 우리는 총 5000달러를, 절반은 즉시 지불하고, 나머지 절반은 공항에서 지불하는 것으로 합의를 봤습니다. 내가 탄 버스가 지나갈 때, 중위가 내 손에서 현금이 든 봉투를 낚아챘고, 나는 중위의 눈에서 내가 공산당 첩자의 입에서 이름들이 적힌 명단을 끄집어냈을 때 여자가 보냈던 바로 그 눈빛을 보았습니다. 나를 쏘거나 우리를 돌려보낼 수도 있었지만, 그는 (내가 도박을 걸었던 대로) 부득이하게 뇌물을 받을 수 밖에 없는 처지라 해도 명예를 아는 남자라면 누구나 그렇게 할 거라 여겨지는 행동을 했습니다. 그는 자기 존엄성의 마지막 무화과 나뭇잎*이라 할 수 있는 합의에 따른 책임완수를 위해 우리를 통과시켜 주었습니다. 나는 중위가 감수하는 굴욕으로부터 시선을 돌렸습니다. 만약 — 잠시 조건

* 　전통적으로 성서, 회화, 조각에서 나신의 국부를 가리는 데 사용되었기 때문에, 일반적으로 '치부나 부정이나 곤란한 상황 따위를 서투르게 은폐하는 것'이라는 의미로 사용된다.

문을 좀 쓰겠습니다 — 만약 남측 군대가 오로지 중위 같은 남자들로만 구성되었다면, 그쪽이 승리했을 것입니다. 나는 비록 내 적이지만 그를 존경했음을 자백합니다. 우리 친구들 가운데 최악보다는 차라리 우리 적들 가운데 최고를 존경하는 편이 낫게 마련입니다. 동의하지 않으시나요, 소장님?

우리가 퀸셋식 막사, 박공 구조의 병영, 별 특징 없는 사무실, 그리고 튜브 모양의 창고들을 지나 잘 포장된 거리에 자리 잡은 중심부의 공항 복합단지를 차로 통과할 때, 즉 우리가 사이공 안에 있으면서도 동시에 바깥에 있는 셈인 일종의 축소형 도시로 깊숙이 들어갔을 때는 9시가 다 된 시각이었습니다. 이 반자치 영역은 한때 세계에서 가장 분주한 공항들 가운데 하나, 그러니까 CIA의 항공사인 에어아메리카를 타고 가는 사람들을 포함해서 치명적이든 아니든 모든 종류의 출격과 특별 임무의 중심지였습니다. 미군 장성들이 수입 철제 가구를 비치한 사무실들에서 전략을 짜내는 동안 우리 장성들은 자기 가족들을 이곳에 숨겼습니다. 우리의 목적지는 국방무관실이 있는 구역이었습니다. 특유의 뻔뻔함을 발휘해 미국인들은 거기에 다지 시티*라는 별명을 붙였는데, 이는 여섯 총잡이들이 지배하고 술집 아가씨들이 캉캉을 추던 마을의 이름으로, 사실 그런 경우가 여기 사이공에서도 흔하기는 했습니다. 하지만 보안관들이 진짜 다지 시티에서 치안을 유지했던 반면, 미국 해병대원들은 이 철수 지휘소

---

*   캔자스 주 서남부에 있는, 미국 서부개척 시대에 중요한 변경 도시로 총성이 끊이지 않던 무법천지의 대명사 격인 곳.

를 지켰습니다. 나는 1973년 이래로 그렇게 많은 해병대원들을 본 적이 없었습니다. 당시 그들은 이 이착륙장에서 떠나가는 몹시 지치고 패배한 무리였지요.* 하지만 이 젊은 해병대원들은 전투를 목격한 적도 없고 이 나라에 고작 몇 주만 있었을 뿐이었습니다. 그들은 팔꿈치 안쪽에 주삿바늘 자국 기미도, 정글에서 사용된 적 없는 빳빳하게 다림질된 전투복에서 훅 풍기는 마리화나 냄새도 전혀 없이, 말쑥하게 면도한 얼굴에, 또렷한 눈으로, 수백 명의 초조한 철수자들로 붐비는 주차 구역에 내리는 우리 탑승객들을 무표정하게 지켜보았습니다. 나는 시트로앵 옆에 있는 장군과 클로드에게 합류했는데, 장군은 차 열쇠를 넘겨주는 참이었습니다. 클로드가 말했습니다. 미국에서 돌려드리겠습니다, 장군님. 장군이 말했습니다. 아니, 그냥 점화 스위치에 꽂아 둬요. 누군가 훔치면서 차를 손상시키기를 바라지 않아요. 어차피 도난 당할 테니까. 탈 수 있을 동안 실컷 즐겨요, 클로드.

장군이 부인과 아이들을 찾아서 떨어져 나갔을 때, 내가 말했습니다. 여기서 무슨 일이 일어나고 있는 거죠? 엉망진창이네요. 클로드가 한숨을 쉬며 말했습니다. 이거야말로 정상이지. 죄다 개판이니 말이야. 모든 사람이 친척, 요리사, 여자 친구들을 여기서 탈출시키려고 애쓰는 중이지. 그냥 자네가 운이 좋은 거라고 생각해. 내가 말했

---

*　　1973년 1월 27일 파리에서 평화협정이 체결되었고, 그 안에는 남과 북의 휴전, 선거를 통한 통일 정부 구성, 미군의 60일 이내 철수 등의 내용이 담겨 있었다. 이에 따라서 평화협정 체결 뒤 미국은 남베트남에서 철수하면서 원조 규모를 크게 줄였는데, 본문에 언급된 장면은 바로 이 철수 장면을 가리킨다.

습니다. 압니다. 미국에서 보게 되나요? 그가 애정을 담아 내 어깨를 툭 치며 말했습니다. 꼭 1954년에 공산주의자들이 장악했을 때 같군. 우리가 여기 다시 오리라고 누가 생각이나 했겠나? 하지만 난 그때 자네를 북쪽에서 탈출시켰고, 지금은, 남쪽에서 탈출시키려는 참이지. 자넨 괜찮을 거야.

클로드가 떠난 후에, 나는 철수자들에게 돌아갔습니다. 해병대원 한 사람이 휴대용 확성기를 입에 대고 정렬하라고 웅얼거렸지만, 줄서기는 우리 동포들에게는 부자연스러웠습니다. 수요는 많고 공급은 적은 상황에서 우리에게 알맞은 방식은 팔꿈치로 밀치고, 거칠게 떠밀고, 밀고 들어가고, 난폭하게 미는 것이었고, 모두 실패하면, 뇌물을 주고, 알랑거리고, 허풍을 떨고, 거짓말하는 것이었습니다. 나는 이런 특성들이 유전인지, 철저히 습득된 문화인지, 아니면 단순히 신속한 진화론적 발전일 뿐인지는 확실히 알지 못합니다. 우리는 순전히 미국 수입품들로 인해 커진 거품경제 속에서 산 10년, 1954년에 외국인 마법사들이 나라의 절반에서 벌인 톱질*과 제2차 세계 대전 당시 일본이 떠난 후의 짧은 정치적 공백기**를 포함해 전쟁과 휴전을 쉴 새 없이 반복한 30년, 그리고 친절한 삼촌 같은 프랑스의 괴

---

*   1954년 7월 제네바 휴전협정이 성립되면서 베트남이 북위 17도 선을 경
     계로 남과 북으로 분단된 것을 말한다.
**   제2차 세계 대전의 발발로 프랑스가 자국 군대를 본토로 불러들인 뒤
     베트남을 점령하고 있던 일본이 1945년 항복 이후 떠나고, 1946년 11월
     23일 프랑스가 하이퐁 항구에 함포 사격을 가해 다시 전쟁이 시작되기
     까지의 짧은 기간을 가리킨다.

롭힘으로 점철된 지난 100년에 억지로라도 적응할 수밖에 없었습니다. 그렇지만 해병대원들은 그런 해명에는 조금도 관심이 없었고 그들의 위협적인 존재감 때문에 결국 피난민들은 억지로 줄을 설 수밖에 없었지요. 해병대원들이 무기가 있는지 확인하기 위해 우리 장교들을 몸수색할 때, 우리들은 비통해 하면서도 예의 바르게 각자의 총을 넘겼습니다. 내 총은 총신이 짧은 38구경 회전식 연발 권총으로, 은밀한 활동이나 러시안 룰렛이나 자살을 하기에 알맞은 것이었습니다. 반면, 본은 남성적인 45구경 콜트식 반자동 권총을 사용했습니다. 내가 덕에게 말해 주었습니다. 저 총은 필리핀에서 단 한 방으로 모로족* 전사들을 때려잡기 위해 제작된 거야. 클로드를 통해 알게 된 이 이야기는 그가 알고 있는 일종의 신비한 비밀이었습니다.

서류! 무기 검사가 끝난 후, 접수창구에 앉은 대사관 직원이 말했습니다. 19세기 풍의 짧은 구레나룻을 기른 데다 베이지색 사파리 슈트를 차려입고 장밋빛 안경을 쓴 젊은 남자였습니다. 각 가정의 가장들은 클로드가 넘겨준, 대사관 담당 직원이 날인한 미국 대통령의 임시 입국허가서뿐 아니라, 내가 엄청난 할인가에 사들인 내무부가 발행한 통행 허가 서류들을 가지고 있었습니다. 임시 입국허가서는, 우리가 고분고분하게 일렬로 서 있는 그 순간에도 중요한 무언가를 보장해 주었습니다. 우리에게는 자유롭게 숨 쉬기를 갈망하며 전 세계

---

*   필리핀의 민다나오 섬, 술루 군도, 팔라완 섬 등에 살고 있는 민족으로 독자적인 이슬람 신앙과 자체적인 문화를 가지고 있으며 1960년 이후 분리 독립 운동을 벌이고 있다.

에서 몰려와서 희망에 차 웅크리고 있는 수백만 명의 사람들을 앞질러 입국 심사 대기줄 맨 앞으로 끼어들 권리가 있다는 것이었습니다. 우리는 그런 작은 위안거리를 들고 집결지인 테니스장으로 갔지만, 이미 일찍 온 철수자들이 옥외 관람석들을 모두 차지하고 있었습니다. 우리는 좀 더 늦게 와서 경기장의 초록색 콘크리트 위에서 멍하니 애써 잠을 청해보는 사람들에게 합류했습니다. 붉은색 등화관제용 램프들이 군중들 위로 으스스한 불빛을 던졌는데 이중에는 미국인들도 드문드문 흩어져 있었습니다. 그들은 모두 베트남 여자들의 남편처럼 보였습니다. 베트남인 가족이 그들 하나하나를 둘러싸고 있는 방식이나 베트남 여자가 사실상 수갑을 채우듯 남자의 한쪽 팔을 구속하고 있는 방식을 고려한다면 말입니다. 나는 아무도 차지하지 않은 땅바닥에 본, 린, 덕과 함께 자리를 잡고 앉았습니다. 한쪽에는 초미니스커트와 망사스타킹에 진공 포장되어 있는 듯한 콜걸 무리가 있었습니다. 반대쪽에는 미국인 남자와 아내, 그들의 자녀인 다섯 살쯤 된 남자 아이와 여섯 살쯤 된 여자 아이가 있었습니다. 남편은 우람한 팔뚝으로 두 눈을 가린 채, 등을 대고 큰 대자로 누워 있어서, 그의 얼굴에서 보이는 부분은 고작 팔자 콧수염의 양끝 부분과 핑크빛 입술과 약간 비뚤어진 치아뿐이었습니다. 그의 아내는 아이들의 머리를 자기 무릎에 얹고 앉아서, 그들의 갈색 머리를 쓰다듬고 있었습니다. 린이 꾸벅꾸벅 조는 덕을 두 팔로 안아 흔들어 재우면서 물었습니다. 여기 얼마나 오래 계셨어요? 여자가 말했습니다. 하루 종일이요. 끔찍했어요. 너무 더워요. 먹거나 마실 거리가 전혀 없어요. 저 사람들이 계속해서 비행기 번호를 부르고 있지만 우리 것은 안 부르네요. 린이 안됐다는 듯 맞장구를 치는 동안, 본과 나는 전 세계 어디에서나 군대의 지루한 관습인 '서두른 다음 대기하기' 상황 가운데 대기하기에 전념했습니다.

우리는 담배에 불을 붙이고 캄캄한 하늘로 관심을 돌렸습니다. 하늘은 탁탁 소리를 내며 아래쪽으로 서서히 떠내려갈 때면 환하게 빛나는 머리 부분이 꼬리를 길게 늘이며 피어오르는 연기를 내뿜는, 한마디로 정자 모양의 물체로 변해 가는 낙하산 조명탄에 이따금씩 환해졌습니다. 본이 말했습니다. 고해성사를 들을 준비가 됐나? 그는 자신이 실탄을 쏟아 내는 방식으로, 요컨대 세심하게 통제된 집중 사격을 하듯 단어들을 사용했습니다. 난 오늘이 올 줄 알고 있었어. 그렇게 큰 소리로 말한 적이 없을 뿐이지. 그게 부인(denial)이라는 거야, 맞지? 내가 고개를 끄덕이며 말했습니다. 너는 사이공에 있는 모든 사람들과 똑같은 죄를 지었을 뿐이야. 우리 모두 알고 있었지만 속수무책이었어. 아니, 어쨌든 그렇다고 생각했지. 하지만 언제 어떤 일이 일어날지는 아무도 모르는 법이야. 그게 바로 희망이라는 거지. 그는 어깨를 으쓱하고는 타들어가는 담배의 끝 부분을 가만히 바라보았습니다. 희망이 희미해. 그가 말했습니다. 절망은 짙고. 피처럼. 그가 담배를 쥐고 있는 손바닥에 있는, 활 모양의 생명선을 따라 새겨진 흉터를 가리켰습니다. 기억해?

나는 그것과 아주 비슷한 흉터가 있는 내 오른쪽 손바닥을 들어 올렸습니다. 똑같은 흉터가 만에게도 있었습니다. 우리는 술병이나 담배나 총이나 여자 때문에 손을 펼 때마다 이 흔적을 봤습니다. 전설의 용사들처럼 서로를 위해 죽기를 맹세했습니다. 남학생들의 우정이라는 로맨스의 올가미에 걸리고, 서로에게서 발견한 신의, 정직, 신념, 기꺼이 친구를 지지하고 소신을 지키려는 마음 같은 영원한 가치로 결속되었던 것입니다. 그런데 우리는 열네 살에 무엇을 믿었던 걸까요? 우리의 우정과 형제애, 우리 나라와 우리의 독립이었습니다. 우리는 만일 부름을 받는다면 피로 맺어진 의형제들과 조국을 위해 우리 자신을 희생할 수 있으리라 믿었지만, 우리가 어떤 식으로 부름을 받게 되고 무엇이 될지를 정확히 알지는 못했습니다. 나는 본이 어느날 피살된 아버지의 원수를 갚기 위해 피닉스 프로그램*에 합류할 거라고는 예견하지 못했습니다. 만과 내가 동지로 여기는 사람들을 암살하는 것이 본의 임무였습니다. 인정 많고 진실한 본은 만과 내가 은밀하게 우리 나라를 구하는 유일한 길은 혁명가가 되는 것뿐이라고 믿게 되었다는 사실을 알지 못했습니다. 우리 세 사람은 각자 정치적 신념을 따랐지만, 사실은 그조차 우리가 처음에 피로써 형제애를 맹세했던 이유들 때문일 뿐이었습니다. 설사 사정상 우리가 죽음으로 형제애의 대가를 치러야 하는 상황에 내몰린다 해도, 나는 만과 내가 당연히 대가를 치르리라는 것을 전혀 의심하지 않았습니다.

* CIA가 베트남 전쟁 당시 남베트남 민간인을 대상으로 벌인 광범위한 정보수집활동의 공식 명칭. 남베트남 민족해방전선(베트콩)의 기반 와해, 즉 협력자들을 찾아내 무력화하는 것이 목표였고 무력화에는 식별, 체포, 고문, 테러, 암살, 살해가 모두 포함되었다.

우리의 약속은 손에 적혀 있었기에, 나는 멀리서 마그네슘 불꽃이 던진 너울거리는 불빛 아래에서, 흉터가 있는 손바닥을 들어 올리고 손가락으로 그 선을 더듬으며 말했습니다. 네 피는 내 것이고 내 피는 네 것이다. 이건 우리가 10대 청소년 시절 서로 다짐했던 서약의 말이었습니다. 본이 말했습니다. 이것도 알아? 절망이 짙을 수도 있지만, 우정은 더욱 짙다. 그후로는 더 이상 아무 말도 할 필요가 없었습니다. 우리가 조용히 하라고 주의를 주는 도서관 사서들처럼 저 멀리서 쉭쉭 소리를 내는 로켓포 '카튜샤*'의 부름에 주의를 기울이던 순간 우리의 동지애는 충분하다는 것을 이미 알고 있었으니까요.

---

*   제2차 세계 대전 당시부터 사용된 구 소련의 이동식 다연장 로켓포.

3장

경애하는 소장님, 소장님과 정치위원께서 제 자백 기록을 제공해 주신 데 감사드립니다. 내가 '우리가'나 '우리에게'라고 말할 때, 그것이 무슨 뜻인지를 물으셨습니다. 파견된 스파이로서 첩보 활동의 대상인 남쪽 군인들이나 철수자들을 나 자신과 동일시하는 순간들에 그렇게 불렀던 겁니다. 그 사람들, 나의 적들을 '그들'이라고 불러야 하지 않을까요? 그들과 함께 거의 평생을 보내다시피 한 후에, 나는 다른 많은 사람들에게 그랬던 것과 마찬가지로 그들에게 동조할 수밖에 없었습니다. 타인에게 동조하는 내 약점은 '잡종 새끼'라는 내 존재와 많은 관계가 있습니다. 잡종 새끼라 나면서부터 쉽게 동조하는 경향이 있다고 말하려는 것은 아닙니다. 많은 잡종 새끼들이 잡종 새끼다운 행동을 합니다. 내가 내편과 다른 편 사이의 경계를 허무는 것이 가치 있는 행동일 수 있다는 사고방식을 배운 것은 상냥한 내 어머니의 공이라고 믿습니다. 어쨌든, 만약 어머니가 하녀와 사제

사이의 경계를 허물지 않았더라면, 혹은 경계가 허물어지게 내버려 두지 않았더라면, 나는 존재하지 않았을 겁니다.

이런 식으로 결혼의 테두리 밖에서 태어난 탓인지, 나 자신이 결혼한다는 생각만 해도 몹시 꺼림칙한 기분이 든다는 사실을 자백합니다. 독신 생활은 '잡종 새끼'로 사는 데서 비롯된 뜻밖의 혜택들 중 하나였습니다. 나는 대부분의 가족들에게 그리 대단한 신랑감으로 여겨지지 않았으니까요. 혼혈 혈통의 딸이 있는 가족들조차 나를 환영하지는 않았습니다. 왜냐하면 대개 딸 자신이 순수 혈통인 누군가와 결혼해 사회적 신분 이동이라는 엘리베이터 속으로 비집고 들어가려고 미친 듯 날뛰었기 때문입니다. 친구들과 제삼자들은 '잡종 새끼'로 사는 비극의 일부인 내 독신 생활에 대해 탄식하지만, 나는 독신 생활이 자유를 의미할 뿐 아니라 두더지 같은 스파이로서 비밀리에 잠입하는 내 생활에 잘 맞는다는 점을 알고 있습니다. 두더지는 혼자일 때 굴을 더 잘 파고 숨는 법이니까요. 독신 생활이란, 전날 발행된 타블로이드판 신문을 사용해서, 원자력 시대의 산물인 브래지어로 인위적으로 더 깊이 파낸 골짜기 같은 땀투성이 가슴골에 부채질을 하면서도 또 한편으로는 철수자들 한가운데서 맵시 있는 다리를 뻔뻔하게 과시하고 있는 콜걸들과 영양가 없는 잡담을 해도 된다는 뜻이기도 했습니다. 아가씨들은 자신들을 미미, 피피, 티티라는 화류계에서는 흔해 빠진 이름들로 불렀지만, 내 가슴에 희열을 불어넣을 만큼 강력한 3인조 지배자이기도 했습니다. 이름은 손님들만큼이나 쉽게 바뀌기 마련이니, 즉석에서 지어낸 이름이었을지도 모릅니다. 만일 그렇다면, 그들의 연기는 여러 해에 걸친 성실한 학습과 열성적인 실습으로 체득한 그야말로 직업적인 반사작용이었습니다. 나는 직업 매춘부들의 전문가 기질에 변치 않는 존경심을 지니고 있었습니다. 그들은 자신들의 부정행위를 변호사들보다 더 솔직하게 드러냈기 때문입니다. 시간 단위로 청구서를 발행하기는 피차일반인데 말입니다. 하지만 오직 돈 문제만 이야기한다면 요점을 놓치게 마련입니다. 매춘부에게 접근하는 적절한 방법은 쇼가 지속되는 내내 가만히 앉아서 불신감을 저만치 밀쳐두는 연극광의 태도를 응용하는 것입니다. 부적절한 방법은, 멍청하게도, 당신이 표 값을 지불했다는 이유로 연극이 한 무리의 사람들이 제스처 게임을 보여주는 데 지나지 않는 거라고 주장하거나, 아니면 정반대로 당신이 보는 것을 전적으로 믿은 나머지 신기루에 굴복하는 것입니다. 예를 들면, 유니콘에 대한 상상은 비웃는 어른들이 눈물을 글썽이면서 훨씬 더 희귀하고 신화에나 나올 법한 종(種)이 존재한다고 증언할 테지요. 비록 멀리 떨어진 기항지들에서도 가장 불결한 선술집들의 가장 어둡고 가장 깊숙한 구역들에서만 발견되기는 해도, 이 종이 바로 그 유명한 고결한 마음*이 고동치는 가슴을 지닌 매춘부입니다. 하지만 내 장담하건대, 설사 매춘부에게 고결한 구석이 있다 해도 마음이 고결하지는 않습니다. 어떤 사람들이 그렇지 않다고 믿는다면, 이는 온힘을 다해 연

---

* 「라 트라비아타」의 비올레타처럼 고급 창녀나 매춘부이면서도 돈보다는 사랑이나 대의를 선택하는 순수하고 고결한 마음을 지닌 여자들을 가리킨다.

기한 배우에 대한 찬사입니다.

그 정도로 이 세 명의 콜걸들은 노련한 배우들이었습니다. 하지만 수도와 교외 도시들에 있는 매춘부들의 70~80퍼센트에 대해서는 그렇게 말할 수 없었습니다. 그들에 대한 진지한 연구와 증거로 삼을 만한 이런저런 일화, 무작위 추출법으로 수만, 어쩌면 수십만의 이런 창녀들이 존재하고 있음을 알 수 있습니다. 대부분은 열아홉 살 먹은 미군 병사의 음모에 붙은 진드기처럼 살며 달리 생계를 꾸릴 수단이 없는 가난하고 글도 모르는 시골 아가씨들이었습니다. 이런 미군 병사는 바지가 물가 상승을 유발할 지폐 한 뭉치로 불룩하고, 젊은 뇌는 아시아 국가에 오는 수없이 많은 서양 남자들을 괴롭히는 황열병*으로 부푼 채 놀랍고 기쁘게도 젖가슴이 녹색으로 물들어 있는 이 세계**에서 최소한 여성에 관해서는 자신이 더 이상 클라크 켄트가 아니라 슈퍼맨임을 깨달았습니다. 슈퍼맨의 도움을 받으면서(아니면 슈퍼맨의 침략을 당했나요?) 작지만 비옥한 우리 나라는 더 이상 많은 양의 쌀과 천연 고무와 주석을 생산하지 않고 대신에 해마다 매춘부들로 풍작을 이루었는데, 이들은 우리가 카우보이라고 부르던 포주들이 덜덜 떨리는 그녀의 촌스러운 가슴에 밀가루 반죽을 덕지덕지 발라 준 다음 투도가의 술집 무대로 올라가라고 재촉하기 전에는 록 음악에 맞춰 춤을 춰 본 적조차 거의 없던 아가씨들이었습니다. 지금

---

*   진짜 황열병이 아니라 중의적으로 동양 여성에 대한 욕망을 의미하는 표현.

**   달러 지폐가 녹색임을 빗댄 표현.

내가 감히 미국의 전략 입안자들이 연기를 피워 아가씨들이 세상 밖으로 나오게 하려고 소작농 마을들을 계획적으로 섬멸했다고 비난하고 있는 건가요? 앞서 말한 마을들을 폭격하거나 포격하거나 기총소사하거나 불 지르거나 약탈하거나 그저 강제로 소개시킨 바로 그 병사들에게 성적 서비스를 제공하는 것 말고는 달리 할 일이 거의 없었을 아가씨들을 끄집어내려고 그랬다고요? 나는 그저 외국 병사의 은밀한 부위에 서비스를 제공하는 현지 매춘부들이 생겨나는 것은 점령 전쟁의 불가피한 결과, 자유를 지키는 데 따르는 저 추잡하고 사소한 부작용들 가운데 하나라는 점을 언급할 뿐입니다. 미국 스몰빌*에 있는 모든 아내, 누이, 여자 친구, 어머니, 목사, 그리고 정치인이, 입에 담기도 민망한 고통의 원인조차도 미국인의 친절이라는 페니실린으로 치료할 준비를 한 채 군인들의 귀향을 환영할 때, 왁스를 발라 광을 낸 것처럼 반짝이는 치아를 드러내며 못 본 척하는 사소한 부작용들 말입니다.

이 재능 있는 3인조 인기 배우들은 전적으로 다른 종류의 친절, 그러니까 부도덕한 종류의 친절을 약속했습니다. 창피한 줄도 모르고 나와 시시덕거렸고, 본과 그때는 깨어 있던 팔자 콧수염이 난 미국인 남편에게 지분거렸습니다. 둘 다 그저 얼굴을 찌푸리며 가능한 한 몸을 오그리고 가만히 있을 뿐이었습니다. 자기 아내들의 무시무시한 침묵을 아주 잘 감지하고 있었으니까요. 반면에, 나는 답례로 기꺼

<hr>

*   슈퍼맨이 성인이 되기 전까지 거주하는 미국 캔자스 주에 있는 가상의 마을.

이 추파를 던졌습니다. 이 화류계 여자들에게 내 가슴을 아프게 하고, 필시 내 은행계좌를 깨게 만들 만한 배경 이야기들이 있으리라는 점을 충분히 염두에 두고서요. 나라고 그와 같은 배경 이야기들 중 하나가 없었을까요? 하지만 배우들은 최소한 부분적으로는 자신들의 슬픔을 잊기 위해 연기를 합니다. 나도 이미 통달해 있는 특징이고요. 이런 상황에서는 시시덕거리고 연기를 하는 편이 나았습니다. 아주 오랫동안 행복한 척을 해서 실제로 그런 행복감을 느낄지도 모를 기회가 모든 사람에게 주어지니까요. 게다가 그 여자들을 바라보는 것만으로도 즐거웠습니다! 미미는 키가 컸고 긴 생머리인 데다 손가락, 발가락 스무 개에 모조리 핑크색 매니큐어를 발랐는데, 끝 부분은 죄다 콩모양의 젤리 과자만큼이나 화려했습니다. 신비스러운 후에 지방 사투리를 쓰는 그녀의 쉰 듯한 목소리에 내 혈관이 모조리 수축되어 가벼운 현기증이 일었습니다. 티티는 가냘프고 자그마한 데다, 키가 더 커 보이는 아주 멋진 벌집 모양 올림머리를 하고 있었습니다. 창백한 피부는 달걀껍질을 떠올리게 했고, 속눈썹은 눈물이 맺힐 듯 파르르 떨렸습니다. 나는 미미를 감싸 안고서 버터플라이 키스*를 하며 내 속눈썹으로 그녀의 속눈썹을 스치고 싶었습니다. 리더인 피피의 굴곡진 몸매는 판티엣의 모래언덕들을 떠올리게 했는데, 내 어머니가 일생에 한 번의 휴가를 위해 나를 데려갔던 곳입니다. 엄마가 조금이라도 덜 거무스름해지고 싶어 머리부터 발끝까지

---

*   윙크하며 속눈썹으로 상대의 속눈썹을 쓰다듬는 일.

온몸을 가리고 있는 동안, 나는 햇볕에 달궈진 모래를 무아지경으로 파헤쳤습니다. 열 살 무렵의 따뜻하고 행복한 느낌이 어린 더 없이 즐거운 기억이 피피의 향기로 되살아났습니다. 어머니가 가지고 있던 작은 유리병에 담긴 벌꿀 빛깔 향수에서 풍기던 냄새와 아주 비슷했습니다. 아니, 내가 그렇다고 상상했는지도요. 그건 어머니가 아버지에게 받은 선물로, 1년에 딱 한 번 몸에 바르던 향수였습니다. 그래서 나는 피피와 사랑에 빠졌습니다. 충분히 무해한 감정이었죠. 나는 보통 1년에 두세 차례 사랑에 빠졌는데, 그때는 마침 다시 사랑에 빠질 때가 한참 지난 상태였습니다.

철수는 부자와 권력자와 연고자들, 혹은 부자나 권력자나 연고자들을 위한 조치인데 그들이 어떻게 이 공군 기지에 잠입했을까요. 그건 모두 '병장님' 덕이었습니다. 나는 정수리에 하얀 해병대 모자를 얹은 채 두 다리로 서 있는 근육질 남자의 넓적하고 두툼한 육체를 상상했습니다. 피피가 말했습니다. 병장님은 대사관을 지키는데, 우리 같은 아가씨들을 아주 사랑해요. 멋지고 마음씨 좋은 사람이에요. 우리를 전혀 잊지 않았지요. 우리를 절대로 잊지 않을 거라던 자기 말처럼요. 다른 두 사람이 힘차게 고개를 끄덕였는데, 미미는 껌을 딱딱 소리 내며 씹었고 티티는 손가락 마디를 딱딱 소리 내며 꺾고 있었습니다. 병장님이 버스에 타고 투도가를 훑으면서 근처에 있던, 떠나고 싶어 하는 우리 같은 아가씨들을 여럿 구했어요. 그런 다음 경찰관들에게 여기 있는 불쌍한 병사들과 함께 파티를 하려고 여자들을 데려가는 중이라고 말해서 우리를 이 공군 기지로 데려왔어요. 실제로 약속을 지킨 그들의 '병장님', 이름이 에드이고 성은 아가 씨들 중 아무도 발음할 수 없는 아무개 씨인 이 훌륭한 미국인 생각을 할수록, 내 마음이라는 딱딱한 복숭아가 익어서 부드러워졌습니다. 왜 떠나고 싶으냐고 물었더니, 미미가 공산주의자들은 틀림없이 자신들을 부역자로 교도소에 집어넣을 거라고 말했습니다. 그들은 우리를 갈보라고 불러요. 그녀가 말했습니다. 그리고 사이공을 갈보의 도시라고 부르죠, 아닌가요? 귀여운 양반, 나도 이 정도는 유추할 수 있어요. 티티가 말했습니다. 더욱이, 설사 우리를 교도소에 던져 넣지 않는다 해도, 우리가 우리 일을 할 수는 없을 거 아네요. 공산국가에서는 아무것도 사거나 팔 수 없잖아요, 그렇죠? 여하튼, 이익을 얻기 위한 행위는 안 되거든. 그런데 자기, 나는 아무한테도 이 망고를 공짜로 먹게 놔두지는 않을 거라고요. 공산주의든 공산주의가 아니든. 이 말에 세 사람이 모두 박장대소했습니다. 그들은 상륙 허가를 얻은 러시아 수병들만큼 말버릇이 상스러웠지만, 또한 교환가 치론이 무엇인지도 확실히 알고 있었습니다. 혁명이 승리로 끝난 직후, 그들 같은 아가씨들에게 과연 어떤 일이 일어났을까요? 나는 이 문제를 전력을 다해 곰곰이 생각해 본 적이 없었음을 자백합니다.

그들의 떠들썩한 활기 덕분에 시간이 하늘 높이 획획 지나가는 C-130들만큼 쏜살같이 지나가 버렸지만, 그들이나 나조차도 시간이 경과하면서 우리 번호가 불리지 않자 지쳐 버렸습니다. 휴대용 확성기를 든 해병대원이 인공 후두를 단 인후암 환자처럼 웅얼거리듯 말하곤 했고, 기진맥진한 철수자들 한 무리가 초라한 소지품들을 그러모은 다음 자신들을 활주로로 데려갈 버스를 향해 비틀비틀 걷곤 했습니다. 10시가 지났고, 이윽고 11시가 됐습니다. 나는 드러누웠지만 잠을 잘 수 없었습니다. 군인들이 평소 재치 있게 1000성급 호텔이라고 부르는 곳에 있었는데도 말입니다. 그저 행운을 상기시키는 은하수를 우러러 보는 것 말고는 어찌할 도리가 없었습니다. 나는 본과 함께 쪼그리고 앉아 담배를 한 내 더 피웠습니다. 드러누웠지만 이번에는 더위가 신경 쓰여 잠을 잘 수 없었습니다. 자정에, 나는 구내를 한 바퀴 산책하다가 화장실 쪽으로 향했습니다. 그건 형편없는 발상이었습니다. 그 화장실은 철수자 수천 명의 뜨거운 배설물이 아니라, 사무직원들과 후방 군부대 근무자 수십 명의 정상적인 유수만을 처리하기로 되어 있었던 겁니다. 수영장 상황도 나을 것은 없었습니다. 여러 해 동안 수영장은 내내 미국인 전용 구역이었습니다. 다른 나라 백인들과 국제 통제 및 감독 위원회(ICCS)의 인도네시아인들, 이란인들, 헝가리인들, 폴란드인들을 위한 출입증도 있었지요. 우리 나라에는 두문자어들이 득시글거렸습니다. "똥을 제어할 수는 없어(I Can't Control Shit)."라고도 알려진 ICCS를 포함해서 말입니다. ICCS의 역할은 미군이 전략상 철수한 후 북쪽과 남쪽의 휴전을 감독하는 것이었습니다. 이 휴전은 두말할 것도 없이 성공적이었습니다. 왜냐하면 앞선 두 해 동안, 통상 민간인 사망자를 제외하고 고작 15만 명의 군인들이 전사했을 뿐이기 때문입니다. 휴전 협정이 없었다면, 얼마나 많은 사람들이 죽었을지 상상해 보십시오! 어쩌면 철수자들이 이 수영장에서 현지 지역 주민들이 배제된 데 분개했을지는 모르지만, 그걸 소변기로 바꿔버릴 때는 다급해서 그저 될 대로 되라는 마음뿐이었을 겁니다. 나는 수영장 가장자리에 늘어서 소변을 보는 사람들에게 합류했다가 곧 테니스장으로 돌아갔습니다. 본과 린은 양손으로 턱을 괸 채 졸고 있었고, 덕은 어쨌든 간에 어머니 무릎에서 얼마든 잠을 자는 유일한 사람이었습니다. 나는 쪼그리고 앉거나, 드러눕거나, 담배를 피우다가 마침내 새벽 4시쯤 우리 번호가 불리자 아가씨들에게 작별 인사를 했고, 그들은 입을 삐죽거리면서 괌에서 다시 만날 것을 약속했습니다.

우리는 테니스장에서 나와 주차장을 향해 행군하듯 걸어갔는데, 버스 한 쌍이 우리 그룹에 속한 철수자 아흔두 명보다 더 많은 사람들을 태우기 위해 기다리고 있었습니다. 그 사람들 수는 200명쯤이었습니다. 장군이 내게 다른 사람들은 누구냐고 물었을 때, 내가 가장 가까운 데 있는 해병대원에게 물어 보았습니다. 그가 어깨를 으쓱했습니다. 당신들은 모두 덩치가 별로 크지 않으니까, 우리들 한 명이 들어갈 공간에 당신들은 두 명씩 넣을 겁니다. 불만스러워 하는 장군을 따라 버스에 탑승할 때 내 마음 한편에서는 몹시 짜증이 난 반면에, 또 다른 한편에서는 우리는 그런 취급에 이골이 났다는 결론을 내렸습니다. 어쨌든, 우리는 우리끼리도 서로를 똑같은 방식으로 취급했습니다. 우리의 모터바이크, 버스, 트럭, 엘리베이터, 헬리콥터에 인간들을 위험천만하게 짐짝처럼 잔뜩 쑤셔 넣고, 모든 규정과 제조업체의 권고 사항들을 무시하면서 말입니다. 우리가 그저 체념하고 따르기만 하던 상황들을 두고, 다른 사람들이 우리가 만족스러워

한다고 생각한다는 게 놀라운 일이었을까요? 장군이 빈틈없는 공간에서 내게 바싹 달라붙은 채 불평했습니다. 미국인 장군을 이런 식으로 취급하지는 않을 거야. 내가 말했습니다. 아닙니다, 장군님. 그럴 리가요. 하지만, 그건 아마도 사실일 터였습니다. 우리 버스는 지글지글 끓는 것 같은 야외에 밤낮없이 머물렀던 승객들로 인해 즉시 악취가 진동하고 후끈거렸지만, 우리가 탈 C-130 허큘리스가 서 있는 곳까지는 고작해야 얼마 안 되는 거리였습니다. 그 비행기는 날개가 부착된 쓰레기 수거 차량인 셈이었고, 쓰레기 수거 차량과 마찬가지로 화물 탑재는 뒤쪽에서 이루어졌는데, 바로 여기에서 우리를 받아들이기 위해 평평한 화물용 경사로가 내려왔습니다. 뭐든 다 삼킬 듯 쩍 벌어진 입 같은 이 구멍은 크고 넉넉한 소화관으로 통했고, 희미한 녹색 등화관제등 불빛이 그 세포막을 비추고 있었습니다. 장군은 버스에서 내린 다음, 경사로 한 편에 섰고, 그의 가족, 참모진, 참모진의 부양가족, 우리가 알지 못하는 백여 명의 사람들이 올라타는 동안 지켜보기 위해 나도 그와 합류했습니다. 경사로 위에 서 있는 탑재물 관리 책임자가 그들에게 앞으로 계속 가라고 손을 흔들어 신호하고 있었습니다. 어서, 부끄러워하지 말고요. 농구공 같은 모양과 크기의 헬멧을 머리에 쓴 채 그가 부인에게 말했습니다. 궁둥이에 바짝 박아요, 부인. 궁둥이에 바짝 박아.

부인은 무슨 말인지 너무 어리둥절해서 충격조차 받지 않았습니다. 탑재물 관리 책임자가 무심코 반복하는 그 말을 해석하려고 애쓰느라 자녀들과 함께 지나면서 부인의 이마에는 주름이 잡혔습니다. 순간 나는 구부정한 품 안에 파란색 팬아메리칸 항공의 여행 가방을 꼭 끌어안고 결사적으로 시선이 마주치는 것을 피하며 경사로로 다가오는 한 남자를 발견했습니다. 나는 며칠 전에 3구에 있는 그의 집에서 이 사람을 만난 적이 있었습니다. 내무부의 중간급 관료여서인지, 키가 너무 크지도 작지도, 체구가 너무 가늘지도 떡 벌어지지도, 피부색이 너무 옅지도 짙지도, 너무 똑똑하거나 멍청하지도 않았습니다. 일종의 차관보였으니, 그 자신의 내면은 직책만큼이나 공허해서*, 십중팔구 꿈을 꾸지도 악몽에 시달리지도 않았을 것입니다. 내가 이 차관보와 만난 이후 며칠 동안 두세 차례 생각해 봐도, 뭐라 설명하기 힘든 그의 얼굴을 기억해 낼 수가 없었는데, 그가 경사로를 오르던 순간 마침내 알아보았던 겁니다. 어깨를 툭 치자, 그는 경련을 일으키다가 결국 치와와 같은 두 눈을 나를 향해 돌리고는 미처 나를 보지 못한 척을 했습니다. 내가 말했습니다. 정말 우연이군요! 이번 비행에서 당신을 뵙게 되리라고는 예상치 못했습니다. 장군님, 이 친절한 신사분의 도움이 없었다면 저희가 자리를 얻기 어려웠을 겁니다. 장군은 그의 보답을 절대로 기대해서는 안 된다고 암시하기에 딱 충분할 만큼만 이를 드러내면서 고개를 뻣뻣하게 까딱했습니다. 차관보가 소곤거렸습니다. 도울 수 있어서 제가 기뻤습니다. 순간 그의 가냘픈 몸이 떨렸고 아내가 남편의 팔을 세게 잡아당기고 있었습니다. 만약 표정으로 남자를 무력하게 만들 수 있다면, 그녀는 내 배

* 차관보(sub-undersecretary)라는 단어에 '아래'를 뜻하는 'sub'와 'under'가 모두 포함돼 있음을 빗댄 표현.

낭을 쉽사리 자기 핸드백에 넣어서 가져가 버렸을 겁니다. 사람들에게 떠밀려 그들이 지나간 후, 장군이 나를 힐끗 보며 말했습니다. 기뻤다고? 내가 말했습니다. 대충 그런 기분이었나 봅니다.

승객들이 모두 탑승하자, 장군이 먼저 가라고 눈짓을 했습니다. 그는 경사로를 걸어 올라가 앉을 좌석 하나 없는 화물칸으로 들어선 마지막 사람이었습니다. 어른들은 바닥에 쪼그려 앉거나 가방 위에 앉았고, 아이들은 어른들의 무릎 위에 걸터앉았습니다. 운 좋은 승객들은 화물용 끈에 매달릴 수 있는 격벽 앞자리를 차지했습니다. 한 개인을 다른 개인과 구별시키는 피부의 윤곽선들이 뭉개지고 하나로 합쳐지면서, 모든 사람이, 지정석에 앉아 이 나라를 떠나는 사람들만큼의 인간 대접을 받지 못하는 사람들에게 요구되는 육체적 친분 관계를 강요받았습니다. 본, 린, 덕은 장군 부인이나 그녀의 아이들과 마찬가지로, 중간 어디쯤엔가 있었습니다. 경사로가 서서히 올라가 쇠로 고정되어 꽉 닫혔고, 벌레 같은 우리들을 우리의 통조림통 속에 밀봉해 버렸습니다. 탑재물 관리 책임자와 함께, 장군과 나는 경사로에 기대고 있었기에, 우리의 무릎은 바로 앞에 있는 승객들의 코에 닿아 있었습니다. 4중창단 같은 터보프롭 엔진*들이 귀청이 터질 듯 시끄러운 소리를 내며 돌아가기 시작했고, 그 진동에 경사로가 덜커덩거렸습니다. 비행기가 우르릉거리며 아스팔트 포장도로를 따라 가면서 요동칠 때마다 모든 사람이 이리저리 마구 흔들렸고, 신도들의

---

*　　C-130의 경우 한쪽 날개에 각각 2개씩 총 4개의 터보프롭 엔진(혹은 터보프로펠러 엔진)이 달려 있다.

몸은 알아들을 수 없는 기도문에 맞춰 흔들리고 있었습니다. 앞에 있는 여자가 내 무릎에 얹힌 배낭에 턱이 눌린 채 내 양 무릎에 밀리지 않으려고 자기 팔에 힘을 주고 버티는 사이에, 가속도로 인해 내 몸이 뒤로 밀렸습니다. 섭씨 40도 넘게 올라간 비행기 안의 열기와 마찬가지로 우리가 풍기는 냄새의 강도 또한 올라갔습니다. 우리는 땀과 세탁 안 된 옷과 불안의 악취를 풍겼습니다. 한 승무원이 록 기타리스트처럼 다리를 넓게 벌린 자세로 서 있는데 그 앞에 열린 문을 통해 들어오는 산들바람이 유일한 원군이었습니다. 승무원은 엉덩이에 비스듬히 낮게 매는 여섯 줄짜리 전기 기타 대신에, 스무 발들이 탄창이 달린 M16 소총을 가지고 있었습니다. 기체가 활주로를 따라 천천히 움직일 때, 나는 콘크리트 방벽, 세로로 두 동강이 난 엄청 큰 깡통 같은 차량들, 그리고 불에 타서 재로 변한 채 황폐하게 한 줄로 늘어선 군용기들을 얼핏 보았습니다. 군용기들은 오늘 밤 일찌감치 맹폭격으로 폭파되어 완전히 파괴된 제트기들로, 날개가 마치 학대 당한 파리의 날개처럼 찢겨 나가 뿔뿔이 흩어져 있었습니다. 침묵이 두려움과 기대로 무력해진 승객들 위로 담요처럼 두껍게 내려앉았습니다. 틀림없이 그들도 나와 같은 생각을 하고 있었을 겁니다. 굿바이, 베트남. 오 르부아, 사이공 —

폭발음에 귀청이 터질 듯했고, 그 힘에 승무원이 승객들 쪽으로 내던져졌는데, 열린 문을 통해 번쩍인 섬광에 시력을 잃어버렸기 때문에 한동안은 다른 상황을 목격하지 못했습니다. 장군이 내 쪽으로 굴러 떨어졌고, 나는 처음에는 격벽으로, 그후에는 비명을 질러대는 사람들 몸 위로 떨어졌는데, 이성을 잃은 민간인들이 내 얼굴에 시큼한 침을 뿜어 댔습니다. 비행기 타이어들이 오른쪽으로 빙빙 돌면서 활주로 위에서 끼익거리는 소리를 냈고, 내가 시력을 회복하는 순간, 불꽃이 문 너머에서 번쩍했습니다. 내게 불에 타 죽는 것보다 더 무서운 일, 프로펠러에 걸쭉한 퓌레가 되는 것보다 더 무서운 일, '카튜샤' 로켓에 네 토막이 나는 것보다 무서운 일은 없었습니다. 심지어 그 로켓은 동상에 걸려 발가락 몇 개와 코를 잃은 정신 나간 시베리아 과학자의 이름처럼 들렸습니다. 예전에 나는 후에서 외곽의 황량한 들판에서 불에 탄 유해를 본 적이 있는데, 숯 덩어리가 된 시체들이 격추된 치누크 헬기의 금속과 함께 녹아서 한 덩어리가 되어 있었습니다. 탑승자 서른여섯 명이 연료 탱크 폭발로 인해 소각되는 바람에, 놀란 원숭이처럼 영원히 벌어져 있게 된 입에서는 치아가 다 드러났고, 입술과 얼굴의 살은 불에 타 사라졌고, 피부는 곱게 탄 새까만 흑요석처럼 반질반질하고 이질적이었으며, 머리카락은 재로 바뀌어 있어서, 더 이상은 내 동포라고, 아니 사람이라고 인식할 수가 없었습니다. 나는 그런 식으로 죽고 싶지 않았습니다. 사실 어떤 식으로든 죽고 싶지는 않았는데, 특히 내 공산당원 동지들이 점령한 사이공 외곽 교외에서 발사한 사정거리가 긴 대포의 포격으로는 절대 죽고 싶지 않았습니다. 손 하나가 내 가슴을 짓눌러서 내가 아직 살아 있음을 상기시켰습니다. 내 밑에서 울부짖는 사람들이 나를 내던지려 몸부림칠 때 또 다른 손 하나가 내 귀를 손톱으로 할퀴었습니다. 몸을 곧추세우려 안간힘을 쓰며 되밀다가, 나는 내 한쪽 손이 누군가의 기름에 전 머리를 짚고 있고, 내가 장군과 바싹 달라붙어 있음을 알아차렸습니다. 활주로 어딘가에서 다시 한번 폭발이 일어나 흥분을 극도로 고조시켰습니다. 남자들, 여자들, 그리고 아이들이 훨씬 더 새된 소리로 아옹거리듯 아우성쳤습니다. 선회하던 비행기가 문에서 불길이 아니라 오로지 암흑만 내다보이는 각도로 갑작스럽게 멈춰서 버리자 한 남자가 악을 쓰며 말했습니다. 우리는 모두 죽게 될 거야! 탑재물 관리 책임자가 생전 처음 듣는 욕설을 퍼부으며 경사로를 내리기 시작했고, 피난민들이 그 구멍을 향해 앞으로 밀어닥치는 가운데 나 역시 그들과 함께 밀려갔습니다. 짓밟혀 죽지 않고 살아남는 단 하나의 방법은 배낭으로 머리를 가리고, 내가 그랬듯이 사람들을 쓰러뜨리면서 경사로를 굴러 내려가는 것이었습니다. 또 다른 로켓탄이 우리 뒤로 수백 미터 떨어진 활주로에서 폭발하면서, 1에이커 넓이의 포장도로를 환히 밝혔고 활주로에서 50미터 떨어진 가장 가까운 방공호는 박살이 나서 한낱 콘크리트 칸막이가 되어 버렸다는 사실이 드러났습니다. 폭발음이 점점 희미해진 후에도, 이미 뒤숭숭해져 버린 밤은 더 이상 캄캄하지 않았습니다. 비행기의 우측 엔진들은 불길에 휩싸여서, 활활 타오르는 횃불 두 개가 불똥과 연기를 한바탕 내뿜는 듯했습니다.

내가 무릎을 꿇고 엎드려 있을 때, 본이 내 팔을 와락 붙잡더니 한 손으로는 나를, 다른 한 손으로는 린을 잡아 끌고 갔습니다. 린은 한 팔을 덕의 가슴에 둘러 목 놓아 우는 아이를 안고 갔습니다. 로켓탄과 포탄들이 활주로 위로 유성우처럼 마구 떨어져 내렸습니다. 도중에 비틀거리고 고꾸라지면서도 콘크리트 칸막이를 향해 돌진하는 철수자들을 드러내 보여주는 종말론을 상기시키는 조명 쇼 같았지요. 여행 가방들은 잊혀 버렸고, 남아 있는 엔진 두 개에서 천둥 같은 소리를 내며 쏟아져 나오는 후류*에 어린아이들은 발을 딛고 서 있기 힘들 지경이었고 어른들도 휘청거릴 정도였습니다. 칸막이에 도달한 사람들은 훌쩍훌쩍 울며 머리를 콘크리트 아래에 두었고, 파편 아니면 총알일 무언가가 머리 위로 쌩 하고 지나갔을 때 나는 땅바닥에 엎어져서 기어가기 시작했습니다. 본과 린도 마찬가지였는데, 그녀의 얼굴 표정은 긴장해 있었지만 결연했습니다. 우리가 비어 있는 칸막이 앞자리를 찾아 더듬거리며 가고 있을 때쯤에는, 승무원들이 이미 수송기 엔진을 꺼 버린 상태였습니다. 엔진 소음이 사라졌지만 상황이 호전된 것은 아니어서 누군가 우리를 향해 총을 쏘는 소리가 잘 들리게 됐을 뿐이었습니다. 총알들이 머리 위로 핑 하고 지나가거나 콘크리트에 맞고 튀어나갔습니다. 사수들이 큰 모닥불처럼 타오르는 비행기를 조준하고 있었거든요. 본이 무릎을 세워 가슴 쪽으로 당기고 그와 린 사이에 옹송그리고 있는 덕을 한 팔로 끌어안은 채 말했습니다. 우리 쪽 사람들이야. 저 사람들 열 받았어. 저들은 여길 탈출할 자리를 원해. 내가 말했습니다. 설마, 저건 북베트남 군대야. 그들은 비행장 주변 방어선을 지키고 있어. 하지만 나도 그들이 불만을 터트리는 '우리 쪽' 사람들일 가능성이 상당히 크다고 생각하기는 했

*   비행기가 작동할 때 프로펠러 뒤쪽에 생기는 바람.

습니다. 이내 비행기의 연료 탱크가 폭발하면서 불덩어리가 일어나 드넓게 펼쳐진 이착륙장을 환히 비췄습니다. 그 모닥불에서 얼굴을 돌리는 순간, 나는 차관보, 그러니까 그 범상한 공무원이 바로 옆에 있음을 알아차렸습니다. 그의 얼굴은 내 등에 바싹 달라붙다시피 한 상태였고, 치와와 같은 두 눈 속의 메시지는 극장 입구의 차양에 적힌 영화 제목만큼 선명했습니다. 그 공산당 첩자나 징문의 중위와 마찬가지로 이 차관보 양반도 내 시신을 목격했다면 행복했을 겁니다.

나는 그의 증오를 살 만했습니다. 어쨌든 내가 그의 집을 예고 없이 방문한 결과로 상당한 재산을 안겨 준 것도 아니었으니 말입니다. 그 집의 주소는 평판이 나쁜 소령이 나를 위해 간신히 구해 준 것이었습니다. 함께 거실에 앉고 나서 차관보가 말했습니다. 나한테 비자가 몇 장 있긴 해요. 나와 몇몇 동료들은 그걸 정의롭게 사용할 작정이죠. 최고 특권층이나 행운아들만 탈출할 기회를 가진다면 불공평하지 않나요? 내가 맞장구를 쳤습니다. 그가 말을 이었습니다. 진정한 정의가 있다면, 그럴 필요가 있는 사람들은 모두 떠날 겁니다. 실정은 그렇지가 못해요. 그런데 이 점이 나 같은 사람을 상당히 어려운 상황에 처하게 하지요. 왜 내가 누구는 떠날 수 있고 누구는 그럴 수 없는지를 판단하는 사람이 돼야 하나요? 나는 그래봤자 빛 좋은 개살구인 차관보에 지나지 않아요. 대위, 당신이 나라면 어떻게 하겠습니까?

저는 당신이 처한 입장을 이해할 수 있습니다, 선생님. 나는 미소를 짓느라 보조개가 아플 지경이었고, 피할 수 없는 결말에 어서 도달하고 싶어서 안달이 나 있었지만, 상대가 이미 턱 끝까지 치켜 올려 덮고 있는 것과 똑같이 케케묵은 도덕적인 구실들을 내게도 제공해 줄 중반전을 치러야만 했습니다. 선생님께서는 존경할 만한 취향과 가치관을 지닌 분임이 분명합니다. 이 대목에서 나는 좌우를 보고 고개를 끄덕이며, 마땅한 대가를 치렀을 깔끔한 집을 가리켰습니다. 회벽에는 도마뱀붙이 몇 마리와 장식품 몇 개가 군데군데 붙어 있었습니다. 시계, 달력, 중국풍 족자, 그리고 전성기의, 즉 자신이 대통령이지 미국의 꼭두각시가 아니라고 믿는다는 이유로 암살되기 이전의 응오딘지엠*의 컬러사진 등등이요. 하얀 정장을 입은 그 작은 남자는 이제 자기 같은 베트남의 가톨릭교도들에게는 성인이었습니다. 그는 순교자다운 방식으로 처형 당했습니다. 두 손이 묶인 채 얼굴이 피로 뒤덮이고, 대뇌 조직이 튀어 로르샤흐식** 얼룩처럼 미제 병력 수송 장갑차 내부를 도배하다시피 하고, 사진에 포착된 굴욕적인 모습이 전 세계로 퍼지면서요. 사진에 숨은 뜻은 알 카포네의 경우만큼이나 미묘했습니다. 미합중국을 물로 보지 마.

내가 열을 내며 말했습니다. 진짜 불의는 우리 나라에서 정직한 남

---

* 1954년 미국의 지원으로 총리가 되었으며 1956년 국민투표로 공화국을 선포하고 남베트남의 초대 대통령에 취임해 지주층과 군경 세력을 기반으로 강력한 반공정치를 펼쳤으나 독재와 부패 등의 이유로 민심을 잃고, 1963년 부하 장군들이 일으킨 쿠데타로 처형되었다.

** 스위스의 로르샤흐가 고안한 인격 진단 검사법. 좌우 대칭의 불규칙한 잉크 무늬가 어떠한 모양으로 보이는가에 따라 그 사람의 성격이나 정신 상태, 무의식적 욕망 따위를 판단한다.

자는 궁핍한 삶을 살아야만 한다는 겁니다. 그러니, 제발 제 후원자가 요청하는 호의에 대한 작은 감사 표시를 당신께 전할 수 있게 해 주시기 바랍니다. 당신은 족히 아흔두 명분은 되는 비자를 수중에 갖고 계십니다, 아닌가요? 사실 확신은 없었지만, 만약 그런 경우에는 계약금을 지불하고 나머지 돈을 가지고 돌아오겠다고 약속할 셈이었습니다. 하지만 차관보가 맞다고 내답했을 때, 나는 남아 있는 현금 4000달러가 든 봉투를 꺼내 보여 주었는데, 그가 관대하다면 비자 두 장을 얻기에는 충분한 액수였습니다. 차관보는 봉투를 열더니 경험을 쌓으며 굳은살이 박인 엄지손가락으로 지폐 다발을 잽싸게 훑었습니다. 그러고는 즉시 봉투 안에 돈이 얼마나 있는지를 알았습니다. 부족하다는 것을! 그는 흰 장갑 같은 봉투로 커피 테이블 옆면을 철썩 치더니, 마치 그걸로는 격분한 마음을 표현하기에 충분치 않다는 듯이 옆면을 다시 한번 쳤습니다. 감히 내게 뇌물을 주려 하다니요, 선생!

나는 그에게 앉으라고 손짓을 했습니다. 그와 마찬가지로, 나 또한 어려운 처지에 빠진 남자였기에 어쩔 수 없이 내 할 일을 해야 했습니다. 내가 그에게 물었습니다. 당신이 비자들을 사느라 돈을 쓴 것도 아니고 애초에 당신 물건도 아니었는데도 그걸 파는 행위가 공정한가요? 내가 관할 경찰서장을 불러서 우리 둘 다 체포된다면 공정하지 않을까요? 그리고 서장이 당신 비자를 제 것으로 만들어서 공정한 재분배에 관여한다면 공정하지 않을까요? 그러니 가장 공정한 해결책은 내가 비자 아흔두 개의 대가로 4000달러를 제안했던 아까 상황으로 돌아가는 겁니다. 당신은 애초에 비자 아흔두 개나 4000달러를 가져선 안 되니까요. 어쨌든, 당신은 내일 사무실로 돌아가서 아주 수월하게 또 다른 비자 아흔두 개를 구할 수 있을 겁니다. 그건 한낱 종이 쪼가리에 불과하잖아요, 아닌가요?

하지만 관료에게 종이는 절대 그냥 종이가 아니었습니다. 종이는 생명이었죠! 차관보는 그 순간 자기 종이를 가져간다는 이유로 나를 증오했고 이 순간에도 나를 증오했지만, 나는 조금도 개의치 않았습니다. 콘크리트 칸막이에서 웅크리고 있을 때 내가 괴로웠던 건 또 다시 비참하게 기다려야 하기 때문이었습니다. 이번에는 뚜렷한 해결책도 전혀 없었지요. 떠오르는 태양의 희미한 빛은 어느 정도 위안을 주기는 했지만, 마음을 달래 주는 푸르스름한 빛은 포장도로가 로켓탄과 포탄의 폭발로 인해 군데군데 잘려나가고 구덩이가 파인 끔찍한 상태라는 것도 드러냈습니다. 한복판에는 불타는 연료가 코를 찌르는 악취를 풍기고 기체에선 연기만 피어오르는 C-130의 잔해 더미가 있을 뿐이었습니다. 우리와 비행기의 잿불 사이에 서서히 모습을 드러내는 작고 거무스름한 덩어리들이 있었는데, 정신 없는 북새통 속에 버려진 크고작은 여행용 가방들이었고, 그중 일부는 꽝 터져서 내장 같은 내용물들을 여기저기에 흘려 놓았습니다. 태양은 톱니막대의 한 홈 한 홈을 오르듯 계속 떠오르다가, 햇빛이 심문관의 램프에서 발산되는 망막을 마비시킬 정도의 강도에 이를 때까지 점점 더 가혹하게 밝아져서 그늘은 흔적조차 남지 않고 모조리 사라져 버렸습니다. 칸막이 동쪽에서 꼼짝 못하게 된 채로 사람들은 노인과 아이들부터 시들시들 지치고 무기력해지기 시작했습니다. 덕이 말했습니다. 엄마, 물. 린이 할 수 있는 말이라고는 이것뿐이었습니다. 안 돼, 귀염둥이, 우리한텐 물이 전혀 없어. 하지만 곧 구하게 될 거야.

때마침, 또 다른 허큘리스가 상공에 나타났는데, 너무도 빠르고 심하게 기운 채로 다가와서 가미카제 조종사가 조종간을 잡고 있나 싶을 정도였습니다. 그 C-130이 멀리 떨어진 활주로에 끼익 하는 타이어 소리와 함께 착륙하자 철수자들이 다시 수군거렸습니다. 허큘리스가 활주로들을 어떻게든 가로질러 다가오려고 우리 쪽으로 방향을 틀자 철수자들의 수군거림은 환호성으로 변했습니다. 순간 나는 무언가 다른 소리를 들었습니다. 칸막이 위로 조심스럽게 머리를 쏙 내밀자, 틀림없이 줄곧 숨어 있었을 격납고와 방벽들 사이의 그늘진 곳에서 쏜살같이 뛰쳐나오는 사람들이 보였습니다. 영웅이나 희생양이 되기를 거부하는 수십 명, 어쩌면 수백 명의 해병대원들과 병사들, 헌병들, 공군 조종사들, 승무원들과 정비병들, 즉 공군 기지의 참모들과 후위대가 나타났습니다. 이 경쟁 상대의 존재를 알아채자마자, 철수자들은 C-130을 향해 발을 쿵쾅거리며 달려갔는데, 헬기는 이미 50미터쯤 떨어진 활주로에서 선회한 다음 별로 수줍어하는 기색도 없이 초대의 표시로 경사로를 내린 채 서 있었습니다. 장군과 가족이 내 앞에서 달리고, 본과 가족은 내 뒤에서 달리면서, 우리는 모두 질주하는 사람들의 후미에 처져 있었습니다.

내가 카튜샤 로켓의 쉭 하는 소리를 들었을 때, 첫 번째 철수자가 경사로를 뛰어오르는 중이었는데, 첫 번째 로켓탄이 멀리 떨어진 활주로에서 터지자 곧이어 폭발음이 뒤따랐습니다. 총알들이 머리 위에서 씽 하고 날아갔고, 이어 M-16의 총성과 더불어 AK-47의 전혀 다른 총성이 들려왔습니다.* 본이 소리쳤습니다. 그들이 방어선에 와 있어! 철수자들에게 이 허큘리스가 공항에서 빠져나가는 마지막 비행기가 될 것이라는 점이 분명해졌습니다. 만약 공산당 부대들이 접근하고 있음에도 불구하고 이륙할 수 있다면 말이죠. 그러자 철수자들은 다시 한번 겁에 질려 비명을 지르기 시작했습니다. 그들이 전속력으로 경사로 위로 돌진했을 때, 콘크리트 칸막이 저편에 있던 매끈한 작은 비행기 한 대가 날카로운 소리를 내며 날아 올랐는데 뾰족코 모양의 타이거 전투기였습니다. 그리고 아무렇게나 활짝 열린 문이 계속 쿵쿵대는 휴이 헬리콥터가 안에 우겨 넣은 열두 명이 넘는 군인들을 드러낸 채로 뒤를 따랐습니다. 남아 있던 공항 주둔 부대가 즉시 동원 가능한 모든 항공 운송 수단을 이용해 철수하는 중이었습니다. 장군이 자기 앞에 있는 철수자들이 경사로를 향해 나아가도록 그들의 등을 밀고, 동시에 내가 장군을 밀었을 때, 이중 동체인 섀도 무장 헬리콥터 한 대가 포장도로 내 왼편으로 솟구쳤습니다. 나는 그것을 곁눈질로 지켜봤습니다. 섀도는 두꺼운 기체가 두 개의 동체 사이에 매달린 웃기게 생긴 헬기였지만, 열 추적 미사일의 연기 꼬리가 하늘을 가로지르며 마구 나아가다가 마침내 불타는 듯한 끝 부분이 1000피트도 채 안 되는 상공에 있던 섀도에 입맞춤한 일은 조금도

*   M-16은 당시 미국 육군의 자동소총이고, AK-47은 구소련의 주력 돌격 자동소총이다.

웃기지 않았습니다. 두 동강이 난 헬기와 산산조각 난 승무원들이 산산이 부서진 클레이 사격 표적물의 파편들처럼 땅으로 떨어져 내리자, 철수자들은 신음소리를 내며 경사로 위로 올라가는 마지막 한 걸음을 내디디기 위해 한층 더 힘껏 밀어붙였습니다.

장군이 경사로에 발을 내딛자, 나는 린과 덕이 지나가도록 잠시 멈춰 섰습니다. 기다리다 못해 돌아선 나는 그들이 내 뒤에 있지 않다는 사실을 알게 되었습니다. 비행기에 타요. 아까 그 탑재물 관리 책임자가 내 뒤에서 소리쳤는데, 입이 너무 크게 벌어져 있어서 맹세하건대 떨리는 편도선까지 보였습니다. 이봐요, 당신 친구들은 틀렸어요! 20미터 떨어진 곳에서, 포장도로 위에 무릎을 꿇은 본이 린을 품에 꼭 껴안고 있었습니다. 그녀의 하얀 블라우스에서 심장 부분의 붉은색이 서서히 확대되었습니다. 총알 하나가 우리들 사이에 있는 활주로에 탁 하고 부딪히자마자 콘크리트 먼지가 휙 하고 피어올랐고, 내 입안에 있던 수분의 마지막 한 방울까지 모조리 증발해 버렸습니다. 나는 내 배낭을 탑재물 관리 책임자에게 내던지고 버려진 여행 가방들을 뛰어넘으며 그들을 향해 곧장 빠르게 달려갔습니다. 마지막 2미터를 슬라이딩 하는 바람에, 발이 먼저 들어가면서 내 왼손과 팔꿈치의 피부가 쓸렸습니다. 본은 내가 전에 한 번도 들어 본 적이 없는 소리, 그러니까 깊은 목 뒷부분에서 나오는 고통스럽게 울부짖는 소리를 내고 있었습니다. 본과 린 사이에 덕이 있었는데, 아이의 두 눈은 뒤집혀 흰자위만 보였습니다. 내가 남편과 아내를 가까스로 떼어 놓았을 때, 무언가가 덕의 가슴과 그의 어머니를 관통하며 구멍을 내는 바람에 피에 젖어 엉망진창이 된 덕의 가슴이 보였습니다. 장군과 탑재물 관리 책임자가 점차 커지는 프로펠러의 끼익끼거리는 소리 너머로 내가 이해할 수 없는 무슨 소리를 크게 외치고 있었습니다. 내가 큰 소리로 말했습니다. 가자. 저들이 떠나려고 해! 그의 소맷자락을 잡아당겼지만 본은 슬픔 때문에 뿌리박힌 듯 움직이려 들지 않았습니다. 나는 어쩔 수 없이 주먹으로 그의 아래턱을 세게 쳐야만 했습니다. 그가 입을 다물고 꽉 움켜쥔 손을 늦추기에 딱 충분할 만큼만요. 한대 치고 힘껏 잡아당겨 본의 품에서 린을 떼어내자, 덕이 머리를 축 늘어뜨리면서 포장 도로 위로 굴러 떨어졌습니다. 내가 린을 어깨에 둘러메고 비행기를 향해 달려가는 동안 본은 무언가 알아들을 수 없는 괴성을 질렀습니다. 린은 자기 몸이 내 몸에 쾅 하고 부딪힐 때도 아무 소리도 내지 않았고, 내 어깨와 목 위로 흐른 그녀의 피는 뜨겁고 축축했습니다.

카튜샤 로켓탄이 하나씩 혹은 일제히 계속 날아오고 있는 동안, 비행기가 곧게 뻗은 활주로를 목표로 천천히 달리기 시작했을 때, 장군과 탑재물 관리 책임자는 경사로에 서서 어서 오라고 손짓하고 있었습니다. 나는 전력질주를 하고 있어서, 폐가 뻣뻣하게 죄어드는 듯했습니다. 마침내 내가 경사로에 도달해 장군에게 린을 내던지자 그가 두 팔로 그녀를 붙잡았습니다. 그때 본이 내 옆에서 나와 함께 달리다가 두 손으로 덕을 화물 책임자에게 쭉 내밀었습니다. 덕의 머리가 축 늘어져 좌우로 흔들리는 걸로 보아 그렇게 중요한 문제는 아니었음에도, 탑재물 관리 책임자는 아이를 최대한 부드럽게 받았습니다. 아들을 넘겨줌과 동시에 본은 몹시 괴로워하며 머리를 숙인 채 여전히 흐느끼면서 속도를 줄이기 시작했습니다. 나는 그의 팔꿈치 안쪽을 움켜잡고 단번에 그를 경사로 정면으로 떠다밀었고, 그곳에서 탑재물 관리 책임자가 그의 옷깃을 와락 움켜잡아 마저 끌어올렸습니다. 나는 경사로를 향해 두 팔을 쭉 뻗으며 뛰어올랐고, 얼굴 한 면과 흉곽 전체로 떨어지는 바람에 한쪽 뺨에는 먼지가 묻었고 두 다리는 경사로 밖 허공에서 마구 흔들리고 있었습니다. 비행기가 활주로를 따라 질주하기 시작하자, 장군은 나를 내 무릎 부위까지 잡아당긴 다음 짐칸으로 질질 끌고 갔고, 뒤에서 경사로가 올라갔습니다. 나는 한쪽으로는 장군에게, 반대쪽으로는 엎어져 있는 덕과 린의 몸에 압착되어 있었고, 장벽 같은 철수자들이 전방에서부터 우리를 밀어붙이고 있었습니다. 비행기가 가파르게 상승함에 따라 끔찍한 소리가 높아졌는데, 혹사 당하는 금속뿐만 아니라 열려 있는 옆문에서 들려오는 울부짖음까지 꿰뚫고서 들려왔습니다. 문가에 M-16을 들고 서 있던 승무원이 재빨리 세 발을 연달아 발포했습니다. 조종사가 비행기를 선회시키자 열린 문을 통해 보이는, 군데군데 펼쳐진 들판과 가옥의 풍경이 기울면서 빙빙 돌았고, 나는 끔찍한 소리가 엔진뿐만 아니라 본에게서도 나고 있음을 알아차렸습니다. 그는 머리로 경사로를 마구 두들기면서, 세상이 끝나 버렸기 때문이 아니라 마치 누군가 자기 두 눈을 도려내 버렸기 때문인 양 울부짖었습니다.

4장

우리가 괌에 착륙한 직후에 녹색 구급차가 시신들을 실어 가기 위
해 도착했습니다. 나는 덕을 들것에 내려놓았습니다. 작은 몸은 내
품 안에서 시시각각 점점 더 무거워졌지만, 나는 아이를 더러운 아스
팔트 포장도로에 내려놓을 수가 없었습니다. 위생병들이 하얀 시트
로 아이를 덮은 다음, 본의 품에서 린을 조심스레 데려갔고, 어머니
와 아들을 구급차에 싣기 전에 린 또한 덮어서 가렸습니다. 나는 눈
물을 흘리기는 했지만 본에게는 상대도 되지 않았습니다. 왜냐하면
그는 거의 흘린 적 없는 눈물을 평생 쓸 분량만큼 써버렸기 때문입니
다. 우리는 트럭에 실려 아산 기지*로 가는 내내 눈물을 흘렸는데, 장
군 덕에 늦게 온 다른 사람들에게 할당된 텐트에 비해서는 아주 쾌적
한 막사를 얻었습니다. 본은 긴장증 증세를 보이며 침상에 누워 있었

* 　미국령 괌의 서부 해안가 마을에 위치한 미 해병대 기지. 1975년 4월에
서 11월까지 남베트남 난민들을 위한 난민 수용소로 사용되었다.

96

기 때문에, 그날 오후와 이튿날 온종일 텔레비전에서 보여 주던 철수에 관해서는 아무것도 기억하지 못할 겁니다. 또한 우리 임시 거주지의 막사와 텐트 곳곳에서 수천 명의 난민들이 일종의 장례식에 (그러니까 너무나 많은 사람들이 그랬듯이, 너무 일찍, 스물한 살*이라는 어린 나이에 죽어 버린 모국의 매장식에) 참석하기라도 한 것처럼 얼마나 슬프게 흐느꼈는지도 기억하지 못할 겁니다.

나는 장군의 가족과 막사 안의 백여 명의 다른 사람들과 함께, 헬리콥터들이 사이공의 지붕들 위로 내려앉고 난민들을 항공모함 갑판으로 철수시키는 수치스러운 영상들을 보았습니다. 이튿날, 공산당 군대의 탱크들이 대통령궁의 정문을 박살내고 들어간 후 군인들이 대통령궁 지붕 위로 민족해방전선**의 깃발을 올렸습니다. 패주하는 군대의 모습이 눈앞에 펼쳐지자, 넌더리나는 공화국의 마지막 날들에서 비롯된 기억의 칼슘과 석회 침전물이 뇌의 혈관과 림프관 속에서 껍데기에 싸여 침전되었습니다. 아마 그날 밤 늦게 침전물이 조금 더 추가되었을 겁니다. 난민들 중 많은 사람들이 외래종이라 먹을 수 없다고 생각한 초록 깍지 강낭콩을 곁들인 구운 닭고기로 저녁 식사를 한 후였지요. 구내식당에서 약간이라도 식욕이 있는 유일한 이들은 아이들뿐이었습니다. 접시 닦는 사람들에게 쟁반을 반납하려고 줄을 섰는데, 이는 우리가 이제 주권 국가의 성숙한 시민들이 아니라

---

*   남베트남 정부 수립에서 북베트남에 항복하기까지의 기간을 말한다.
**   베트남민족해방전선. 1959년 설립된 남베트남의 반정부 게릴라 정치 단체.

그저 미국 군대의 보호를 받는 국적 없는 난민들일 뿐이라고 선고하는 최후의 일격이었습니다. 손도 안 댄 초록 깍지 강낭콩을 그러모아 쓰레기통에 넣은 장군이 나를 바라보며 말했습니다. 대위, 우리 나라 사람들에겐 내가 필요해. 그들 사이를 걸어 다니면서 사기를 북돋워야겠어. 가지. 내가 말했습니다. 네, 장군님, 그의 성공 가능성을 낙관하지는 않았지만 또한 발생 가능한 복잡한 상황들도 생각해 보지 않은 채로 말입니다. 모든 종류의 학대를 감내하도록 훈련 받은 병사들 사이에서 격려라는 비료를 뿌리기란 무척 쉬운 일이었지만, 난민들은 대부분 민간인들이라는 점을 우리가 잊고 있었던 겁니다.

돌이켜 생각해 보면, 나는 린의 피로 얼룩이 지는 바람에 운 좋게도 군복을 입고 있지 않았습니다. 군복을 벗고 배낭에 있던 마드라스 셔츠와 치노 바지로 갈아입었지만, 장군은 비행장에서 자기 짐을 잃어버리는 바람에 여전히 옷깃에 별을 달고 있었습니다. 우리 막사 외부와 텐트촌 내에서 얼굴을 보고 그가 누구인지 알아보는 사람은 거의 없었습니다. 그들이 본 것은 군복과 계급이었고, 장군이 인사말을 건네면서 어떻게 지내는지를 묻자 민간인들은 무뚝뚝한 침묵으로 응대했습니다. 미간에 잡힌 잔주름과 주저하며 싱긋 웃는 모습에서 나는 장군이 당황했음을 알았습니다. 민간인들의 시선이 우리에게 쏠린 채 침묵이 깨어지지 않았기 때문에, 내 불안감은 텐트 사이의 좁은 흙길을 따라 걸음을 옮길 때마다 점점 커졌습니다. 텐트촌 안으로 100미터쯤 걸어 들어가자 첫 번째 공격이 발생했습니다. 앙증맞은 슬리퍼 한 짝이 옆에서 힘차게 날아와 장군의 관자놀이를 때렸습니다.

그는 꼼짝도 하지 않았습니다. 나도 꼼짝도 하지 않았습니다. 한 노파가 목쉰 소리로 말했습니다. 저 영웅을 좀 봐! 우리는 왼쪽으로 몸을 돌려, 우리가 막을 수 없는 단 하나, 그러니까 우리가 때려눕힐 수도, 뒷걸음질 쳐 피할 수도 없는 격분한 노인이 우리를 비난하는 모습을 보았습니다. 내 남편은 어디 있어? 그녀가 나머지 슬리퍼 한 짝을 손에 들고 맨발인 채로 소리를 질렀습니다. 그 사람은 여기 없는데 당신은 왜 여기 있는 거지? 그이처럼 당신도 목숨을 걸고 우리 나라를 지키고 있어야 하는 거 아냐?

노파가 슬리퍼로 장군의 턱을 후려쳤고, 그녀 뒤에서, 반대편에서, 우리 뒤에서, 젊었든 늙었든, 튼튼하든 허약하든, 여자들이 신발과 슬리퍼, 우산과 지팡이, 햇빛 차단용 모자와 원뿔형 모자를 들고나섰습니다. 내 아들은 어디 있어? 내 아버지는 어디 있지? 내 오빠는 어디 있어? 그 복수의 여신들이 장군을 두들겨 패고 군복과 살갗을 잡아 뜯자, 장군은 몸을 홱 숙이고 두 팔을 급히 뻗어 머리를 가렸습니다. 나도 전혀 다치지 않은 것은 아니었습니다. 날아다니는 신발에 몇 차례 타격을 받았고, 지팡이와 우산에 몇 번 대신 맞았으니까요. 숙녀들은 그들의 맹공에 못 이겨 이미 무릎을 꿇고 주저앉아 버린 장군을 공격하기 위해 나를 에워싸고 밀어붙였습니다. 우리의 허풍쟁이 수상이 모든 군인들과 시민들에게 최후의 한 사람까지 싸우자고 요청하고자 전날 라디오 방송을 했기 때문에 성마른 그들의 행동을 비난할 수는 없었습니다. 돈에 따라 움직이며 허영심이 강하다는 점을 빼고는 대통령과 혼동되어서는 안 되며 공군 중장이기도 한 수상이 영웅적인 메시지를 방송한 직후 헬리콥터를 타고 떠나 버렸다는 점을 지적해 봐야 소용없는 일이었습니다. 또한 이 장군은 군인들이 아니라 비밀경찰을 지휘했다는 사실을 설명하는 것도 도움이 되지 않을 터였습니다. 그렇다고 해서 민간인들이 그를 좋아하게 되지는 않았을 테니까요. 어차피 이 숙녀들은 악을 쓰며 욕설을 퍼붓기를 선호하며 귀담아 듣지 않았을 겁니다. 나는 장군과 나 사이를 갈라놓고 있는 여자들을 헤치고 나아가 몸으로 그를 감싸고 더 많은 구타와 침 넝어리들을 받아 내다가 마침내 그를 끌어낼 수 있었습니다. 가세요! 나는 장군의 귀에 대고 이렇게 소리를 질러서, 그를 정확한 방향으로 인도했습니다. 이틀 연속 우리가 필사적으로 달아났지만, 적어도 텐트촌의 나머지 사람들은 우리를 그냥 내버려 뒀습니다. 모욕적인 시선과 야유를 퍼부었을 뿐 무엇으로도 우리를 건드리지 않았습니다. 아무 짝에도 쓸모없는 놈들! 야비한 놈들! 겁쟁이들! 개자식들!

나는 그런 신랄하기 이를 데 없는 공격에 이골이 났지만, 장군은 그렇지 않았습니다. 마침내 우리 막사 밖에 멈춰 섰을 때 장군은 공포에 질린 표정을 짓고 있었습니다. 봉두난발에, 옷깃의 별이 다 찢어지고, 옷소매가 뜯어지고, 단추는 절반이 사라지고, 뺨과 목의 긁힌 상처에서는 피가 흐르고 있었습니다. 그가 속삭였습니다. 이대로 저 안으로 들어갈 수는 없어. 내가 말했습니다. 샤워실에서 기다리세요, 장군님. 제가 새 옷가지를 마련해 드리겠습니다. 나는 나 자신이 온통 멍들고 옷이 누더기가 된 이유가 심기 불편한 군 보안 기관 내부 경쟁자들과 싸움을 벌인 탓이라고 설명한 다음, 막사에 있는 장교들로부터 여분의 셔츠와 바지를 한 벌씩 징발했습니다. 내가 샤워실로 갔을 때, 장군은 얼굴에서 수치심만 빼고는 모두 깨끗이 씻어 낸 채 세면대 앞에 서 있었습니다.

장군님 —

입 닥쳐! 장군은 거울에 비친 자기 모습만 유심히 바라보고 있었습니다. 우리는 결코 다시는 이 일에 대해서 이야기하지 않는다.

우리는 결코 이 일을 이야기하지 않았습니다.

이튿날 우리는 린과 덕을 묻었습니다. 싸늘한 시신은 밤새 해군의 시체공시소에 안치되어 있었는데, 공식 발표된 사인은 이러했습니다. 구식 납 탄알 한 발, 유형 불명. 그 총알은 본의 마음속에서 멈추지 않는 축을 중심으로 영원히 회전할 것입니다. 우군의 탄알인지 적군의 탄알인지, 반반의 개연성을 내비치며 그를 조소하고 끊임없이 괴롭히면서요. 그는 애도의 의미로 침대 시트를 찢어서 만든 하얀 스카프를 머리에 둘렀습니다. 우리가 덕의 작은 관을 린의 관 위에 내려놓아 두 사람이 영원히 하나의 집을 공유하게 한 다음, 아직 열려 있던 그들의 무덤에 본이 뛰어들었습니다. 왜? 그가 나무 관에 뺨을 대고 울부짖었습니다. 왜 이들인가요? 왜 제가 아닌가요? 왜요, 하느님? 나 자신도 눈물을 흘렸지만, 그를 진정시키기 위해 간신히 무덤으로 기어 들어갔습니다. 나는 본을 도와 무덤 밖으로 나오게 했고, 장군과 부인과 지칠 대로 지친 사제가 말없이 지켜보는 동안 우리는 관 위에 흙을 쌓아 올렸습니다. 이 두 사람은, 특히 내게 친아들을 얻을 기회가 있었다면 아마 가장 비슷했을 내 대자는 아무 죄가 없는 사람들이었습니다. 처음 파 냈던 구덩이로 다시 쏟아 붓기를 기다리는 작은 양토(壤土) 더미에 쇠 삽이 부딪칠 때마다 나는 두 사람의 육신이 진짜 죽은 사체가 아니라 인간의 영역 저편의 천사들이 사는 땅으로 여행을 가는 이주민들이 벗어 던진 누더기에 불과하다고 믿으려 해 봤습니다. 성직자인 내 아버지는 그렇다고 믿었습니다. 하지만 나는 그런 식으로 믿을 수가 없었습니다. 다음 며칠 동안, 우리는 눈물을 흘리면서 기다렸습니다. 가끔은 변화를 주려고 기다리다가 눈물을 흘렸습니다. 내가 자책으로 지쳐 가기 시작하려던 참에 우리는 차에 탔고 이어 정기 항공편으로 캘리포니아 주 샌디에이고 근처의 펜들턴 기지로 이동하게 되었습니다. 이번에는 진짜 창문이 있고 진짜 좌석이 배정된 여객기를 타고서요. 우리에겐 또 다른 난민 수용소가 기다리고 있었습니다. 그곳의 한층 수준 높은 생활 편의 시설은 우리가 이미 아메리칸 드림으로 불리는 사회적, 경제적 신분 상승으로 이익을 얻고 있다는 증거였습니다. 괌에서 대부분의 난민들이 해병대원들이 급하게 세운 텐트에서 지냈던 데 반하여 여기에는 우리 모두에게 막사가 있었습니다. 다시 말해 우리가 미국의 모든 것을 배우면서 겪을 고초에 대비하게 하는 일종의 신병 훈련소였던 겁니다. 1975년 여름, 파리에 사는 만의 당고모께 보낸 편지들 중 첫 편지를 써 보낸 곳도 바로 여기였습니다. 물론, 편지는 만을 대상으로 썼습니다. 만약 내가 미리 합의했던 수사적 표현들, 예를 들어, 날씨, 내 건

강, 당고모의 건강, 프랑스의 정치 따위로 편지를 시작하면, 만은 투명 잉크로 쓴 또 다른 메시지가 행간에 적혀 있음을 알게 될 터였습니다. 만약 그런 수사적 표현이 없으면, 달리 더 봐야 할 것은 없었습니다. 하지만 미국에서 보낸 첫 해에는 비밀 메시지가 별로 필요하지 않았는데, 망명 군인들이 어떤 상황에서도 좀처럼 반격을 선동하려 들시 않아서였습니다. 이것은 쓸모는 있지만, 비밀 엄수를 요하는 성보는 아니었습니다.

그리운 고모님. 나는 그녀가 내 당고모인 양 편지를 썼습니다. 이렇게 오랜만에 고모님께 전하는 편지의 첫 문장부터 끔찍한 일을 알려드려야만 한다는 사실이 안타깝습니다. 본은 상태가 좋지 않았습니다. 밤에 내가 침상에서 잠 못 이룬 채 누워 있을 때면, 그는 위쪽 간이침대에서 몸을 뒤척였습니다. 온갖 기억이 그에게 깨어 있으라고 들들 볶기 때문이었습니다. 나는 그의 머릿속에서 무엇이 명멸하는지 알 수 있었습니다. 우리가 버렸다고 확신하는 의형제, 만의 얼굴, 문자 그대로 자기 손과 내 손에 피를 묻힌, 린과 덕의 얼굴들이었지요. 만약 내가 그를 침상에서 끌어내 공동 식탁에서 맛없는 음식을 먹던 식당까지 질질 끌고 가지 않았더라면, 본은 굶어 죽었을 겁니다. 그 여름 수천 명의 사람들과 더불어 우리는 칸막이 없는 샤워실에서 몸을 씻고 막사에서 낯선 사람들과 함께 지냈습니다. 장군도 예외가 아니었습니다. 나는 장군이 다른 세 가족들과 더불어 부인과 네 자녀와 함께 나눠 쓰던 처소에서 그와 함께 많은 시간을 보냈습니다. 한 번은 내가 찾아갔더니 이렇게 투덜거리더군요. 하급 장교들이며 애새끼들이라니.

내가 이렇게까지 몰락해 버리다니! 빨랫줄에 침대 시트들을 매달아 막사를 가족별 숙소로 분리해 놓기는 했지만, 그것들이 장군 부인과 아이들의 민감한 귀를 보호하기 위해 해 준 일은 거의 없었습니다. 이 짐승들은 밤낮으로 섹스를 하고 있어. 나와 함께 현관 입구의 시멘트 계단에 앉아 있을 때 그가 으르렁거리듯 말했습니다. 우리는 담배를 한 대씩 피우며 머그잔에 든 차를 한 잔씩 홀짝거리고 있었는데, 그 차조차도 가장 싼 술 대신에 마시는 것이었습니다. 그들은 수치심이 없어! 자기 자식들이나 내 아이들 앞에서 말이야. 며칠 전에 제일 큰 녀석이 뭐라고 물어봤는지 알아? 아빠, 매춘부가 뭐예요? 임시 변소 옆 땅바닥에서 몸을 팔고 있는 여자를 내 딸이 봤다고!

좁은 길 하나 건너 맞은편의 또 다른 막사 안에서는 일상적인 헐뜯기로 시작됐던 어느 부부의 입씨름이 갑작스럽게 전면전으로 폭발했습니다. 눈에 보이지는 않았지만, 분명 피부를 철썩 후려갈긴 소리와 뒤따른 여자의 비명 소리가 들렸습니다. 곧 사람들이 무리지어 그 막사의 출입구에 모여들었습니다. 장군이 탄식하듯 말했습니다! 짐승들! 하지만 이 와중에 좋은 소식도 있어. 그가 호주머니에서 오려 낸 신문지 한 장을 꺼내서 내게 건넸습니다. 그 친구 기억하나? 권총으로 자살했어. 신문 쪼가리를 만지작거리며 내가 물었습니다. 그게 좋은 소식입니까? 그는 영웅이었어. 장군이 그렇게 말했습니다. 아니, 내가 당고모께 그렇게 적어 보냈습니다. 그것은 사이공 함락 며칠 후에 발행됐으며 아칸소 주의 난민 임시 수용소에 있는 한 친구가 장군에게 우편으로 보내 준 오래된 신문 기사였습니다. 신문 중앙은 장군이 거수경례를 했던 기념상 맨 아래에 반듯이 누워 있는 죽은 남자의 사진이 장식하고 있었습니다. 사진 설명에는 그가 자살했다고 적혀 있는데, 그 설명만 아니라면, 어쩌면 무더운 날 재즈 가수의 노래만큼이나 우울한 하늘을 우러러보며 쉬는 중인 것처럼 보일 수도 있었습니다. 우리가 비행기를 타고 괌으로 오는 동안 탱크들이 도시로 진입했고, 그 순간 중령은 기념상에 이르러 권총을 꺼내 벗어지기 시작한 머리에 구멍을 냈습니다.

내가 말했습니다. 진정한 영웅이지요. 그에게는 아내와 많은 아이들이 있었습니다. 몇 명인지 기억해 낼 수는 없었지만요. 나는 그를 좋아하지도 싫어하지도 않았습니다. 철수 대상으로 그의 이름을 고려하기는 했지만, 결국 제외해 버렸습니다. 죄책감이라는 깃털이 목덜미를 간질였습니다. 내가 말했습니다. 전 중령이 그런 일을 할 수 있을 거라는 사실을 알지 못했습니다. 만약 알았더라면…….

우리 중 누구라도 알 수 있었더라면. 하지만 누가 그럴 수 있었겠나? 자책하지 마. 나는 지금껏 내 책임하에 많은 사람들을 죽게 했어. 그들 한 사람 한 사람이 안쓰러웠지만, 죽음은 우리 업무의 일부야. 언젠가는 우리 차례가 될 수도 있어. 그를 있는 그대로, 순교자로만 기억하자고.

우리는 찻잔을 들어 중령을 기억하기 위해 건배했습니다. 이 한 번의 행동을 제외하면, 내가 아는 한 중령은 영웅이 아니었습니다. 장군 또한 이점을 깨달았을 겁니다. 그가 한 말을 보면요. 중령이 살아 있었다면 틀림없이 우리가 써먹을 수도 있었을 텐데.

무슨 일에요?

공산주의자들이 뭘 하는지 감시하는 일에. 그들이 우리가 뭘 하고 있는지 감시하고 있기 십상인데 그거나 매한가지지. 그 점에 대해 뭐라도 생각해 본 거 있나?

그들이 어떤 식으로 우리를 감시하고 있는지에 대해서요?

바로 그거야. 동조자들. 우리 장교들 틈에 낀 스파이들. 고정간첩들 말이야.

가능한 얘깁니다. 양 손바닥이 축축해진 채로 내가 말했습니다. 그들은 그런 일을 할 만큼 교활하고 약삭빠르지요.

그럼 누가 가장 그럴듯한 후보지? 장군이 나를 뚫어져라 바라보았습니다. 아니 어쩌면 의심에 차서 나를 빤히 쳐다보고 있었는지도 모르지요. 장군은 손에 머그잔을 들고 있었고, 나는 빤히 쳐다보는 그의 눈을 마주보면서 그것을 계속 곁눈질했습니다. 만약 머그잔으로 내 머리통을 세게 치려고 한다면, 반격할 시간이 0.5초쯤 있을 터였습니다. 장군이 말을 이었습니다. 베트콩은 도처에 첩자가 있어. 그들 중 한 녀석이 우리와 함께 있을 거야. 확실히 말이 되는 이야기지.

정말로 우리 쪽 사람들 중 하나가 스파이일 수도 있다고 생각하십니까? 이제 내 몸에서 땀을 흘리지 않는 유일한 부위는 눈알뿐이었습니다. 군 정보부는 어떻습니까? 아니면 작전 참모들은요?

자네는 아무도 떠오르지 않나? 그는 손으로 여전히 머그잔을 단단히 쥐고 있으면서, 두 눈으로는 태연한 내 두 눈을 끊임없이 응시하고 있었습니다. 나는 머그잔에 남은 다 식은 차 한 모금까지 모두 마셔 버렸습니다. 내 두개골의 엑스레이를 찍었다면 햄스터 한 마리가 쳇바퀴에서 맹렬하게 달리며 아이디어를 짜내려고 안간힘을 쓰는 모습이 보였을 겁니다. 장군이 분명 누군가를 의심하고 있을 때, 내가 아무도 의심하지 않는다고 말하면 좋지 않을 것 같았습니다. 피해망상증 환자의 상상 속에서는, 오직 스파이들만이 스파이 따윈 없다고 주장하는 법이었습니다. 그러므로 나는 혐의자를 거명해야만 했습니다. 실제 스파이는 아니지만, 내가 징군을 따돌리게 해 줄 누군가를요. 처음으로 머리에 떠오른 사람이 무절제하게 생활하는 소령이었는데, 그의 이름을 발설한 나는 소기의 성과를 거뒀습니다.

그가? 장군이 눈살을 찌푸리며 마침내 나를 쳐다보던 시선을 거두었습니다. 대신에 예상을 벗어난 내 의견에 정신이 팔린 채, 자신의 손가락 마디들을 유심히 보았습니다. 그는 너무 뚱뚱해서 자기 배꼽을 보려면 거울이 필요하겠더군. 내 생각엔 이번만은 자네 직감이 틀린 것 같아, 대위.

어쩌면 그럴지도 모르지요. 내가 당황스러운 척하며 말했습니다. 장군의 관심을 딴 데로 돌리려고 내 담뱃값을 건넨 다음, 내가 느낀 공포와 떨림과 식은땀 따위는 빼고 우리 대화의 요점을 당고모께 전하기 위해 막사로 돌아왔습니다. 다행스럽게도 우리는 장군의 격한 분노를 완화할 거리가 거의 없던 그 수용소에는 오래 있지 않았습니다. 샌디에이고에 도착한 직후, 나는 예전에 나를 지도했던 에이버리 라이트 해머 교수에게 수용소를 떠나고 싶으니 도움을 달라는 편지를 보냈습니다. 그는 클로드의 대학 시절 룸메이트이자, 클로드가 미국에 공부하러 가기 위해 장학금이 필요한 전도유망한 젊은 베트남

학생의 존재를 알렸던 사람이었습니다. 해머 교수는 나를 위해 장학금을 찾아냈을 뿐 아니라, 클로드와 만 다음으로 내게 중요한 선생님이 되었습니다. 내 미국학 공부를 이끌어 주었고, 과감히 자신의 분야에서 벗어나 내 졸업 논문인 「그레이엄 그린의 문학 작품에 나타나는 신화와 상징」을 지도하는 것을 승낙했습니다. 이제 그 선량한 사람이 다시 한번 나를 위해 즉각 행동에 돌입하더니 지진해서 내 신원보증인이 되어 그해 여름 중반쯤에는 내게 동양학과에 사무직 자리를 마련해 주었습니다. 심지어 나를 위해 내 예전 선생님들 사이에서 모금을 하기도 했는데, 이 숭고한 행위에 나는 깊이 감동했습니다. 이 돈은 내가 여름이 다 갈 무렵에 당고모께 써 보냈듯이, 로스앤젤레스행 버스비, 모텔에서 보낸 며칠 밤 숙박비, 차이나타운 근처의 아파트 보증금, 그리고 1964년식 포드 중고 자동차 구입비로 사용했습니다. 나는 자리를 잡자마자 본의 보증인이 되어 줄 사람을 찾아 인근 교회들에 부탁을 하러 다녔습니다. 종교 및 자선 단체들은 난민의 어려운 처지에 동정적이라고 정평이 나 있었기 때문입니다. 우연히 발견한 '예언자들의 영원한 교회'는 인상적인 이름에도 불구하고 손님을 등쳐먹는 자동차 정비소와 헤로인 열심당원*들이 점령한 아스팔트로 포장된 공터 사이에 낀 채 건물 정면의 변변찮은 공간에 영적인 상품들을 쌓아 올렸습니다. 통통한 라몬, 아니 그가 자기소개를

---

*   기원전 1세기에 활약한 유대교의 한 분파이며 로마에 정치, 종교적으로
저항한 과격파를 일컫는 말로, 일반적으로는 '광신자' 혹은 '열광자'라
는 의미도 있다.

한 대로 르-르-르-르-아몬 목사가 본의 신원보증인이자 명목상의 고용주가 되는 것을 승낙해 주었습니다. 새 학년도에 딱 맞춰 9월쯤, 본과 나는 궁색하지만 고풍스러운 우리 아파트에서 재회했습니다. 나는 남은 후원금으로 시내 전당포에 가서 생필품 가운데 마지막으로 라디오와 텔레비전을 구입했습니다.

장군과 부인 역시 한때 장군의 상담역이었던 미국인 대령의 치형에게 신원보증을 받아 결국은 로스앤젤레스로 오게 되었습니다. 그들은 빌라 대신 로스앤젤레스의 조금 후진 지역, 도시의 침체된 중심부인 할리우드 인근 지역에서 목조 단독 주택을 빌렸습니다. 당고모께도 써 보냈듯이, 다음 몇 달 동안 거기 들를 때면, 헤어나오기 힘든 실의의 수렁에 빠져 있는 그를 보았습니다. 실직 상태인 데다, 더 이상 장군도 아니었습니다. 비록 예전 휘하 장교들이 모두 그를 장군이라 부르며 인사를 하기는 했지만요. 우리가 찾아가 있는 동안 줄곧, 장군은 당혹스러울 만큼 각양각색의 싸구려 맥주와 와인을 마셔 댔습니다. 사람들이 리처드 닉슨이 멀지 않은 곳에서 그러고 있을 거라고 상상할지도 모르는 모습으로 격분과 우울 사이에서 갈팡질팡하면서 말입니다. 가끔은 감정에 겨워 목이 몹시 메는 바람에, 그에게 하임리히 요법*을 실시해야 하는 게 아닐까 두렵기도 했습니다. 사실 장군이 시간을 할애해 할 수 있는 일이 전혀 없지는 않았습니다. 아이들을 위해 학교를 찾아내고, 임대료용 수표를 작성하고, 장을 보

---

*　　음식물이 목에 걸려 질식 상태에 빠질 경우 실시하는 응급요법.

고, 식사를 준비하고, 설거지를 하고, 욕실을 청소하고, 교회를 찾아
내는 등등. 요컨대, 그때껏 보호만 받으며 살아왔던 부인을 위해 내
내 다른 사람이 대신한, 고되지만 보잘것없는 가사를 모두 떠맡은 사
람은 바로 부인 자신이었던 것입니다. 그녀는 이러한 일들을 단호하
면서도 우아하게 처리하면서 한순간에 독재자가 되었고, 장군은 중
년의 위기를 겪는 동물원의 저 먼지투성이 사자들 가운데 한 마리처
럼 가끔 자기 아이들에게 호통을 치는 명목상의 최고 권위자가 되어
버렸습니다. 두 사람은 그해 대부분을 이런 식으로 지냈지만 마침내
부인의 인내심의 대출 한도액이 한계에 이르렀습니다. 나는 그들이
나눴을 게 분명한 대화 내용을 공유하지는 못했지만, 4월 초 어느 날
할리우드 대로에 새로 여는 그의 가게 개업식에 초대를 받았습니다.
미국 국세청의 모든 것을 꿰뚫어보는 키클롭스의 눈에는 장군이 마
침내 아메리칸 드림의 기본 교리를 받아들였음을 의미하는 주류 판
매점이었습니다. 그는 생활비를 벌어야 할 뿐 아니라 지불하기도 해
야만 했습니다. 나 자신이 이미 동양학과의 뚱한 놈으로서 그렇게 하
고 있었듯이 말입니다.
　내 일은 학과장 비서나 학과장과 공식 대면을 요구하는 학생들을
막는 제1방어선 역할이었는데, 일부 학생들은 이전에 한 번도 만난
적이 없는데도 나를 이름으로 부르기도 했습니다. 나는 학생 신문이
나에 관해, 동 대학 졸업생이자, 성적 우등생 명단 및 수상자 일람의
일원이며, 모교 역사상 유일한 베트남인 학생이자 이제는 구조 받은
난민이라고 보도한 특집기사 때문에 교내에서는 중간 급의 유명인이

었습니다. 기사에서는 별로 정확하지는 않았지만 내 군 복무 경험도 언급했습니다. 무슨 일을 하셨나요? 신출내기 기자가 물었습니다. 그는 치아교정기를 낀 데다 노란색 HB 연필에는 이빨 자국이 나 있고 수줍음을 타는 2학년생이었습니다. 내가 답했습니다. 나는 병참 장교였어요. 지루한 일이죠. 보급품과 식량 배급량을 추적 기록하고, 군대가 군복과 군화를 반드시 갖추도록 하는 일이지요. 그럼 아무도 죽인 적이 없다고요? 한 번도 없어요. 그것은 틀림없는 사실이었습니다. 나머지 인터뷰 내용은 사실이 아니었을지라도요. 대학 캠퍼스는 내 복무 기록을 인정받기에는 부적절한 장소였습니다. 맨 처음에 나는 베트남 공화국 육군의 보병 장교였고, 장군이 대령이었을 때 그를 보좌하기 시작했습니다. 이어 그가 장군이 되고 다소 군기를 잡을 필요가 있던 경찰을 책임지게 되었을 때 나도 함께 자리를 옮겼습니다. 전투를 목격했고, 하물며 공안부와 연관되어 있었다는 것은, 이때만 해도 대부분의 대학 캠퍼스에서 말하기 힘든 민감한 주제였습니다. 내가 학생 신분으로 대학 생활을 하던 시절, 캠퍼스는 종교적인 신앙 부흥 운동처럼 활활 타올랐던 반전의 열기에서 내내 벗어나지 못했습니다. 우리 대학을 포함한 많은 대학 캠퍼스에서, '호호호'는 산타클로스의 전형적인 웃음소리가 아니라, '호호호찌민, 민족해방전선은 승리하리라!'라는 인기 구호의 도입부였습니다. 그 당시 나는 학생들의 꾸밈없는 정치적 열정을 질투했습니다. 나는 베트남 공화국에서 온 선량한 시민 역할을 하기 위해 자신의 열정을 깊숙이 감춰야만 했으니까요. 하지만 내가 캠퍼스에 돌아갔을 무렵, 학생들은 이전

세대와는 달리 정치나 세계에는 무관심한 새로운 부류들이었습니다. 그들이 어떤 나라를 지키겠다는 이유로 그 나라를 파괴한 민주 국가의 시민들이라는 점을 고려한다면, 혹시 그들의 동정심 많은 눈으로 보게 될 경우, 스스로 책임감을 느끼게 되었을지도 모를 잔혹하고 무서운 이야기들과 사진들을 더 이상은 날마다 보지 않았습니다. 무엇보다 더 이상은 그들의 목숨이 징병 때문에 위태롭지는 않았습니다. 결과적으로, 캠퍼스는 평화롭고 조용한 본성, 이따금 내 사무실 창문을 똑똑 두드리며 내리는 봄 소나기에 의해서만 망가질 뿐인 낙관적인 기질을 회복한 상태였습니다. 내가 최저 임금을 받으며 해내는 온갖 잡다한 업무에는 모조 다이아몬드가 박힌 뿔테 안경을 쓴 미즈 소피아 모리라는 비서를 돕는 일뿐 아니라, 전화를 받고, 교수의 원고를 타자기로 치고, 서류를 철하여 정리하고, 책들을 가져오는 일까지 포함되어 있었습니다. 학생에게는 완벽하게 어울리는 이런 일들이 내게는 종이에 베인 무수히 많은 상처로 말미암아 죽음에 이르는 것이나 다름없었습니다. 설상가상으로, 미즈 모리는 나를 좋아하는 것 같지 않았습니다.

당신이 아무도 죽인 적이 없다는 걸 알게 돼서 기뻐요. 우리가 만난 지 오래지 않아 그녀가 말했습니다. 평화의 상징이 열쇠고리에 매달려 있었으니, 그녀의 동조의사는 명백했습니다. 처음은 아니었지만, 나는 누군가에게 나도 그들 무리에 속한다고 말하고 싶은 생각이 간절했습니다. 좌익의 동조자이자, 평화, 평등, 민주주의, 자유, 독립을 위해, 즉 이제까지 우리 국민이 목숨을 바치고 내가 신분을 숨긴 이유인 온갖 고귀한 관념들을 위해 투쟁하는 혁명가라고 말입니다. 그녀가 말했습니다. 하지만 당신이 누군가를 죽였다 해도, 아무한테도 말하지는 않겠지요, 그렇죠?

미즈 모리, 당신이라면요?

잘 모르겠어요. 그녀는 여성스러운 엉덩이를 한 번 비틀어 의자를 회전시키고 등을 돌렸습니다. 내 작은 책상은 한쪽 구석에 저박혀 있었는데, 여기서 나는 일하는 척하느라 서류며 원고들을 이리저리 움직이며 정리했지만, 그런 일들은 여덟 시간 노동으로 이루어진 하루하루를 채우기에 충분치 않았습니다. 나는 누런 치아가 흑백사진에서는 하얗게 보이는 상태로 1면에 실릴 걸 알고 있었기에, 학생 기자가 사진을 찍을 때 요구 받은 대로 내 책상에 앉아서 고분고분하게 미소를 지었습니다. 나는 불쌍한 알레한드로나 압둘라나 아싱이 따끈따끈한 점심을 먹고 예방주사를 맞을 수 있도록 미국 아이들이 푼돈을 기탁하게 하려고 초등학교 주변에서 돌리는 우유팩들 중 하나에 인쇄된 제3세계 아이를 최선을 다해 흉내 내는 중이었습니다. 게다가 고맙게 생각했습니다. 진심으로요! 하지만 지금 나에게 미국의 자선이 필요한 이유가 애초에 내가 미국의 원조를 받은 수혜자였기 때문일까, 하고 궁금해 할 수밖에 없는 운 나쁜 사람들 중 하나이기도 했습니다. 나는 배은망덕한 사람으로 여겨질까 두려웠기 때문에, 아보카도 색깔 같은 녹색 폴리에스테르 슬랙스를 입은 미즈 모리를 만족시키면서도 그녀의 정신을 산만하게 하지는 않을 만큼의 미세한 소리를 내는 데 집중했습니다. 내 가짜 업무가 심부름을 하거나 바로 옆에 있는 학과장의 사무실에 가야 할 필요 때문에 가끔 중단되기는 했지만요.

교수들 가운데 우리 나라에 대한 지식을 가진 사람이 아무도 없었기 때문에, 학과장은 우리 문화와 언어에 관한 긴 토론에 나를 즐겨 끌어들였습니다. 그는 일흔 살과 여든 살 사이 어딘가를 맴도는 나이 때문인지, 평생을 동양 연구에 바친 학자 생활 동안 모은 책, 서류, 기록, 장식용 소품들로 뒤덮인 사무실에 둥지를 틀고 들어앉아 있었습니다. 그는 사무실 벽에 정교한 동양산 러그를 걸어 놓았는데, 내 짐작에는 그것이 실제 동양 사람을 대신하는 듯했습니다. 들어서는 사람은 누구나 마주하게 되는 그의 책상 위에는 금테 두른 액자에 담긴 가족사진, 그러니까 갈색 머리카락의 천사 같은 아이와 교수 나이의 절반과 3분의 2 사이 어디쯤에 해당하는 나이인 아시아인 아내의 사진이 있었습니다. 그녀는 엄밀히 말하면 아름답지는 않았지만, 나비넥타이를 맨 학과장 바로 옆에서는 도저히 아름다워 보이지 않을 수가 없었는데, 진홍색 치파오의 목 부분이 꼭 끼는 탓에 얼어붙은 입술에서 그나마 약간의 미소를 짜내고 있었습니다.

그녀의 이름은 링링이야. 내 시선이 그 사진에 가만히 머물러 있자 교수가 말했습니다. 책상 위로 등을 구부린 채 보낸 수십 년 세월로 인해 이 탁월한 동양학자의 등은 말편자 모양으로 구부러졌고, 머리는 뭔가를 꼬치꼬치 캐묻는 용처럼 앞으로 튀어나와 있었습니다. 나는 아내를 그녀의 가족이 마오쩌둥을 피해 도망쳐 간 타이완에서 만났어. 우리 아들은 이제는 저 사진에 있는 모습보다 상당히 크지. 자네가 보다시피, 그애 어머니의 유전자가 좀 더 센데, 예상치 못할 일은 아니지. 금발은 검은 머리랑 섞이면 서서히 사라져 버리게 마련이거든. 다섯 번째인가 여섯 번째 대화를 하는 동안 우리는 주로 이런 얘기를 했는데, 그때쯤에는 이미 어느 정도 친해진 상태였습니다. 늘 그렇듯, 교수는 흑인 유모의 넉넉한 무릎처럼 그를 감싸는, 속을 두툼하게 채운 낮고 푹신한 가죽 안락의자에 기대앉아 있었습니다. 나도 마찬가지로 짝을 이루는 나머지 안락의자에 감싸인 채 부드러운 가죽 등받이에 의해 뒤쪽으로 빨려 들어갔고, 두 팔은 링컨기념관의 옥좌에 앉아 있는 링컨처럼 팔걸이 위에 걸쳐져 있었습니다. 교수가 말을 이었습니다. 여기 캘리포니아의 풍경 속에서 그 상황을 설명할 은유를 하나 구할 수가 있어. 이곳에서는 외래종 잡초들 때문에 우리나라 자생식물의 무성한 잎이 대부분 말라 죽어 버리지. 외래종 식물과 자생 식물군의 혼합은 비극적인 결과를 가져오는 법이야. 어쩌면 자네가 이미 경험으로 배웠다시피 말이야.

맞습니다, 그렇지요. 최저 임금이라도 꼭 받아야 한다는 사실을 상기하며 내가 말했습니다.

아, 아메라시안, 영원히 두 세계 사이에 끼어 있으면서 자신이 속한 데가 어디인지 절대 알지 못하는 사람들! 자네가 거듭 경험해야 하는, 내면에서 자네를 두고 거듭되는 동양과 서양의 줄다리기를 느껴야 하는 혼란스러운 상황에 시달리지 않는다고 상상해 봐. 키플링이 너무도 정확하게 진단했다시피, "동양은 동양이고 서양은 서양이라, 결코 둘은 만나지 못하리라." 이는 교수가 제일 좋아하는 주제들 중 하나였고, 그는 심지어 우리 모임 중 한 번을 내게 키플링의 주장을 확인해 보기 위한 숙제를 내면서 마친 적도 있었습니다. 나는 종이 한 장을 가져다가 세로로 반을 접었습니다. 맨 위에, 왼쪽에는 동양, 오른쪽에는 서양이라고 적은 다음 내 동양적인 특징들과 서양적인 특징들을 적어 나가야 했습니다. 학과장은 이렇게 말했습니다. 이 과제가 자네 자신에 관한 색인을 만드는 일이라고 상상해 봐. 내 학생들 중 동양 혈통인 사람들은 필연적으로 이게 유익하다는 사실을 알게 되지.

처음에는 농담을 한다고 생각했습니다. 왜냐하면 그날이 4월 1일, 그러니까 만우절이라고 불리는 저 우스꽝스러운 서양 풍습을 이행하기에 적기였으니까요. 하지만 교수는 나를 더없이 진지하게 바라보고 있었고, 나는 그에게 유머 감각이 없다는 점을 기억해 냈습니다. 그래서 집으로 가서 얼마 동안 생각을 한 후에 다음과 같은 것들을 찾아냈습니다.

동양	서양
자기를 내세우지 않는다	가끔 자기 의견을 고집한다
권위를 존중한다	때때로 자율적이다
다른 사람들의 의견을 걱정한다	이따금 천하태평이다
대개 말수가 적다	말하기를 좋아한다(술을 한두 잔 하면)
언제나 남의 호감을 사려고 애쓴다	한두 번 신경 쓰지 않은 적도 있었다

찻잔이 반쯤 비어 있다	유리잔이 반쯤 차 있다
아니라는 뜻일 때 그렇다고 대답한다	내 뜻대로 말하고, 말한 대로 행동한다
거의 언제나 과거에 얽매인다	간혹 미래를 생각한다
뒤따라가는 것을 선호한다	그렇지만 앞장서서 이끌기를 갈망한다
군중 속에 있을 때 마음이 편안하다	하지만 무대에 오를 준비는 되어 있다
연장자를 공경한다	내 젊음을 가치 있게 여긴다
자기희생적이다	어떤 경우에도 굴하지 않고 열심히 산다
조상들의 가르침을 따른다	조상의 가르침 따위는 무시한다!
검은색 직모	투명한 갈색 눈
작은 키 (서양인 치고)	큰 키 (동양인 치고)
약간 노란빛이 도는 흰 피부	다소 옅은 편인 노란 피부

이튿날 이 과제를 보여 주자, 그가 이렇게 말했습니다. 아주 좋아! 멋진 시작이야. 자네는 착실한 학생이로군. 동양인들이 다 그렇듯이. 나도 모르게 약간의 자부심이 솟아나는 것을 느꼈습니다. 모든 착실한 학생들과 마찬가지로 나는 그저 인정받기를 갈망했을 뿐이었습니다. 심지어 얼간이한테서라도 말입니다. 교수가 말을 이었습니다. 그런데 문제점이 하나 있어. 얼마나 많은 동양적인 특성들이 서양적인 특성들과 정반대로 대립하고 있는지 보이나? 서양에서는, 유감스럽게도 많은 동양적인 특성들이 부정적인 색채를 띠지. 이것이 동양 혈통의 미국인들이 겪는 심각한 정체성 문제들을 초래해. 적어도 여기서 태어나거나 자란 사람들의 경우에는 말이야. 그들은 자신들이 겉

돈다고 느껴. 자네와 별 다를 바 없어. 마찬가지로 둘로 나뉘어 있지. 그렇다면 치유책은 무엇일까? 서양에 사는 동양인들은 영원히 집이 없다고, 또 국외자, 이방인이라고, 유대교와 그리스도교의 문화적 토양에서 아무리 많은 세대가 살았어도 예로부터 이어 온 고귀한 유산인 유교적 잔재는 결코 없앨 수 없다고 느껴야 하는 걸까? 이것이 바로 아메라시안으로서 자네가 희망을 주는 대목이야.

나는 교수가 친절하게 대하려는 것을 알고 있었기에, 웃음을 참고 진지한 표정을 유지하려고 최선을 다했습니다. 제가요?

그래, 자네! 자네는 동양과 서양의 공생 관계를 구체적으로 나타내. 둘에서 하나가 나올 가능성 말이야. 우리가 서양인의 신체적 특징을 자네와 분리해 생각하지 않듯이 동양인의 신체적 특징 또한 자네와 분리해 생각할 수 없지. 자네의 정신적인 요소들과 마찬가지로 말이야. 비록 지금 자네가 겉돌고 있다 해도 미래에는 자네가 평균일 거야! 아메라시안인 내 아이를 보게. 100년 전이었다면 그애는 중국에서든 미국에서든 괴물 같은 존재로 여겨졌을 거야. 오늘날 중국인들은 아직도 그애를 이례적이라고 여기지만, 이 지점에서 우리는 꾸준한 진전을 이뤄 왔어. 자네나 내가 바라는 만큼 빠르지는 않지만, 그애가 자네 나이에 이르면 어떤 기회든 움켜쥘 수 있을 거라고 보기에는 충분할 만큼 빠르게 말이야. 이 땅에서 태어났으니 그애는 심지어 대통령도 될 수 있어! 자네나 그애 같은 사람들은 자네의 상상 이상으로 많지만, 대부분은 부끄러워하며 미국식 생활이라는 무성한 잎사귀 속에 모습을 감추려고 해. 하지만 자네 같은 사람들이 늘어나고 있고, 민주주의는 자네들에게 제 목소리를 찾을 최상의 기회를 제공하지. 여기에서는 자네의 대립적인 측면들로 인해 분열되지 않고 오히려 양자의 균형을 맞추고 양쪽 모두에서 혜택을 보는 법을 배울 수 있어. 자네의 둘로 갈라진 충성심을 양립시키면, 자네는 양측 사이에서 이상적인 통역사, 적대적인 나라들을 평화로 인도하는 친선 대사가 될 거야.

제가요?

그래, 자네! 자네의 동양적인 본능을 견제하기 위해 자네는 미국인들이 나면서부터 배워 온 무의식적인 행동들을 부단히 연마해야만 해.

저도 제 자신을 더 이상은 어떻게 할 수가 없었어요. 음과 양 같은 건가요?

바로 그거야!

나는 혼란에 빠진 내 동양적인 내면과 서양적인 내면에서 발생한 위산 역류로 시큼한 맛이 느껴지는 목청을 가다듬고 말했습니다. 교수님?

음?

만일 제가 교수님께 사실은 아메라시안이 아니라 유라시안이라고 말씀드린다면, 무슨 차이가 있을까요?

학과장이 나를 다정하게 보면서 담배 파이프를 꺼냈습니다.

아니, 이 친구야, 절대 아니야.

집으로 가는 길에, 나는 식료품점에 잠시 들러서 흰 빵, 살라미 소시지, 플라스틱 병에 든 보드카 1리터, 옥수수 전분, 요오드를 샀습니다. 감정적으로는 쌀 전분을 더 선호했겠지만, 옥수수 전분이 구하기가 더 쉬웠습니다. 집에 도착하자마자 물건들을 치워 두고, 내 분열된 자아가 적힌 종이를 냉장고에 붙였습니다. 미국에서는 심지어 가난한 사람들도 냉장고가 있었습니다. 고향에서는 심지어 일부 중산층들도 소유하지 못한 생활 편의 시설들, 즉 수돗물, 수세식 화장실, 24시간 공급되는 전기 따위는 말할 것도 없고요. 그렇다면 나는 왜 가난하다고 느꼈을까요? 아마 내 생활 형편과 다소 연관이 있었을 겁니다. 내 집은 1층에 위치한, 배꼽 먼지* 특유의 냄새가 구석구석 배어 있고 음침한 침실 한 개짜리 아파트였습니다. 아니, 내가 당고모께 그렇게 써 보냈습니다. 이전의 여느 날처럼 그날도, 나는 본이 비탄에 젖어 무기력하게 붉은색 벨루어 소파의 긴 돌출부 위에 누워 있는 걸 보았습니다. 그는 르-르-르-르-아몬 목사의 교회 잡역부로 시간제 야간 근무를 하러 갈 때만 집을 나갔는데, 그곳은 영혼을 구하는 동시에 돈을 절약하는 습관을 지향하는 교회였습니다. 교회는 이 목표를 달성할뿐 아니라 사람이 하느님과 맘몬을 동시에 섬길 수 있음을 입증하려고 본에게 과세가 불가능한 현금으로 주급을 지급했습니다. 신고할 소득이 없었기에 본은 복지 혜택을 받을 자격이 있었고, 아주 미미한 수치심과 상당한 권리 의식을 가지고 그 혜택을

* 입고 있는 옷의 섬유 직물이 체모에 쓸리면서 생기는 조그만 보풀들이 배꼽 안쪽에 모여 형성되는 먼지 덩어리의 일종.

받아들였습니다. 그는 박봉에도 조국을 위해 복무했고 미국인이 결정한 전쟁을 치렀기에, 합리적으로 복지 혜택이 훈장보다 나은 보상이라는 결론을 내렸던 겁니다. 그는 자신의 운명을 받아들였을 뿐 달리 선택의 여지가 없었습니다. 비행기에서 밖으로 뛰어내리고, 80파운드에 달하는 온갖 장비를 등에 메고 30마일을 질주하고, 권총과 소총으로 과녁 한복판을 명중시키고, 텔레비전 속의 복면을 쓰고 기름을 바른 저 프로 레슬링 선수보다 더 많은 형벌을 참고 받아들일 수 있는 남자를 필요로 하는 사람이 아무도 없었으니까요.

본은 정부보조금을 받는 날이면, 그러니까 오늘 같은 날에는 현금은 맥주 한 상자에, 그리고 식품 구입용 쿠폰은 일주일치 냉동식품에 썼습니다. 나는 냉장고 문을 열어 내 몫의 맥주를 찾은 다음 거실에 있는 본과 합류했는데, 그는 이미 자신에게 기관총을 마구 발사하듯 맥주 여섯 캔을 연달아 들이켜고 쓰러져 있었고 빈 캔들만 카펫 위에 뿔뿔이 흩어져 있었습니다. 본은 소파에 드러누워 차가운 캔을 자기 이마에 대고 있었습니다. 나는 우리가 가진 가장 좋은 가구인, 누덕누덕하지만 쓸 만한 레이지보이 안락의자에 털썩 주저앉아 텔레비전 스위치를 켰습니다. 맥주에서는 아기 오줌 같은 색과 맛이 났지만, 우리는 평소처럼 아무 재미도 없이 훈련 받듯 마시다가 결국 둘다 의식을 잃었습니다. 나는 매우 늦은 밤 시간과 매우 이른 아침 시간 사이에 존재하는 시간의 회음부에, 입안에 불쾌한 스펀지를 물고 있는 듯한 상태로 일어났다가, 거대한 곤충의 절단된 머리가 입을 쩍 벌린 채 나를 보고 있는 꼴에 깜짝 놀랐다가, 마침내 그것이 나무틀에 들어 있는 텔레비전일 뿐이고 한 쌍의 안테나가 축 늘어져 있는 상태임을 깨달았습니다. 성조기가 펄럭이면서 빠르게 지나가는 장엄한 자줏빛 산들이나 날아오르는 전투기 장면들과 섞이는 동안 국가가 우렁차게 울려 퍼졌습니다. 마침내 지직거리는 잡음과 흰 반점으로 구성된 장막이 화면에 찾아오자 나는 다리를 질질 끌며 이끼 끼고 이가 빠진 변기 주둥이를 찾아 갔다가, 이내 협소한 침실의 아동용 2단 침대 아래쪽으로 갔습니다. 본은 이미 위쪽 침대를 찾아 올라가 있었습니다. 나는 드러누워서 우리가 군인들과 똑같은 방식으로 취침하는 거라고 상상했습니다. 아동용 2단 침대를 살 만한 장소라고는 차이나타운 근처의 번지르르한 가구점들의 아동 코너밖에 없었고, 이 가게들은 멕시코인들이나 멕시코인들처럼 보이는 사람들이 감독하는 곳이었음에도 말입니다. 나는 남반구 출신 사람들을 구별하지 못했지만, 그들이 면전에서 나를 치노*라고 불렀음을 고려하면 그들이 그 사실에 기분 나빠 하지는 않을 거라고 생각했습니다.

한 시간이 지나갔지만 나는 다시 잠을 잘 수가 없어서 부엌으로 가서 전날 도착한 당고모께서 보낸 편지를 다시 읽으면서 살라미 샌드위치를 하나 먹었습니다. 당고모는 이렇게 적었습니다. 그리운 조카에게. 지난번 네 편지는 고맙게 잘 받았단다. 최근에는 내내 날씨가 끔찍했어. 아주 쌀쌀한 데다 바람이 거셌지. 그 편지에는 자신이 가게에서 장미며 단골들과 씨름한 일, 병원 방문에서 얻은 긍정적인 결과가 열거되

* 스페인어로 '중국인, 중국사람'을 뜻하며, 아시아계 사람을 얕잡아보는 뉘앙스로 많이 사용된다.

어 있었지만, 날씨에 관한 신호만큼 중요한 것은 없었습니다. 행간에 쌀 전분으로 만든 투명 잉크로 쓴 만의 메시지가 있음을 알려주었으니까요. 다음날, 본이 목사의 교회를 청소하기 위해 몇 시간 동안 나가 있을 때, 편지에 바르면 일련의 숫자들이 자줏빛으로 나타나게 해줄 요오드 용액을 만들 예정이었습니다. 그 숫자들은 만이 너무나도 교묘하게 선택한 암호책이자, 이미 내 인생에서 가장 중요한 책이 되어 있던, 리처드 헤드의 『아시아의 공산주의와 동양적인 파괴 방식』의 페이지와 행과 단어를 가리켰습니다. 이때껏 나는 눈에 보이지 않는 만의 메시지들을 통해 국민의 사기가 충천하고 국가의 재건이 느리지만 확실하게 진척되고 있으며, 그의 상관들이 내 보고에 만족스러워한다는 사실을 알았습니다. 왜 그러지 않겠습니까? 망명자들은 머리카락을 쥐어뜯고 이빨을 북북 갈거나 할 뿐이고 여기선 아무 일도 일어나지 않았습니다. 그걸 굳이 옥수수 전분과 물로 만들 투명 잉크로 쓸 필요도 없었었습니다.

나는 어느 정도는 숙취 때문에, 또 그달이 사이공 함락 혹은 해방 혹은 둘 다의 일주년이 되는 달이었기에, 어느 정도는 감상적인 기분으로 1년치 노고를 기념하기 위해 당고모께 편지를 썼습니다. 비록 내가 상황에 떠밀리면서도 이에 못지않게 자유의지로 떠나기는 했지만, 안쓰러운 동포들을 불쌍히 여길 수밖에 없었고, 상실이라는 그들의 세균에 감염되어 마침내 나도 기억의 무제(霧堤) 속을 현기증이 나도록 돌아다니게 되었음을 자백합니다. 그리운 고모님, 많은 일이 일어났습니다. 수용소에서 떠난 이후 망명자들의 상황을 그들의 눈물

어린 관점에서 기술한 일종의 장황하고 두서없는 연대기인 그 편지를 써 내려가는 동안 내 안에서도 눈물이 솟아올랐습니다. 나는 어째서 우리가 신원보증인의 도움의 손길 없이는 풀려나지 못했는지를 적었고 신원보증인은 우리가 사회복지 제도에 의존하지 않으리라는 점을 보장해 주어야 한다고 썼습니다. 우리들 중에서, 가까운 사이에서 후원자를 얻지 못한 사람들은 한때 우리를 고용했던 회사들에, 한때 우리에게 조언을 해 줬던 군인들에게, 한때 우리와 잠자리를 했던 애인들에게, 가엾게 여겨 줄지 모르는 교회들에, 심지어 그저 일면식만 있는 정도인 사람들에게까지 보증인이 되어 주기를 바라며 탄원서를 썼습니다. 우리들 중 일부는 혼자 떠났고, 우리들 중 일부는 가족 단위로 떠났고, 몇몇 가족들은 쪼개져 뿔뿔이 흩어졌으며, 우리 중 일부는 고향을 생각나게 하는 따스한 서부에서 머물게 되었지만, 대부분은 우리가 정확히 발음할 수도 없는 이름의 멀리 떨어진 주들, 그러니까 앨라배마, 아칸소, 조지아, 켄터키, 미주리, 몬태나, 사우스캐롤라이나 등지로 급히 보내졌습니다. 우리는 새로운 지형도에 대해 우리 식으로 바꾼 영어로 이야기했는데, 각 음절마다 강세가 붙어, 시카고는 취크-아-고가 되었고, 뉴욕은 뉴-아크에 더 가깝게 발음되었으며, 텍사스는 텍스-애스로 분해되었고, 캘리포니아는 이제 카-리가 되었습니다. 수용소를 떠나기 전에 새 행선지의 전화번호와 주소들을 교환했는데, 가장 좋은 일자리들이 있는 곳이 어느 도시이고, 세금이 가장 낮은 곳은 어느 주이며, 복지 혜택이 가장 좋은 곳은 어디이고, 인종차별이 가장 적은 곳은 어디이며, 대부분 우리와 비슷하게 생기고 우리와 비슷하게 먹는 사람들이 사는 곳은 어디인지를 알아 내려면 난민 전보 시스템이 필요할 거라는 사실을 알고 있었기 때문이었습니다.

당고모께도 말씀드렸듯이, 만일 함께 지낼 수만 있었다면 우리는 어지간한 크기의 자급자족적 공동체, 즉 미국이라는 정치적 통일체의 엉덩이에 난 뾰루지 같은 집단을 만들 수 있었을 겁니다. 기성 정치인, 경찰관, 군인이 있고, 우리만의 은행가, 외판원, 기술자가 있고, 의사, 변호사와, 회계사가 있고, 요리사, 청소부, 가정부가 있고, 공장주, 정비사, 사무원이 있고, 도둑, 매춘부, 살인자가 있고, 작가, 가수, 배우가 있고, 천재, 교사, 정신 이상자가 있고, 사제, 수녀, 수도자가 있고, 불교도, 가톨릭교도, 카오 다이*가 있고, 북부, 중부, 남부 출신의 사람들이 있고, 유능한 사람, 평범한 사람, 어리석은 사람이 있고, 애국자, 반역자, 중립주의자가 있고, 정직한 사람, 부패한 사람, 아무래도 좋은 사람이 있으며, 우리의 미국에서 의회에 보낼 우리의 대표를 선출하고 발언권을 가질 수 있을 만큼 집단적인 공동체, 즉 실제 사이공만큼 매력적이고 무아지경이고 문제가 있는 '리틀 사이공들**' 말입니다. 바로 그래서 우리는 함께 지내는 것을 허락 받지 못하고, 관료주의적 결정에 의해 새로운 세계의 모든 경도와 위도로 뿔

---

*   1920년경 베트남에서 생긴 신앙 집단. 불교, 그리스도교 등 여러 종교의
         요소를 혼합하고 쑨원과 윈스턴 처칠 등을 성인으로 삼는 등 잡다한 특
         징을 함께 지닌 종교로, 프랑스 및 일본의 지배하에서 민족 운동을 하기
         도 했다.
**   주로 영어권 국가 내 베트남인들의 집단 거주지를 부르는 명칭.

뿔이 흩어지게 된 것입니다. 우리는 찾을 수 있는 곳이면 어디에서든 서로를 찾아냈고, 작은 규모의 일가들끼리 지하실에서, 교회에서, 주말마다 뒤뜰에서, 해변에서 모이곤 했습니다. 그럴 때면 우리는 물건 값이 좀 더 비싼 현지 가게에서 사기보다는 직접 만든 음식과 음료를 식료품 봉지에 담아 가져갔습니다. 우리 문화의 주요 요리 재료들을 어떻게든 마련하기 위해 최선을 다했지만, 중국인들의 시장에 의존하고 있었기에 우리의 음식은 용납할 수 없을 정도로 중국적인 색채를 띠었습니다. 이는 우리가 굴욕적이고 혹독한 채찍질 같은 시련을 겪는 동안 새콤달콤한 맛에 관한 애매한 기억들만 남긴 또 한 번의 타격이었습니다. 이 애매한 기억들은 과거를 환기시키기에 딱 충분할 만큼 정확하고, 과거가 우리의 만능 해결사인 피시 소스 특유의 다양성, 미묘함, 복잡성과 더불어 영원히 사라져 버렸음을 상기시키기에 딱 충분할 만큼 잘못된 것들이었습니다. 아, 피시 소스! 우리가 그걸 얼마나 그리워했는지요, 그리운 고모님. 그것이 없으면 무엇도 절대 제 맛이 나지 않았습니다. 푸꾸옥 섬*의 그랑 크뤼**와 최고 등급의 으깬 안초비 젓으로 넘칠 듯한 큰 통들을 얼마나 간절히 바랐는지요! 짙은 암갈색의 이 자극적인 액상 조미료는 짐작건대 지독한 악취 때문에 외국인들이 심히 폄하했고, "이 근처에서 수상한 비린내 같은

---

*   베트남의 가장 큰 섬. 커피, 후추, 생고무, 야자열매 등이 많이 나고 어업
        및 어류가공업도 활발해서 베트남 내에서 피시 소스가 가장 많이 생산
        되는 곳이기도 하다.
**   특등급 포도밭이나 그런 곳에서 생산된 최고급 와인을 가리킨다.

게 난다"라는 문구에 새로운 의미를 부여했습니다. 우리가 바로 그 수상한 비린내가 나는 사람들이었으니까요. 우리는 피시 소스를 트란실바니아의 시골 마을 사람들이 흡혈귀들을 물리치기 위해서 마늘을 몸에 두르던 식으로 사용했습니다. 하지만 그것은 우리는 정말로 수상한 비린내가 나는 것은 역겨운 악취가 나는 치즈라는 사실을 절대로 이해하지 못하는 저 서양 사람들과 경계를 설정하기 위해서였지요. 응유(凝乳)에 비하면 발효된 생선이 대체 뭐라고요.

하지만 우리는 집주인들을 존중하는 마음으로 우리의 감정을 마음속에만 담아둔 채, 꺼끌꺼끌한 소파며 따끔따끔한 카펫에서 서로 바싹 다가앉거나, 축적된 재의 양으로 시간의 흐름을 재는, 총안(銃眼)이 있는 재떨이가 놓인 붐비는 부엌 식탁 아래서 무릎을 맞댄 채로 마른 오징어와 추억을 턱이 아플 때까지 되새김질하며 한 다리 두 다리 건너 전해들은 뿔뿔이 흩어진 동포들 이야기를 주고받았습니다. 이런 식으로 모데스토에서 한 농부에 의해 저임금 노동자가 되어버린 일가, 미군 애인과 결혼하기 위해 비행기를 타고 스포캔*으로 갔다가 매음굴에 팔려 버린 세상 물정 모르는 아가씨, 미네소타 주에서 겨울에 밖으로 나가 눈에 파묻혀 꽁꽁 얼어 죽을 때까지 입을 벌리고 눈 속에 드러누워 있었다는 아이 아홉 딸린 홀아비, 클리블랜드에서 총을 산 다음 자살하기 전에 아내와 두 아이를 먼저 죽인 전직 특수 부대원, 고국으로 돌아가게 해 달라고 탄원했다가 다시는 아

* 워싱턴 주 동부에 있는 도시. 농산물의 집산지.

무 소식도 듣지 못하고 괌에서 후회하고 있는 난민들, 헤로인에 유혹당해 볼티모어 거리 속으로 사라져 버린 버릇없는 소녀, 양로원에서 환자용 변기를 닦는 처지로 전락해 살다가 어느 날 갑자기 폭발해서 남편에게 부엌칼을 들고 달려드는 바람에 정신 병동에 수용된 정치인의 아내, 가족들 없이 혼자 와서 퀸즈로 흘러들어 모였다가 주류 판매점 두 곳을 털고 점원 한 사람을 죽인 다음 20년 형을 선고받아 수감된 십대 4인조, 휴스턴에서 어린 아들의 엉덩이를 때렸다가 아동학대로 제포된 독실한 불교도, 새너제이에서 젓가락 값으로 식품 구입용 쿠폰을 받았다가 법률 위반으로 벌금을 문 사업주, 롤리에서 아내를 세게 때렸다가 가정 폭력으로 투옥된 남편, 본인은 탈출했지만 아내는 대혼란 속에 남겨 두고 온 남자들, 본인은 탈출했지만 남편은 남겨 두고 온 여자들, 부모도 조부모도 없이 탈출한 아이들, 하나, 둘, 셋 혹은 그보다 많은 아이들을 잃어버린 가족들, 그리고 테러호트*의 난방용 화로가 하나뿐인 어느 얼어붙을 듯 춥고 만원인 방에서 잠들었다가 다시는 깨어나지 못한 채 보이지 않는 일산화탄소 구름을 타고 영원한 어둠으로 나아간 여섯 사람에 대해 알게 되었습니다. 우리는 냄비로 토사(土沙)를 걸러내듯 나쁜 소식을 치워 버린 후, 사금을 가려내듯, 고아였다가 캔자스의 억만장자에게 입양된 아기, 혹은 알링턴에서 복권을 샀다가 천만장자가 된 정비사, 혹은 배턴루지에서 고등학교 학급 반장으로 뽑힌 여학생, 혹은 스니커즈 운동

---

*　　인디애나 주에 있는 도시.

화 밑창에 여전히 펜들턴 난민 수용소의 흙이 묻어 있는 정도일 뿐인데도 하버드가 받아들인 퐁 뒤 라크*의 남학생, 혹은 그리운 고모님, 고모님께서 몹시 사랑하시는 여배우, 즉 사이공 함락 이후 어느 나라도 들여보내 주려 하지 않는 데다가 친구인 미국의 유명 영화배우들 가운데 어느 누구도 그녀의 절박한 전화에 응답해 주지 않아서 이 공항에서 저 공항으로 전 세계를 빙빙 돌다가 마침내 마지막 동전으로 미국 여배우 티피 헤드런과 연락이 닿아 헤드런이 비행기에 태워 할리우드로 데려간 유명 영화배우의 이야기를 채취했습니다. 그렇게 해서 우리는 슬픔에 잠겨 스스로를 닦고 희망으로 스스로를 헹궜던 것입니다. 우리는 들려오는 거의 모든 소문을 믿었음에도, 우리 나라가 패망했다는 사실만은 좀처럼 믿으려 하지 않았습니다.

---

*   미국 중북부, 위스콘신 주 동북부의 공업도시.

5장

경애하는 소장님, 지금껏 많은 자술서를 직접 읽었고 여태까지 나의 자백에 대한 소장님의 기록을 염두에 두고 있기 때문인지 이 자술서는 필시 소장님께서 읽기에 익숙한 유형은 아닌 것 같다는 생각이 듭니다. 내 자술서의 특이한 성격을 두고 소장님을 탓할 수는 없겠지요. 나 자신을 탓할 뿐입니다. 나는 정직이라는 죄를 범했는데, 이런 일은 내가 어른이 되고 나서는 드문 경우였습니다. 이런 일이 왜 지금, 폭 3미터 길이 5미터의 독방이라는 이런 환경에서 시작된 걸까요? 어쩌면 내가 왜 여기 있는지 이해하지 못하기 때문인지도 모릅니다. 최소한 고정간첩이었을 때는, 내가 왜 암호로 점철된 삶을 살아야만 하는지를 이해했습니다. 하지만 지금은 아닙니다. 만일 내가 유죄를 선고 받기로 되어 있다면 — 내 짐작대로, 내가 이미 유죄를 선고 받았다면 — 그렇다면 하다못해 내 입장을 해명하기라도 할 작정입니다. 나 자신이 선택한 방식대로, 소장님께서 어떻게 생각할지에 구애 받지 않고서 말입니다.

나는 내가 감당했던 실제 위험 요소들과 사소한 두통거리들에 대한 공로를 인정받아야 한다고 생각합니다. 나는 농노처럼, 복지 혜택을 받을 기회만이 직업상의 특전인 난민처럼 살았습니다. 심지어 잠잘 기회조차 거의 얻지 못했습니다. 고정간첩은 거의 항상 불면증에 시달리게 마련이니까요. 어쩌면 제임스 본드는 스파이의 삶이라는 바늘방석 위에서도 평온하게 잠을 잘 수 있었을지 모르지만, 나는 그럴 수가 없었습니다. 역설적이게도 지금까지 나는 항상 가장 스파이다운 일, 그러니까 만의 메시지를 해독하고 내 메시지를 투명 잉크로 암호화하는 일을 한 후에야 잠들 수 있었습니다. 긴급 공문 하나하나를 한 자 한 자 공들여 암호화하면서, 발신자와 수신자가 메시지를 가능한 한 간결하게 유지하는 것은 당연한 일이었습니다. 따라서 이튿날 저녁에 내가 해독한 만의 긴급 공문에는 그저 이렇게만 쓰여 있었습니다. 수고, 자신에게 쏠릴 관심 차단 요망, 현재 불온 분자는 모조리 구금 중.

나는 장군이 말한 바에 따르면 클로드가 참석할 예정인, 장군의 주류 판매점 개업식이 지날 때까지 내 회신을 암호화하는 일을 미뤘습니다. 그때껏 전화로는 몇 차례 이야기를 했지만, 사이공을 떠난 이후에는 클로드를 본 적이 없었습니다. 그렇지만 장군이 나를 직접 보고 싶어 하는 이유가 또 있었습니다. 아니, 본이 며칠 후에 가게에서 돌아오자마자 그렇다고 알려줬습니다. 그는 막 장군의 가게 점원으로 고용된 참이었는데, 시간제로 목사의 교회를 청소하면서도 그럭 저녁 다닐 수 있는 직장이었습니다. 나는 장군에게 본을 고용하라고 강력히 권했고, 이제 그가 등을 대고 누워 있기보다는 두 발로 서서 더 많은 시간을 보내게 되어 기뻤습니다. 내가 말했습니다. 장군이 무엇 때문에 나를 보고 싶어 하는 거지? 본은 관절염에 걸린 듯 삐걱거리는 냉장고 문을 열고 우리 소유물 가운데 가장 아름답게 장식된, 은빛으로 반짝반짝 빛나는 원통형 슐리츠 맥주 캔 하나를 꺼냈습니다. 내부에 밀고자가 있어. 맥주 마실래?

난 두 캔 마실래.

개업식은 사이공 함락 혹은 해방 혹은 둘 다의 기념일과 일치하도록 시기를 맞춰 4월 말에 열릴 예정이었습니다. 그날은 금요일이어서, 나는 실용적인 신발을 신은 미즈 모리에게 내가 조퇴할 수 있는지를 물어 봐야만 했습니다. 9월이었다면 이런 부탁을 하지 않았을 테지만, 4월 무렵 우리의 관계는 생각지도 못한 방향으로 나아간 상태였습니다. 내가 그녀와 일하기 시작한 후 몇 달 동안, 우리는 담배를 피우는 휴식 시간에, 직장 동료로서 자연스레 잡담을 나누는 가운데, 그리고 퇴근 후 캠퍼스에서 멀리 떨어진 곳에서 칵테일을 마시는 시간에 점차 서로를 주의 깊게 관찰했습니다. 미즈 모리는 생각만큼 내게 적대적이지 않았습니다. 사실 우리는 꽤 친해졌습니다. 그것이 우리가 일주일에 한두 번씩 크렌쇼 지구*에 있는 그녀의 아파트에서 콘돔 없이 땀을 뻘뻘 흘리며 맺은 육체관계를, 일주일에 한두 번씩 학

* 　아프리카계 미국인들이 많이 사는 L.A. 남서부 지역의 지구.

132

과장실에서 저지른 은밀한 사통을, 내 포드 자동차의 삐걱거리는 뒷자리에서 벌인 오밤중의 이성 관계를 설명하는 단어라면 말입니다.

나중에 미즈 모리가 첫 번째 로맨틱한 막간극이 끝난 후 설명했듯이, 분별 있고 친절하며 관대한 나의 태도에 결국 설득되어 그녀는 마침내 "언제든" 한 잔 하자고 권하게 되었습니다. 나는 며칠 후 그 초대를 받아들여 실버레이크에 있는 어느 티키 바*에 갔는데, 히외이안 셔츠를 입은 몸집이 큰 남자들과 풍만한 엉덩이 살을 간신히 지탱하는 데님 치마를 입은 여자들이 자주 방문하는 곳이었습니다. 활활 타오르는 티키 횃불들이 입구 양옆에 배치돼 있고, 내부에는 미지의 태평양 섬이 원산지인 불길한 느낌을 풍기는 가면들이 널빤지를 댄 벽면에 고정되어 있었는데 가면의 입술들이 마치 '우가 부가'라고 말할 것처럼 보였습니다. 풀잎 치마를 입고 가슴을 다 드러낸 갈색 피부의 훌라춤을 추는 아가씨 형상의 테이블 램프들이 은은하게 빛나고 있었습니다. 웨이트리스도 자기 머리카락과 어울리는 빛바랜 밀집 색 풀잎 치마를 입었고, 비키니 상의는 윤을 낸 코코넛으로 만든 것이었습니다. 각자 세 잔씩 마시고 나서 얼마 후 미즈 모리가 오른손으로 턱을 괴고 팔꿈치를 카운터에 올린 채, 내게 자기 담배에 불을 붙이도록 허용했는데, 내가 보기에 이는 남자가 여자를 위해 할 수 있는 가장 관능적인 전희 가운데 하나였습니다. 그녀는 스크루볼 코미디에 나오는 전도유망한 신인 여배우처럼, 즉 빈정대는 말과 두블

---

* 주로 칵테일을 많이 팔고 폴리네시아 문화를 테마로 하는 유흥주점.

앙탕드르*를 제2언어로 구사하며 패드를 덧댄 브라와 어깨 패드를 한 저 귀부인들 중 한 사람처럼 술을 마시고 담배를 피웠습니다. 내 눈을 똑바로 쳐다보며 그녀가 말했습니다. 고백할 게 있어요. 나는 빙긋 웃으며 내 보조개가 깊은 인상을 주기를 바랐습니다. 내가 말했습니다. 고백 좋지요. 그녀가 말했습니다. 당신한테는 뭔가 신비로운 면이 있어요. 오해는 하지 말아요. 당신이 키가 크고, 거무스름하고, 잘생겼다는 얘긴 아니니까. 당신은 그저 거무스름하고 조금 귀엽기는 해요. 처음에 당신에 대해 듣고 나서 당신을 처음으로 만난 후에 이렇게 생각했어요. 굉장한데, 여기 아시아인 엉클 톰, 진짜 배신자, 완전한 하얀 분칠덩어리가 있군. 크래커**는 아니지만. 비슷해. 쌀로 만든 크래커야. 당신이 가이진***이랑 잘 지내는 방식이라니! 백인들은 당신을 사랑하죠, 안 그래요? 그들은 날 그저 좋아할 뿐이에요. 그들은 내가 전족을 한 섬세하고 작은 중국 인형이라고, 언제라도 기꺼이 타인의 비위를 맞출 준비가 되어 있는 게이샤라고 생각하지요. 하지만 나는 그들이 나를 사랑하기에 충분할 만큼 이야기를 나누지 않아요. 아니, 적어도 그들이 바라는 방식대로 말하지는 않아요. 나는 그들이 사랑

*　프랑스어로 '이중적 의미'라는 뜻. 영어권에서 주로 이중적 의미를 함축한 어구를 가리킬 때, 특히 그 두 가지 의미 중 한 가지가 상스럽고 대개 성적인 의미와 연관되어 있을 경우 사용한다.
**　중의적인 의미를 사용한 일종의 말장난. 크래커(cracker)에는 '얇고 단단한 비스킷'이라는 의미 외에도 '가난뱅이 백인, 거짓말쟁이, 허풍쟁이'라는 의미가 담겨 있다.
***　'외국인'이라는 뜻의 일본어.

하는 스키야키와 사요나라 쇼를 온전히 다 공연할 수는 없어요. 머리에 꽂는 젓가락은 멈보 점보* 같은 것이고, 수지 웡**이니 하는 얘기는 다 헛소리예요. 나와 함께 어울리는 모든 백인 남자가 윌리엄 홀든이나 말론 브란도라는 얘기나 마찬가지라고요. 사실은 미키 루니***를 닮은 쪽이라 해도 말이에요. 그렇지만, 당신은. 당신은 대화를 할 수 있고, 그건 아주 중요해요. 하지만 단순히 그것뿐만이 아니에요. 당신은 남의 말을 굉장히 잘 들어 주는 사람이지요. 뜻 모를 동양적인 미소를 짓는 데 통달했고, 자리에 앉아 교감의 표시로 고개를 끄덕이고 이마를 찌푸리면서, 자기가 하는 모든 말에 완전히 동의한다고 생각하면서 상대방이 계속 말하게 해요. 당신 자신은 한마디도 하지 않으면서요. 그것에 대해서는 어떻게 생각하나요?

내가 말했습니다. 미즈 모리, 저는 제가 지금 듣고 있는 얘기에 어안이 벙벙해요. 그녀가 말했습니다. 설마 그럴 리가. 제발 부탁인데, 소피아라고 불러 줘요. 난 당신 여자 친구의 한물간 어머니가 아니라고요. 나한테 한 잔 더 가져다주고 담뱃불도 하나 더 붙여줘 봐요. 나는 마흔여섯이고, 그걸 누가 알든 상관은 없지만, 당신한테 한 여자

---

*   아프리카 서부 수단 지방 흑인 부락의 수호신. 탈을 쓴 사내의 모습으로 나타난다. 본문에서는 '무의미한 주문, 헛소리'라는 일반적인 의미로 사용되었다.
**   리처드 메이슨이 쓴 『수지 웡의 세계』의 여주인공의 이름. 1950년대 중반 홍콩을 배경으로 한 영국 출신 화가와 중국인 창녀의 이야기로, 1960년 개봉된 윌리엄 홀든 주연의 동명 영화도 있다.
***   왜소한 체구에 아이 같은 이미지의 미국 남자 배우.

가 마흔여섯이고 지금까지 살고 싶은 대로 살아왔다면, 잠자리에서 무엇을 해야 할지는 죄다 알고 있다는 얘길 하려는 거예요. 그건 『카마 수트라』나 『옥보단』이나 우리 사랑하는 학과장님의 저 알아듣지도 못할 동양 주문(呪文) 같은 소리와는 아무 관계가 없어요. 내가 말했습니다. 당신은 그분을 위해 지금껏 6년 동안 일했지요. 미즈 모리가 말했습니다. 그런 건 나도 알고 있어요. 그냥 내 상상인가요, 아니면 그가 자기 사무실로 통하는 문을 열 때마다 어딘가에서 징이 울리는 건가요? 그가 자기 사무실에서 담배를 피우는 건가요, 아니면 그런 향을 우묵한 사발에 담아 놓은 건가요? 내가 그를 볼 때마다 머리를 숙여 인사하지 않아서 그가 조금 실망스러워 한다는 생각을 안 할 수가 없어요. 그는 나를 면접하면서, 내가 일본어를 조금이라도 하는지 알고 싶어 했지요. 나는 내가 가디너에서 태어났다는 점을 명확히 밝혔어요. 그가 말하더군요. 아, 당신은 니세이*로군요. 마치 니세이라는 단어를 아는 게 나에 대해 중요한 무언가를 안다는 뜻인 양 말이에요. 미즈 모리, 당신은 고작 이민 2세인데도 자신의 문화를 잊어버렸군요. 이세이인 당신 부모님, 그분들은 자신들의 문화를 고수했지요. 일본어를 배우고 싶지 않나요? 니폰을 방문하고 싶지 않아요? 나는 오랫동안 기분이 좋지 않았어요. 나는 왜 일본어를 배우고 싶어 하지 않았을까, 왜 진작 일본어를 하지 않았을까, 왜 도쿄에 가느니 차라리 파리나 이스탄불이나 바르셀로나에 가고 싶은

*　이민 1세대(이세이)인 일본인 부모 밑에서 태어난 일본인 2세를 지칭한다.

걸까라는 생각이 들었지요. 하지만 그때 이런 생각이 들었어요. 알 게 뭐야? 누가 존 F. 케네디한테 게일어를 할 줄 알고 더블린을 방문한 적이 있느냐고, 혹은 매일 밤 감자를 먹느냐고, 혹은 레프리콘에 관한 그림들을 수집하느냐고 물어봤던가? 그럼 왜 '우리'는 '우리' 문화를 잊지 말아야 한다는 거지? 나는 여기서 태어났으니 내 문화는 바로 여기 있지 않나? 물론 학과장에게 그런 질문들을 하지는 않았어요. 그저 생긋 웃으면서 이렇게 말했지요. 그렇고말고요, 교수님. 그녀가 한숨을 쉬며 말했습니다. 그런 게 직장이지요. 그런데 당신한텐 따로 해 줄 말이 있어요. 내가 그 빌어먹을 것을 잊어버린 적이 없다는 게, 그러니까 미국이라는 내 문화와 영어라는 내 언어를 빌어먹게도 잘 알고 있다는 생각이 머릿속에서 확실해진 이후로 줄곧 그 남자의 사무실에서 스파이가 된 듯한 기분이 들었어요. 겉으로는 그저 평범하고 나이 많은 미즈 모리, 제 뿌리를 잃어버린 불쌍하고 별 볼일 없는 존재일 뿐이지만, 내면은 소피아예요. 그러니 나를 물로 보지 않는 게 좋을걸.

내가 목청을 가다듬고 말했습니다. 미즈 모리?

음?

당신과 사랑에 빠질 것 같아요.

소피아라니까. 그녀가 말했습니다. 그리고 한 가지는 분명히 해두자고, 바람둥이 양반. 만약 우리가 깊은 관계가 된다면 말이지, 물론 그럴 가능성은 만에 하나이긴 하지만, 어쨌거나 아무런 조건도 달지 않을 거예요. 당신은 나랑 사랑에 빠지지 않고 나는 당신과 사랑에 빠지지 않아. 그녀는 한 쌍의 연기 기둥을 내뿜었습니다. 그냥 알고 있으라는 얘긴데 말이지, 나는 결혼은 좋다고 생각하지 않지만, 자유 연애는 좋다고 생각해요.

우연의 일치네요. 내가 말했습니다. 저도 그래요.

해머 교수가 10년 전에 내게 알려 줬다시피, 벤저민 프랭클린에 따르면, 연상의 정부는 굉장히 멋진 존재였습니다. 아니, 이 미국 건국의 아버지가 어떤 청년한테 그런 식으로 조언을 했지요. 이 미국의 현자가 쓴 편지 내용이 전부 기억나지는 않습니다. 그저 두 가지 주장만 기억납니다. 첫째는 연상의 정부들은 "몹시 고마워한다!"는 것입니다. 어쩌면 많은 사람들의 경우 사실이겠지만, 미즈 모리의 경우에는 아니었습니다. 그녀는 오히려 내가 고마워하기를 기대했고, 나는 실제로 그랬습니다. 그때껏 나는 남자의 가장 친한 친구, 다시 말해 자위의 위안에 몸을 맡겼고, 매춘부들과 어울릴 만큼의 돈은 분명 가지고 있지 않았습니다. 이제 나는 자유연애를 했는데, 이건 인종적이고 프로테스탄트적인 명분들을 내세워 코르셋을 입히고 엄격히 규제하거나 어쩌면 정조대까지 채우는 자본주의 제도에 대한 모욕이었을 뿐 아니라 유교적 특성을 띤 공산주의 체제에도 반하는 행위였습니다. 이것은 바라건대 공산주의가 지닌, 결국에는 사라질 단점들 가운데 하나로, 모든 동지가 자신의 단단한 괭이를 오로지 농사에만 쓰기로 되어 있는 고결한 소작농처럼 행동해야 할 의무가 있다는 믿음입니다. 아시아의 공산주의 체제에서는 섹스를 뺀 모든 것이 자유로웠습니다. 왜냐하면 동양에서는 성혁명이 아직 일어나지 않았기 때문입니다. 그 논리적 증거는 (리처드 헤드에 따르면) 대개 아시아 여러 나라 가정들이 흔히 그렇듯이, 사람이 자식을 여섯이나 여덟, 혹은 열둘을 낳기에 충분할 만큼의 섹스를 할 경우, 섹스를 더 많이 하기 위해 혁명이 필요할 일은 전혀 없다는 것입니다. 한편, 미국인들은 허니의 혁명에 대한 예방주사를 맞아서 또 하나의 혁명에도 저항력이 강하기 때문인지, 정치적 도화선이 아닌 열대처럼 지글거리며 끓어오르는 열정에 해당하는 자유연애에만 흥미가 있습니다. 그렇지만 미즈 모리의 참을성 있는 지도 아래 나는 진정한 혁명은 성혁명 또한 수반한다는 점을 깨닫기 시작했습니다.

이는 프랭클린의 통찰과 아주 동떨어진 것은 아니었습니다. 이 교활한 늙은 탕아는 정치적인 것과 관련해 성욕을 자극하는 일의 중요성을 잘 알고 있었기에, 미국 독립 전쟁에 대한 프랑스의 원조를 끌어내기 위해 노력하면서 정치인들 못지않게 숙녀들에게도 많이 접근했습니다. 그러므로 이 '최초의 미국인'이 젊은 친구에게 쓴 편지에 담은 주장, 다시 말해 우리 모두가 연상의 정부를 둬야 한다는 주장은 옳았습니다. 이는 들리는 것만큼 성차별적이지는 않습니다. 왜냐하면 연상의 여자들 또한 연하의 호색한들과 잠자리를 해야 한다는 의미가 함축되어 있었으니까요. 게다가 이 음탕한 늙은이의 서한이 항상 섬세하진 않았다 해도, 호색적인 일에 관한 진실은 담겨 있었습니다. 그 한 예가 이 멋진 남자의 두 번째 주장, 즉 나이라는 중력은 해가 갈수록 꼭대기에서 아래쪽으로 제 할 일을 해나간다는 것입니다.

이것은 얼굴 생김새에서 시작해 목, 젖가슴, 배 등을 향해 남쪽으로 살금살금 기어내려 감으로써 얼굴이 푸석푸석하고 초췌해진 지 오래라고 여겨지는 연상의 정부를 투실투실하고 음탕하게 만들었는데, 이런 경우엔 그녀의 머리에 그저 이고 다닐 바구니나 올려놓을 수 있으면 그만이었습니다.

하지만 미즈 모리의 경우에는 그럴 필요가 없었습니다. 그녀의 얼굴은 그다지 나이를 먹지 않았으니까요. 내가 더 행복해질 수 없었던 단 하나의 이유는 본의 동반자 때문이었는데, 내가 아는 한 그 역시 혼자서 쓰다듬기를 실천하고 있었기 때문입니다. 그는 늘 수줍음을 많이 타는 사람인지라 가톨릭 교리라는 피임약을 엄숙하게 삼켰습니다. 본은 내가 생각하기에는 더 어려운 문제, 예를 들어 살인보다도 섹스에 대해 더 당황스러워하고 더 신중했습니다. 사실 이 점이 가톨릭교의 역사를 거의 다 설명해 주는 셈이었는데, 가톨릭 교회사에서 동성애나 이성애나 남색 같은 각양각색의 성행위는, 로마 교황청의 카속* 아래 숨겨져 결코 벌어지지 않았던 일로 간주되었습니다. 교황들, 추기경들, 주교들, 사제들, 수도사들이 여자들, 여자아이들, 남자아이들과, 그리고 자기들끼리 관계를 가졌을까요? 거의 논의된 바가 없었습니다! 관계를 가지는 것이 무슨 잘못이라는 얘기가 아닙니다. 구린내가 나는 것은 위선적인 행동이에요. 섹스가 아니라. 그런데도 교회는 아라비아 반도에서 남북아메리카에 이르기까지 수백만의 사

---

*   성직자들이 입고 다니는 발목까지 오는 긴 겉옷.

람들을 우리 주 구세주의 이름으로 고문하거나 살해하거나 십자군 운동의 대상으로 삼아 박멸하려 하거나 혹은 질병을 감염시킨 걸까요? 심지어 이런 행위조차도, 종교를 빙자한 헛된 유감의 말과 함께 인정했을 뿐이었습니다.

내 경우에는, 정반대였습니다. 나는 열병에 걸릴 듯했던 청소년기 이래로 줄곧 왕성한 기력으로 부지런히 즐거운 시간을 보냈습니다. 거짓 기도를 드릴 때 십자가를 긋던 바로 그 손을 사용해서요. 이런 성적인 반란의 씨앗이 어느 날 나의 정치 혁명으로 무르익었던 것입니다. 수음이 필연적으로 실명과 털투성이 손바닥과 발기부전으로 (아버지는 깜박하고 체제 전복을 언급하지 않았습니다) 이어지는 방식에 대한 아버지의 설교를 일절 무시하고서요. 만일 내가 지옥에 가게 된다면, 그래야지요! 때로는 한 시간에 한 번씩 스스로에게 죄를 범하는 일도 감수했으니, 내가 다른 존재들과 함께 죄를 짓는 것은 시간 문제였습니다. 그렇게 나는 최초의 비정상적인 행위를 열세 살에 어머니의 부엌에서 훔쳐 낸, 내장이 제거된 오징어 한 마리와 저질렀는데 놈은 친구들과 함께 자신의 진정한 운명을 기다리는 중이었습니다. 아, 말 못하는 불쌍하고 순결한 오징어여! 너는 내 손만큼 길었고, 머리, 촉수, 내장을 떼어 내면 콘돔으로 쓰기에 알맞은 모양이었지. 당시엔 그것이 무엇인지 알지 못했지만 말이야. 너의 안쪽은, 내가 상상하던 여자의 질처럼 일관되게 매끄럽고 끈적거렸다. 그때까지 내가 우리 마을 골목길이며 마당에서 완전히 벌거벗은 채로, 혹은 허리 아래만 벌거벗은 채로 이리저리 돌아다니는 걸음마 배우는 아이들과 젖먹이들이 내보인 것들 말고는 그처럼 경이로운 것을 본 적은 없었지만 말이지. 우리의 프랑스인 지배자들은 이런 광경에 아연실색하면서, 어린 시절을 이처럼 벌거숭이 상태로 보내는 것이 우리의 야만성에 대한 증거라고 여겼습니다. 그러고는 이내 강간, 강탈, 약탈을 정당화하는 구실로 사용했습니다. 우리 아이들이 영혼과 육체가 모두 불확실한 상태인 점잖은 기독교인들을 유혹하지 못하도록 아이들에게 옷을 입히려 한다는 종교적인 명목을 내세워 모든 일을 다 용인 받았던 겁니다. 아니, 내가 주제에서 벗어났군요! 네게로 돌아가마, 곧 겁탈 당할 오징어여. 내가 그저 호기심에서 처음에는 집게손가락, 이어 가운뎃손가락을 꽉 조이는 네 구멍 속으로 쿡 쑤셔 넣었을 때의 흡인력이 너무 강해서 내 부단한 상상력은 몇 달 전부터 내내 나를 사로잡고 있던 여체의 금지된 부위와 연관 지을 수밖에 없었다. 미친 듯이 흥분한 내 남근은 값도 부르지 않고 완전히 자제력을 잃은 채 벌떡 뛰어올라 차려 자세를 취하더니 나를 네 쪽을 향해 끌어당겼지, 유혹적이고 황홀하며 도발적인 오징어여! 내 어머니가 금방이라도 볼일을 마치고 돌아올 터였지만, 또 어느 때고 이웃 사람이 우리 부엌의 달개 지붕 옆으로 걸어가다가 두족류 신부와 함께하는 나를 발견할지도 몰랐지만 나는 바지를 내렸습니다. 내 오징어의 부름과 발기한 성기의 응답에 홀려서 후자를 전자에 집어넣었는데, 유감스럽게도 몸에 딱 맞았습니다. 유감스럽다는 말은 그때 이래 어떤 오징어도 내게서 안전하지 않았다는 뜻이지, 이 강도가 약한 수간(獸姦)이 — 불운한 오징어여, 어쨌든 너는 죽어 있었지. 지금은 그 사실로 인해 어떤 식으로 별개의 도덕적 문제들이 제기되는지를 나도 알기는 하지만. ─ 그러니까 이러한 일탈이 자주 일어났다는 것은 아닙니다. 왜냐하면 사방이 육지에 둘러싸인 우리 고장에서 오징어는 귀하고 특별한 요리였으니까요. 그 오징어는 아버지가 어머니에게 선물했는데, 사실은 아버지 자신이 잘 먹기 때문이었지요. 사제들은 늘 광팬들이, 몹시 배타적인 최고급 나이트클럽, 즉 천국으로 들어가는 입구를 차단하는 벨벳 밧줄의 수호자 대접을 하는 저 독실한 주부들과 부유한 신자들이 아낌없이 퍼붓는 관심을 받았습니다. 이런 팬들은 그들을 저녁식사에 초대하고, 그들의 침실을 청소하고, 음식을 만들고, 내 어머니처럼 가난한 여자를 위한 것은 아닌, 아주 맛있고 값비싼 해산물을 포함한 다양한 뇌물을 안겨 주었습니다. 진저리 치며 사정을 하는 동안에는 수치심을 전혀 느끼지 않았지만, 제정신을 차리자마자 엄청난 죄의식이 나를 엄습했습니다. 부도덕한 행위를 했기 때문이 아니라 어머니에게서 오징어를 한 입이라도 빼앗은 것을 도저히 견딜 수 없었기 때문입니다. 우리에게는 겨우 여섯 마리뿐이었고, 어머니는 한 마리가 사라진 사실을 알아차릴 터였습니다. 어떡하지? 어떡하지? 강간 당한 오징어의 외음부에서 내 불경스러운 행위의 결과가 줄줄 새어나오는 상태로 순결을 빼앗기고 정신을 잃은 오징어를 손에 들고 서 있는 동안, 돌연 한 가지 계획이 내 교활한 머리에 떠올랐습니다. 첫째, 학대 당해 기력을 잃은 오징어에서 범죄의 증거를 씻어 내라. 둘째, 피해자인 오징어를 알아볼 수 있도록 껍질에 얇은 상처를 여럿 내라. 그런 다음 저녁 식사를 기다려라. 아무것도 알지 못하는 어머니는 우리의 비참한 오두막으로 돌아와서, 오징어 여섯 마리에 간 돼지고기, 녹두 국수, 깍둑썰기 한 버섯, 다진 생강을 채워 넣어 기름에 지진 다음, 찍어 먹을 라임 생강 소스와 함께 차려 냈습니다. 접시 위에는 버림 받은 내 사랑하는 오달리스크*가 내 손으로 낸 흉터를 간직한 채 드러누워 있었고, 어머니가 마음껏 먹으라고 하자, 나는 즉시 그 오징어를 젓가락으로 꽉 잡아서 어머니가 집을 가능성을 미연에 방지했습니다. 내가 잠시 주저하자, 어머니의 기대에 찬 애정 어린 눈길이 쏟아졌고, 이내 나는 오징어를 라임 생강 소스에 찍어 한 입 베어 물었습니다. 어머니가 말했습니다. 어때? 내가 더듬거리며 말했습니다. 마-마-맛있어요. 다행이구나. 그런데 그건 통째로 삼키는 게 아니라 씹어야 하는 거야, 우리 아들. 서두를 것 없어. 그렇게 하면 더 맛있을 거야. 내가 말했습니다. 네, 엄마. 그러고는, 용감하게 싱긋 웃으며, 이 순종적인 아들은 더럽혀진 오징어의 남은 부분을 느릿느릿 씹으며, 어머니의 달콤한 사랑이 버무려진 짭짤한 맛을 음미했습니다.

어떤 사람은 틀림없이 이 일화를 역겹다고 생각할 겁니다. 나는 역겹지 않습니다! 대학살은 역겹습니다. 고문은 역겹습니다. 300만 명의 사망자는 역겹습니다. 자위요? 심지어 내가 스스로 인정했듯이 합의하지 않은 오징어를 가지고? 그리 심하게 역겹지는 않습니다. 나 자신은 만약 우리가 '살인'이라는 단어를 말할 때 '자위'라는 단어를

---

*   '여자 노예' 혹은 '총회'라는 뜻과 '비스듬히 누워 있는 여성의 나체화'라는 의미가 있다.

말할 때만큼 많이 주저하며 웅얼거리게 된다면, 이 세상이 더 좋아질 거라고 믿는 사람입니다. 여전히 나는 투사이기보다는 연인이기는 했지만, 내 정치적 선택들과 경찰 업무로 인해 결국 어린 시절에 딱 한 번 사용했던 나의 일면, 즉 폭력적인 면을 키울 수밖에 없었습니다. 하지만 심지어 비밀경찰 임무를 수행하면서도, 다른 사람들이 내 앞에서 폭력을 사용하는 것을 용인했을지언정 나는 그들만큼의 폭력을 결코 직접 휘두르지는 않았습니다. 오직 악조건들로 인해 나의 능수능란한 수완으로도 빠져나갈 수 없는 상황에 몰렸을 때만 이런 폭력 행사를 묵인했습니다. 이런 상황들이 너무나 불쾌했기에 내가 목격한 심문 받는 사람들에 관한 기억들은 광적일 정도로 끈덕지게 나를 사로잡았습니다. 예를 들어, 목에 철사를 두른 채 온 얼굴을 잔뜩 일그러뜨리고 있었던 말랐지만 강인한 몬타나르드인* 남자, 하얀 방에서 자줏빛 얼굴로 단 한 가지를 제외한 무엇에도 휘둘리지 않던 완고한 남자 테러범, 간첩 활동의 증거인 걸쭉한 종이 반죽을 입 안에 잔뜩 쑤셔 넣어 우리의 시큼한 이름들이 문자 그대로 튀어나갈 듯이 혀끝에 뱅뱅 맴도는 상태였던 공산당 여간첩 같은 사람들이요. 체포된 이 불온 분자들의 종착지는 하나였지만, 거기에 도착하기까지 불쾌한 샛길들은 많았습니다. 개업식에 참석하려고 주류 판매점에 도착했을 때, 나는 노인 전용 아파트의 카드놀이용 테이블 아래서 히죽히죽 웃고 있을, 몹시 두렵지만 확실한 전망 같은 것을 이 수감

---

*   일종의 산악 족. 캄보디아 및 라오스 국경에 접한 베트남 남부 고지의 주민을 가리킨다.

자들과 공유했습니다. 누군가 죽게 될 터였습니다. 어쩌면 나일 수도 있었지요.

주류 판매점은 할리우드대로의 동쪽 끝, 최신 영화들이 개봉되는 이집트 극장*과 차이니스 극장의 카메라가 펑펑 터지는 화려함과는 거리가 먼 곳에 있었습니다. 완전히 한물간 이 지역은 나무라고는 없는데도 그늘진 구석이 있었고, 본은 점원으로 일하면서 강도질이나 좀도둑질을 하려는 사람들에게 겁을 주는 역할도 수행했습니다. 그가 금전등록기 쪽에서 내게 무표정하게 고개를 끄덕였습니다. 선반마다 도둑질할 가치가 있는 최고급 품질의 1파인트들이 맥주병들을 진열해 놓은 벽 앞에 선 채로요. 이목이 쏠리지 않는 한쪽 구석에는 에어브러시로 수정된 롤리타들이 표지에 실린 남성 잡지들이 진열되어 있었습니다. 본이 말했습니다. 클로드는 장군님과 함께 저장실에 있어. 물품 보관실은 안쪽에 있었는데, 머리 위 형광등들이 내는 윙윙 소리로 시끄럽고, 소독약과 오래된 판지 냄새가 났습니다. 클로드가 앉아 있던 비닐 의자에서 일어났고 우리는 서로를 껴안았습니다. 그는 몇 파운드 더 무거워진 것 말고는 변한 데가 없었고, 심지어 사이공에서 이따금 입던 구겨진 스포츠 재킷까지 입고 있었습니다.

자리에 앉지. 장군이 책상 뒤에서 말했습니다. 비닐 의자들은 우리가 움직일 때마다 외설스럽게 삐걱거렸습니다. 판지 상자며 나무 상자들이 우리를 삼면에서 포위했습니다. 장군의 책상에는 호신용으

---

* 할리우드 황금기를 상징하는 극장, 현재는 비영리 영화단체인 아메리카 시네마테크가 사용한다.

로도 충분할 만큼 무거운 다이얼식 전화기, 붉은색 잉크가 배어나는 스탬프 패드, 페이지 사이마다 푸른색 먹지를 한 장씩 끼워 놓은 영수증 철, 목이 부러져서 머리 부분이 들린 상태가 좀처럼 유지되지 않는 탁상용 스탠드가 어수선하게 흩어져 있었습니다. 장군이 책상 서랍을 여는 순간, 나는 가슴이 메었습니다. 바로 이때였죠! 쥐새끼 같은 놈이 머리에 망치를, 목에 칼을, 관자놀이에 총알을, 혹은 이 모든 것을 그저 재미삼아 맞게 될 순간이. 최소한, 그쪽이 빠르기는 했을 겁니다. 상대적으로는. 클로드가 사이공에서 비밀경찰들에게 했던 심문 강의에 따르면, 중세 유럽의 암흑시대로 거슬러 올라갔다면 말들이 나를 사방에서 끌어당기다가 사지를 찢어 죽이고, 내 머리는 모두가 볼 수 있게 장대에 꽂혀 있을 터였습니다. 어느 익살스러운 왕은 산 채로 적의 살가죽을 벗긴 다음, 살가죽에 짚을 잔뜩 쑤셔 넣고 말에 태워 도시 이곳저곳을 돌아다니게 했답니다. 아, 우스워라! 나는 숨을 멈추고 장군이 수술 이외의 방식으로 내 뇌를 제거하기 위해 사용할 작정인 권총을 꺼내기를 기다렸지만, 그는 스카치 위스키 한 병과 담배 한 갑을 꺼냈을 따름이었습니다.

클로드가 말했습니다. 이것 참, 우리가 더 좋은 상황에서 재회한 거라면 좋았을 텐데요, 신사 분들. 제가 듣기로는 급하게 빠져나오느라 두 분이 진땀깨나 흘렸다던데요. 장군이 말했습니다. 그건 꽤 순화된 표현이군요. 내가 말했습니다. 그러는 당신은요? 장담하는데 당신은 마지막 헬리콥터를 타고 빠져나왔겠지요.

너무 과장하지는 맙시다. 클로드가 말했습니다. 그는 장군이 내민 담배 한 개비와 스카치 위스키 한 잔을 받았습니다. 나는 대사의 헬리콥터로 예상보다 몇 시간 일찍 빠져나왔어요. 그가 탄식하듯 말했습니다. 절대로 그날을 잊지 못할 거예요. 우리는 지긋지긋하게 오랫동안 때만 기다리다가 결국 효율적으로 대응하지 못했어요. 당신들이 마지막으로 비행기를 타고 탈출한 거예요. 해병대원들이 공항과 대사관에서 나머지 사람들을 데려가려고 여러 대의 헬리콥터로 날아왔어요. 에어아메리카 역시 구조 헬기를 보내는 중이었지만, 문제는 도시에 있는 모든 사람이 이른바 우리의 비밀 헬기 이착륙장을 알고 있다는 거였지요. 알고 보니 우리가 지붕마다 페인트로 저 헬기 이착륙장 번호들을 쓰느라고 작은 베트남 숙녀들을 끌어들였었더라고요. 참 똑똑하죠, 안 그래요? 결정적인 순간이 닥치자, 해당 건물들은 모조리 사람들에게 포위됐어요. 헬리콥터를 타러 오기로 되어 있던 사람들이 헬리콥터에 접근할 수가 없었지요. 공항에서도 상황은 마찬가지였어요. 들어갈 방법이 없었죠. 항만 지대도 도저히 뚫고 지나갈 도리가 없었고. 대사관으로 들어가려던 버스들도 진입할 수가 없었어요. 대사관으로 수천 명이 떼 지어 몰려들었거든요. 온갖 종류의 서류를 흔들어 대고 있었지요. 결혼 증명서, 근로 계약서, 편지들, 심지어 미국 여권까지요. 모두 소리를 지르고 있었어요. 나는 아무개를 알아요, 아무개가 내 신원을 보증해 줄 거예요, 나는 미국 시민과 결혼했어요. 그중 무엇도 인정되지 않았지요. 해병대원들이 담벼락 위에 서서 접근하려는 사람은 누구든 마구 때리고 있었어요. 해병대원이 자신을 끌어올리게 하려면 먼저 그에게 천 달러를 건넬 수 있을 만큼 가까이 다가가야만 했어요. 우리는 때때로 담벼락이나 정문에 가까이 가서 우리를 위해 일한 사람들을 찾아내 그들을 지목하곤 했지요. 그들이 다가오면, 해병대원들이 홱 잡아 올리거나 딱 그 사람만 들어오게 문을 조금 열었어요. 하지만 때로 사람들 한가운데나 가장자리에서 우리가 아는 사람들을 보고, 그들에게 담벼락으로 오라고 손짓을 하기도 했지요. 그런데 그들은 다가올 수가 없었어요. 앞쪽에 있는 베트남 사람들은 뒤에 있는 어떤 베트남 사람도 앞으로 나아가게 하려 들지 않았어요. 그래서 우리가 바라보며 손짓을 하고 그들도 바라보며 손짓을 하고, 그러다가 잠시 후 우리는 그냥 고개를 돌리고 떠나 버렸지요. 감사하게도 나는 그들이 지르는 비명이며 야단법석 소리를 처음부터 끝까지 다 듣지는 못했어요. 나는 안으로 들어가서 술을 한 잔씩 마시곤 했지만, 전혀 도움이 되지 않았어요. 두 분도 그때 무선 수신기에서 들리던 말소리를 들어 봤어야 해요. 저 좀 도와주세요, 저는 통역사예요, 이 주소지에 통역사 70명이 있어요, 탈출하게 해 주세요. 도와주세요, 이쪽 거류지 안에 500명이 있어요, 탈출하게 해 주세요. 도와주세요, 병참 기지에 200명이 있어요, 탈출하게 해 주세요. 도와주세요, CIA 호텔에 100명이 있어요, 탈출하게 해 주세요. 어떻게 됐는지, 맞혀 볼래요? 그 사람들 중 아무도 탈출하지 못했어요. 우리가 그들에게 약속한 장소들로 가서 우리를 기다리라고 했었죠. 그런 곳마다 우리 쪽 사람들이 있었는데 우리는 전화를 걸어서 이렇게 말했어요. 아무도 오지 않을 거야. 당장 빠져나가서 대사관으로 가. 그 사람들은 내버려 두고. 게다가 도시 바깥에도 사람들이 있었어요. 전국 각 지방의 첩보 요원들이 전화를 하고 있었지요. 도와주세요, 전 껀터*에 있어요. 베트콩이 접근하고 있어요. 도와주세요, 당신이 날 우 민 숲**에 남겨 뒀잖아요, 난 어떻게 해야 하죠, 내 가족은요? 저 좀 도와주세요, 여기서 탈출하게 해 주세요. 그들에게는 도무지 가능성이라고는 없었어요. 심지어 대사관에 있던 사람들 중 일부도 마찬가지였지요. 우리는 수천 명을 대피시켰지만, 마지막 헬리콥터가 이륙했을 때 앞마당에는 여전히 기다리는 사람들이 400명이나 있었고, 다들 가지런히 늘어서서 우리가 그들에게 아직 오는 중이라고 말했던 헬리콥터들을 기다리고 있었어요. 그들 중 아무도 탈출하지 못했어요.

제기랄, 이 일에 대해 얘기하려면 한잔 더 해야겠군요. 고맙습니다, 장군님. 그가 눈을 문질렀습니다. 그게 개인적인 일이었다고 말해 두어야겠군요. 비행장에서 당신들을 남겨 두고 떠난 후, 잠을 좀 자러 내 빌라로 돌아갔어요. 킴에게 새벽에 나랑 만나자고 말해 둔 상태였죠. 그녀는 자기 가족을 데려올 예정이었어요. 6시가 오고, 6시 15분, 6시 30분, 7시가 오고. 국장이 내게 전화를 걸어서 어디에 있는지 알고 싶어 해요. 나는 그와의 약속을 미루죠. 7시 15분, 7시 30분, 8시. 국장이 다시 전화해서 말해요. 당장 엉덩이 들고 대사관으로 튀어와, 다들 대기 중이야. 국장이고 뭐고 알게 뭐야, 빌어먹을 헝가리

---

*   베트남 남부 메콩 강에 면한 도시.
**   맹그로브 숲. 베트남 전쟁 당시 베트콩의 주요 기지였던 곳이며 오늘날 생태보호구역으로 국립공원이 되었다.

자식. 나는 총을 움켜잡고 킴을 찾기 위해 차를 몰고 시내를 가로질러요. 주간통행금지 따윈 잊어버리세요, 모두 밖으로 나와 뛰어 돌아다니면서 빠져나갈 방도를 찾으려 애쓰고 있었어요. 하지만 교외 지역은 좀 더 조용했어요. 평범한 일상이 펼쳐지고 있었죠. 나는 킴의 이웃 사람들이 빨갱이 깃발을 펼치는 모습을 목격하기도 했어요. 전 주에는 당신네 깃발을 올리던 사람들이었지요. 그들에게 그녀가 어디에 있는지 물어봤어요. 자기들은 양키의 갈보가 어디 있는지 알지 못한다더군요. 당장 쏴 죽이고 싶었지만, 거리에 있는 사람들은 모두 나를 지켜보려고 나와 있던 거였어요. 물론 나는 그 지역 베트콩이 나를 납치하러 오기를 기다릴 수는 없었지요. 차를 몰고 빌라로 돌아왔어요. 10시 정각이었죠. 그녀는 거기 없었어요. 더 이상 기다릴 수가 없었지요. 나는 차에 앉아서 울었습니다. 30년 동안 여자 때문에 운 적이 없었는데, 빌어먹을, 당신이 해내는군. 그러고 나서 차를 몰고 대사관으로 갔고 들어갈 방도가 없음을 알았어요. 아까 말했듯이 수천 명이 있었거든요. 장군님, 나도 당신이 하신 것처럼 차 열쇠를 점화 스위치에 꽂아 뒀습니다. 어떤 개 같은 공산주의자 새끼가 내 벨 에어*를 타며 마음껏 즐기고 있기를 바랍니다. 그러고 나서 나는 인파를 헤치며 힘겹게 나아갔습니다. 자신들과 같은 처지의 베트남 사람들은 지나가게 하려 하지 않던 베트남 사람들이 내게는 길을 열어 주더군요. 물론, 나는 밀치고 떠밀며 고함을 질렀고 많은 사

---

*   미국 쉐보레 사에서 생산하던 대형차의 일종. 당시 인기 있는 비싼 차종이었다.

람이 곧바로 되갚듯 밀치고 떠밀며 고함을 지르기는 했지만 아무튼 점점 다가갔어요. 비록 가까이 갈수록 점점 더 힘들어지기는 했지만 말입니다. 담벼락 위에 있는 해병대원들과 시선을 마주쳤고, 충분히 가까이 갈 수만 있다면 내가 구조되리라는 걸 알았습니다. 나는 땀을 비 오듯 흘리고 있었고 셔츠는 찢어진 데다 수많은 몸뚱어리들이 내게 딱 붙은 채 주변을 빽빽이 메우고 있었어요. 내 앞에 있는 사람들은 내가 미국인이라는 걸 알 도리가 없었고, 어느 누구도 내가 그들의 어깨를 툭툭 친다는 이유만으로 돌아보려 하지는 않을 것이기에 길을 가로막는 그들을 끌어내리려고 머리카락이나 귀를 홱 잡아당기거나 셔츠 깃을 확 잡아챘지요. 내 평생 그런 짓을 해 본 적이 없었어요. 너무 자존심이 강한 탓에 처음에는 고함을 지를 수가 없었지만, 얼마 지나지 않아 나 역시 고함을 지르고 있었지요. 지나가게 해 줘, 나는 미국 사람이라고, 망할. 마침내 담벼락에 도달하고, 해병대원들이 아래로 손을 뻗어 내 손을 움켜잡고 끌어올렸을 때, 젠장, 하마터면 난 다시 한번 울 뻔했어요. 클로드는 잔에 든 술을 다 마셔버린 다음 잔을 책상에 탁 소리 나게 놓았습니다. 평생 그렇게 수치스러웠던 적이 없었지만 또 한편 내가 미국 사람이라는 게 그처럼 더럽게 기뻤던 적 역시 없었어요.

장군이 각자에게 위스키를 더블로 한 잔씩 더 따라 주는 동안, 우리는 아무 말 없이 앉아 있었습니다.

클로드, 당신을 위해. 내가 그를 위해 축배를 들며 말했습니다. 축하합니다.

무엇 때문에? 그가 잔을 들어 올리며 말했습니다.

이제 당신도 우리 중 하나가 되는 게 어떤 기분인지 알잖아요.

그의 웃음소리는 짧고 쓸쓸했습니다.

나도 딱 그 생각을 하는 중이었어.

철수의 마지막 단계를 알리는 신호는 「화이트 크리스마스」로, 미군 라디오 방송에서 틀기로 되어 있었지만, 심지어 이조차도 계획대로 진행되지 않았습니다. 우선, 이 노래는 일급 기밀 정보로, 오로지 미국인들과 협력자들만을 위한 신호였지만 바로 그런 이유로 모든 사람이 무엇에 귀 기울여야 할지를 알고 있었지요. 클로드가 말했습니다. 그다음에는 무슨 일이 일어나지요? 디제이가 그 노래를 찾지 못하는 거죠. 빙 크로스비 것 말입니다. 디제이가 그 테이프를 찾으며 라디오 부스를 뒤져 보지만 물론 거기에 없지요. 장군이 말했습니다. 그래서요? 그는 테네시 어니 포드가 부른 버전을 발견하고 그걸 틀지요. 내가 말했습니다. 그게 누군데요? 낸들 아나? 최소한 선율과 가사는 똑같았어. 내가 말했습니다. 그럼, 상황은 정상이네요. 클로드가 고개를 끄덕였습니다. 실제로는 모든 게 엉망이지만. 역사가 이 모든 혼란을 잊어 주기만을 바랍시다.*

* '상황은 정상 ─ 실제로는 모든 게 엉망이지만(Situation Normal ─ All Fucked Up).'이라는 미군 속어와 그 약어(SNAFU)에서 비롯된 표현. 군대는 아무리 대비를 한다고 해도 언제 무슨 사고가 벌어질지 모르는 곳이므로 모든 게 엉망인 것이 오히려 정상적인 상황일 정도라는 의미.

이것은 수많은 장군과 정치인들이 잠자리에 들기 전에 올리는 기도였지만, 어떤 혼란에는 다른 경우보다 더 타당한 이유가 있었습니다. '빈번한 바람*'이라는 작전명을 보십시오. 그야말로 또 다른 혼란을 미리 암시한 혼란이지요. 나는 1년 동안 이 작전명을 곰곰이 생각해 봤습니다. 직무상 과실로, 아니면 최소한 문학적 상상력의 범죄적 실패 사례로 미국 정부를 고소할 수 있을지를 궁금해 하면서요. 단단히 맞물린 양쪽 엉덩이 사이에서 '빈번한 바람'이라는 작전명을 쥐어 짜낸 군 지휘관은 누구였을까요? '빈번한 바람'이 가미카제에 영감을 준 '신성한 바람'을 생각나게 하거나, 역사에 무관심하고 어린애 같은 사람들에게는 방귀 현상을 생각나게 할 가능성이 더 클 수도 있다는 사실이 어느 누구의 머리에도 떠오르지 않았던 걸까요? 잘 알려져 있다시피 연쇄 반응과 그로 인한 빈발(頻發)로 이어질 수 있는 방귀 현상 말입니다. 아니면 예의 군 지휘관이 근엄한 얼굴로 비꼬기를 좋아하는 사람이어서 어쩌면 크리스마스를 기념하지도 않고 눈 내리는 화이트 크리스마스는 본 적도 없는 내 동포들의 눈엣가시로 삼으려고 「화이트 크리스마스」를 골랐을지도 모른다는 것을 내가 충분히 인정하지 않으려 했던 걸까요? 비꼬기 좋아하는 이 미지의 인물은 미국 헬기들이 돌진하며 만들어 낸 온갖 질 나쁜 공기가 뒤에 남겨진 사람들 면전에는 대규모 가스 폭발과 맞먹는 것이라는

---

*   영어로는 'Frequent Wind'. 베트남 패망 당시 미국이 베트남 잔류 미국인과 미국에 협조한 베트남인 및 몽족 등을 탈출시키기 위해 실시한 최후의 철수 작전명.

점을 예견할 수 없었을까요? 어리석음과 반어법을 저울질해 본 후에 나는 후자를 선택했습니다. 그나마 반어법이 미국인들에게 마지막 한 조각 품위를 부여했으니까요. 오직 그것만이 우리에게 닥쳤던, 아니 보기에 따라서는 우리가 자초했던 비극에서 건져 낼 수 있는 것이었습니다. 이 비극의 문제점은 희극과는 달리 깔끔하게 끝나지 않았다는 것입니다. 그것은 여전히 우리의 뇌리를, 그중에서도 이제 막 사업에 착수한 장군의 뇌리를 사로잡고 있었습니다.

당신이 와 줘서 기쁘군요, 클로드. 당신이 온 타이밍은 더 이상 완벽할 수가 없을 정도예요.

클로드가 어깨를 으쓱했습니다. 타이밍 맞추기는 제가 항상 잘하는 일이지요, 장군님.

우리한테 문제가 하나 있어요. 우리가 떠나기 전에 당신이 내게 경고했다시피.

어떤 문제요? 내가 기억하기로는 한 가지 이상이었는데요.

우리한테 밀고자가 있어요. 스파이요.

둘 다 나를 바라봤습니다. 마치 확인이라도 받으려는 것처럼요. 나는 내 위가 시계 반대 방향으로 회전하기 시작하는 바로 그 순간에도 태연한 표정을 지었습니다. 장군이 이름 하나를 거명했는데, 바로 무절제한 소령이었습니다. 내 위가 시계방향으로 회전하기 시작했습니다. 클로드가 말했습니다. 전 그 사람을 몰라요.

그는 잘 알려진 사람은 아니에요. 특출 난 장교는 아니지요. 그를 우리와 함께 데려오기로 선택한 사람은 여기 있는 우리 젊은 친구예요.

장군님, 기억하실지 모르지만, 그 소령은……

그건 별로 중요하지 않아. 내가 지쳐서 자네한테 그 일을 맡긴 게 실수였다는 얘기지. 자네를 탓하는 게 아니야. 내 탓이지. 이제 실수를 바로잡을 때야.

왜 이 사람이라고 생각하는 거죠?

첫째, 그는 화교(華僑)지요. 둘째, 사이공에 있는 내 정보원들이 말하길 그의 가족이 사이공에서 아주, 아주 잘 지내고 있다더군요. 셋째, 그는 뚱뚱해요. 난 뚱뚱한 사람들을 좋아하지 않아요.

단지 중국인이라고 해서 그가 스파이라고 할 수는 없습니다, 장군님.

난 인종차별주의자는 아닙니다, 클로드. 모든 부하들을 똑같이 대합니다. 그들의 출신은 상관없어요. 여기 있는 우리 젊은 친구도 마찬가지고. 하지만 이 소령은, 그의 가족이 사이공에서 잘 지내고 있다는 사실은 의심스러워요. 왜 그들은 잘 지내고 있는 거죠? 누가 그들이 번창하도록 묵인하고 있지요? 공산주의자들은 우리 장교들과 가족들을 모두 다 알고 있어요. 어떤 장교의 가족도 고국에서 잘 지내지 못하고 있어요. 왜 그의 가족만 잘 지내죠?

정황 증거에 불과해요, 장군님.

전에는 당신이 그런 이유로 일을 추진하지 못했던 적이 결코 없었어요, 클로드.

여기선 사정이 다릅니다. 새로운 규칙에 따르셔야 해요.

하지만 그 규칙들을 융통성 있게 적용할 수는 있지요, 안 되나요?

방법만 안다면, 심지어 그것들을 어길 수도 있지요.

나는 알게 된 것들을 일람표로 만들었습니다. 첫째, 나는 아주 유감스럽지만 전적으로 우연히, 애꿎은 사람에게 책임을 전가하는 데 대성공을 거뒀습니다. 둘째, 장군은 사이공에 정보원들을 두었고, 이는 일종의 저항 세력이 있음을 의미했습니다. 셋째, 비록 직접 연락은 불가능하지만 장군은 자기 쪽 사람들과 연락을 할 수 있었습니다. 넷째, 장군은 예전의 자신을 완전히 회복했습니다. 최소한 양쪽 호주머니에 계책이 하나씩 들어 있고, 양쪽 양말에도 또 다른 계책이 하나씩 들어 있는 영원한 음모자의 모습을 회복했다는 말입니다. 그가 두 팔을 흔들어 주변 사물들을 가리키면서 말했습니다. 두 신사분께는 내가 영세한 자영업자처럼 보이나? 술꾼들과 흑인들과 멕시코인들과 노숙자들과 중독자들에게 술 파는 걸 즐거워하는 것처럼 보여요? 내가 하나 알려주지요. 나는 그저 때를 엿보는 중이오. 이 전쟁은 끝나지 않았어요. 저 개 같은 공산주의자 새끼들이⋯⋯. 맞아요, 놈들이 우리에게 중상을 입혔지요. 우린 그걸 인정해야만 해요. 하지만, 난 내 나라 사람들을 알아요. 난 내 병사들, 부하들을 알아요. 그들은 포기한 적이 없어요. 기꺼이 싸우다가 죽을 거예요. 기회만 된다면. 우리에겐 오직 그것만이 필요할 뿐이에요, 클로드.

브라보, 장군님. 클로드가 말했습니다. 난 장군님이 오랫동안 주저앉아 있지는 않을 거란 사실을 알고 있었습니다.

내가 말했습니다. 저도 장군님과 함께하겠습니다. 끝까지요.

잘됐군. 자네가 그 소령을 골랐으니까. 스스로 자신의 실수를 시정해야 한다는 데 동의하나? 난 자네가 그럴 거라고 생각했어. 자네 혼자서 할 필요는 없어. 내가 벌써 본과 이 소령 건을 상의해 뒀지. 자네들 둘이 이 문제를 함께 처리하게 될 거야. 자네의 무한한 창의력과 해결책을 찾아내는 역량에 맡기겠네. 그 소령을 고른 일 말고는 나를 실망시킨 적이 한 번도 없었지. 이제 만회할 수 있게 됐어. 알겠나? 좋아. 이제 자리 좀 비켜 주지. 클로드와 논의할 일이 좀 있어.

* * *

가게에는 금전 등록기 옆의 작은 흑백 텔레비전으로 최면을 걸듯 파랗게 빛나는 야구장에서 펼쳐지는 경기 영상을 보고 있는 본 말고는 아무도 없었습니다. 나는 호주머니에 있던 수표, 그러니까 미국 국세청에서 돌려준 세금 환급금을 현금으로 바꿨습니다. 큰돈은 아니었지만 상징적으로 특별한 의미가 있었습니다. 왜냐하면 우리 나라에서는 인색한 정부가 강탈했던 돈을 낙심한 시민들에게 돌려주려 한 적이 한 번도 없었기 때문입니다. 그런 발상 자체가 터무니없었습니다. 그때껏 우리 사회는 제1급 부정 축재 정치 체제여서, 정부는 미국인들의 재물을 훔치기 위해 최선을 다하고, 보통 사람들은 정부의 재물을 훔치기 위해 최선을 다하고, 우리들 중 가장 나쁜 사람들은 서로의 것을 훔치려고 혈안이 되어 있었습니다. 이제, 망명한 동포들을 불쌍히 여기는 동료 의식에도 불구하고, 나는 외국과 관련된 부패의 부착물들이 혁명의 불길로 말끔히 제거되고, 우리 나라가 다시 태어나고 있다고 느낄 수밖에 없었습니다. 혁명은 세금 환급금 대신에, 가난한 사람들에게 더 많이 주자는 철학에 따라 부정 축재된 부를 재분배할 터였습니다. 사회주의적 원조로 무엇을 할지는 가난한 사람들 자신에게 달려 있었습니다. 내 경우에는, 이 자본주의적 환급금을 본과 내가 다음 주까지 불편할 정도로 기억상실증에 푹 빠져 있게 해 줄 만큼의 술을 사는 데 썼습니다. 통찰력 있는 행동은 아니었을지 몰라도 내 선택이었고, 선택은 내가 누리는 신성한 미국식 권리였습니다.

그 소령이라고? 본이 술병들을 봉지에 담을 때 내가 말했습니다. 넌 진짜로 그가 스파이라고 생각해?

내가 뭘 알겠어? 난 그저 졸병일 뿐이야.

넌 늘 시키는 대로만 하는군.

너도 그렇잖아, 이 똑똑한 자식아. 똑똑한 건 너니까, 이번 계획은 네가 짜. 여기서 어떻게 해야 할지는 네가 나보다 더 잘 알잖아. 하지만 더러운 짓은 나한테 맡겨. 자, 이제 이리 와서 좀 봐. 계산대 안쪽 금전 등록기 아래 선반에 총신이 짧은 2연발식 산탄총 한 자루가 있었습니다. 마음에 들어?

저걸 어떻게 구했어?

여기서는 투표나 운전보다 총 구하기가 더 쉬워. 심지어 영어 한마디 알 필요도 없지. 재미있게도 소령이 우리를 연결해 주더군. 그는 중국어를 하니까. 중국인 갱들이 차이나타운 도처에 있어.

산탄총을 쓰면 일이 지저분해질 거야.

우린 산탄총을 쓰지는 않을 거야, 천재 양반. 그가 계산대 아래 선반에 얹혀 있던 시가 상자를 열었습니다. 거기에 38구경 스페셜 권총, 다시 말해 총신이 짧은 회전식 연발 권총 한 자루가 있었는데, 내가 휴대하던 군용 권총과 같은 종류였습니다. 이만하면 성능은 충분하지?

다시 한번 나는 주변 상황이라는 덫에 빠졌고, 곧이어 다시 한번 다른 사람이 주변 상황이라는 덫에 빠지는 것을 보게 될 터였습니다. 나는 슬픔에 빠졌는데, 이에 대한 유일한 보상은 본의 얼굴에 어린 표정이었습니다. 그가 1년 만에 처음으로 기쁜 듯이 보인 순간이었습니다.

6장

그날 오후에 개업식이 시작되자, 장군은 술술 수다를 떨고 쉴 새 없이 미소 지으면서 성공을 기원하는 사람들과 악수를 나눴습니다. 살기 위해 계속 헤엄쳐야 하는 상어처럼, 정치인은 ─ 장군에게는 전부터 갖춰져 있던 면모였습니다 ─ 끊임없이 입을 움직여야만 했습니다. 이 경우에, 유권자들은 오랜 동료이자 추종자, 군인, 친구들, 즉 우리가 괌의 난민 수용소에서 지내게 될 때까지는 군복이 아닌 평상복 차림으로 나와 마주친 적이 거의 없었던 서른 명쯤 되는 중년 남성들이었습니다. 1년이 지나서 사복 차림의 그들을 다시 보니, 패배라는 평결이 사실임을 확인하게 되었고, 이 남자들이 이제 옷과 관련된 수많은 경범죄를 저지르고 있음을 알 수 있었습니다. 그들은 싸구려 페니 로퍼를 신고, 구겨진 저가의 카키색 바지나 도매업자가 한 벌 값에 두 벌을 준다고 광고한 몸에 맞지도 않는 정장을 입은 채 가게 이곳저곳에서 찍찍 떠들어 댔습니다. 넥타이, 손수건, 양말은 덤으로 받은 것이었습니다. 그들에게 진정 필요한 것은, 고소하게도 그들이 역사에 참패해 고주망태가 되었다는 후각 증거를 감추기 위한 향수, 심지어 기둥서방이나 쓸 법한 종류의 오드콜로뉴였지만요. 나는 이 사람들 대부분보다 더 낮은 계급이었지만, 해머 교수가 물려준 옷들 덕분에 더 잘 차려입고 있었습니다. 약간 손을 보았을 뿐, 금색 단추들이 달린 푸른색 블레이저 코트와 회색 플란넬 슬랙스는 내게 딱 맞았습니다.

  나는 이렇게 말쑥하게 차려 입은 재로, 징군의 부관으로서 알고 지낸 사람들 사이를 헤치고 나아갔습니다. 많은 사람들이 한때 포병 중대와 보병 대대들을 지휘했지만, 이제는 다들 자존심, 입 냄새, 그들의 차 열쇠보다 더 위험한 것이라곤 전혀 소유하고 있지 않았습니다. 차라도 갖고 있었다면 말이지만요. 나는 이 패잔병들에 관한 모든 뒷공론을 파리에 보고했을뿐더러, 그들이 생계를 위해 무슨 일을 하는지를 (아니면, 많은 경우에 그랬듯이, 아무것도 하지 않는지를) 알고 있었습니다. 가장 성공한 사람은 자신이 유통을 독점한 계피를 채취하는 데 휘하의 정예 부대를 동원한 걸로 악명 높은 장군이었는데, 이 향신료 상인은 이제 피자 가게를 호령했습니다. 천식 환자로, 휴대용 건조식량에 대해 논의하면서 터무니없이 흥분하던 어느 병참 담당 대령은 이제 건물 잡역부였습니다. 무장 헬리콥터를 조종하던 늠름한 소령은 정비공이었습니다. 게릴라들을 추적하는 재능이 있던 머리 희끗희끗한 대위는 이제 즉석 요리 전문 요리사였습니다. 매복 습격을 받은 보병 중대의 유일한 생존자인 어느 냉담한 중위는 배달부였습니다. 패잔병들의 명단은 그런 식으로 이어졌습니다. 제법 상당한 비율의 사람들이 복지 혜택뿐 아니라 굴욕도 정기적으로 받아들였고, 그들의 불알 두 쪽이 나날이 오그라드는 동안 보조금을 지급 받는 임대아파트의 곰팡내 나는 공기 속에서 허물어져 가면서, 동화작용이라고 불리는 전이성 암으로 인해 핼쑥해지고 망명으로 인한 염려증에 쉽사리 감염되었습니다. 이러한 정신적 신체적 조건에서는, 통상적인 사회적 병폐 혹은 가족 내부의 병폐도 치명적인 무언가의 증상이라는 진단이 내려졌습니다. 저항력이 미약한 그들의 여자들과 아이들에게 서양의 나쁜 영향의 매개체라는 역할이 맡겨진 채로 말입니다. 고통 받는 그들의 아이들은 말대꾸를 하곤 했습니다. 그것도 모국어가 아니라 아버지들보다 더 빨리 터득한 외국어로요. 아내들은 대개 어쩔 수 없이 일자리를 찾아야 했고, 그렇게 하는 와중에 남자들이 기억하는 매력적인 연꽃과는 완전히 다른 모습으로 변해 버렸습니다. 무절제한 소령이 말한 것과 같은 상황이었습니다. 대위, 이 나라에서는 남자한테 배짱이 필요치 않아. 여자들도 다 나름대로 배짱이 두둑하거든.

맞아요. 내가 맞장구를 쳤습니다. 비록 지난 시절에 대한 그리움이 그 소령과 다른 사람들을 세뇌하지 않았나 생각했지만요. 그들의 기억은 너무나 철두철미하게 세탁되는 바람에 내 것과는 다른 색으로 물들어 있었습니다. 왜냐하면 베트남에서 그들은 단 한 번도 그렇게 애틋하게 아내 이야기를 한 적이 없었으니까요. 이사를 생각해 보신 적이 있나요, 소령님? 아마 소령님과 아내분은 새 출발을 하고 연애 감정을 다시 불러일으킬 수도 있을 거예요. 과거를 생각나게 하는 것에서 완전히 벗어나 보시지요.

하지만 음식은 어떻게 하지? 그가 아주 진지하게 말했습니다. 중국 음식은 우리가 사는 데가 최고야. 나는 손을 앞으로 뻗어 그의 비뚤배뚤한 치아에 잘 어울리는, 비뚤어진 넥타이를 바로잡아 주었습니다. 됐습니다, 소령님. 다음에는 제가 소령님을 모시고 밖에서 식사하게 해 주세요. 중국 음식을 맛있게 하는 데가 어딘지 알려주실 수 있겠지요.

기꺼이! 무절제한 소령이 활짝 웃었습니다. 그는 음식과 친구를 몹시 좋아하는, 인생을 즐기는 사람, 이 새로운 세계에 장군을 빼면 적이라고는 하나도 없는 사람이었습니다. 왜 나는 장군에게 이 무절제한 소령의 이름을 언급했던 걸까요? 왜 나는 자기 죄보다 더 무거운 육체를 가진 이 남자 대신에 자기 육체보다 더 무거운 죄를 진 누군가의 이름을 대지 않았을까요? 소령을 뒤에 두고 자리를 뜬 나는 사람들을 헤치고 장군에게 다가갔습니다. 나는 정치 선전, 그것도 가장 계획적인 종류의 선전도 불사할 생각이었습니다. 그는 샤르도네와 카베르네 병들 바로 옆의 부인 곁에 서 있었고, 그들 둘 사이에서 마치 방사능 측정기라도 되는 양 마이크를 휘두르는 한 남자와 인터뷰를 하는 중이었습니다. 내가 눈길을 끌자 부인은 전력량을 더 증폭시키듯 미소 지었고 그러자 남자가 목에 카메라를 걸고 호주머니에서는 4색 똑딱이 볼펜이 비어져 나온 채로 돌아섰습니다.

아는 사람이라는 걸 알아차리는 데 잠시 시간이 걸렸습니다. 나는 손도, 즉 별명대로라면 소니를 내가 미국에 있던 마지막 해인 1969년에 마지막으로 보았습니다. 그 역시 차로 한 시간 거리인 오렌지카운티의 한 대학 장학생이었습니다. 거긴 존 웨인의 고향일 뿐 아니라 전범인 리처드 닉슨의 출생지였고, 에이전트 오렌지*가 그곳에서 생산되었을지도 모른다는 생각이 들거나 최소한 그곳을 기념하여 붙인 이름일지도 모른다는 생각이 들 정도로 몹시 애국심이 강한 지역이었습니다. 소니의 전공은 신문방송학으로, 만약 소니가 특별히 좋아하는 그 상표가 그토록 체제 전복적이지만 않다면 우리 나라에 유용했을 학문이었습니다. 그는 어깨에 진실성이라는 야구 방망이를 매고 다니며, 적들의 모순된 언행이라는 뚱뚱한 소프트볼들을 사정없이 난타하기를 마다하지 않았습니다. 당시 그는 자신만만했고, 아니, 보기에 따라서는 거만했는데, 이는 귀족적 전통의 유산이었습니다. 소니가 사람들에게 끊임없이 상기시켰다시피, 그의 조부는 정계의 실력자였습니다. 이 조부가 프랑스인들을 목청껏 신랄하게 비난하자 그들은 그를 타이티 행 편도 배편에 실어 보내 버렸는데, 짐작건대 그는 그곳에서 매독에 걸린 고갱 같은 어느 화가를 친구로서 돌봐 준 후, 뎅기열 혹은 불치병인 치명적인 향수병에 무릎을 꿇었습니다. 소니는 고결한 조부에게 동기를 부여했던 확고한 신념을 물려받았는

---

* 베트남 전쟁 중 미군이 가장 많이 사용했던 고엽제의 일종으로 심각한 피해를 일으켰다. 당시 미군이 사용한 고엽제는 저장 용기의 색깔에 따라 총 6가지가 있었고, 각각의 색깔에 따라 '에이전트 오렌지(오렌지 요원)'라는 식의 암호명으로 불렸다.

데, 확신컨대 그분은 신념이 확고한 사람들이 대개 그렇듯이 참아주기 힘든 사람이었을 겁니다. 강경한 보수주의자와 마찬가지로 소니도 모든 일에서 옳았고, 아니, 스스로 그렇다고 생각했는데, 다만 중요한 차이가 있다면 그는 노골적인 좌파였다는 겁니다. 그는 베트남 유학생들 가운데 반전 세력을 이끌었고, 이 몇 안 되는 유학생들은 학생회관이나 누군가의 아파트에 있는 살풍경한 방에 매달 한 번씩 모였는데, 열정은 뜨겁게 달구고 음식은 차갑게 식히는 곳이었습니다. 나는 호전적인 소규모 패거리가 여는 파티들뿐 아니라 이런 파티들도 균등하게 참석했는데, 이 둘은 정치 성향이 다르기는 하지만 다른 여러 면에서는, 즉 먹는 음식과 부르는 노래들과 주고받는 농담들과 토의하는 주제 면에서는 전혀 다를 바 없었습니다. 정치 파벌과는 무관하게, 학생들은 똑같이 넘쳐흐르는 외로움이라는 컵을 벌컥벌컥 들이켰습니다. 그들의 발은 너무 써늘해서 캘리포니아의 태양조차도 따뜻하게 해 줄 수 없었기에 함께 고통 받는 다른 유랑자들의 체열을 바라면서, 이 주류 판매점 안의 전직 장교들과 마찬가지로 위안을 찾아 한데 모여들었던 것이지요.

네가 여기 왔다는 얘기 들었어. 소니가 내 손을 움켜잡고 진심 어린 미소를 펼쳐 보이며 말했습니다. 기억에 생생한 자신감이 눈에서 뿜어져 나오면서, 살균된 듯 청결한 입술과 함께 금욕적인 얼굴이 매력적으로 보였습니다. 옛 친구를 다시 만나니 정말 반갑군. 옛 친구? 이 만남과 옛 친구라는 낱말은 어쩐지 어울리지 않았습니다. 부인이 불쑥 끼어들었습니다. 손은 몸담은 신문에 싣기 위해 우리를 인터뷰

하는 중이었어요. 그가 명함을 내밀며 말했습니다. 내가 편집장이야. 이 인터뷰는 우리 창간호에 실릴 거야. 기분이 좋아서 얼굴이 상기된 장군이 선반에서 샤르도네 한 병을 빼냈습니다. 이건 이 새로운 땅에서 제4계급*이라는 고도의 예술을 되살리려는 당신의 모든 수고에 대한 감사의 표시요, 젊은 친구 양반. 이 말에 나는 권력에 대해 다소 과하게 많은 진실을 말했다는 이유로, 우리가 공짜 숙식이라는 선물을 제공했던 기자들을 떠올리지 않을 수 없었습니다. 비록 그들을 수감한 후에 제공하기는 했지만요. 어쩌면 소니도 똑같은 것을 생각하고 있었을지도 모릅니다. 그가 포도주 병을 거절하려고 안간힘을 쓰다가 장군이 여러 번 강권한 후에야 비로소 양보한 것을 보면요. 내가 위협적일 만큼 커다란 소니의 니콘 카메라로 그걸 기념하는 사진을 찍었습니다. 장군이 목 부분을 꽉 잡고 있는 포도주 병을 소니가 두 손으로 떠받치는 동안 장군과 부인이 양옆에 서 있는 상태로요. 그 사진을 당신네 신문 1면에 탁 하고 박아 버려요. 작별 인사로 장군이 이렇게 말했습니다.

둘만 남겨지자 소니와 나는 최근의 우리 삶에 대해 간략하게 이야기를 주고받았습니다. 그는 학교를 졸업한 후에 여기 남기로 결정했는데, 만약 귀국하면 뿌로 꼰도르 섬**의 고요한 해변과 프랑스인들

* 언론계를 가리키는 별칭. 제4권력이라고도 하며, 성직자, 귀족, 평민의 3계급 외에, 언론계가 정치적, 사회적으로 새로운 힘을 형성하게 된 데서 비롯된 말.
** 지금의 콘론 섬. 베트남 응우옌 왕조 창건자인 지아롱이 왕조를 창건한 이후, 감사의 의미로 프랑스에 할양한 3개의 섬인 뚜란, 뚜론, 뿌로 꼰도

이 독특한 취향대로 건설했고 초대받은 사람만 갈 수 있는 전용 교도소로 가는 무료 항공권을 받을 것 같아서였습니다. 전년도에 우리 난민들이 도착하기에 앞서, 소니는 내가 한 번도 가본 적 없는 도시인 웨스트민스터*에 혹은 우리 동포들이 발음하는 대로라면, 웨트-민-터에 자리를 잡고, 오렌지카운티의 어느 신문을 위해 기사를 쓰고 있었습니다. 그는 우리 난민들의 곤경에 마음이 아파서 모국어로 된 최초의 신문을 창간했는데, 뉴스를 통해 우리를 하나로 묶으려는 시도였습니다. 그가 내 어깨를 움켜잡으며 말했습니다. 그런데 이 친구야, 얘기는 나중에 더 나눠야겠어. 내가 선약이 있어서. 나중에 만나서 커피 한잔 할까? 다시 만나서 정말 기뻐. 어리둥절했지만 그에게 내 전화번호를 알려 주면서 동의한 후 소니는 점점 줄어드는 사람들 사이로 빠져나가 버렸습니다. 나는 무절제한 소령을 찾아 보았지만, 그는 이미 사라지고 없었습니다. 그를 제외하면, 우리 같은 처지의 망명자들은 대부분 자신들의 경험으로 인해 위축되어 있었습니다. 전적으로 앞서 언급한 이주로 인한 폐해 탓이든, 아니면 상대적으로, 너무 커서 이 신참자들을 샅샅이 훑어볼 수도 없고 얕보듯 내려다볼 수도 없는 미국인들에게 둘러싸여 있어서든 말입니다. 그들은 신참자들을 그저 대충 훑어볼 뿐이었습니다. 소니에게는 상황이 정반대였습니다. 그를 무시할 수는 없었습니다. 다만, 우리가 대학을 다니던 시절에 타당했던 이유들과는 다른 이유들 때문이기는 했지

르 중 하나로, 악명 높은 교도소가 있었다.
*   캘리포니아 주, 오렌지카운티에 있는 도시.

요. 그가 당시에, 그러니까 테이블을 쾅쾅 두드려 대며 1920년대와 1930년대 파리의 베트남 유학생들, 우리의 혁명을 주도한 최초의 공산주의자 집단이 취해야 했던 방식을 두고 큰소리로 불평할 때 온화하거나 관대했다는 기억은 없었습니다. 나 역시 이제는 행동이 달라졌습니다. 비록 제멋대로인 내 기억에 따라 이유도 오락가락했지만요. 사실에 바탕을 둔 기록은 삭제돼 버렸습니다. 왜냐하면 내가 학생으로서 일기를 쓰기는 했지만, 진짜로 생각했던 것들은 유죄를 입증하는 흔적이 될까 두려워서 귀국하기 전에 모조리 태워 없앴으니까요.

나는 일주일 후에 무절제한 소령과 함께 아침을 먹었습니다. 그것은 월트 휘트먼이 소재로 삼아 글을 쓰고 싶어 했을 소박하고 일상적인 장면, 즉 동화되기를 완고하게 거부하는 중국인과 몇몇 잡다한 아시아인들로 가득한 몬터레이 파크의 어느 국수 가게의 뜨거운 쌀죽과 튀긴 꽈배기 도넛들이 특히 눈에 띄는 새로운 미국의 한 단면이었습니다. 주석 주전자에 든 국화차가 사람 치아 표면의 법랑질 같은 색과 질감을 지닌 이 빠진 찻잔에 부어질 준비를 하고 있는 한편, 오렌지색 포마이카 테이블 표면은 기름기로 번들거렸습니다. 나는 정확히 정해진 양을 조금씩 먹은 반면에 소령은 음식에 푹 빠진 사람답게 입을 벌려 씹어 대는 동시에 말까지 하면서 게걸스럽게 열광적으로 포식을 했습니다. 그러다가 가끔씩 소량의 침이나 밥풀이 내 뺨, 속눈썹, 내 그릇으로 튀기도 했지만, 너무나 맛있게 먹는 바람에 나는 아무것도 모르는 그 사람을 몹시 좋아하고 애처롭게 여길 수밖에 없었습니다.

이런 사람이, 밀고자라고요? 믿기 힘들지만, 그렇다면 완벽한 첩자가 될 수 있을 만큼 교활한 성격의 소유자인지도 모를 일이었습니다. 더욱 타당한 결론은 장군이 음모를 기대하는 베트남 사람의 성향을 피해 망상증이라는 미국 사람의 특징으로 보강했다는 것이었습니다. 심지어 나 자신도 인정하듯이, 내 도움을 받아서요. 무절제한 소령은 속임수, 은밀한 책략, 정치 공작에 특별한 역량을 드러냈던 적이 한 번도 없었습니다. 예전 사이공 시절 공안부에서 그의 역할은 중국어로 오가는 통신을 분석하고, 민족해방전선이 정치적 소요, 테러리스트 발굴, 암시장 밀무역을 위한 지하 네트워크를 구축해 놓은 츨론*에서 준동하는 비밀스러운 책략들을 파악하는 것이었습니다. 더욱 중요한 것은 그가 화려한 결혼 피로연이 열리는 웅장한 궁전 같은 건물들에서, 비포장도로를 이리저리 돌아다니며 덜거덕거리는 손수레와 양어깨에 걸친 멜대에 자꾸 통통거리며 뛰는 물건들을 싣고 가서 보도에 가게를 차리는 찾아내기 힘든 아주머니들에 이르기까지, 츨론에서 가장 맛있는 중국 음식을 찾는 데 요긴한 내 소식통이라는 점이었습니다. 마찬가지로 캘리포니아에서도 내게 로스앤젤레스 대도시권에서 최고로 맛있는 쌀죽을 맛볼 수 있을 거라고 장담한 바 있었지요. 그리고 내가 무절제한 소령을 위로한 것도 바로 부드럽게 잘 이겨진 하얀 포타주를 먹으면서였습니다. 그는 몬터레이 파크

---

*　　호찌민 시에 있는 베트남 최대의 차이나타운.

의 어느 주유소 안내원이었는데, 복지 혜택을 받을 자격을 갖추기 위해 보수는 현찰로 지급 받았습니다. 그의 아내는 노동력을 착취하는 저임금 공장에서 재봉 일을 하면서 처치 곤란한 싸구려 바늘땀을 너무나 골똘히 응시한 탓에 벌써 근시가 되어 버렸습니다. 맙소사, 아내가 이러쿵저러쿵 떠들어대. 그가 먹이를 얻어먹지 못한 개처럼 비난하는 듯한 표정으로 자신의 빈 그릇 위로 등을 구부린 채 내가 남긴 꽈배기 도넛을 빤히 쳐다보며 칭얼거렸습니다. 다 내 탓이래. 왜 우리는 본국에 남지 않았어요? 우린 예전보다 더 가난한 채로 여기서 뭘 하고 있는 거지요? 왜 우리는 먹여 살릴 형편도 안 되면서 아이들을 낳았지요? 대위, 자네한텐 깜박하고 말하지 않았는데, 내 아내가 수용소에 있을 때 임신을 했어. 쌍둥이야! 믿어지나?

나는 우울한 심정이었지만 밝은 목소리로 축하를 해 주었습니다. 그는 내가 손도 대지 않은 꽈배기 도넛을 권하자 감사를 표했습니다. 그가 그 말랑말랑한 선물을 기쁘게 오물거리며 말했습니다. 적어도 그애들은 미국 시민이지. 스피니치(Spinach)와 브로콜리. 그게 우리 애들 미국식 이름이야. 사실, 우리는 간호사가 물어볼 때까지는 개들한테 미국식 이름을 지어 주는 문제는 생각조차 못하고 있었어. 나는 허둥거렸지. 물론 개들한테는 미국식 이름이 필요했어. 제일 처음 떠오른 게 스피니치였지. 내가 예전에 뽀빠이가 시금치를 먹고 갑자기 힘이 엄청 세지는 만화를 보면서 웃음을 터뜨리곤 했거든. 아무도 이름이 스피니치인 아이를 건드리려고 하지 않을 거야. 브로콜리는 그냥 저절로 떠올랐어. 텔레비전에서 한 숙녀가 말하더군. 여러분, 항상 브로콜리를 드세요. 그게 기억났던 거야. 건강에 좋은 음식이지. 내가 먹는 것들과는 달라. 튼튼하고 건강한 아이, 이 쌍둥이가 바로 그런 아이들이 될 거야. 걔들은 그래야만 해. 이 나라는 약자나 뚱보들을 위한 나라가 아니거든. 난 다이어트를 시작해야 해. 아니, 진심이야! 자네는 너무 친절해. 내가 뚱뚱하다는 사실은 아주 잘 알아. 먹는 일을 제외하고, 뚱뚱해서 딱 하나 좋은 점은 모두들 뚱뚱한 남자를 무척 좋아한다는 거야. 정말이냐고? 정말이지! 또 사람들은 뚱뚱한 남자들을 보고 웃음을 터뜨리고 측은하다고 생각하기를 무척 좋아하지. 주유소에 가서 일하고 싶다고 했을 때, 나는 고작 두 블록을 걸어갔을 뿐인데도 땀을 뻘뻘 흘리고 있었어. 사람들은 뚱뚱한 남자가 땀을 흘리는 모습을 보면 안쓰럽게 여기기 마련이야. 약간 업신여기긴 하지만. 내가 어째서 일자리가 필요한지를 얘기하면서 미소를 짓고 배를 흔들며 웃음을 터뜨리자 사장이 바로 일자리를 주더군. 그에게는 나를 고용할 명분이 필요했을 뿐이었지. 사람들을 웃기고 나를 안쓰럽게 여기게 하면 언제나 효험이 있어. 알겠나? 바로 지금 자네가 미소를 지으면서 나를 안쓰러워하고 있군. 너무 안쓰러워하지마. 내 교대 근무 일정은 좋은 편이야. 오전 10시에 출근해서 8시에 퇴근이지. 일주일에 7일 동안. 게다가 난 집에서 직장까지 걸어서 갈 수 있어. 금전등록기 버튼이나 누를 뿐 달리 아무 일도 하지 않아. 한번 들러, 그러면 내가 자네한테 무료로 휘발유를 좀 주지. 꼭 그렇게해! 그게 우리의 탈출을 도와준 자네를 위해 내가 할 수 있는 최소한의 일이야. 나는 자네한테 제대로 감사를 표한 적이 없었어. 게다가 여긴 냉정한 나라야. 우리 베트남 사람들은 함께 뭉쳐야만 해.

아, 가엾은 무절제한 소령! 그날 밤 나는 집에서 본이 38구경 스페셜 권총을 커피 테이블 위에 놓고 청소해서 기름을 친 다음 구리 실탄 여섯 발을 장전해 소파에 딸린 작은 장식용 쿠션에 내려 놓는 모습을 지켜보았습니다. 권총은 마치 폐위된 왕족에게 줄 선물처럼 번쩍거리는 얼룩투성이 싸구려 붉은색 벨루어 쿠션에 얹혀 있었지요. 난 이 쿠션을 사이에 두고 그를 쏠 거지. 본이 맥주 캔을 따면서 말했습니다. 소음을 줄이는 거지. 내가 말했습니다. 훌륭해. 텔레비전에서 리처드 헤드가 캄보디아 상황을 두고 인터뷰를 하는 중이었는데, 그의 영국식 억양은 인터뷰 진행자의 보스턴 억양과 뚜렷이 대비되었습니다. 인터뷰를 잠시 보다가 내가 말했습니다. 그가 스파이가 아니라면 어쩌지? 우리는 엉뚱한 사람을 죽이는 셈이야. 그건 살인이 되겠지. 본이 맥주를 홀짝거리다가 말했습니다. 첫째, 장군은 우리가 모르는 내용도 알고 있어. 둘째, 우리는 살인을 하려는 게 아니야. 이건 암살이야. 너희 쪽 사람들은 늘 이런 일을 했지. 셋째, 이건 전쟁이야. 무고한 사람들이 죽임을 당하기 마련이지. 그들이 무고하다는 사실을 안다면 이건 살인일 뿐이고. 그렇다 해도 비극이지. 범죄는 아니야.

장군이 너한테 이 일을 해 달라고 요청했을 때 넌 기뻤지, 안 그래?

그게 나쁜가? 본이 말했습니다. 그가 맥주를 내려 놓고 38구경 권총을 집어 들었습니다. 어떤 사람들이 그림붓이나 펜을 들 운명을 타고나듯, 그는 총을 휘두를 운명을 타고났습니다. 총은 그의 손에서 자연스러워 보였습니다. 남자가 자랑할 수 있는 도구, 예를 들어 렌치처럼요. 남자한테는 목표가 필요한 법이야. 그가 총을 응시하면서 말했습니다. 린을 만나기 전에 나한테는 목표가 있었어. 아버지를 위해 복수를 하고 싶었지. 그러다가 사랑에 빠졌고, 린이 아버지나 복수보다 더 중요해졌지. 아버지가 돌아가신 후로 내내 운 적이 없었지만 결혼하고 나서 아버지 무덤에 가서 울었어. 내가 가장 중요한 곳, 그러니까 내 마음속에서 아버지를 배신했기 때문이었지. 나는 덕이 태어나고 나서야 비로소 이 문제를 극복했어. 처음에 덕은 그저 이상하고 못생긴 어린 것이었지. 내게 무슨 문제가 있는 건 아닐까, 어째서 내 아들을 사랑하지 않는 걸까 궁금했어. 하지만 그애가 무럭무럭 자라났고, 어느 날 밤 아이의 손가락과 발가락, 손과 발이 얼마나 완벽하게 만들어졌는지를, 나와 판박이라는 사실을 알아차렸어. 내 평생 처음으로, 기적적인 일에 감동 받는 경험을 하게 됐지. 심지어 사랑에 빠지는 느낌하고도 달랐어. 그리고 틀림없이 아버지가 나를 이런 식으로 바라보셨을 거라는 사실을 깨달았지. 아버지는 나를 창조했고, 나는 덕을 창조했어. 그건 우리를 통해 흐르는 자연법칙이자 우주이고 하느님이었어. 내가 아들과 사랑에 빠진 순간이었고, 내가 얼마나 하찮은지, 그애가 얼마나 경이로운지, 그리고 언젠가 아이가 어떤 식으로 정확히 똑같은 느낌을 받게 될지를 이해한 순간이었어. 바로 그때 내가 아버지를 배반하지 않았다는 사실을 깨달았어. 마침내 남자가 되었기 때문에, 나는 아들을 안고서 다시 한번 엉엉 울었어. 내 말은, 그러니까 너한테 이 모든 이야기를 해 주는 이유는 내 삶에도 한때는 의미가 있었다는 거야. 목표가 있었지. 지금 내 삶엔 아무것도 없어. 나는 아들이자 남편이자 아버지이자 군인이었는데, 이제는 아무것도 아니야. 나는 남자가 아니야. 한 남자가 제대로 된 남자가 아니면, 아무 의미도 없는 존재인 거야. 아무 의미 없는 존재가 되지 않는 유일한 방법은 뭔가를 하는 거야. 그러니 나는 나 자신을 죽이거나 다른 사람을 죽이거나 둘 중 하나는 해야 하는 거야.

나는 이해했을 뿐 아니라 깜짝 놀랐습니다. 나는 본한테서 그렇게 긴 이야기를 들어 본 적이 없습니다. 슬픔과 분노와 절망에 그의 가슴이 갈라져 열렸을 뿐 아니라 성대마저 느슨하게 풀렸던 겁니다. 감정이 복받쳐 얼굴에서 눈에 거슬리는 특징들이 누그러졌기에, 그런 말을 듣자 그가 잘생겼다고는 할 수 없을지라도 객관적으로 보이는 것보다 덜 못생겨 보였습니다. 본은 내가 만난 중에, 사랑뿐 아니라 살인을 할 가능성에도 깊이 감동한 듯 보인 유일한 사람이었습니다. 본은 필요에 따라 그 방면의 전문가가 되었지만, 나는 기회가 많았어도 내 선택 때문에, 여전히 사람을 죽여본 경험이 없었습니다. 우리 나라에서 한 남자를 — 혹은 여자나 어린아이를 — 죽이는 것은 조간신문의 한 페이지를 넘기는 일만큼이나 쉬웠습니다. 우리에게는 오로지 핑곗거리와 수단만 있으면 됐는데, 사방팔방에서 너무 많은 사람들이 둘 다 가지고 있었습니다. 내게는 한 남자가 위장 수단으로 걸칠 — 하느님, 나라, 명예, 이데올로기 혹은 동지들을 지켜야 필요성 같은 — 정당화에 대한 욕구 혹은 정당화를 위한 다양한 제복이 없었습니다. 설사 마지막 순간에 이르도록 그가 진정 보호하고 있는 것이 그 자신의 가장 민감한 일면, 그러니까 모든 남자가 숨겨서 가지고 다니는 쭈글쭈글한 돈지갑이라고 할지라도 말입니다. 기성품 같은 이런 뻔한 핑곗거리들이 어떤 사람들에게는 안성맞춤이었지만, 내게는 그렇지 않았습니다.

나는 무절제한 소령은 스파이가 아니라고 장군을 설득하고 싶었지만, 처음에 내가 전염시켰던 생각을 그에게서 지워 버리기는 무척 어려울 터였습니다. 더욱이 겉으로 보아 내 실수인 그 문제를 내가 바로잡을 수 있고, 실행력이 있는 사람임을 장군에게 입증해야만 한다는 것을 잘 알고 있었습니다. 그다음 주에 열린 우리 모임에서 장군이 내게 태도를 분명히 했기 때문에, 반드시 무언가를 해야만 했습니다. 그 자식은 그래도 싸. 장군이 자신이 목격한, 소령의 이마에 찍혀 있던 유죄의 씻을 수 없는 얼룩, 즉 내가 거기에 남겨 둔 죽음을 피할 수 없는 인간이라는 소령의 운명을 암시하는 아주 작은 손도장에 고약할 정도로 집착하면서 이렇게 말했습니다. 하지만 서두르지는 마. 급하지는 않아. 작전이란 모름지기 참을성 있게 정성껏 수행해야 하는 법이야. 그는 벽마다, 구불구불하고 허리 부분이 잘록한 형태의 고국을 총체적으로 당당하게 혹은 부분적으로 보여 주는 지도들로 새롭게 장식해 작전실의 냉정한 분위기를 조성한 저장실에서 이렇게 단언했는데, 지도 한장 한장은 플라스틱시트 뒤에서 숨이 막혀 헐떡이고 있었고, 빨간색 매직펜들은 저마다 지도 바로 옆에 있는 끈에 달랑달랑 매달려 있었습니다. 그가 말했습니다. 서두르다 서투르게 처리하는 것보다는 천천히 제대로 하는 게 더 나아. 내가 말했습니다. 네, 장군님. 제가 염두에 두고 있던 것은……

상세한 설명으로 나를 지루하게 할 필요는 없어. 그냥 일이 끝나면 알려만 주게.

소령의 사망은 그런 식으로 돌이킬 수 없는 일이 되어 버렸습니다. 이제 내게는 그의 죽음이 내 잘못도 장군의 잘못도 아니라는 그럴듯한 이야기를 만들어 내는 일만이 남았습니다. 그렇게 열심히 생각할 필요도 없이 가장 뻔한 이야기가 떠올랐습니다. 여기에서는 예의 일상적인 아메리카의 비극이 벌어지곤 했는데, 다만 이번에는 어느 운 나쁜 난민에게 주연을 맡길 뿐이었습니다.

해머 교수가 나를 그다음 주 토요일 밤 자택에서 열리는 만찬에 초대했는데, 이유는 클로드가 곧 워싱턴에 돌아가기 때문이었습니다. 또 한 사람의 손님은 교수의 남자 친구이자, UCLA에서 파리에 거주한 미국 문인들에 대한 학위 논문을 쓰고 있는 내 또래의 박사 과정 학생인 스탠이었습니다. 그는 치약 광고 모델처럼 하얀 치아와 금발을 가지고 있었는데, 광고에서라면 매력적인 아기 천사의 젊은 아버지로 등장할 법했습니다. 교수의 동성애에 대해서는 내가 1963년에 대학 생활을 시작하기 이전에 클로드가 얘기해 주었는데, 그는 이유를 이렇게 말했습니다. 자네가 놀라기를 바라지 않았을 뿐이야. 그때껏 동성애자와 알고 지낸 적이 한 번도 없었기 때문에, 나는 동성애자가 서양의 자연스러운 환경 속에서(내 말은, 동양에는 겉으로는 동성애자들이 없는 것처럼 보였으니까) 어떻게 행동하는지를 보고 싶었습니다. 몹시 실망스럽게도 해머 교수는 다른 어떤 사람과도 다르지 않아 보였습니다. 예리한 지성과, 심지어 스탠과 요리법에 이르기까지 세상 만사에 대한 흠 잡을 데 없는 취향을 제외하고는요.

교수는 여러 가지 야채를 섞은 샐러드, 로즈메리 감자구이를 곁들인 오리고기 콩피, 조각조각 얇게 벗겨지는 타르트 타탱*의 세 코스 짜리 식사를 직접 준비했을 뿐 아니라, 식전주로는 마티니를 내오고, 식사주로는 피노 누아르를 함께 내오고, 식후주로는 싱글 몰트 스카치 위스키를 내오며 식사를 마무리했습니다. 패서디나에 있는 교수의 미술공예 운동** 스타일 빙갈로의 꼼꼼하게 복원된 식당에서 대접을 받았는데, 내리닫이창에서 아르데코 양식의 샹들리에와 고급스런 붙박이 가구류의 놋쇠붙이에 이르기까지 모든 것이 20세기 초반의 진품이거나 충실한 복제품이었습니다. 때때로 교수가 식탁에서 일어나 폭넓은 재즈 컬렉션 가운데서도 엄선된 음반을 새롭게 골라 턴테이블 위의 음반을 바꾸었습니다. 저녁 식사 내내 우리는 비밥 재즈, 19세기 소설, 로스앤젤레스 다저스, 곧 있을 미국 건국 200주년 기념제에 대해 얘기했습니다. 그런 다음 강가의 바위로 만든 거대한 벽난로와 각이 진 나무 뼈대와 가죽 쿠션으로 된 위풍당당한 미션 양식*** 가구가 있는 거실로 가서 스카치 위스키를 더 마셨습니

---

*	프랑스식 거꾸로 뒤집은 사과파이. 바닥에 설탕과 버터를 넣은 다음 사과를 놓고 마지막에 페이스트리를 올린다. 오븐에서 나오면 바닥의 설탕과 버터는 캐러멜이 된다.
**	19세기 말 영국에서 윌리엄 모리스를 중심으로 수공업의 아름다움을 회복시키려는 의도에서 일어났던 공예 운동.
***	소박하고 거무충충하며 무게 있는 유형의 가구.

다. 캠퍼스의 교수 연구실처럼 온갖 높이와 너비와 색상의 책들이 되는 대로 배열된 채, 민주주의에 입각해 개성대로 줄을 지어 벽을 따라 늘어서 있었습니다. 이와 같이 많은 문자, 단어, 문장, 문단, 페이지, 장(章), 두꺼운 학술서적으로 인해 안락해졌기에, 각자 마음대로 앉을 자리를 차지한 후 주고받은 대화 때문에 기억에 남을 만한 유쾌한 저녁이 되었습니다. 어쩌면 교수를 에워싼 문학 작품들이 향수를 불러일으켰는지, 그가 이렇게 말했습니다. 나는 아직도 『조용한 미국인』*에 관한 자네의 졸업 논문을 기억해. 지금껏 내가 읽어본 최고의 학부생 졸업 논문 중 하나였지. 내가 점잔을 빼며 미소를 띠고 감사하다고 말하는 사이, 클로드는 소파의 내 옆자리에 앉아 코웃음을 쳤습니다. 난 그 책 별로 마음에 안 들었어. 그 베트남 아가씨, 그녀가 한 일이라고는 아편을 준비하고, 그림책들을 읽고, 새처럼 속삭이듯 말한 게 전부야. 자네는 그녀랑 비슷한 베트남 아가씨를 만나 본 적이 있었나? 만일 그렇다면, 부디 내게 소개 좀 시켜 주게. 내가 만난 아가씨들은 모두 침대 안에서든 밖에서든 입을 다칠 줄 모르더군.

아, 클로드. 교수가 말했습니다.

아, 클로드, 그걸로 끝이군. 에이버리, 악의는 없지만 공교롭게도 그 책의 우리 미국인 친구 역시 수상쩍게도 잠재적인 동성애자처럼 보여.

뭐 눈엔 뭐만 보이는 법이죠. 스탠이 말했습니다.

* 그레이엄 그린의 소설. 1950년대 인도차이나전쟁과 베트남을 배경으로 정치적 이념과 체제 앞에 한 개인이 얼마나 무력해지고 비인간화되는가를 그렸다.

누가 자넬 위해 그 뭐를 썼을까? 노엘 카워드가? 그의 이름은 파일이야, 맙소사. 자넨 그 이름으로 얼마나 많은 농담을 할 수 있지?* 그것 역시 용공 서적이야. 아니면 최소한 반미주의 서적이거나. 뭐 그게 그거지만. 클로드가 손을 흔들어 책들, 가구, 거실, 짐작건대 잘 꾸며 놓은 집 전체를 가리켰습니다. 그가 한때 공산주의자였다는 사실을 믿기 힘들지, 안 그래?

스탠이요? 내가 말했습니다.

아니, 스댄 말고. 스탠, 자네 그랬나? 난 아닌 줄 알았는데.

결국 남은 사람은 교수뿐이었고, 내가 쳐다보자 그가 어깨를 으쓱했습니다. 자네 나이 때였지. 한 팔로 스탠의 양 어깨를 끌어안으며 그가 말했습니다. 나는 감수성이 풍부하고, 열정적이었고, 세상을 바꾸고 싶어 했어. 공산주의가 다른 많은 사람들과 마찬가지로 나를 유혹했지.

한때 유혹 당했던 사람이 이제는 유혹을 하는 당사자로군요. 스탠이 이렇게 말하면서 교수의 손을 꼭 쥐었는데, 이 광경을 본 나는 조금 어색했습니다. 내게 교수는 걸어 다니는 지성이었고, 그를 하나의 육체 혹은 육체를 가진 존재라고 여기는 것은 아직 당혹스러운 일이었습니다.

한때 공산주의자였던 것을 후회하시나요, 교수님?

---

* 파일(Pyle)이라는 소설 속 주인공 이름과 'pile'이라는 단어의 발음이 같은 것을 빗댄 표현으로, 'pile'은 '말뚝, 무더기, 큰 돈, 솜털, 보풀, 치질' 등의 다양한 의미로 사용된다.

아니, 그렇지 않아. 결과적으로 그 실수를 저지른 덕분에 오늘날의 내가 될 수 있었어.

그게 무슨 말씀인가요, 교수님?

그가 웃으며 말했습니다. 자네가 나를 거듭난 미국인이라고 불러도 될 거라고 생각해. 모순이기는 하지만, 만일 지난 수십 년의 피 비린내 나는 역사가 내게 무언가를 가르쳐 주었다면, 자유의 수호에는 오직 미국만이 제공할 수 있는 강한 힘이 필요하다는 거야. 우리가 대학에서 하는 일에도 바로 그런 목적이 있어. 내가 지금껏 늘 자네한테 권장했다시피 우리는 미국의 뜻을 세계에 설명할 뿐 아니라 옹호하기 위해 자네들에게 과거에 사유되고 언명된 것 가운데 으뜸인 것을 가르치지.

나는 스카치 위스키를 홀짝거렸습니다. 감초와 스코틀랜드인의 사내다움이라는 무형의 정수로 인해 더 두드러지는, 이탄(泥炭)과 해묵은 오크 맛이 날 뿐만 아니라 훈연(燻煙) 향이 배어 있고 부드러웠습니다. 나는 거짓 없는 사실과 마찬가지로 물로 희석되지 않은 스카치 위스키를 좋아했습니다. 공교롭게도 희석되지 않은 진실을 손에 넣을 가능성은 딱 18년산 싱글몰트 스카치 위스키를 손에 넣을 가능성만큼이었습니다. 과거에 사유되고 언명된 것 중 으뜸인 것을 배우지 못한 사람들은 어떤가요? 내가 교수에게 물었습니다. 우리가 그들을 가르칠 수가 없거나, 그들이 가르침을 받으려 들지 않는다면요?

교수가 술잔의 구릿빛 바닥을 가만히 바라보았습니다. 내 생각에는 자네와 클로드가 일하는 분야에서 지금껏 그런 유형들을 너무 많이 본 것 같아. 지금껏 늘 이런 식이었다고 말하는 것 말고, 쉬운 해답은 없어. 혈거인(穴居人)이 처음 불을 발견한 다음, 여전히 어둠 속에서 살아가는 사람들은 미개하다는 결론을 내린 후로 줄곧 문명 사회는 야만상태와 맞서왔지. 모든 시대에는 나름의 야만인들이 있었고.

문명 대(対) 야만의 대비보다 더 명쾌한 것은 없었습니다. 그런데 무절제한 소령을 죽이는 일은 뭐라고 해야 할까요? 단순한 야만 행위? 아니면 혁명적인 문명 사회를 앞당긴 복합적인 행위? 그것은 후자여야만 했습니다. 나시 말해, 우리 시대에 어울리는 자기모순적인 행동 말입니다. 우리 마르크스주의자들은 자본주의가 여러 모순을 초래하며 결국 무너질 것이라고 믿지만, 인간이 행동을 취할 경우에만 그렇게 되는 것입니다. 하지만 자기모순은 자본주의만의 특징은 아니었습니다. 헤겔이 말했듯이 비극은 옳음과 그름이 아니라 옳음과 옳음 사이의 갈등이었고, 이것은 역사에 참여하고 싶어 하는 우리 중 누구도 벗어날 수 없는 딜레마였습니다. 소령에게는 살 권리가 있었지만 내게는 그를 죽이는 것이 옳은 일이었습니다. 그렇지 않나요? 클로드와 내가 자정 무렵 자리를 떴을 때, 나는 하마터면 그에게 내 양심의 가책 문제를 꺼낼 뻔했습니다. 우리가 보도에서 작별 인사의 일환으로 담배를 피우는 동안, 나는 어머니가 내게 묻는다고 상상해 본 질문을 던졌습니다. 그가 죄가 없다면 어쩌지요?

클로드는 그저 자기가 할 수 있다는 것을 보여 주려고 담배 연기로 도넛 모양을 만들었습니다. 어느 누구도 죄가 없지는 않아. 특히 이런 업계에 있는 사람들은. 자네는 그의 손에도 피가 묻어 있을 수 있다고 생각하지 않나? 그는 베트콩 동조자들을 찾아냈어. 그가 엉뚱한 사람을 잡았을 수도 있지. 그런 일은 전에도 있었어. 아니, 자신이 동조자라면, 그때는 틀림없이 엉뚱한 사람들을 찾아냈을 거야. 계획적으로.

그중 어느 것도 확신할 수 없어요.

무죄와 유죄. 이건 보편적인 문제야. 우리는 모두 어느 정도는 무죄고 또 어느 정도는 유죄지. 이른바 원죄가 그런 거 아닌가?

내가 말했습니다. 맞는 말씀이지요. 나는 악수를 하고 그를 보냈습니다. 도덕적인 의문에 대한 공개 토론은 가정 내 말다툼에 대한 공개 토론만큼이나 짜증스럽고, 직접 당사자들 외에는 아무도 진심 어린 관심을 기울이지 않는 일이었습니다. 이 상황에서 분명 무절제한 소령을 제외하면 내가 유일한 당사자였기에, 더더구나 그의 의견을 듣고 싶어 하는 사람은 아무도 없었습니다. 한편, 클로드가 내게 사면 받을 기회 혹은 최소한 한 가지 핑곗거리를 제공했지만, 차마 그걸 사용하지 않겠다고 말할 수는 없었습니다. 원죄는 미사 때마다 그것을 언급하는 신부한테서 태어난, 나 같은 사람에게는 그야말로 너무 진부한 개념이었습니다.

이튿날 저녁 나는 소령을 염탐하기 시작했습니다. 5월부터 6월 말까지 그 일요일과 뒤이은 다섯 번의 일요일에 나는 주유소에서 반 블록 떨어진 곳에 차를 세운 다음, 무절제한 소령이 일터를 떠나 손에 도시락을 들고 느릿느릿 집으로 걸어가는 8시가 되기를 기다렸습니다. 모퉁이를 도는 소령이 보이면 차의 시동을 걸어 모퉁이로 차를 몰고 가서 기다리다가 첫 번째 블록을 따라 걷는 그를 지켜보았습니다. 그는 세 블록 떨어진 곳에 살았는데, 날렵하고 건강한 남자라면 5분 만에 성큼성큼 걸어갈 수 있는 거리였습니다. 무절제한 소령이 대략 11분 정도 걸어가는 동안, 나는 줄곧 적어도 한 블록 뒤에 있었습니다. 일요일이 여섯 번 지나는 동안 그는 단 한 번도 일과를 바꾸지 않고, 철 따라 이동하는 청둥오리처럼 정확히 자기 일과에 따라 모든 것이 따분해서 죽어 가는 것처럼 보이는 근처 아파트들 사이를 지나갔습니다. 소령의 소형 쿼드리플렉스* 앞쪽에는 주차 공간이 네 개인 간이 차고가 붙어 있었는데, 하나는 비어 있고 셋은 나이 지긋한 버스 운전사들의 후면이 찌그러지고 축 처진 차들이 차지하고 있었습니다. 두 쌍의 창문이 나 있고 거리를 향해 쑥 튀어나온 2층이 자동차들 위로 그늘을 드리웠습니다. 저녁 8시 11분쯤, 침실 창문들의 시무룩한 눈구멍은 커튼이 드리운 채 열려 있었는데, 그중 한 창문에만 불이 켜져 있었습니다. 처음 두 번의 일요일에, 나는 모퉁이에 차를 세운 채 소령이 방향을 틀어 간이 차고 쪽으로 들어가서 사라지는 동안 계속 지켜보았습니다. 세 번째와 네 번째 일요일에는, 주유소에서부터 그를 따라가지 않고 그의 아파트를 지나 반 블록 떨어진 곳에서 기다렸습니다. 거기서 소령이 간이 차고의 그늘진 가장자리,

* 하나의 지붕 아래 네 가구가 사는 형태의 주택. 보통 한 층에 나란히 두 가구씩 두 개 층으로 구성되는데, 간혹 네 가구가 나란히 배치된 형태의 단층 건물인 경우도 있다.

184

즉 아래층 아파트들로 이어지는 좁은 길로 들어서는 동안 계속 거울에 비치는 모습을 지켜보았습니다. 처음 네 번의 일요일에는 그가 사라지자마자 집으로 갔지만, 다섯 번째와 여섯 번째 일요일에는 기다렸습니다. 10시가 되고 나서야 비로소 비어 있던 자리에 주차하는 차가 나타났는데, 다른 차들처럼 낡고 움푹 파여 있었고, 운전자는 얼룩진 요리사용 작업복을 입고 기름투성이 종이 봉지를 든 피곤해 보이는 중국 남자였습니다.

정해진 대로 무절제한 소령과 만남을 갖기 직전 토요일에, 본과 나는 차를 몰고 차이나타운으로 갔습니다. 접이식 테이블에서 물건을 파는 노점상들이 줄지어 있는 오프브로드웨이의 어느 뒷골목에서 우리는 정품이 아님을 보증하는 가격에 UCLA 대학의 스웨트 셔츠와 야구 모자들을 샀습니다. 돼지고기 바비큐와 국수로 점식식사를 한 후, 온갖 종류의 동양 문물이 주로 동양인이 아닌 사람들에게 팔리는 골동품 상점들 중 하나를 이리저리 둘러보았습니다. 장기 세트, 나무젓가락, 지등롱, 동석 불상, 분수대 모형, 목가적인 장면들이 정교하게 새겨진 코끼리 상아, 명나라 화병의 복제품, 자금성이 프린트된 컵받침, 이소룡의 포스터를 끼워 파는 고무 쌍절곤, 구름이 드리워진 산림을 그린 산수화 족자, 차와 인삼 깡통들, 그리고 마지막 품목도 아니고 가장 소량도 아닌 붉은색 폭죽들. 나는 폭죽 두 다발을 샀고, 집으로 돌아가기 전에 동네 시장에서 그물망에 담긴, 배꼽이 버릇없게 볼록 튀어나온 오렌지를 한 자루 샀습니다.

그날 저녁, 어두워지자 본과 나는 각자 드라이버를 들고 다시 한

번 과감히 밖으로 나갔습니다. 우리는 인근 지역을 둘러보고 다니다가 마침내 무절제한 소령네 간이 차고와 마찬가지로, 인근의 어떤 창문에서도 차들이 들여다보이지 않는 간이 차고가 있는 아파트에 이르렀습니다. 차 한 대에서 본이 전면의 자동차 번호판을, 그리고 나 자신이 후면의 번호판을 떼는 데는 30초가 채 걸리지 않았습니다. 그런 다음 우리는 집으로 가서 텔레비전을 시청하다다가 잠자리에 들었습니다. 본은 즉시 곯아떨어졌지만, 나는 그럴 수가 없었습니다. 차이나타운에 갔던 일 때문에 여러 해 전 출론에서 무절제한 소령과 내가 겪은 일이 떠올랐습니다. 우리 그레이리스트*의 맨 위에서부터 블랙리스트의 맨 아래까지 모든 심사를 통과했던 어느 베트콩 혐의자가 체포된 것이 계기였습니다. 우리가 묵살하기에는 이미 충분히 많은 사람들이 이 사람을 베트콩이라고 밀고한 상태였습니다. 아니, 소령이 그렇게 말했습니다. 자신이 수집한 두꺼운 관련 서류 일체를 보여주면서요. 공식적인 직업 : 미주(米酒) 상인. 암시장에서의 직업 : 도박장 운영자. 취미 : 베트콩 세금 징수원. 우리는 모든 거리에 바리케이드를 치고 골목마다 도보 순찰대를 세워 일대를 차단했습니다. 지원 부대들이 인근 지역에서 병역 기피자들을 노리고 신분증을 확인하는 동안, 소령의 부하들이 미주 상인의 가게로 진입해 그의 아내

---

* 그레이리스트(gray list)는 혐의자 혹은 감시대상자 명단이라는 점에서는 블랙리스트와 유사하지만, 혐의 대상에 오른 사람을 특정 활동에서 실제적으로 배제하지는 않은 채 혐의를 계속 두며 예의 주시한다는 점에서 차이가 있다.

를 밀치고 저장실에 이른 다음 비밀 문을 여는 레버를 찾아냈습니다. 도박꾼들이 주사위 놀음과 카드놀이를 하고 있었고, 음란한 복장을 한 여종업원들이 그들에게 미주와 뜨거운 수프를 공짜로 제공하고 있었습니다. 문을 통해 돌격하는 우리 경찰들을 보자마자 모든 노름꾼과 종업원들이 지체 없이 뒷문을 향해 냅다 뛰었지만, 결국 밖에서 대기하고 있는 또 다른 중화기 분대와 마주쳤을 뿐이었습니다. 요란한 고함, 날카로운 외침이 터져 나오고 곤봉과 수갑이 동원되면서, 흔히 그렇듯 격한 몸부림과 야단법석이 뒤따랐고 마침내 무절제한 소령과 나 자신과 우리의 혐의자만 남게 되었습니다. 사실 나는 그를 보고 깜짝 놀랐습니다. 만에게 미리 귀띔해 줬기에, 틀림없이 그 세금 징수원이 급습 현장에 없을 거라고 예상했거든요.

베트콩이라고요? 그 남자가 허공에 손을 흔들며 울부짖었습니다. 말도 안 돼요! 난 사업가라고요!

역시, 아주 유능한 사업가로군. 소령이 도박장의 현찰로 가득 찬 쓰레기봉투를 들어 올려 무게를 가늠하며 말했습니다.

그러니까 거기서 내가 잡혔지요. 남자가 아주 비참하게 말했습니다. 그는 아래쪽 치아가 위쪽 치아를 덮는 부정교합인 데다 한쪽 뺨에는 구슬만 한 사마귀에서 길게 자라난 운 좋은 털 세 가닥이 있었습니다. 좋습니다, 돈을 가지세요, 그건 당신들 겁니다. 경찰의 대의를 위해 기꺼이 기부하겠습니다.

그 말은 불쾌하군. 소령이 곤봉으로 남자의 복부를 쿡쿡 찌르며 말했습니다. 이건 당신이 벌금과 체납 세금을 납부하도록 국고에 귀

속될 거야. 우리한테가 아니라고. 그렇지, 대위?

그렇습니다. 내가 말했습니다. 나는 이 판에 박힌 희극에서 그를 돋보이게 하는 조연 배우였지요.

하지만 앞으로 낼 세금 얘기라면, 그건 또 다른 문제지. 그렇지, 대위?

그렇습니다. 세금 징수원을 위해서 내가 할 수 있는 일은 전혀 없었습니다. 그는 심문 센터에서 벌겋고 누럴 뿐 아니라 검푸르게 멍이 들도록 두들겨 맞으면서 일주일을 보냈습니다. 막판에 우리 쪽 사람들은 그가 베트콩의 비밀 정보원이 아니라고 확신했습니다. 남자의 아내가 무절제한 소령에게 가져온 꽤 많은 뇌물이라는 형태로 증거가 입수되었기 때문에 반박의 여지가 없었습니다. 내가 오해했던 것 같아. 소령이 내 몫이 든 봉투를 건네주면서 쾌활하게 말했습니다. 그것은 1년치 봉급과 맞먹었지만, 요모조모 따져 보면 실제로 1년 동안 먹고살기에 충분할 정도는 아니었습니다. 거절하면 의심을 살 판이라, 나는 그것을 받았습니다. 나는 그 돈을 자선 활동에, 다시 말해 가난에 시달리는 아름다운 젊은 여자들을 후원하는 데 사용하고 싶다는 유혹을 느꼈지만, 호찌민의 금언들뿐 아니라 내 아버지가 실행했다기보다는 말로 했던 내용까지도 기억해 냈습니다. 예수님과 호 아저씨는 돈이 사원을 더럽히는 고리대금업자들에서 식민지를 수탈하는 자본가들에 이르기까지 모두를 타락시킨다고 확신했습니다. 하물며 유다와 그의 은전 30냥은 말할 것도 없었고요. 그래서 나는 그 돈을 혁명에 기부해서, 다시 말해 바실리카에서 만난 만에게 건네서 소령의 죗값을 대신 치렀습니다. 만이 말했습니다. 우리가 무엇과 맞서 싸우고 있는지 알겠어? 미망인들이 단조롭게 웅얼거렸습니다. 천주의 성모 마리아님, 저희 죄인을 위하여 빌어 주소서. 만이 말했습니다. 이게 바로 우리가 이기게 될 이유야. 우리의 적들은 부패했어. 우리는 아니고. 이 회상의 핵심은 무절제한 소령이 클로드의 추측만큼 죄가 많았다는 것입니다. 어쩌면 단순히 돈을 갈취하는 것보다 더 나쁜 짓도 했을지 모릅니다. 비록 그런 일을 했다 해도 평균 이상으로 부패하지는 않았을 테지만요. 그 일은 그저 소령을 평균이 되게 했을 뿐이었습니다.

이튿날 저녁 7시 30분쯤 우리는 UCLA 대학 스웨트 셔츠와 모자를 착용한 채 주유소 아래쪽 길거리에 차를 세워 놓고 있었습니다. 만약 누군가 우리를 주목한다 하더라도, 일이 잘만 되면 그저 UCLA 학생들을 기억하게 될 터였습니다. 내 차의 진짜 번호판들은 앞좌석 사물함에 들어 있고, 내 차에는 훔친 번호판들이 붙어 있었습니다. 사소한 소란도 모두 도움이 되었지만, 무엇보다 중요한 것은 우리가 통제하지는 못하지만 내가 사전에 예측했던 야단법석이었습니다. 내 쪽 차창을 열어 놓은 채, 우리는 때때로 누군가 독립을 축하하며 내는 소화기(小火器)의 펑-펑 소리뿐 아니라 멀리 도시의 불꽃놀이 행사에서 들려오는 폭발음도 들을 수 있었습니다. 더 작은 불꽃들이 좀 더 가까이에서 폭발했는데, 사람들이 체리 폭탄에 불을 붙이거나, 하늘 위로 낮게 기다란 흔적을 남기는 폭죽을 발사하거나, 탄띠 같은 중국식 폭죽을 태워 버리는 바람에 이 동네 어딘가에서 터진 것으로, 법으로는 금지된 행위였습니다. 소령을 기다리는 동안 본은 신경이 곤두선 나머지 턱을 앙다물고 어깨는 웅크린 채 라디오도 틀지 못하게 했습니다. 안 좋은 기억이라도 있어? 내가 말했습니다. 응. 본은 잠시 동안 아무 말도 하지 않았고, 우리 둘 다 주유소를 주시했습니다. 차 두 대가 들어가서 서더니, 휘발유를 넣은 다음 떠났습니다. 전에 한번 사덱* 외곽에서, 선두에 선 척후병이 도약식 지뢰를 밟은 적이 있었어. 그게 튀어오를 때면 작게 펑 소리가 나. 그러고 나서 쾅 하고 크게 터지지. 나는 척후병 뒤에 있던 두 사람 중 하나였는데, 생채기 하나 나지 않았어. 하지만 그는 고환이 날아가 버렸지. 무엇보다 최악은 그 가엾은 자식이 살아남았다는 거야.

나는 유감스러운 듯이 웅얼거리며 고개를 가로저었을 뿐 해 줄 말이 없었습니다. 거세는 입에 담기도 두려운 소리니까요. 우리는 차 두 대가 휘발유를 넣는 모습을 지켜보았습니다. 내가 무절제한 소령을 위해 베풀 수 있는 단 한 가지 친절이 있었습니다. 내가 말했습니다. 난 그가 아무것도 느끼지 못했으면 해.

그는 무슨 일이 닥쳤는지도 모를 거야.

8시에, 무절제한 소령이 주유소에서 출발했습니다. 나는 그가 모퉁이를 돌 때까지 기다렸다가 차를 출발시켰습니다. 우리는 소령이 우리가 지나쳐 가는 것을 보지 못하도록 다른 경로를 이용해 그의

* 베트남 남부 동타프 성 남동부의 도시. 호찌민 시 남서쪽 메콩 강 하류 연안에 위치. '꽃의 도시'로 불리기도 하며. 소설 『연인』과 동명 영화의 배경이 된 곳.

아파트로 차를 몰고 갔습니다. 네 번째 주차 공간이 비어 있었고, 나는 거기에 차를 세웠습니다. 내 시계를 확인했습니다. 3분이 걸렸으니 소령이 올 때까지 8분이 남아 있었습니다. 본이 앞좌석 사물함에서 총을 꺼내 총알들을 한 번 더 점검하기 위해 탄창을 뺑 소리 나게 열었습니다. 그러고 나서 탄창을 딸깍 하고 제자리에 넣은 다음, 총을 무릎 위 붉은색 벨루어 쿠션에 놓았습니다. 내가 총과 쿠션을 쳐다보다 말했습니다. 쿠션 속이 일부라도 소령 쪽으로 날리면 어쩌지? 게다가 쿠션 커버 조각들은? 경찰이 그걸 보면 궁금해 할 거야.

그가 어깨를 으쓱했습니다. 그럼 쿠션 없이 해야지. 그러면 소음이 날 거야.

길 아래에서 누가 중국식 폭죽을 한 줄 더 터뜨렸는데, 내가 꼬마였을 때 정월 초하루에 무척 즐겼던 종류의 폭죽이었습니다. 어머니가 붉은색 긴 줄에 불을 붙였고, 불꽃이 뱀처럼 꼬리부터 머리까지, 아니 어쩌면 머리부터 꼬리까지 불길에 휩싸여 타오르면서 무아지경으로 이리저리 날뛰는 동안 나는 우리 오두막 바로 옆에 있는 작은 정원에서 귀를 막고 어머니와 함께 꽥꽥 소리를 지르곤 했습니다.

폭죽 소리가 그친 후 내가 말했습니다. 딱 한 발이야. 이렇게 시끄러우니, 무슨 일이 벌어졌는지 보려고 밖에 나오는 사람은 아무도 없을 거야.

본이 자기 시계를 쳐다보았습니다. 그래, 그럼.

그는 재빨리 한 쌍의 라텍스 장갑을 끼고 발을 털어 스니커즈 운동화를 벗어 버렸습니다. 나는 차문을 열고 밖으로 나와 문을 가만히 닫은 다음 간이 차고의 반대쪽 끝, 보도에서 아파트의 우편함들로 이어지는 좁은 길 바로 옆에 자리를 잡았습니다. 길은 우편함들을 지나서 1층에 있는 아파트 두 채로, 10피트 떨어진 첫 번째 아파트의 입구로 이어졌습니다. 길모퉁이에서 고개를 쑥 내밀자, 아파트의 닫혀 있는 거실 창문 커튼을 뚫고 새어나오는 불빛이 보였습니다. 높은 나무 울타리가 좁은 길 맞은편에 늘어서 있었고, 그 위로 똑같은 아파트 건물의 벽이 치솟아 있었습니다. 건물 창문들 중 절반은 화장실 창문이었고, 나머지 절반은 침실 창문이었습니다. 2층 창가에서는 누구나 그 아파트로 이어지는 좁은 길을 볼 수 있었지만, 간이 차고를 들여다볼 수는 없을 터였습니다.

본은 양말을 신은 두 발로 좁은 길에 가장 가까운 차 두 대 사이의 자리로 걸어간 다음 꿇어앉은 채 머리를 창문 밑에 두었습니다. 나는 시계를 바라보았습니다. 8시 7분. 나는 곁에 노란색 행복한 얼굴 캐릭터와 '감사합니다!'라는 말이 인쇄된 비닐봉지를 들고 있었습니다. 거기에는 폭죽과 오렌지들이 담겨 있었습니다. 어머니가 말했습니다. 이 일을 하고 싶은 게 확실하니, 얘야? 너무 늦었어요, 엄마. 전 빠져나갈 방법을 생각해낼 수가 없어요.

마지막으로 간이 차고에 소령이 나타났을 때 나는 담배를 반쯤 피운 상태였습니다. 그가 얼굴을 찌그러뜨리며 어리둥절한 미소를 지었습니다. 한 손에는 도시락을 들고 있었고요. 자네 여기서 뭐하는 거야? 나는 답례로 억지웃음을 지었습니다. 비닐봉지를 들어 올리면서 내가 말했습니다. 근처에 왔다가 이걸 갖다 드려야겠다는 생각이 들었어요.

그게 뭐야? 그가 내 쪽으로 절반쯤 다가왔습니다.

독립기념일 선물요. 소령이 지나치는 중인 차 뒤에서 본이 모습을 드러냈지만, 나는 소령을 계속 응시했습니다. 3피트가 채 안 남았을 때 그가 말했습니다. 독립기념일에도 선물을 하나?

소령의 얼굴 표정은 여전히 어리둥절해 보였습니다. 내가 두 손으로 봉지를 내밀자, 그가 내용물을 자세히 보려고 몸을 앞으로 숙였습니다. 뒤에서 본이 손에 총을 든 채 양말을 신은 두 발로 아무 소리도 내지 않고 다가왔습니다. 소령이 말했습니다. 이럴 필요 없었어. 그가 봉지에 손을 대는 순간 본이 총을 쏘기로 되어 있었습니다. 하지만 방아쇠를 당기는 대신 본은 이렇게 말했습니다. 이봐요, 소령님.

소령은 한 손에는 선물을, 다른 손에는 도시락을 든 채로 돌아섰습니다. 나는 한쪽으로 비켜서며 본을 본 소령이 뭐라고 말하려는 소리를 들었는데, 순간 본이 그를 쐈습니다. 총소리가 간이 차고 안에서 메아리치면서 내 귀를 아프게 때렸습니다. 소령의 머리가 포장된 간이 차고 바닥에 부딪히며 두개골에 금이 갔는데, 총알에 맞는 즉시 죽지 않았더라도 아마 그렇게 쓰러지면서 죽었을 겁니다. 그는 등을 대고 반듯이 누워 있었고, 제3의 눈처럼 보이는 이마에 뚫린 총알구멍에서는 피가 줄줄 흐르고 있었습니다. 움직여. 본이 바지 허리춤에 총을 밀어 넣으면서 꾸짖는 듯한 어조로 낮게 말했습니다. 그가 무릎을 꿇고 소령의 몸을 돌려 모로 눕혔을 때 나는 시체 위로 몸을 구부리고 비닐봉지를 집어 들었는데, 겉면의 노란색 행복한 얼굴에 피가 점점이 박혀 있었습니다. 소령의 입은 그가 하려던 마지막 한마디의 모양대로 벌어져 있었습니다. 본은 소령의 뒷주머니에서 지갑을 홱 잡아 뽑은 다음 일어나서 나를 차 쪽으로 밀었습니다. 나는 시계를 봤습니다. 8시 13분.

나는 간이 차고에서 빠져나왔습니다. 마비 증상이 엄습하더니 뇌와 안구에서 시작해 발가락과 손가락으로 퍼져갔습니다. 내가 말했습니다. 그는 무슨 일이 닥칠지도 모를 줄 알았어. 본이 말했습니다. 나는 그저 등 뒤에서 쏠 수는 없었을 뿐이야. 걱정하지 마. 그는 아무것도 느끼지 못했어. 나는 무절제한 소령이 무언가를 느꼈을지를 두고 걱정하지는 않았습니다. 나는 내가 무언가를 느꼈을지를 두고 걱정했습니다. 우리는 더 이상 아무 말도 하지 않았고, 우리 아파트로 가기 전에 어느 골목길에 차를 댄 다음 번호판들을 바꿔 끼웠습니다. 이어 집으로 갔고, 스니커즈 운동화를 벗었을 때 나는 앞부분에 묻은 핏자국들을 보았습니다. 나는 신발을 부엌으로 가져가 젖은 키친타월로 닦아 내고 냉장고에 걸려 있는 전화기의 다이얼을 돌려 장군에게 전화를 걸었는데, 냉장고 문에는 내 분열된 자아가 쌍둥이 같은 두 개의 세로 단(段)으로 장식되어 있었습니다. 그는 두 번째 벨소리가 울리자마자 전화를 받았습니다. 그가 말했습니다. 여보세요? 끝났습니다. 침묵이 흘렀습니다. 잘됐군. 나는 전화를 끊었습니다. 잔두 개와 호밀 위스키 한 병을 가지고 거실로 돌아갔을 때, 본은 커피 테이블 위로 소령의 지갑 속 내용물을 쏟아 내고 있었습니다. 본이 물었습니다. 이걸 어떻게 하지? 소령의 사회보장 카드, 주거 확인증(그는 차가 없었기 때문에 운전면허증은 없었습니다.), 영수증 한 뭉치, 22달러, 동전 한 움큼, 그리고 사진 몇 장이 있었습니다. 흑백사진 한 장에는 결혼식 날 서양식 의상을 차려입은 무척 젊은 그와 아내의 모습이 찍혀 있었습니다. 그는 당시에도 뚱뚱했습니다. 생후 몇 주밖에 안 돼서 성별도 구분 되지 않고 쭈글쭈글한 쌍둥이의 컬러사진도 한 장 있었습니다. 내가 말했습니다. 다 태워 버려. 지갑은 내가 내일 번호판, 비닐봉지, 재와 함께 처리할게.

호밀 위스키 한 잔을 건넬 때 본의 한쪽 손에 난 붉은 흉터를 보았습니다. 본이 말했습니다. 소령을 위하여. 호밀 위스키의 고약한 맛이 너무 끔찍해서 우리는 그 맛을 씻어 내려고 한 잔 더, 그러고 나서 또 한 잔 더, 더, 더, 계속 더 마셨고, 그러는 동안 줄곧 건국기념일을 축하하는 텔레비전 특집 방송을 지켜보았습니다. 그것은 보통의 평범한 건국기념일이 아니라 위대하고 강력한 국가의 200주년 기념제였습니다. 최근 해외 원정에서 얻어맞고 약간 휘청거렸지만 이제 다시금 일어서서 주먹을 휘두를 준비가 되어 있었습니다. 아니, 이러쿵저러쿵 말 많은 상류 계급 지식인들이 그렇다고 선언하는 것이었습니다. 이윽고 우리는 오렌지 세 개를 먹고 나서 잠자리에 들었습니다. 침상에 누워 두 눈을 감고, 재배치한 가구에 무릎을 부딪히듯 재정리된 나 자신의 생각과 맞닥뜨리자 내가 본 광경에 몸서리를 쳤습니다. 눈을 떴지만 아무 차이가 없었습니다. 두 눈을 뜨고 있든 감고 있든, 그것이 여전히 보였습니다. 나에 관해 알게 된 사실 때문에 눈물 흘리는 무절제한 소령의 제3의 눈이요.

7장

소령의 죽음에 몹시 괴로웠음을 자백합니다, 소장님. 그게 소장님 께는 별 문제가 아닐지 몰라도요. 그는 상대적으로 죄가 가벼운 사람 이었는데, 그건 이런 세상에서 가장 선량한 사람에게나 가능한 일이 었습니다. 사이공이었다면 매주 바실리카를 함께 찾던 만에게 기대 어 내 불안감을 털어놓을 수 있었을 테지만, 여기서는 오로지 나 자 신과 내 행위와 내 신념이 있을 뿐이었습니다. 만이라면 내게 뭐라고 말했을지 잘 알았지만, 다른 많은 경우에 그랬듯이 내게 그 말을 다 시 한번 해 줄 만이 필요했을 뿐입니다. 그에게 특수 유격 대대의 헬 기를 동원한 급습 계획을 기록한 필름 통을 넘겼을 때처럼요. 내가 이렇게 활동한 결과로 죄 없는 사람들이 죽겠지, 그렇지? 물론, 여러 사람이 죽겠지. 벤치형 신자석에서 무릎을 꿇고 앉아 깍지 낀 손으 로 입을 가린 채 만이 말했습니다. 하지만 그들에게 죄가 없는 것은 아니야. 우리도 마찬가지고, 이 친구야. 우리는 혁명가들이고, 혁명가들은 결코 무죄일 수 없어. 우리는 너무 많은 것을 알고 있고 지금껏 너무 많은 짓을 했어.

내가 대성당의 습한 기후 속에서 몸서리를 치는 사이 미망인들은 기도문을 웅얼거렸습니다. 영광이 처음과 같이 지금도 그리고 영원히, 아멘. 일부의 인식과는 달리 혁명 이념은 심지어 열대 국가에서도 뜨겁지 않습니다. 차갑고, 인공적입니다. 그렇기에 혁명가들에게 때로 자연적인 열기가 필요했던 것은 별로 놀라운 일이 아닙니다. 따라서 무절제한 소령이 사망한 후 오래지 않아 어느 결혼식에 초대를 받았을 때, 나는 솔깃해서 이를 받아들였습니다. 내 손님으로 함께 간 소피아 모리는 내가 인사를 하기에 앞서 초대장에 적힌 이름부터 확인해야만 했던 한 쌍을 위한 이 피로연에 대해 궁금한 게 많았습니다. 신부의 아버지는 후에 전투* 중에 휘하 대대를 이끌고, 미군의 도움 없이 북베트남군 1개 연대를 격퇴한 전설적인 해병대 대령이었고, 신랑의 아버지는 뱅크오브아메리카 사이공 지사의 부지사장이었습니다. 그의 가족은 뱅크오브아메리카에서 전세 낸 제트기로 사이공에서 달아났기에 난민 수용소의 냉대를 모면했습니다. 자연스럽고 고상한 태도 외에 부지사장의 가장 독특한 점은 윗입술에 가만히 붙어 있는 클라크 게이블식 콧수염으로, 유쾌하고 당당한 바람둥이라고 자부하는 남부 남자들에게 인기 있는 치장 방법이었습니다. 나는 사이공

---

* 1968년 1월 30일 북베트남군이 정전협정을 깨고 남베트남 전역에 대한 공세를 시작했던 구정 대공세 당시, 베트남 동부에 위치한 후에에서 벌어진 전투를 말한다.

에서 장군의 부관 자격으로 그 남자를 여러 번 만났기 때문에 초대를 받은 것이었습니다. 내 신분은 내가 무대에서 아주 먼 자리에 앉은 데서 바로 드러났습니다. 우리는 화장실 근처 자리를 배정 받았는데, 소독약 냄새로부터 우리를 보호해 주는 완충물이라고는 오로지 어린아이들과 밴드를 위한 테이블들밖에 없는 자리였습니다. 우리의 동석자들은 전직 하급 장교 두 사람, 뱅크오브아메리카 지점에서 전보다 낮은 직급의 일자리를 찾아낸 전직 중간급 은행 임원 두 사람, 근친결혼으로 태어난 듯 보이는 인척 한 사람, 그리고 그들의 아내들이었습니다. 비참한 시기였다면 나는 한 자리 얻을 만한 자격도 없었겠지만, 이때는 우리가 미국으로 망명한 지도 1년이 넘었고, 어떤 사람들에게는 호경기가 다시 찾아와 있었습니다. 예의 중식당은 웨스트민스터에 있었는데, 클라크 게이블식 콧수염을 기른 남자가 자기 가족을 교외의 대목장 스타일 저택에 정착시킨 곳이었고, 그의 집은 사이공 빌라에 비하면 강등된 수준이었지만 거의 모든 참석자들의 집보다는 여러 단계 위에 있었습니다. 웨스터민스터는 소니가 사는 도시였습니다. 나는 권력의 중심에 여러 단계 더 가까운 테이블에서 그를 발견했는데, 클라크 게이블이 긍정적인 언론 보도를 얻어 내려 했기 때문이었습니다.

붉은색 재킷을 대충 걸친 중국인 웨이터들이 미로 같은 테이블 사이로 종종걸음 치는 중식당 안의 소음과 활기에도, 침울한 기운이 거대한 식당 곳곳에 스며 있었습니다. 신부의 아버지는 눈에 띄게 멍해 보였는데, 마치 마지막 날 공산군의 사이공 진격을 막아 내다가 휘하 대대의 생존자들과 함께 포로로 잡히기라도 한 것처럼 보였습니다. 장군은 연회 초반 감동, 눈물, 술을 부추기는 연설을 하면서 그를 칭찬했습니다. 모든 참전 용사들이 가세해 자신들에게 영웅적 자질이 없다는 불편한 사실을 가리느라 느닷없이 한바탕 입심 좋게 허풍을 떨며 그 영웅을 위해 축배를 들었습니다. 자기모순이라는 유사(流沙)에 목까지 가라앉기를 원하지 않는다면, 그저 씩 웃으면서 술이나 마셔야 하는 법입니다. 아니, 슬픔에 잠긴 무절제한 소령이 그렇게 말했습니다. 그의 잘린 머리는 테이블 중앙의 장식물 대용품처럼 자리 잡고 있었습니다. 그래서 나는 씩 웃고 코냑을 꿀꺽 삼켰습니다. 그런 다음 미즈 모리를 위해 레미 마르탱과 소다수를 섞은 제주(祭酒)를 만들면서 잘 노는 우리 민족의 이국적인 관습, 풍속, 머리 모양, 패션을 설명했습니다. 나는 고래고래 소리를 질러야 했는데, 스팽글 달린 블레이저 코트 차림의 자그마한 멋쟁이 녀석이 이끄는 시끄러운 커버 밴드 소리보다 더 큰 소리를 내려고 악전고투한 것입니다. 그는 분가루만 빼고 루이 14세의 가발을 그대로 본뜬 글램록 가수 스타일의 파마를 뽐내고 금빛 통굽 구두를 신고 거들먹거리며 걷는 동시에, 마이크를 애무하고 노래를 부르면서 도발적으로 마이크의 둥근 머리 부분을 입술에 갖다 대고 눌렀습니다. 이성애자로 공인된 은행가들과 군인들이 그에게 조건 없는 사랑을 바치며 가수가 유별나게 딱 붙는 새틴 바지를 입고서 보여 주는 희롱하듯 노골적인 골반 놀림 하나하나에 소리 높여 찬동의 뜻을 표했습니다. 가수가 사내다운 남자들에게 춤을 추러 무대로 올라오라고 초대했을 때, 즉시 자원한 사람은 바로 장군이었습니다. 관객이 칭찬의 뜻으로 환호하며 박수를 치고 가수가 메이 웨스트* 식으로 자기 어깨 너머로 윙크를 하는 사이, 장군은 시끌벅적한 사이공의 퇴폐적인 주제가,「블랙 이즈 블랙」**에 맞춰 가수와 함께 미끄러지듯 샤세 스텝을 밟으며 씩 웃었습니다. 이 것은 장군이 자신 있는 분야였습니다. 그의 진가를 인정하거나, 아니면 그와 다른 의견이나 불만을 입 밖에 낼 만큼 어리석지 않은 남자들과 여자들 사이에서는 말입니다. 가엾은 무절제한 소령의 처형, 아니 무력화(無力化)로 인해 장군은 장례식에서 능수능란하게 추도사를 할 만큼의 생기를 다시 얻었습니다. 언제나 불평 없이 나라와 가족에 대한 자기 책임을 다하다가 결국 무의미한 강도 사건에 비극적으로 목숨을 잃고 만, 말없이 자기를 희생한 겸손한 남자라고 소령을 추어올렸습니다. 소니가 조문객들 맨 앞줄에 앉아 부고 기사를 작성하기 위해 메모하는 동안, 나는 코닥 카메라로 장례식 사진을 찍어 나중에 파리의 당고모께도 보냈습니다. 장례식이 끝난 후 장군은 미망인에게 클로드가 제공한 공작금으로 만든 현금 봉투 하나를 슬며시 쥐여준 다음, 몸을 구부려 스피니치와 브로콜리가 잠들어 있는 아기 침대를 자세히 들여다보았습니다. 나는 폭포수 같은 눈물을 베일로 가린 미망인에게 일반적으로 적당한 말을 중얼중얼했을 뿐이었지요. 어땠어? 내가 집에 가자 본이 물었습니다. 네 생각엔 어떨 것 같은데? 내가 이렇게 말하며 냉장고로 향했는데, 그 안에는 늘 그렇듯이

*　　오늘날까지도 '가슴이 큰 여자'의 대명사로 불리는 미국의 육체파 여배우.
**　　4인조 남성 그룹 로스 브라보스의 1966년 발표곡.

맥주가 줄 지어 세워져 있었습니다. 내 양심을 제외하면 간이야말로 내 몸에서 가장 학대 받는 부위였습니다.

흔히 결혼식으로 인해 학대는 더 심해졌습니다. 그런 학대는 행복하고 순결한 신부와 신랑의 모습으로 인해 더 심해지기 마련이니까요. 그들의 결혼은 불화, 불륜, 불행, 이혼으로 이어질 수도 있었지만, 또한 애정, 정절, 자녀, 만족감으로 이어질 수도 있었습니다. 결혼하고 싶진 않았지만, 매번 결혼식은 나 자신의 선택이 아닌데도 내게는 허락되지 않은 무언가를 상기시켰습니다. 그래서 나는 모든 결혼식의 시작을 싸구려 통속 영화의 무법자처럼 가끔씩 냉소적인 비판에 농담을 섞어 가며 임했다면, 개별 결혼식을 마칠 때는 3분의 1은 노래를 부르면서, 3분의 1은 감상적으로, 3분의 1은 비탄에 잠긴 채, 물을 타서 싱거워진 칵테일처럼 끝냈습니다. 바로 이런 상태에서 웨딩 케이크 커팅이 끝난 후 미즈 모리를 댄스 플로어로 데려갔고, 순간 무대 근처에서 그 대담한 게이 남성과 함께 교대로 마이크 앞에 서는 두 여성 가수들 중 한 사람을 알아보았습니다. 나라가 무너지는 동안 학생으로 베이 에어리어*에 안전하게 숨겨져 있었던 장군의 큰딸이었습니다. 라나는 국립 고등학교 시절 내내, 그리고 여름 방학 때마다 장군의 빌라에서 보았던 여학생 시절과 비교했을 때 거의 몰라볼 정도였습니다. 그 시절에는 이름이 아직 란이었고, 가장 정숙한 옷, 많은 서양 작가들로 하여금 목 윗부분과 소맷부리 아랫부분 이외

---

* 샌프란시스코 만의 연안 지역.

에는 맨살을 조금도 드러내지 않으면서도 곡선미는 남김없이 드러내는 묘령의 육체에 대해 거의 남색(男色)이나 다름없는 환상에 빠지게 한 여학생용 흰색 아오자이를 입고 있었습니다. 그 작가들은 아무래도 이 옷을 우리 나라에 대한 암시적인 은유로 받아들인 듯합니다. 이 나라는 자유분방하지만 동시에 수줍어하고, 새치름한 모습을 눈부시게 과시하며 죄다 줄 듯하면서도 아무것도 거저 주지 않으며, 역설적인 유혹의 자극제일 뿐 아니라 정숙함을 주제로 한 숨이 턱 막힐 만큼 외설석인 전시회라고 말입니다. 어떤 남성 여행 전문 작가도, 기자도, 혹은 우리 나라 사람들의 삶을 우연히 목격한 누구라도, 펄럭이는 흰색 아오자이를 입은 채 자전거를 타고 등하교하는 어린 여학생들, 즉 모든 서양 남자가 자신의 수집품 가운데 핀으로 꽂아두기를 꿈꾸는 나비 같은 여자들에 대한 글을 쓰지 않을 수 없었습니다.

사실, 란은 날마다 아침이면 장군 부인이나 유모가 억지로 아오자이라는 구속복에 밀어 넣어야 하는 말괄량이였습니다. 궁극의 반항법은 나와 마찬가지로 미합중국으로 향하는 장학금을 받는 최고의 학생이 되는 것이었습니다. 그녀의 경우 장학금은 캘리포니아 대학교 버클리 캠퍼스에서 지급되었는데, 그곳은 장군과 부인이 급진적인 교수들과 혁명주의적인 학생들이 순진한 사람들을 꾀어내서 잠자리를 같이하는 공산주의 집단이라고 여기는 대학이었습니다. 그들은 레즈비언의 유혹만이 유일한 위험인 여자 대학에 딸을 보내고 싶어 했지만 란은 버클리를 고집하면서 다른 어느 대학에도 지원하지 않았습니다. 부모가 막아서자 란은 자살을 하겠다고 위협했습니다. 란이 수면제를 한 움큼 삼키고 나서야 장군과 부인은 딸의 말을 심각하게 받아들였습니다. 다행스럽게도 그녀는 주먹이 작았습니다. 란을 간호해 건강을 회복시킨 후에 장군은 기꺼이 양보했지만, 부인은 그러지 않았습니다. 이번에는 란이 어느 날 오후 사이공 강에 몸을 던졌습니다. 비록 부두가 보행자들로 꽉 차 있어서 흰색 아오자이를 입은 란이 떠내려갈 때 두 사람이 그녀를 구하기 위해 뛰어들 수 있는 순간에 그러기는 했지만요. 마침내 부인 역시 양보했고, 란은 1972년 가을에 부모가 생각하기에 여성스러운 감수성을 향상시키고 결혼에 적합한 상태로 머물게 할 전공인 미술사를 공부하기 위해 버클리로 급히 떠났습니다.

1973년과 1974년 여름에 집으로 돌아와 있는 동안 그녀는 청나팔바지를 입고 깃털 머리를 하고 블라우스를 불룩한 가슴 위로 트램펄린처럼 팽팽하게 당겨 입고 평범한 키에 몇 인치를 더해 주는 나막신을 신은 이방인으로 다시 나타났습니다. 유모들의 말에 따르면, 부인은 자신의 응접실에 딸을 앉히고, 처녀성을 지키는 것과 ── 지식인 취향의 성애 소설 제목을 상기시키는 문구인 ── '삼종사덕(三從四德)' 연마의 중요성을 강조하며 훈계를 하곤 했습니다. 단지 란의 처녀성이 위험에 처했다거나, 소문에 의하면 이미 상실되었다는 정도의 언급만으로도, 그녀가 여동생과 나눠 쓰는 방과 같은 층 복도 끝에 있는 내 방에 혼자 있을 때면 내가 불을 지핀 상상력이라는 요리용 스토브에 넉넉한 땔감이 공급되었습니다. 란은 우리가 캘리포니아에 도착한 이후 몇 차례 장군과 부인을 찾아왔지만, 그런 경우에 나는 집으로 초대 받지 못했습니다. 또한 몇 달 전 그녀가 우등으로 졸업할 때도 나는 장군과 부인과 함께 졸업식에 가자는 초대를 받지 못했습니다. 내가 란에 대해 들은 얘기라고 해 봐야 장군이 자신의 불효녀에 대해 뭐라고 투덜거리는 소리가 다였는데, 그녀가 이제 라 나라는 이름으로 통하고 졸업 후에도 집으로 돌아오는 대신에 혼자 힘으로 살기로 선택했다는 것이었습니다. 장군에게 라나가 졸업한 후에 무엇을 하고 있는지 말하게 하려고 애써봤지만, 장군은 그답지 않게 입이 무거웠습니다.

이제 나는 알았습니다. 이제 이유를 알았습니다. 무대 위의 이 라나는 내가 기억하는 란과는 아무 관계가 없었습니다. 밴드의 조합을 말하자면, 다른 여자 가수는 연한 황록색 아오자이를 입은 전통적인 천사로, 머리는 긴 생머리이고, 화장은 고상했으며, 선곡한 노래들은 멀리 있는 군인 애인들에게 인사를 보내는 사랑에 우는 여자들, 혹은 잃어버린 사이공 자체에 대한 에스트로겐이 흠뻑 밴 발라드들이었습니다. 라나의 노래들에는 그런 슬픔이나 상실감의 기미, 혹은 현대적인 이 요부를 어깨 너머로 은근슬쩍 뒤돌아보는 듯한 기미조차 없었습니다. 나조차도 그토록 자주 공상의 대상으로 삼았던 그 비밀을 언뜻 드러내 보이겠다고 위협하는 듯한 검은색 가죽 미니스커트에 충격을 받았습니다. 미니스커트 위로는 황금빛 실크 홀터톱이 그녀가 폐를 수축시키면서 몸통을 빙빙 돌릴 때마다 아른아른 반짝였습니다. 라나의 장기는 고국의 블루스 밴드와 록 밴드들이 미군과 미국화된 젊은이들을 즐겁게 해 주기 위해 연마했던 요란하게 날뛰는 노래들이었으니까요. 나는 그날 저녁 일찍 가수가 란이라는 것을 알아차리지 못한 채로 「프라우드 메리」를 들었고, 이제는 그녀가 나이 마흔이 안 된 거의 모든 사람들을 댄스 플로어로 불러낸 「트위스트 앤드 샤우트」의 목쉰 듯한 버전을 맘껏 내지르는 동안 그녀를 빤히 쳐다보지 말아야 한다는 점을 스스로에게 일깨워야 했습니다. 간단하지만 우아한 차차차를 제외하면, 트위스트는 늘 그렇듯 정해진 동작대로 출 필요가 없어서 남부 사람들이 제일 좋아하는 춤이었습니다. 트위스트는 장군 부인이 자기 아이들에게도 댄스 플로어에 모여서 춤을 추라고 허락해 줄 만큼 무해했기 때문에, 대개는 부인 자신조차도 트위스트를 췄습니다. 하지만 댄스 플로어 가장자리의 영예로운 자리를 차지한 장군의 테이블을 힐끗 보았을 때, 자리를 지키고 있는 장군과 부인은 마치 잃어버린 그들의 빌라에 그늘을 드리우던 타마린드 나무의 시큼한 열매를 빨아먹고 있는 사람들처럼 보였습니다. 당연한 일이었습니다! 라나 자신보다 더 열심히 트위스트를 추고 있는 사람은 아무도 없었고, 그녀는 엉덩이를 빙글빙글 돌릴 때마다 댄스 플로어에 있는 남자들의 머리를 앞으로 끌어당겼다가 되미는, 눈에 보이지 않는 래칫*을 작동시키고 있었으니까요. 아마 나도 참여했을지도 모르겠습니다. 만약 미즈 모리가 나와 함께 춤을 추고 있다는 것을, 그것도 내가 미소 지을 수밖에 없을 만큼 어린아이처럼 몹시 신이 나서 트위스트를 추고 있다는 것을 그토록 의식하지만 않았

---

* 한쪽 방향으로만 회전하고 반대 방향으로는 돌아가지 못하는 톱니바퀴.

더라면 말입니다. 그녀는 평소 스타일에 비해 눈에 띄게 여성스러워 보였습니다. 마르셀식*으로 웨이브를 넣은 머리에는 백합 한 송이가 자리 잡았고, 무릎을 드러내는 시폰 드레스를 입고 있었습니다. 나는 당신 외모가 멋지다고 몇 번이고 치켜세웠고, 춤도 칭찬하기 위해 트위스트를 추는 동안 그녀의 무릎을 볼 기회도 가졌습니다. 이렇게 춤을 춰 본 지 정말 오랜만이야. 노래가 끝나자 그녀가 말했습니다. 나도 마찬가지에요, 미즈 모리. 그녀의 뺨에 입 맞추며 내가 말했습니다. 소피아야. 그녀가 말했습니다.

내가 미처 대답하기도 전에 클라크 게이블이 무대로 나가더니 뜻밖의 손님, 1962년부터 1964년까지 그린베레로서 우리 나라에서 복무했고 우리가 어느새 자리 잡고 있는 이 지역을 대표하는 하원의원이 왔다고 알렸습니다. 하원의원은 훌륭한 군대 경력이 오렌지카운티에서 많은 도움이 된 덕분에, 남부 캘리포니아에서 전도유망한 젊은 정치가로서 상당한 명성을 얻었습니다. 이곳에서 사람들의 기분 혹은 지정학적인 위기에 따라 사용되는 네이팜탄 네드니, 때려죽이는 네드니, 핵무기로 모조리 파괴하는 네드 같은 말은 경멸보다는 애정 어린 별명이었습니다. 그는 맹렬한 반공주의자인지라 녹색 베레모를 쓰는 편이 제일 나았을 터였고, 바로 그래서 남부 캘리포니아에서 두 팔을 활짝 벌려 난민들을 환영하는 몇 안 되는 정치인들 중 한 사람이었습니다. 대부분의 미국 사람들은 노골적인 혐오감까지는 아니

* 1920년대 유행한 물결 모양의 웨이브 헤어스타일을 말한다. 처음으로 열기계를 발명한 프랑스 미용사 마르셀 그라토의 이름을 땄다.

라 하더라도 상반된 감정을 품고 우리를 대했습니다. 우리는 그들에게 찌르는 듯 아픈 패배를 상기시키는 살아 있는 기념품 같은 존재들이었으니까요. 우리는 무언가 다른 피부색, 그것도 특히 미국인의 지갑을 소매치기하는 한심하고 작은 황인종들의 피부색을 포용할 여지를 전혀 남기지 않는 음과 양의 이원대립적이고 인종적인 정치관을 지닌, 백인과 흑인으로 구성된 미국의 존엄성과 좌우 대칭식의 균형미를 위협했습니다. 우리는 파이도 아메리카누스*를, 즉 미국인들이 1인당, 어느 굶주린 방글라데시인 가족의 연소득보다도 더 많은 돈을 아낌없이 퍼붓는다는 애완용 개를 매우 좋아한다고 소문난 낯선 외국인 체류자였습니다. (평범한 미국인들은 이런 상황에 대한 진정한 공포심을 실제로 이해하지는 못했습니다. 우리 중 일부는 정말로 린틴 틴**과 래시***의 형제들을 먹는다고 알려져 있기는 했지만, 보통 미국인들이 상상하듯이 곤봉, 굽기, 약간의 소금을 동원하는 네안데르탈인처럼 야만적인 방식을 사용하지는 않았습니다. 하지만, 미식가다운 심도 있는 훌륭한 솜씨와 창의력을 지닌 우리 요리사들은 소시지로 만들고, 스튜로 요리하고, 몇 가지 방식으로 찌거나 기름에 튀기거나 찔 뿐 아니라 골수를 꺼내고 석쇠에 굽고 삶는 등 ── 정력을 강화하는 일곱 가지

---

*　'미국인의 개'라는 의미. '아메리카누스(Americanus)'는 미국인(American)을 의미하며, '파이도(Fido)'는 미국인들이 기르는 개에게 흔히 붙여주는 이름이다.

**　제1차 세계 대전 중 버려진 독일군의 참호에서 발견되어 할리우드 영화의 스타가 된 독일산 셰퍼드.

***　미국 소설가 에릭 라이트의 아동소설에 등장하는 콜리 견. 영화와 텔레비전으로도 유명하다.

다른 방식들로 갯과의 동물들을 요리할 줄 알았습니다. — 아, 맛있어!)
그렇지만 그 하원의원은 우리를 옹호하고 자신의 오렌지카운티 지역
구에 온 망명자들을 환영하는 사설도 몇 편이나 썼습니다.

세상에, 여러분을 보십시오. 그가 양옆에 천사와 요부를 세워둔
클라크 게이블과 나란히 서서 손에 마이크를 들고 말했습니다. 그는
40대였고, 변호사와 정치인 사이의 잡종 같은 존재로 전자의 적극성
과 후자의 사교성을 드러냈으며, 대표적인 특징은 머리였습니다. 반짝
기리며 윤이 나고 만년필 끝처럼 뾰족한 머리에서는 말이 최상급 먹
물처럼 술술 흘러나왔습니다. 그는 클라크 게이블보다 키가 머리 하
나만큼 컸고, 모든 면에서 훨씬 더 커서 평균 키와 몸집의 베트남 남
자 두 명이 한꺼번에 그의 몸속으로 비집고 들어갈 수 있을 정도였습
니다. 여러분 자신을 보십시오, 신사 숙녀 여러분. 제가 저와 같은 미
국인들이 여러분을 보기를 바라는 방식으로, 다시 말해 같은 미국인
으로서 여러분 자신을 바라보십시오. 저는 오늘밤 여기에 와서 이 특
별한 의식, 미국의 달 아래 있고 기독교의 우주 안에 있는 캘리포니
아 땅 위의 중식당에서 두 명의 사랑스러운 베트남 젊은이들의 결혼
의 기쁨을 함께 나눌 기회를 얻어 진심으로 고맙게 생각합니다. 한 가
지 말씀드릴 게 있습니다, 신사 숙녀 여러분. 저는 2년 동안 고원지대
에서 여러분의 동포들 사이에 섞여 살고, 여러분의 군인들과 함께 싸
우고, 여러분의 두려움을 공유하고 여러분의 적에 정면으로 맞섰습
니다. 저는 그때 여러분의 희망, 꿈, 더 나은 삶에 대한 열망을 위해 제
목숨을 바치는 것보다 더 훌륭한 일은 결코 없을 거라고 생각했고, 지

금도 그렇게 생각합니다. 저도 여러분처럼 의심의 여지 없이 그러한 희망, 꿈, 열망이 여러분의 조국에서 실현되리라 믿었지만, 역사와 불가사의하고 명백한 하느님의 은혜로 우리에게 또 다른 역할이 주어졌습니다. 신사 숙녀 여러분, 저는 여러분께 이것이 임시로 맡은 불운한 역할임을 말씀드리고자 이 자리에 왔습니다. 왜냐하면 여러분의 병사들은 용감하게 잘 싸웠고, 만일 우리 의회가 대통령께서 약속했던 것처럼 한결같이 여러분을 지원했더라면 승리했을 테니까요. 이것은 아주 많은 미국인들이 공유하는 약속이었습니다. 하지만 전부는 아니었지요. 여러분은 제가 누구 얘길 하는지 아실 겁니다. 민주당 지지자들. 대중 매체. 반전 운동. 히피들. 대학생들. 급진주의자들. 미국은 내분으로 인해, 우리의 대학들과 뉴스 편집실 및 보도국들과 우리 의회에 들끓는 패배주의자들과 공산주의자들과 반역자들로 인해 약화되었습니다. 슬프게도, 여러분은 그들에게는 그저 그들 자신의 비겁함과 배신을 상기시킬 따름입니다. 저는 여러분이 미국의 위대한 약속을 상기시킨다는 점을 말씀드리고자 이곳에 왔습니다. 이민자에 대한 약속! 아메리칸 드림에 대한 약속! 이 나라 사람들이 한때 소중히 여겼고 머지않은 언젠가 다시 소중히 여기게 될 약속, 미국이 자유와 독립의 땅, 세상 어디에 있든 평범한 사람을 위해 지금껏 언제나 분연히 일어난 애국자들의 땅, 우리의 친구들을 돕고 우리의 적들을 철저히 패배시키기 위해서는 마음 약해진 적이 없는 영웅들의 땅, 민주주의와 자유라는 공동의 대의를 위해서 지금껏 너무나 많은 것을 희생한 여러분 같은 사람들을 환영하는 땅이라는 약속! 여러분, 언젠가 미국은 다시 한번 우뚝 설 테고, 그것은 여러분 같은 이들 덕분일 겁니다. 여러분, 언젠가는 여러분이 잃어버린 땅이 다시 한번 여러분의 것이 될 겁니다! 필연적인 자유의 태동과 국민의 의지를 막을 수 있는 것은 아무것도 없기 때문입니다. 이제, 저와 함께 여러분의 아름다운 언어로 우리 모두가 믿는 바를 다짐해 주십시오 ──

모든 청중이 연설 내내 미친 듯이 박수갈채를 보내고 있었습니다. 만약 포로수용소 감방에 있던 어떤 공산주의자가 그에게 떠밀려 밖으로 굴러 나왔더라면, 구경꾼들은 저 빨갱이의 펄떡거리는 심장을 그의 큼직한 두 손으로 끄집어 내라고 기꺼이 요구했을 겁니다. 청중들을 한층 더 흥분하게 만들 방법은 도저히 없을 것 같았지만, 그는 해냈습니다. 짐작건대 승리(Victory)를 의미하거나, 혹은 베트남(Vietnam)을 의미하거나, 혹은 자신에게 투표(Vote)해 달라는 의미이거나 혹은 훨씬 더 알게모르게 암시적인 무언가를 의미하는 V자를 만들기 위해 두 팔을 들어 올리면서, 그가 마이크에 대고 가장 완벽한 베트남어로 소리쳤던 겁니다. 베트남 만세! 베트남 만세! 베트남 만세! 앉아 있던 모든 사람이 벌떡 일어났고, 서 있던 모든 사람은 한 뼘쯤 커진 듯 더 당당해 보였으며, 모든 사람이 하원의원을 따라 베트남이여 영원하라!는 구절을 반복해서 크게 외쳤습니다. 그 뒤 클라크 게이블이 밴드에게 신호하자, 밴드가 우리 국가의 리듬을 타기 시작했고, 천사와 요부와 클라크 게이블과 하원의원이 다 함께 열심히 국가를 불렀습니다. 마침내 쉴 수 있게 된 극기심 강한 중국인 웨이터들을 제외한, 나 자신을 포함해 모든 사람이 그랬듯이 말입니다.

국가 제창이 끝나자 지지자들이 무대 위의 하원의원에게 떼 지어 몰려든 반면, 나머지 청중들은 성교 후에 의기양양해하듯이 각자의 자리에 털썩 앉았습니다. 나는 돌아섰다가 손에 메모장과 펜을 든 채 미즈 모리 옆에 서 있는 소니를 발견했습니다. 코냑 한두 잔에 얼굴이 핑크빛이 된 채 그가 말했습니다. 재미있군. 저건 공산당이 사용하는 거랑 똑같은 구호야. 미즈 모리가 어깨를 으쓱하며 말했습니다. 구호는 그저 주인 없는 정장일 뿐이에요. 누구나 그걸 입을 수 있다고요. 소니가 말했습니다. 그 말 마음에 드네요. 제가 그걸 사용해도 괜찮겠습니까? 나는 그들 두 사람을 인사시킨 다음 그에게 사진을 찍기 위해 가까이 다가갈 것인지를 물었습니다. 그가 씩 웃었습니다. 신문사는 내가 사진사를 고용하게 해줄 만큼 잘되고 있어. 나는 이미 저 친절한 하원의원을 인터뷰했지. 방탄조끼를 입었어야 했나봐. 사실상 그가 내게 총질을 하고 있는 거나 다름없었거든.

전형적인 백인 남성의 행동이에요. 미즈 모리가 말했습니다. 백인 남성이 어떤 아시아 언어의 단어 몇 개만 배우면 우리가 냉큼 거기에 만족한다는 걸 눈치챈 적이 있나요? 물 한 잔을 요청할 줄 알면 우리는 그를 마치 아인슈타인 대하듯 할 거예요. 소니는 빙그레 웃으며 그 말 역시 기록했습니다. 그가 다소 감탄한 듯 말했습니다. 당신은 이곳에 저희보다 더 오래 계셨지요, 미즈 모리. 우리 아시아인들이 영어로 말할 때 거의 완벽에 가까워야지, 그렇지 않으면 누군가 우리 억양을 비웃을 거라는 사실을 알고 계셨나요? 미즈 모리가 말했습니다. 여기 얼마나 오래 있었는지는 아무 상관없어요. 백인들은 항상 우리가 외국인이라고 생각할 거예요. 내가 이렇게 말했습니다. 하지만 거기에는 또 다른 면도 있지 않나? 내 말은 혈류를 타고 도는 코냑으로 인해 발음이 다소 불분명했습니다. 만약 우리가 완벽한 영어를 구사한다면, 미국인들이 우리를 신뢰하겠지. 그들은 더 쉽게 우리가 자기네 무리 중 하나라고 생각할 테고.

자네가 바로 그런 부류야, 그렇지? 소니의 눈은 선팅된 자동차 창문만큼이나 불투명했습니다. 그가 많이 변했다고 생각했는데, 판단 착오였습니다. 처음 재회한 이후 몇 번 만나는 동안 계속 소니는 그저 자기 개성을 전보다 더 약하게 표출할 뿐이었습니다. 그래서 너는 저 하원의원을 어떻게 생각하는데?

내 말을 인용할 건가?

자네는 익명의 제보자가 될 거야.

그의 존재는 우리에게 일어날 수 있었던 가장 좋은 일이야. 나는 이렇게 말했습니다. 그것은 거짓이 아니었습니다. 거짓이라기보다는 가장 좋은 유형의 진실, 그러니까 적어도 두 가지 의미를 지닌 진실이었습니다.

그다음 주말에 나는 예의 하원의원의 잠재력에 대한 내 생각을 가다듬을 기회를 추가로 제공 받았습니다. 화창한 일요일 아침에 장군과 부인을 위해 할리우드에서 헌팅턴 비치까지 운전기사 노릇을 했는데, 그들을 점심 식사에 초대한 하원의원이 살고 있는 곳이었습니다. 운전기사라는 내 직책이 차량 자체보다도 더 인상적이었습니다.

그 차는 비교적 새롭다는 걸 특장점으로 꼽을 수 있는 쉐보레 노바*
였거든요. 하지만 뒷자리에 편안하게 앉아 있는 장군과 부인에게 운
전기사가 있다는 사실만은 그대로였습니다. 내 역할은 그들의 과거
와, 가능하다면 어떻게든 미래의 삶까지 덫 안에 잡아 두는 것이었습
니다. 차로 한 시간을 가는 동안 그들의 대화는 대개 하원의원 위주
로 돌아갔지만, 마침내 나는 라나에 대해 물어보면서 그녀가 완전히
어른이 돼 버렸다는 인상을 받았다고 말했습니다. 가까스로 억눌러
놓았던 분노로 어두워지는 부인의 얼굴이 백미러로 보였습니다.

　걔는 완전히 미쳤어요. 부인이 단언했습니다. 지금껏 우리는 그애
의 광기를 가족끼리만 알고 있으려 애썼지만, 그애가 내놓고 '가수'랍
시고 — 부인은 이 단어를 마치 '공산주의자'라는 단어처럼 언급했
습니다 — 으스대며 돌아다녔기 때문에, 우리가 할 수 있는 일이 전
혀 없어요. 누군가 '가수'로서 재능이 있다며 설득했고, 그애는 칭찬
을 진지하게 받아들였어요. 내가 말했습니다. 그녀는 꽤 재능이 있더
군요. 그런 말은 꺼내지도 마세요! 그애를 부추기지 말라고요! 그애
를 좀 봐요. '난잡하게 놀아나는 여자'처럼 보이잖아요. 내가 이렇게
되라고 그애를 키웠나요? 어떤 점잖은 남자가 '그런 거'랑 결혼하고
싶어 하겠어요? 당신이라면 그러고 싶겠어요, 대위님? 우리의 눈이
백미러에서 마주쳤습니다. 내가 대답했습니다. 아니요, 부인. 저라면
'그런 거'랑 결혼하고 싶지 않을 겁니다. 또다시 양면적인 진실이었습

* 　쉐보레에서 1960년대 초반부터 생산한 소형 자동차. '노바(Nova)'라는
　이름에 신성(新星)이라는 뜻이 있다는데서 착안한 말장난이다.

니다. 왜냐하면 내가 무대에 선 그녀를 보았을 때 처음 떠오른 생각은 결혼이 아니었으니까요. 부인이 씩씩대며 말했습니다. 당연히 아니겠지요. 미국 생활에서 제일 나쁜 점은 '타락'이에요. 본국에서는 우리도 그걸 술집과 나이트클럽과 기지 안에 억눌러 놓을 수 있었어요. 하지만 여기서는 우리 아이들을 미국인들이 사랑해 마지않는 '음탕함'과 '천박함'과 '저속함'에서 보호할 수가 없을 거예요. 미국인들은 지나치게 자유방임적이에요. 아무도 그들이 말하는 '데이트'를 절대 신중하게 생각하지 않아요. 우리 모두 '데이트'가 완곡한 표현인걸 잘 알아요. 어떤 부모가 자신들의 딸이 십대 시절에 성교를 하도록 허락할 뿐 아니라 자진해서 권장하기까지 하나요? 충격적인 일이에요! 그건 도덕적 책임에 대한 거부라고요. 윽.

어찌된 일인지 점심 식사 때 대화가 정확히 이쪽으로 향하면서, 부인은 하원의원과 카스트로의 혁명을 피해 온 난민인 아내 리타에게 자신의 의견을 한 번 더 말할 수 있게 되었습니다. 리타는 얼핏 보면 리타 헤이워드와, 그러니까 그 유명 영화배우가 가장 매력적이던 시기인 「길다」를 찍을 무렵의 모습에 열 내지 열다섯 살을 더하고 10 내지 15파운드를 보탠 상태의 헤이워드와 닮았습니다. '카스트로'는 악마예요. 그녀가 마담이 '가수'를 언급했던 방식으로 말했습니다. 장군님, 그리고 부인, '악마'와 함께 살아서 유일하게 좋은 점은 악(惡)을 알게 되고 그걸 알아볼 수 있다는 점이지요. 그래서 제가 여러분이 오늘 여기 오셔서 행복한 거랍니다. 왜냐하면 우리 쿠바 사람들과 베트남 사람들은 공산주의에 맞선다는 공통의 목적을 지닌 동지들이니까요. 이 말이 하원의원과 리타와 장군과 부인을 확고히 결속시켜서, 결국 장군 부인은 말 못하는 가정부가 빈 접시들을 치우는 동안 그들에게 라나를 언급할 정도로 마음이 편해졌습니다. 리타는 즉시 동조했습니다. 그녀는 가정에서 자기 남편에 상응하는 역할을 하는 존재로, 우연히 일어나는 사건이란 결코 없으며 공산주의라는 질병을 가난, 타락, 무신론, 여러 가지 쇠퇴와 연관 짓는 징후가 늘 존재한다고 여기는 전사처럼 용맹한 반공주의자 전업주부였습니다. 저는 이 집 안에서 록음악을 허용하지 않을 작정이에요. 장군 부인의 딸이 정절을 상실한 일을 위로하려고 부인의 한 손을 움켜잡으며 리타가 말했습니다. 내 아이들은 아무도 열여덟 살까지는 데이트를 허락받지 못할 테고, 그애들이 이 집에 사는 한은 10시가 귀가 시간일 거예요. 그게 우리의 약점이지요. 사람들에게 마약이니 섹스니, 그들이 바라는 대로 행동하도록 허락하는 이 자유가요. 마치 거기에 전염성이라고는 없는 것처럼 말이에요.

하원의원이 말했습니다. 모든 체제에는 내부적으로 억제해야만 하는 도를 넘는 행위들이 있기 마련이지요. 우리는 히피들에게 '사랑'과 '자유'라는 단어의 의미를 도용하게 내버려뒀다가 이제야 겨우 반격하기 시작했을 뿐이에요. 그 싸움은 가정에서 시작되고 또 끝나지요. 공석일 때와는 다르게 사석에서 하원의원은 말투가 부드럽고 신중했으며, 장군과 부인을 양옆에 앉힌 채 테이블 상석에 앉아 있는 동안 귀족처럼 당당하고 확신에 찬 모습이었습니다. 우리는 우리 아이들이 읽고, 듣고, 보는 것을 통제하지만, 원할 때면 언제든 텔레비전이나 라디오를 쉽게 켤 수 있을 나이가 되면 힘든 싸움을 치러야 할 거예요. 우리한테는 할리우드와 음반 회사들이 절대로 도를 넘지 못하게 할 정부가 필요해요.

장군이 말했습니다. 의원님이 바로 정부 아닌가요?

아무렴요! 그게 바로 내가 영화와 음악을 규제하는 입법에 우선적으로 앞장서는 이유랍니다. 이건 검열이 아니라 아주 강력한 충고일 뿐이지요. 하지만 할리우드와 음악계 사람들은 나를 만나고 나서야, 다시 말해, 내가 그들의 창작물을 포식하려고 나선 사람 잡아먹는 괴물 같은 부류가 아니라는 사실을 알고 나서야 나를 좋아하게 될 게 틀림없어요. 나는 단지 그들이 작품을 개선하도록 도와주려고 애쓰고 있을 뿐이지요. 소위원회에 공을 들인 결과 난 몇몇 할리우드 사람들과 친해졌어요. 내가 그들에 대해 편견이 있었음을 인정하겠습니다. 하지만 그들 중 몇몇은 실제로는 영리하고 열정적인 사람들이었어요. 나는 무엇보다 영리하고 열정적인 것을 중시합니다. 나머지는 우리가 타협하면 돼요. 아무튼 그들 중 한 사람이 전쟁에 관한 영화를 만드는 중인데 내 조언을 청하더군요. 나는 그가 제대로 알고 있는 것과 잘못 알고 있는 것에 대해 대본에 메모를 좀 해 줄 작정이에요. 그런데 장군님, 내가 그걸 당신께 언급하는 이유는 그게 피닉스 프로그램에 대한 이야기이기 때문이에요. 장군께서 전문가라는 걸 알고 있어요. 나 자신은 그게 시작도 되기 전에 떠났지요. 어쩌면 몇 가지 의견을 제시해 주실 수도 있을 겁니다. 그렇게 하지 않으면, 그들이 어떤 종류의 할리우드 이야기를 만들어 낼지 누가 알겠습니까.

그래서 내가 대위를 데려왔지요. 장군이 나를 향해 고개를 끄덕이며 말했습니다. 사실상 그는 내 문화 담당관이지요. 그가 기꺼이 대본을 읽어 보고 자신의 통찰력을 제공할 겁니다. 하원의원에게 제목을 알려 달라고 요청했다가, 나는 깜짝 놀라 기가 막혔습니다. 『햄릿(Hamlet)』이요?

아니, 『더 햄릿(The Hamlet)』*이네. 감독이 작가이기도 해. 군에는 단 하루도 복무해 본 적이 없고, 어린 시절에 존 웨인이나 오디 머피** 영화만 물리도록 봤더군. 주인공은 어느 촌락을 지켜야 하는 그린베레야. 나도 2년간 수많은 촌락에서 A팀***의 일원으로 복무했지만, 그가 지어낸 이런 환상의 세계 따윈 전혀 없었지.

내가 말했습니다. 제가 뭘 할 수 있을지 보겠습니다. 나는 1954년에 우리가 남쪽으로 피난하기 전 소년 시절에 고작 몇 년 동안 북부의 어느 촌락에서 살아 봤을 뿐이지만, 내가 무언가를 시도하는 데 경험 부족이 문제가 된 적은 한 번도 없었습니다. 이것이 라나의 인상적인 공연이 끝나고 그녀에게 다가가던 순간의 내 마음가짐이었고, 새로운 직업에 관한 축하의 말을 하고 싶었습니다. 우리는 중식당 로

---

*   고유명사 햄릿(Hamlet)은 셰익스피어의 4대 비극의 제목이자 주인공의 이름이지만, 일반 명사(hamlet)에는 '아주 작은 마을, 촌락'이라는 의미가 있다. 여기서는 베트남전 기간 동안 베트남 농민들을 강제로 모여 살게 한 촌락을 가리킨다.

**   수많은 서부 영화와 전쟁 영화에 출연한 할리우드 인기 스타들. 특히 오디 머피는 2차 세계 대전 참전 당시 미군들 중 가장 많은 훈장을 수여받은 경력의 소유자이기도 하다.

***   12명의 그린베레로 구성된 정예 부대.

비에서 이젤에 올려진 신혼부부의 인상적인 사진 옆에 서 있었고, 그녀는 미술품 감정사의 객관적이고 감정을 배제한 눈으로 나를 관찰했습니다. 그녀가 미소를 지으며 말했습니다. 왜 계속 저랑 거리를 두는지 궁금하네요, 대위님. 내가 알아보지 못했을 뿐이라고 항변하자, 내가 본 것이 마음에 들었는지를 묻더군요. 예전에 당신이 알고 지내던 여자애처럼 보이지는 않을걸요, 그렇죠, 대위님?

어떤 남자들은 흰색 아오자이를 입은 저 청순한 여학생들을 더 좋아했지만 나는 아니었습니다. 그들은 나를 거부한 우리 문화의 목가적이고 순수한 이상에 속해 있었고, 나한테서는 내 아버지 고국의 눈덮인 산봉우리들만큼이나 멀리 떨어져 있었습니다. 아니, 나는 불순했고, 애오라지 내가 바랄 뿐 아니라 받아 마땅한 것은 불순함뿐이었습니다. 내가 말했습니다. 넌 내가 알고 지내던 여자애처럼 보이지는 않아. 하지만 네가 언젠가는 그렇게 될 거라고 상상했던 여자를 쏙 빼닮긴 했어. 아무도 그녀에게 이런 말을 한 적은 없었기에, 예상치 못한 말에 그녀는 잠시 움찔했다가 침착을 되찾았습니다. 내가 보기엔 이곳에 온 이후로 변해 버린 사람은 나만이 아니네요, 대위님. 대위님은 훨씬 더…… 직설적이에요. 우리랑 같이 살 때보다 더요.

난 더 이상 너희랑 같이 살지 않아. 내가 말했습니다. 그 순간 장군 부인이 나타나지 않았더라면 우리 대화가 어디로 흘러갔을지 누가 알았겠습니까? 부인은 내게는 한마디 말도 없이 라나의 팔꿈치를 와락 움켜잡더니, 거부할 수 없는 힘으로 라나를 여자 화장실 쪽으로 끌어 당겼습니다. 그후 꽤 오랫동안 라나를 볼 수 없었지만, 그녀는 그날 이후 몇 주 동안 내 환상 속에서 수없이 되살아났습니다. 내 바람이나 자격과는 상관없이 반드시 흰색 아오자이를 입고, 때로는 길고 검은 머리를 얼굴 주변에 늘어뜨리고 또 때로는 머리카락으로 얼굴을 가린 채 나타났습니다. 그녀와 마주치는 이름 모를 꿈의 도시에서 내 그늘진 자아가 동요했습니다. 심지어 자면서 돌아다니는 것 같은 상태에서도, 나는 흰색이 단순히 순수나 순결과 관련된 색상만은 아님을 알고 있었습니다. 그것은 애도와 죽음의 표시이기도 했습니다.

8장

낮에는 우리가 주인이지만, 밤에는 '찰리'*가 주인이야. 절대 그걸 잊지 마라. 이것이 스물한 살 먹은 금발의 병장 제이 벨라미가 베트남이라는 찌는 듯이 무더운 열대지방에서 맞은 첫날 새 부대장(部隊長) 윌 셰이머스 대위로부터 듣는 말입니다. 셰이머스는 노르망디의 해변에서 전우들의 피로 세례를 받았고, 한국에서 중공군의 인해전술에 또 한 번 죽을 고비를 넘겼고, 그다음에는 최고급 위스키인 잭 대니얼스라는 뇌물을 바른 도르래로 자신의 계급을 끌어올렸습니다. 그는 더 이상 높은 곳으로 올라가지는 못하리라는 사실을 알고 있습니다. 그의 브롱크스식 예절과 어떤 벨벳 장갑도 딱 맞지 않을 크고 울퉁불퉁한 손가락 마디들로는 그럴 수 없다는 것을요. 이건 정치적인 전쟁이야. 그는 신병에게 이렇게 알려주는데, 그 말은 쿠

* 미군이 공산국가의 군대, 그중에서도 특히 베트남전 당시 베트콩과 북베트남인들을 지칭할 때 사용한 은어.

바산(産) 시가로 만들어 낸 연막(煙幕) 뒤에서 퍼져 나옵니다. 하지만 내가 아는 건 죽이는 전쟁뿐이지. 그의 임무: 황량한 라오스 국경지대에 위치한 어느 목가적인 촌락의 원죄조차 없는 몬타나르드인들을 지켜라. 그들을 위협하는 자들은 베트콩인데, 그저 평범한 베트콩이 아닙니다. 악질들 중에서도 최악인 '킹 콩(King Cong)'입니다. 킹 콩은 제 나라를 위해 죽게 될 텐데, 거기에는 대부분의 미국인들에게 해당되는 것 이상의 의미가 있습니다. 더욱 중요한 것은, 킹 콩이 자기 나라를 위해 살인을 하고, 철분을 함유해 비릿한 백인 남자의 피 냄새보다 킹 콩의 입맛을 다시게 하는 것은 없다는 겁니다. 킹 콩은 그 촌락을 에워싼 울창한 밀림을 누비는 노련한 게릴라들, 즉 고산지대로부터 '기쁨 없는 거리*'에 이르기까지 프랑스인들을 학살했고 전투에 찌들어 쪼글쪼글해진 남자들(그리고 여자들)로 채워 놓았습니다. 더욱이 촌락에 파괴분자와 동조자들까지 침투시켜 놓았는데, 그들의 상냥한 얼굴은 계산적인 마음을 가리는 가면일 뿐입니다. 그들에게 맞서는 것은 촌락의 민병대, 즉 오합지졸에 불과한 한 무리의 농부들과 십대들로, 미 육군 특수 부대 A팀 소속 그린베레 열두 명이 훈련시킨 베트남의 자체 긴급 소집병들이었습니다. 벨라미 병장이 한

---

* 남베트남 최북단 쾅트리 성의 쾅트리에서 투아 티엔 성의 후에 시에 이르는 1번 도로에서 해안 쪽으로 555번 도로에 싸인 잡목림과 모래둔덕 그리고 습지로 이뤄진 지역을 가리키는 말. 이 격전장이 유명해진 것은 미국의 베트남 문제 전문가 버나드 폴이 1950년대 프랑스에 대한 투쟁 당시 베트남의 수난사를 다룬 자신의 책 제목을 『기쁨 없는 거리』라고 지으면서다.

밤중에 감시탑에서 홀로 생각합니다. 이거면 됐어. 그는 하버드를 중퇴하고 세인트루이스에 있는 자기 집과 백만장자 아버지, 모피코트에 파묻힌 어머니로부터 멀리 도망쳤습니다. 이거면 됐어, 이 놀랍도록 아름다운 밀림과 이렇게 겸손하고 소박한 사람들이면. 여기가 나, 제이 벨라미가 처음이자 어쩌면 마지막으로 맞서 싸울 곳이야. 이 촌락이 말이야.

하여튼, 이것이 감독의 개인 비서가 우편으로 보낸 영화 대본에 대한 내 해석이었는데, 다소 두꺼운 마닐라 봉투에는 내 이름의 철자가 아름다운 필기체로 잘못 쓰여 있었습니다. 그것이 문제가 있을 거라는 첫째 조짐이었고, 둘째 조짐은 개인 비서인 바이얼릿이 우편물 발송 주소를 묻고 할리우드 힐스의 감독 집에서 있을 면담을 주선하기 위해 전화했을 때 첫 인사말이나 작별 인사말을 하는 수고조차 하지 않았다는 것이었습니다. 바이얼릿은 현관문을 열고 직접 대면해서도 당황스러운 태도로 일관했습니다. 와 줘서 기뻐요, 당신에 대해서 많이 들었어요, 『더 햄릿』에 관한 당신 메모들이 아주 마음에 들었어요. 정확히 그것이 바이얼릿이 대명사와 마침표들을 잘라 내고 말을 한 방식이었습니다. 마치 구두점과 문법이 나한테는 낭비에 불과하다는 듯이요. 그런 다음, 격이 떨어진다는 듯 시선을 마주치지도 않은 채 우월감과 경멸의 표시로 고개를 까딱하며 들어오라는 신호를 보냈습니다.

어쩌면 그녀의 퉁명스러운 태도는 단지 성격의 일부였을지도 모릅니다. 그녀가 뭉툭하고 각진 머리 모양에서 뭉툭하고 깨끗한 손톱과 뭉툭하고 효율적인 여성용 구두인 펌프스에 이르기까지, 가장 나쁜 유형의 관료, 그러니까 출세에 목을 매는 관료처럼 보이는 외모를 하고 있었던 걸 보면요. 하지만 어쩌면 결혼 피로연에서 본 무절제한 소령의 절단된 머리의 환영은 물론이고 그의 죽음으로 인해 여전히 정신적으로 혼란에 빠져 있는 쪽은 바로 나일지도 모릅니다. 그날 밤 남겨진 감정의 찌꺼기는 내 영혼의 잔잔한 수면에 떨어져 내린 한 방울의 비소 같아서, 그때까지 맛은 전혀 달라지지 않았지만, 이제 모든 것이 오염된 상태였습니다. 어쩌면 바로 그래서 문지방을 넘어 대리석 현관으로 들어서는 순간, 내 인종 때문에 바이얼릿이 그렇게 행동하는 거라고 의심했을지도 모릅니다. 그녀는 나를 쳐다보면서 내 노란 피부, 조금 더 작은 눈, 동양인의 생식기, 즉 읽고 쓰기를 조금밖에 못하는 사람들이 수많은 공중화장실 벽에 헐뜯어 놓은 대로라면 대단히 작은 것으로 추정되는 음부에 대한 악평이 드리운 그림자 같은 존재를 보았음이 틀림없었습니다. 나는 그저 절반만 아시아인이었을지도 모르지만, 미국에서는 인종에 관한 한 전부 아니면 전무(全無)였습니다. 백인이거나 아니거나였습니다. 재미있게도, 나는 유학생 시절 내내 인종 때문에 열등감을 느낀 적이 한 번도 없었습니다. 나는 처음부터 외국인으로 지정돼 있었고, 따라서 손님 대접을 받았습니다. 하지만 이제 운전면허증, 사회보장카드, 외국인 체류허가증을 지닌 정식 미국인인데도 불구하고 바이얼릿은 여전히 나를 외국인으로 여겼고, 이러한 잘못된 인식은 내 자신감이라는 매끄러운 피부를 찔러 상처를 냈습니다. 내가 정말 가장 미국적인 특징인 피해망상증에 시달리고 있었던 걸까요? 어쩌면 바이얼릿은 색맹에, 다시 말해 흰색과 다른 색상을 구별하지 못하는 고집스러운 증세, 미국인들이 스스로 바라는 유일한 질환에 시달리고 있었는지도 모릅니다. 하지만 그녀가 터키풍 러그를 진공청소기로 청소하는 거무스름한 하녀를 피하면서 반질반질한 대나무 바닥을 따라 앞으로 나아가는 순간, 나는 그럴 리가 없음을 정확히 알게 되었습니다. 내 영어가 나무랄 데 없다는 것은 중요하지 않았습니다. 그녀는 내 말을 알아들을 수 있었음에도 여전히 나를 완전히 투명인간 취급했거나, 아니면 나 아닌 다른 누군가를 보았을 것입니다. 그녀의 망막은 할리우드가 진정한 아시아 남자들의 지리를 훔치기 위해 꾸며낸 온갖 카스트라토들의 이미지로 타오르고 있었으니까요. 이 시점에서 나는 푸만추*와 찰리 챈**과 첫째 아들***과 홉싱**** ── 홉싱! ── 과 「티파니에서 아침을」에서 미키 루니가 역할을 연기했다기보다는 조롱을 가하는 데 더 가까웠던 뻐드렁니에 안경 낀 일본 녀석*****의 이름을 제목으로

* 영국 소설가 색스 로머의 작품 여러 편에 음모와 암살에 능한 교활한 인물로 등장하는 중국인 악당.
** 미국 소설가이자 극작가 얼 데어 비거스가 창조한 중국계 미국 경찰. 호놀룰루에 사는 챙 아파나라는 실제 탐정을 모델로 한 이 중국인 경감은 비거스의 1925년 작품, 『열쇠 없는 집』에 첫 등장한 이후 다섯 권의 소설과 40편이 넘는 영화에 등장했다.
*** 비거스의 소설에 등장하는 찰리 챈의 열한 명의 자녀 중 장남인 리 챈. 그는 책 속에서 '넘버 원(Number One)'이라는 별명으로 불린다.
**** 미국 CBC에서 1959년에서 1973년까지 인기리에 방영한 서부극 「보난자」에서 카트라이트 일가의 요리사로 등장하는 가상의 아시아계 등장인물.
***** 「티파니에서 아침을」에서 주인공 홀리와 폴이 사는 아파트 집주인 유니오시. 심지어 이 역할은 아시아계 배우가 아니라 백인 배우인 미키 루니가 까만 머리 분장을 하고 연기했다.

붙인 만화들을 언급하고자 합니다. 그 연기는 너무나 모욕적이어서 오드리 헵번을 맹목적으로 숭배했던 감정조차 사그라들 지경이었습니다. 나는 실제로 그것이 동양인 혐오에 대한 헵번의 암묵적 승인을 의미한다고 해석했거든요.

내가 감독의 사무실에서 그의 맞은편에 앉을 때까지, 나는 이전의 모든 상처에 대한 기억으로 속이 부글거리고 있었습니다. 비록 그런 모습을 보이지는 않았지만요. 한편으로는, 나는 유명한 '작가주의 영화 감독'과 면담을 하기 위해 앉아 있었고, 그 순간에는 한때 토요일 오후마다 극장에서 대낮에 상영하는 영화를 보는 더없는 기쁨을 누린 다음 약간 얼떨떨한 채로 눈을 깜박거리면서 병원 분만실의 형광등만큼이나 밝게 빛나는 햇빛 속으로 들어가던, 흔해빠진 사랑에 번민하는 영화광에 불과했습니다. 다른 한편으로 나는 엄청난 특수효과로 온갖 것들을 폭파시키지도 않았고 온갖 사람들의 몸에서 내장을 쏟아내지도 않은, 하지만 우리 동포들 가운데 단 한 사람에게도 의미를 알아들을 수 있는 대사라고는 할애하지 않은 우리 나라에 대한 영화를 서술해낸 대본을 읽고서 당황한 상태였습니다. 바이얼릿이 이미 쓸려서 쓰라리던 내 민족적인 감수성에 훨씬 더 심한 생채기를 내 버렸지만, 자극 받아 성난 상태를 드러내선 안 될 터였기에 나는 억지로 미소 지으며 최선을 다해 끈으로 둘러맨 종이 꾸러미처럼 읽어 내기 힘든 표정을 유지했습니다.

작가주의 영화 감독은 나를, 즉 그의 완벽한 미장센 한복판으로 몰래 기어 들어온 이 단역배우를 유심히 살폈습니다. 황금빛 오스카상 트로피가 전화기 옆에 전시되어 있으면서, 왕홀 혹은 건방진 영화 대본 작가들의 머리통을 때려 부수는 철퇴로 쓰였습니다. 남자다워 보이는 텁수룩한 털들이 셔츠 목깃 안쪽과 팔뚝 위에서 헝클어져 있었고, 상대적으로 나 자신은 털이 없다는 사실과 함께 바비 인형의 남자친구인 켄 인형만큼 날씬하고 반들반들한 내 가슴(과 배와 엉덩이)을 떠올릴 수밖에 없었습니다. 그는 비평가들의 격찬을 받은, 디트로이트의 격앙된 거리에서 그리스계 미국 젊은이가 겪는 고통에 대한 영화인 『역경』을 시작으로 하여 최근 영화 두 편이 내성공을 거둔 이후 이 도시에서 가장 인기 있는 작가 겸 감독이었습니다. 그것은 어느 정도는 자전적이었습니다. 그 작가주의 영화감독이 이미 전형적인 할리우드 스타일로 표백해 버리기는 했어도 태어날 때는 올리브색을 띠었던 그리스계 성(姓)을 가지고 있었으니까요. 그의 최근 영화는, 노란빛이 도는 백인집단은 이미 충분히 다뤄 봤으니 대신에 코카인처럼 하얀 백인집단을 탐구하겠다는 선언이었습니다. 『베니스 비치』*는 아메리칸 드림의 실패에 관한 영화로, 알코올 중독자인 보도 기자와 '위대한 미국 소설'의 전통에 필적하는 작품들을 쓰는 우울증 환자인 아내가 주인공이었습니다. 대형 인쇄용지가 끝없이 쌓여 올라감에 따라 그들의 돈과 생기가 서서히 고갈되고, 관객은 태평양 너머로 저무는 태양빛을 받아 아름답게 반짝이지만 동시에 부겐빌레아에 목이 졸려 다 허물어져 가는 부부의 작은 별장의 마지막

---

*   이탈리아 베네치아가 아니라 로스앤젤레스, 산타모니카와 연결되어 있는 해변 이름.

모습과 함께 남겨졌습니다. 그것은 윌리엄 포크너가 예언하고 오슨 웰스가 촬영한 듯했으며, 레이먼드 챈들러와 이종 교배된 디디온*이 기도 했습니다. 그 영화는 매우 훌륭했습니다. 감독은 재능이 있었습 니다. 그렇게 말하는 게 나한테 아무리 고통스러울지라도 말입니다.

만나서 정말 반갑군요. 작가주의 영화감독이 말을 시작했습니다. 당신 메모들이 무척 마음에 들었어요. 마실 거리 어때요. 커피, 차, 물, 탄산음료, 스카치 위스키. 스카치 위스키를 마시기에 너무 이른 시간 이란 건 절대 있을 수가 없지요. 바이얼릿, 스카치 위스키로. 얼음. 얼 음이라니까. 그럼, 얼음은 빼고. 나도. 난 늘 아무것도 타지 않고 마시 거든요. 우리 집 전망 좀 봐요. 아니, 정원사가 아니라. 호세! 호세! 저 사람 주의를 끌려면 창유리를 쾅쾅 두드려야 해요. 반쯤 귀가 먹었거 든. 호세! 비켜! 자네가 전망을 가로막고 있어. 좋아. 전망 좀 봐요. 바 로 저기 할리우드 표지판을 말하는 거예요. 아무리 봐도 질리지가 않 아요. 하느님의 말씀이 그냥 뚝 떨어져 내리듯이 저 언덕 위로 쿵 떨 어졌는데, 그 말씀이 바로 '할리우드'였던 거지. 하느님께서 처음에 빛 이 있으라 말씀하시지 않았나요. 빛을 뺀 영화란 뭘까. 빛이 없이는 영화를 만들 수가 없어요. 그다음이 대사고. 저 표지판을 보면 아침 마다 글을 써야 한다는 생각이 들죠. 뭐라고요. 맞아요, 그러니까 할 리우드라고 쓰여 있는 건 아니죠. 들켰군요. 시력이 좋네요. 저건 폭

---

*　　　존 디디온. 노벨상 후보로도 거론된 바 있는 미국의 유명 저널리스트이 자 영향력 있는 작가. '소설처럼 읽히는 저널리즘'으로 규정된 뉴 저널리 즘의 기수이다.

삭 주저앉기 직전이에요. O자 하나는 반쯤 쓰러졌고, 나머지 O자는 완전히 쓰러졌지요.* 단어가 완전히 망가져 버렸어요. 그래서 뭐. 의미는 여전히 파악할 수 있는데. 고마워, 바이얼릿. 건배. 당신 나라에서는 그걸 뭐라고 하나요. 내가 그것을 뭐라고 하는지 말해 줬습니다. 요, 요, 요**, 맞죠. 그거 마음에 드네. 기억하기 쉽군요. 그럼 자, 요, 요, 요. 당신을 내게 보내 준 의원님께도 행운이 있기를. 당신은 내가 만난 최초의 베트남 사람이에요. 할리우드에는 당신네 사람들이 별로 많지 않아요. 세기랄, 할리우드에는 아예 없지요. 사실성은 중요해요. 사실성이 창의성을 능가한다는 얘긴 아니지만. 여전히 이야기가 맨 먼저예요. 이야기의 보편성이 있어야 해요. 하지만 세부를 제대로 파악한다고 해가 될 리는 없지요. 나는 실제로 몬타나르드인들과 싸운 어느 그린베레한테 대본을 검토하게 했지요. 그가 나를 찾아왔어요. 그에게는 영화 대본이 하나 있었죠. 누구나 영화 대본 한 편쯤은 있게 마련이에요. 대본을 잘 쓰지는 못해도 그는 진정한 미국의 영웅이에요. 두 번의 복무 기간 중에 맨손으로 베트콩을 죽였어요. 청동 무공훈장 여러 개에다가 은성 무공훈장 하나와 퍼플하트 하나도 받았고. 그가 내게 보여 준 폴라로이드 사진들을 당신도 봤어야 해요. 속이 뒤집히더군요. 그래도 영화를 어떻게 찍어야 할지 아이디어를 좀 줬지요. 고친 건 거의 없었어요. 그 점에 대해 어떻게 생각하지요.

* 1970년대 후반 할리우드 표지판은 이런 상태 때문에 기부금을 통해 재정비했다.
** 요(yo)는 베트남어로 '건배'를 뜻하는 말. 대개 삼창을 했다.

그가 내게 질문을 하고 있음을 깨닫는 데 잠시 시간이 걸렸습니다. 나는 혼란에 빠져 있었습니다. 영어를 제2언어로 구사하는 사람으로서 마치 나와는 다른 나라 출신의 외국인이 영어로 말하는 걸 귀 기울여 듣는 중인 것 같았습니다. 내가 말했습니다. 아주 굉장하군요.

물론 굉장하지요. 반면에, 당신은. 당신은 여백에 아예 또 하나의 영화 대본을 써서 보냈더군요. 전에 영화 대본을 읽어 본 적이 있긴 하겠지요.

또 다른 질문임을 깨닫는 데 또 한 번 잠시 시간이 걸렸습니다. 바이얼릿과 마찬가지로, 그도 전통적인 구두법을 구사하는 데 문제가 있었습니다. 없습니다 ──

그러면 당신은 왜 그런 생각을…….

하지만 세부를 제대로 파악하지 못하셨습니다.

내가 세부를 제대로 파악하지 못했다. 바이얼릿, 저 말 좀 들어 봐. 이봐요, 나는 당신 나라를 조사했어. 조지프 버팅거*와 프랜시스 피츠제럴드**를 읽었고. 당신은 조지프 버팅거와 프랜시스 피츠제럴드를 읽은 적 있나. 그는 이 세상의 작은 일부인 당신네 나라에 대한 으뜸가는 역사학자야. 그녀는 퓰리처상을 받았고 당신들의 심리를 해

---

*   오스트리아 출신의 베트남 문화 및 정치에 관한 저명한 미국 학자로 베트남에 관한 다수의 책을 저술했다.

**   미국의 언론인 겸 역사가. 대표작은 퓰리처상을 수상한 베트남에 관한 책인 『호수에 난 불 : 베트남의 베트남인들과 미국인들』이다.

부했어. 내 생각엔 내가 당신네 국민에 대해서 뭘 좀 아는 것 같은데.

그의 공격성에 나는 허둥지둥했고, 그런 허둥거림에 익숙하지 않아 나는 더욱 허둥지둥할 뿐이었습니다. 그것만이 직후에 내가 보인 행동에 대한 해명이었습니다. 내가 말했습니다. 당신은 심지어 비명조차 제대로 파악하지 못했습니다.

뭐라고 했지요.

나는 그가 계속 말참견하기를 기다리다가, 마침내 그가 질문을 던져 내 말을 가로막았을 뿐임을 깨달았습니다. 좋습니다. 얽혀 있던 생각의 매듭이 풀리기 시작하면서 내가 이렇게 말했습니다. 제가 정확하게 기억한다면, 26, 42, 58, 77, 91, 103, 118페이지, 즉 기본적으로 우리 나라 사람들 중 하나가 대사를 말하는 모든 대목에서, 남자 또는 여자가 비명을 지릅니다. 말 한마디 없이, 그저 비명소리만. 그러니 당신은 최소한 비명소리들이라도 제대로 파악해야 합니다.

비명소리는 보편적이지. 내 말 맞지, 바이얼릿.

그녀가 내 자리 바로 옆에 앉은 채 말했습니다. 감독님 말씀이 맞아요. 내가 말했습니다. 비명소리는 보편적이지 않습니다. 만약 내가 이 전화선을 잡아서 당신 목에 휘감고, 당신의 눈이 튀어나올 정도로 휘둥그레지고 혓바닥이 시커멓게 될 때까지 팽팽하게 잡아당긴다면, 바이얼릿의 비명소리는 당신이 내려고 안간힘을 쓰고 있을 비명소리와는 아주 다르게 들릴 겁니다. 그 두 가지 소리는 한 남자와 한 여자에게서 비롯되는 두 가지 매우 다른 종류의 공포입니다. 남자는 자기가 죽어 가고 있음을 압니다. 여자는 자신이 곧 죽게 될 것 같아서 두

렴습니다. 그들의 처지와 육체는 그들의 음성과 질적으로 다른 음색을 만들어 냅니다. 고통이 보편적인 것이기는 하지만, 또한 전적으로 사적인 것이기도 하다는 사실을 이해하려면 그런 소리에 주의 깊게 귀를 기울여 봐야만 합니다. 우리의 고통에 대해 이야기를 나눠 본 후에야 비로소 그것이 누군가 다른 사람의 고통과 비슷한지 알 수가 있는 법입니다. 일단 그렇게 하면, 다양한 문화적이고 개인적인 방식으로 이야기하고 생각하게 되지요. 예를 들어, 이 나라에서는 필사적으로 도망치는 사람이라면 경찰을 불러야 한다고 생각할 겁니다. 이것이 고통을 겪게 될지도 모른다는 위협에 대처하는 합리적인 방법입니다. 하지만 우리 나라에서는 아무도 경찰을 부르지 않습니다. 대개 고통을 안겨 주는 쪽이 바로 경찰이니까요. 내 말 맞지요, 바이얼릿?

바이얼릿이 잠자코 고개를 끄덕였습니다.

그러니 당신 대본에서 그저 그것을 지적하기만 하겠습니다. 당신은 우리 나라 사람들에게 다음과 같은 방식으로 비명을 지르게 합니다. 으아아아아!!! 예를 들어, '마을 사람 3'이 베트콩의 함정에 빠져 죽창에 푹 찔릴 때, 이것이 그가 비명을 지르는 방식입니다. 혹은 '어린 소녀'가 그린베레들에게 베트콩이 마을로 잠입 중임을 경고하기 위해 목숨을 바칠 때, 이것이 그녀가 목이 잘리기 전에 비명을 지르는 방식입니다. 하지만 수많은 내 동포들이 고통스럽게 지르는 비명 소리를 들어보았기 때문에, 나는 이것은 그들이 비명을 지르는 방식이 아님을 당신에게 장담할 수 있습니다. 그들이 어떤 식으로 비명을 지르는지 들어 보겠습니까?

그가 마른침을 삼키자 울대뼈가 까닥 움직였습니다. 좋아요. 나는 일어나서 그의 두 눈을 똑바로 들여다보기 위해 책상에 기댔습니다. 하지만 나는 그를 보지 못했습니다. 내가 본 것은 말랐지만 강인한 몬타나르드인 남자의 얼굴, 즉 이 꾸며 낸 이야기의 배경에서 멀지 않은 실제 촌락에서 살던 소수 민족인 브루족* 원로의 얼굴이었습니다. 그가 베트콩의 연락원 노릇을 한다는 소문이 있었습니다. 나는 중위로서 첫 임무를 수행하는 중이었고, 녹슨 가시철사 한 가닥을 그의 목에 휘감은 우리 대위로부터 그를 구할 방법을 생각해낼 수가 없었습니다. 가시철사는 교수용 밧줄처럼 그가 마른침을 삼킬 때마다 울대뼈를 건드릴 만큼 꼭 조여져 있었습니다. 하지만 노인이 그것 때문에 비명을 지른 것은 아니었습니다. 그건 가벼운 여흥일 뿐이었습니다. 하지만 그 장면을 지켜보면서 나는 마음속으로 노인을 대신해 비명을 질렀습니다.

이게 바로 그 소리입니다. 감독의 몽블랑 만년필을 집어 들기 위해 책상 너머로 손을 뻗으면서 내가 말했습니다. 나는 영화 대본의 표지 전체에 커다란 검은색 글자로 이렇게 썼습니다. 으애애애액!!! 그러고 나서 만년필 뚜껑을 닫아 그의 가죽 편지지 철 위에 다시 얹어 놓은 다음 이렇게 말했습니다. 그게 내 나라에서 우리가 비명을 지르는 방식입니다.

---

*   태국, 라오스, 베트남 국경 부근에 거주하는 종족.

* * *

감독의 집에서 장군의 집으로, 그러니까 그 언덕에서 할리우드의 평지로 30블록 정도 떨어진 거리를 내려간 후에 나는 영화 업계에서 처음 경험한 바를 장군과 부인에게 보고했는데, 두 사람 다 나를 대신해 분통을 터뜨렸습니다. 영화감독, 바이얼릿 그리고 나의 만남은, 내가 영화 촬영 배경인 베트남에서 베트남 사람들이 말하는 대목이 없다는 것은 문화에 대한 몰이해로 해석될 여지가 있다고 지적하면서 대체로 조금 더 차분한 방식으로 얼마 동안 더 지속되었습니다. 맞는 말이에요. 바이얼릿이 불쑥 말참견을 했습니다. 하지만 문제의 핵심은 누가 표 값을 지불하고 영화를 보러 가느냐죠. 솔직히 말해서, 베트남 관객들이 이 영화를 보지는 않겠지요, 그렇죠? 내가 격한 분노를 억누르며 말했습니다. 그렇지만 영화 촬영 배경을 특정 국가로 할 거라면, 그 나라 사람들이 말할 거리가 있는 게 조금 더 그럴듯하고, 조금 더 실감 나고, 조금 더 믿을 만하다고 생각하지 않으십니까? 이 영화 대본에서처럼 마을 사람들이 자기 나라 말로 말하는 장면으로 곧장 바꾸는 대신에요. 단순히 그들이 입에서 일종의 소리를 낸다는 사실을 인정하는 데서 그치지 않고, 실제로 무언가를 말하게 내버려 두면 품위 없어 보일 수도 있다고 생각하시는 겁니까? 그들이 어쩐지 좀 기묘하기는 해도 미국인 관객들이 이해할 수 있는 아시아 언어로 말하고 있는 척하도록, 그저 외국인 억양이 심한 영어로 — 무슨 말인지 아시다시피, 칭총거리는 영어로 — 말하게 하는 것조차 안 됩니까? 게다가 영화 속 그린베레에게 연애 상대가 있다면 조금 더 흥미진진할 거라고 생각하지 않으십니까? 이런 남자들은 오로지 서로를 사랑하고 서로를 위해서만 죽나요? 영화 중심에 여자가 한 사람도 없으면, 바로 그걸 암시하는 겁니다.

감독이 얼굴을 찡그리며 말했습니다. 아주 흥미롭군. 굉장한 얘기예요. 몹시 마음에 들어. 하지만 질문이 하나 있는데. 그게 뭐였더라. 아, 그래. 영화를 몇 편이나 만들어 봤나요. 전혀 없지. 맞지 않나. 전무(全無), 세로, 빵, 영(零), 공(空), 그리고 당신네 말로는 그걸 도대체 어떻게 부르든지 간에. 그래, 내게 내 일을 하는 방법을 알려 주니 고맙군. 이제 내 집에서 썩 꺼지시지. 영화를 한두 편 만들어 본 후에나 다시 와. 어쩌면 그때는 내가 당신의 싸구려 아이디어 한두 개쯤 귀담아 들어줄 지도 모르지.

그가 왜 그렇게 무례하게 굴었을까요? 부인이 말했습니다. 당신한테 몇 가지 의견을 달라고 요청한 쪽은 그 사람 아니었나요?

그는 예스맨을 찾고 있는 거였어요. 제가 자신에게 고무로 된 승인 도장을 찍어 줄 거라고 생각했던 겁니다.

당신이 자기 비위를 맞출 거라고 생각했겠지요.

제가 그렇게 하지 않자, 기분이 상한 겁니다. 그는 예술가예요. 비판에 민감하더군요.

할리우드에서의 자네 출세에 대해서는 그쯤 해 두기로 하지. 장군이 말했습니다.

저는 할리우드에서의 출세를 원하지 않습니다. 내가 이렇게 대답하긴 했지만, 그 말은 오직 할리우드가 나를 원하지 않는 한에서만 사실이었습니다. 나는 작가주의 영화감독에게 화가 났음을 자백합니다. 그런데 화가 난 게 잘못인가요? 그가 '몬타나르드인'이 고원지대의 수십여 소수 민족들을 마구 섞어 부르는 프랑스식 용어일 뿐이라는 사실조차 몰랐다고 인정했을 때 나는 특히 화가 났습니다. 내가 그에게 말했습니다. 내가 미국 서부에 대한 시나리오를 쓰면서 모든 원주민을 그저 인디언이라고만 불렀다면요? 당신은 기병대가 싸우고 있는 게 나바호족인지 아파치족인지 코만치족인지 알고 싶을 겁니다, 그렇죠? 마찬가지로 당신이 이 사람들을 몬타나르드인이라고 할 때, 우리가 얘기하는 게 브루족인지, 눙족인지, 태이족인지 나도 알고 싶을 겁니다.

감독이 말했습니다. 비밀 하나 알려 드리지. 준비됐나. 자, 이거요. 그딴 건 아무도 관심 없어.

그는 내가 침묵하자 즐거워했습니다. 말이 없는 나를 보는 것은 저털 없는 이집트 고양이를 보는 것과 마찬가지로, 보기 드물지만 반드시 매력적이지는 않은 경우였습니다. 그의 집에서 차를 몰고 떠난 후에야 비로소 나는 영화감독이 나 자신이 선택한 무기로 나를 강제로 침묵시킨 방식에 쓴웃음을 터뜨릴 수 있었습니다. 내가 어떻게 그리도 멍청할 수 있었을까요? 어떻게 그런 착각에 빠질 수가 있었을까요? 나는 언제나 부지런한 학생이었기 때문에, 영화 대본을 단 몇 시간 만에 다 읽고 나서, 한 번 더 읽고, 몇 시간을 더 들여서 메모를 했는데, 모두 내 작업이 중요하다는 엉뚱한 생각으로 그렇게 한 것이었습니다. 나는 순진하게도 내가 할리우드라는 유기적인 조직이 전 세계 관객들을 대상으로 대뇌 전두엽 백질 절제 수술과 소매치기를 동시에 해치우겠다는 목표를 바꾸게 할 수 있다고 믿었던 겁니다. 부수적인 혜택으로 진정한 역사는 죽은 자들과 함께 갱도에 남겨 둔 채 겉으로 드러나 있는 역사만 노천 채굴하면서, 관객들에게는 그들이 숨을 헐떡이며 갈망하는 반짝거리는 조그마한 다이아몬드들을 인색하게 조금씩 나눠 줬습니다. 할리우드는 그저 공포 영화의 괴물들을 만들기만 하는 것이 아니었습니다. 그 자체가 공포 영화의 괴물이었고, 나를 발로 깔아뭉갰습니다. 나는 실패했고, 작가주의 영화감독은 『더 햄릿』을 자기 의도대로 만들 터였습니다. 내 동포들은 그저 착한 황인종들을 나쁜 황인종들로부터 지키는 백인 남자들에 관한 서사시적 작품의 소재 역할만 하는 채로 말입니다. 나는 한 나라를 착취하기 위해 그 나라를 직접 찾아가야 한다고 믿었다는 점에서 프랑스인들의 순진함에 연민을 느꼈습니다. 할리우드는 착취하고 싶은 나라들을 상상으로 그려내기 때문에 훨씬 더 능률적이었습니다. 나는 내가 영화감독의 상상력과 간계 앞에 속수무책이라는 사실에 미친 듯이 화가 치밀었습니다. 그의 오만은 이 세상에 뭔가 새로운 일이 일어날 전조였습니다. 왜냐하면 이는 지금까지 창설된 가장 능률적인 선전 조직 덕분에(요제프 괴벨스와 나치에게는 미안한 말이지만, 그들은 결코 전 세계적 차원에서 우위를 확보하지는 못했습니다.) 승자들 대신에 패자들이 역사를 쓰게 될 최초의 전쟁이었으니까요. 할리우드의 대제사장들은 밀턴의 사탄에 대한 의견, 말하자면 무대 중앙에서 밝은 조명을 차지할 수만 있다면 천국에서 섬기느니 지옥에서 다스리는 게 낫고, 고결한 단역 배우보다는 악당이나 패자나 반영웅(反英雄)이 되는 편이 낫다는 것을 선천적으로 이해했습니다. 곧 제작될 이 할리우드식 트롱프뢰유*에서, 어느 쪽 지지자든 모든 베트남 사람들은 초라해 보일 테고, 가난한 자, 무고한 자, 악한 자, 혹은 부패한 자들의 역할로만 떼로 밀릴 터였습니다. 우리의 운명은 그저 입을 다물고 있는 게 아니었습니다. 놀라서 말문이 턱 막히는 것이 우리의 운명이었습니다.

부인이 말했습니다. 쌀국수 좀 먹어요. 기분이 나아질 거예요.

부인이 그때까지 요리를 하고 있어서, 그 집에서는 감상적인 냄새, 그러니까 내가 오로지 사랑과 상냥함의 향기로만 묘사할 수밖에 없는 소고기 국물과 팔각의 풍부한 향이 났는데, 이는 부인이 이 나라로 오기 전까지는 단 한 번도 요리를 해본 적이 없었기 때문에 더욱더 인상적이었습니다. 부인처럼 고상한 계급의 여자들에게 요리는 청소, 육아, 훈육, 재봉 따위와 함께, 다른 여자들과 계약을 맺어 맡기는 역할들 가운데 하나였습니다. 가장 기본적인, 생물학적으로 불가피한 일들을 제외한 모든 일이 그랬는데, 어쩌면 숨이나 스스로 쉴까, 나로서는 부인이 그런 불가피한 일들을 실행하는 모습조차도 상상할 수가 없을 정도였습니다. 하지만 망명이라는 긴급 사태로 인해 부인은 불가피하게 요리를 할 수밖에 없는 처지가 되었습니다. 가족

* 정밀하게 그려 넣은 문을 실제 문으로 착각하게 만드는 등 착시를 유도하는 그림을 의미하는 프랑스어.

중 다른 어느 누구도 물을 끓이는 것 이상의 일을 할 능력이 없었으니까요. 장군의 경우에는 그것조차도 능력을 벗어난 일이었습니다. 그는 눈을 가린 채로도 M16소총을 분해했다가 재조립할 수 있었지만, 그에게 가스 스토브는 미분 혹은 적분방정식만큼이나 복잡했습니다. 아니, 최소한 그런 것처럼 굴었습니다. 대부분의 우리 베트남 남자들처럼 그저 집안일에 손도 대고 싶어 하시 않을 뿐이었습니다. 그가 집 안에서 하는 일은 오로지 먹고 자는 것뿐이었는데, 이 두 가지에서는 나보다 더 능숙했습니다. 그는 나보다 족히 5분은 일찍 쌀국수를 해치웠습니다. 비록 내 섭취 속도가 느렸던 것이 의지 부족 때문이 아니라 부인의 쌀국수가 내 마음을 흐물흐물하게 녹여서 어머니 집에서 함께 살던 시절로 돌려보냈기 때문이기는 했지만 말입니다. 그 집에서 어머니는 아버지가 준, 먹다 남은 음식에서 나온 정체불명의 소뼈들을 섞어서 국물을 우려냈습니다. 우리는 너무 가난해서 살코기 자체를 먹을 여유가 없었기 때문에, 어머니가 고생해서 어렵게 돈을 그러모은 드문 경우를 제외하고는 대개 단백질인 얇은 소고기 조각들이 들어 있지 않은 쌀국수를 먹었습니다. 어머니는 비록 가난했지만, 놀랄 만큼 향기로운 최고의 고기 국물을 끓여 냈고, 나는 풍미를 더하기 위해 쇠솥에 툭 던져 넣을 생강과 양파를 불에 구워 어머니를 도왔습니다. 나는 또 뼈를 뭉근히 삶는 동안 고기 국물 표면으로 끓어오른 거품을 걷어 내서 고기 국물의 맑고 진한 상태가 유지되게 했습니다. 여러 시간 동안 계속해서 뭉근히 뼈를 삶는 동안, 나는 도발적이고 감질나는 향을 풍기는 솥 옆에서 숙제를 하면서 스스로를 고문했습니다. 부인의 쌀국수는 따스했던 어머니의 부엌을 떠올리게 했지만, 십중팔구 내 기억 속에 남아 있는 것만큼 따뜻하지는 않았을 것입니다. 아무튼, 신경 쓰지 마십시오. 내가 가끔 먹는 것을 중단한 이유는 고기 국물뿐 아니라 내 기억의 정수까지 음미하기 위해서였으니까요.

내가 말했습니다. 맛있군요. 여러 해 동안 이런 걸 먹어 보지 못했습니다.

놀랍지 않아? 나는 아내에게 이런 재능이 있을 거라고는 짐작도 못했어.

식당을 차리셔야겠어요. 내가 말했습니다.

그렇게 말해 주니 고맙네요! 그녀는 눈에 띄게 기뻐했습니다.

자네 이거 봤나? 장군이 부엌의 주방용 조리대 위 신문 더미에서 한 부를 집어 끌어왔는데, 격주로 발행되는 소니네 신문의 최신판이었습니다. 나는 아직 못 본 상태였습니다. 장군의 심기를 건드린 것은 이미 몇 주나 지나 버린 소령의 장례식에 대한 소니의 기사와 결혼식에 대한 보도였습니다. 소령의 사망에 대해, 소니는 "경찰은 강도 살인 사건이라지만, 비밀경찰 간부가 죽기를 원할 만한 적들이 없다고 확신할 수 있을까?"라고 썼습니다. 결혼식에 관해서는, 그 연설을 요약한 다음 "어쩌면 전쟁에 대한 논의는 중단해야 할 때일지도 모른다. 전쟁은 끝나지 않았나?"라고 비평하면서 글을 마쳤습니다.

그는 자기 할 일을 하고 있는 겁니다. 나는 소니가 선을 넘었음을 알면서도 이렇게 말했습니다. 하지만 그가 다소 순진할지도 모른다는 데에는 동감입니다.

순진하다고? 관대한 해석인걸. 그는 소위 보도 기자야. 사실을 보도할 거라는 의미지. 상황을 지어내거나 멋대로 판단하거나 사람들에게 헛된 망상을 불어넣을 거라는 의미가 아니라.

그가 소령에 대해서 틀린 말을 한 건 아닙니다, 안 그렇습니까?

당신은 누구 편이예요? 요리사 역할을 완전히 벗어 던지고 부인이 말했습니다. 보도 기자한테는 편집장이 필요하고 편집장한테는 매질이 필요해요. 그게 최고의 신문 정책이라고요. 손의 문제는 자신이 편집장이기도 해서 억제가 안 된다는 거예요.

전적으로 맞는 말씀입니다, 부인. 작가주의 영화감독의 주먹질로 인해 용기를 잃고, 나는 나답지 않게 되어 버렸습니다. 내가 선언하듯 말했습니다. 지나치게 많은 언론 자유는 민주주의에 해롭습니다. 나는 이 말을 믿지 않았지만, 배역으로서의 나, 즉 유능한 대위는 믿었으며, 이 역할을 연기하는 배우로서 나는 이 남자에게 동조해야만 했습니다. 하지만 대부분의 배우들은 가면을 쓰기보다는 벗은 채로 더 많은 시간을 보냈고, 반면에 내 경우는 정반대였습니다. 그러니, 때로 내가 가면을 잡아당겨 얼굴에서 떼어 내려 하는 모습을 꿈꿔 보지만 결국에는 가면이 내 얼굴임을 깨닫게 되는 것도 놀라운 일은 아니었습니다. 이제, 잘 맞게 다시 조정된 대위의 얼굴로 내가 말했습니다. 돌아다니는 의견이 지나치게 많으면, 일반 시민들이 유용하고 좋은 것을 가려낼 수가 없지요.

장군이 말했습니다. 어떤 쟁점이든 두 가지 의견이나 생각만 있으면 돼. 선거 제도를 좀 보라고. 같은 개념이지. 우리에겐 다수의 당과 후보들이 있었어. 우리가 겪었던 혼란을 좀 보란 말이야. 여기서는 좌측 아니면 우측을 선택하는데, 그것도 너무 많아. 둘 중에 하나를 선택하는데도, 대통령 선거 때마다 벌어지는 온갖 극적인 사건들을 좀 보라고. 심지어 두 가지 선택조차도 너무 많은지 몰라. 선택 대상은 하나면 충분하고, 선택권이 아예 없는 쪽이 훨씬 나을 수도 있어. 적을수록 좋지, 안 그래? 자네는 그 남자와 아는 사이지, 대위. 그가 자네 말은 귀담아들을 거야. 그에게 우리가 고국에 있을 때 어떤 식으로 일했는지 일깨워 주게. 비록 여기 있다 해도, 우리는 여전히 우리가 일을 처리했던 방식들을 기억할 필요가 있어.

좋았던 옛 시절이었다면, 소니는 벌써 유치장에서 식은땀을 흘리고 있었을 겁니다. 내가 큰 소리로 말했습니다. 옛 시절 얘기가 나와서 말인데요, 장군님, 우리가 그 시절을 다시 한번 되찾는 것과 관련해서는 조금이라도 진척이 되고 있습니까?

진척되는 중이야. 의자에 앉은 채 등받이에 등을 기대며 장군이 말했습니다. 우리한테는 클로드나 그 하원의원 같은 친구들과 협력자들이 있을 뿐만 아니라, 그들이 내게 알린 바에 따르면, 그들만 있는 것도 아니야. 하지만 미국 국민들이 또 한 번의 전쟁을 치르고 싶어 하지 않기 때문에 공공연히 지원을 받기는 힘든 시기지. 그러니 우리는 서서히 결집해야 해.

우리는 도처에 연락망이 필요합니다. 내가 제안했습니다.

나한테 우리의 첫 회합을 위한 장교 명부가 있어. 내가 모든 이들과 직접 이야기를 나눠 봤는데, 그들은 싸울 기회를 얻고 싶어 죽을 지경이더군. 이 나라엔 그들을 위한 게 전혀 없어. 그들이 명예를 회복하고 다시 한번 대장부가 될 기회는 조국을 되찾는 것뿐이야.

우리는 한 명 이상의 전위(前衛)*가 필요합니다.

전위요? 마담이 말했습니다. 그건 공산주의자들 말투예요.

아마 그럴 겁니다. 하지만 공산주의자들은 승리했습니다, 부인. 그들은 그저 운만 좋았던 게 아니었습니다. 아마 우리는 그들의 전략 가운데 일부를 배워야만 할 겁니다. 전위는 나머지 사람들이 스스로는 가고 싶어 하는 곳인지조차 알지도 못하지만 그래도 꼭 가야만 하는 곳으로 그들을 이끌고 갈 수가 있습니다.

대위 말이 맞아. 장군이 말했습니다.

전위는 은밀하게 작업하지만, 때로는 대중에게 전혀 다른 얼굴을 보여 주기도 합니다. 예를 들면 자원봉사 단체 등이 전위의 활동 무대가 됩니다.

바로 그거야. 장군이 말했습니다. 손을 좀 봐. 우리는 그의 신문을 그런 위장 단체로 만들 필요가 있어. 그리고 우리한테는 청년 단체, 여성 단체, 심지어 지식인 단체도 필요하지.

또 우리한테는 세포 조직들도 필요합니다. 조직의 각 부분들은 만약 한 세포를 잃더라도 다른 세포들은 살아남을 수 있도록 서로 격리될 필요가 있습니다. 바로 여기가 하나의 세포입니다. 그다음으로 클

*　계급 투쟁에서 무리의 선두에 서서 지도하는 사람이나 집단. 레닌에 의해 마르크스주의 정당의 조직 원천이 되었다.

로드와 그 하원의원이 개입된 세포들이 있지만, 저는 그것들에 대해서는 전혀 모르는 거지요.

때가 되면, 대위. 한 번에 한 걸음씩. 그 하원의원이 우리가 태국으로 사람들을 파견할 길을 터 주려고 몇몇 연줄에 공을 들이고 있어.

그곳이 부대 집결지가 될 겁니다.

바로 그거야. 해로로 귀국하기는 너무 어려워. 귀국하려면 육로로 가야만 해. 그때까지는 클로드가 우리한테 돈을 구해다 줄 거야. 돈이 있어야 우리한테 필요한 것들을 마저 구할 수 있어. 우리가 병사들을 구할 수는 있지만, 그들한테는 무기, 훈련, 훈련장이 필요할 거야. 그들을 태국으로 수송할 필요도 있을 테고. 자네 말대로 우리는 공산주의자들처럼 생각해야만 해. 수십 년 후의 먼 미래까지 계획해야만 해. 그들처럼 우리도 지하에 숨어 살면서 활동해야 해.

최소한 우리는 어둠에 대해서는 이미 잘 알고 있습니다.

그래, 그렇고말고. 우리는 선택권이 없었어. 지금껏 우리는 선택권을 가져본 적이 단 한 번도 없었지. 진짜로는 없었어, 중요한 순간에는 없었지. 우리가 공산주의에 대항하기 위해 지금껏 했던 모든 일은 공산주의 때문에 억지로 할 수밖에 없었던 거야. 지금껏 역사가 우리를 움직였지. 우리는 싸우는 수밖에, 악에 저항하고, 잊지 않도록 저항하는 수밖에 없었어. 바로 이런 이유로 ─ 이 대목에서 장군은 소니의 신문을 집어 들었습니다. ─ 전쟁이 끝났다고 말하는 것조차 위험한 거야. 우리는 우리 국민이 현실에 안주하도록 용납해서는 안 돼.

그들이 원한을 잊게 해서도 안 됩니다. 내가 덧붙여 말했습니다.

그것이 바로 문화 일선에서 신문들이 한몫할 수 있는 자리입니다.

하지만 기자들이 마땅히 해야 할 일을 수행하는 경우에 한해서야.
장군이 신문을 테이블 위로 다시 툭 던졌습니다. '원한.' 그거 괜찮은
단어로군. 항상 원한을 품어라, 절대 풀지 마라. 어쩌면 그걸 우리 모
토로 삼아야겠군.

그거 느낌이 괜찮은데요. 내가 말했습니다.

9장

정말 놀랍게도, 그다음 주에 바이얼릿이 내게 전화를 했습니다. 내가 말했습니다. 우리가 서로 할 얘기가 있다고 생각하지 않는데요. 그녀가 말했습니다. 감독님이 당신 조언을 재고하셨어요. 나는 그녀가 이번에는 나에게 정말로 완전한 문장들을 사용했다는 사실을 알아차렸습니다. 감독님이 누구보다 먼저 인정하시는 바이지만, 그분은 성격이 격하고 비판을 잘 받아들이지 못하세요. 하지만 진정한 후에 당신 메모에 몇몇 쓸 만한 아이디어들이 있다고 생각하셨어요. 무엇보다도, 자신에게 분연히 맞섰기 때문에 당신을 존경해요. 기꺼이 그렇게 하는 사람이 그리 많지 않기에 당신은 내가 제안하려는 자리의 이상적인 후보예요. 우리는 베트남과 관련된 사항들에 대해서, 상황을 제대로 파악해 줄 컨설턴트가 한 명 필요해요. 우리는 이미 역사, 의상, 무기, 관습, 우리가 책에서 알아낼 수 있는 사항은 뭐든 다 조사해 놓았어요. 하지만 우리한테는 당신이 제공할 수 있는 인간미도 필요할 거예요. 필리핀에 단역배우로 기용할 베트남 출신 난민들이 있는데, 우리는 그들과 함께 일할 사람이 필요해요.

먼 곳에서, 부드럽게 속삭이는 어머니의 목소리가 흘러왔습니다. 명심해, 넌 무언가의 반절(半切)이 아니야, 넌 모든 것의 갑절이야. 가난하고 혼란스러운 내 숙명으로 인한 많은 약점에도 불구하고, 어머니의 끝없는 격려와 나에 대한 열렬한 믿음 때문에 나는 도전이나 기회로부터 결코 뒷걸음치지 않았습니다. 그들의 제안은 열대지방의 낙원에서 보내는 4개월간의, 혹은 영화 촬영이 예정된 일정을 넘기면 6개월간이 될 유급 휴가였는데, 현지 반군들이 조금 지나치게 자신만만해지기라도 하면 그렇게까지 낙원이 아닐 수도 있고, 또 어쩌면 휴가라기보다는 일만 하다 오는 짧은 여행일 수도 있고, 또 어쩌면 유급이라고는 하지만 박봉일 수도 있었습니다. 하지만 나는 미국이라는 피난처에서 벗어나 잠시 쉴 필요가 있다는 결론을 내렸습니다. 무절제한 소령의 죽음에 대한 양심의 가책이 하루에도 몇 번씩 채권추심업자처럼 집요하게 벨을 울리며 나를 찾았습니다. 또한 복잡한 내 마음속 깊은 곳, 죄책감이라는 가톨릭교회 합창단의 맨 앞줄 중앙에 언제나 소령의 미망인이 서 있었습니다. 나는 장례식에서 그녀에게 고작 50달러를 건넸을 뿐이지만, 내가 감당할 수 있는 액수는 그게 다였습니다. 비록 박봉이기는 해도 숙식비가 포함되어 있음을 고려한다면 돈을 모을 수 있기에 소령의 아내와 아이들을 위해 힘을 약간 보탤 수 있을 터였습니다.

그들은 몹쓸 짓을 당한 아무 죄 없는 사람들이었습니다. 내가 한

때 몹쓸 짓을 당했던 아무 죄 없는 어린아이였던 것처럼 말입니다. 그것도 낯모르는 사람들이 아니라, 나 자신의 가족, 즉 가족 모임에서 내가 사촌들과 노는 것을 원하지 않은 데다 근사한 요리들이 있는 부엌에서 손을 내저으며 나를 내쫓은 이모들한테요. 이모들을 생각하면 그분들이 설날 내내, 그러니까 다른 아이들은 아주 애정 어린 마음으로 기억하는 때에 내게 입혔던 상처들이 떠오릅니다. 내가 기억할 수 있는 첫 설날이 언제였을까요? 아마 다섯 살이나 여섯 살 설날이었을 겁니다. 나는 어른들께 다가가 건강과 행복을 기원하는 인사말을 해야 하는 상황에 직면해서 심각한 표정으로 긴장한 채 다른 아이들과 떼로 모여 있었습니다. 하지만 내가 한마디도 까먹지 않은 데다 대부분의 사촌들처럼 말을 더듬지도 않으면서 진심을 표하고 매력을 발산했는데도, '이모 2'는 내게 빨간 봉투를 주는 호의를 베풀지 않았습니다.* 나무 모양 가계도에 실린 어머니의 모든 일가붙이들, 어머니의 부모님, 어머니의 형제자매 아홉 명, 내 사촌 서른여섯 명이 울퉁불퉁하고 비틀린 가지마다 올라 앉아 나를 지켜보고 있었습니다. 봉투가 충분하지가 않네. 내 앞에 우뚝 선 채로 이 사악한 마녀가 말했습니다. 한 개가 모자라. 나는 여전히 두 팔을 접어 가슴 앞에서 공손하게 포갠 채 미동도 않고 서서 마법의 봉투 혹은 사과의 말이 나오기를 기다렸으나 가망이 없자, 몇 분은 될 듯한 시간이 지난 후 마침내 어머니가 내 어깨에 한 손을 얹

---

* 베트남에는 설날, 중국의 '훙바우(紅包)'와 비슷한 빨간 봉투인 '리시'에 행운을 비는 의미에서 소액 지폐를 신권으로 넣어 주는 풍습이 있다.

고 이렇게 말했습니다. 친절하게 가르침을 주셔서 감사하다고 이모게 말씀드려라.

나중에, 집에 와서 우리가 함께 쓰는 나무 침대에 누워서야 비로소 엄마는 눈물을 뚝뚝 흘렸습니다. 다른 이모들과 삼촌들이 내게 빨간 봉투를 준 일은 중요하지 않았습니다. 비록 사촌들의 몫과 비교해 내가 받은 행운의 돈의 액수가 고작 반밖에 안 된다는 사실을 알아내기는 했지만 말입니다. 어느 약삭빠른 사촌이 말했습니다. 그건 네가 혼혈이기 때문이야. 너는 잡종 새끼야. 내가 엄마에게 잡종 새끼가 무엇이냐고 묻자 엄마의 얼굴이 빨개졌습니다. 엄마가 말했습니다. 할 수만 있다면, 그 녀석을 맨손으로 목 졸라 죽여 버릴 테야. 평생에 걸쳐 이날만큼 나 자신과 이 세상과 사람들에 대해서 그렇게 많은 것을 배운 날은 없었습니다. 사람은 가르침이 어떤 식으로 찾아오든 이에 대해 감사해야만 하는 법입니다. 그래서 나는 어떤 면에서는 이모와 사촌에게 고마워했고, 그들이 준 교훈들을 학창 시절에 내 앞을 스쳐 지나간 더욱 고결한 교훈들보다 훨씬 더 많이 기억합니다. 아, 그들은 보게 될 거야! 어머니가 눈물을 흘리면서 나를 거의 숨도 못 쉴 만큼 세게 꼭 껴안고 있는 바람에 내 얼굴이 위안을 주는 어머니의 한쪽 젖가슴에 밀어붙여져 있는 동안 내 한쪽 손은 크고 부드러운 다른 쪽 젖가슴을 꽉 쥐고 있었습니다. 얇은 면직물을 통해, 습한 날 두 발로 서서 혹은 쪼그리고 앉아서 음식을 준비하고 식사 시중을 들며 하루의 대부분을 보낸 젊은 여성의 몸에서 나는 뜨겁고 진한 사향 냄새가 풍겼습니다. 그들은 보게 될 거야! 넌 그들 모두보다 더 열심히 일할 테고, 그들 모두보다 더 많이 공부할 테고, 그들 모두보다 더 많이 알게 될 테고, 그들 모두보다 더 잘될 거야. 그러겠다고 이 어미에게 약속해 다오! 그래서 나는 약속했습니다.

나는 단 두 사람, 만과 본에게만 이 이야기를 해주었습니다. 어머니의 젖가슴 이야기만 삭제하고서요. 이는 국립 고등학교 시절, 우리가 사춘기 초반에 각각 별도로 친밀한 시간을 보낼 때였습니다. 본과 나는 강에서 낚시를 하고 있었고, 이 이야기를 들은 본은 격분하면서 자기 낚싯대를 내팽개쳐 버렸습니다. 그가 말했습니다. 만약 언제고 내가 이 사촌을 만난다면, 그 녀석의 머리에서 온몸의 피가 반쯤 빠져나올 때까지 두들겨패 줄 거야. 만은 더 침착했습니다. 심지어 그 나이에도 차분하고 분석적이었으며 조숙하게도 변증법적 유물론자의 태도를 지니고 있었습니다. 그가 방과 후에 내게 사탕수수 주스로 한턱내고 나서, 우리는 도로 경계석에 앉아 손에 작은 비닐봉지를 들고 빨대로 주스를 홀짝거리고 있었습니다. 그가 말했습니다. 빨간 봉투는 모든 그릇된 것의 상징이야. 그건 피의 색깔이고, 그들은 네 피 때문에 너를 지목했어. 그건 운수와 행운의 색깔이야. 그런 건 원시적인 믿음이지. 사람은 운수나 행운 때문에 성공하거나 실패하지 않아. 사람이 성공하는 이유는 세상이 돌아가는 이치를 알고 무엇을 해야 하는지를 이해하기 때문이야. 실패하는 이유는 다른 사람들이 이 사실을 우리보다 더 잘 이해하기 때문이고. 그들은 마치 네 사촌들처럼 상황을 이용하지, 상황을 문제 삼지는 않아. 자기에게 유리하게 돌아가는 한, 그런 상황을 지지하지. 하지만 너는 그런 상황 아래 놓인 거짓을 볼 수 있어. 한 번도 거기에 가담했던 적이 없기 때문이지. 너는 그들과는 상이한 색조의 빨간색을 보지. 빨간색은 행운이 아니야. 빨간색은 운수가 아니야. 빨간색은 혁명이야. 갑작스럽게 나 역시 빨간색을 보았고, 약동하는 환상 속에서 세상이 이해되기 시작했습니다. 단 하나의 색상 안에 얼마나 많은 단계의 의미들이 존재하는지 알았고 그 색조가 너무도 강렬해서 반드시 조금만 써야 한다는 것도 이해했습니다. 만약 어떤 사람이 빨간색으로 쓴 무엇인가를 본다면, 문제와 변화가 앞에 놓여 있음을 알게 될 것입니다.

그 무렵, 당고모께 보낸 편지들을 그런 심상치 않은 색깔로 쓰지는 않았습니다. 비록 내가 은밀한 보고서를 작성하기 위해 사용한 암호 때문에 불안하긴 했지만요. 여기 리처드 헤드의 매우 높이 평가받는 책인 『아시아의 공산주의와 동양적인 파괴 방식』의 한 가지 대표적인 보기가 있습니다.

베트남인 소작농은 공군력의 동원에 반대하지 않을 것이다. 그는 정치에 무관심하고 오로지 자신과 가족을 먹여 살리는 데만 관심이 있으니 말이다. 자신의 마을이 폭격 당하면 물론 냉정을 잃겠지만, 결국 공군이 어떤 식으로든 소작농이 공산주의를 선택한다면 그를 보호해 주지도 못할 잘못된 편에 서는 셈이라고 그를 설득함으로써 이런 손해는 충분히 납득시킬 수 있다. (126쪽)

이런 종류의 통찰력에 근거해서 나는 영화감독의 제안을, 즉 '적의 선전 활동 기반을 약화시키는 것'이라고 규정한 일자리를 받아들이기로 결정하고 이를 보고했습니다. 나는 또한 장군의 '전위'에 속한 장교들의 이름도 암호화했습니다. 내 편지가 만의 당고모의 눈이 아닌 다른 눈에 읽힐 경우에 대비해서, 나는 로스앤젤레스에서의 생활에 대해 쾌활한 말투를 유지했습니다. 어쩌면 미지의 검열관들은 아메리칸 드림을 꿈꿀 수도 없고 꿈꾸려고도 하지 않는 의기소침하고 화난 난민들을 기대하면서 난민의 우편물을 읽고 있었을지도 모릅니다. 그래서 나는 행복 추구가 문서로 보장되는 땅에 와 있어서 기뻐하는 또 한 명의 이민자로만 보이도록 조심했습니다. 막상 생각해 보면 행복 추구에 대한 보장이란 별로 대단한 일도 아닌데 말입니다. 자, 행복에 대한 보장, 그것은 대단한 것이지요. 하지만 행복이라는 횡재를 추구할 수 있게 허용해 준다는 보장이라고요? 한낱 복권을 살 수 있는 기회에 불과합니다. 분명히 누군가는 수백만 명에게 이기겠지만, 수백만 명은 확실히 패배의 대가를 지불해야 할 것입니다.

당고모께 알렸듯이 나는 행복이라는 명목 아래 장군의 계획이 다음 단계로 나아가도록 도왔습니다. 다음 단계란 바로 소득 공제가 되는 기부금을 받을 수 있는 비영리 자선 단체, 즉 '전직 베트남 공화국 육군 군인들의 자선 친목회'의 설립이었습니다. 한 가지 실질적 측면에서 친목회는 이제는 군대도, 나라도, 정체성도 없는 남자들인 수천명의 참전 용사들의 요구에 부응했습니다. 요컨대 그들의 얼마 안 되는 행복의 한도를 늘리기 위해 존재했습니다. 또 다른 실질적 측면에서 이 친목회는 장군이 누구든 기부하고 싶어 하는 사람으로부터 '수복 운동'을 위한 자금을 받을 수 있게 해주는 위장 단체였는데, 기부 희망자는 대부분 베트남인 공동체가 아니었습니다. 베트남인 공동체의 구성원인 난민들은 아메리칸 드림에서 자신들에게 할당된 구조적인 역할로 인해 꼼짝할 수가 없었습니다. 너무 불행한 나머지 다른 미국인들이 자신들의 행복에 감사하도록 만드는 역할을 맡았으니까요. 가장 주된 기부자들은 빈털터리로 실의에 빠진 이런 난민들이 아니라, 미국의 오랜 친구들을 격려하는 데 관심이 있는 도량 넓은 개인들과 자선 재단들이 될 예정이었습니다. 하원의원의 지역구 사무실에서, 장군과 내가 친목회에 대한 계획을 제시하고 의회가 어떻게든 우리 단체를 도와줄 수 있을지를 묻자, 그가 우리에게 자신의 자선 재단을 언급한 바 있었습니다. 그의 지역구 사무실은 주요 교차로에 위치한, 상점들이 즐비한 2층 건물인 헌팅턴 비치 스트립 몰*에 있는 조촐한 전초 기지 같은 곳이었습니다. 밀크 커피 빛깔 스투코**가 잔뜩 발린 쇼핑센터는 미국이 세계에 건축학적으로 기여한 가장 독특한 사례인 주차장과 붙어 있었습니다. 어떤 사람들은 야수파적인 사회주의 건축을 유감으로 생각하지만, 무미건조한 자본주의 건축이 그보다 조금이라도 낫던가요? 대로를 따라 수마일을 차를 몰고 가도 주

---

*　　상점이 한 줄로 늘어서고, 그 앞에 1열 주차장이 있는 형태의 쇼핑센터.
**　　벽돌이나 목조 건축물 벽면에 바르는 미장 재료. 일종의 치장 벽토로 건물의 방화성과 내구성을 높일 뿐만 아니라 건물의 외관을 아름답게 만드는 효과가 있다.

차장들과 애완동물 용품점들에서 급수대와 이국적인 민속음식 전문 레스토랑들과 상상 가능한 온갖 소규모 자영업체들에 이르기까지 모든 요구를 충족시키는 칡넝쿨 같은 스트립 몰들뿐인데, 하나하나가 행복의 추구에 대한 일종의 광고물들인 셈이었습니다. 하원의원은 자신의 겸손과 보통 사람들에 대한 친밀감의 표시로 그런 스트립 몰을 거점으로 선택했고, 창문마다 '늘 진실합니다'라는 최근 선거 운동 구호뿐 아니라 빨간색으로 하원의원이라 쓰고 파란색으로 그의 이름을 쓴 선거운동 게시물들 역시 덕지덕지 붙어 있었습니다.

미국 국기 하나가 하원의원 사무실 한쪽 벽을 장식하고 있었습니다. 또 다른 벽에는 로널드 레이건, 제럴드 포드, 리처드 닉슨, 존 웨인, 보브 호프, 심지어 책에 실린 저자 사진 덕에 내가 즉각 알아 볼 수 있었던 리처드 헤드 같은 각양각색의 유명 공화당 지도자들이 턱시도를 입고서 그와 함께 포즈를 취한 사진들이 걸려 있었습니다. 하원의원이 우리에게 담배를 권했고, 우리는 명랑한 기분, 즉 아내들과 아이들과 제일 좋아하는 스포츠 팀들에 관한 사교적인 인사말이라는 건강에 좋은 공기를 동시에 들이마셔서 담배 연기의 부작용을 상쇄하면서 잠시 동안 함께 어울려 담배를 피웠습니다. 우리는 또한 잠시 동안 얼마 안 남은 나의 필리핀 모험에 대해서도 의견을 나눴는데, 장군과 부인 둘 다 이미 찬성한 상태였습니다. 마르크스를 인용한 그 문구가 뭐였더라? 마르크스에 관한 내 메모를 인용하려고 준비하는 동안 생각에 잠겨 자기 턱을 어루만지면서 장군이 물었습니다. 아, 그래. "그들은 자기 자신을 대변할 수 없고, 다른 누군가에 의

해 대변되어야만 한다.*" 그게 바로 여기서 일어나고 있는 일 아닌가
요? 마르크스는 소작농들을 가리키고 있긴 하지만, 우리를 가리키
는 편이 더 낫겠어요. 우리는 우리 자신을 대변할 수 없어요. 할리우
드가 우리를 대변하지. 그러니 확실히 제대로 대변되도록 우리가 할
수 있는 일을 해야만 해요.

어떻게 돼 가는 얘긴지 알겠군요. 하원의원이 씩 웃으며 말했습니
다. 자기 담배를 비벼 끈 다음 책상 위에 두 팔꿈치를 얹어 기댄 채
의원이 말했습니다. 그래서 본 의원이 무엇을 도와드리면 될까요? 장
군이 친목회와 그것의 기능을 설명하자 하원의원이 말했습니다. 굉
장한 아이디어예요. 하지만 의회는 그런 것에는 손도 대지 않을 거예
요. 지금 당장은 어느 누구도 당신네 나라 이름을 언급조차 하고 싶
어 하지 않아요.

알고 있습니다, 의원님. 장군이 말했습니다. 우리는 미국 국민들의
공식 지원이 필요한 게 아닐뿐더러 그들이 열광하지 않을 이유도 잘
알고 있습니다.

하지만 그들의 비공식 지원은 전적으로 다른 문제입니다. 내가 말
했습니다.

계속해 보게.

설사 의회가 저희 방식에 돈을 대 주지 않는다 하더라도, 사회복

*   카를 마르크스의 〈루이 보나파르트의 브뤼메르 18일〉에 등장하는 구절.
〈프랑스의 계급투쟁〉, 〈프랑스 내전〉과 함께 마르크스의 〈프랑스 혁명사
3부작〉 중 하나로, 마르크스가 1851년 뉴욕의 〈혁명〉지에 발표한 글.

지에 열심인 사람들 혹은 자선 재단 같은 여러 단체들이 정신적으로 큰 충격을 받은 데다 궁핍한 처지인 저희 참전 용사들의 대의에 일조하는 것을 막을 수는 없습니다. 그들은 자유를 수호했고 미군들과 어깨를 나란히 하며, 때로는 피를 흘렸고 때로는 사지를 내놓았습니다.

클로드랑 얘기를 해 봤군.

클로드가 내 머릿속에 특정한 생각들을 심어 놓은 것은 사실입니다. 우리가 사이공에 있던 시절에, 그는 온갖 활동에 자금을 제공하는 것이 CIA의 일상이라고 말했습니다. 불법이 되거나 최소한 상당한 문제가 될 수도 있어서 CIA의 이름으로 그런 일을 하지는 않지만, CIA 요원 혹은 대부분 이력이 다양한 나름의 사회적 지위가 있는 사람들인 동조자들이 장악한 위장 단체들을 통해서 한다고요.

그리고 대개 운 좋게도 그런 돈을 받는 사람들은 위장 단체들 자체였지.

사실 이 모든 위장 단체들이 가난한 사람들을 도와주거나 굶주린 사람들을 먹이거나 민주주의를 확산시키거나, 짓밟힌 여성들을 지원하거나 예술가들을 양성하는 척 하니, 때로는 누가 누구를 위해 무엇을 하는지 알기 힘들 수도 있습니다.

내가 일부러 자네랑 반대 입장에서 한 번 얘기해 보겠네. 예를 들어, 내가 기부할 수도 있는 선한 대의명분들이 많다고 치자고. 하지만 솔직히 말해서, 내가 가질 수도 있는 돈도 딱 그만큼밖에 없다고 할 수 있겠지. 필연적으로 이기심이 발동하기 시작하는 거야.

이기심은 도움이 되는 겁니다. 인간을 살아 있게 해주는 본능이지요. 또한 매우 애국적이기도 하고요.

그렇고말고. 그럼, 당신들이 이 단체를 세울 경우 내 개인의 이익은 무엇이지?

나는 장군을 쳐다봤습니다. 그것은 그의 입에 담긴, 마력을 지닌 두 단어들 중 하나였습니다. 만약 우리가 이 단어들이 가리키는 것들을 소유한다면 미국의 일등 시민이 되는 길로 나아갈 터였습니다. 미국 사회의 온갖 눈부신 보배 같은 사람들에게 접근할 수 있도록 말입니다. 유감스럽게도 우리에게는 한 사람에 대한 일시적인 지배력밖에 없었습니다. 우리가 소유하고 있지 않은 것의 정체를 확실히 밝히는 단어는 '돈'이었습니다. 장군은 자신이 쓸 만큼의 돈은 가지고 있었을지 모르지만, 반혁명을 위해 쓸 만큼은 가지고 있지 않았거든요. 다른 한 단어는 '선거'로, 결국 합쳐서 '돈 선거'란 말은 미국 정치체제라는 깊은 동굴들로 들어가기 위한 '열려라 참깨'였습니다. 하지만 이런 마력을 발휘하는 결합어 중 꼭 절반이 내 야심만만한 알리바바의 입에서 흘러나왔을 때조차, 하원의원의 두 눈썹은 매우 희미하게 씰룩거렸을 뿐이었습니다. 우리 공동체를 일종의 투자처라고 생각해 주세요, 의원님. 장기 투자 말입니다. 우리를 아직 잠에서 깨지 않아 어른이 되지 못한 잠자는 작은 아이라고 생각해 주세요. 이 아이가 투표를 할 수 없다는 것은 사실이지요. 이 아이는 시민이 아니니까요. 하지만 언젠가 이 아이는 시민이 될 겁니다. 언젠가는 이 아이의 아이들이 시민으로서 태어날 테고, 그들은 누군가에게 투표를 해야만 해요. 그 누군가가 의원님이라면 더 좋겠지요.

내가 그날 결혼식에 참석했을 때 보셨다시피, 장군님, 나는 이미 당신들의 공동체를 소중하게 여깁니다.

말로요. 내가 말했습니다. 외람된 말씀이지만, 의원님 말은 공짜입니다. 돈은 아니고요. 무엇보다도 자유를 소중히 여기는 사회에서 누구나 자유롭게 얻을 수 있는 것들은 소중하게 여겨지지 않는다는 점이 재미있지 않습니까? 그럼, 죄송하지만 직설적으로 말씀드리겠습니다. 우리 공동체는 의원님의 말씀을 감사하게 생각하지만, 미국인이 되는 과정에서 '돈이 곧 힘이다'라는 표현을 배웠습니다. 그러니 만약 투표가 우리가 미국 정치에 참여하는 제일 좋은 방법이라면, 우리는 돈을 내놓는 사람들에게 투표를 해야만 합니다. 이 사람이 의원님이 되기를 바라지만, 미국 정치체제의 매력은 당연히 저희한테 선택권이 있다는 겁니다, 안 그렇습니까?

하지만 내가 예컨대 당신네 단체에 돈을 준다고 할지라도, 역설적이게도 나 자신도 선거에 출마하고 직원들에게 봉급을 주려면 돈이 필요하지. 바꿔 말하면, 돈은 양쪽 모두에게 힘인 거요.

그것 참 곤란한 상황이군요. 하지만 지금 의원님이 말씀하고 계신 돈은 정부에 회계 보고를 해야만 하는 공식 자금입니다. 저희가 말씀드리고 있는 돈은 저희에게 흘러 들어오는 비공식 자금이고, 이건 장군님께서 모은 표라는 완전히 공식적인 형태로 의원님께 되돌아갈 겁니다.

그건 맞는 말입니다. 장군이 말했습니다. 만약 우리 나라가 내게 준비하도록 가르친 한 가지가 있다면, 지금 내 젊은 친구가 비공식적인 돈이라고 매우 창의적으로 묘사한 것을 다루는 일이지요.

우리의 공연은 하원의원을 즐겁게 해주었습니다. 우리는 두 마리의 작고 영리한 원숭이였고, 그는 깡충깡충 뛰어다니며 자기 것도 아닌 돈을 달라고 앞발을 들고 애원하는 우리를 지켜보는 거리의 손풍금 연주자였습니다. 우리는 이전에 고국에서 미국인들을 접했던 경험이 있어서 이런 쇼에 단련되어 있었는데, 거기에서는 이런 연극이야말로 비공식적인 돈의, 다시 말해 부패의 복마전 같은 것이었습니다. 부패는 인도의 구전설화에 등장하는 코끼리 같은 것이어서, 나 자신은 코끼리의 오직 한 부분만 만져 보고 묘사할 수 있는 눈먼 현자들 중 한 사람인 셈이었습니다.* 보거나 만져서 느낄 수 있는 것은 혼란스럽지 않습니다. 보지도 못하고 만져서 느낄 수도 없는 것이 혼란스럽지요. 예를 들어 우리가 통제할 수 없는 하원의원 앞에서 막 제시했던 계획의 일부처럼요. 이 일부란 비공식 자금이 공식 경로, 다시 말해 이사회에 하원의원 자신이나 그의 친구들이나 클로드의 친구들이 있는 재단들을 통해서 우리에게 전달되게 할 방법을 하원의원이 찾아내는 것이었습니다. 요컨대 이런 재단들 자체가 CIA와 어쩌면 심지어 나는 알지도 못하는 조금 더 수수께끼 같은 다른 정부 조직 혹은 비정부기구를 위한 위장 단체였습니다. 친목회가 '운동'

---

* 왕이 여러 명의 눈먼 자들에게 각각 코끼리를 만지게 한 뒤 코끼리가 어떻게 생겼냐고 묻자 각자 자신이 만진 부분으로만 판단하고 대답을 했다는 전설을 가리킨다.

을 위한 위장 단체였던 것과 꼭 마찬가지로요. 하원의원은 이 사실을 뻔히 알면서도 이렇게 말했습니다. 나는 당신들의 이 단체가 애국 활동들에 관한 한 불법적인 일에 관여하지 않기를 바랄 뿐이에요. 물론 그의 말은 우리가 불법 활동들에 관여해야만 한다는 의미였습니다. 자신이 그런 일들을 모르기만 한다면요. 눈에 보이지 않는 것들은 거의 언제나 언급되지 않은 무엇으로 명시되기 마련입니다.

석 달 후 나는 배낭은 머리 위 짐칸에 넣어 두고 무릎에는 『전쟁과 평화』만큼이나 두껍고 묵직한 책인 『포도어*의 동남아시아』 한 권을 올려놓은 채 필리핀으로 가고 있었습니다. 거기에는 아시아 여행에 관해 다음과 같이 적혀 있었습니다.

왜 동쪽으로 가는가? 동양은 언제나 서양을 매혹시키는 마법을 부린다. 아시아는 광대하고 비옥하고 한없이 복잡하며, 부와 경이로운 것들의 마르지 않는 원천이다……. 아시아는 서양 사람들의 마음에 들 만한 매력과 도전해 볼 만한 일과 마력과, 대대로 서양 사람들을 아늑하고 익숙한 삶으로부터 끌어내 그들이 지금껏 알고 생각하고 믿었던 모든 것과는 완전히 다른 세계로 데려갔던 보상금을 여전히 간직하고 있다. 아시아는 세상의 절반이니까, 나머지 절반은…… 당연히 동양이 생소할 테지만, 그로 인해 좌절감을 느낄 필요는 없다. 일단 실제로 가보면 여전히 수수께끼 같다고 생각할지 몰라도, 바로 그거야

* 　　　 헝가리 태생의 미국 여행 전문 작가.

말로 동양을 '정말로' 흥미롭게 만드는 점일 것이다.

내 여행 안내서에 적혀 있는 모든 것은 사실인 동시에 무의미했습니다. 맞습니다. 동양은 광대하고 비옥하고 한없이 복잡했습니다. 하지만 서양은 그렇지 않았나요? 동양이 부와 경이로운 것들의 마르지 않는 원천이라는 지적은 그것이 독특한 사례이며 서양은 그렇지 않다는 점을 암시할 뿐이었습니다. 물론, 서양 사람은 자신의 부와 경이로운 것들의 존재를 당연시했습니다. 그때껏 내가 동양의 매력이나 수수께끼에 주목했던 적이 한 번도 없었던 것과 마찬가지로요. 오히려, 대개 수수께끼 같고 좌절감을 불러일으키며 정말로 흥미롭고 내가 직접 경험하기 전까지 알고 지냈던 것과는 완전히 다른 세상은 바로 서양이었습니다. 서양 사람과 마찬가지로 동양 사람도 결코 자신의 나라에 있을 때만큼 지루해 하지 않았습니다.

내 관심사인 나라들이 나올 때까지 책장을 휙휙 넘기다가, 우리 나라가 "가장 황폐화된 땅"으로 설명되어 있는 것을 보고도 놀라지는 않았습니다. 안내책자에서 공식적으로 위험하다고 밝혔듯이 나라도 평범한 관광객에게 우리 나라 여행을 추천하지는 않을 터였습니다. 하지만 우리와 이웃한 캄보디아 사람들이 "느긋하고, 감각적이며, 상냥하고, 정에 약하다……. 캄보디아는 아시아에서 가장 매력적인 나라들 중 하나일 뿐 아니라, 가장 흥미진진한 나라들 중 하나다."라는 설명을 읽고는 꽤 창피를 당한 기분이었습니다. 확실히 그런 것은 내 조국 혹은 대기 상태가 온천 같은 대부분의 나라에도 마찬가지로 언급될 수 있었습니다. 하지만 나는 무엇을 알고 있었나요? 나는 그저 거기에 줄곧 살았을 뿐이었고, 정해진 장소에서 사는 사람들은 그곳의 단점뿐 아니라 매력을 깨닫는 데도 어려움을 겪을 수 있는 법입니다. 하지만 관광객의 갓 부릅뜬 눈에는 두 가지가 다 수월해 보이기 마련이지요. 사람은 순수와 경험 사이에서 선택할 수는 있지만 둘 다 가질 수는 없습니다. 최소한 필리핀에서 나는 관광객일 터였고, 필리핀은 내 조국의 동쪽에 있었으니, 어쩌면 나는 그곳이 한없이 복잡하다는 사실을 알게 될지도 몰랐습니다. 그 군도(群島)에 대한 설명에 나는 마음속으로 훨씬 더 군침을 흘리게 될 뿐이었습니다. 왜냐하면 "오래됐지만 새롭고, 동양인 동시에 서양이다. 그곳은 날마다 변하고 있지만 전통이 지속되고 있다."는 구절은 나를 설명하기 위해 쓰였을 수도 있을 법한 설명이었으니까요.

냉방장치가 된 비행기 객실에서 습기로 꽉 막힌 이동식 통로인 제트웨이로 한 걸음 내딛자마자 정말로 집에 온 듯 편안한 기분을 느꼈습니다. 게다가 어깨에 자동화기를 맨 공항 터미널 경찰대의 모습에 고국이 몹시 그리워지면서, 영양실조에 걸린 목이 독재자의 발아래 깔려 있는 나라에 다시 한번 와 있다는 사실을 확인했습니다. 추가 증거를 지역 신문에서 발견했는데, 최근 총알에 벌집이 된 시신으로 길거리에서 발견된 반정부 인사들의 미해결 살인 사건들에 대한 기사가 신문 중간에 파묻힌 듯 짧게 실려 있었습니다. 이와 같은 종잡을 수 없는 상황에서 모든 수수께끼는 수수께끼를 내는 한 사람, 즉 독재자로 연결됩니다. 이런 계엄령 상태는 다시 한번 '엉클 샘'이 동의한 것이었습니다. 미국 정부는 공산 반군의 활동뿐 아니라 이슬람 반군의 활동 역시 발본색원하기 위한 노력으로 폭군 마르코스를 지원하고 있었습니다. 그런 지원에는 진짜로 미국에서 만든 계획, 탱크, 헬리콥터, 각종 포, 병력 수송 장갑차, 총, 장비 일체가 포함되어 있었습니다. 비록 규모는 훨씬 더 작았지만, 우리 고국의 경우와 꼭 마찬가지였지요. 밀림의 수많은 동식물군과 바글거리는 수많은 사람들을 한데 섞으면 필리핀은 대체로 베트남에 대한 멋진 대체지가 되었기에 작가주의 영화감독의 선택을 받은 것이었습니다.

베이스캠프는 베트남과 라오스를 갈라놓은 산악 지방인 안남 산맥 역할을 할 루손 섬 북부의 코르디예라 산맥에 있는 한 지방 도시에 있었습니다. 내 호텔 방의 편의시설에는 흐른다기보다는 졸졸거리는 물줄기와 쇠사슬을 잡아당길 때마다 우울한 듯 한숨을 내쉬는 수세식 변기, 헐떡거리는 에어컨, 그리고 항시 대기 중인 매춘부가 포함되어 있었습니다. 아니, 처음 내게 방을 보여 주자마자 벨보이가 그렇게 말했습니다. 내가 사절한 이유는 나 자신이 빈곤한 나라에서 특권을 누리는 반(半)서구인임을 자각했기 때문이었습니다. 그에게 팁을 주고 나서 다소 눅눅한 시트에 누웠는데, 그것 또한 어디에나 습기가 배어 있던 고국을 생각나게 했습니다. 그날 밤 호텔 바에서 만난 직장 동료들은 날씨에 대해 별로 신나 하지 않았습니다. 그들 중 본격적인 열대 기후에 습격 당해 본 사람은 아직 아무도 없었는데도요. 마치 외출할 때마다 내 개가 목부터 사타구니까지 죽 핥아대는 것 같아요. 불만에 찬 미술 감독이 투덜거렸습니다. 그는 미네소타 출신으로 이름은 해리(Harry)'였습니다. 그는 털이 많았습니다(hairy).

작가주의 영화감독과 바이얼릿은 한 주 더 지나서야 도착할 예정이었지만, 해리를 비롯한 모든 남성 제작진은 벌써 여러 달 동안 필리핀에 머물며 땀을 흘리고, 영화 세트를 짓고, 의상실을 준비하고, 안마시술소들을 시험 삼아 다녀보고, 온갖 장 질환 및 사타구니 질환에 급습 당하는 중이었습니다. 이튿날 아침, 해리가 내게 가장 주요한 세트를 보여주었는데, 양어지(養魚池) 위의 지지대에 올려놓은 옥외 변소에 이르기까지 중부 고원지대의 촌락을 완벽하게 재현한 것이었습니다. 화장지로는 바나나 잎사귀 한 무더기와 약간의 오래된 신문지가 마련되어 있었습니다. 둥근 총안(銃眼) 같은 변좌 구멍을 유심히 들여다보면, 양어지의 믿을 수 없을 만큼 잔잔한 수면을 직접 들여다볼 수 있었는데, 해리가 자랑스럽게 언급한 바에 따르면, 그 물은 메콩 강 삼각주의 메기들과 거의 같은 종류의 다양한 수염 난 메기들로 채워져 있었습니다. 그가 말했습니다. 진짜 기발하지요. 그는 미네소타 사람답게 어려움에 직면해 발휘되는 번뜩이는 기지를 존경했는데, 이건 어느 지독한 겨울 기아와 식인에서 벗어난 사람들의 후손들이 대대로 기른 성향이었습니다. 누군가 똥을 쌀 때면, 정말 미친 듯한 먹이 쟁탈전이 벌어지는 소리가 들려요.

나는 어린 시절 내내 바로 그런 둘로 조각나 있는 변좌에 앉았고, 내가 자세를 취하면 식탁에서 제일 좋은 자리를 차지하려고 다투던 메기들을 생생히 기억했습니다. 진짜를 그대로 본뜬 옥외 변소의 모습은 내 안에서 어떤 감상적인 기분도, 우리 나라 사람들의 환경 의식에 대한 어떤 존경심도 불러일으키지 못했습니다. 나는 매끄러운 사기 변좌가 있는 수세식 변기와, 가랑이 사이가 아니라 읽을거리로 무릎에 얹는 신문을 더 좋아했습니다. 서구 세계가 뒤를 닦는 종이는 나머지 세계가 코를 푸는 종이보다 더 부드러웠습니다. 비록 이런 비교는 그저 은유일 뿐이기는 하지만요. 나머지 세계는 심지어 코를 푸는 데 종이를 사용한다는 사치스러운 생각에도 놀라 자빠졌을 겁니다. 종이는 이런 자술서 같은 것을 쓰는 데 사용하지 배설물을 닦아 내는 데 사용하는 물건이 아니었습니다. 하지만 저 낯설고 수수께끼 같은 서양 사람들은 크리넥스와 두 겹 화장지로 상징되는 이국적인 방식들과 경이로운 것들을 가지고 있었습니다. 만약 이런 풍요에 대한 갈망이 나를 서양 문화 애호가로 만들었을지라도, 나는 그것을 자백합니다. 나는 심술궂은 사촌들과 불친절한 이모들과 함께했던 시골 마을 생활이나 변소에 방문할 때마다 말라리아 모기가 엉덩이를 무는 시골 특유의 현실을 실감나게 묘사하기를 바라지 않았습니다. 하지만 모기에 물리는 것은 일부 베트남인 단역배우들에게는 실제 현실이 될지도 모를 일이었습니다. 해리는 메기에게 먹이를 주기 위해 그들에게 이 변소를 사용하게 할 작정이었습니다. 반면에 제작진은 육지에 있는 일련의 화학식 화장실의 혜택을 받게 될 터였습니다. 나는 제작진 가운데 한 사람이었기에, 해리가 내게 그 임시 변소를 최초로 축성하는 사람이 되어 달라고 요청했을 때 애석하지만 사양한다는 듯 농담조로 부드럽게 거절했습니다.

시장에서 팔리는 메기가 이것과 비슷한 연못에서 가져온 것인지를 어떻게 구별하는지 아세요?

어떻게요? 머릿속에 적을 준비를 하며 해리가 말했습니다.

녀석들은 항상 똥구멍을 올려다보느라 눈이 사팔뜨기예요.

재미있는 농담이네요! 해리가 웃음을 터뜨리며 내 팔을 찰싹 때렸습니다. 자, 어서 오세요. 내가 사찰을 보여드릴게요. 진짜 아름다워요. 특수효과 담당자들이 그걸 날려 버리면 정말 싫을 거예요.

해리는 그 사찰을 가장 사랑했을지 모르지만, 나는 공동묘지가 가장 인상적이었습니다. 그날 밤 처음으로 보았고, 며칠 후 밤, 바탄 반도의 난민 수용소로 현지 출장을 가서 100여 명의 베트남인 단역 배우들을 뽑은 다음 공동묘지에 다시 찾아갔습니다. 그 출장으로 인해 나는 의기소침해졌습니다. 고국에서 도망친 수천 명의 기진맥진한 동포들과 정말이지 딱 마주쳐 버렸기 때문이었습니다. 나는 전에도 난민들을 본 적이 있었습니다, 소장님. 전쟁이 수백만 명의 남쪽 사람들을 제 나라에서도 집이 없는 신세로 만들어 버렸으니까요. 하지만 이처럼 엉망진창인 인간은 새로운 종(種)이었습니다. 너무나 독특해서 서양 대중 매체에서는 그것에 '보트 피플'이라는 새로운 이름, 즉 새롭게 발견된 아마존 강의 부족 혹은 이미 사라져 남은 흔적이라고는 그들의 배뿐인 수수께끼 같은 선사시대 주민들을 가리키는 말이라는 생각이 들지도 모를 별칭까지 붙여 주었습니다. 사람들의 관점에 따라 이 보트 피플들은 고국에서 도망친 사람들이거나 제 나라에게서 버림받은 사람들이었습니다. 어느 쪽이건 간에 그들은 안색이 나빠 보였고, 냄새는 조금 더 나빴습니다. 머리카락은 지저분하고 피부는 각화되고 입술이 갈라진 데다, 온갖 분비선들이 부푼 채, 요동치는 소화관을 지닌 신출내기 선원들을 태운 저인망 어선처럼 단체로 강한 악취를 풍겼습니다. 그들은 너무나 배가 고파서 내가 제시하도록 지시받은 하루 1달러라는 임금에도 콧방귀를 뀔 수가 없었는데, 그들이 얼마나 필사적이었는지는 단 한 사람도 — 거듭 말하지만, 단 한 사람도 — 임금을 더 받으려고 흥정을 하지 않았다는 사실에서 드러났습니다. 그때껏 나는 내 동포들 중 한 사람이라도 흥정을 하지 않는 날이 오리라고는 결코 상상해 본 적이 없었습니다. 하지만 이 보트 피플들은 수요 공급의 법칙이 그들 편이 아니라는 사실을 분명 잘 알고 있었습니다. 그런데 단역배우들 가운데 한 사람인 외모가 귀족적인 변호사에게 조국의 상황이 소문만큼 형편없는지를 물었을 때 나는 진정 낙담하고 말았습니다. 그녀가 말했습니다. 이런 식으로 얘기해 볼게요. 공산주의자들이 승리하기 전에는 외국인들이 우리를 괴롭히고, 위협하고, 우리에게 굴욕을 주고 있었지요. 이제 우리 동포들이 우리를 괴롭히고, 위협하고, 우리에게 굴욕을 주고 있어요. 그게 진보라는 거겠지요.

그녀의 말을 듣자 몸이 부들부들 떨렸습니다. 며칠 동안 내 양심은 기분 좋은 듯 평온하게 가르랑거리고 있었습니다. 무절제한 소령의 죽음은 겉보기에는 내 기억의 배면도에서 나보다 뒤편에 있었고, 내 과거라는 아스팔트 도로의 한 점 얼룩에 불과했으니까요. 하지만 이제 다시 한번 양심이 딸꾹질을 하고 있었습니다. 고국에서 무슨 일이 일어나고 있었을까요? 그리고 나는 거기에서 무엇을 하고 있었던 걸까요? 나는 미즈 모리의 작별 인사를 생각해 내야만 했습니다. 내가 이 일을 맡을 거라고 말하자, 그녀는 작별 기념 만찬을 만들어 주었고, 그 자리에서 나는(라나에게도 관심이 있었음에도 불구하고) 어쩌면 정말로 그녀를 사랑하는지도 모르겠다는 교활한 느낌에 하마터면 굴복할 뻔했습니다.

  하지만 미즈 모리는 마치 내 쪽에서 그런 우유부단함을 보일 거라고 예상이라도 한 것처럼 선수를 쳐서 자유연애만 하기로 했던 우리의 약속을 상기시켰습니다. 내게 의무감을 느끼지 마. 그녀가 오렌지 셔벗을 먹으며 말했습니다. 당신은 원하는 건 뭐든 할 수 있어. 내가 약간 슬픔에 잠겨 말했습니다. 물론. 내가 아무리 원한다고 해도, 자유연애와 부르주아적인 연애, 양쪽을 다 할 수는 없었습니다. 아니, 할 수도 있었을까요? 어떤 종류의 사회에나 공개적인 언행과 개인적인 언행이 전혀 별개인 매끄러운 이중언어 사용자들이 많습니다. 하지만 미즈 모리는 그런 사람들 중 하나가 아니었습니다. 어두운 침실에서 우리가 자유연애 활동을 영위한 여파로 서로 딱 달라붙어 있을 때 그녀가 말했습니다. 당신은 이 영화로 무언가 아주 놀랄 만한 일을 할 역량이 있어. 나는 당신이 그 영화를 원래보다 나아지게 만들 수 있을 거라고 확신해. 당신은 아시아인들이 영화에서 어떻게 보이는지를 정하는 데 도움을 줄 수 있어. 절대 하찮은 일이 아니야.
  고마워요, 미즈 모리.

소피아라니까, 빌어먹을.

내가 변화를 일구어 낼 수도 있었을까요? 내가 어쩌면 같은 처지의 동포들과 난민들을 착취하는 데 도움을 주는 협력자에 지나지 않는다는 사실을 알았다면, 만이나 미즈 모리가 뭐라고 생각했을까요? 그들의 슬프고 혼란스러운 표정이 그려지자 내 자신감은 서서히 약해지면서 나의 좀 더 강인하고 혁명적인 부분들을 하나로 엮어서 연결하는 끈 같은 감상벽과 동정심이 살아났습니다. 나는 심지어 향수병이라는 열병에 걸렸고, 그래서 베이스캠프로 돌아갔을 때 해리가 만들어낸 작은 시골 마을에서 위안을 구했습니다. 먼지투성이 골목길, 초가지붕, 오두막집의 흙바닥과 소박한 대나무 가구, 진짜 돼지들이 밤이면 벌써 부드럽게 코를 골고 있는 돼지우리, 천진난만한 병아리들이 삐약거리는 소리, 텁텁한 공기, 모기에 물린 자국, 아무 낌새도 채지 못한 내가 곤죽 같은 물소 똥 덩어리에 발을 털썩 빠트리는 소리. 이 모든 것에 슬픔과 갈망의 현기증이 일어 어지러웠습니다. 오직 한 가지만이 빠져 있었는데, 그것은 사람들이었고, 그중에서도 가장 중요한 사람은 내 어머니였습니다. 어머니는 내가 대학교 3학년 때 돌아가셨는데, 그때 겨우 서른넷이셨습니다. 처음이자 마지막으로 아버지가 내게 편지를 써 보냈는데, 다음과 같이 짤막하고 간단명료했습니다. 네 어머니가 폐결핵으로 돌아가셨다. 가엾은 것. 공동묘지의 진짜 묘석 아래 묻혔다. 진짜 묘석이라! 아버지는 자신이 묘석 대금을 지불했다는 사실을 나름의 방식으로 전하기 위해 그렇게 언급한 것이었습니다. 어머니에게는 그런 것을 감당할 만한 저금이 없었으니까요.

믿기지 않아서 망연자실한 상태로 편지를 두 번이나 읽고 나서야, 슬픔이라는 뜨거운 납이 내 육체라는 주물(鑄物)로 쏟아져 들어오면서 고통이 덮쳐 왔습니다. 어머니는 그때까지 줄곧 아프기는 했지만, 자신의 상태를 내게 감추고 있었다면 몰라도 그 정도로 위중한 상태는 아니었습니다. 우리는 지난 몇 년 동안 서로를 거의 보지 못했습니다. 내가 수백 마일 떨어진 사이공에서 국립 고등학교에 다닌다느니, 그 다음에는 수천 마일 떨어진 해외에 있다느니 해서 말입니다. 내가 어머니를 마지막으로 본 것은 미국으로 떠나기 전달에, 4년이 걸릴 이별을 고하기 위해 귀향했을 때였습니다. 내 장학금에는 오직 한 번의 왕복 비행기표 값만 포함되었기에 학위를 마칠 때까지는, 음력설 기간이든 여름방학 동안이든 귀국할 돈이 없을 터였습니다. 어머니는 용감하게 미소 지으며 나를 어머니의 '프티 에콜리에*'라고 불렀습니다. 내가 어린아이였을 때 몹시 좋아했고 아버지가 1년에 한 번 크리스마스에 내게 주던 초콜릿에 덮인 비스킷 이름을 딴 것이었지요. 어머니는 내게 공책 한 권과 펜 한 자루뿐만 아니라 ─ 크리스마스 때마다 딱 한 번, 그것도 비스킷 한 개의 모서리를 조금 갉아먹기만 하고 나머지는 나를 위해 남겨 두었던 여자에게는 한 재산인 ─ 그 수입 비스킷 한 상자까지 작별 선물로 주었습니다. 어머니는 가까스로 글을 읽고 쓸 줄 알고 크게 소리 내어 읽을 수 있는 정도였고, 작고 갑갑한 소심해 보이는 필체로 글씨를 썼습니다. 열 살 무렵에는, 내가

---

*   프랑스어로 '어린 남자아이, 초등학생'이라는 뜻으로, 프랑스의 국민과자라고도 불리는, 윗면에 초콜릿을 바른 비스킷의 상표명이기도 하다.

어머니를 위해 모든 것을 대신 썼습니다. 어머니에게 공책와 펜은 자신이 가질 수 없었던 모든 것과 하느님의 은총 혹은 내 유전자들의 우연한 결합 덕분에 나를 위해 예정된 모든 것을 상징했습니다. 나는 그 비스킷들은 기내에서 먹어 버렸고, 공책은 대학 시절 다이어리로 다 써 버렸습니다. 이제 그것은 한 줌 재에 불과했습니다. 이윽고 잉크가 다 떨어진 펜은 언젠가 잃어버렸습니다.

어머니의 무덤가에 무릎을 꿇고 앉아 이마를 거친 표면에 기대고 있던 순간, 그 쓸모없는 물건들을 가지고 있을 수만 있다면 나는 뭐든 다 내놨을 겁니다. 어머니가 돌아가신 작은 시골 마을에 있는 무덤이 아니라, 여기 루손 섬에 해리가 단지 사실성을 높이고자 실제 현장처럼 만들어 놓은 공동묘지에서 말입니다. 석재가 잔뜩 쌓인 작업 현장을 보았을 때, 나는 개인적인 용도로 사용하려고 가장 큰 무덤을 갖춰 달라고 부탁했습니다. 나는 묘비에 지갑에 넣고 다니던 어머니의 흑백사진을 붙여 놓았는데, 이는 머릿속에서 빠르게 희미해져 가는 어머니의 영상들 외에 아직 남아 있는 유일한 어머니의 모습으로, 엉망으로 보관된 무성영화 필름처럼 테두리가 아주 가느다란 금으로 갈라져 있었습니다. 묘비의 회색 앞면에 나는 어머니의 이름과 생몰 일시를 붉은색으로 써 놓았는데, 서른네 해가 영원처럼 느껴질 초등학생을 빼고는 누가 계산해 보더라도 어머니의 일평생은 터무니없이 짧았습니다. 묘비와 무덤은 대리석이 아니라 어도비 진흙으로 만들었지만, 영화에서는 아무도 알아 볼 수 없을 거라는 사실에 위안을 받았습니다. 최소한 이 영화 속 삶에서 어머니는 고위 관료의 아내에게 어울릴 법한 안식처, 대용품이기는 해도 나를 빼고는 누구에게나 기껏해야 단역배우 이상은 결코 아니었던 여자에게는 아마도 꼭 어울리는 묘소를 가질 터였습니다.

10장

영화감독은 그다음 주에 도착해 자진해서 바비큐, 맥주, 햄버거, 하인즈 케첩, 위에 누워 잠도 잘 수 있을 만큼 커다랗고 납작한 직사각형 케이크 따위로 가득한 환영 파티를 열었습니다. 소품부가 합판과 걸쭉한 종이 반죽으로 가짜 가마솥을 만들어 드라이아이스로 채운 다음, 수비크만 근방의 바들 중 한 곳에서 데려온 탈색한 금발 머리 스트리퍼 두 명을 안에 털썩 주저앉혀 놓았는데, 이 여자들은 원주민들에 의해 산 채로 끓여지는 백인 여자 역할을 맡았습니다. 소수의 협조적인 현지 청년들이 허리에 천 하나만 두르고 역시 소품부가 만들어 낸 끔찍해 보이는 창을 흔들며 원주민 역할을 연기했습니다. 베트남인 단역배우들이 도착하려면 하루가 더 남아 있어서, 나는 홀로 우리 민족을 대표하며, 백 명이 넘는 배우 및 제작진들, 그리고 대략 백 명쯤 되는 필리핀인 인부 및 요리사들 사이를 돌아다녔습니다. 현지인들은 가마솥 가까이 가서 당근을 얇게 잘라 넣어 스트리퍼 수프를 만드는 것이 재미있는 일이라고 생각했습니다. 나는 이 영화 촬영 과정이 수십 년 동안 세대를 거쳐 전해지면서 훨씬 더 거창하게 과장될, 할리우드 영화 관계자들에 관한 온갖 이야기를 만들어 내리라는 것을 알 수 있었습니다. 단역배우들, 그러니까 보트 피플들은 잊힐 터였습니다. 아무도 단역배우들은 기억해 주지 않았습니다.

나는 단역배우들 중 한 사람도, 보트 피플 중 한 사람도 아니었지만, 동조라는 조류가 나를 그들 쪽으로 끌어당겼습니다. 소외라는 해류는 일제히 나를 영화 관계자들에게서 밀어냈고요. 내가 그들 중 하나였음에도 불구하고 말이지요. 요컨대 나는 익숙한 장소, 하지만 익숙하지 않게 느껴지는 장소에 있었기에 여느 때처럼 한 잔의 진토닉으로 무장했는데, 그것이 그날 밤의 첫 잔이었습니다. 간이식당 대용이던 거대한 가설 건물의 초가지붕 아래뿐 아니라 별이 수놓인 하늘 아래서도 열리는 이런 파티에서 그런 술을 너덧 잔 마시고 나면 틀림없이 방어 태세가 해제될 터였습니다. 해리와 농담을 몇 마디 주고받은 후에 나는 촬영장의 몇 안 되는 백인 아가씨들을 무리지어 둘러싸고 있는 남자 제작진들을 구경했습니다. 그동안 마닐라에서 온 금발 가발을 쓴 밴드가 쿵쾅거리며 다이애나 로스의 「당신은 어디로 가고 있는지 알고 있나요」를 완벽하게 똑같이 연주했고, 나는 그들이 사이공의 호텔들에서도 연주했던 바로 그 필리핀인 밴드들 중 하나가 아닐까 생각했습니다. 댄스 플로어 가장자리에는 영화감독이 앉아서 '비극 배우'와 담소를 나눴고, 그동안 바이얼릿은 같은 테이블에서 '아이돌 스타'와 시시덕거렸습니다. 그 비극 배우는 윌

셰이머스를 연기할 예정이었고, 아이돌 스타가 제이 벨라미 병장이었습니다. 비극 배우는 오래전 오프브로드웨이에서 연기 생활을 시작한 반면, 아이돌 스타는 너무 달콤해서 듣기만 해도 치아가 시릴 것 같은 몹시 달콤한 10대 취향의 대중적인 히트곡으로 갑작스럽게 명성을 얻은 가수였습니다. 『더 햄릿』은 이 젊은이가 처음으로 배역을 맡은 영화였기에, 그는 십대 소년들이 많이 따라하던 미세하게 손질된 스타일의 머리를 미군 머리 모양대로 다 밀어 버림으로써 자신의 열의를 증명했고, 성적으로 억눌린 대학교 남학생 사교클럽의 신입 회원처럼 열정적으로 배역에 필요한 군사훈련까지 받았습니다. 흰색 티셔츠와 카키색 군복 바지를 자랑스럽게 입고, 양말 없이 보트슈즈를 신어 완벽한 발목을 드러낸 채 등나무 의자에 등을 기대고 앉아 있어서 열대 기후에서조차 아이스크림처럼 시원하고 근사해 보였습니다. 그것이 바로 그가 아이돌 스타이고, 나면서부터 명성을 달고 다녔을 법한 분위기를 풍기는 이유였습니다. 소문에 의하면 그와 비극 배우는 의기투합하지 못했는데, 비극 배우가 줄곧 자기 배역에 몰입해 있을 뿐 아니라 군복마저 계속 입고 지내는 그야말로 배우 중의 배우였기 때문이었습니다. 그 비극 배우가 착용하고 있는 미군 전투복과 전투화는 사흘 전부터 걸치고 있는 것이었는데, 그는 도착 당일인 바로 그날 아마도 배우들 가운데서는 역사상 최초로 에어컨이 완비된 트레일러 대신 소형 텐트를 요구했다고 합니다. 그는 최전방 군인들과 마찬가지로 샤워도 면도도 하지 않았기 때문에 결국 신선한 리코타 치즈보다 살짝 덜할 뿐인 냄새를 이미 풍기기 시작한 상태였습니다. 그의 군용 벨트에는 가죽 권총집에 넣은 45구경 권총이 매달려 있었고, 촬영장의 다른 모든 총은 탄약이 아예 없거나 공포탄이 들어 있었지만, 그의 총은 진짜 총알들로 꽉 채워져 있었습니다. 아니, 그렇다는 소문, 그러니까 내 생각에는 출처가 비극 배우인 것이 꽤 확실한 또 하나의 소문이 돌았습니다. 바이얼릿과 아이돌 스타가 선셋 스트립의 어느 나이트클럽에 대한 추억을 얘기하는 동안 그와 작가주의 영화감독은 페데리코 펠리니에 대해 토론했습니다. 아무도 내게는 전혀 관심을 기울이지 않기에, 나는 옆 테이블로 가만가만 다가갔는데, 거기에는 베트남인 배우들이 앉아 있었습니다.

아니, 더 정확히 말하면 베트남인 역할을 맡은 배우들이었습니다. 작가주의 영화감독에게 준 내 메모들 때문에 우리가 대변되는 방식이 실제로 약간 바뀌었고, 이는 단순히 비명소리가 모조리 으애애애 액!!!이라고 표현되는 것 이상의 변화였습니다. 가장 결정적인 변화는 실제로 말을 하는 부분이 있는 베트남인 등장인물 세 명, 즉 '킹 콩' 에게 부모가 학살 당한 장남과 여동생과 어린 남동생이 추가된 것이 었습니다. 그린베레들이 베니라는 별명을 붙인 장남 빈은 킹 콩에 대한 증오로 가득 차 있었습니다. 그는 자신의 미국인 구조자들을 사랑했으며 그들의 통역사 역할을 했습니다. 그는 한 흑인 그린베레와 함께, 킹 콩의 손에 가장 소름끼치는 죽음을 맞이하게 돼 있었습니다. 여동생인 마이의 경우, 젊고 잘생기고 이상주의적인 제이 벨라미 병장과 사랑에 빠지게 돼 있었습니다. 그후 그녀는 킹 콩에게 납치되어 강간을 당하게 되며, 그것은 그린베레들이 킹 콩의 마지막 흔적

하나까지 모조리 말살하는 정당한 명분 구실을 했습니다. 어린 소년은 마지막 장면에서 뉴욕 양키스 모자를 쓴 채 항공기로 천국 같은 곳으로 옮겨지기로 돼 있었습니다. 최종 목적지는 바로 세인트루이스의 제이 벨라미 가족의 집으로, 거기서 소년에게 골든 리트리버 한 마리와 '대니 보이'라는 별명이 주어지기로 돼 있었습니다.

이렇게 된 것이 아무것도 없는 것보다는 나았습니다, 그렇지요?

순진하게도 나는 단순히 일단 베트남인들을 위한 역할이 만들어지면, 베트남인 배우들이 발굴될 거라고 생각했습니다. 하지만 아니었습니다. 바로 전날 바이얼릿이 내게 이렇게 말했습니다. 찾아보긴 했어요. 그때 우리는 짬을 내 호텔 베란다에서 함께 아이스티를 홀짝거리던 참이었습니다. 솔직히, 그저 마땅한 베트남인 배우들이 없었을 뿐이었지요. 그들은 대부분 아마추어였고, 몇 안 되는 전문 연기자들은 모조리 과장된 연기를 하더군요. 그게 그들이 훈련 받은 방식인 게 분명해요. 그런 식으로 길들여진 게 틀림없어요. 두고 보면 알 거예요. 이 배우들 연기를 실제로 볼 때까지는 판단을 좀 유보하세요. 유감스럽게도 판단을 유보하는 것은 내 특기 중 하나가 아니었습니다. 바이얼릿이 내게 하고 있던 말은 결국 우리가 스스로를 대변할 수 없다는 것이었습니다. 따라서 누군가 우리를 대변해야만 했는데, 이 경우에는 다른 아시아인들이었습니다. '대니 보이'를 연기하는 어린 아이는 필리핀의 유서 깊은 연기자 가문의 자손이었습니다. 하지만 그가 베트남 사람처럼 보였다면, 내가 교황이래도 통했을 겁니다. 그는 그야말로 너무 포동포동하고 영양 상태가 좋아서 작은 시골 마을에 사는 소년이 될 수는 없었습니다. 일반적으로 그런 아이는 제 어머니의 젖 말고는 어떤 우유의 혜택도 없이 양육되는 법이니까요. 그 어린 배우에게 재능이 있음은 분명했습니다. 아이는 처음 소개되자마자 제 어머니의 분부에 따라 「휠링스」를 고음의 목소리로 노래했고, 그 순간 촬영장에 있는 모든 사람의 마음을 사로잡았습니다. 그의 어머니는 이제 아들과 함께 앉아서 그애가 탄산음료를 찔끔찔끔 마시는 동안 부채질을 해 주고 있었습니다. 아이가 공연을 하는 동안, 이 비너스*가 너무나 강한 모성애로 나를 자신의 궤도로 끌어당기는 바람에 나는 그녀 말대로 아이가 언젠가 브로드웨이에 서리라고 확신하게 되었습니다. 저애가 '필링스(peelings)'가 아니라 '휠링스(feelings)'라고 하는 게 들리세요? 그녀가 속삭였습니다. 발성법 수업을 받았거든요! 저애는 전혀 필리핀 사람처럼 말하지 않는답니다. '대니 보이'는 비극 배우를 본보기로 삼았기에 자신이 맡은 배역 자체가 되겠다고 고집하면서 자기를 대니 보이라고 불러 달라고 요구했습니다만, 어차피 나는 그의 이름을 기억하지 못했습니다.

아이의 형 역할을 맡은 배우는 그애를 못 견녀 했는데, 주로 대니 보이가 두 사람이 나란히 연기할 때마다 악의적일 만큼 쉽게 관심을 독차지해 버렸기 때문이었습니다. 촬영장에서 비극 배우와 아이돌 스타 다음으로 가장 잘 알려진 연기자인 제임스 윤에게는 유달리 분통이 터지는 일이었습니다. 윤은 평범한 아시아인으로, 대부분의 사

---

*   '사랑과 미의 여신'이라는 의미 외에 '금성'이라는 의미도 있다.

람들이 얼굴은 알지만 이름을 기억해 내지는 못하는 방송 연기자였습니다. 사람들은 이렇게 말하곤 했습니다. 아, 저 사람 그 경찰 드라마에 나온 중국 녀석이야. 혹은, 저 사람 그 코미디에 나온 일본인 정원사야. 혹은. 저 사람 이름이 그 뭐라던가 하는 동양 녀석이야. 사실, 윤은 포괄적으로 잘생긴 이목구비의 인상이 그리 강하지 않아서, 열 살 연상이나 열 살 연하를 연기하고 어떤 아시아 민족의 얼굴로도 변신할 수 있는 30대 중반의 한국계 미국인이었습니다. 그렇지만 텔레비전에서 맡았던 많은 역할에도 불구하고 식기세척제 상표인 '신(sheen)'을 선전하는 아주 인기 있는 텔레비전 광고 시리즈로 역사에 기록될 가능성이 매우 높았습니다. 이들 광고에서 각기 다른 가정주부들은 뭐든 다 안다는 듯 싱긋 웃고 있는 주택 관리인이 등장해야만 해결될 수 있는, 각기 다른 종류의 끈적거리는 접시를 씻는 과제에 직면하곤 했습니다. 그러면 그는 자신의 남자다움이 아니라 항상 준비해서 갖고 다니는 '신' 한 병을 내밀었습니다. 주부가 안도하면서도 깜짝 놀라 그런 지혜로운 청소법을 어떻게 발견하게 되었는지 물으면, 그는 카메라를 향해 고개를 돌려 윙크하며 싱긋 웃은 다음 입을 열어 이제는 전국적으로 유명해진 구호를 외치곤 했습니다. 공자 가라사대, '신'으로 깨끗하게!

놀랄 것도 없이 윤은 알코올 중독자였습니다. 윤의 얼굴은 그의 상태에 대한 정확한 체온계였고, 수은 대신에 불쾌한 색이 독한 술이 이미 그의 발가락에서 눈, 혀, 뇌까지 타고 올라갔음을 알리는 표시기였습니다. 그와 여동생 역할을 맡은 여배우 중 어느 쪽도 이성애자가 아니었는데도, 두 사람이 시시덕거리고 있었던 걸 보면요. 윤은 호텔 바에서 생굴 열두 개를 먹으면서 내게 자신의 의사를 알렸습니다. 생굴들이 미수에 그친 그의 성적 유혹의 언사를 엿듣기 위해 벌어진 촉촉한 귀를 쫑긋 세우고 있는 채로 말입니다. 그의 손이 무릎 위에 놓인 상태에서 내가 말했습니다. 기분 나빠 하지는 않았으면 좋겠지만, 나는 그럴 생각이 들었던 적이 한 번도 없었어요. 윤은 어깨를 으쓱하면서 손을 치웠습니다. 나는 누구나 그렇지 않다는 것이 입증될 때까지는 최소한 잠재적인 동성애자라고 생각해요. 어쨌든, 시도를 했다는 이유로 게이를 비난해서는 안 돼요. 나 자신의 미소와는 완전히 다른 미소를 지으며 그가 말했습니다. 내 미소와 그것이 사람들에게 미치는 효과를 유심히 살펴본 후에, 나는 내 미소가 프랑이나 마르크 같은 2류 국제 통화의 가치를 지니고 있음을 알게 되었습니다. 하지만 윤의 미소는 금본위제하의 금이었기에 너무 눈부셔서 오로지 그것만 보이고 그것을 쳐다보게 되며, 직접 보면 압도적이어서 그가 어떻게 '신' 광고의 배역을 따냈는지 이해할 수 있었습니다. 나는 윤의 접근에 개의치 않는다는 사실을 증명하려고 기꺼이 술을 한 잔 샀고, 이어서 그가 내게 한 잔을 샀으며, 우리는 그날 밤뿐 아니라 거의 매일 밤 유대감을 형성했습니다.

윤이 내게 시도했듯이, 나는 아시아 수, 그러니까 그 여배우에게 시도했습니다. 나처럼 그녀도 혼혈이었습니다. 비록 그녀의 경우에는 패션 디자이너인 영국인 어머니와 호텔 경영자인 중국인 아버지라는 훨씬 더 품위 있는 가계 출신이기는 했지만요. 그녀의 이름은 정말로 아시아(Asia)였습니다. 그녀의 부모님은 자신들의 믿기 힘든 결합에서 태어난 자식이라면 누구든 전체적인 경계가 불분명한 그 대륙의 이름에 부끄럽지 않게 살기에 충분한 자질들을 지니는 행운을 누릴 거라고 일찌감치 확신했나 봅니다. 그녀는 제임스 윤을 제외하고는 촬영장의 어떤 남자보다도 세 가지 면에서 부당한 이점을 누렸습니다. 다시 말해 20대 초반이고 명품 패션모델인 데다 레즈비언이었습니다. 나 자신을 포함해 촬영장의 모든 남자들은 자신이 그녀를 도로 이성애자로 전향시킬 수 있는 요술 지팡이를 가지고 있다고 확신했습니다. 만약 그것이 불가능하다면, 자신이 여성의 동성애에 무척 개방적인 자유분방한 유형의 남자여서 그녀가 다른 여자와 섹스하는 모습을 지켜본다고 해도 전혀 불쾌하지 않을 거라고 확신시키는 것만으로도 만족했을 겁니다. 우리들 중 일부는 명품 패션모델들이 하는 일이라고는 서로 섹스를 하는 게 전부라고 자신 있게 단언했습니다. 그렇게 추론이 진행되다가 이런 질문에 이르렀습니다. 만약 우리가 명품 패션모델들이라면 우리 같은 남자들이나 그들 같은 여자들 중 차라리 누구와 섹스를 할 것인가? 그런 질문은 남성적 자아에 다소 상처를 입혔고, 나는 그런 두려움을 조금 안고 호텔 풀에서 그녀에게 다가갔습니다. 내가 말했습니다. 안녕! 어쩌면 내 신체 언어나 눈 속에 무언가가 있었을 겁니다. 내가 더 가까이 가기도 전에 그녀가 『갈매기 조너선 리빙스턴』을 내려놓으며 이렇게 말한 걸 보면요. 당신은 매력적이에요. 그럼에도 내 타입이 아닐 뿐. 그건 당신 잘못은 아니죠. 당신은 남자예요. 다시 한번 소스라치게 놀라는 바람에 나는 이렇게 말하는 게 고작이었습니다. 시도를 했다는 이유로 남자를 비난해서는 안 돼요. 그녀는 비난하지 않았고, 그래서 우리 역시 친구가 되었습니다.

그러니까 이들이 『더 햄릿』의 주요 등장인물들이었고, 나는 당고모께 보낸 편지에 나와 출연자들의 폴라로이드 사진들, 그리고 심지어 내켜하지 않던 영화감독과 함께 찍은 사진을 동봉하면서, 모든 일을 기록해 두었습니다. 또한 내가 떠나기 전에 장군이 준 신문에서 오려 낸 기사들뿐 아니라 난민 수용소와 그 수용소 난민들의 폴라로이드 사진들도 포함해서요. 익사! 약탈! 강간! 식인 행위? 기사 제목들이 다 그런 식이었습니다. 장군은 공포와 승리감이 교차하며 점차 고조되는 어조로 기사들을 읽어 주었습니다. 보트가 겨우 두 척에 한 척 꼴로 우리 고국의 해변과 작은 만들에서부터 홍콩, 인도네시아, 말레이시아, 필리핀의 가장 가깝고 어느 정도 우호적인 해안들까지 횡단하는 여정을 건너 냈을 뿐 나머지는 폭풍과 해적들에 침몰해 버렸다는 소식을 난민들이 어떤 식으로 전하고 있는지에 관해서 말입니다. 여기 있군. 장군이 신문 한 부를 나를 향해 흔들며 말했습니다. 공산주의자 새끼들이 온 국민을 숙청하고 있다는 증거가! 나는 만의 당고모께 보내는 편지에, 이런 이야기들을 알게 되어 얼마나 슬픈지를 눈에 잘 보이도록 썼습니다. 눈에 보이지 않게는, 이렇게 썼습니다. 정말로 이런 일이 일어나고 있어? 아니면 날조된 선전 선동인 거야? 소장님, 당신의 경우에는 이 난민들이 어떤 꿈 때문에 부득이 탈출해야 했다고, 그러니까 크리스토퍼 콜럼버스도 겁먹게 했을 구멍 난 작은 보트에 타고 바다로 나가야 했다고 생각하십니까? 만약 우리의 혁명이 인민에게 봉사했다면, 왜 이 인민들 중 일부는 달아남으로써 의사 표시를 하고 있었을까요? 당시, 내게는 이런 의문들에 대한 해답이 없었습니다. 이제야 비로소 깨닫기 시작하고 있을 뿐입니다.

촬영이 크리스마스까지는 순조롭게 진척되었고, 날씨가 상당히 시원했습니다. 미국인들에 따르면, 여전히 따뜻한 물에 끊임없이 샤워하는 기분이 들기는 했지만요. 12월 이전에 찍은 장면들 대부분은 다양한 비전투 장면들이었습니다. 예를 들어, 벨라미 병장이 베트남에 도착하자마자 모터바이크를 타는 악한이 그의 손에서 카메라를 채 가버리는데, 이 장면은 기존의 광장을(르노 택시와 진짜를 그대로 본떠 만든 베트남 글자로 된 옥외 광고판들과 물건 값을 흥정하는 보도 위 노점상들까지 포함해서) 사이공 시내와 비슷하게 바꾼 인근 소도시에서 촬영되었습니다. 또 셰이머스 대위는 같은 소도시에 있는 사령부로 불려가 부패한 남베트남군 대령을 고발했다는 이유로 어느 장군에게 후려칠 듯 격한 비난을 받은 다음 작은 시골 마을에 지휘관으로 급파되는 식으로 처벌을 받습니다. 또 부지런한 그린베레들이 마을의 방어시설 건설 작업을 두루 살피는 동안, 한편에서는 소작농들이 논에 벼를 심는 시골 생활의 목가적인 장면들이 펼쳐집니다. 다음으로는, 기분이 상한 그린베레 하나가 자기 철모에 나는 하느님을 믿지만 하느님은 네이팜탄을 믿습니다라고 휘갈겨 씁니다. 이번에는 셰이머스 대위가 녹슨 수동식 노리쇠를 장착한 소총을 매고 샌들을 신은 발을 질질 끌며 걷는 마을 민병대에게 독려 연설을 합니다. 게다가 벨라미 병장은 바로 이 민병대를 이끌고 사격술, 가시철조망 아래로 포복하기, L자형 야간 매복 기습에 대비하기를 포함한 각종 전투 훈련을 합니다. 그리고 모습을 드러내지 않던 '킹 콩'과 마을의 방어자들 사이에 처음으로 소규모 전투들이 벌어지는데, 이때는 주로 민병대가 캄캄한 어둠을 향해 달랑 하나뿐인 박격포를 발사하는 장면이 포함되었습니다.

영화 제작 일을 하면서 나는 단역배우들에게 의상실이 어디에 있는지, 언제 발을 질질 끌며 현장으로 가면 되는지를 알려주고, 그들의 식욕을 채워 주고, 1달러의 일당을 주 단위로 지불받게 하며, 그들이 필요한 역할에 제대로 충원이 되도록 책임을 졌는데, 이러다 보면 하루가 다 가 버렸습니다. 배역들 대다수는 일반 시민 (즉, '어쩌면 무고할 수도 있지만 어쩌면 베트콩일 수도 있으므로, 결국 어쩌면 무고하든 베트콩이든 어느 한 이유로는 피살될 예정인 사람')의 범주에 들어갔습니다. 단역배우들은 대부분 이런 역할에 이미 익숙했으므로, 어쩌면 폭탄에 날아가거나, 산산조각 나거나, 그냥 단순하게 총에 맞을 수도 있는 일에 적합한 심리 상태로 몰입하도록 동기 부여를 할 필요는 없었습니다. 그다음으로 가장 큰 범주는 남베트남군 군인(즉 자유의 투사)이었습니다. 모든 남자 단역배우들은 이 역할을 맡고 싶어 했습니다. 비록 미군들의 관점에서 보면, '어쩌면 친구일 수도 있지만 어쩌면 적일 수도 있으므로, 결국 어쩌면 친구든 적이든 어느 한 이유로는 피살될 예정인 사람'의 범주였지만 말입니다. 단역배우들 가운데 상당히 많은 남베트남 군인들이 있어서, 이런 배역을 캐스팅하는 데는 아무 문제가 없었습니다. 가장 골치 아픈 범주는 경멸조로 베트콩(즉, '어쩌면 자유를 사랑하는 민족주의자일 수도 있을 뿐 아니라 혐오스러운 빨간 물이 든 공산주의자일 수도 있지만, 어차피 그[혹은 그녀]를 죽인다고 해서 진짜로 누가 상관이나 할까 싶은 사람')이라고도 알려져 있는, 민족해방전선 게릴라들이었습니다. 아무도 베트콩(즉 자유의 투사)이 되고 싶어 하지 않았습니다. 그저 그런 척 연기하는 데 불과했는데도요. 난민들 사이에 섞여 있던 자유의 투사들은 이 다른 자유의 투사들을 (만일 예상하지 못했더라면) 나조차 심란해질 정도로 격렬하게 경멸했습니다.

늘 그렇듯 돈이 문제를 해결했습니다. 내가 강하게 설득한 끝에 바이얼릿은 베트콩을 연기하는 단역배우들의 임금을 두 배로 늘리는 데 동의했는데, 이 자유의 투사들이 저 다른 자유의 투사들을 연기하는 것이 한때는 몹시 혐오스러운 발상이었음을 잊어버리게 해 줄 장려금인 셈이었습니다. 그들이 혐오스러워 하는 것들 중 일부는 몇 사람이 빈을 고문하고 마이를 강간하라는 요구를 받으리라는 점이었습니다. 영화감독과 나의 관계는 마이의 강간이라는 쟁점을 둘러싸고 흐트러지기 시작했습니다. 비록 그가 단역배우들의 급여를 두고 그들을 대신해 목청을 높인 일로 내게 이미 화가 나 있기는 했지만요. 나는 단념하지 않고, 강간 장면 촬영 전날 점심 식탁에 앉아 그에게 강간이 정말로 필요한지 물었습니다. 내가 말했습니다. 그건 정말이지 다소 가혹해 보입니다. 그가 포크로 나를 가리키며 말했습니다. 약간의 충격요법은 결코 관객들의 감정을 상하게 하지 않아. 가끔씩은 그들이 오랫동안 앉아 있은 후에 무언가를 느낄 수 있도록 엉덩이를 한 번 뻥 차 줄 필요가 있어. 두 뺨에 따귀를 한 대씩 날리거나. 얼굴에 있는 두 뺨을 말하는 게 아니야. 이건 전쟁이고 강간이 벌어지기 마련이지. 나한테는 그걸 보여 줄 의무가 있어. 자네 같은 배신자는 분명히 반대할 테지만.

정당한 이유 없는 감독의 공격에, 머릿속에 앤디 워홀의 그림처럼 선명한 빛깔들이 번쩍거리고 '배신자'라는 단어가 울려 퍼지면서 나는 멍해지고 말았습니다. 마침내 내가 간신히 말했습니다. 나는 배신자가 아닙니다. 그가 콧방귀를 뀌었습니다. 자네 민족은 나 같은 백인을 도와주는 사람을 배신자라고 하지 않나? 아니면 '패배자'가 더 알맞은 표현인가?

마지막 의견에 대해서는 나도 동의하지 않을 수 없었습니다. 내가 나라고 소개한 그 남자는 패배한 쪽에 속해 있었습니다. 하지만 미국 역시 패배했다고 지적하는 것은 사태 해결에 조금도 도움이 되지 않을 터였습니다. 내가 말했습니다. 좋습니다. 패배자가 바로 지금의 나지요. 나는 당신네 미국이 나 같은 사람들에게 했던 모든 약속을 믿었다는 이유로 패배자입니다. 당신들이 와서 우리가 친구라고 말했지만, 우리가 알지 못했던 것은 당신들이 결코 우리를 신뢰하지 못했다는 겁니다. 하물며 우리를 존중하지도 않았다는 건 더 말할 필요도 없는 사실이고요. 오직 우리 같은 패배자들만 이제는 명백해진 사실, 즉 당신들이 당신들의 친구가 되고 싶어 하는 누군가를 실제로는 당신들의 친구로 삼고 싶어 하지 않을 거라는 사실을 알 수 없었을지도 모릅니다. 당신들은 내심, 오로지 바보들과 반역자들만이 당신들의 온갖 약속을 믿을 거라고 생각하겠지요.

내가 그의 제지를 받지 않고 계속 얘기를 할 수 있었던 것은 아니었습니다. 그런 건 그의 방식이 아니었지요. 아, 그것 참 재미있군! 내가 말하기 시작한 직후 그가 말했습니다. 도덕관념이 철저한 별 볼일 없는 새끼가 내 젖꼭지를 빠는군. 쥐뿔도 아는 게 없으면서 뭐든 다 아는 체하는 놈, 백치천재에서 천재는 빠진 녀석. 아무도 신경 쓰지 않는 세상만사에 모조리 의견이 있는 사람이 누가 또 있는지 알아? 망령난 내 할머니야. 자네가 대학에 진학했기 때문에, 사람들이 자네가 하는 말에 귀를 기울여야만 한다고 생각해? 헛소리로 이학사 학위를 받았다니 참 유감이야.

어쩌면 그에게 나한테 펠라티오나 해 달라고 한 내가 지나치기는 했지만, 나를 죽이겠다고 위협한 감독 역시 지나쳤습니다. 그분은 늘 누군가를 죽일 거라고 말해요. 내가 바이얼릿에게 어떤 일이 있었는지를 알리자 그녀가 말했습니다. 그저 비유적인 표현일 뿐이에요. 숟가락으로 내 두 눈을 도려 내서 나한테 강제로 먹이겠다고 다짐한 것은 도저히 비유처럼 들리지 않았습니다. 마이의 강간에 대한 묘사가 단순히 비유만은 아니었던 것처럼 말입니다. 아니, 그 강간은 최소한 대본으로 입증되었듯이 상상에서 비롯된 짐승 같은 행위였습니다. 해당 장면의 실제 촬영에는 감독과 엄선된 소수의 제작진과 네 명의 강간범들과 아시아 수 자신만이 참석했습니다. 나 자신이 방콕의 시끌벅적한 영화관에서 그 장면을 보려면 1년 동안 기다려야만 할 터였습니다. 하지만 두 주 후에 찍은 제임스 윤의 가장 중요한 촬영 장면은 현장에서 목격했는데, 그는 허리 위 상반신을 벌거벗은 채 나무 판자에 줄로 묶여 있었습니다. 판자는 죽은 민병대원을 연기하는 단역배우의 몸에 기대어 세워져 있었고, 다소 불안해 보이는 제임스 윤은 머리를 땅바닥 쪽으로 두고 비스듬히 누운 채, 마이를 강간했던 바로 그 네 명의 베트콩들이 이제 막 가하려는 물고문에 대비하고 있었습니다. 감독은 제임스 윤 옆에 서서 나를 통해서 단역배우들에게 말을 했습니다. 비록 그가 단 한 번도 나를 쳐다보지 않았고 우리 둘은 더 이상 말을 주고받는 사이도 아니었지만요.

대본상 이 대목에서 당신들은 방금 처음으로 적과 마주쳤어. 그가 강간범들에게 말했습니다. 감독이 그들을 뽑은 것은 썩은 바나나 같은 갈색 피부와 파충류처럼 가늘고 길게 째진 눈 같은 그들 특유의 신체적 특징들뿐 아니라 다양한 장면에서 그들이 드러냈던 두드러진 잔인성 때문이었습니다. 당신들은 매복해 있다가 정찰대를 기습했고, 이 사람이 유일한 생존자야. 그는 제국주의자의 꼭두각시, 아첨꾼, 끄나풀, 매국노지. 당신들 눈에는 쌀 약간과 돈 몇 푼에 조국을 팔아먹는 사람보다 더 나쁜 작자는 절대 없어. 당신들에 관해서 말하자면, 당신들의 전설적인 대대가 절반으로 줄어들었어. 수백 명의 전우들이 죽었고, 앞으로도 전투에서 수백 명이 더 죽게 될 거야. 당신들은 조국을 위해 자신을 희생할 작정이기는 하지만 당연히 두려워하지. 이때 이 징징거리는 개자식, 피부가 노랗지만 영혼은 하얀 이 배신자가 와. 당신들은 이 개자식을 증오해. 그가 자신이 저지른 모든 반동적인 죄들을 자백하게 한 다음 대가를 치르게 할 작정이야. 하지만 무엇보다 이걸 명심해. 즐겨. 평소대로 행동해. 그냥 자연스럽게 행동하라고!

이런 지시는 단역배우들 사이에 약간의 혼란을 불러일으켰습니다. 그중 가장 크고, 뛰어난 육군 하사관인 병장*이 말했습니다. 감독은 우리가 이 사내를 고문하면서 즐기는 것처럼 보이기를 원하는 거야, 맞지?

가장 작은 엑스트라가 말했습니다. 그런데 그게 자연스럽게 행동하는 거랑 무슨 상관인데?

키 큰 병장이 말했습니다. 그는 우리한테 매번 그 말을 해.

하지만 베트콩처럼 행동하는 것은 자연스럽지 않아. 땅딸보가 말했습니다.

뭐 문제 있나? 감독이 말했습니다.

그러게요. 뭐 문제 있어요? 제임스 윤이 말했습니다.

아무 문제 없어. 키 큰 병장이 말했습니다. 우리 괜찮아. 우리 최고. 그러더니 금세 베트남어로 바꿔서 나머지 사람들에게 말했습니다. 자, 봐! 그가 무슨 말을 하든 알 게 뭐야. 그는 우리가 자연스럽게 행동하기를 원하지만 우리는 부자연스럽게 행동해야 해. 우리는 비열

---

*   미군의 경우, 우리와 달리, 원사, 상사, 중사, 하사 및 병장의 총 다섯 계급이 육군 하사관(NCO)에 포함된다.

한 베트콩이야. 알아들었지?

그들은 확실히 그랬습니다. 자, 여기 네 명의 성난 난민이자 전직 자유의 투사들이 반대편 자유의 투사들의 혐오스러운 심리 상태를 상상하면서 최고 수준의 메소드 연기를 펼쳤습니다. 일단 필름이 돌아가기 시작하자 더이상 감독이 재촉하지 않아도 이 4인방은 울부짖으며 스르르 다가가 자신들이 증오하는 대상을 덮치기 시작했습니다. 대본상 이 대목에서 제임스 윤이 맡은 인물, 일명 베니라고도 하는 빈은 A팀의 유일한 흑인 병사인 피트 애턱스가 이끄는 수색 작전에 동원되어 있었습니다. 초반부의 일화에서 밝혀졌다시피 애턱스는 자신의 혈통을 두 세기 전의 크리스퍼스 애턱스*까지 거슬러 올라가며 밝혔는데, 크리스퍼스는 영국군들에게 살해됨으로써 백인들의 대의명분을 위해 자기 생명을 바친 최초의 흑인 유명 인사였습니다. 혈통이 명확히 밝혀지자마자 애턱스의 운명은 초강력 접착제로 봉인되어 버렸습니다. 때가 되자 그는 부비 트랩에, 그러니까 대나무 못으로 만든 곰 앞발 모양의 꺾쇠에 왼발을 들여 놓았고 발이 꽉 붙들리고 말았습니다. 나머지 민병대가 간단히 몰살 당한 반면, 애턱스와 빈은 애턱스가 의식을 잃고 빈의 탄약이 바닥날 때까지 반격했습니다. 마침내 두 사람을 생포한 베트콩들은 애턱스에게 자신들의 악명 높고 극악무도한 신성 모독 행위들 중 하나를 저질렀습니다. 그를 거세한 다음 남근을 입에 쑤셔 박았던 것입니다. 심문 강의에서 클로

* 　　　미국의 애국자, 흑인 지도자. 도망 노예로서 자유민이었다고 한다.

드가 말한 바에 따르면, 이것은 어떤 아메리카 원주민 부족들이 무단 침입한 백인 개척민에게 가했던 짓이기도 했습니다. 수천 마일이나 떨어져 있고 한 세기도 넘는 과거에 살았던 상이한 인종이었는데도 말입니다. 알겠어? 우리에게 그런 토착민의 대학살을 묘사한 고풍스러운 흑백 삽화의 슬라이드를 보여 주면서 클로드가 말했습니다. 뒤이어 또 하나의 슬라이드를 보여 주었는데, 베트콩에게 생포되어 비슷하게 훼손된 미군의 시체를 크게 포착한 흑백사진이었습니다. 도대체 누가 우리들이 보편적인 인간성을 공유하지 않는다고 하던가? 베트콩의 시체에 소변을 보는 미군 병사를 담은 다음 슬라이드로 넘어가며 클로드가 말했습니다.

빈의 운명은 이제 이 베트콩들의 손에 달려 있었는데, 그들은 부족한 물을 목욕도 아닌 고문을 위해 따로 비축해 두고 있었습니다. 제임스 윤(또는 몇몇 다른 숏에서는 그의 스턴트 대역)이 나무판자에 줄로 묶여 있는 내내, 더러운 천이 그의 머리에 온통 휘감겨 있었습니다. 그때 베트콩 중 하나가 애턱스의 수통을 사용해, 빈의 머리 위 1피트 높이에서 천 쪽으로 천천히 물을 부었습니다. 제임스 윤으로서는 다행스럽게도 물고문은 스턴트맨이 참여한 숏에서만 벌어졌습니다. 당연히 사람은 폭포처럼 쏟아지는 물 아래서 숨을 쉴 수 없기에 스턴트맨은 그 넝마 밑에서 콧구멍을 다 틀어막고 입에 호흡용 튜브를 물고 있었습니다. 스페인의 이단 심문관들이 물고문의 고통을 묘사했다시피, 희생자가 견뎌야 하는 감각은 익사에 가까웠습니다. 아니, 심문을 받고도 살아남은 수감자들에게서 그렇다고 들은 적이 있었습니다. 제임스 윤은 거듭 심문을 받았고, 물이 그의 얼굴에 쏟아지는 동안 베트콩들은 그를 둘러싸고 떼거지로 욕설을 퍼붓고, 걷어차고, 때렸습니다.(물론, 모든 것이 흉내였습니다.) 그렇게 지독하게 조롱하다니! 그렇게 심하게 콸콸거리는 소리가 나다니! 가슴과 배가 그렇게 심하게 들썩거리다니! 잠시 후, 소피아 로렌만큼 타는 듯이 뜨거운 열대의 태양 바로 아래서 수고한 결과, 단역 배우들도 땀을 흘리기 시작했습니다. 사람들이 잘 모르는 사실인데, 누군가를 두들겨 팬다는 것은 힘든 일입니다. 나는 목이 쉬어 버리는 것은 물론이고 등허리가 상하거나, 근육이 결리거나, 힘줄이나 인대가 찢어지거나, 심지어 손가락, 발가락, 손, 발이 부러진 심문관을 많이 알고 있습니다. 왜냐하면 수감자가 비명을 지르며 울부짖고 숨이 막혀 헐떡이다가 자백을 하거나 혹은 자백을 하려 하거나 혹은 단순히 거짓말을 하는 동안, 심문관은 돈을 위해 음란 전화를 거는 여자들 같은 집중력과 창의력으로 욕설, 모욕적인 말들, 투덜거리는 소리, 캐묻는 말들, 그리고 약 올리는 말들을 끊임없이 쏟아내야만 하니까요. 폭언을 퍼부을 때 같은 말을 반복하지 않으려면 상당한 정신적 에너지가 필요한 법이고, 단역배우들은 최소한 이 대목에서는 멈칫거리면서 연기를 했습니다. 책임을 그들에게 넘겨서는 안 됩니다. 그들은 직업 배우들이 아니었고, 대본에는 그저 이렇게만 쓰여 있을 뿐이었습니다. 베트콩 심문자들이 자기 나라 말로 빈에게 욕설을 퍼부으며 질책한다. 즉흥 연기를 하도록 내버려두었기 때문에 단역배우들은 촬영장에 있던 사람이라면 절대 잊어버릴 수 없을 만큼 저속한 베트남어를 반복하며 훈계를 이어갔습니다. 사실, 대부분의 제작진은 베트남어로 '감사합니다'나 '부탁합니다'라고 말하는 방법조차 배운 적이 없었지만, 그 장면의 촬영 막바지에는 모두가 ('두 마*'를 변형하는 방식에 따라) "씨발"이나 "씨발놈"이라고 달리 말하는 법을 알게 되었습니다. 나 자신은 결코 음란한 말을 좋아하지 않았지만, 단역배우들이 그것을 명사로, 동사로, 형용사로, 부사로, 그리고 감탄사로 내뱉고, 거기에 증오와 분노뿐 아니라 심지어 동정하는 듯한 어조까지 더하면서, 그 단어라는 라임에서 한 방울도 남김없이 과즙을 짜낸 방식에 감탄하지 않을 수 없었습니다. 두 마! 두 마! 두 마!

그런 다음, 즉 구타, 욕설, 물고문을 가한 후에 빈의 얼굴에서 젖은 천이 풀리며 제임스 윤이 드러날 예정이었는데, 그는 이것이 아카데미 남우조연상을 탈 최고의 기회라는 사실을 알고 있었습니다. 그는 순식간에 사라지는 동양인으로서 전에도 여러 번 화면에서 없어졌지만, 일찍이 이런 고통, 이런 숭고함을 갖춘 죽음은 경험하지 못했습니다. 어느 날 밤 우리 호텔의 바에서 그가 이렇게 말한 적이 있었습니다. 어디 보자. 로버트 미첨한테 손가락 관절에 끼우는 브라스 너클로 죽도록 맞은 적도 있고, 어니스트 보그나인한테 등을 칼로 찔린 적도, 프랭크 시나트라가 쏜 총에 머리를 맞은 적도, 제임스 코번한테 목 졸려 죽은 적도, 자네는 모르는 어떤 성격파 배우한테 목이 매달린 적도, 또 다른 성격파 배우한테 초고층 빌딩에서 내던져진 적도,

---

*   베트남어로 '두 마(du ma, đụ má)'는 영어의 'motherfucker'에, '두 마 메이(du ma may, đụ má mày)'는 'fuck your mother.'에 해당한다.

체펠린 비행선의 창문 밖으로 밀쳐진 적도, 중국인 갱단에 의해 세탁물 포대에 쑤셔 박혀 허드슨 강에 떨어뜨려진 적도 있었어. 아, 맞다. 한 무리의 일본인들한테 배가 갈린 적도 있네. 모두 순식간에 벌어진 죽음이었어. 내 분량은 기껏해야 몇 초에 불과했고, 가끔씩은 그마저도 빠듯했지. 그렇지만 이번에는 ─ 바로 이 순간, 그는 막 왕관을 쓴 미인 대회 여왕 같은 아찔한 미소를 스스럼없이 지어 보였습니다. ─ 나를 죽이려면 시간이 엄청 오래 걸릴 거야.

그래서 제임스 윤은 심문 과정을 찍는 내내 그 천이 풀릴 때마다, 어머니가 이 장면을 구경하지 못하게 한, 언제까지나 귀엽고 적수가 없을 꼬마에게 이번만은 관심을 빼앗기지 않으리라는 사실을 잘 아는 남자의 굶주린 열정으로 전체 장면을 마구 집어삼켰습니다. 그는 찡그리고, 신음하고, 툴툴거리고, 울부짖고, 흐느끼고, 고함쳤으며, 이 모든 것을 몸 속 깊은 곳의 우물에서 양동이로 끌어올린 진짜 눈물을 쏟아내며 해 냈습니다. 이렇게 한 다음에는 소리를 지르고, 비명을 지르고, 악을 쓰고, 마구 몸부림치고, 몸을 홱홱 비틀고, 얼굴을 일그러뜨리고, 맹렬히 비난하고, 헐떡거렸고, 아침으로 먹은 간간하고 시큼한 초리소와 달걀을 걸쭉하게 덩이진 토사물로 게워낸 순간 절정에 이르렀습니다. 예정보다 길어진 첫 테이크가 끝나자 제작진들 쪽에서는 대성당 내부 같은 정적만이 감돌았는데, 제임스 윤의 남겨진 모습이 미국 대농장의 건방진 노예처럼 난도질 당하고 두들겨 맞은 듯 보인다는 생각에 놀라서 멍했기 때문이었습니다. 감독 자신이 젖은 수건을 들고 다가가 여전히 끈에 묶여 있는 배우 옆에 무릎을 꿇고 앉은 다음, 제임스 윤의 얼굴에서 부드럽게 토사물을 닦아냈습니다. 굉장했어, 지미. 기막힐 만큼 굉장했어.

감사합니다. 제임스 윤이 헉헉거리며 말했습니다.

자 이제 한 번 더 해보자고. 혹시나 해서.

사실은 작가주의 영화감독이 만족스럽다고 분명히 밝히기 전까지 여섯 번의 테이크가 더 필요했습니다. 정오에 세 번째 테이크를 찍고, 감독이 제임스 윤에게 점심을 먹기 위해 잠시 쉬고 싶은지 물어보았지만 그는 몸서리를 치면서 속삭였습니다. 아니요, 풀어 주지 마세요. 저는 고문을 받는 중이에요, 아닌가요? 나머지 출연진과 제작진이 간이식당의 나른한 그늘로 물러가 있는 동안 내가 제임스 윤의 곁에 앉아서 파라솔로 가려 주겠다고 제안했지만, 그는 거북이처럼 단호하게 고개를 가로저었습니다. 싫어, 제기랄, 나는 이걸 끝까지 해낼 거야. 태양 아래서 고작 한 시간이라고. 빈 같은 사람들은 더 심한 일도 겪었을걸, 안 그래? 내가 동의했습니다. 훨씬 더 심하지. 제임스 윤의 끔찍한 경험은 최소한 오늘 끝날 터였습니다. 아니, 그는 그러기를 바랐지요. 반면에 진짜 수감자의 치욕은 수일, 수주, 수개월, 수년 동안 이어졌습니다. 이는 우리의 정보 보고서들에 따르면, 공산주의자인 내 동지들에게 포로로 잡힌 사람들에게 해당되는 것이었습니다. 하지만 마찬가지로 공안부의 내 동료들에게 심문받는 사람들에게도 해당되었습니다. 클로드가 말했습니다. 경찰들이 철두철미하거나, 상상력이 부족하거나, 가학적이기 때문에 공안부의 심문이 그렇게 오래 걸렸을까? 앞서 말한 모든 것 때문이야. 그렇다 하더라도 상상력 부족과 가

학성은 철두철미함과는 상반되지. 그는 국립심문 센터의 한 교실에서 이 비밀경찰들에게 강의를 하고 있었는데, 강의실 창문들은 눈 한 번 깜박이지 않고 사이공의 조선소들 쪽을 내다보고 있었습니다. 나 자신을 포함해, 클로드의 숨겨진 전공 분야를 배우는 제자 스무 명은 모두 육군이나 경찰의 노련한 전문가들이었습니다. 하지만 우리는 여전히 그의 권위에, 소르본이나 하버드나 케임브리지 교수 경력을 내세워 장황하게 지껄이는 그의 방식에 겁을 먹고 있었습니다. 폭력은 답이 아니야, 제군들. 정보와 협조를 어떻게 끌어내느냐의 문제라면 말이지. 폭력을 쓰면 형편없는 대답, 거짓 대답, 엉뚱한 대답을 얻게 될 거야. 훨씬 더 심하게는, 수감자가 생각하기에 여러분이 듣고 싶어 하는 대답을 얻게 되겠지. 그는 고통을 멈추기 위해서라면 무슨 말이든 할 테지. 이 물건들 모두 — 이 순간 클로드가 손을 들어 책상 위에 모아 놓은 업무 도구들을 가리켰는데, 그것들은 대부분 프랑스제 로, 곤봉, 비눗물 통으로 용도 변경된 플라스틱 휘발유 통, 펜치, L자형 손잡이로 돌리는 야전전화용 발전기 따위였습니다. — 한마디로 쓸데없는 거야. 심문은 형벌이 아니야. 과학이야.

나 자신과 나머지 비밀경찰들은 이 말을 고분고분하게 공책에 받아 적었습니다. 클로드는 우리의 미국인 고문이었고, 우리는 그를 비롯한 모든 미국인 고문들에게 최신 지식을 기대했습니다. 우리의 기대는 어긋나지 않았습니다. 그가 말했습니다. 심문은 정신적인 것이 맨 먼저고, 육체적인 것은 그다음이야. 여러분은 신체에 멍이나 어떤 흔적을 남길 필요조차 없어. 언뜻 납득이 잘 안 되는 소리처럼 들리지, 안 그래? 하지만 사실이야. 우리는 실험실에서 그걸 입증하느라 지금껏 수백만 달러를 썼어. 기본 원리가 존재하지만, 심문관의 상상력이나 개성에 따라 창의적으로 응용할 수도 있지. 방향감각 상실. 감각 상실증. 자벌(自罰). 이런 원리들은 세계 최고인 미국 과학자들에 의해 지금껏 증명돼 왔어. 우리는 인간의 정신이, 적절한 환경 아래서 인간의 육체보다 더 빨리 무너진다는 것을 지금껏 입증해 왔지. 이 모든 것으로 ― 또다시 그가 경멸스럽다는 듯이 손을 들어 우리가 이제는 프랑스인들이 만든 허섭스레기로 여기게 된 것들, 즉 신세계 과학자들이 아닌 구세계 야만인들의 도구이자 현대의 심문이 아닌 중세의 고문 도구들을 가리켰습니다. ― 심문 대상을 기진맥진하게 만들려면 수개월이 걸릴 거야. 하지만 대상의 머리에 자루를 씌우고, 두 손을 거즈 뭉치로 둘러매고, 두 귀를 틀어막고, 칠흑처럼 캄캄한 감방에 일주일 동안 혼자 떼어 놓으면, 여러분에게 저항할 수 있는 인간은 더 이상 존재하지 않아. 남는 건 일종의 물웅덩이야.

물. 물. 제임스 윤이 말했습니다. 부탁인데, 물 좀 줄 수 있어?

나는 그에게 물을 조금 가져다주었습니다. 물고문을 받았음에도, 그는 젖은 천을 통해 흡수된 것을 빼면 물을 조금도 마시지 못했습니다. 그의 말로는 그나마 천도 질식하기에 딱 좋을 만큼만 젖어 있었습니다. 그의 두 팔이 여전히 묶여 있었기 때문에 나는 목구멍으로 물을 천천히 흘려 넣었습니다. 고마워. 그가 중얼거렸습니다. 꼭 어떤 수감자가 자신을 고문하는 심문관이 조금씩 베풀어 준 물 한 방울이나 음식 한 입이나 쪽잠에 고마워하는 것 같았습니다. 나는 감독이 이렇게 외치는 소리를 듣고 안도했습니다. 좋아, 지미가 수영장으로 돌아갈 수 있도록 이걸 끝내 보자고!

두 시간 뒤 마지막 테이크를 찍을 때쯤 제임스 윤은 진짜로 고통스러워하며 눈물을 뚝뚝 흘렸고, 그의 얼굴은 땀, 콧물, 토사물, 눈물로 범벅이었습니다. 내가 전에 본 적이 있는 모습이었습니다 — 그 공산당 첩자요. 하지만 그것은 진짜였고, 너무 진짜 같아서 더는 그녀의 얼굴을 생각하지 말아야 했습니다. 나는 다음 장면을 찍기 위해 감독이 원하는 허구의 총체적 붕괴 상태에 주목했는데, 이 장면도 여러 테이크를 찍어야 했습니다. 이 장면, 즉 제임스 윤을 위한 이 영화의 마지막 장면에서 베트콩은 희생자를 무너뜨려 죄를 자백하게 만들지 못해서 좌절한 나머지 삽으로 그의 머리를 마구 때립니다. 그렇지만 4인조는 희생자를 고문하느라고 조금 진이 빠져서 처음으로 피트 애터스의 말보로를 피우면서 잠시 휴식을 취하기로 결정합니다. 불행하게도, 그들은 이 빈이라는 녀석의 의지를 과소평가했지만, (어느 편 자유의 투사들이건, 그의 남쪽 동포들 중 많은 이들이 그랬듯) 그도 폭정으로부터의 독립이라는 문제를 제외하고는 모든 일에 관해 캘리포니아의 서퍼처럼 느긋했습니다. 머리에 둘렸던 수건이 제거되고 홀로 남겨진 그는 혀를 마음대로 물어뜯어 자신의 가짜 피의 수도꼭지 아래에서 익사했습니다. 그것은 1갤런당 35달러가 드는 상품으로, 제임스 윤에게 바르고 땅바닥을 꾸미는 데 대략 2갤런이 사용되었습니다. 하지만 빈의 뇌만은 해리가 우뭇가사리와 오트밀을 섞는 비법으로 뇌 비슷한 물질을 직접 제조해 내서, 이걸 제임스 윤의 머리 주위

땅바닥에 수고를 아끼지 않고 흠뻑 발라 엉망진창으로 엉긴 잿빛 덩어리라는 결과물을 만들어 냈습니다. 촬영 감독은 빈의 눈빛을 담아 내기 위해 유독 가까이 다가갔는데, 그것은 내가 지켜보며 서 있는 곳에서는 보이지 않았지만, 추측하기에는 황홀한 고통과 고통스러운 황홀이 뒤섞인 숭고한 눈빛일 듯했습니다. 온갖 형벌을 받았음에도 그는 한 마디도, 아니 적어도 알아들을 수 있을 만한 말은 단 한 마디도 내뱉지 않았습니다.

11장

그 '영화 현장'에서 일을 하면 할수록 점점 더 나 자신이 예술 기획에 관한 기술 컨설턴트일 뿐 아니라 선전 활동 작업장에 침투한 요원이기도 하다는 확신이 들었습니다. 작가주의 영화감독 같은 사람은 자기 '영화'를 순수하게 '예술'이라고 여기기 때문에 부인했을 테지만, 도대체 누가 누구를 속이겠다는 겁니까? 영화는 미국이 전 세계를 구워삶는 방법이었고, 할리우드는 인기 작품, 대성공작, 굉장한 구경거리, 초대형 히트작으로, 아, 맞다, 심지어는 쫄딱 망한 영화로도 관객들의 정신적 방어망을 가차 없이 공격했습니다. 관객들이 어떤 이야기를 보는지는 중요하지 않았습니다. 핵심은 그들이 미국 영화에서 봤던 비행기들의 폭격을 받을지도 모르는 그날에 이를 때까지, 그들 자신이 관람하며 사랑해 마지않는 것이 바로 미국적인 이야기라는 사실이었습니다.

놀랄 것도 없이 만은 미국화의 대륙간 탄도탄 발사대라는 할리우드의 역할을 잘 알고 있었습니다. 이 영화 촬영장에서 내가 얼마나 타당한 역할을 수행하는지를 두고 우려하는 편지를 써 보내자 만은 한번도 본 적 없는 아주 상세한 답장을 보내왔습니다. 첫째로, 그는 난민들에 대한 내 염려에 다음과 같이 대처했습니다. 그곳에서는 이곳의 상황을 과장하고 있어. 우리 당의 방침을 명심해. 당의 적들은 뿌리 뽑아야만 해. 둘째로, 영화감독에게 협력하는 일에 대한 내 두려움에 답을 주었습니다. 옌안에서의 마오쩌둥을 기억해. 그게 다였지만, 이 간단한 말은 내 어깨에 앉아 있던 의심이라는 검은 까마귀를 쫓아 버렸습니다. 근래에 예술과 문학의 중요성에 대한 연설문을 쓸 가치가 있다고 생각한 미국 대통령이 누구였는지 기억이 납니까? 나는 기억이 나지 않는군요. 그렇지만 옌안에서 마오는 예술과 문학이 혁명에 있어서 결정적이라고 말했습니다. 역으로, 예술과 문학이 지배의 수단이 될 수도 있음을 경고했습니다. 예술은 정치에서 분리될 수 없었고, 인민들을 즐겁게 해줌으로써 그들의 마음이 머물고 있는 곳에서 그들을 움직이려면 정치에는 예술이 필요했습니다. 마오를 기억하라고 촉구함으로써, 만은 이 영화와 관련된 내 임무가 중요하다는 점을 상기시켰습니다. 어쩌면 그 영화 자체가 그리 중요하지는 않을지 몰라도, 그것이 대변하는 미국 영화 전체는 중요했습니다. 어떤 관객이 이 영화를 몹시 좋아하거나 몹시 싫어할 수 있고, 혹은 그저 하나의 이야기에 불과하다고 일축할 수도 있었지만, 그러한 감정들은 상관이 없었습니다. 중요한 것은 관객이 이미 표 값을 지불했고, 미국적인 사고방식과 가치관이 아주 약한 화장지 같은 그의 뇌와 흡수성 좋은 토양 같은 심장 속으로 서서히 침투하도록 기꺼이 내버려 두었다는 점이었습니다.

만이 그런 쟁점들을 두고 우리 연구회에서 처음으로 나와 토론했을 때, 나는 마오쩌둥뿐 아니라 만의 총명함에도 아찔할 지경이었습니다. 나는 마오쩌둥의 글을 한 번도 읽은 적이 없고, 예술과 문학이 정치와 어떤 관계가 있을지 모른다는 생각은 해 본 적도 없던 국립 고등학교 학생이었습니다. 만은 마오쩌둥의 강연에 대해 활발하게 토론하면서, 나 자신과 우리 세포 조직의 세 번째 조직원인 웅오라는 이름의 안경을 낀 젊은이에게 리더로서 그런 가르침을 나눠 주었습니다. 그 위대한 '조타수'의 예술에 대한 주장들은 우리를 흥분시켰습니다. 예술은 대중적이면서, 즉 일반 대중을 대상으로 하면서 동시에 진보적일 수도, 다시 말해 일반 대중의 심미안뿐 아니라 예술 자체의 심미적 수준까지도 높일 수도 있었습니다. 우리는 웅오네 집 정원에서 십대의 허풍 섞인 자신감에 차서 이를 어떻게 완수할지를 토론했습니다. 웅오의 어머니가 간식을 내주실 때면 가끔씩 중단되기도 했지만요. 가엾은 웅오는 반정부 소책자 불법소지죄로 체포되어 결국 지방의 한 심문소에서 죽었습니다. 하지만 당시 그는 보들레르의 시와 열렬한 사랑에 빠진 소년이었습니다. 만이나 웅오와는 달리 나는 결코 대단한 조직책이나 선동가가 아니었고, 만이 나중에 말해 준 바에 따르면 이는 상급 위원회가 나를 두더지(mole)로 만들기로 결정한 한 가지 이유였습니다.

그는 바로 그 영어 단어를 사용했는데, 우리가 얼마 전 문장을 도표로 만들 때 가장 큰 즐거움을 느끼는 교사가 가르치던 영어 시간에 배웠던 단어였습니다. 내가 말했습니다. 두더지? 땅굴을 파는 동물 말이야?

다른 종류의 두더지.

또 다른 종류가 있어?

물론이지. 두더지를 땅굴 파는 놈으로 생각하는 건 스파이로서 두더지의 의미를 잘못 해석하는 거야. 스파이의 임무는 아무도 그를 볼 수 없는 곳에 몸을 숨기는 것이 아니야. 그러면 자신도 아무것도 볼 수 없을 테니까 말이지. 스파이의 임무는 모든 사람이 그를 볼 수 있는 곳, 또 자신이 모든 것을 볼 수 있는 곳에 숨는 거야. 이제 너 자신에게 물어 봐. 모든 사람이 네게서 볼 수 있지만 너 자신은 볼 수 없는 게 뭘까?

수수께끼는 이제 그만. 내가 말했습니다. 난 포기야.

거기 — 그가 내 얼굴 한복판을 손가락으로 가리켰습니다 — 눈에 확 뜨여.

만이 내 어깨 너머로 뚫어지게 쳐다보고 있는 동안, 나는 스스로 그것을 보기 위해 거울로 다가갔습니다. 거기에 정말 그것이 있었습니다. 내가 이미 오래전부터 더는 신경 쓰지 않았던 나 자신의 일부가요. 네가 그저 그런 평범한 두더지가 아니라, 정권의 코에 달린 애교점 같은 두더지가 될 거라는 점을 잊지 마.

만에게는 두더지의 역할과 잠재적 위험성을 내포한 임무들을 매력적으로 보이게 만드는 타고난 능력이 있었습니다. 누군들 애교점이 되고 싶지 않았을까요? 나는 영어 사전을 찾아 볼 때 그 단어를 잊지 않고 있었고, 사전에서 두더지가 일종의 방파제나 항구, 화학에서의 측량 단위, 자궁 내부 조직에 생기는 비정상적인 덩어리, 그리고 다르게 발음되면, 내가 언젠가 한껏 맛있게 먹어 보고 싶은, 고추와 초콜릿에 갖은 향신료가 가미된 멕시코 소스일 수도 있음을 알아냈습니다. 하지만 내 눈을 사로잡았고 줄곧 기억에 남아 있는 것은 첨부된 삽화로, 그것은 애교점이 아니라 동물, 거대한 갈고리 모양의 발톱이 달린 발과 구레나룻이 난 튜브 모양의 주둥이와 바늘구멍처럼 아주 작은 눈을 가지고 지하에 숨어 살며 벌레를 먹는 포유동물을 묘사한 그림이었습니다. 틀림없이 제 어미, 그것도 장님이나 다름없는 어미를 제외한 모두에게 추해 보일 터였습니다.

영화는 앞길을 가로막는 희생자들을 짓이기면서 기갑 사단 같은 기세로 '킹 콩'의 은신처에서 벌어질 가장 중요한 총격전을 향해 구르듯이 나아갔습니다. 미 공군이 낸 불로 앞서 말한 은신처가 온통 수증기로 가득 차는 장면이 이어질 예정이었습니다. 헬리콥터들이며, 신호탄 발사며, 총격전들, 그리고 오로지 무너뜨릴 의도로 세운 정교한 세트장들의 철저하고 웅장한 파괴로 펑펑 소리가 터지는 15분에 이르는 상영분량을 촬영하는 데 여러 주가 걸렸습니다. 엄청난 양의 깡통에 든 연막탄이 투입되기만 하면 갈피를 잡을 수 없는 자욱한 연막이 세트장을 뒤덮었고, 동시에 수많은 공포탄이 발사되고 엄청난 양의 도폭선과 폭약이 사용된 탓에 현장의 모든 날짐승과 들짐승들이 겁에 질려 자취를 감췄으며 제작진은 귀를 솜뭉치로 틀어막고 돌아다녀야 했습니다. 물론 작은 마을과 '킹 콩'이 숨어 있던 동굴을 파괴하는 걸로는 충분치 않았습니다. 박진감 넘치는 유혈 사태에 대한 감독의 욕구를 충족시키기 위해 모든 단역배우들 또한 몰살 당해야만 했습니다. 단역배우는 고작 백여 명뿐이었지만, 대본에 따르면 수백 명의 베트콩과 라오스인들이 죽어야 했기 때문에 대부분이 두세 번, 꽤 많은 이들이 너덧 번이나 죽었습니다. 단역배우에 대한 수요는 단연 압권인 총격전이 끝난 후에, 그러니까 필리핀 공군이 띄운 F-5 전투기 두 대가 저공비행하며 실시한 어마어마한 네이팜탄 공습 후에야 비로소 감소했습니다. 이로써 대부분의 적이 몰살되고 촬영 막바지 며칠 동안엔 스무 명 정도만 필요했을 정도로, 작은 마을이 유령 마을로 변할 만큼 주민수가 확 줄어들었습니다.

바로 이 순간, 살아 있는 자들은 잠들었지만, 죽은 자도 산 자도 아닌 자들이 깨어났습니다. 즉 사흘간 새벽마다 세트장에 다음과 같은 고함이 울려퍼짐과 동시였지요. 죽은 베트남 사람들은, 각자 위치로! 말 잘 듣는 좀비 무리가 땅 속에서 다시 살아나더니, 팔다리가 잘린 죽은 자 스무 명이 온통 멍투성이 피투성이에, 옷은 갈기갈기 찢어진 채로 비틀거리며 간이 분장실 밖으로 걸어 나왔습니다. 일부는 전우들에게 기댄 채, 한쪽 다리는 접어 올려 허벅지에 끈으로 묶어 놓고서 다른 한쪽 다리에만 의지해 절뚝거리며 걸었습니다. 그들은 하얀 뼈가 튀어나온 채로, 마음대로 움직일 수 있는 한 손에 가짜 팔이나 다리를 들고 가서 드러눕자마자 근처 어딘가에 놓아두었습니다.

다른 자들은 한쪽 팔을 셔츠 안으로 넣어 텅 빈 소매가 늘어진 채로 짓이겨진 가짜 팔 하나를 들고 있었고, 그 동안 몇몇 사람들은 두 손을 동그랗게 모아 각자 머리에서 빠져 나온 뇌수를 받치고 있었습니다. 어떤 이들은 드러나 있는 자기 창자를 아주 조심스럽게 움켜잡고 있었는데, 그게 꼭 번들거리는 여러 줄의 익히지 않은 하얀 소시지처럼 보인 이유는 실제로 소시지였기 때문이었습니다. 소시지를 사용한 것은 탁월한 조치였습니다. 왜냐하면 촬영이 시작되고 적절한 순간에 해리가 굶주린 듯 현장으로 단숨에 달려가 죽은 자들의 내장을 마구 물어뜯을 떠돌이 사냥개 한 마리를 풀어놓을 예정이었으니까요. 검게 그을어 연기만 피어오르는 '킹 콩'의 은신처 잔해 가운데 남아 있는 적이라고는, 베트콩 대 그린베레와 민병대 구도로 격렬한 백병전이 벌어진 아수라장 속에서 총에 맞거나 칼에 찔리거나 두들겨 맞거나 질식사해, 쓰러지던 순간의 기괴한 자세 그대로 여기저기 흩어져 있는 이 시체들뿐이었습니다. 죽은 자들 가운데는 빈을 고문하고 마이를 강간했던 네 베트콩뿐 아니라 이름 모를 수많은 운 없는 민병대원들도 포함되어 있었습니다. 네 명의 베트콩의 최후는 셰이머스와 벨라미가 합당한 복수를 한 것으로 처리되었습니다. 각자의 군용칼을 웅장하게 휘두르다가 마침내,

그들은 타다 남은 불이 쉭쉭거리는 소리만 들려오는 전장에 숨을 헐떡거리며 서 있었다.

셰이머스

저 소리 들려?

벨라미

아무것도 들리지 않습니다.

셰이머스

바로 그거야. 그게 평화의 소리지.

그렇기만 했더라면! 영화는 아직 완성되지 않았습니다. 한 늙은 여자가 동굴에서 튀어나오더니 베트콩인 아들의 시신 위로 엎어지면서 울부짖었습니다. 깜짝 놀란 그린베레들은 이 여자가 자신들이 성병에 당첨될 위험을 무릅쓰고 자주 찾아갔던 음침한 매음굴의 상냥하고 치아가 검은 마담이라는 사실을 알아차렸습니다.

벨라미

제기랄, 저 베트콩이 마마 산의 아들이라니.

셰이머스

그들은 모두 그래, 풋내기. 그들은 모두 그래.

벨라미

그녀를 어떻게 해야 하죠?

셰이머스

어쩔 수 없어. 자, 집에 가자.

셰이머스는 서부영화와 탐정물과 전쟁영화의 가장 중요한 규칙을 잊고 있었습니다. '적이나 부당한 취급을 받은 여자에게 절대 등을 돌리지 마라.' 그들이 등을 돌리자, 격분한 마마 산이 아들의 AK-47 소총을 와락 붙잡더니 셰이머스의 엉덩이에서 어깨뼈까지를 날려버렸고, 자신도 곧바로 벨라미의 희생자가 되었습니다. 그가 재빨리 돌아서서 탄창에 남은 마지막 한 발을 털어냈던 것입니다. 결국 그녀는 해리가 설치한 열네 개의 작은 관에서 솟구친 실감나는 피를 뒤집어쓴 채 슬로 모션으로 죽었는데, 해리는 입에 넣어 깨물라고 앰풀 두 개를 더 주기까지 했습니다. 이건 맛이 끔찍해요. 나중에 그녀가 내가 닦아 주고 있던 가짜 피에 입과 턱이 뒤덮인 채로 말했습니다. 제 연기가 설득력이 있었나요? 나는 그녀가 크게 기뻐하도록 이렇게 말했습니다. 깜짝 놀랄 만했어요. 아무도 당신처럼 죽지는 못해요.

물론 그 비극 배우는 제외하고요. 그는 절대로 아시아 수나 제임스 윤이 자기보다 한 수 위라는 주장이 나오지 못하도록, 자신의 죽음을 열여덟 번이나 촬영할 것을 요구했습니다. 그렇지만 더 대단한 연기를 요구받은 쪽은 죽어 가는 윌 셰이머스를 품에 안고 있어야만 했던 아이돌 스타였습니다. 비극 배우가 일곱 달이나 촬영을 한 후에도 여전히 샤워를 하지 않은 탓에 그 일은 고역이었습니다. 설사 비누와 철모에 담긴 찬물로 비누거품 한 번 칠하는 데 불과한 거나 마찬가지라고 해도, 어떤 군인도 샤워나 목욕 기회를 절대 놓치지 않는다는 사실에도 불구하고 그랬습니다. 나는 촬영 초반 어느 날 밤 이 사실을 비극 배우에게 말했습니다. 그는 이때쯤 내가 너무나 익숙해져 있던 측은하면서도 우습다는 듯한 표정들 중 하나인, 내 바지 지퍼가 열려 있을 뿐만 아니라 설사 그렇다고 해도 볼 만한 것이 전혀 없다고 암시하는 듯한 표정으로 대답했습니다. 그가 단언했습니다. 그건 틀림없이 내가 하고 있는 이 일을 어떤 군인도 해내지 못했기 때문이야. 결국 아무도 그의 테이블에 앉거나 15 내지 20피트 이내에 있으려 하지 않았으며, 악취가 너무 지독한 탓에 같은 장면의 촬영을 반복할 때마다 아이돌 스타의 얼굴에서는 저절로 눈물이 흘러내렸습니다. 입을 틀어막고 소리 없이 울면서 셰이머스 가까이 몸을 숙이고 그가 속삭이는 마지막 말 — 갈보! 갈보! — 을 들으려 하는 내내 말입니다.

셰이머스가 죽자 벨라미가 '킹 콩'의 은신처에 아크라이트* 공습을 요청하기 위한 무대가 마련되었습니다. 저 높은 데서, 눈에 보이지 않는 하늘을 나는 요새인 B-52 폭격기가 은신처 위로 3만 파운드의 재래식 폭탄을 모조리 투하할 예정이었습니다. 살아 있는 자들을 죽이기 위해서가 아니라 죽은 자들의 땅을 정화하고, '킹 콩'의 시체 위에서 승리의 춤을 추고, '어머니인 대지'의 얼굴에서 히피의 미소를 지워 버리고, 세상을 향해 이렇게 말하기 위해서였습니다. 우리는 어쩔 수가 없어, 우리는 미국인들이야. 그 장면은 여러 개의 참호를 파야 하는 하나의 거대한 산업 규모의 제작 현장이었습니다. 파 낸 참호들은 천 개의 연막탄, 수백 개의 막대형 인(燐), 수십 개의 다이너마이트,

---

* 베트남전 당시 지상군을 지원하기 위해 B-52 폭격기를 동원해 재래식 폭탄을 투하하던 작전의 명칭.

셀 수 없이 많은 폭죽, 신호탄, 그리고 예광탄은 물론이고, 2000갤런의 휘발유로 가득 채워졌고, 모든 것은 킹 콩이 중국인들과 소련인들에게 공급 받아 비축해둔 폭약 더미에서 비롯된 폭발처럼 보이도록 배치되었습니다. 처음부터 그때까지 모든 제작진은 이 순간을, 즉 영화제작 역사상 최대 규모의 폭발 장면을 기다리고 있었습니다. 영화감독은 마지막 주에 한데 모인 제작진에게 이렇게 선언했습니다. 이것이 바로 우리가 이 영화를 만드는 일이 전쟁 자체였음을 입증하는 순간이에요. 손주들이 그 전쟁 기간 동안 무엇을 했느냐고 물어보면, 여러분은 이렇게 말할 수 있을 겁니다. 나는 이 영화를 만들었단다. 나는 위대한 예술 작품을 만들었어. 여러분은 자신들이 위대한 예술 작품을 만들었다는 것을 어떻게 아나요? 위대한 예술 작품은 현실 자체만큼 현실적이고 때로는 진짜보다 훨씬 더 진짜 같은 겁니다. 이 전쟁이 잊힌 지 한참 후에, 그러니까 이 전쟁의 존재가 학생들이 읽으려고도 하지 않을 교과서의 한 문단에 불과하고, 그 전쟁에서 살아남은 사람들이 다 죽어 그들의 육신은 먼지가 되고 기억은 원자가 되고 감정은 더 이상 흔들리지 않게 될 때, 이 예술 작품은 여전히 너무나 찬란하게 빛나서 전쟁에 관한 작품일 뿐만이 아니라 그 전쟁 자체가 될 겁니다.

바로 거기에 부조리가 있습니다. 영화감독이 주장한 것에 일말의 진실이 없진 않았습니다. 왜냐하면 부조리는 종종 진실 속에 씨앗을 두기 마련이니까요. 맞습니다. 궁극적으로는 예술이 전쟁보다 오래 살아남고, 예술의 산물들은 자연의 규칙적인 변화가 수백만 용사들의 육신을 가루로 만들어 버린 한참 후에도 여전히 훌륭하게 건재합니다. 하지만 나는 감독이 병적으로 자기중심적인 상상을 하며, 이제 자신의 예술 작품이 그 전쟁의 진정한 의미를 찾을 때 절대 간과할 수 없는 3백만 아니 4백만 아니 6백만의 죽은 자들보다 더 중요하다는 뜻으로 말했음을 믿어 의심치 않습니다. 그들은 자기 자신을 대변할 수 없고, 다른 누군가에 의해 대변되어야만 한다. 마르크스는 스스로를 하나의 계급으로 여길 만큼 정치적으로 충분히 자각하지 못하는 억압 받는 계급에 대해 이야기했지만, 단역배우들뿐 아니라 죽은 자들에 대해서도 이보다 훨씬 더 잘 들어맞는 말이 있었을까요? 단역배우들은 자신들의 운명이 너무나 공허해서 일당 1달러를 밤마다 술로 마셔 없애 버렸는데, 나는 나 자신의 작은 일부 또한 그들과 함께 죽어 감을 느끼면서도 이 행위에 기꺼이 동참했습니다. 왜냐하면 나는 내내 우리가 대변되는 방식을 바꿀 수 있다고 착각한 나머지 내 성과가 보잘것없다는 느낌에 잠식 당해 있었거든요. 내가 대본을 이곳저곳 고치고 대사가 있는 몇몇 배역을 만들도록 자극하기는 했지만, 대체 무엇을 위해서였을까요? 나는 이 베헤못*이 궤도를 이탈하게 하지 못했고 방향을 바꾸게 하지도 못했습니다. 훌륭한 영화가 되기를 열망하는 형편없는 영화들을 늘 쫓아다니는 유령 즉, 사실성을 책임지는 기술 컨설턴트로서 앞길을 좀 더 평탄하게 만들어 주기

*   구약성서 「욥기」 40:15~24에 등장하는 사탄을 상징하는 괴물. 히브리어로는 '짐승'이라는 일반 명사이지만, 성경에서는 마치 고유명사처럼 사용되었다.

만 했을 뿐이었습니다. 내 임무는 영화의 배경에서 허둥지둥 도망치는 사람들이 죽기 바로 직전에, 그들이 진짜 베트남 상황에 맞는 말을 하며 진짜 베트남 옷을 입은 진짜 베트남 사람들이라는 점을 확실히 하는 것이었습니다. 사투리의 가락과 옷차림은 진짜여야 했지만, 그런 영화에서 정말로 중요한 것들, 예를 들어 감정이나 신념 따위는 가짜여도 괜찮았습니다. 나는 그저 세상의 부유한 백인들이 디자인하고 제작하고 소비하는 의상의 바늘땀이 정확한지를 확인하는 의류 공장 노동자에 지나지 않았습니다. 그들은 제작 수단과 그에 따른 표현 수단을 소유했고, 우리가 바랄 수 있는 것은 기껏해야 이름 모를 사망자가 되기 전에 옆에서 한 마디 할 기회를 얻는 것뿐이었습니다.

그 '영화'는 우리 전쟁의 속편일 뿐이었지만, 동시에 미국이 수행할 다음 번 전쟁의 전편이기도 했습니다. 단역배우들을 죽이는 것은 현지인인 우리들에게 일어났던 사건의 재연이거나, 그와 비슷한 다음번 사건에 앞선 일종의 최종 리허설이었습니다. 미국인들의 정신에 바르는 국부 마취제인 그 '영화'로 그들의 정신이 그러한 행위 이전이나 이후의 온갖 사소한 자극에 대비하도록 훈련시키는 연습이요. 결국 현지인들을 말살하기 위해 사용된 기술은 실제로 할리우드를 포함한 군산 복합체로부터 나왔고, 할리우드는 현지인들을 인위적으로 말살하는 장면에서 충실하게 소임을 다했습니다. 나는 이 사실을 마지막 장관을 찍기로 되어 있던 날, 그러니까 막판에 영화감독이 남아 있던 많은 양의 휘발유와 폭발물로 계획에 없던 촬영을 하기로 결정하고 나서야 드디어 깨달았습니다. 전날, 나는 모르는 사이에 특수효과의 귀재들이 감독의 지시를 받았습니다. 공동묘지를 파괴할 수 있게 장치를 해 둬. 이 공동묘지는 기존 대본에서는 '킹 콩'이 작은 마을을 공격했을 때 피해를 입지 않았지만, 이제 감독은 양측의 악행을 사실대로 보여주는 장면을 하나 더 원했습니다. 이 장면에서는 자멸적인 게릴라 분대 하나가 무덤들 사이에 몸을 은폐하고 있어서, 셰이머스는 작은 마을 선조들의 이 신성한 영역에 155밀리 백린탄으로 산 자와 죽은 자를 모두 말살하는 공격을 요구할 예정이었습니다. 나는 이 새 장면을 촬영 당일 아침에야 알게 되었는데, 원래는 아크라이트 공습이 예정되어 있던 날이었습니다. 해리가 말했습니다. 아니오. 특수효과팀 녀석들이 어젯밤에 공동묘지 촬영 준비를 다 끝냈어요.

나는 그 공동묘지가 정말 마음에 들어요. 그건 당신이 만든 세트들 중 최고예요.

쾅쾅 터지기 전에 사진을 찍고 싶다면 30분 남았어요.

그것은 어머니의 가짜 무덤이 있는 가짜 공동묘지에 불과했지만, 아무 이유 없이 일시적인 기분으로 이 창작물을 철저히 소멸시키려는 행위에 뜻밖에도 마음이 몹시 아팠습니다. 나는 어머니와 공동묘지에 마지막 인사를 해야만 했습니다. 그런 감상(感傷)에 잠겼을 때 나는 혼자였습니다. 제작진이 여전히 아침식사를 하는 중이었기 때문에, 공동묘지는 버려져 있었습니다. 이제 무덤들 사이에는 휘발유로 인해 반짝거리는 얕은 참호들이 미로처럼 죽 이어져 있었고, 한편으로는 묘석 뒤쪽에 다발째 내던져진 다이너마이트와 막대형 인이 있었습니다. 여러 다발의 연막탄은 카메라에 보이지 않게, 노출된 내 복사뼈와 정강이를 간지럽히는 무릎 높이 풀과 묘석에 가려진 채 땅바닥에 말뚝으로 고정되어 있었습니다. 나는 카메라를 목에 걸고 해리가 묘비마다 적어 놓은 죽은 사람들의 이름 옆을 지나갔는데, 로스앤젤레스 전화번호부를 그대로 옮겨 적었으니 아마 여전히 살아 있는 사람들에게 속해 있는 이름들일 터였습니다. 돌아가신 분들을 위한 이 작은 광장에 있는 살아 있는 자들의 이런 이름들 사이에서, 내 어머니의 이름은 순수하게 제자리에 있는 단 하나의 이름이었습니다. 내가 작별인사를 하려고 꿇어앉은 곳은 바로 어머니의 묘석 앞이었습니다. 지난 일곱 달 동안 비바람에 훼손되면서 사진에 재현되어 있던 어머니의 얼굴은 대부분 손상되었고, 동시에 어머니의 이름이 적힌 빨간색 페인트는 점점 희미해져 보도 위에 말라붙은 피 빛깔이 되어 버렸습니다. 어머니, 생이 너무나 짧았고, 가진 기회들이 너무나도 적었고, 희생은 너무나 컸으며, 오락거리 때문에 마지막으로 한 번 더 수모를 겪을 예정인 그분을 생각하자, 깊은 상념이 (어머니가 늘 그랬듯이) 어머니의 건조하고 여윈 손을 내 손에 살짝 쥐여주었습니다.

엄마. 나는 어머니의 묘석에 이마를 기대고 말했습니다. 엄마, 너무 보고 싶어요.

나는 무절제한 소령이 보이지 않는 어딘가에서 킬킬 웃는 소리를 들었습니다. 그저 상상일 뿐이었을까요? 아니면 주변의 자연적인 소음이 모조리 그쳤던 걸까요? 어머니와 함께한 초자연적인 고요 속에서 나는 어머니의 영혼과 교감하는 데 성공했을지도 모른다고 생각했습니다. 하지만 어머니가 내게 무언가를 속삭였을지도 모를 바로 그 순간에, 엄청나게 큰 파열음이 내 귀에서 청력을 잡아 뜯어 갔습니다. 동시에 얼굴을 거세게 후려갈긴 어떤 힘이 내 무릎을 들어 올리더니, 빛의 기포를 통해 나를 내던져 진원에서 나가떨어지게 했고, 내 일부가 상황을 지켜보는 동안 또 다른 내 일부는 붕 날아가고 있었습니다. 나중에 이는 전부 우발적인 사고, 그러니까 첫 번째 폭발을 촉발한 뇌관의 결함으로 인한 결과였다고 주장될 터였습니다. 비록 그때쯤이면 나는 절대 우발적인 사고가 아니라는 결론을 내렸겠지만 말입니다. 오직 한 사람만이 촬영장에서 벌어진 일에 책임이 있을 수 있었는데, 그는 모든 세부 사항을 지나치게 꼼꼼히 챙겨서 주간 식단표까지 직접 짜는 사람, 바로 작가주의 영화감독이었습니다. 하지만 큰불이 일어난 당시에, 내 침착한 자아는 하느님이 직접 내 불경스러운 영혼에 일격을 가했다고 믿었습니다. 나는 침착한 자아의 이런 시각을 통해 병적으로 흥분해 비명을 지르는 나의 자아가 마치 날지 못하는 새처럼 두 팔을 펼치고 마구 흔들어 대는 것을 보았습니다. 거대한 바다처럼 너울거리는 불길이 그 자아의 눈앞에서 솟구쳤고, 동시에 파도치는 열기가 그 자아와 내가 모든 감각을 다 잃어버릴 정도로 거세게 그 자아를 휩쓸어버렸습니다. 무기력이라는 거대한 비단뱀이 질식시킬 듯 조이는 힘으로 우리를 휘감아, 내 등이 땅바닥에 부딪칠 때까지 줄곧, 거의 정신을 차리지 못할 만큼의 힘으로 다시 하나의 자아 속으로 우리를 밀어 넣었습니다. 내 육체라는 고깃덩어리는 이제 소금에 절여지고 석쇠에 구워져 연해졌고, 나를 둘러싼 세상은 불이 붙어, 늘 돌연변이를 일으키는 여러 얼굴을 가진 나를 향해 비틀거리며 달려드는 털북숭이 짐승들 같은 검은 연기가 내뿜는 휘발유 땀 냄새를 풍기고 있었습니다. 내가 내 발에 걸려 넘어질 뻔했을 때, 또 한 번의 엄청나게 큰 파열음이 내 귀를 막고 있던 정적을 떼어 냈습니다. 흙과 바윗덩어리들이 운석처럼 씽 지나갔고, 나는 한 팔로 머리를 감싸고 셔츠를 잡아당겨 코와 입을 가렸습니다. 불길과 연기 사이에 좁은 통로가 하나 있기에, 두 눈이 눈물에 가려 앞이 안 보이고 매연에 따끔거리는 상태로 다시 한번 필사적으로 달아났습니다. 또 다른 폭발의 충격파가 내 등을 철썩 때렸고, 묘비 하나가 통째로 하늘 높이 미끄러지듯 날아갔고, 연막탄 하나가 그 길을 가로질러 굴러갔으며, 자욱한 잿빛 연기가 내 눈을 가렸습니다. 콜록거리고 쌕쌕거리면서 열기를 피해 길을 찾아 나아가다가 마침내 탁 트인 곳에 도달했습니다. 여전히 눈이 보이지 않았지만 계속 달렸고, 손을 흔들었고, 산소를 마시며 숨을 헉헉거렸고, 겁쟁이가 늘 느끼고 싶어 하면서도 결코 느끼고 싶지 않기도 한 감각, 살아 있다는 감각을 느꼈습니다. 그것은 절대 지지 않는 도박사인 '죽음'과 벌인 러시안 룰렛 한 판에서 살아남고 나서야 얻을 수 있는 느낌이었습니다. 그렇습니다, 근본적으로는 겁쟁이였기에 믿지도 않던 하느님께 막 감사를 드리려던 찰나, 요란하게 울리는 트럼펫 소리에 귀가 먹먹해졌습니다. 고요한 가운데 지구가 사라졌고 —— 중력이라는 접착제가 녹아 내렸고 —— 나는 하늘을 향해 나아가도록 내몰렸습니다. 공동묘지의 잔해가 눈앞에서 활활 타오르다가 내가 뒤쪽으로 날아감에 따라 희미해졌습니다. 세상이 옆을 스쳐 지나가는 동안 나는 아무 소리도 나지 않는 암흑 속으로 사라져 가는 흐릿한 연무에 휩싸여 있었습니다.

그 연무……. 그 연무는 내 눈앞에서 휙휙 지나가 버린 내 일생이었습니다. 너무 빨리 펼쳐지는 바람에 대부분 보지 못하기는 했지만요. 내가 볼 수 있었던 것은 나 자신이었습니다. 그런데 이상하게도 내 일생은 역순으로 상영되었습니다. 건물에서 떨어져 내려서 보도 위에 철퍼덕하고 부딪힌 사람이 갑자기 공중으로 뛰어올라 날아서 도로 창문으로 들어가 버리는 장면들로 구성된 영화처럼 말입니다. 다시 말해 거기에는 인상주의 화가가 그린 듯한 총천연색 반점들을 배경으로 미친 듯이 뒷걸음질 치고 있는 내가 있었습니다. 나는 차츰 몸집이 줄어들다가 십대가 되고, 이어 어린아이가 되고, 또 그다음에는 마침내 아기가 되어 기어 다니더니, 아니나 다를까 결국 벌거벗은 채 비명을 지르며 모든 사람의 어머니의 몸에 있는 그 입구로 빨려 들어가, 빛이 모조리 사라지고 없는 블랙홀 속으로 휘말려 들어갔습니다. 깜박이던 마지막 빛이 점점 희미해지자, 죽었다가 살아 돌아온 사람들이 봤다는 터널 끝에 있는 빛은 천국의 빛이 아니었다는 생각이 들었습니다. 그들이 본 것이 앞으로 전개될 일이 아니라 과거에 벌어진 일이었다는 설명이 훨씬 더 그럴듯하지 않았을까요? 이는 우리 모두가 거쳐 가는 최초의 터널에 대한 인류의 보편적인 기억인데, 빛은 터널 끝에서 태아인 우리가 있는 암흑 속으로 뚫고 들어와 우리의 감긴 눈꺼풀을 건드리고, 불가피하게 죽음과 만나기로 약속한 장소로 배출해 줄 활송 장치 쪽으로 오라고 우리에게 손짓했습니다. 나는 비명을 지르려고 입을 열었고, 그 직후에 눈을 떴습니다…….

나는 하얀 커튼으로 가린 침대에 하얀 시트를 덮은 채 꼼짝 못하고 누워 있었습니다. 커튼 너머에서 이 세상 것 같지 않은 소리들이 들려 왔습니다. 쇠얼음처럼 쨍그랑하는 금속성 소리, 리놀륨 바닥에서 바퀴들이 공중제비를 도는 소리, 불쾌하게 삐걱거리는 고무밑창 소리, 방치된 전자 기기들이 가엾게 삑삑거리는 소리 따위였습니다. 나는 얇은 크레이프 가운을 입고 있었습니다. 하지만 이 가운과 시트가 가벼웠음에도 불구하고 몰려드는 잠이 무겁게 짓누르는 바람에 군용 모포처럼 따끔거리고 원치 않은 사랑처럼 답답했습니다. 하얀색 상의를 입은 남자가 침대 발치에 서서 클립보드에 꽂힌 차트를 난독증 환자처럼 집중해서 읽고 있었습니다. 그의 머리카락은 천체물리학을 전공하는 대학원생처럼 제멋대로 헝클어져 있었고, 불룩 튀어나온 올챙이배는 벨트라는 댐 위로 흘러넘쳤습니다. 그는 녹음기에 대고 중얼중얼 말하는 중이었습니다. 1도 화상, 연기 흡입, 타박상, 뇌진탕으로 어제 입원한 환자. 그는…… 이 대목에서 그는 내가 자기를 빤히 쳐다보고 있음을 알아차리고 이렇게 말했습니다. 아, 안녕하세요. 좋은 아침이에요. 제 말 들리시나요, 환자분? 고개를 끄덕이시면 돼요. 아주 좋아요. 말씀하실 수 있겠어요? 아니라고요? 환자분 성대나 혀에는 아무 이상이 없어요. 제 생각엔 아직 쇼크 상태예요. 이름은 기억하시나요? 내가 고개를 끄덕였습니다. 좋아요! 여기가 어딘지 아시겠어요? 내가 고개를 저었습니다. 마닐라에 있는 병원이에요. 돈으로 살 수 있는 최고의 병원이지요. 이 병원에서는 모든 의사들이 MD에요. 또한 우리는 PhD이기도 하지요. 그건 우리가 모두 필리핀인 의사들(Philippine Doctors)이라는 뜻이에요. MD는 마닐라 의사(Manila Doctors)란 의미고요. 하하, 그냥 농담이에요. 젊은 분이 파랗게 질리시기는. 당연히 MD는 의사를 의미하고 PhD는 의학 박사 학위를 의미해요. 내가 볼 수 있는 것과 볼 수 없는 것을 모두 분석할 수 있다는 뜻이지요. 환자분은 최근 겪은 소동을 감안하면 육체적으로는 모든 것이 비교적 좋은 상태예요. 맞아요. 약간 다쳤죠. 하지만 죽거나 심각한 장애를 입을 수도 있었던 상황 치고는 나쁘지 않아요. 최소한 팔이나 다리 하나쯤은 부러질 수도 있었거든요. 요컨대, 환자분은 놀랄 정도로 운이 좋아요. 그렇다고는 해도 환자분이 자자 가보*의 섹시한 매력만큼이나 엄청난 두통을 앓고 있을 거라는 생각이 드는군요. 정신과 상담은 결코 추천하지 않습니다. 내가 추천하고 싶은 건 간호사지만, 우리는 예쁜 간호사들은 모조리 미국으로 수출해 버렸답니다. 질문 있으신가요? 나는 말을 하려고 안간힘을 써 봤지만 아무 말도 나오지 않아서 그저 고개만 저었습니다. 그럼, 쉬세요. 최고의 의학적 치료법은 상대주의적인 판단이라는 걸 명심하세요. 아무리 당신 몸이 아파도, 훨씬 더 아픈 누군가가 있음을 알고 있다는 데서 위로를 받으세요.

그 말을 남기면서 의사는 커튼 사이로 빠져나갔고, 나는 혼자가

---

* 1950년대 글래머 스타로 유명했던 헝가리 부다페스트 출신의 미국 여배우.

되었습니다. 천장은 하얀색이었습니다. 내 시트도 하얀색. 내 환자복도 하얀색. 온통 하얀색이라 해도 틀림없이 별 문제 없을 텐데도 나는 그렇지가 않았습니다. 나는 하얀색 방들을 몹시 싫어했는데, 이제 그중 하나에 기분전환 거리 하나 없이 홀로 남겨진 것이었습니다. 나는 텔레비전 없이는 살 수 있었지만 책 없이는 아니었습니다. 심지어 잡지 한 권이나 외로움을 달래 줄 같은 처지의 환자 한 사람도 없었습니다. 매초, 매분, 매시간이 정신병 환자의 입에서 떨어지는 침처럼 조금씩 흘러갈수록, 깊은 불안감, 이 텅 빈 사방 벽에서 과거가 모습을 드러내기 시작하고 있다는 폐소공포증적인 감각이 몰려들었습니다. 그날 오후에는 베트콩 고문관을 연기한 네 명의 단역배우들이 찾아온 덕에 그런 감각에서 벗어날 수 있었습니다. 막 말끔하게 면도를 하고 청바지와 티셔츠를 입었기 때문인지 그들은 고문관이나 악당이 아니라 악의 없을 뿐 아니라 약간 어리둥절한 데다 겁도는 듯한 난민들처럼 보였습니다. 그들은 하고 많은 것 중에 하필이면 셀로판지로 포장한 과일 바구니와 조니 워커 한 병을 가지고 왔습니다. 가장 작은 단역배우가 말했습니다. 좀 어때요, 보스? 꼴이 말이 아니네요.

괜찮아요. 내가 꺽꺽거리는 목소리로 말했습니다. 심각한 상태는 전혀 아니에요. 이럴 것까지는 없었는데.

그 선물들은 우리가 드리는 게 아니에요. 키 큰 병장이 말했습니다. 감독이 보냈어요.

참 친절하시네요.

키 큰 병장과 땅딸보가 서로 흘깃 쳐다보았습니다. 땅딸보가 말했습니다. 그렇게 말씀하시니 하는 수 없네요.

그게 무슨 뜻이에요?

키 큰 병장이 한숨을 쉬며 말했습니다. 나는 그 일에 이렇게 일찍 끼어들고 싶지 않았어요, 대위님. 이보세요, 일단 한 잔 하세요. 최소한 그 남자가 준 술은 진탕 마셔야지요.

난 좀 마시면 정말 좋겠어요. 땅딸보가 말했습니다.

모두에게 한 잔씩 따라 줘요. 내가 말했습니다. 최소한이라는 게 무슨 뜻인가요?

키 큰 병장이 일단 내가 한 잔 마셔야 한다고 우겼는데, 적당한 가격의 따뜻하고 달콤한 혼합 스카치 위스키가 선사하는 취기는 정말로 도움이 됐습니다. 자기 남자의 모든 욕구를 잘 아는 가정적인 아내만큼이나 위로가 됐거든요. 그가 말했습니다. 어제 일어난 일이 우발적인 사고였다는 말이 있어요. 하지만 굉장한 우연의 일치예요, 아닌가요? 대위님은 감독과 싸웠고 — 그래요, 모두들 그 얘길 들었어요 — 그런 직후에 하고 많은 사람들 중에 하필이면 대위님이 폭발에 날아가 버렸지요. 내게 조금이라도 증거가 있는 건 아니에요. 그저 굉장한 우연의 일치겠지요.

나는 그가 한 잔 더 따라 주는 동안 잠자코 있었습니다. 내가 땅딸보를 쳐다보며 말했습니다. 어떻게 생각해요?

난 미국 사람들이라면 충분히 그러고도 남으리라고 봐요. 그들은 우리 대통령을 제거하는 것도 서슴치 않았어요, 그렇지요? 도대체 뭣 때문에 그들이 대위님을 손보지 않을 거라고 생각하게 된 거예요?

나는 웃음을 터뜨렸습니다. 비록 마음속에서는 내 영혼의 작은 개가 코와 귀를 바람이 불어오는 쪽으로 향한 채 차려 자세로 앉아 있는 중이었지만 말입니다. 내가 말했습니다. 여러분은 피해망상증 환자들이에요.

키 큰 병장이 말했습니다. 모든 피해망상증 환자가 최소한 한 번은 옳아요. 그가 죽는 순간이에요.

땅딸보가 말했습니다. 믿거나 말거나. 자, 이거 보세요. 그저 이 일에 대해서만 이야기하려고 우리가 다 같이 여기 온 것은 아니에요. 대위님, 우리 모두는 대위님이 촬영 기간 동안 해낸 모든 일에 고맙다고 얘기하고 싶었어요. 우리를 돌보고 우리를 위해 특별 수당을 얻어 내고 감독에게 말대꾸를 해 가며 아주 굉장한 일을 해냈어요.

키 큰 병장이 말했습니다. 그러니 그 개자식의 술로 대위님을 위해 축배를 듭시다, 대위님. 그들이 나를 위해, 즉 어찌되었든 자기들과 같은 베트남 사람을 위해 잔을 들자 눈물이 샘솟았습니다. 인정과 소속감에 대한 욕구가 치밀어 나도 깜짝 놀랐습니다만, 폭발의 정신적 충격 때문에 나약해진 것이 틀림없었습니다. 만이 이미 우리가 하는 이 같은 비밀스러운 일에, 훈장이나 승진이나 가두 행진은 없을 거라고 경고한 바 있었습니다. 그런 상황을 감수해왔기에 이 난민들의 감사와 칭찬은 예상치 못했습니다. 나는 그들이 떠난 후 술잔을 치우고 조니 워커를 병째로 들이키면서뿐 아니라 그들이 해 준 말을 떠올리면서도 위로를 받았습니다. 하지만 그날 밤 어느 순간 술병이 텅 비자 내게는 결국 가고 싶지 않은 곳으로 데려가는 교활한 택시 운전사들 같은 나 자신과 내 상념들만 남았습니다. 병실이 캄캄해서 내게는 온통 하얀색인 단 하나의 또 다른 방, 즉 클로드의 감독하에 첫 임무를 수행했던 국립 심문 센터의 그 방만 보였습니다. 이 경우에는 내가 환자가 아니었습니다. 엄밀하게는 수감자라고 불러야 하는 그 환자를 나는 방 구석구석에 설치된 카메라를 통해 너무나 자주 관찰했기 때문에 매우 선명하게 그의 얼굴을 기억할 수 있었습니다. 그 방은 그를 제외한 유일한 거주자들인 침대 틀, 책상, 의자, 양동이를 포함해, 모든 것이 속속들이 하얗게 칠해져 있었습니다. 심지어 음식이 담긴 쟁반과 접시들, 물 컵, 비누까지도 하얀색이었고, 그는 오로지 하얀색 티셔츠와 하얀색 사각 팬티만을 입어야 했습니다. 방문을 제외하면 틈이라고는 오물용으로 구석에 있는 작고 어두운 구멍뿐이었습니다.

나는 일꾼들이 그 방을 만들고 칠할 때 거기에 있었습니다. 온통 하얀 방이라는 아이디어는 클로드가 내놓았습니다. 에어컨을 사용해서 실내를 서양의 기준으로도 서늘하고 포로에게는 얼어붙을 듯 추운 섭씨 18도로 유지하자는 아이디어가 그랬듯이 말입니다. 클로드가 말했습니다. 이건 수감자가 특정한 환경에서 나약해지는지를 알아보는 실험이야. 이런 환경에는 절대 꺼지지 않는 머리 위의 형광등들도 포함되어 있었습니다. 그것들은 수감자에게 유일한 빛, 다시 말해 압도적인 백색이 초래하는 공간의 무한성에 어울리는 시간의 무한성을 제공했습니다. 하얗게 칠한 스피커들은 끝마무리로 벽에 설치되어 매일 매순간 방송을 할 준비가 되어 있었습니다. 클로드가 물었습니다. 우리가 뭘 틀어야 할까? 저자가 못 견뎌 하는 것이어야 해.

클로드는 나를 평가할 준비를 마친 채로 기대감에 차서 바라보았습니다. 아무리 애를 써봐야 내가 수감자를 위해 할 수 있는 일은 거의 없을 터였습니다. 클로드는 결국 상대가 못 견딜 음악을 찾아낼 테니, 만약 내가 그를 돕지 않는다면 훌륭한 학생이라는 내 평판만 빛이 조금 바랠 터였습니다. 수감자가 자신의 상황에서 빠져나갈 단 하나의 진정한 희망은 내가 아니라, 남쪽 전체의 해방에 달려 있었습니다. 그러므로 나는 이렇게 말했습니다. 컨트리 음악입니다. 일반적인 베트남 사람이라면 그걸 참지 못합니다. 남부의 콧소리, 특유의 리듬, 이상한 가사……. 그 음악은 우리를 약간 미쳐 버리게 만듭니다.

완벽해. 클로드가 말했습니다. 그럼 어떤 노래여야 할까?

약간 조사를 한 끝에 나는 백인 군인들에게 인기 있는 사이공의 바들 가운데 한 곳의 주크박스에서 음반 한 장을 입수했습니다. 「어이, 이쁜이」는 유명한 행크 윌리엄스의 곡으로, 그는 최소한 우리 귀에는 컨트리가 전적으로 백인 음악임을 보여 주는 전형적인 콧소리를 내는 컨트리 음악의 아이콘이었습니다. 나만큼 미국 문화에 노출된 사람조차도 너무나 많이 틀었던 탓에 약간 지직거리기까지 하는 이 음반을 들으면 즉시 몸서리를 쳤습니다. 컨트리 음악은 미국에서 가장 인종차별적인 음악이었습니다. 미국에서는 심지어 백인들도 재즈를 연주하고 흑인들도 오페라에서 노래를 불렀으니까요. 린치를 가했던 폭도들은 흑인 희생자를 목매달아 죽이는 동안 틀림없이 컨트리 음악과 비슷한 음악을 즐겼을 터였습니다. 컨트리 음악이 반드

시 린치용 음악이란 말은 아니지만, 다른 어떤 음악도 린치의 반주로
는 상상할 수가 없었습니다. 베토벤의 9번 교향곡은 나치 당원들, 강
제수용소 소장들*을 위한 작품이자, 히로시마를 원자폭탄으로 파괴
하는 것을 고려하던 때의 트루먼 대통령을 위한 음악이었을지 모릅
니다. 클래식은 야만적인 무리들을 고상하게 몰살시키기 위한 품위
있는 음악 작품이었으니 말입니다. 컨트리 음악은 혈기 왕성하고 피
에 굶주린 미국 심장부의 좀 더 소박한 박자에 맞춰 작곡되었습니다.
흑인 군인들이 백인 전우들이 주크박스를 차지하고 본질적으로 '깜
둥이 출입 금지'라고 적혀 있는 푯말이나 다름없는 행크 윌리엄스의
다정한 목소리를 따라 계속 흥얼거리는 사이공의 바들을 피한 이유
는 바로 이 박자에 두들겨 맞는 것이 두려워서였습니다.

내가 수감자의 방에 있을 때를 제외하고 이 노래가 끝없이 재생되
도록 선택한 까닭은 자신이 있어서였습니다. 클로드는 내게 수석심
문관 역할을 맡겼습니다. 그 수감자를 무너뜨리는 일이 클로드의 심
문 과목의 졸업 시험이었던 겁니다. 내가 수감자를 실제로 만나기 전
일주일 동안 그를 하얀 방에 가둔 채로 하루에 세 번 문구멍으로 식
사 — 밥 한 공기, 나물 100그램, 수육 50그램, 물 12온스 — 를 밀어
넣을 때를 제외하고는 빛과 음악이 끊임없이 이어지는 상황을 절대

* 히틀러가 등장하면서 독일은 독일 음악의 국가화를 표방했다. 그리하
  여 1936년 베를린 올림픽 개막식에서는 이 교향곡의 마지막 악장을,
  그리고 1937년 히틀러의 생일에는 베를린 필하모니가 이 곡을 연주한
  바 있다.

중단하지 않았습니다. 우리는 그에게 예의 바르게 행동하면 당신이 선택하는 음식을 주겠다고 말했습니다. 나는 비디오 장치를 통해 수감자가 음식을 먹을 때, 구멍 위에 쪼그리고 앉아 있을 때, 양동이의 물로 몸을 씻을 때, 방 안을 서성거릴 때, 팔뚝으로 두 눈을 가린 채 침대에 누워 있을 때, 팔굽혀펴기와 윗몸일으키기를 할 때, 손가락으로 귀를 막을 때도 그를 관찰했습니다. 수감자가 귀를 막았을 때, 클로드가 바로 옆에 서 있어서 뭐라도 해야 했기 때문에 나는 볼륨을 올렸습니다. 그가 귀에서 손가락을 빼자 나는 볼륨을 낮추었고 그는 카메라를 올려다보며 영어로 이렇게 소리쳤습니다. 뒈져 버려라, 이 미국놈들아! 클로드가 낄낄거렸습니다. 최소한 저자는 말을 하는군. 자네가 정말 걱정해야 하는 놈들은 아무 말도 하지 않는 자들이야.

그는 테러 부대 Z-99의 세포 조직 C-7의 리더였습니다. Z-99는 빈즈엉성*의 비밀 지역에 기반을 두고서, 수천 명을 죽이고 사이공을 공포에 떨게 한 수백 건의 수류탄 공격, 지뢰 부설, 폭파 사건, 그리고 암살을 전적으로 책임진 조직이었습니다. Z-99의 트레이드 마크는 이중 폭탄 공격으로, 두 번째 폭탄 공격은 첫 공격의 희생자들을 돕기 위해 온 구조자들을 죽이기 위해 고안되었습니다. 우리 수감자의 특기는 손목시계를 이런 즉석 폭탄의 기폭장치로 개조하는 것이었습니다. 시계에서 초침과 시침을 떼어 내고 뚜껑의 구멍을 통해 건전지와 연결된 전선을 집어넣은 다음, 분침을 희망하는 지연 시간에 맞

* 베트남 남부 내륙에 있는 성. 남서쪽으로 오늘날의 호찌민 직할시, 당시
  의 사이공과 경계를 이루고 있다.

춰 설정했습니다. 째깍거리는 분침이 선을 건드리면, 폭탄이 터졌습니다. 폭탄은 미군의 군수품에서 훔친 지뢰로 만들거나 암시장에서 구입했습니다. 다른 폭탄들은 도시로 아주 조금씩 밀반입한 TNT를 모아 만들었습니다. 속을 파낸 파인애플이나 바게트 따위, 심지어 여자들의 브라에도 숨긴 채 들어왔는데, 이 일로 공안부 안에서 끝없이 농담이 만들어지기도 했습니다. 우리는 Z-99에 시계 기술자(watchmaker)가 있음을 알았기에 누구인지 정확히 알기 전에도 그를 '파수꾼(Watchman)'이라고 불렀고, 나도 그를 생각할 때면 파수꾼이라는 이름을 떠올렸습니다.

파수꾼은 우리가 그를 치료하기 시작한 지 일주일 후 내가 자기 방에 처음 들어갔을 때 나를 우습다는 듯 대했습니다. 내가 예상했던 반응이 아니었습니다. 그가 영어로 말했습니다. 어이, 이쁜이. 나는 의자에 앉고 그는 침대에 앉았는데, 억센 머리카락이 텁수룩한 채 덜덜 떨던 조그마한 남자는 그 하얀 방에서 충격적일 만큼 까맸습니다. 나를 보고 히죽 웃으며 그가 말했습니다. 영어 수업 고마워. 그 음악을 계속 틀라고! 정말 마음에 들어! 물론 그가 정말 마음에 들어한 것은 아니었습니다. 그의 눈에는 어떤 번득임이 있었는데, 몸이 편치 않다는 가장 간단한 징후였습니다. 비록 그 번득임이 사이공대학 철학과 졸업생이자, 혁명 활동을 한다는 이유로 그를 내친 덕망 있는 가톨릭 가문의 장남이라는 데서 비롯되었을지도 모를 일이기는 했지만 말입니다. 우리가 처음으로 대화하는 동안 그가 내게 말했다시피, 합법적인 종류의 시계 수리는 — 테러범이 되기 전에는 그의 직업이 실제로 시계수리공이었으니까 ── 그야말로 청구서를 받으면 돈을 지불하기 위한 행위였습니다. 이것은 너를 좀 더 알고 싶다는 식의 잡담이었지만, 그런 노닥거림 이면에는 수감자와 심문관이라는 각자의 역할에 대한 상호 인식이 도사리고 있었습니다. 내 인식은 클로드가 모니터로 우리를 관찰하고 있음을 알고 있었기에 더욱 심화되었습니다. 나는 냉방이 되고 있음을 고맙게 생각했습니다. 그렇지 않았더라면 내가 '파수꾼'에게 적이면서도 친구일 수 있는 방법을 알아내려 안간힘을 쓰면서 땀을 뻘뻘 흘렸을 것입니다.

나는 그에게 체제 전복, 음모 및 살인에 대한 혐의들을 제시했습니다. 하지만 유죄가 입증될 때까지는 무죄임을 강조하자 그는 웃음을 터뜨렸습니다. 그가 말했습니다. 당신네 미국인 꼭두각시 조종사들은 그렇게 말하길 좋아하지만, 멍청한 짓이야. 역사, 인간성, 종교, 그리고 이 전쟁이 실상은 정반대임을 우리에게 알려 주거든. 우리는 무죄가 입증될 때까지는 모두 유죄야. 심지어 미국인들도 지금껏 입증해 왔다시피 말이지. 그렇지 않다면 왜 그들은 모든 사람이 정말로 베트콩이라고 믿는 거지? 그렇지 않다면 왜 그들은 우선 쏘기부터 하고 나중에 캐묻는 거야? 그들에게 황인종은 무죄가 입증될 때까지는 모두 유죄이기 때문이야. 미국인들은 이런 자기모순을 인정하지 못하기 때문에 혼란에 빠진 국민이지. 그들은 인류에게 죄가 있다는 신성한 정의의 영역을 믿지만, 동시에 인간 한 사람 한 사람은 무죄로 추정된다는 세속적인 정의도 믿어. 둘 다 가질 수는 없어. 미국인들이 그걸 어떻게 처리하는지 알아? 자신들이 아무리 여러 번 죄를 지어도 변함없이 죄가 없는 척 해. 문제는 자신들이 무죄라고 주장하는 그 사람들이 자기들이 행하는 모든 일이 다 옳다고 믿는다는 거야. 최소한 우리 자신이 유죄라고 믿는 우리들은 우리가 저지를 수도 있는 사악한 짓들이 무엇인지는 알고 있지.

나는 미국인의 문화와 심리에 대한 그의 해석에 깊은 인상을 받았지만, 내색할 수는 없었습니다. 대신 이렇게 말했습니다. 그래서 더 정확히 말하면, 당신은 유죄로 추정된다는 건가?

만약 당신이 당신 주인들이 이미 내가 유죄라고 믿고 있고 나를 그런 식으로 취급할 거라는 사실을 지금껏 깨닫지 못했다면, 당신은 스스로 생각하는 만큼 똑똑하지는 않군. 하지만 그렇게 놀랄 일도 아니지. 당신은 잡종 새끼이고, 모든 혼혈아들과 마찬가지로 지능이 모자라니까.

돌이켜보면, 그에게 나를 모욕할 의도는 없었다고 믿습니다. 대부분의 철학자들처럼 그저 사교 기술이 부족했을 뿐이었습니다. 그는 자신을 비롯한 많은 사람들이 과학적인 사실이라고 생각하는 것을 무례한 태도로 진술하고 있을 따름이었습니다. 그럼에도 그 하얀 방에서 내가 무척 열 받았다는 점은 인정합니다. 내가 원했다면 아무 도움도 안 되는 질문들만 끈질기게 던지면서, 이 심문을 여러 해 동안 질질 끌 수도 있었을 겁니다. 겉보기에는 그의 약점을 찾아내려 애쓰지만 남모르게 그를 안전하게 지키면서요. 하지만 그순간 그렇게 하기는커녕 나 자신이 생각하는 만큼 내가 실제로 똑똑하다는 사실을 그에게 입증하기만을 원했습니다. 이는 수감자보다 내가 더 똑똑하다는 것을 의미했습니다. 우리 둘 사이에서는 오직 한 사람만이 주인이 될 수 있었습니다. 나머지 하나는 노예가 되어야만 했습니다.

내가 그에게 이것을 어떻게 증명했을까요? 내 격분이 식어서 무감각해진 어느 날 밤 숙소에 있을 때 불현듯 잡종 새끼인 내가 철학자인 그를 더할 나위 없이 분명하게 이해했다는 생각이 들었습니다. 사람의 강점은 어김없이 그 사람의 약점이기도 했고, 반대의 경우도 마찬가지였습니다. 강점이 보이는 곳에 약점이 있게 마련입니다. '파수꾼'은 베트남인과 가톨릭교도에게 가장 중요한 자기 가족을 떠나는 것도 불사한 혁명가였습니다. 그의 가족 입장에서 받아들일 수 있는 희생이란 오로지 하나님을 위한 것뿐이었거든요. 그 수감자의 강점은 자신의 희생에 있었으므로, 그걸 무용지물로 만들어야만 했습니다. 나는 즉시 책상에 앉아서 '파수꾼'을 대신해 자술서를 작성했습니다. 이튿날 아침 그는 믿기지 않는다는 듯 내 각본을 읽고 또 읽더니 나를 노려보았습니다. 당신 지금 내가 호모 새끼라고 할 거라고 말하는 거야? 내가 정정해 주었습니다. 동성애자. 그가 말했습니다. 나에 대해 쓰레기 같은 얘기를 퍼뜨릴 작정이야? 거짓말을? 난 호모 새끼였던 적이 없어. 호모 새끼가 되는 걸 꿈꿔 본 적도 없었다고. 이건…… 이건 추잡해. 그의 목소리가 높아졌고 얼굴은 새빨개졌습니다. 나한테 남자를 사랑했기 때문에 혁명에 동참했다고 말하게 하겠다고? 이게 내가 가족에게서 떠난 이유라 하라고? 내가 호모라는 게 철학에 대한 내 애정을 설명한다고? 호모 새끼인 것이 내가 사회를 파괴하고 싶어 하는 이유라고? 당신들이 체포한 사랑하는 남자를 구하기 위해서 혁명을 배반했다고? 이딴 건 아무도 믿지 않을 거야!

그렇다면 우리가 그걸 당신 애인의 자술서와 두 사람의 친밀한 사진들과 함께 신문에 공표해도 아무도 관심을 가지지 않겠군.

절대로 내가 그런 사진을 찍게 만들 수는 없을 거야.

CIA는 최면과 약물에 놀랄 만한 재주가 있지. 그는 입을 다물어 버렸습니다. 내가 말을 이어 갔습니다. 신문마다 이게 실리면, 당신을 비난할 사람이 당신의 혁명 동지들뿐만은 아님을 깨달을 거야. 당신 가족에게 돌아갈 길 역시 영원히 닫히게 될 테지. 그들은 개심한 혁명가 혹은 심지어 승리한 혁명가까지도 받아들일 수 있겠지만, 우리 나라에 무슨 일이 일어나든 동성애자는 절대 받아들이려 하지 않을 거야. 당신은 헛되이 모든 것을 희생한 사람이 될 테지. 동지들이나 가족에게 추억거리조차 되지 못할 거야. 최소한 당신이 내게 다 털어 놓기만 한다면, 이 자술서는 공표되지 않을 거야. 전쟁이 끝나는 그 날까지, 당신 평판은 온전히 유지되겠지. 내가 일어섰습니다. 생각 좀 해 봐. 그는 아무 말도 하지 않았고 자기 자술서를 빤히 쳐다볼 뿐 아무 일도 하지 않았습니다. 나는 문에서 잠시 멈춰 섰습니다. 여전히 내가 잡종 새끼라고 생각하나?

아니. 그가 아무 억양 없이 말했습니다. 넌 그저 멍청한 새끼일 뿐 이야.

내가 왜 그랬을까요? 내 하얀 방에는, 내가 머릿속에서 하얗게 칠해서 가려 버렸던 이 사건을, 그러니까 지금 자백하고 있는 사건을 곰곰이 생각해 볼 시간말고는 내게 아무것도 없었습니다. '파수꾼'은 사이비 과학자 같은 판단으로 나를 격분시켜서, 비이성적인 행동을 하도록 몰아붙였습니다. 하지만 내가 단순히 스파이로서 내 역할만 수행했더라면, 파수꾼이 그렇게 할 수는 없었을 겁니다. 대신 나는 클로드가 요구한 대로 그가 무너질 때까지 심문하면서 꼭 해야 하는 일은 물론이고 굳이 할 필요가 없는 일까지 하면서 즐겼음을 자백합니다. 클로드가 나중에 감시실에서 그 장면을 찍은 영상을 재생했을 때 나는 '파수꾼'이 넉아웃 당했음을 알고 있으면서도, 말하자면, 클로드가 제작하고 내가 감독한 영화의 등장인물처럼 자기 자술서를 빤히 쳐다보고 있는 파수꾼을 지켜보는 나 자신을 지켜보았습니다. 파수꾼은 스스로를 대변하지 못하고, 내가 그를 대변했던 것이었습니다.

멋지게 해냈군. 클로드가 말했습니다. 자네가 이 녀석한테 제대로 한 방 먹였어.

나는 좋은 학생이었습니다. 선생님이 무엇을 원하는지를 알았을 뿐만 아니라 한술 더 떠서 나쁜 학생을 희생시켜 선생님의 칭찬을 즐겼습니다. '파수꾼'은 바로 그것을 위해 존재하지 않았을까요? 그는 미국인들의 가르침을 받았지만 이를 대놓고 거부했습니다. 나는 미국인들의 사고방식에 좀 더 동조하는 입장이었기에, '파수꾼'을 무너뜨릴 때 그들의 입장에서 생각할 수밖에 없었습니다. 그는 그들을 위협했고, 따라서 어느 정도는 나까지도 위협한 셈이었습니다. 하지만 그를 희생시켜 내가 얻은 만족감은 오래가지 않았습니다. 마침내, 그가 나쁜 학생이 성취해 낼 수 있는 것이 무엇인지를 모두에게 보여 주려 했던 것입니다. 파수꾼은 자신이 지배하지 못하는 제작 수단을 고의적으로 파괴할 수 있음을, 자신을 지배하는 재현물을 쓸모없게 만들 수 있음을 입증함으로써 나보다 한 발 앞서려고 했습니다. 그가 마지막 수를 둔 날은 내가 자술서를 보여 준 일주일 후로, 그날 아침 나는 장교 숙소에 있다가 감시실 보초의 전화를 받았습니다. 내가 국립심문 센터에 도착했을 무렵에는 클로드도 거기에 와 있었습니다. '파수꾼'은 하얀색 사각 팬티와 티셔츠를 입은 채 하얀 벽을 마주보고 하얀 침대 위에 몸을 웅크리고 있었습니다. 우리가 그를 굴려 보니, 얼굴은 자줏빛이고 두 눈은 툭 불거져 있었습니다. 그의 벌어진 입 깊숙한 곳, 목구멍 안쪽에 하얀 덩어리가 있었습니다. 보초가 엉엉 울면서 말했습니다. 저는 그저 화장실에 갔을 뿐입니다. 그는 아침을 먹고 있었습니다. 2분 만에 무슨 짓을 하려던 것이었을까요? '파수꾼'이 한 짓은 스스로를 질식사시키는 것이었습니다. 바로 전 일주일 동안 얌전하게 굴어서 우리는 보답으로 그가 원하는 아침 식사를 주었습니다. 그가 말했습니다. 나는 완전히 익힌 삶은 달걀을 좋아해요. 그래서 처음 두 개는 껍질을 벗겨 먹고 나서 세 번째 달걀은 통째로, 껍질째 모조리 삼켜 버렸던 것입니다. 어이, 이쁜이…….

그 빌어먹을 음악 좀 꺼. 클로드가 보초에게 말했습니다.

'파수꾼'의 시간은 멈춰 버렸습니다. 나 자신의 하얀 방에서 깨어난 후에야 나는 그때까지 내 시간 역시 멈춰 있었음을 깨달았습니다. 나는 나 자신의 하얀 방에서 너무나 선명하게 또 다른 하얀 방을 볼 수 있었습니다. 내 눈은 구석에 있는 카메라를 유심히 들여다보며, 클로드와 나 자신이 파수꾼을 옆에서 지켜보고 있는 모습을 관찰했습니다. 클로드가 말했습니다. 자네 잘못이 아니야. 나조차도 이런 일은 생각지도 못했어. 그가 기운 내라는 듯 내 어깨를 토닥거렸지만, 나는 아무 말도 하지 않았습니다. 유황 냄새가 내 머릿속에서 이 한 가지 생각을 제외한 모든 것을 몰아내 버렸습니다. 나는 잡종 새끼가 아니야, 나는 잡종 새끼가 아니야, 나는 아니야, 나는 아니야, 나는 아니야, 어떻게 해서든 내가 그런 놈이 아니기만 하다면 말이야.

12장

병원에서 나올 때쯤에는 내 도움이 더 이상 필요하지 않게 되어 나는 촬영이 완료된 후 있을 끝마무리 작업을 위해 촬영장에 돌아와 달라는 요청을 받지 못했습니다. 대신 필리핀에서 즉시 출발할 수 있도록 비행편이 예약되어 있음을 알게 되었습니다. 여행 내내 나는 영화로 우리를 대변한다는 문제, 즉 재현이라는 문제에 대해 곰곰이 생각하며 시간을 보냈습니다. 생산 수단이 없으면 때 이른 죽음을 맞을 수 있는데, 재현 수단이 없어도 죽은 거나 다름없습니다. 우리에게 재현이라는 수단이 없다면 언젠가는 다른 사람들이 그들의 기억이라는 합판 마루에 물을 뿌려 우리의 죽음을 모조리 씻어내 버릴 수도 있지 않을까요? 지금도 상처가 여전히 쓰려서, 이 자술서를 쓰는 동안, 나 자신을 대변하고 재현할 권리가 나한테 있는지 아니면 내 자백을 듣는 사람인 소장님에게 있는지 궁금해하지 않을 수가 없습니다.

로스앤젤레스 공항에서 나를 기다리는 본의 모습에 나는 기분이 조금 나아졌습니다. 그는 하나도 변하지 않은 것처럼 보였습니다. 게다가 우리 아파트 문을 열었을 때, 형편이 나아지지도 않았지만, 더 나빠지지도 않았음을 알고 안도했습니다. 프리지데어*는 여전히 노후한 촬영용 축소 세트 같은 우리 아파트의 가장 주요한 구경거리였고, 본이 사려 깊게도 시차로 인한 피로를 치유해 줄 만큼의 맥주를 채워 놓은 상태였습니다. 비록 내 모공에 스며든 예상 밖의 슬픔을 치유할 만한 양은 아니었지만요. 본이 파리에 사는 당고모의 최근 편지를 읽도록 나를 남겨둔 채 잠든 후에도 나는 여전히 깨어 있었습니다. 나는 잠자리에 들기 전에 착실하게 당고모께 보낼 보고서를 작성했습니다. 나는 이렇게 썼습니다. 『더 햄릿』은 완성되었습니다. 하지만 더 중요한 것은, '수복 운동'이 수입원을 확실히 마련했다는 것이었습니다.

처음에 맥주를 마시기 시작하고 본이 그 소식을 전했을 때 내가 말했습니다. 식당?

그래, 그거. 부인은 정말로 훌륭한 요리사야.

그녀의 음식은 내가 마지막으로 먹었던 제대로 된 베트남 음식이었고, 이튿날 장군에게 전화를 걸어 부인의 새로운 사업을 축하할 이유로는 충분했습니다. 예상대로 장군은 자기네 식당에 귀국 환영 식사를 하러 와야 한다고 주장했고, 나는 차이나타운의 브로드웨이에서 찻집과 약초상 사이에 끼여 있는 그 식당을 찾아냈습니다. 장군이

---

*   1918년 시판되기 시작한 미국의 가정용 전기냉장고 상표명. 일반 명사로 '전기냉장고'를 의미하기도 한다.

금전등록기 뒤에서 말했습니다. 한때는 우리가 출론에서 중국인들을 포위했던 적도 있었지. 이제는 우리가 그들에게 포위된 신세야. 그가 두 손을 피아노 대용품인 금전등록기의 키 위에 얹어 귀에 거슬리는 곡조를 잽싸게 만들어 낼 자세를 한 채 탄식하듯 말했습니다. 내가 여기에 맨손으로 왔을 때를 기억하나? 물론 기억합니다. 나는 이렇게 대답했습니다. 장군이 실제로는 맨손으로 이곳에 오지 않았는데도요. 당시 부인은 상당한 양의 금을 자신과 아이들의 옷 안감에 꿰매 넣었고, 장군은 달러로 가득 찬 전대를 허리에 찼습니다. 하지만 기억상실증은 애플파이만큼이나 미국적인 것이었고, 미국인들은 외국인 불청객들의 변변찮은 파이와 수상쩍은 음식들보다는 그것을 훨씬 더 좋아했습니다. 우리와 마찬가지로 미국인들도 익숙하지 않은 음식을 못 미더워 했을뿐더러 그런 음식을 가져온 이방인들과 동일시했습니다. 우리는 미국인들이 우리 같은 난민들을 받아들일 만하다고 생각하게 하려면, 먼저 우리 음식이 (가격이 적당하고 발음할 수 있어야 한다는 점은 말할 것도 없고) 소화할 만하다고 생각하게 만들어야만 한다는 점을 본능적으로 알았습니다. 소화가 잘 안 될 것 같다는 선입견을 불식하고 마침내 이윤을 내기란 쉬운 일이 아니었기에 내가 장군에게 말했듯이 그와 부인이 사업을 시작한 것은 용기 있는 일이었습니다.

용기 있다고? 난 이게 불명예스럽다고 생각하는데. 자네는 내가 식당 주인이 되는 날이 올 거라고 생각해 본 적이 있었나? 장군이 이전에 싸구려 중국식당이었던 그 좁은 장소를 손짓해 가리켰는데, 사방 벽이 여전히 갈색 홍역 반점 같은 기름기로 얼룩덜룩했습니다. 내가 말했습니다. 아니요, 장군님. 그래, 나도 그랬어. 이런 곳이 아니라, 최소한 품위 있는 식당일 수는 있었을 텐데. 그가 너무나 애처롭게 체념한 듯이 이야기하는 바람에 나는 또다시 동정심을 느꼈습니다. 리놀륨 바닥은 닳아 빠졌고 노란색 페인트는 흐릿한 데다 머리 위 조명은 수명이 다 돼서 침침한 걸 보니, 내부 수리 작업은 전혀 하지 않은 듯했습니다. 그의 언급에 따르면 종업원들은 참전용사들이었습니다. 저 사람은 특수 부대였고, 저 사람은 공수부대였어. 종업원들은 트러커즈 캡*을 쓰고 중고품 할인 상점을 샅샅이 뒤져서 찾아냈거나 덩치 큰 후원자가 하사했음이 분명한 몸에 안 맞는 예복용 와이셔츠를 입고 있어서 전문 살인자들처럼 보이지 않았습니다. 그들은 형편없는 머리 모양을 하고 중국 음식을 배달하는 익명의 남자들, 보험도 없이 병원 응급실에서 초조하게 기다리는 남자들, 면허증이나 등록증이 없어서 자동차 사고 현장에서 도망친 남자들처럼 보였습니다. 그들은 장군이 나를 이끌고 간, 다리 바닥이 평평하지 않은 테이블만큼이나 심하게 비틀거리며 허둥댔습니다. 부인이 내게 특별히 요리한 쌀국수 한 그릇을 직접 가져다준 후에 우리와 합류하자, 부부가 함께 내가 그때까지 탐닉해 본 우리 나라를 대표하는 최고의 고깃국물 표본들 가운데 하나를 먹는 모습을 지켜보았습니다. 여전히 맛있습니다. 국수를 한 입 먹은 다음 내가 말했습니다. 부인은 자기 남편

* 미국의 장거리 대형 트레일러 운전사가 쓰는 모자. 뒷머리 부분에는 조절 장치가 붙어 있어서 크기를 조절할 수 있다.

처럼 시무룩한 채 꿈쩍도 하지 않았습니다. 이렇게 굉장한…… 이렇게 굉장한 고기 국물은 자랑스럽게 여기셔야 합니다.

부인이 말했습니다. 우리가 고기 국물을 파는 걸 자랑스러워해야 하나요? 아니면 쥐구멍을 소유한 걸요? 우리 손님들 중 하나가 이곳을 그렇게 불러요. 장군이 말했습니다. 심지어 이건 우리 소유도 아니야. 빌린 거지. 그들의 외모는 시무룩한 태도와 잘 어울렸습니다. 부인은 머리카락을 뒤로 넘겨 핀을 꽂은 도서관 사서 스타일의 진부한 쪽 찐 머리를 하고 있었습니다. 예전에는 거의 언제나 1960년대 초반의 호시절을 상기시키는 화려한 부풀린 머리나 올린 머리를 하고 있었는데 말입니다. 그녀는 장군과 마찬가지로 남자 같은 폴로셔츠, 볼품없는 카키색 바지, 미국식 신발 중 고른 스니커즈 운동화 같은 기성품 차림을 하고 있었습니다. 요컨대, 내가 슈퍼마켓, 우체국 혹은 주유소에서 마주친 거의 모든 미국인 중년 부부들과 다를 바 없는 차림이었습니다. 복장이 주는 인상 때문에 많은 미국 어른들과 마찬가지로 덩치만 큰 아이들처럼 보였는데, 이런 어른들이 흔히 그러듯 초대형 탄산음료를 빨아 마시고 있을 때면 더욱 그랬습니다. 이런 프티부르주아적인 식당 주인들은 내가 5년 동안 함께 살았고 약간의 두려움뿐 아니라 어느 정도의 애정까지 느꼈던 그 귀족적인 애국자들이 아니었습니다. 그들의 슬픔은 나의 슬픔이기도 했습니다. 그래서 그들의 기운을 북돋울 수도 있는 화제를 꺼냈습니다.

내가 말했습니다. 자, 이 식당이 혁명에 자금을 댄다는 것은 무슨 소린가요?

아주 멋진 아이디어지, 안 그래? 표정이 밝아지며 장군이 말했습니다. 부인의 눈길이 천장으로 향하는 걸 보고 나는 그것이 사실은 그녀의 아이디어일 거라고 짐작했습니다. 장군이 말했습니다. 쥐구멍이든 아니든, 이건 이 도시 최초의 이런 식당이야. 어쩌면 이 나라 전체에서도 말이지. 보다시피 우리 동포들은 고국의 맛에 굶주려 있어. 고작 오전 11시 30분이었지만, 모든 테이블과 칸막이 좌석이 한 손에는 젓가락을, 나머지 한 손에는 숟가락을 들고 쌀국수를 먹는 사람들로 가득했습니다. 그 식당에서는 고국의 향기가 짙게 풍겼고, 고국의 소리가, 진심에서 우러난 후루룩 소리와 경쟁하는 듯한 우리 모국어의 재잘거림이 울려 퍼졌습니다. 장군이 말했습니다. 말하자면 비영리사업이지. 일체의 수익은 '운동'에 쓰일 거야.

누가 이 사실을 알고 있는지 묻자 부인이 말했습니다. 모두 알지만 동시에 아무도 모르죠. 그건 비밀이지만, 누구나 다 아는 비밀이에요. 사람들은 여기에 오고, 그들이 먹는 고깃국물은 자신들이 혁명을 돕고 있다는 생각으로 양념이 돼요. 장군이 말했습니다. 혁명에 관해 말하자면, 다 준비된 상태야, 심지어 군복까지 말이지. 내 아내가 군복을 책임지고 있어. 깃발 제작과 여자들로 구성된 보조 단체는 물론이고 말이야. 아내가 만들어 낼 수 있는 구경거리가 얼마나 굉장한지! 자네는 이 사람이 오렌지카운티에서 개최한 음력설 축하 행사를 놓쳤어. 그걸 봤어야 하는데! 자네에게 보여줄 사진들이 있기는 해. 사람들이 우리 군인들이 군복을 입고 위장을 한 채 우리 국기를 들고 가는 모습을 보면서 어찌나 울고 환호하던지. 우리는 최초의 자원병들을 모아 놓았어. 다들 참전 용사들이야. 주말마다 훈련을 받고 있어. 다음 단계를 위해 이 그룹에서 최고들만 선발할 거야. 그는 테이블 위로 몸을 구부리고 나머지 말을 속삭였습니다. 우리는 태국으로 정찰조를 파견할 예정이지. 그들이 우리의 전방 야전기지와 협력해서 베트남에 육로로 들어가는 길을 정찰할 거야. 클로드 말로는 지금이 얼추 적기라더군.

나는 잔에 차를 한 잔 따랐습니다. 본도 이 정찰조에 들어가나요?

당연하지. 그런 훌륭한 일꾼을 잃기는 너무 싫지만, 그는 우리가 이런 일에 쓸 수 있는 최고의 인물이거든. 자네는 어떻게 생각하나?

나는 태국에서 육로로 들어가는 길은 하나뿐이고 여기엔 라오스나 캄보디아의 오지를 지나는 이동 경로가 포함된다고 생각하는 중이었습니다. 기존 도로들을 피하고, 음울한 원숭이들과 식인 호랑이들과 도무지 도움을 줄 것 같지 않은 적대적이고 겁먹은 현지인들만 살고 있을, 질병이 들끓는 밀림과 삼림지대와 산악지대의 위험한 지형을 선택해야 하는 이동 경로였습니다. 이런 황무지들은 영화를 위해서라면 완벽한 배경이었지만, 거의 틀림없이 죽기 아니면 까무러치기일 임무를 수행하는 데는 무시무시한 배경이었습니다. 내가 본에게 이런 사실을 말할 필요는 없을 터였습니다. 제정신이 아닌 내 친구는 자신의 복귀 가능성이 희박하다는 사실에도 불구하고 어쩔 수 없이 가는 게 아니라, 희박하다는 바로 그 이유로 자원한 것이었습니다. 나는 내 손을, 거기 새겨진 붉은 흉터를 쳐다보았습니다. 불현듯 내 육체의 윤곽을, 내 넓적다리 아래 있는 의자의 느낌을, 내 육체와 생명을 지탱하는 힘이 미약함을 자각했습니다. 그 힘을 파괴하기란 그리 힘들지 않을 테지만, 우리들 대부분은 더 이상 그럴 수 없는 순간까지는 그것을 당연한 것으로 생각했습니다. 깊어지는 상념을 떨쳐버리며 내가 말했습니다. 본이 갈 거라면 저 역시 가야 한다고 생각합니다.

장군이 기뻐하며 박수를 치더니 부인 쪽으로 고개를 돌렸습니다. 내가 뭐라고 했어? 나는 이 친구가 자원할 걸 알고 있었어. 대위, 난 결코 조금도 의심하지 않았어. 하지만 나는 물론이고 자네도 알다시피 자네는 여기 머물면서 나와 함께 계획 입안과 병참 업무에 힘쓰는 게 나을 거야. 지금 조달과 외교 수완 발휘에 힘쓰는 것은 말할 것도 없고. 내가 의원님에게 우리 공동체가 태국의 난민들을 도울 지원팀을 파견할 기금을 모으는 중이라고 말해 뒀어. 어떤 의미에서는 그게 바로 우리가 하고 있는 일이기도 해. 하지만 우리는 그런 대의를 후원하는 사람들을 계속해서 납득시킬 필요가 있을 거야.

내가 말했습니다. 아니면 후원자들에게 최소한 그것이 우리의 목적임을 믿는 척할 변명거리라도 제공해야 합니다.

장군이 만족스럽게 고개를 끄덕였습니다. 바로 그거야! 자네야 실망스러울 테지만 그게 최선이야. 자네는 거기서보다는 여기서 더 도움이 될 테고, 또 본은 스스로를 돌볼 수 있어. 자, 어디 보자, 정오가 다 됐군. 내 생각엔 딱 맥주 한 잔 할 시간인데, 안 그런가?

부인의 어깨 너머로 깃발과 포스터 사이의 벽시계가 보였습니다. 포스터는 새로운 상표의 맥주 광고로, 비키니를 입고 어린아이용 풍

선 같은 크기와 모양의 젖가슴을 쑥 내밀고 있는 젊은 여자 셋이 특
히 눈에 띄었습니다. 깃발은 패망한 베트남 공화국의 국기로, 샛노란
바탕에 굵은 빨간색 가로 줄무늬 세 개가 두드러진 것이 특징이었습
니다. 장군이 몇 번이고 내게 언급했듯이, 자유로운 베트남 국민들의
깃발이었습니다. 그 깃발은 예전에 셀 수 없이 보았고, 그와 같은 포
스터들도 자주 보았지만, 단단한 떡갈 나무를 깎아서 우리 조국 땅
의 형상을 본떠 만든 이런 시계는 한 번도 본 적이 없었습니다. 국가
인 이 시계와 시계인 이 국가를 위해 분침과 시침은 남쪽 지역에서 돌
아가고, 글자판의 숫자들은 사이공 주변에 빛무리를 그리고 있었습니
다. 망명 중인 어떤 장인이 이거야말로 난민 신세인 동포들이 원하는
시계임을 간파했던 겁니다. 우리는 실향민이었지만, 우리를 정의하는
것은 공간이라기보다는 시간이었습니다. 잃어버린 나라로 돌아갈 거
리는 멀어도 유한했지만, 그 거리를 좁히는 데 걸릴 세월은 어쩌면 무
한할지도 몰랐습니다. 따라서 실향민들에게 가장 중요한 질문은 언제
나 시간에 관한 물음이었습니다. 내가 언제 돌아갈 수 있을까?

내가 부인에게 말했습니다. 시간이 정확하지 않군요. 부인의 시계
는 시간이 잘못 맞춰져 있습니다.

아니에요. 맥주를 가져 오려고 일어나면서 그녀가 말했습니다. 그
건 사이공 시간에 맞춰져 있어요.

물론 그랬습니다. 내가 어째서 그것을 알아차리지 못했을까요? 사
이공 시간은 열네 시간이 빨랐습니다. 이 시계가 시간을 판단하는
기준이라면 우리가 열네 시간 뒤처진 것이었지만요. 난민, 망명자, 이

민자, 어떤 종류의 실향민이든, 흔히 상상하듯이 위대한 미국이라는 용광로를 칭송하는 사람들로서 우리는 단순히 두 개의 문화 속에서 사는 것만은 아니었습니다. 실향민들은 또한 이곳과 그곳, 현재와 과거라는 두 개의 시간대에서 살고 있기도 했습니다. 우리는 마지못해 하는 시간 여행자들이었으니까요. 하지만 SF소설에서 시간 여행자들이 시간상 미래나 과거로 이동한다고 상상한 데 반하여, 이 시계는 전혀 다른 시간 배열을 보여 주었습니다. 누가 봐도 알 수 있게 드러나 있는 그 시계의 공공연한 비밀은 우리가 오로지 제자리를 맴돌고 있을 뿐이라는 것이었습니다.

점심 식사 후에 나는 장군과 부인에게 필리핀 모험담에 관한 결과 보고를 했는데, 이는 그들의 우울한 기분을 밝게 해 줌과 동시에 분한 심정을 고조시켰습니다. 분한 심정은 우울한 기분에 대한 일종의 해독제였습니다. 슬픔, 의기소침, 절망 따위도 그렇듯이. 특정한 고통을 잊는 한 가지 방법은 또 다른 종류의 고통을 느끼는 것이었습니다. 징병 검사(괴로울 정도로 많은 재산이 있는 경우가 아닌 한은 절대로 통과하지 못할 리가 없는 검사)를 하는 의사가 한쪽 엉덩이에 주사를 놓는 동시에, 다른 한쪽 엉덩이를 철썩 때릴 때처럼 말입니다. 나 자신이 하마터면 근처 중국 음식점에 있는, 항문에 꼬챙이가 꽂힌 채 매달려 있는 오리구이들 중 하나와 같은 운명을 맞을 뻔했다는 사실을 제외하고 장군과 부인에게 말하지 않은 단 한 가지는 내가 도살당할 뻔한 데 대한 보상금을 지불 받았다는 것이었습니다. 단역배우들이 선물을 가져온 이튿날 아침, 다른 손님 둘을 맞이했습니다. 바이얼럿과 연한 푸른색 정장 차림의 키 크고 마른 백인 남자였는데, 남자의 페이즐리 무늬 넥타이는 뚱뚱한 엘비스 프레슬리만큼이나 넓적했고 셔츠는 아스파라거스로 한 끼 식사를 한 후의 소변처럼 짙은 노란색이었습니다. 그녀가 물었습니다. 기분이 좀 어때요? 나는 완벽하게 정상적인 목소리로 말할 수 있었지만 일부러 소근거렸습니다. 텅 빈 것 같아요. 그녀가 나를 수상쩍다는 듯이 쳐다보며 말했습니다. 우리 모두 당신 걱정을 하고 있어요. 그분은 오늘 마르코스 대통령이 촬영장을 방문하는 일만 아니라면 자신이 직접 왔을 거란 사실을 당신이 알아주길 바랐어요.

이름을 댈 필요도 없는 그분은 물론 작가주의 영화감독이었습니다. 이해합니다. 나는 단순히 그를 언급하는 것만으로도 거센 분노가 치밀었지만, 점잔을 빼며 애처롭게 그저 고개만 끄덕이며 이렇게 말했습니다. 정장 차림의 남자가 서치라이트처럼 번쩍이는 미소를 내 얼굴에 비추며 말했습니다. 여기가 마닐라에서 제일 좋은 병원입니다. 우리 모두 당신이 가능한 최고의 보살핌을 받기를 원합니다. 기분은 좀 어떻습니까? 내가 계속해서 거짓말을 하며 말했습니다. 사실대로 말하자면, 끔찍한 기분입니다. 그가 말했습니다. 그거 참 안됐군요. 내 소개를 하겠습니다. 그가 베일까 봐 두려운 마음이 들 정도로 가장자리가 날카롭고 아주 깨끗한 흰색 명함 한 장을 꺼내 보였습니다. 나는 영화 스튜디오 대리인입니다. 우리가 당신의 병원 치료에 드는 일체의 비용을 지불할 예정임을 아셨으면 합니다.

무슨 일이 있었던 거죠?

기억이 안 나요? 바이얼릿이 물었습니다.

폭발이 있었죠. 엄청난 폭발이요.

그건 우발적인 사고였습니다. 여기 제가 보고서를 갖고 있습니다. 반짝반짝 빛나는 황금빛 잠금장치가 내게 보일 만큼 높이 적갈색 서류 가방을 들어 올리며 대리인이 말했습니다. 이렇게 능률적이라니! 나는 보고서를 대충 훑어보았습니다. 세부적인 내용은 보고서의 존재 자체가 입증하는 사실만큼 의미심장하지는 않았으니까요. 이런 유형의 몹시 신속한 일처리는, 우리 고국에서도 그랬듯이, 손바닥에 뇌물이라는 윤활유를 쳐야만 가능했습니다.

내가 운 좋게 살아남은 겁니까?

그가 말했습니다. 엄청나게 운이 좋은 겁니다. 당신 자신의 목숨과 안녕, 그리고 내 서류 가방에 든 5000달러라는 금액의 수표를 가졌으니까요. 내가 본 진료 기록에 따르면, 당신은 연기 흡입, 찰과상 및 타박상 약간, 가벼운 화상 몇 군데, 머리의 혹, 그리고 뇌진탕을 겪었습니다. 골절되고, 파열되고, 영구적으로 손상된 곳은 아무 데도 없습니다. 하지만 스튜디오 측은 당신의 모든 요구가 충족되도록 책임을 지기를 원합니다. 대리인이 서류 가방을 열고 스테이플러로 찍은 흰색 서류 뭉치와 긴 녹색 종잇조각, 다시 말해 수표를 꺼내 보였습니다. 물론, 당신은 스튜디오가 향후 어떠한 책임도 지지 않게 해 줄 이 서류는 물론이고 영수증에도 서명을 해야만 할 겁니다.

5000달러가 내 보잘것없는 목숨의 값어치였을까요? 스스로 인정하다시피, 그것은 나로서는 한꺼번에는 본 적도 없는 큰돈이었습니다. 이 점이 그들이 믿는 구석이었지만, 심지어 멍한 상태에서도 나는 첫 제안을 덥석 받아들일 정도로 어리석지는 않았습니다. 내가 말했습니다. 너그러운 약속에 감사드립니다. 스튜디오 측이 나를 위해 염려해 주고, 그토록 관심을 기울이다니 정말 친절한 일입니다. 하지만 아시다시피, 아니, 어쩌면 모르실 수도 있겠지만, 나는 우리 대가족의 주된 생계 부양자랍니다. 오로지 나 자신만 생각한다면 5000달러도 아주 훌륭하지만, 아시아인은 ── 이 대목에서 그들에게 내 위로 쭉 뻗은, 여러 세대가 내 정수리에 뿌리내린 채 무겁게 짓누르며 내게 어두운 그늘을 드리우는 바냔 나무처럼 방대한 가계도를 마음속으로 그려볼 시간을 더 적절히 주기 위해 잠시 말을 멈추고 일부러 먼 곳을 보는 시늉을 했습니다 ── 아시아인은 그저 자기 자신에 대해서만 생각할 수는 없는 법입니다.

대리인이 말했습니다. 나도 그렇다고 들은 적이 있습니다. 가족이 전부라고요. 우리 이탈리아인들과 마찬가지로요.

당신네 이탈리아인들도 그렇지요! 아시아인은 자신의 어머니, 아버지를 생각해야 합니다. 형제자매, 조부모님들도요. 사촌들, 마을까지도요. 만일 내 행운에 관해 말이 샌다면……. 끝이 없을 겁니다. 온갖 부탁들이요. 여기서 50달러, 저기서 100달러를 부탁하고. 사방에서 온갖 손들이 나를 세게 끌어당길 테고. 나는 거절하지 못할 겁니다. 자, 당신도 내가 처한 상황이 훤히 보일 겁니다. 그 돈은 한 푼도 받지 않는 편이 나을 겁니다. 나는 이런 정신적인 고생은 하지 않겠습니다.

다른 방도가 있다면 모를까. 나 자신은 물론이고 예상되는 모든 부탁들까지 신경 쓸 수 있을 만큼의 돈을 가질 수 있다면 몰라도.

대리인은 내가 계속해서 말하기를 기다렸지만, 나는 상대가 대답하기를 기다렸습니다. 마침내 그가 항복하고 이렇게 말했습니다. 아시아인 가정들의 뒤얽힌 관계를 알지 못했듯이, 나는 당신이 가족의 일원으로서 모든 의무를 이행할 수 있을 정도의 적당한 금액이 얼마인지도 알지 못합니다. 그 의무가 당신네 문화에서 중요하다는 점을 이해하고, 매우 존중하기는 합니다만.

나는 대리인이 계속해서 말하기를 기다렸지만, 그는 내가 대답하기를 기다렸습니다. 내가 말했습니다. 확실히는 모르겠습니다. 하지만 확실하지는 않아도, 2만 달러면 충분할 거라고 믿습니다. 내 친척들의 요구를 모두 만족시키는 데는요. 예상하던 것이든 예상치 못한 것이든.

2만 달러요? 대리인의 눈썹이 당황스러운 듯 급격한 걱정에 빠져 활 모양으로 구부러지며 우아한 요가 자세를 취하듯 휘어졌습니다. 아, 내가 알고 있듯이 당신도 보험 통계 차트를 알고 있기만 하다면! 2만 달러를 받으려면, 최소한 손가락 하나, 아니 그것도 되도록이면 더 큰 부속기관인 손발을 잃어야만 합니다. 우리가 육안으로 보기 어려운 부위를 이야기하자면, 필수 장기 하나, 아니면 다섯 가지 감각 중 하나를 잃어야 할 거고요.

그런데 사실 나는 병원에서 깨어난 다음에 줄곧 정확히 이름을 댈 수 없는 무언가에, 육체적인 것은 아닌 어떤 근질거림에 끊임없이 들볶이고 있었습니다. 이제 그게 무엇인지 알게 되었습니다. 나는 줄곧 무언가를 잊고 있었지만, 그 무언가가 무엇인지는 알지 못했습니다. 망각의 세 가지 유형 중에 이것이 최악이었습니다. 자기가 무엇을 잊어버렸는지를 알고 있는 경우는 흔했습니다. 역사적인 날짜들, 수학 공식들, 사람들의 이름 같은 경우처럼요. 자신이 잊어버렸다는 사실 자체를 잊어버린 경우는 틀림없이 훨씬 더 흔할 겁니다. 아니, 어쩌면 그리 흔하지는 않을지도 모르지만, 아무튼 그것은 다행스러운 일입니다. 이 경우에는 잃어버린 것이 무엇인지 알아차리지 못하니까요. 하지만 무엇인지 알지도 못하는 무언가를 잊어버렸다는 사실을 안다고 생각하니 몸서리가 쳐졌습니다. 압도적인 고통을 못 이겨 고통스럽게 들리는 목소리로 내가 말했습니다. 나는 무언가를 잃어버렸습니다. 나는 내 마음 한 조각을 잃어버렸습니다.

바이얼릿과 대리인이 눈길을 주고받았습니다. 그가 말했습니다. 아무래도 이해가 잘 안 됩니다.

내가 말했습니다. 내 기억의 일부를 폭발 시점에 잃었는데, 지금까지 완전히 지워진 상태입니다.

유감스럽게도, 당신은 그걸 입증하기가 어렵다는 사실을 알게 될 겁니다.

누군가 다른 사람에게 자신이 무언가를 잊어버렸다는 사실을, 아니면 자신이 한때 무언가를 알고 있었지만 이제는 알지 못한다는 사실을 어떻게 입증할 거냐고요? 그럼에도 나는 그 대리인에게 끝까지 우겼습니다. 몸져누운 상태에서도 오래된 본능들은 남아 있었습니다. 자신의 쿼런을 말거나 아르(R)를 굴려서 발음하는 것과 마찬가지로, 거짓말을 하는 것은 쉽게 잊히지 않는 기술이자 버릇이었습니다. 이는 대리인에게도 해당되는 특성이었는데, 나는 나와 동류인 그의 교활한 기질을 알아차렸습니다. 심문을 할 때와 마찬가지로, 협상을 할 때도 거짓말은 용인할 수 있을 뿐 아니라 당연히 예상되는 것이었습니다. 용인할 수 있는 진실에 도달하기 위해 거짓말들을 하는 경우에는 갖가지 상황이 존재하기 마련이어서, 1만 달러라는 상호 용인할 만한 금액에 합의하기까지 우리의 대화는 이런 식으로 계속 이어졌습니다. 1만 달러는 내가 요구했던 금액의 절반에 불과하기는 했지만, 그들이 원래 제의했던 금액보다는 두 배였습니다. 대리인이 수표를 새로 쓴 후, 내가 서류에 서명을 했고 우리는 알려지지 않은 야구 선수들의 모습이 인쇄된 수집용 트레이딩 카드만큼이나 별 가치 없는 의례적인 작별 인사말을 주고받았습니다. 문 앞에서 바이얼릿이 한 손을 손잡이에 얹은 채 잠시 멈춰서더니 어깨 너머로 나를 바라보면서 — 일찍이 이보다 더 로맨틱한 자세가 있었을까요? 그녀 같은 여자의 경우라 해도요? — 이렇게 말했습니다. 당신이 없었다면 우리가 이 영화를 만들지 못했을 거란 사실을 알 거예요.

그녀의 말을 믿는 것은 곧 팜파탈, 선출직 공무원, 외계에서 온 우주인, 경찰의 자비심, 내 아버지처럼 양말이 구멍투성이일 뿐 아니라 영혼 어딘가에도 구멍이 나 있는 독실한 종교인을 믿는 셈이었습니다. 하지만 나는 믿고 싶었습니다. 게다가 악의 없는 사소한 거짓말을 믿어서 무슨 해가 됐겠습니까? 아무것도요. 내게는 머릿속에서 울려 대는 형편없는 디스코텍의 강렬한 리듬과 내가 살아 있기보다는 죽을 만한 가치가 있는 사람임을 입증하는 녹색 수표가 남아 있었습니다. 그들이 거짓말을 하지 않았다면, 내가 치른 대가라고는 머리에 난 혹과 이미 너무 많이 가지고 있던 기억의 일부가 다였습니다. 그런데 나는 왜 내가 정신을 잃은 동안 어떤 수술을 받아서, 통증보다 더 날 불안하게 하는 마비 상태로 남게 된 게 아닌지 의심했을까요? 왜 어떤 환상지(幻像肢) 같은 기억을 느꼈을까요? 계속해서 체중을 실으려고 애를 써 봐야 이미 사라지고 없는 다리 같은 것인데 말입니다.

나는 답을 찾지 못한 이런 의문들을 안고 캘리포니아로 돌아와 수표를 현금으로 바꿔 잔고가 부족했던 내 은행 계좌에 절반을 남겨 뒀습니다. 나머지 절반은 내가 장군과 부인을 찾아간 날 호주머니 속 봉투에 들어 있었습니다. 그날 오후에 차를 몰고 몬터레이 파크로 갔는데, 그 도시의 두부처럼 순하고 단조로운 교외 주택 지역 한복판에서 무절제한 소령의 미망인과 만나기로 했기 때문입니다. 내가 호주머니의 돈을, 혁명 사업에 더 유용하게 쓰였을 그 돈을 그녀에게 줄 계획이었음을 자백합니다. 하지만 적과 그의 친족을 돕는 일보다 더 혁명적인 것이 무엇인가요? 용서보다 더 급진적인 것은 무엇입니까? 물론 용서를 구하는 쪽은 소령이 아니라, 당연히 나였습니다. 소령에게 저지른 짓이 있었으니까요. 간이 차고에는 내가 소령에게 저지른 짓의 흔적이 전혀 없었고, 그의 유령이 초래한 대기 불안으로 인해 오로지 그 아파트 건물만 아른아른하게 빛나는 현상이 일어나지도 않았습니다. 나는 하느님의 존재를 믿지는 않았지만, 유령의 존재는 믿고 있었습니다. 내가 이 사실을 알고 있었던 것은 하느님은 두렵지 않았지만, 유령은 두려웠기 때문이었습니다. 하느님은 내게 나타나지 않을 테지만 무절제한 소령의 유령은 이미 나타난 적이 있었기에, 그의 집 문이 열릴 때 나는 문손잡이에 얹힌 손이 그의 것일지도 모른다고 두려워하며 숨을 죽였습니다. 하지만 나를 맞이하려고 서 있는 사람은 그의 미망인뿐이었습니다. 사별로 굶어 죽을 지경이라기보다는 오히려 몸집이 두꺼워진 가엾은 여자 말입니다.

대위님! 만나 뵙게 되어서 정말 반가워요! 그녀는 내게 꽃무늬 소파에 앉을 것을 권했는데, 그것은 내가 자세를 바꿀 때마다 찍찍 소리가 나는 투명 비닐에 덮여 있었습니다. 진작부터 커피 테이블 위에서는 중국차 한 주전자와 프랑스제 레이디핑거* 한 접시가 나를 기다리고 있었습니다. 레이디핑거 좀 드세요. 그녀가 그 특별한 쿠키를 자꾸 권하면서 재촉했습니다. 나는 그 상표를 알고 있었습니다. 내가 어린 시절 먹었던 프티 에콜리에 비스킷을 생산하는 회사의 제품이었습니다. 아무도 프랑스인들처럼 죄의식을 동반한 즐거움을 불러일으키지는 못했습니다. 레이디핑거는 어머니가 특히 좋아하던 것으로, 아버지가 어머니에게 미끼로 건넸던 쿠키였습니다. 비록 내 십대 시절에 어머니가 그것을 언급하면서, '선물'이라는 단어를 사용하기는 했지만 말입니다. 내게는 어린 아이에게 레이디핑거를 가져온 사제의

* 가운데가 오목하게 들어간 가늘고 긴 손가락 모양의 카스텔라 같은 쿠키.

의도를 알아챌 만큼의 의식이 있었습니다. 아버지가 구애하러 왔을 때 어머니는 그저 열세 살짜리 어린애에 불과했으니까요. 오늘날 혹은 과거의 어떤 문화권들의 경우, 열셋은 성관계, 결혼, 어머니 역할에 충분히 알맞은 나이였습니다. 아니, 어쩌면 어떤 경우에는 셋 중 둘만 해당될지도 모르지요. 하지만 현대의 프랑스나 우리 고국에서는 그렇지 않았습니다. 내가 아버지를 이해하지 못했다는 것은 아닙니다. 아버지가 나를 낳았을 때는 이때 레이디핑거를 입안에서 녹여먹고 있던 나보다 고작 몇 살 많았거든요. 열세 살짜리 여자아이 — 나는 이따금 유별나게 성숙한 미국 여자아이들 생각을 한 적이 있음을 인정합니다만, 그들 중 일부는 열세 살에도 우리 고국의 여대생들보다 더 발육 상태가 좋았습니다. 하지만 행동에 옮기지는 않고 그냥 생각만 했을 뿐입니다. 만약 생각만으로 유죄판결을 받는다면, 우리는 모두 다 지옥에 있을 겁니다.

레이디핑거 하나 더 드세요, 무절제한 소령의 미망인이 한 개 집어들더니 몸을 앞으로 숙여 내 얼굴에 들이밀면서 재촉했습니다. 미망인은 그 달콤한 손가락을 내 입술 사이에 어머니처럼 다급하게 억지로 밀어 넣으려 했을 테지만, 나는 그녀의 손을 가로막은 다음 스스로 레이디핑거를 먹었습니다. 내가 말했습니다. 맛있군요. 굉장히 맛있어요. 먼저 차 한 모금만 마실게요. 이 말에, 눈앞의 선량한 숙녀가 눈물을 터뜨렸습니다. 내가 말했습니다. 뭐가 잘못됐나요? 그녀가 말했습니다. 그건 바로 그이가 하곤 하던 말이에요. 이 말을 들은 순간 나는 마치 무절제한 소령이 삶이라는 극장과 사후 세계라는 무대 뒤를 서로 분리하는 막 뒤에서 나를 조종하고 있기라도 한 것처럼 불안해졌습니다.

그녀가 울부짖었습니다. 그이가 너무 보고 싶어요! 나는 비닐이 깔린 넓은 공간을 찍찍 소리를 내며 가로질러 가서 눈물을 흘리는 미망인의 어깨를 토닥거려 주었습니다. 나는 이마에 제3의 눈이 달리고 다른 두 눈은 초점 없이 부릅뜬 채 반듯이 누워 있는 무절제한 소령의 모습을 볼 수밖에 없었습니다. 혼령이 아니었다면, 내가 마지막으로 마주쳤을 때 보았던 그 모습 그대로요. 하느님이 존재하지 않는다면, 천벌도 마찬가지였지만, 이런 사실은 하느님을 필요로 하지 않는 유령들에게는 아무 의미가 없었습니다. 내가 믿지도 않는 하느님께 고해를 할 필요는 없었지만 그 순간에도 사이드 테이블 위 제단에서 나를 빤히 바라보는 얼굴의 주인인 유령의 영혼을 달래 줄 필요는 있었습니다. 거기에는 사관학교 정복을 입은 젊은 시절의 무절제한 소령이 있었습니다. 그의 첫째 턱이 셋째 턱을 예외로 인정하는 것 따위는 꿈조차 꾸기 전에 찍힌 모습이었는데, 내가 미망인을 위로하는 동안 그의 검은 두 눈이 나를 뚫어져라 쳐다보고 있었습니다. 그가 사후세계에서 먹어야 하는 것은 곰팡이로 하얗게 뒤덮인 네이블 오렌지 하나, 먼지투성이 스팸 통조림 하나, 그리고 라이프 세이버스 박하사탕 한 통이 전부로, 미망인은 그런 걸 초상화 앞에 진열해 놓은 다음 제단 가장자리에 어울리지도 않게 깜박거리는 크리스마스 전구들을 매달아 환히 밝혀 놓은 상태였습니다. 불평등은 사후세계에서도 어김없이 관철되어 부자들의 자손들은 수북하게 담은 신선한 과일 접시와 샴페인 병과 파테* 통조림으로 조상을 기념했습니다. 진정으로 헌신적인 자손들은 차나 집을 오려낸 평범한 그림들은 물론이고,《플레이보이》지 한가운데 접혀 있는 섹시한 여자 사진들까지 포함된 온갖 종이 제물을 태웠습니다. 나긋나긋한 여자의 뜨거운 육체는 춥고 지루한 사후세계에서 남자가 꼭 원하는 것이었기에, 나는 무절제한 소령에게 환상적이고 가슴이 풍만한 6월호의 아가씨를 제물로 바치겠다고 맹세했습니다.

내가 미망인에게 말했습니다. 남편께 언제고 필요하다면 부인과 아이들을 돌보기 위해 최선을 다하겠다고 약속했어요. 이 말을 제외하고는 다 진실이었습니다. 그러니까 필리핀에서 내가 겪은 소위 사고라는 것과 그녀에게 끈질기게 권한 봉투에 들어 있던 내 보상금의 절반 말입니다. 그녀는 품위 있게 저항했지만 내가 이렇게 말하자 항복했습니다. 아이들을 생각하세요. 그후에는 내가 아이들을 봐야 한다는 그녀의 요구에 굴복한 것을 제외하고는 아무 일도 없었습니다. 그들은 모든 아이들이 그래야 하듯이 침실에서 잠을 자고 있었습니다. 이애들이 내 기쁨이에요. 우리가 쌍둥이를 가만히 내려다볼 때 그녀가 속삭였습니다. 이 힘든 시기에도 이애들이 날 계속 살아가게 한답니다, 대위님. 이애들 생각을 하면 나 자신도 사랑하는 소중한 남편도 별로 생각나지 않아요. 내가 말했습니다. 아이들이 예쁘네요. 그것은 거짓말이었을 수도, 아니었을 수도 있었습니다. 그들은 나

---

* 고기나 생선을 곱게 다지고 양념한 다음, 차게 해서 상에 내는 것으로 빵 등에 펴 발라 먹는다.

한테는 예쁘지 않았지만, 그녀에게는 예뻤습니다. 내가 어린아이들을 몹시 좋아하는 사람은 아님을 인정합니다. 한때는 어린아이였던 나나 내 동지들이 대체로 비열해졌다는 걸 알아 버린 탓이지요. 많은 사람들과 달리 나는 계획적으로든 우발적으로든 나 자신을 복제할 의도가 없었습니다. 나 한 몸도 감당하기에 너무 벅찼으니까요. 하지만 겨우 한 살인 이 아이들은 여전히 자신들이 유죄임을 의식하지 못했습니다. 잠들어 있는 생경한 얼굴에서, 나는 그들이 최근에 우리 세계로 추방되어 무방비 상태이고 쉽게 겁을 먹는 새로운 이민자들임을 알아볼 수 있었습니다.

내가 이 쌍둥이보다 유리한 점은 어린 시절에 내게는 죄책감에 대해 가르쳐 줄 아버지가 있었고 그들에게는 없을 거라는 사실뿐이었습니다. 아버지는 교구 아이들을 대상으로 수업을 진행했는데, 어머니가 나를 강제로 참석시켰습니다. 아버지의 교실에서 나는 성경과 하느님 아버지의 역사, 내 프랑스인 조상들의 이야기, 그리고 가톨릭교회의 교리문답을 배웠습니다. 나이가 열 손가락으로 셀 정도이던 당시에 나는 천진난만했고, 검은색 카속을 입은 이 신부, 열대 특유의 열정적 죄악에서 우리를 구원하려고 부자연스러운 옷을 입고 땀을 뻘뻘 흘리는 이 거룩한 사람이 내 아버지이기도 하다는 사실을 모르고 있었습니다. 내가 그걸 알고 나자, 우리 신앙의 가장 기본적인 교리를 시작으로 아버지에게 배운 모든 것이 다르게 보였습니다. 그건 우리가 일제히 낮고 단조로운 소리로 대답할 때면 그 신부가 눈으로 반 아이들 입 모양을 읽으며 우리 앞을 걸어다니면서 1개 소대의 어린 가톨릭교도들에게 철저히 주입한 교리였습니다.

Q. 우리가 아담과 이브로부터 물려받은 죄를 무엇이라고 합니까?
A. 우리가 아담과 이브로부터 물려받은 죄는 원죄라고 합니다.

언제나 내 뇌리를 떠나지 않던 정말로 중요한 '질문'은 이 원죄와 관련이 있었습니다. 왜냐하면 내 아버지의 정체성에 관한 것이었으니까요. '대답'을 알게 됐을 때 나는 열한 살이었고, 그 지식은 주일학교가 끝난 후 어린 우리들이 성경 속의 수많은 잔혹 행위들을 재현하던 영역인, 먼지투성이 교회 경내에서 일어난 한 사건에서 비롯되었습니다. 우리들이, 신부가 외국에서 들여온 불독이 혀를 축 늘어뜨린 채 핑크색 풍선 같은 거대한 음낭을 최면을 거는 듯한 리듬으로 앞뒤좌우로 흔들면서 유칼립투스 나무 그늘에서 낑낑거리는 자기 암컷을 밀어붙이는 모습을 구경할 때, 보다 약삭빠른 반 친구들 중 하나가 이 성교육 수업에 대한 보충 수업을 하려고 들었습니다. 그가 말했습니다. 수캐와 암캐, 그건 자연스러운 거야. 하지만 쟤는 — 이 대목에서 업신여기는 눈초리로 나를 손가락질했습니다 — 고양이랑 수캐가 그짓을 하면 생기는 거나 마찬가지야. 모두의 관심이 내게 쏠렸습니다. 나는 마치 그들이 다함께 기다리고 있는 물가에서 멀어져 가는 보트에 타고 있는 것처럼 그 자리에 선 채로, 나머지 아이들의 눈을 통해 수캐도 고양이도 아니고 인간도 짐승도 아닌 생명체인 나 자신을 보았습니다.

이 어린 익살꾼이 내게 말했습니다. 수캐랑 고양이. 수캐랑 고양이 —

내가 주먹으로 그의 코를 치자, 그 익살꾼은 피가 나는데도 깜짝 놀라 입도 뻥끗 못한 채 다친 곳을 보려고 안간힘을 쓰다가 순간적으로 사팔뜨기가 되어 버렸습니다. 내가 한 번 더 주먹으로 코를 치자 피가 솟구쳤고 이번에는 익살꾼이 목청껏 비명을 질렀습니다. 나는 다시 때리기 시작했고, 차근차근 귀에서 뺨으로, 명치로, 그러고 나서는 땅에 넘어진 녀석에게 달려들어 그가 스스로를 보호하려고 머리 주변으로 당겨 올려 웅크리고 있던 어깨로 옮겨 가며 주먹을 날렸습니다. 또래 아이들이 우리 주위로 몰려들어, 내가 손가락 관절 마디들이 욱신거릴 때까지 계속 그를 내리치는 동안 고함을 치고 비명을 지르며 웃음을 터뜨렸습니다. 이 목격자들 중 단 한 명도 그 익살꾼을 위해 끼어들려 하지 않았고, 익살꾼의 흐느낌이 그때껏 들은 최고의 농담을 들은 사람의 숨 막힐 듯한 웃음소리처럼 들리기 시작한 순간에야 비로소 나는 주먹질을 멈췄습니다. 내가 일어서자 고함소리, 비명소리, 웃음소리가 잦아들었고, 그 어린 괴물들의 사랑스러운 얼굴에서 나는 두려움을 발견할 수 있었습니다. 그것이 존경심이 아니었다면 말이지요. 나는 나 자신이 알게 된, 말로는 표현할 수 없는 그것이 정확히 무엇인지를 궁금해 하면서 혼란에 휩싸인 채 집으로 걸어갔습니다. 내 마음에는 오로지 고양이를 올라탄 수캐의 음란한 모습만이 가득했고, 암컷 고양이의 얼굴이 다른 누구도 아닌 바로 내 어머니의 얼굴로 대체되자 너무 속이 상해서, 집에 도착해 어머니를 보자마자 와락 울음을 터뜨리며 그날 오후 일어났던 모든 일을 털어놓았습니다.

아가, 아가, 넌 부자연스럽지 않아. 내가 사향내 섞인 독특한 향기를 풍기는 쿠션 같은 어머니의 가슴에 기대어 흐느껴 우는 동안, 나를 꼭 껴안고 어머니가 말했습니다. 넌 하느님이 내게 주신 선물이란다. 그 무엇도 그 누구도 더 자연스러울 수는 없어. 자, 아가, 내 말 잘 들어. 눈물에 흐릿해진 눈으로 어머니의 눈을 빤히 올려다보자, 어머니 역시 눈물을 흘리고 있는 것이 보였습니다. 넌 늘 네 아버지가 누구인지 알고 싶어 했고, 나는 네가 알게 되는 순간, 진짜 남자가 될 거라고 말했지. 그럼 어린 시절에 이만 작별을 고해야 할 거라고. 정말로 알고 싶니?

어머니가 어린 아들에게 남자가 될 준비가 다 됐는지 물을 때, 그 아들이 그렇다는 대답 말고 어떤 말을 할 수 있겠습니까? 그래서 나는 고개를 끄덕이고 나서 턱을 어머니의 가슴에, 뺨을 빗장뼈에 기댄 채 어머니를 꽉 껴안았습니다.

내가 지금 너한테 말해 주려고 하는 건 아무한테도 얘기하면 안 돼. 네 아버지는⋯⋯.

어머니가 아버지의 이름을 말했습니다. 내 눈에서 당혹감을 본 어머니는 이렇게 말했습니다. 그의 하녀였을 때 나는 아주 어렸단다. 그는 늘 아주 친절했고 나는 그걸 고맙게 여겼어. 부모님이 나를 학교에 보낼 여유가 없던 그 시절에 내게 그 자신의 언어로 읽는 법과 셈하는 법을 가르쳐 주었지. 우리는 매일 저녁 많은 시간을 함께했고,

그는 프랑스와 그의 어린 시절 이야기들을 해 주곤 했어. 그가 무척 외로워한다는 걸 알 수 있었어. 우리 마을에는 그 말고는 그런 부류의 사람이 없었고, 내 생각에 나 말고는 나 같은 부류에 속하는 사람도 없었지.

나는 어머니의 가슴에서 빠져나와 두 귀를 막았습니다. 더 이상 듣고 싶지 않았지만 잠자코 있었고, 어머니는 계속 이야기했습니다. 나는 더 이상 보고 싶지 않았지만, 눈을 감았는데도 온갖 모습들이 내 눈앞에 떠다녔지요. 어머니가 말했습니다. 그는 내게 하느님의 말씀을 가르쳐 주었어. 그리고 나는 성경을 공부하고 십계명을 외우면서 읽고 셈하는 것을 배웠지. 우리는 그의 테이블에 나란히 앉아, 램프 불빛 아래서 글을 읽었어. 그러다가 어느 날 밤……. 그런데 너도 알다시피, 그게 바로 네가 부자연스러운 존재가 아닌 이유란다, 아가. 하느님께서 직접 너를 보내 주셨지. 하느님의 위대한 섭리 안에 네가 맡을 소임이 없다면 하느님께서 네 아버지와 나 사이에 그런 일이 일어나도록 절대 허락하지 않으셨을 테니까. 나는 그렇게 믿고 있고 너 역시 그렇게 믿어야만 해. 너에게 주어진 하늘의 뜻이 있어. 예수님께서 막달라 마리아의 발을 씻기시고 나병환자들을 옆자리에 기꺼이 맞아들이시고 바리새인들과 권력자들에 대적하셨음을 명심해. 온유한 자들은 땅을 기업으로 받을 것이라.* 아가, 네가 바로 그 온유한 자들 중 하나란다.

---

*   마태복음 5장 5절.

만일 어머니가 그 순간 무절제한 소령의 아이들을 내려다보고 있는 내 모습을 보셨다면, 여전히 나를 온유한 자들 중 하나라고 생각했을까요? 그리고 잠자던 이 아이들은, 자기들이 이미 떠안고 있는 죄를, 결국 저지르기로 정해져 있는 죄악과 범죄들을 얼마나 오랫동안 각성하지 못한 채 지냈을까요? 이 남자아이들이 나란히 누워 서로 어머니의 젖가슴을 차지하려고 몸싸움을 벌였을 때 이미, 저마다 가슴속으로 나머지 하나가 사라지기를 아무리 잠깐일지라도 간절히 바랐을 수도 있지 않을까요? 하지만 내 옆에 서서 자기 태내에서 나온 경이로운 존재들을 가만히 내려다보는 동안, 미망인이 이런 질문들에 대한 대답을 기다리고 있는 것은 아니었습니다. 그녀는 내가 입에 발린 칭찬의 말이라는 성수를 뿌려 주기를 기다리고 있었고, 내키지 않았지만 어쩔 수 없이 칭찬 세례를 베풀어 주고 나자 미망인은 너무 기쁜 나머지 내게 저녁 식사를 만들어 주겠다고 고집을 부렸습니다. 내가 늘 먹는 음식이 냉동식품임을 고려하면, 나를 부추길 필요는 거의 없었고, 무절제한 소령이 어째서 그녀의 사랑을 받으며 점점 훨씬 더 살이 쪘는지 금세 분명해졌습니다. 그녀의 베트남식 소고기 샐러드는 비길 데가 없었고, 공심채 볶음은 내 어머니의 솜씨를 떠오르게 했으며, 동아 죽은 죄책감에 요동치는 내 마음을 달래 주었습니다. 심지어 흰 쌀밥조차도 평소 내가 먹던 것보다 더 폭신폭신해서, 여러 해 동안 합성 섬유 위에서 잠을 자고 난 후에 맛본 거위 털의 느낌과 맞먹을 정도였습니다. 드세요! 드세요! 드세요! 그녀가 외쳐 댔고, 식탁에 차려진 요리가 제아무리 빈약하다고 해도 이 명령에서 똑같이 재촉하던 내 어머니의 목소리를 듣지 않기는 불가능했습니다. 그래서 더 이상 먹을 수 없을 때까지 먹고 식사를 마쳤는데도 그녀는 아직 다 해치우지 못한 레이디핑거 접시가 있다고 주장했습니다.

그후에 나는 차를 몰고 근처 주류 판매점으로 갔는데, 그곳은 나로서는 절대 따라할 희망조차 품을 수 없을 만큼 인상적인 팔자수염을 기른 무표정한 시크 교도가 운영하는 일종의 이민자 전초기지였습니다. 나는 《플레이보이》 한 권, 말보로 담배 한 보루, 마음이 아릴 만큼 사랑스럽고 속이 다 비치는 스톨리치나야 보드카 한 병을 샀습니다. 레닌이나, 스탈린, 칼라시니코프와 관련된 울림을 가진 그 이름 덕에 내가 즐긴 자본주의적인 도락에 대한 기분이 한결 나아졌습니다. 보드카는 정치적 망명자들을 뺀다면, 소비에트연방이 만든, 수출에 적합한 세 가지 품목 중 하나였고, 나머지 둘은 무기와 소설이었습니다. 무기는 직업상 내가 높이 평가하는 품목이었고, 보드카와 소설은 내가 대단히 즐기는 것들이었습니다. 19세기 러시아 소설과 보드카는 서로에게 완벽한 동반자였습니다. 보드카를 홀짝거리면서 소설을 읽는 것은 음주를 정당화했고, 반면 음주를 하면 소설이 실제보다 훨씬 더 짧아 보였습니다. 내가 그런 소설을 한 권 사려고 그 가게로 되돌아갔을 수도 있었을 테지만, 그곳에는 『카라마조프 가의 형제들』 대신에, 『록 병장』*이 비치되어 있었습니다.

*   미국 DC 코믹스에서 발행한 만화책 시리즈. 프랭클린 존 록 병장, 즉 일명 프랭크라는 허구의 인물을 주인공으로 한다.

내가 공중전화를 발견한 것은 두 팔로 보물들이 든 종이봉투를 방어적으로 감싸 안은 채 주차장에서 머뭇거리던 바로 그때였습니다. 소피아 모리에게 전화를 걸고 싶은 강한 충동이 나를 끈질기게 괴롭혔습니다. 나는 그때까지 어떤 삐딱한 이유로, 내가 여기 와 있음을 그녀는 전혀 모르는데도 일부러 무심한 척하면서 그 일을 계속 뒤로 미루고 있었습니다. 나는 10센트짜리 동전을 낭비하며 전화를 거는 대신에, 차에 뛰어 올라타고 넓디넓은 로스앤젤레스를 가로질러 갔습니다. 무절제한 소령의 미망인에게 내 피의 대가로 받은 돈을 건넨 후 마음이 약간 편안해진 덕분인지, 차량이 드문드문한 고속도로를 따라 질주하는 동안 무절제한 소령의 유령이 내 귀에 대고 기쁘게 깔깔 웃는 소리가 들렸습니다. 나는 미즈 모리의 아파트에서 떨어진 붐비는 거리에 차를 세우고,《플레이보이》를 제외한 나머지 보물들이 든 종이봉투를 챙겼습니다. 그 잡지는 무절제한 소령의 유령을 위해, 6월의 아가씨가 카우걸 부츠와 목에 두른 네커치프만 빼면 홀딱 벗은 채로 건초 더미 위에 팔다리를 매혹적으로 쭉 펴고 드러누운 사진이 실린 한가운데 페이지를 펼쳐서 뒷좌석에 남겨 두었습니다.

미즈 모리네 동네에는 내가 기억하던 대로 군데군데 시들시들한 잔디밭이 있는 베이지색 주택들과 육군 막사처럼 획일적인 매력을 지닌 회색 아파트들이 있었습니다. 그녀의 아파트에는 주홍색 커튼이 쳐져 있었지만, 안에서는 불빛이 비쳤습니다. 그녀가 문을 열었을 때, 내가 처음으로 알아차린 것은 머리 모양의 변화였는데, 어깨까지 내려오도록 자란 데다 더 이상 퍼머머리가 아닌 생머리여서 검정 티셔츠에 청바지라는 수수한 옷차림과 함께 어우러져 그녀를 내가 기억하는 것보다 더 젊어 보이게 하는 효과가 있었습니다. 당신이군! 나를 향해 두 팔을 벌리며 그녀가 외쳤습니다. 우리가 서로 껴안는 순간 모든 것이, 그녀가 향수 대신 사용하는 베이비파우더, 그녀의 완벽한 체온, 작고 보드라운 젖가슴이 다시 느껴졌습니다. 다만, 평소에는 깨지기 쉬운 물건들을 옮길 때 사용할 수 있을 정도로 도톰한 브라에 감싸여 있던 젖가슴이 오늘밤에는 모든 속박에서 자유로운 상태였습니다. 왜 전화하지 않았어? 들어와. 그녀가 꾸밈을 최소화한 아파트 안으로 나를 끌어당겼습니다. 가벼운 차림으로 여행하는 사람들인 체 게바라나 호찌민 같은 부류에게서 그녀가 높이 평가하는 혁명적인 자제심으로 세간을 비치한 아파트였습니다. 그녀가 소유한 가장 큰 가구는 평소 검은 고양이가 앉아 있는 거실의 접이식 푸톤*이었습니다. 이 고양이는 전부터 항상 내게 일정한 거리를 두었습니다. 두려움이나 존경심 때문은 아니었습니다. 미즈 모리와 내가 관계를 맺을 때마다, 그 암코양이가 침대 옆 탁자에 걸터앉아 가끔씩 한쪽 발을 쭉 펴고 드러낸 발톱 사이를 핥으며 업신여기는 듯한 녹색 눈으로 내가 부리는 재주를 평가한 걸 보면요. 이때 그 암코양이가 안에 있기는 했지만 푸톤 바로 위에 느긋하게 누워 있는 것은 아니었습니다. 대신 소니의 무릎에 누워 있었고, 그가 맨발로 다리를 꼰 채 푸톤을 깔고 앉

---

*   원래는 매트리스처럼 생긴 일본식 요를 일컫는 말이었으나, 북미 지역에서는 스프링이 들어 있지 않은 접이식 소파나 소파베드도 푸톤이라고 부른다.

아 있었습니다. 그는 사과하듯 씩 웃었지만, 그럼에도 암코양이를 무릎에서 쉬이 하고 쫓아 보내며 일어설 때 소유권을 주장하는 분위기를 물씬 풍겼습니다. 옛 친구를 다시 보게 되니 반갑군. 그가 손을 내밀며 말했습니다. 소피아랑 나는 종종 자네 얘길 했지.

13장

나는 무엇을 기대했을까요? 나는 일곱 달 동안이나 행방불명 상태였고, 연락이라곤 휘갈겨 쓴 엽서 몇 장 보냈을 뿐 전화 한 번 한 적이 없었습니다. 미즈 모리는 일부일처제나 남자에 헌신하지 않았습니다. 하물며 특별히 한 남자에게만 헌신하지는 않았습니다. 거실에서 가장 눈에 띄는 가구를 통해, 다시 말해 '여성 문제'와 씨름한 시몬 드 보부아르, 아나이스 닌, 앤젤라 데이비스* 및 다른 여성들의 책의 무게로 막노동꾼의 등처럼 휘어진 서가를 통해 자신의 충성 대상을 선언했습니다. 아담에서 프로이트에 이르기까지 서양 남자들 역시 그런 질문을 했습니다. 비록 그 질문을 '여자는 무엇을 원하는가?'라고 표현하기는 했지만요. 최소한 그들은 그 주제를 곰곰이 생각해보기라도 했습니다. 우리 베트남 남자들은 심지어 여자가 무엇을 원

---

*   1960년대 후반 미국 공산당 당수로도 활동한 흑인 여성 정치 활동가, 학자 겸 작가.

하는지 물어 볼 만큼도 신경을 써 본 적이 없다는 생각이 이때 비로소 떠올랐습니다. 나는 미즈 모리가 무엇을 원하는지를 눈곱만큼도 알지 못했습니다. 이 책들 중 일부라도 읽었더라면 아마 흐릿하게나마 감지했을 테지만, 나는 기껏해야 책을 감싸고 있는 종이 커버에서 눈에 띄는 개요나 알 뿐이었습니다. 나는 소니가 그것들 중 일부를 실제로 전부 다 읽었음을 직감했고, 옆 자리에 앉았을 때 그의 존재에 대한 반응으로 피부가 욱신거리는 것이 느껴졌습니다. 그의 싹싹한 미소에 자극 받아 적개심이 분출한 셈이었습니다.

거기엔 뭐가 들었어? 턱을 들어 내 무릎에 놓인 종이봉투를 가리키며 소니가 말했습니다. 미즈 모리는 포도주잔을 하나 더 가져오려고 자리를 비운 상태였습니다. 이미 한 쌍의 포도주잔이 개봉된 적포도주 한 병, 포도주에 흠뻑 젖은 코르크 마개가 여전히 꽂혀 있는 코르크스크루 한 개, 사진첩 한 권과 함께 커피 테이블 위에 놓여 있었습니다. 담배야. 상자를 꺼내며 내가 말했습니다. 보드카하고.

나는 어쩔 수 없이 보드카를 내밀었고, 소니는 그것을 부엌에서 돌아온 미즈 모리에게 보여 주었습니다. 이렇게까지 안 해도 됐는데. 보드카를 포도주 병 바로 옆에 놓으면서 그녀가 쾌활하게 말했습니다. 그 아름답고 속이 비쳐 보이는 스트리치나야는 우리가 묵묵히 지켜보는 동안 금욕적인 러시아식 태도를 유지했습니다. 가득 차 있는 술병은 저마다 그 안에 메시지를 담고 있기 마련입니다. 그걸 마시고 나서야 발견하게 되는 뜻밖의 선물인 셈이지요. 나는 그 병의 메시지를 미즈 모리와 함께 읽어 볼 작정이었는데, 이는 그녀와 소니에게도 빤히 들여다보였으므로 만일 미즈 모리가 품위 있는 태도를 보이지 않았다면, 우리는 난처한 상황이라는 몹시 차가운 물에 흠뻑 젖어 자리에 앉아만 있었을지도 몰랐습니다. 그녀가 말했습니다. 생각해 줘서 정말 고마워. 특히 우리는 담배가 거의 바닥난 상태였거든. 괜찮다면, 한 대 피울게.

소니가 말했습니다. 그래, 필리핀 여행은 어땠어?

자세한 얘기를 듣고 싶어. 내게 와인 한 잔을 따라 주고 나서 자기들 잔을 다시 채우면서 미즈 모리가 말했습니다. 삼촌이 전시에 거기서 지낸 얘기를 해 주신 이래로 줄곧 가 보고 싶었지. 담배 상자를 찌익 소리 나게 열어 그녀에게 한 개비를 내밀고 나도 한 대 집어 든 다음, 이미 거듭 반복했던 이야기를 시작했습니다. 고양이는 제왕 같은 태도로 경멸스럽다는 듯 하품을 하고 소니의 무릎으로 다시 기어오른 후에 기지개를 켜며 내게 코웃음을 친 다음 따분하다는 듯 잠이 들었습니다. 나는 소니와 미즈 모리가 내 말을 들으며 내 담배를 피우고 예의상 질문을 몇 개 하는 동안, 그들이 내게 아주 조금 더 관심이 있을 뿐이라는 인상을 확실히 받았습니다. 풀이 죽은 탓에, 하마터면 죽을 뻔하다가 살아난 경험은 말할 엄두조차 나지 않아서 내 이야기는 클라이맥스도 없이 흐지부지 되고 말았습니다. 시선을 사진첩으로 떨궜더니, 수십 년 전 중산층 특유의 장면들을 포착한 흑백사진들이 실린 페이지가 펼쳐져 있었습니다. 각자 레이스 덮개를 씌운 안락의자에 편하게 앉아 있는 아버지와 어머니, 1930년대 옷차림과 머리 모양을 한 채 피아노를 치고 코바늘뜨기를 하고 식사를 하려고 식탁을 둘러싸고 모여 앉은 아들딸들. 내가 말했습니다. 이 사람들은 누구죠? 미즈 모리가 말했습니다. 우리 가족. 가족? 그 대답은 나를 망연자실하게 만들었습니다. 물론 나는 미즈 모리에게 가족이 있음을 알고 있었지만, 그녀가 가족 이야기를 하는 경우는 드물었고 그들의 사진을 보여 준 적은 한 번도 없었습니다. 나는 고작 그들이 여기서 북쪽으로 멀리 떨어진, 먼지가 많고 더운 샌호아킨 계곡 소도시들 중 하나에 산다는 것만 알 뿐이었습니다. 저건 벳시고, 저건 엘리너야. 당사자들의 얼굴을 손가락으로 가리키려고 몸을 숙이면서 소니가 말했습니다. 여기 있는 건 조지랑 아베고. 불쌍한 아베.

내가 포도주를 홀짝거리고 있던 미즈 모리를 바라보았습니다. 그가 전시에 죽었나요?

아니. 그녀가 말했습니다. 그는 참전을 거부해서 수감됐더랬지. 지금도 여전히 억울해 해. 그러면 안 된다는 얘긴 아니야. 나라도 억울해 할 거란 사실을 하느님은 아실 테지. 난 그저 아베가 지금보다 더 행복해지기를 바랄 따름이야. 그 전쟁은 30년이 지났어도 여전히 그의 기억에 남아 있어. 싸우러 가지도 않았는데.

그는 싸웠어. 소니가 말했습니다. 단지 이 땅에서 싸웠을 뿐이지. 누가 그를 비난할 수 있어? 정부는 그의 가족을 수용소에 집어넣고 나서 그에게 나라를 위해 싸우러 가라고 요구하지. 나라도 미친 듯이 화를 낼걸.

그때 자욱한 담배 연기가 우리 셋을 갈라놓았습니다. 어렴풋하게 소용돌이치던 우리 생각들이 홀연히 나타났다 덧없이 사라지는 물질적인 형태를 취했고, 잠깐 동안 나 자신의 희미한 유령 같은 형태가 소니의 머리 위를 맴돌았습니다. 내가 말했습니다. 지금 아베는 어디 있죠?

일본. 그가 여기보다 거기서 조금이라도 더 행복하다는 건 아니야. 전쟁이 끝나서 풀려난 후에, 여기서 태어났는데도 평생 백인들한테 들었던 대로 자기 민족에게 돌아가야겠다고 생각했어. 그런데 일본 사람들 역시 자신을 그들 중 하나라고 생각하지 않는다는 사실을 알게 됐지. 그들에게 아베는 우리 중 하나였고 우리에게는 그들 중 하나였던 거야. 이도저도 아니었던 거지.

어쩌면 우리 학과장님이 그를 도와줄 수 있을지도 몰라요. 내가 말했습니다.

맙소사, 농담이길 바라. 미즈 모리가 말했습니다. 당연히 농담이었지만, 이렇게 복잡한 삼각관계에 본의 아니게 끼여 있는 애인으로서, 나는 평정심을 잃은 상태였습니다. 나는 잔에 든 포도주를 마저 마시며 안정을 되찾았습니다. 나는 포도주병을 바라보고서야 그것이 텅 비었음을 알았습니다. 미즈 모리가 말했습니다. 보드카 좀 마실래? 그녀의 시선에는 동정심이 가득 실려 있었지만, 줄곧 미온적으로 제공할 뿐이었습니다. 갈망이 내 마음 가장 밑바닥에 가득 흘러 넘쳤기에, 내가 할 수 있는 일이라고는 잠자코 고개를 끄덕이는 것뿐이었습니다. 소니와 내가 아무 말 없이 앉아 있는 동안, 그녀가 부엌으로 가서 보드카를 위해 깨끗한 텀블러 몇 개를 찾아왔습니다. 그 보드카는 한 잔 받고 보니, 내가 상상했던 것처럼 자극적이고 훌륭했습니다.

얼룩 투성이에 페인트가 조각조각 떨어진 내 내면의 벽면들을 벗겨 낼 페인트 시너였습니다.

소니가 말했습니다. 아마 언젠가 우리는 일본에 가게 될 거야. 난 아베를 만나 보고 싶어.

미즈 모리가 말했습니다. 나도 당신이 그를 만나면 좋겠어. 그도 당신처럼 투사야.

보드카는 솔직해지는 데 쓸모가 있었습니다, 특히 내 것이 그랬듯이 얼음을 넣었을 때는요. 얼음을 넣은 보드카는 너무 투명하고, 너무 맑고, 너무 강력해서, 그것을 마시는 사람들에게 똑같이 되고 싶다는 기분을 불러일으켰습니다. 나는 틀림없이 입게 될 타박상을 각오하며, 내 몫의 보드카를 마저 들이켰습니다. 우리 대학 시절 이래로 줄곧 궁금했던 것이 있어, 소니. 그때 너는 늘 자신이 인민과 혁명을 얼마나 신뢰하는지에 대해 많은 말을 했지. 당신도 그의 말을 들어 봤어야만 해요, 미즈 모리. 그는 아주 훌륭한 연설을 하곤 했어요.

미즈 모리가 말했습니다. 나라면 그 연설들을 듣고 싶어 했을 텐데. 아주 많이.

하지만 그 연설들을 들었다면, 당신은 왜 그가 돌아가서 자신이 믿는 혁명을 위해 싸우지 않는지를 자문했을 겁니다. 아니면, 이렇게 자문하거나. 왜 그는 지금이라도 돌아가서 가까운 미래에 인민과 혁명의 일부가 되지 않을까? 당신 오빠인 아베조차도 자신이 옳다고 믿는 것을 위해 감옥에 갔다가 일본으로 갔는데요.

그래서 그가 어떤 상황인지 보라고. 미즈 모리가 말했습니다.

난 그저 내 질문에 대한 답을 원할 뿐이야, 소니. 넌 미즈 모리와 사랑에 빠졌기 때문에 아직 여기 있는 거야? 아니면, 무서워서 아직도 여기 있는 거야?

그가 움찔하고 놀랐습니다. 내가 그의 아픈 곳을, 양심이라는 명치를 쳤고, 그곳은 모든 이상주의자가 상처 입기 쉬운 부분이었으니까요. 이상주의자를 무력하게 만들기는 쉽습니다. 이상주의자에게 자신이 선택한 특별한 전투의 최전방에 가 있지 않은 이유를 묻기만 하면 됩니다. 나는 헌신에 관한 질문을 했고, 설사 소니는 몰랐다고 할지라도, 나 자신이 헌신적인 사람들 중 하나임을 알고 있었습니다. 그가 수치스러운 듯 자신의 맨발을 바라보았지만, 어인 일인지 이는 미즈 모리에게 아무런 영향을 미치지 않았습니다. 그녀는 이해심 어린 눈빛으로 그를 힐끗 쳐다볼 뿐이었습니다. 하지만 그녀가 시선을 돌려 똑바로 나를 응시했을 때, 거기에는 여전한 연민과 또 다른 무언가, 다시 말해 후회의 흔적이 남아 있었습니다. 그쯤에서 그만두고 품위 있게 퇴장할 시점이었지만, 내 마음 가장 밑바닥의 꽉 막힌 배수구를 통해 그다지 빠르게 배출되지 못한 보드카 때문에 나는 어쩔 수 없이 계속 헤엄쳐 나가야만 했습니다. 내가 말했습니다. 넌 항상 몹시 감탄하면서 인민에 관해 이야기했지. 네가 그토록 인민과 함께하고 싶다면, 집으로 돌아가.

미즈 모리가 말했습니다. 그의 집은 여기에 있어. 나는 그녀가 담배를 피우며 반격하던 그 순간보다 더 그녀를 원했던 적이 결코 없었습니다. 인민들 또한 여기 있기 때문에 그는 계속 남아 있는 거야. 그들과 함께, 그리고 그들을 위해 해야 할 일이 있어. 그걸 모르겠어? 이 곳은 이제 당신의 집이기도 하잖아?

소니가 자기 손을 그녀의 팔에 얹으며 말했습니다. 소피아. 나는 목구멍 안에 응어리가 하나 있었지만, 삼키지 못한 채 그녀가 자기 손을 그의 손에 얹는 모습을 지켜보았습니다. 나를 옹호하지 마. 그가 옳아. 내가 옳다고? 나는 소니에게 이런 말을 한 번도 들어 본 적이 없었습니다. 아주 기뻐해야 했지만, 미즈 모리의 심장 혹은 마음이 소니를 외면하도록 그녀를 설득하기 위해 내가 할 수 있는 말이 거의 없다는 것이 점점 더 명확해졌습니다. 그가 자기 몫의 보드카를 마저 들이켠 후 말했습니다. 나는 이 나라에서 지금껏 14년 동안 살았어. 몇 년 더 있으면, 우리 고국에서 보냈던 만큼의 시간을 여기서 보내게 되겠지. 결코 내 의도는 아니었어. 나는 여기에, 자네와 마찬가지로 공부를 하러 왔을 뿐이었지. 공항에서 부모님께 작별 인사를 하면서, 돌아와서 우리 나라를 돕겠다고 약속한 걸 아주 또렷하게 기억해. 난 세상이 제공할 수 있는 최고의 교육을 받고 미국 학위를 딸 예정이었어. 그 지식을 사용해서 우리 나라 사람들이 자기들 힘으로 미국인들에게서 벗어나는 것을 도우려 했어. 아니, 그러기를 바랐지.

그가 미즈 모리에게 잔을 내밀자, 그녀가 더블로 한 잔을 따라주었습니다. 한 모금 마신 소니는 미즈 모리와 나 사이의 어딘가를 바라보며 말을 이어갔습니다. 내가 본의 아니게 배운 것은 외국 사람들 사이에 살면 그들 때문에 변할 수밖에 없다는 거야. 그가 보드카 잔을 빙빙 돌리다가 자책하듯 한 입에 꿀꺽 마셔 버렸습니다. 결과적으로 가끔씩 나 자신이 약간 낯설게 느껴지기도 해. 내가 무서워한다는 걸 인정해. 내 비겁함, 위선, 나약함, 내 수치심을 인정해. 네가 나보다 나은 사람인 걸 인정해. 네 정치적인 견해에 동의하지는 않아. 오히려 경멸하지. 하지만 넌 선택의 여지가 있을 때 집으로 가서 네가 옳다고 믿는 싸움에 참가했지. 넌 네가 생각하는 대로 인민을 위해 분연히 일어섰어. 그런 이유로, 나는 너를 존경해.

그 말을 믿을 수가 없었습니다. 나는 그가 자기 실패를 자백하고 항복하게 했던 것입니다. 내가 소니와의 논쟁에서 이겼는데, 그건 대학 시절에 한 번도 해내지 못했던 일이었습니다. 그런데 미즈 모리는 왜 그의 손을 꼭 붙잡고 무언가 위로의 말을 속삭이고 있었을까요? 그녀가 말했습니다. 괜찮아. 당신 기분이 어떨지 난 정확하게 알아. 괜찮다고요? 내게는 술이 한 잔 더 필요했습니다. 미즈 모리가 말을 계속했습니다. 나를 봐, 소니. 내가 뭘 하는 사람이지? 나를 나비 아가씨라고 부르면서 자기가 내게 찬사를 보내는 거라고 생각하는 백인 남자의 비서야. 내가 그에게 항의하면서 뒈져 버리라고 하나? 아니야. 난 미소 지으면서 아무 말 없이 타자기를 계속 쳐대지. 내가 당신보다 나은 건 하나도 없어, 소니. 그들은 마치 내가 존재하지 않는 것처럼 서로의 눈을 지그시 바라보았습니다. 내가 각자의 잔을 다 다시 채웠지만 한 모금이라도 들이켠 사람은 나뿐이었습니다. 내 본심이 말했습니다. 당신을 사랑해요, 미즈 모리. 아무도 그 말을 듣지 못했습니다. 그들이 들은 말은 내가 연기하고 있던 배역의 대사였습니다. 투쟁하기에 결코 늦지 않았어, 안 그래요, 미즈 모리?

그들의 주문이 풀렸습니다. 소니가 다시 내게로 시선을 돌렸습니다. 그는 일종의 지적인 유도(柔道)를 해서 내가 가한 충격을 다시 내게 되돌려 준 것이었습니다. 하지만 그가 우리의 대학 시절이라면 가졌을 법한 승리감에 찬 기색 따위는 조금도 내비치지 않았습니다. 그래, 투쟁하기에 결코 늦지 않았어. 그가 포도주와 보드카를 마셨음에도 불구하고 침착하게 말했습니다. 그 점에 관해서는 네 말이 전적으로 옳아, 이 친구야. 미즈 모리가 말했습니다. 그러엄. 그녀가 그 음절을 느릿느릿 토해 내는 방식에서, 나를 향해서는 한 번도 보이지 않았던 굶주린 듯 격렬하게 소니에게 집중하는 방식에서, '그럼'이라는 단어 대신 그 단어를 선택한 방식에서, 나는 우리 사이가 완전히 끝났음을 알았습니다. 논쟁에서 이긴 사람은 나였지만, 어찌된 일인지 대학 시절과 마찬가지로 청중을 차지한 것은 그였습니다.

장군 역시 투쟁하기에 결코 늦지 않았다고 생각했습니다. 내가 파리에 사는 당고모께 그다음 번 편지로 보고했듯이요. 그는 막 구성된 자기 군대의 기동 연습 및 각종 훈련을 실시하기 위해 외떨어진 인디언보호구역에서 가깝고 로스앤젤레스에서 동쪽으로 멀리 떨어진, 직사광선이 내리쬐는 구릉지대의 길게 뻗은 고립된 지역을 찾아냈습니다. 200명가량의 남자들이 차를 몰아 고속도로를 가로지르고 교외 지역과 준교외 지역을 지나서 예전에 범죄 조직이 피해자 몇몇을 파묻었을지도 모르는, 이 길게 뻗은 관목이 무성한 땅으로 갔습니다. 우리 회합은 보이는 것만큼 이상하지는 않았습니다. 외국인 혐오자라면 위장복을 입은 외국인들이 군사 훈련과 맨손 체조를 실시하는 것을 보고, 우리를 미국 본토를 침략하려는 사악한 아시아인의 선봉대, 황금빛 캘리포니아 주의 황화(黃禍)*, 불쑥 현실로 튀어나온 무자비한 밍**의 극악무도한 꿈이라고 상상할 터였습니다. 천만의 말씀이었습니다. 장군의 부하들은 공산화된 현재의 고국에 쳐들어갈 준비를 하면서, 사실은 새롭게 미국인으로 변하는 중이었습니다. 어쨌든 총을 휘두르며 자유와 독립을 위해 목숨을 바치겠다고 맹세하는 것보다 더 미국적인 것은 없었거든요. 누군가 다른 사람의 자유와 독립을 빼앗기 위해 그 총을 휘두르는 게 아닌 한은 말입니다.

장군은 그의 식당에서 이 부하들을 200인의 최정예 대원이라고 이름 짓고 나서, 그 소규모 군대 조직의 개요를 냅킨에 써서 설명해 주었습니다. 나는 나중에 그 냅킨을 호주머니에 넣어뒀다가 파리에 사는 당고모께 보냈는데, 개요에는 본부 소대 하나, 소총 소대 셋, 중화기 소대 하나가 적혀 있었습니다. 비록 그때까지 중화기는 전혀 없었지만요. 장군이 말했습니다. 문제없어. 동남아시아에는 중화기가 넘쳐 나. 그건 거기서 입수할 거야. 여기서는 규율을 확립하고, 신체를 단련하고, 각오를 다지고, 한 번 더 이 자원자들이 자신들을 군인

---

*   황색 재앙 혹은 위험(Yellow Peril). 황인종이 서양 문명을 압도한다는 백인의 공포를 나타내는 말로, 청일 전쟁 때 독일 황제 빌헬름 2세가 일본의 진출에 대한 반감에서 사용하기 시작한 표현이다.
**   알렉스 레이먼드의 만화 시리즈 『플래시 고든』의 주인공 플래시 고든의 숙적. 외계 행성 몽고를 지배하며 주변 행성들의 왕국들을 정복하기 위해 야심을 불태우는 포악한 존재.

이라고 생각하게 만들고 앞날을 그려보게 만드는 게 목표야. 그는 소대장들과 참모 장교들의 이름을 적어 나가면서 그들의 이력을 설명해 주었습니다. 이 사람은 예전에 이러이러한 사단의 참모, 이 사람은 예전에 이러이러한 연대의 대대장 등등. 나는 이런 세부 사항들 역시 파리의 당고모께 전했는데, 이번에는 힘들어도 암호로 보냈습니다. 또한 장군이 내게 말한 내용을, 이들은 계급이 가장 낮은 이등병에 이르기까지 모두 경험이 풍부한 사람들이라는 말로 알기 쉽게 풀어서 설명했습니다. 그가 말했습니다. 그들은 모두 고국에서 실전을 경험했어. 모든 자원자들이. 나는 일제 소집을 발표하지 않았어. 먼저 내 장교들을 조직하고, 그들이 신임하는 데다 하사관이 될 만한 사람들과 접촉하게 한 다음, 하사관들에게 사병들을 찾아내라고 했지. 이 핵심 구성원들을 모으는 데 1년 넘게 걸렸어. 이제 다음 단계로 갈 준비가 됐어. 체력 단련, 교련(教鍊), 기동 훈련, 그들을 전투 부대로 변화시키는 일 말이야. 내 말에 동의하나, 대위?

언제나처럼요, 장군님. 이렇게 해서 어느새 나는 한 번 더 군복을 입게 되었습니다. 비록 낮에는 보병이라기보다는 다큐멘터리 감독 노릇을 했지만요. 200명가량의 남자들이 인디언식으로 맨땅에 책상다리를 하고 앉아 있는 동안, 장군은 그들 앞에 서 있고 나는 카메라를 손에 든 채 그들 뒤에 서 있었습니다. 부하들과 마찬가지로 장군도 위장복을 입었는데, 불용군수품(不用軍需品) 상점에서 구입해 마담이 꼭 맞게 고쳐 준 것이었습니다. 군복을 입고 있으면, 장군은 더 이상 주류 판매점과 식당의 시무룩한 주인이, 금전등록기에서 잔돈을 세듯이 자기 희망 사항을 열거하는 소시민이 아니었습니다. 그의 군복, 빨간색 베레모, 광이 나는 무릎까지 오는 군화, 옷깃에 달린 별 모양의 계급장, 그리고 옷소매에 달린 공수기장이 한때 고국에서 지녔던 고결함을 되찾아 주었습니다. 내 군복은 옷감으로 재단한 한 벌의 갑옷이었습니다. 총알이나 칼이 쉽게 그 군복을 갈랐을 텐데도, 나는 일상적인 사복 차림일 때보다는 덜 취약한 기분이 들었습니다. 총알을 피할 수는 없을지라도, 남자들이 으레 그렇듯이 최소한 나는 주문에 걸려 있었습니다.

나는 여러 다른 각도에서 그들의 사진을 찍었습니다. 망명 중에 이곳에서 바뀐 모습으로 인해 초라해진 이 남자들을요. 그들은 식당 웨이터의 조수, 웨이터, 정원사, 농장 노동자, 어부, 막일꾼, 관리인, 혹은 그저 일거리가 아예 없거나 부족한 사람으로서 작업복을 입고 있을 때, 이런 전형적인 추레한 부랑자들로서 어디에 있든 그 배경에 묻혀 버리면서, 언제나 하나의 무리로 간주될 뿐 결코 개인으로 주목받지 못했습니다. 하지만 군복을 입고 덥수룩한 머리 모양을 전투모와 베레모로 가리고 있는 이 순간 그들을 그냥 지나칠 수는 없었습니다. 그들이 침체상태인 난민처럼 등을 구부정하게 수그리는 대신에 빳빳하게 세우는 모습에서, 밑창이 닳은 싸구려 신발을 신고서 보통 그랬듯이 발을 질질 끌며 걷는 대신에 땅바닥을 자랑스럽게 행진하는 모습에서 회복된 남성성이 뚜렷이 드러났습니다. 그들은 다시 한번 남자가 되었고, 장군이 연설을 한 방식도 마찬가지였습니다. 제군들. 그가 소리쳐 불렀습니다. 제군들! 국민들에게는 우리가 필요하다. 심지어 내가 있는 곳에서도 그의 목소리가 또렷하게 들렸습니다. 그가 멀리까지 들리게 하려고 특별히 애쓰는 것 같지는 않았는데도요. 장군이 말했습니다. 그들에게는 희망과 지도자가 필요하다. 제군들이 바로 그 지도자들이다. 제군들은 국민들에게 만약 들고일어나서 무기를 들고 자기를 희생한다면 어떤 일이 일어날지를 보여 주게 될 것이다. 그 남자들이 자기를 희생한다는 생각에 움찔하는지 보려고 그들을 주시했지만, 그런 일은 없었습니다. 이것이 바로 제복의, 집단의 불가사의한 힘이었습니다. 식사 시중을 들며 일상생활을 하는 중이라면 자기를 희생한다고는 꿈조차 꾸지 않을 남자들이 뜨거운 태양 아래 대기하는 동안에는 그렇게 하겠다고 동의하는 것입니다. 장군이 말했습니다. 제군들, 국민들은 자유를 간절히 부르짖는다! 공산주의자들은 자유와 독립을 약속하지만 오로지 빈곤과 노예 같은 삶만을 던져준다. 그들은 베트남인들을 배반했지만, 혁명은 국민들을 배신하지 않는 법이다. 여기에서도 우리는 변함없이 국민들과 함께하고 있고, 우리에게 주어진 자유를 거부 당한 국민들을 해방시키기 위해서 돌아갈 것이다. 혁명은 국민을 위한, 국민에게서 비롯되는, 국민에 의한 것이다. 그게 바로 우리의 혁명이다!

이보다 더한 진실은 없었지만, 그렇다 하더라도 이보다 이해하기 힘든 것도 없었습니다. 왜냐하면 그 국민이 누구고, 그들이 원할 수도 있는 것이 무엇인가라는 질문에는 아직 답이 없는 상태였으니까요. 답이 없다는 것이 문제는 아니었습니다. 오히려 답이 없다는 것은 국민이라는 개념에 내재한 힘의 일부로, 그거야말로 거기 있는 남자들이 눈물을 흘리며 기립하게 만든 것이었습니다. 바로 이렇게 외치면서요. 공산주의를 타도하라! 물살을 거슬러 헤엄칠 때를 본능적으로 아는 연어처럼, 우리는 모두 국민이 누구이고 누가 국민이 아닌지를 잘 알았습니다. 국민이 누구인지를 들어야만 아는 사람은 아마 그 국민의 일부가 아닐 터였습니다. 아니, 얼마 안 있어 내가 파리의 당고모께 그렇게 적어 보냈습니다. 나는 또한 그녀에게 군복을 입은 남자들이 남은 주말 동안 운동을 하거나 기동 훈련에 몰두하는 모습을 보여주는 사진들과 함께 환호하는 사진들도 보냈습니다. 머리가 희끗희끗한 대위가 그들에게 고함을 지르는 사이에 팔굽혀펴기를 하거나, 냉담한 중위의 통솔하에 구식 소총을 겨누며 나무 뒤에 몸을 웅크리거나, 본과 함께 일찍이 인디언들이 사냥을 했던 미개척지 한복판에서 모의 정찰을 실시하는 동안, 어쩌면 이 남자들이 철없거나 바보 같아 보였을지도 모릅니다. 하지만 속으면 안 돼. 나는 암호로 적은 메모로 만에게 이렇게 경고했습니다. 혁명은 이런 식으로, 승산이 얼마든 간에 사람들이 전의를 불태우며, 가진 것이 없기 때문에 자진해서 모든 것을 포기하면서 시작되기 마련입니다. 이것은 전직 게릴라 사냥꾼으로 이제는 즉석 요리 전문 요리사인 머리가 희끗희끗한 대위와 매복 습격을 당한 중대의 유일한 생존자로 이제는 배달부로 살아가는 냉담한 중위에게 딱 맞는 표현이었습니다. 본과 마찬가지로 그들도 태국 정찰 임무에 자원한, 정신병원에 입원해도 될 만큼 제정신이 아닌 사람들이었습니다. 그들은 이미 죽음이 꼭 삶만큼이나 좋은 것이라는 결론을 내렸는데, 그들에게는 괜찮았지만 그들과 함께 간다면 내게는 걱정스러운 결론이었습니다.

내가 말했습니다. 아내와 아이들은 어떻게 하려고? 우리 네 사람은 떡갈 나무 아래 앉아 옷소매를 팔꿈치 위로 둘둘 말아 올린 채, 중식으로 불용군수품인 C형 전투식량을 먹고 있었는데, 그것은 인간의 몸에서 빠져나갈 때와 거의 똑같은 형태로 안으로 들어가는 것처럼 보였습니다. 머리가 희끗희끗한 대위가 깡통에서 숟가락을 달가닥거리며 말했습니다. 우리는 다낭에서 난리통에 헤어졌어. 그들은 탈출하지 못했지. 최근에 듣기로는 베트콩이 나와 관계가 있다는 죄목으로 습지대를 개간하라며 그들을 쫓아 보냈다더군. 생각해 봐. 나는 그들이 빠져나오기를 기다릴 수도 있고 직접 가서 데려올 수도 있어. 그에게는 이를 악물고 단어를 뼈다귀처럼 물어뜯으면서 말을 하는 버릇이 있었습니다. 냉담한 중위는 감정적인 신경줄이 다 끊어진 상태였습니다. 겉모습은 인간이었지만, 몸이 움직이는 동안에도 얼굴 표정과 음성은 전혀 변화가 없었습니다. 따라서 그가 다음과 같이 말했을 때, 억양없이 통보하듯 내뱉은 그의 말은 통곡이나 저주보다 더 으스스했습니다. 다 죽었습니다. 나는 그에게 무슨 일이 있었냐고 묻기가 두려웠습니다. 대신 이렇게 말했습니다. 여러분은 돌아오지 않을 계획이지요, 그렇지요? 냉담한 중위가 회전 포탑 같은 머리를 몇 도 회전시키더니 눈으로 나를 조준했습니다. 어디로 돌아옵니까? 머리가 희끗희끗한 대위가 킬킬 웃었습니다. 놀라지 마, 젊은 친구. 지금껏 나는 적지 않은 부하들에게 피할 수 없는 죽음을 향해 가라고 명령했지. 이제는 내 차례인가 보군. 너무 감정적으로 들리지 않기를 바라. 나를 불쌍하게 여기지는 마. 난 그걸 고대하고 있으니까. 전장이 생지옥일지는 모르지만, 그거 아나? 생지옥이 이 거지 소굴 같은 곳보다는 나아. 그 말을 남기고 냉담한 중위와 머리가 희끗희끗한 대위는 오줌을 누러 자리를 떴습니다.

파리로 보내는 편지에 이 남자들이 바보가 아니라고, 적어도 아직은 아니라고 써 보낼 필요는 없었습니다. 미국 독립 전쟁 당시에 대영 제국 군인들을 물리칠 수 있다고 믿었을 때 민병대원들은 바보가 아니었습니다. 우리 혁명의 첫 번째 무장 선전 소대가 잡다하게 긁어모은 원시적인 무기로 훈련을 했을 때 그들이 어리석지 않았던 것처럼 말입니다. 그 민병대에서 결국 백만 대군이 생겨났습니다. 똑같은 운명이 이들 일행을 기다리지 않는다고 누가 말할 수 있었겠습니까? 눈에 보이는 잉크로 이렇게 썼습니다. 그리운 고모님, 이 남자들을 과소평가해서는 안 됩니다. 나폴레옹은 남자들이 그들의 가슴에 달 훈장 한 조각을 위해 죽을 거라고 말했지만 장군은 훨씬 더 많은 남자들이 (그가 그들의 이름을 기억하듯) 자신들의 이름을 기억하는 남자를 위해 죽을 것이라는 사실을 잘 압니다. 그들을 사열할 때, 장군은 그들 사이에 섞여 걸으며 함께 먹고 각자의 이름으로 부르며 아내, 아이들, 여자친구, 고향에 대해 묻습니다. 예나 다름없이 사람이라면 누구나 원하는 것은 오로지 존재를 인정받고 기억되는 것입니다. 둘 중 어느 것도 다른 하나 없이는 가능하지 않습니다. 이 욕구는 이 식당 웨이터의 조수, 웨이터, 잡역부, 정원사, 정비공, 야간 경비원, 농장 노동자, 어부, 막일꾼, 관리인, 생활 보호 대상자들이 자신의 군복과 군화와 총을 살 만한 돈을 모으도록, 다시 한번 남자가 되고 싶어 하도록 몰아붙입니다.

그리운 고모님, 그들은 조국을 되찾고 싶어 합니다. 하지만 동시에 더 이상 존재하지 않는 나라, 아내와 아이들, 미래의 후손들, 과거의 자신에게 인정받고 기억되기를 갈망합니다. 그들이 실패한다면, 그들을 바보라고 부르십시오. 하지만 실패하지 않는다면, 살든 죽든 그들은 영웅이자 선각자입니다. 어쩌면 저는 장군님이 뭐라고 하든 상관하지 않고 그들과 함께 우리 나라로 돌아갈지도 모릅니다.

나는 돌아갈 가능성을 모색하면서도, 같은 일을 하려는 본을 만류하기 위해 최선을 다했습니다. 우리는 떡갈 나무 아래에서 마지막 담배를 피우고 있었는데, 10마일 행군을 시작하기 직전 우리가 늘 하는 행동이었습니다. 우리는 머리가 희끗희끗한 대위와 냉담한 중위의 명령을 받은 남자들이 울퉁불퉁하고 굼뜬 몸을 여기저기 북북 긁으며 일어나 기지개를 켜는 동안 가만히 지켜보았습니다. 내가 말했습니다. 저 사람들한테는 자살 충동이 있어. 모르겠어? 그들은 돌아올 의사가 전혀 없어. 그게 자살 특공 임무라는 걸 알아.

인생이 곧 자살 특공 임무야.

내가 말했습니다. 그렇게 말하다니 아주 철학적인걸. 그렇다고 해도 넌 여전히 제정신이 아니지만.

그가 진심으로 재미있다는 듯 웃음을 터뜨렸는데, 사이공을 떠난 이래로 아주 드문 경우여서 나는 깜짝 놀라고 말았습니다. 본은 내가 그를 알고 나서 겨우 두 번째로, 그에게는 서사시적 사건인 연설을 시작했습니다. 제정신이 아닌 사람은 살아야 할 이유가 전혀 없는데도 살고 있는 자야. 그가 말했습니다. 내가 뭘 위해 살고 있는 거지? 우리 아파트에서의 삶? 그건 집이 아니야. 창살 없는 감방이지. 우리는 모두 창살 없는 감방에 갇혀 있어. 우리는 더 이상 남자가 아니야. 미국인들이 우리를 두 번이나 엿 먹이고, 우리 아내와 아이들에게 그걸 지켜보게 한 후로는 남자가 아니야. 처음에 미국인들은 말했지. 우리가 너희 황인종들을 구해 줄 거야. 우리가 말하는 대로만해. 우리 식으로 싸우고, 우리 돈을 받고, 우리한테 너희 여자들을 내줘. 그러면 너희는 자유로워질 거야. 상황이 그런 식으로 잘 풀리지는 않았지, 안 그래? 그런 다음, 그러니까 우리를 엿 먹인 후에 그들이 우리를 구출했어. 그저 우리한테 그런 구출 과정에서 자기들이 우리 불알을 잘라 내고 혀를 도려낼 거란 소리를 하지 않았을 따름이었지. 그런데 너 그거 알아? 만일 우리가 진짜 남자라면, 그들이 그렇게 하게 내버려 두지는 않았을 거야.

평소에 본은 저격수답게 단어를 사용했지만, 이번엔 물보라 같은 기관총 난사로 한동안 나를 침묵시켰습니다. 이윽고 내가 말했습니다. 넌 이 사람들이 했던 일, 그들이 직면했던 일을 충분히 인정해 주지 않는구나. 그들이 내 적들이기는 했지만, 나는 용감하게 싸웠다는 믿음으로 고동치는 그들의 군인다운 심정을 이해했습니다. 넌 그들에게 너무 엄격하게 굴고 있어.

그가 한 번 더 웃음을 터뜨렸지만, 이번에는 재미있어서가 아니었습니다. 난 나 자신한테 엄격해. 나 역시 남자나 군인이라고 부르지마. 뒤에 남은 사람들을 남자, 그리고 군인이라고 불러. 우리 중대 사람들을. 만을. 다들 죽었거나 감옥에 갇혔지만, 최소한 그들은 자신들이 남자라는 걸 알아. 그들은 너무 위험해서 계속 가둬 두려면 총을 든 다른 남자들이 필요하지. 여기서는 아무도 우리를 두려워하지 않아. 우리가 겁먹게 만드는 사람들은 겨우 우리 아내와 아이들, 우리 자신들뿐이야. 나는 이 사람들을 잘 알아. 그들에게 술을 팔지. 그들의 이야기를 들어. 그들은 직장에서 집으로 돌아와서 아내와 아이들에게 고함을 치고, 고작 자기들이 남자라는 걸 보여 주려고 가끔씩 그들을 두들겨 패. 단, 그게 사실이 아니긴 하지만. 남자라면 자기 아내와 아이들을 보호하는 법이야. 남자라면 가족과 조국과 친구들을 위해 죽는 걸 두려워하지 않아. 살아서 그들이 죄다 자기보다 먼저 죽는 꼴을 보지는 않아. 그런데 바로 그게 내가 지금껏 한 일이야.

넌 철수한 거였어. 그뿐이야. 그의 어깨에 손을 얹으며 내가 말했습니다. 그가 어깨를 으쓱해서 내 손을 떨쳐 냈습니다. 나는 본이 자기 고통에 대해서 그토록 직설적으로 이야기하는 모습을 한 번도 본 적이 없었습니다. 그를 위로해 주고 싶었지만 그가 위로를 허용하지 않으려 하는 바람에 마음이 아팠습니다. 넌 네 가족을 구해야만 했어. 그렇다고 해서 네가 덜 남자답거나 덜 군인다워 지는 것은 아니야. 넌 군인이야. 그러니 군인답게 생각해 봐. 이 자살 특공 임무를 계속하는 것이 나을까? 아니면 실제로 기회가 있는 다음번 부대 이동 시에 함께 가는 게 나을까?

그가 침을 뱉고 군화 뒤꿈치로 담배를 비벼 끈 다음 흙더미 아래 파묻었습니다. 이 사람들 대부분이 하는 말이 바로 그거야. 그들은 패배자들이고, 패배자들한테는 늘 핑계가 있기 마련이야. 그들은 옷을 차려입고, 강경하게 말하고, 군인인 척하지. 하지만 얼마나 많은 사람이 진짜로 싸우려고 고국으로 돌아갈까? 장군님은 자원해 주길 부탁했어. 세 명을 구하셨지. 나머지 사람들은 자기 아내와 아이들 뒤에 숨어 버렸어. 그들 뒤에 숨는 걸 견딜 수 없다는 이유로 자기들이 두들겨 패는 바로 그 아내와 아이들 뒤에 말이지. 겁쟁이에게 한 번 더 기회를 줘 봐. 그는 한 번 더 달아날 뿐이야. 이 사람들 대부분이 그래. 그들은 허세를 부리고 있어.

내가 소리쳤습니다. 이 냉소적인 새끼야. 그럼 넌 왜 죽으려는 건데?

그가 맞받아 소리쳤습니다. 왜 죽으려는 거냐고? 난 내가 살고 있는 이 세상이 죽어서라도 지킬 만한 가치가 없기 때문에 죽으려는 거야! 만일 죽어서라도 지킬 만한 가치가 있는 무언가가 있다면, 사람은 그때 비로소 살아야 할 이유를 찾는 거야.

그리고 이 말에, 나는 아무 할 말이 없었습니다. 심지어 이처럼 작은 파견부대의 영웅들, 아니 어쩌면 바보들에게도 이것은 맞는 말이었습니다. 그들의 직업이 무엇이었든, 그들에게는 이제 살아야 할 이유가 있었습니다. 만일 죽어야 할 이유가 아니라면요. 그들은 시시한 민간인 생활의 상복 같은 옷들을 훌훌 벗어버렸습니다. 노란색, 하얀색, 혹은 빨간색의 목에 두르는 맵시 있는 스카프가 포함된 몸에 꼭 맞는 호랑이 줄무늬 전투복의 매력, 그러니까 슈퍼히어로의 의상과 비슷한 군복의 광채를 알고 있었기 때문이었습니다. 하지만, 그들은 슈퍼히어로들처럼 오랫동안 자신들의 존재를 비밀로 하고 싶어 하지는 않았습니다. 이무도 당신이 존재한다는 것을 모른다면 어떻게 슈퍼히어로가 될 수 있겠습니까?

그들에 대한 소문들이 이미 쫙 퍼진 상태였습니다. 심지어 사막에서 회합이 있기도 전에, 그러니까 소니가 자신의 실패를 인정했음에도 불구하고 여전히 승리를 거둔 그날 밤에, 그가 내게 이 수수께끼 같은 남자들에 대해 내게 물었던 것입니다. 우리의 대화의 수레바퀴가 회전을 멈췄고, 검은 고양이는 내 패배를 고소한 듯 바라보고 있었습니다. 보드카의 영향이 스며든 침묵 속에서, 소니가 비밀 침공을 준비하는 비밀 군대에 대한 이야기들을 꺼냈습니다. 내가 그런 것에 대해서는 들어본 적도 없다고 대꾸하자, 그가 이렇게 말했습니다. 시치미 떼지 마. 넌 장군의 부하잖아.

내가 말했습니다. 만일 내가 그의 부하라면, 그건 공산주의자에게 아무 말도 해서는 안 될 보다 중요한 이유겠지.

내가 공산주의자라고 누가 그래?

나는 깜짝 놀란 척을 했습니다. 공산주의자 아니야?

내가 그렇다고 한들, 너한테 말해 줄까?

그것은 불온 분자가 겪는 딜레마였습니다. 우리는 성적인 진의가 모호한 슈퍼히어로의 의상을 입고 으스대며 걷는 대신에, 오히려 사이공에서와 꼭 마찬가지로 여기에서도 투명 망토 아래 숨어 있었습니다. 그런 측면에서, 안전 가옥의 퀴퀴한 지하 저장고에서 암시장의 미제 수류탄 상자들 위에 앉은 채로 열리는 다른 불온 분자들과의 비밀회의에 참석할 때마다, 나는 오로지 두 눈만 드러나는 축축한면 복면을 썼습니다. 촛불이나 석유램프가 켜져 있기는 했지만, 우리는 특이한 가명, 체형, 목소리, 흰자위로만 서로를 알고 있었습니다. 이제 미즈 모리가 소니의 한쪽 팔에 안겨 기대고 있는 모습을 지켜보면서, 나는 언제나 술이 잘 받던 내 눈이 더 이상 맑지 않고, 포도주와 보드카와 담배로 인해 충혈되어 있음을 확신했습니다. 우리 폐가 방 안의 탁한 공기와 균형을 이룰 만큼 많은 담배 연기를 들이키는 동안, 커피 테이블 위의 재떨이는 담배꽁초와 쓴 담뱃재가 넘칠 만큼 수북이 쌓인 채로 일상적인 모욕을 묵묵히 견뎠습니다. 내가 피우다 남은 담배를 포도주 병 속으로 떨어뜨리자, 그것은 비난하듯 희미하게 쉬익 소리를 내며 남아 있던 술 속으로 가라앉아 버렸습니다. 미즈 모리가 말했습니다. 전쟁은 끝났어. 그 사람들은 그걸 몰라? 작별 인사를 하려고 일어섰을 때, 나는 무엇인가 의미심장한 말을 하고 싶었습니다. 미즈 모리에게 그녀가 다시는 경험할 수 없는 지적능력으로 깊은 인상을 남기고 싶었습니다. 나는 이렇게 말했습니다. 전쟁은 결코 죽지 않아요. 다만 잠들 뿐이지요.*

그게 노병들한테도 해당돼? 그녀가 이렇게 물었는데, 깊은 인상을 받은 것처럼 보이지는 않았습니다. 소니가 말했습니다. 당연히 해당되지. 그들이 잠들지 않는다면, 달리 어떤 방법으로 꿈을 꾸겠어? 나는 하마터면 대답할 뻔했지만 이내 그것이 수사적인 질문임을 깨달았습니다. 내게 미즈 모리는 작별 키스를 할 수 있도록 뺨을 내밀었

* 맥아더 장군의 고별 연설 중 유명한 문구인 "노병은 결코 죽지 않는다. 다만 사라질 뿐이다."에 대한 일종의 패러디.

고, 소니는 악수하려고 손을 내밀었습니다. 그가 나를 문까지 배웅했고, 나는 서늘한 밤으로 뒤덮인 세상을 미끄러지듯 지나 집으로 갔고, 본이 허공을 맴돌듯 바로 위 침대에 잠들어 있는 상태에서, 내 침대 속으로 살며시 들어갔습니다. 나는 눈을 감았고, 한동안 어둠 속에 있다가, 매트리스에 누운 채 떠올라 시커먼 강을 건너 방문 시 여권이 필요 없는 외국으로 흘러갔습니다. 그곳의 기이한 온갖 지형과 알 수 없는 생명체 가운데 지금은 딱 하나만 기억이 납니다. 내 정신이 이 숙명적인 지문, 그러니까 마지막에 관절염에 걸린 듯한 옹이투성이 껍질에 뺨을 얹고 쉰 장소인 아주 오래된 케이폭 나무를 제외하고는 싹 다 지워버렸거든요. 나는 하마터면 잠을 자는 중에도 잠이 들 뻔하다가, 한 쪽 귀를 기대고 있는 울퉁불퉁한 나무의 옹이가 사실은 돌돌 말린 빳빳한 귀 그 자체임을, 그 나무의 청각적 역사의 기록인 귀지가 구불구불한 초록색 물관의 이끼에 덮여 있음을 서서히 깨달았습니다. 그 케이폭 나무의 절반은 내 위로 우뚝 솟아 있었고, 절반은 내 아래로 땅속에 뿌리 박혀 있어 보이지 않았는데, 위를 올려다보자, 그저 한 개의 귀가 아니라 나무줄기의 껍질에서 부풀어 오른 수많은 귀가 보였습니다. 내가 들을 수 없는 것들을 귀담아 듣고 있고 또 그때껏 귀담아 들어왔던 수백 개의 귀들이요. 그런 귀들의 모습이 너무 무시무시했던 탓에 나는 다시 시커먼 강으로 내던져졌습니다. 나는 머리 양옆을 움켜잡은 채 흠뻑 젖어 헐떡거리면서 깨어났습니다. 축축한 시트를 걷어차고 베개 밑을 들춰 본 후에야 비로소 부들부들 떨면서 다시 누울 수 있었습니다. 내 심장은 여전히 야만인이 치는 북처럼 거세게 고동쳤지만, 최소한 절단된 귀들이 내 침대에 여기저기 마구 흩어져 있지는 않았습니다.

14장

불온 분자가 하는 일은 가끔씩 의도적이지만, 자백하건대, 가끔은 우발적이기도 합니다. 돌이켜 보니, 어쩌면 소니의 용기에 대한 내 문제 제기가 그에게 내가 야외 기동 훈련 2주 후에 본 '전진하라, 전쟁은 끝났다'라는 머리기사를 쓰라고 몰아붙인 셈이었을 겁니다. 나는 주류 판매점의 작전실에 있는 장군의 책상 위에서 그것을 보았는데, 편지지철에 똑바로 고정시켜서 스테이플러로 눌러놓은 상태였습니다. 어떤 사람들은 그 기사 제목의 취지를 반겼을지도 모르지만, 장군이 그렇지 않다는 것은 분명했습니다. 그 제목 아래에는 '친목회'가 예비군복인 갈색 셔츠와 빨간색 베레모를 착용한 엄숙한 표정의 참전용사들을 동원해 웨스트민스터 시의 어느 공원에서 개최한 대규모 집회의 사진이 한 장 있었습니다. 또 다른 사진에서는, 버려진 고급의상을 주워 입은 민간인 난민들이 간결한 정치적 항의 성명이 적힌 알림판을 흔들고 깃발을 움켜쥐고 있었습니다. 호찌민=히틀러!

우리 국민에게 자유를! 고마워요, 아메리카! 소니에 대한 내 도발이 의도한 것은 아니었지만, 그 기사가 망명자들의 가슴에 전쟁을 계속하는 것에 대한 의심을 심고 망명 파벌 사이에 분열을 야기할 수도 있을 정도로, 바람직한 영향을 미쳤음을 알 수 있었습니다.

나는 그 기사를 마침내 용도를 찾아 낸 미녹스 미니 카메라로 찍었습니다. 그 몇 주 전부터 계속 장군의 서류철들을 찍는 중이었는데, 모두 다 그의 부관으로서 내가 접근할 수 있는 것들이었습니다. 필리핀에서 돌아온 이래 줄곧, 나는 장군, '친목회', '운동'을 대상으로 수행한 이처럼 상당한 양의 무보수 업무를 제외하고는 실업자 신세였습니다. 비밀 군대와 정치 운동에도 사무원은 필요했습니다. 비망록을 작성하고, 서류를 정리해 보관하고, 회의를 소집하고, 전단을 만들고 인쇄해서 배포하고, 사진을 찍고, 면담 일정을 잡고, 기부자를 찾아내야만 했습니다. 게다가 내 목적을 위해서는 통신문을 수신하고 발신하면서 장군에게 건네주기 전에 먼저 받아서 읽어보는 것이 무엇보다도 중요했습니다. 육지에 갇혀 버린 해군 제독이 이끄는 태국의 망명자 캠프에 있는 장군 휘하의 장교들과 장군이 주고받은 공보(公報)는 물론이고, 이곳의 중대에서 태국의 대대에 이르기까지, 또 '친목회'의 공공연한 가두 행진에서 '운동' 조직의 은밀한 기동 훈련에 이르기까지 장군의 모든 전투 서열(戰鬪序列)*을 고스란히 다 사진으로 찍었습니다. 특히, 나는 장군이 '수복 운동'을 위해, 난민 공

---

*   부대에 관한 각종 사항을 담은 정보. 명칭, 역사, 병력, 지휘 기구, 인원, 장비의 배치와 이동, 지휘관에 관한 인사 자료 따위를 포함한다.

동체, 부인의 식당 수익, 그리고 슬픔에 잠긴 난민들과 더 큰 슬픔에 잠긴 참전 용사들을 구제하기 위해 '친목회'에 기부금을 낸 존경할 만한 소수의 자선 단체들로부터의 소액 기부로 모은 얼마 되지 않는 자금을 은닉해 둔 예금 계좌들의 온갖 거래명세표들을 사진으로 찍었습니다.

나는 이 모든 정보를 파리의 당고모께 급히 보낸 소포에 넣어 포장했습니다. 보내는 소포에는 편지 한 통과 싸구려 기념품 한 개, 그러니까 특별히 할리우드 표지판이 포함되어 있는 자동 회전 스노볼이 들어 있었습니다. 이 선물에는 9볼트 건전지 몇 개가 필요했으므로, 선물에 건전지를 포함시키면서 미리 그 속을 움푹하게 파 두었습니다. 각각의 건전지에 미녹스 카메라로 찍은 필름통을 집어넣었는데, 이것은 사이공에서 내 운반책이 나와 정보를 주고받던 방식보다는 조금 더 세련된 방식이었습니다. 처음에 만이 내게 내 운반책에 대해 말했을 때, 나는 즉시 우리 나라의 특징으로 유명할 수밖에 없는, 저 나긋나긋한 미의 여왕들 중 하나를 떠올렸습니다. 외면은 정제된 설탕처럼 새하얗고 내면은 해돋이처럼 새빨간 코친차이나*의 마타하리를 말입니다. 매일 아침 내 방문 앞에 나타난 것은 얼굴의 주름살이 손바닥의 손금보다 더 많은 비밀을 약속하는 나이 많은 아줌마였는데, 그녀는 자신의 특제품인 바나나 잎사귀로 싼 찹쌀밥뿐 아니라 베틀후추 잎 즙을 대량으로 들고 다니며 팔았습니다. 나는 매일 오

---

* 베트남이 프랑스령이던 시절, 베트남 최남단을 지칭하던 이름.

전 아침식사로 한 꾸러미씩 샀는데, 그 안에는 돌돌 말아서 비닐로 싼 메시지가 있을 수도 있고 없을 수도 있었습니다. 마찬가지로, 내가 음식 값으로 지불한 둘둘 만 작은 피아스터* 뭉치 속에는 필름통이나 시멘트 포대 종이에 눈에 보이지 않도록 미음으로 내가 직접 쓴 메시지가 있을 수도 있고 없을 수도 있었습니다. 이 방식의 유일한 결점은 그 아줌마가 형편없는 요리사인 데다, 가정부가 내 쓰레기통에서 그녀의 찹쌀밥을 발견하고 먹지도 않을 걸 왜 사는지 궁금해할까 봐 찹쌀풀 덩어리나 다름없는 그 밥을 목구멍으로 꾸역꾸역 넘겨야 한다는 것이었습니다. 한번은 내가 아줌마에게 불평을 했더니, 그녀가 내가 시계와 사전을 둘 다 확인해 봐야 할 정도로 엄청 길고 창의적으로 욕설을 퍼부은 적도 있었습니다. 운임을 벌려고 장군의 빌라 근처에서 어슬렁거리던 시클로** 운전사들조차 깊은 인상을 받을 정도였습니다. 왼팔이 없는 한 운전사가 이렇게 소리쳤습니다. 그분과 결혼하는 게 낫겠어요, 대위님. 그런 여자 분이 오랫동안 독신으로 있을 리가 없어요!

나는 그 기억에 움찔한 다음 장군이 자기 서랍에 보관해 둔 15년산 스카치 위스키 병을 꺼내 한 잔 따랐습니다. 내가 아무런 보수를 받고 있지 않았음을 감안해서, 장군은 질이 좋건 그리 좋지 않건 그의 충분한 재고에서 나오는 넉넉한 술 선물들로 나를 계속 행복하게 했고, 인정하는 바이지만, 중독시켰습니다. 난 그것이 필요했습니다.

---

*   당시 남베트남의 화폐 단위.
**   자전거처럼 페달을 밟아 운전하는 베트남식 3륜 택시.

그 편지에 눈에 보이지 않게 직어 넣은 것은 본을 비롯해 머리가 희끗희끗한 대위와 냉담한 중위의 여행 일정표에 기재된, 비행기 표에서 훈련 캠프의 위치까지 아우르는 날짜들 및 세부사항들이었습니다. 그 정보는 본질적으로는 내가 당고모를 통해 보내던 정보와 전혀 다를 바가 없었습니다. 그것이 매복 기습으로 피할 수 없이 엄청난 피해를 줄 수밖에 없는 비밀 작전 실행 계획이라는 점에 있어서는 말입니다. 신문 기사에 미군 혹은 공화국군의 사상자 수가 보도될 터였지만, 그들은 역사책 속의 얼굴 없는 죽은 자들만큼이나 추상적이었습니다. 이런 긴급 보고서들은 손쉽게 작성할 수 있었지만, 본에 관한 보고서에는 꼬박 하룻밤이 걸렸습니다. 글의 분량 때문이 아니라 그가 내 친구이기 때문이었습니다. 저 역시 돌아갈 겁니다. 그렇게 할 방법을 알아내지는 못했지만, 나는 이렇게 적었습니다. 적의 동태를 더욱 잘 보고하기 위해서입니다. 진짜로 의도한 바는 본의 목숨을 구하는 것이었지만, 나는 이렇게 적었습니다. 또한 어떻게 이런 재주를 부려야 할지는 짐작도 못했지만, 이전에도 모른다고 해서 포기한 적은 한 번도 없었습니다.

나는 어떻게 본을 배신하는 동시에 구해 낼 수 있을지 아무런 생각도 떠올리지 못한 채, 술병 바닥에서 영감을 찾으려 했습니다. 내가 스카치 위스키를 두 잔째 홀짝거리고 있을 때, 장군이 들어왔습니다. 3시가 조금 지난 때로, 식사 주문이 쇄도하는 한낮이 지나고 부인의 식당에서 늘 돌아오는 시간이었습니다. 그는 평소처럼 금전등록기를 조작하며 보낸 시간들로 인해 짜증이 나 있었습니다. 전직 군인들이 존경의 표시로 거수경례를 하곤 했지만, 그건 오히려 별을 달고 있지 않다는 사실을 상기시킬 뿐이었습니다. 한편, 이따금 악의에 찬 민간인이, 그것도 매번 여자가 이렇게 말하기도 했습니다. 그 장군님 아니세요? 만일 심하게 악의적인 여자라면, 우쭐대며 팁을 남기기도 했는데, 1달러라는 전형적인 금액은 우리가 터무니없는 미국식 관습이라고 생각하는 그 행위에 대해 찬성을 표하는 *끄덕거림*인 셈이었습니다. 그렇기 때문에 오후에 주류 판매점에 도착하면, 장군은 그날도 그랬듯, 자기 책상 위에 한 움큼의 구깃구깃한 달러 뭉치를 내던진 다음 내가 스카치 위스키를 더블로 따라 주기를 기다리곤 했습니다. 그는 의자에 비스듬히 기대앉은 채 두 눈을 감고 스카치 위스키를 홀짝거리면서 극적으로 한숨을 쉬곤 했습니다. 하지만 그날은 의자에 기대는 대신 책상에 붙어 앉아 몸을 앞으로 숙이고 신문을 톡톡 두드리면서 이렇게 말했습니다. 이거 읽어 봤나?

장군에게서 호통 칠 기회를 박탈하고 싶지 않았기 때문에, 나는 안 읽었다고 대답했습니다. 그는 엄격하게 고개를 *끄덕*인 다음 발췌한 부분들을 크게 소리 내어 읽기 시작했습니다. "이 '친목회'와 그것의 진정한 목적을 두고 소문들이 무성하다." 장군이 무표정한 얼굴과 차분한 목소리로 말했습니다. "공산주의 정권 전복이 목표임은 분명하지만, 도대체 사태를 어디까지 진척시키려는 것일까? 그 '친목회'는 난민들을 도와 달라며 기부금을 요청하지만, 이 기금은 어쩌면 태국에 있는 무장 난민들의 '운동' 조직으로 흘러들어갈지도 모른다. 소문에 따르면 이 '친목회'는 수익을 내는 특정 사업들에 투자를 했다. '친목회'의 가장 실망스러운 면은 우리 동포들에게 우리가 언젠가는 조국을 무력으로 되찾을 수 있다는 거짓 희망을 퍼뜨린다는 것이다. 우리 망명자들이 언젠가는 귀국해서 조국의 재건을 도울 수 있다는 희망을 가지고 평화적으로 화해를 모색한다면, 우리의 상황은 한결 나아질 것이다." 장군은 신문을 접어서 아까 놓여 있던 책상 위에 놓았습니다. 누군가 이 자에게 믿을 만한 정보를 계속 제공하고 있어, 대위.

나는 입속 가득 고인 침을 삼키는 중이라는 사실을 감추려고 스카치 위스키를 홀짝거렸습니다. 기밀이 줄줄 새는 구멍이 여럿 있는 겁니다, 장군님. 고국에서 그랬던 것과 꼭 마찬가지로요. 그 사진을 좀 보십시오. 그 사람들 모두 무슨 일이 벌어지고 있는지를 어느 정도씩은 알고 있습니다. 소니가 해야 했던 일은 그저 양동이를 들고 여기서 한 방울 저기서 또 한 방울 정보를 받으며 돌아다니는 것뿐이었습니다. 그는 이내 한두 잔 분량의 정보를 얻게 됐을 겁니다.

물론, 맞는 말이야. 장군이 말했습니다. 정부(情婦)를 둘 수는 있어도 비밀을 지킬 수는 없지. 이건 ─ 그가 신문을 톡톡 두드렸다. ─ 참 근사한 말처럼 들려, 안 그런가? 화해하고, 귀국해서, 재건하라. 그걸 원하지 않는 게 누구지? 그리고 가장 많은 이득을 보는 게 누구야? 공산주의자들이야. 하지만 우린 귀국하면 머리에 총알이 박히거나 오랫동안 재교육만 받게 될 가능성이 더 커. 그게 바로 공산주의자들의 화해와 재건이라는 구호가 의미하는 바야. 우리 같은 사람들을 제거하는 것 말이야. 게다가 이 기자는 가느다란 희망이라도 간절히 원하는 불쌍한 사람들에게 좌파가 선전하는 주장을 유포하고 있어. 그는 점점 더 골칫거리가 돼가고 있어. 자네도 그렇게 생각하나?

물론입니다. 스카치 위스키 병을 잡으려 손을 뻗으며 내가 말했습니다. 나와 마찬가지로, 병은 절반은 비고 절반은 차 있었습니다. 기자들은 무소속인 경우 늘 골칫거리입니다.

소니가 그저 기자일 뿐이라는 걸 우리가 어떻게 알지? 사이공의 기자들 중 절반이 공산주의의 동조자들이었고, 그들 중 상당수는 틀림없이 공산주의자였어. 공산주의자들이 딱 이런 목적을 염두에 두고, 다시 말해 여기에 온 우리 중 누군가를 염탐하고 우리 세력을 약화시키려고 이미 여러 해 전에 그를 여기로 보냈는지도 모르잖아? 자네는 그를 대학 시절에 알고 지냈어. 당시에 그가 이런 동조의 뜻을 드러냈나? 만일 아니라고 대답했는데 장군이 나중에 다른 누군가에게 그렇지 않다는 말을 듣는다면, 내가 곤경에 처할 터였습니다. 나는 그렇다고 답할 수밖에 없었고, 장군은 이렇게 말했습니다. 내 정보 장교로서, 자네는 많은 정보를 제공하지 못하고 있어, 안 그런가, 대위? 내가 그를 만났을 때, 어째서 이 점을 경고하지 않았지? 장군이 넌더리가 난다는 듯 고개를 절레절레 흔들었습니다. 자네 문제가 뭔지 아나, 대위? 나는 내 문제들에 관해 꽤 긴 목록을 가지고 있었지만, 그냥 잘 모르겠다고 하는 편이 나았습니다. 장군이 말했습니다. 자네는 너무 동정심이 많아. 뚱뚱하다는 이유로 그 소령을 딱하게 여기는 바람에 그의 위험성을 알아보지 못했지. 이제 증거에 따르면 지금껏 자네는 소니가 좌파 급진주의자일 뿐만 아니라 공산당의 고정 간첩일 가능성까지 있다는 사실을 의도적으로 못 본 체했어. 장군의 시선은 강렬했습니다. 얼굴이 근질거리기 시작했지만 나는 감히 긁을 엄두를 내지 못했습니다. 무언가 해야 할 필요가 있을지도 몰라, 대위. 자네는 동의하지 않나?

목구멍이 바싹 마른 채, 내가 대답했습니다. 동의합니다. 무언가 해야 할 필요가 있을지도 모릅니다.

내게는 다음 며칠 동안 장군의 애매한 요구를 숙고해 볼 시간이 충분히 있었습니다. 무언가 꼭 실행해야 할 일에 어떻게 동의하지 않을 수가 있을까요? 늘 누군가 실행해야만 하는 무언가에 말입니다. 소니의 신문에 실린, 라나가 「판타지아」*라는 제목의 가벼운 뮤지컬 코미디의 일원으로 노래를 할 거라는 사실을 알리는 광고가 내게 행동할 기회를 제공했습니다. 비록 장군이 염두에 뒀을 법한 종류의 행동은 아니었지만요. 내게는 하룻밤만이라도, 불온 분자 노릇이라는 스트레스 많고 고독한 일에서 벗어날 수 있는 휴가가 필요했습니다. 어둠에 익숙한 두더지에게, 나이트클럽은 모습을 드러낼 이상적인 장소였습니다. 사라져 버렸지만 잊히지는 않는 조국의 노래와 연주를 듣기 위해 「판타지아」를 보러 가자고 본을 설득하는 것은 생각보다 힘든 일은 아니었습니다. 왜냐하면 본이, 죽기로 작정한 후에 마침내 삶의

---

* (1) 환상곡. 형식의 제약을 받지 아니하고 악상의 자유로운 전개에 의하여 작곡한 낭만적인 악곡. (2) 판타지(fantasy)와 마찬가지로, 환상적인 것, 혹은 환상적이거나 공상적인 작품이라는 의미. 본문에서는 이 (1)과 (2)의 두 가지 의미가 중의적으로 사용되었다.

흔적들을 보여 주고 있었기 때문이었습니다. 심지어 내게 머리를 깎아달라고 했고, 나중에는 그 머리에 브라일크림*을 발라 매끈하게 빗어 내려 우리의 반질반질한 검정 구두와 어울리게 만들기까지 했습니다. 내 차에서 롤링스톤스의 음악을 들을 때, 브라일크림과 오드콜로뉴가 차 안에 중독적일 만큼 남성적인 분위기를 보태면서, 그 차는 서쪽의 할리우드는 물론이고 내가 미국에서 귀국한 후인 1969년 무렵 사이공의 전성기로 다시 우리를 데려다 주었습니다. 본과 만이 아버지가 되기 전이던 그때, 우리 셋은 젊은이라면 꼭 그렇게 해야 할 의무가 있다는 듯이, 사이공의 바와 나이트클럽들에서 주말마다 젊음을 낭비했습니다. 만일 낭비되지 않는다면, 어떻게 젊음일 수 있겠습니까?

어쩌면 본과의 우정도 젊음 탓이었을 수도 있을 듯합니다. 열네 살짜리가 의형제에게 피의 맹세를 하도록 몰아붙이는 것은 무엇일까요? 그리고 무엇보다 다 큰 성인이 그 맹세를 믿게 만드는 것은 무엇일까요? 성년기의 잘 익은 과실인 이념이나 정치적 신념 같은 것들이 청년기의 설익은 이상이나 환상들보다 더 중요한 게 아닌가요? 진실, 아니 진실의 일부를 우리가 성인으로서 까맣게 잊어버린 이런 젊은이 특유의 어리석은 행동들에서 발견할 수 있다고 말하고 싶습니다. 국립 고등학교의 축구 경기장, 학교에서 날뛰는 준마들인 더 크고 나이 많은 선배들에게 포위된 신입생인 나 자신, 바로 이것이 우리가 맨

---

*   1928년 시장에 첫 선을 보인 영국의 남성용 헤어 스타일링 제품 이름.

처음 우정을 확실히 다지게 된 배경이었습니다. 그들은 태초부터 인간이 수없이 예행연습을 해온 한 장면을 이제 막 되풀이하려는 참이었습니다. 다시 말해 강자들이 재미로 약자들이나 외톨이들에게 달려드는 순간이었던 것입니다. 나는 외톨이였지만, 나를 부자연스럽다고 단정했던 마을 익살꾼을 상대로 입증했듯이 약하지는 않았습니다. 비록 내가 그를 두들겨 패기는 했지만, 나 또한 전에 두들겨 맞은 적이 있었기에, 나는 질게 뻔한 싸움에 대비했습니다. 바로 그때, 뜻밖에도 또 다른 신입생이 공개적으로 나를 옹호하면서 쑥덕거리기 좋아하는 패거리들 사이에서 한 발짝 앞으로 나서더니 이렇게 말했습니다. 이건 옳지 않아요. 걔만 따돌리지 마세요. 걔도 우리 중 하나에요. 한 선배가 비웃었습니다. 네가 뭔데 누가 우리 중 하나인지를 판단해? 게다가 왜 네가 우리 중 하나라고 생각하는데? 자, 어서 비키시지. 만은 비켜서지 않았고, 몸이 휘청거릴 만큼의 귀싸대기를 얻어맞았습니다. 나는 그 선배의 갈비뼈에 머리를 박아 넣어 쓰러뜨린 다음 올라타고는 가슴팍부터 시작해서 세게 두 대를 때렸지만 곧 그의 멍청한 친구들이 내게 달려들었습니다. 나와 내 새 친구인 만의 승산은 5대 1이었고, 내가 미친듯이 분노하며 반격하기는 했지만, 우리가 질 운명이라는 것은 알고 있었습니다. 우리를 둘러싼 모든 남학생들 역시 마찬가지였습니다. 그럼, 본은 왜 그때 구경꾼들 사이에서 갑자기 앞으로 뛰쳐나와 우리 편을 들었을까요? 그는 선배들만큼 덩치가 큰 신입생이었지만, 그렇다고 해서 그들 모두를 두들겨 팰 수는 없었습니다. 한 놈은 주먹으로 세게 때리고, 또 다른 놈은 팔꿈치로 밀치고, 세 번째 놈은 들이받았지만, 결국 그도 패거리에 의해 쓰러졌습니다. 그들은 우리를 발로 차고, 손으로 때리고, 두들겨 팬 다음, 멍들고 피투성이이지만 마냥 의기양양한 상태로 내버려 두고 갔습니다. 그렇습니다, 의기양양했습니다! 우리가 어떤 불가사의한 시험을 통과했기 때문이었습니다. 한편에 있는 약자를 괴롭히는 사람들과 또 다른 한편에 있는 비겁자들로부터 우리를 분리하는 시험 말입니다. 바로 그날 밤, 우리는 기숙사에서 몰래 빠져나와 타마린드 숲으로 나아갔고, 커다란 가지들 아래서 우리 손바닥에 상처를 냈습니다. 우리는 어떤 진짜 친족보다도 더 가까운 친족이라고 스스로 인정한 소년들과 다시 한번 우리 피를 섞은 다음, 서로에게 맹세를 했습니다.

진정한 유물론자인 실용주의자라면 이 이야기와 이에 대한 나의 애착을 낭만주의적 성향이라고 일축할 터였습니다. 하지만 이 이야기는 우리가 그 나이에 우리 자신과 서로를 어떤 식으로 생각했는지를 모두 말해 줍니다. 즉 자신들의 대의가 약자들을 옹호하는 것임을 본능적으로 알고 있는 소년들이라고 생각했다는 것을요. 본과 나는 그 사건에 대해 오랫동안 얘기하지 않았지만, 루스벨트 호텔의 우리 목적지로 가는 길에 젊은 시절부터 부르던 노래들을 부르는 동안, 그것이 나뿐 아니라 그의 핏속에서도 흐르고 있음을 감지했습니다. 한때 루스벨트 호텔은 할리우드 대로에 있는 흑백 영화 시절의 유명 인사들이 애호하던, 유행을 앞서가는 유쾌한 시설이었지만, 이제는 무성 영화의 인기 배우만큼이나 유행에 뒤처져 있었습니다. 닳아 해진 깔개로 지저분한 타일을 감췄고, 어떤 이유인지 로비의 가구는 두루 미처럼 가늘고 긴 다리가 달린 카드 게임용 탁자와 의자로 구성되어 있었는데, 페니 포커*와 솔리테어** 게임을 위한 준비를 마친 상태였습니다. 나는 할리우드의 매력이 조금이라도 남아 있기를 기대했습니다. 나비 모양 옷깃***에 연한 푸른색 블레이저 코트를 입은 배가 불룩 나온 포르노 제작자가 구릿빛 피부를 지닌 흑인 여자들을 보석으로 장식한 그들의 손을 잡아 인도하는 모습을요. 하지만 「판타지아」가 공연될 호텔 내 고급 바로 가는 내내, 여기에서 가장 잘 차려입은 사람들은 스팽글과 폴리에스테르 섬유로 치장하고 꼿꼿한 자세를 하고 있는 내 동포들인 것 같았습니다. 아마도 호텔 투숙객인 듯한 다른 고객들은 격자무늬 셔츠를 입고, 골절 수술 환자들이나 신을 법한 슬리퍼를 신은 데다, 턱수염은 면도를 하지 않아 까칠하게 자라 있었고, 데리고 다니는 거라곤 산소 탱크뿐이었습니다. 사람들은 매사에 항상 늦기 마련이었고, 아무래도 할리우드의 사교계 사람들도 마찬가지인 것 같았습니다.

그럼에도, 호텔의 아늑한 고급 바 내부의 분위기는 경쾌했습니다. 어떤 제작자가 「판타지아」를 무대에 올리기 위해 그 장소를 빌린 결과 난민들의 흔적이라고는 조금도 없는 피난처에 맞춤 정장을 입은 맵시 있는 남자들과 야회복을 입은 매력 넘치는 여자들이 모여들었

---

* 아주 낮은 금액을 거는 일종의 사교적 포커 게임.
** 일종의 혼자 하는 카드놀이.
*** 버터플라이 칼라(butterfly collar)는 소위 '윙칼라'와 같은 뜻으로, 옷깃 앞부분의 접힌 부분이 나비모양과 비슷한데서 비롯된 명칭이다. 대개 남성용 야회복 안에 입는 셔츠의 높고 빳빳한 옷깃으로 많이 이용된다.

습니다. 우리의 야심찬 부르주아 계급은 초과 근무 수당이 있는 주당 근무 40시간짜리 일자리를 찾아냈고, 좀 더 편하게 앉아 있을 만큼 지갑을 두둑이 불렸기에 이제는 포도주와 노래를 찾아다니는 중이었습니다. 본과 내가 뒤쪽에 있는 탁자에 자리를 잡았을 때, 볼레로 재킷을 입은 매력적인 가수가 팜 두이*의 「슬픔의 도시」를 서정적인 비가조로 불렀습니다. 슬픔의 도시, 망명 중인 우리 모두가 들고 다니는 그 휴대용 도시에 대해 노래하는 다른 방법이라도 있었을까요? 사랑이 끝나면, 슬픔이 우리의 서정적인 공연 목록에서 가장 흔한 명사가 아니었나요? 우리가 슬픔 때문에 군침을 흘렸나요? 아니면 먹을 수 밖에 없는 것을 즐기는 법을 배웠을 뿐이었나요? 이런 질문들에는 카뮈의 책이든 코냑이든 둘 중 하나가 필요했는데, 카뮈의 책은 구할 수가 없었기에, 나는 코냑**을 주문했습니다.

나는 돈이란 쓰고 나서야, 특히 친구들과 함께할 때 쓰고 나서야, 비로소 생명을 얻는 것이라는 확고한 신념이 있었기 때문에, 일말의 후회도 없이 점차 줄어들고 있던 합의금에서 브랜디 값을 지불했습니다. 머리가 희끗희끗한 대위와 냉담한 중위가 바에 서서 맥주를 찔

---

*   베트남 작곡가. 전통 음악에 현대적인 기법을 접목시킨 음악을 특징으로 하며 1000곡 이상을 작곡했다. 그의 음악은 베트남 전쟁 기간 중 북베트남에서 금지곡이었을 뿐 아니라 전쟁이 끝난 후에도 30년 동안 베트남에서 금지곡이었다.

**   프랑스의 코냑 지방에서 생산되는 포도주를 원료로 한 브랜디로 세계 제일의 브랜디로 평가 받기 때문에 브랜디의 동의어처럼 사용될 때도 있다.

끔거리는 모습을 발견했을 때는 심지어 그들에게도 코냑 잔을 돌렸습니다. 그들은 우리 탁자로 건너와서 우리의 전우애를 위해 축배를 들었습니다. 내가 아직 장군에게 한 번 더 귀국 문제를 꺼내지 않은 상태였는데도 말입니다. 그렇지만 나는 돌아갈 작정이었고 모두에게 한 잔씩 더 돌릴 수 있어서 기뻤습니다. 코냑은 다 큰 남자를 위한 어머니의 입맞춤에 해당하는 일종의 만병통치약이었습니다. 그래서 우리는 가수들이 무대에서 차례차례 몸을 흔들며 선정적인 시미 춤을 추는 동안, 마음껏 퍼 마셨습니다. 남자들과 여자들은 흥얼거리듯, 울부짖듯, 탄식하듯, 질주하듯, 신음하듯, 으르렁거리듯 노래했으며, 관객들은 그들이 어떤 곡을 어떤 식으로 노래하든 상관하지 않고 그들을 숭배했습니다. 가수들이 허파가 터질 듯 부르는 노래들이 우리를, 심지어 본도 포함해 우리 모두를 과거로, 시공을 뛰어넘어 샴페인에서 일상적인 풍미와 사소한 느낌 외에도 눈물 맛이 살짝 나는 사이공의 나이트클럽들로 데려갔습니다. 눈물이 너무 많이 가미되면 사람들이 견딜 수 없어 했지만, 또 전혀 가미되지 않으면 사람들을 노예로 만들 수가 없었습니다. 사람들이 혀를 굴려 단 하나의 이름을 입 밖에 내는 데에는 이 명약 한 방울만이 필요했을 뿐입니다. 바로 '사이공' 말입니다.

그 단어는 거의 모든 공연자들과 사회자가 계속 언급했습니다. 이 「판타지아」의 사회자는 회색 플란넬 정장을 수수하게 차려 입은 보통 체격의 남자로, 그에게서 반짝거리는 것이라고는 안경뿐이었습니다. 나는 그의 눈을 볼 수는 없었지만, 그의 이름은 생각해 냈습니다.

그 '시인'은 문예 학술지와 신문들에 일상생활의 느낌에 대한 온화하고 향수 어린 시들을 쓰던 작가였습니다. 나는 특히 쌀 씻기에서 발견되는 심오한 통찰을 소재로 한 시 한 편을 기억하고 있었습니다. 비록 그 시인의 통찰을 기억하지는 못했지만, 가장 보잘것없는 허드렛일에서조차도 의미를 찾고자 하는 욕구는 기억했습니다. 때때로 쌀을 씻으며 한 손을 축축한 낟알들 속에 파묻고 있을 때, 나는 그 '시인'을 떠올리곤 했습니다. 우리 문화에서 어떤 '시인'이 평범한 사람들을 위한 노래와 포도주가 있는 밤의 행사를 진행할 수도 있다는 사실을 알게 되어 자랑스러웠습니다. 우리는 우리의 시인들을 존경했고, 그들에게 우리를 깨우칠 무언가 중요한 것이 있으리라고 추정했는데, 바로 이 '시인'이 그랬습니다. 그는 소니의 신문에 몇 편의 글을 써서, 미국 생활의 예측 불가능한 상황들 혹은 미국인들과 우리들 사이의 문화적인 혼선을 설명한 적이 있었고, 같은 맥락에서 가수들에 대한 소개말 사이사이에 우리 문화나 미국 문화에 관한 짤막한 교훈적 이야기들을 끼워 넣었습니다. 라나의 차례가 오자, 그는 이런 말로 운을 뗐습니다. 여러분 가운데 몇몇 분은 미국인들이 꿈꾸기를 좋아하는 국민이라는 말을 들어 본 적이 있을지도 모릅니다. 맞는 말입니다. 어떤 사람들은 미국이 복지 국가라고 하지만, 사실 미국은 꿈의 국가입니다. 이곳에서 우리는 무엇이든 꿈꿀 수 있습니다, 신사 숙녀 여러분, 그렇지 않습니까? 여러분께 제 '아메리칸 드림'이 무엇인지 말씀드리겠습니다, 그는 특별히 다이너마이트를 다룰 때처럼 조심스럽게 마이크를 잡고 이렇게 말했습니다. 제 '아메리칸 드림'은 죽기 전에 다시 한번 내가 태어난 땅을 보는 것, 다시 한번 떠이닌에 있는 우리 집안 정원의 나무에서 잘 익은 감을 맛보는 것입니다. 제 '아메리칸 드림'은 조부모님의 무덤에서 향을 피울 수 있게 고향으로 돌아가는 것, 그토록 아름다운 우리 나라가 마침내 평온해지고 총성이 환호성에 가려 들리지 않게 될 때 온 나라를 이리저리 돌아다니는 것입니다. 제 '아메리칸 드림'은 도시에서 시골 마을까지, 농장까지 걸으면서 전쟁에 대해 한 번도 들어본 적 없는 남자 아이들과 여자 아이들이 큰소리로 웃으며 노는 모습을 보는 것입니다. 다낭에서 달랏까지, 까마우에서 쩌우독까지, 싸덱에서 쏭카우까지, 비엔호아에서 반메투옷까지 —

크고 작은 도시와 마을들을 지나가는 기차 여행이 이어졌지만, 나는 반메투옷에서 하자했습니다. 내 고향, 언덕 위의 도시, 적색토*의 도시, 최고급 커피 원두가 나는 고원지대, 우르르 쾅쾅 울리는 폭포들과 잔뜩 성난 코끼리들**과 맨발과 맨가슴으로 허리에 천 하나만 두른 채 굶주림에 시달리는 자라이족***의 땅, 내 어머니와 아버지가 저세상으로 가신 땅, 내 어머니의 보잘것없는 작은 집터에 내 탯줄이 묻혀 있는 땅, 영웅적인 북베트남 인민군이 1975년의 대공세 기간에 남쪽을 해방시킬 때 맨 먼저 공격했던 땅, 내 집이었던 땅에서 말입니다.

*　산성이 강해서 붉은색을 띠는 토양. 감, 귤, 차 따위의 아열대 식물을 심는 데 적합하다.
**　이 지역은 코끼리 사냥과 사육지로 유명하며, 코끼리 사냥은 1998년 금지되었다.
***　쩌라이 혹은 저라이라고도 불리는 베트남의 소수 민족.

그 '시인'이 말했습니다. 그것이 제 '아메리칸 드림'이었습니다. 제가 입는 옷이나 먹는 음식이나 사용하는 언어에 상관없이 제 마음은 변치 않을 겁니다. 신사 숙녀 여러분, 이것이 바로 우리가 오늘 밤 여기에 모인 이유입니다. 비록 우리가 현실에서는 고향에 있지 않지만, 「판타지아」에서는 귀향할 수 있습니다.

관객은 우리 디아스포라*의 계관시인에게 진심을 다해 열광적으로 박수갈채를 보냈지만, 그는 우리가 그의 말을 듣는 것 외에 또 다른 목적을 위해 여기 모였음을 잘 아는 현명한 사람이었습니다. 사람들을 진정시키기 위해 손을 들어 올리며 그가 말했습니다, 신사 숙녀 여러분, 제가 여러분께 또 하나의 '아메리칸 드림'을 소개해 드려도 되겠습니까? 다름 아닌 우리들만의 베트남식 판타지를…….

이제는 존, 폴, 조지, 링고, 메리와 마찬가지로 그냥 성을 뺀 이름으로만 알려져 있는 바로 그녀가 붉은색 벨벳 뷔스티에**와 표범 무늬 미니스커트를 입고, 검은색 레이스 장갑을 끼고, 아주 가늘고 높은 굽이 달린 넓적다리까지 올라오는 가죽 부츠를 신은 채 무대 위에서 한 발을 내디뎠습니다. 내 심장은 부츠나, 굽이나, 미니스커트와 뷔스티에 사이에 노출된 부분의 납작하고 매끈한 복부 중 어느 하나에도 잠시 멈췄을 터였지만, 이 셋은 다 함께 협력해서 내 심장을 꼼짝 못

---

*   '흩어진 사람들'이라는 의미. 팔레스타인을 떠나 세계 각지에 흩어져 살면서 유대교의 기존 관습과 규범을 그대로 따르던 유대인을 이르는 말. 본문에서는 베트남인 공동체를 가리킨다.

**   팔소매와 어깨끈이 없이 어깨와 팔을 다 드러내며 몸에 딱 맞는 여성용 상의.

하게 사로잡은 다음 로스앤젤레스 경찰 기동대 같은 힘으로 세차게 두들겨댔습니다. 코냑을 쏟아부은 덕에 마음은 자유로워졌지만, 이런 식으로 흠뻑 젖는 바람에 그녀의 감상적인 노래 한 곡에도 쉽게 불이 붙어 버렸습니다. 그녀는 예상 밖의 첫 곡, 「날 사랑해 주면 좋겠어요」*로 열기를 고조시켰는데, 뜻밖이었던 이유는 예전엔 남자들이 부른 것만 들어 본 적이 있었기 때문이었습니다. 「날 사랑해 주면 좋겠어요」는, 영어 원곡으로든, 마찬가지로 훌륭한 프랑스어나 베트남어 노래로든, 우리 세대의 미혼남들과 불행한 기혼남들의 주제가였습니다. 그 노래가 가사에서 선율에 이르기까지 그토록 완벽하게 표현한 것은 짝사랑이었는데, 우리 남부 남자들은 무엇보다 짝사랑을 사랑했기에, 금이 간 심장이야말로 담배와 커피와 코냑 다음으로 우리의 주요한 약점이었습니다.

그녀의 노래를 들으면서, 나는 오직 그녀와 함께하는 밤을 언제끼지나 기억하도록 그 밤에 나 자신을 불사르기만을 바랐습니다. 그녀가 마이크 앞에서 고작해야 살랑살랑 몸을 흔들었을 뿐인데도 이 정도의 동작을 지켜보던 모든 남자들은 나와 같은 감정을 공유했습니다. 그녀의 목소리는 관객을 감동시키기에, 아니 좀 더 정확하게 말하면 우리를 침묵시키기에 충분했거든요. 아무도 말하지 않았고, 담배나 술잔을 들어 올릴 때를 제외하고는 아무도 꼼짝도 하지 않았는

---

*   원제는 「I'd love you to want me」, 1972년 로보(Lobo)가 처음 발표한 곡으로 자신을 간절히 사랑해 주기를 바라는 남자의 염원을 담은 가사가 인상적이다.

데, 그녀가 살짝 더 경쾌한 다음 곡, 「탕탕(우리 그이가 나를 쐈어요)」*
을 부르는 동안에도 집중력은 조금도 흐트러지지 않았습니다. 이 노
래는 셰어가 먼저 불렀지만, 나는 낸시 시나트라**의 리메이크 곡을
더 좋아했습니다. 단지 내가 생각하기에는 낸시 시나트라가 더 매력
적이라는 상당히 얄팍한 이유만으로요. 그렇다고는 해도, 낸시가 폭
력과 총기에 대한 지식이라고는 아버지 프랭크의 친구인 마피아들에
게서 전해들은 것밖에 없는 한낱 백금발의 공주님에 불과하다는 사
실은 알고 있었습니다. 반면에 라나는 한때 폭력배들이 너무 강력해
서 군대가 거리 곳곳에서 그들과 싸웠던 도시에서 성장했습니다. 사
이공은 수류탄 공격이 아주 흔하고, 무차별 폭격도 놀랄 일이 아니
며, 베트콩의 대대적인 침공이 사회 전체의 공동 경험인 대도시였습
니다. '탕탕'이라고 노래를 부를 때 낸시 시나트라는 무엇을 알고 있
었을까요? 그녀에게는, 그것이 10대 취향의 팝 음악 가사였습니다.
'탕탕'은 우리 삶의 배경음이었는데 말입니다.

　더구나 낸시 시나트라는 압도적일 만큼 많은 미국인이 그렇듯이,
한 가지 언어밖에 할 줄 몰라서 고통 받았습니다. 라나가 좀 더 그윽

* 　　원제목은 '뱅뱅(Bang Bang)'. 소니 보노가 만들고 셰어가 불러서 1966년
　　두 번째 싱글로 발표한 곡. 같은 해 낸시 시나트라가 발표한 버전은 원곡
　　과는 달리 트레몰로 기타 사운드가 깔리는 편곡을 통해 상당히 다른 분
　　위기를 냈다.
** 　「마이 웨이(My Way)」로 유명한 미국 가수 프랭크 시나트라의 장녀. 본
　　인 또한 가수 겸 배우로 활동했다. 1940년생으로 1966년 리메이크 당시
　　20대 중반의 나이였다.

하게 특색 있는 목소리로 부른 「탕탕」은 프랑스어, 베트남어로 영어의 층을 더했습니다. '탕탕, 주 느 루블리에레 파'*는 프랑스어 버전 가사의 마지막 줄에 해당했는데, 팜 두이의 베트남어 버전에서 '우리는 절대 잊지 않을 거예요'라는 가사로 고스란히 되풀이되었습니다. 사이공 시절부터 유행을 타지 않던 유명 팝송들 가운데, 이 세가지 색깔의 해석이 어우러진 이 노래는 어린 시절부터 줄곧 서로를 알고 지냈음에도 불구하고 혹은 어린 시절부터 줄곧 서로를 알고 지냈기 때문에 서로를 총으로 쏴서 넘어뜨린 두 연인의 수수께끼 같은 이야기에 사랑과 폭력을 가장 능수능란하게 엮어낸, 가장 기억에 남을 만한 것들 중 하나였습니다. '탕탕'은 기억의 권총이 우리 머리에 발사되는 소리였습니다. 왜냐하면 우리는 사랑을 잊을 수가 없고, 전쟁을 잊을 수가 없고, 연인들을 잊을 수가 없고, 적들을 잊을 수가 없고, 고향을 잊을 수가 없고, 사이공을 잊을 수가 없었으니까요. 우리는 굵은 설탕을 탄 아이스 연유커피의 캐러멜 맛을 잊을 수가 없었습니다. 또한 보도에 쪼그리고 앉아서 먹던 국수를, 우리가 야자 나무 아래 해먹에 누워 흔들리는 동안 친구가 치던 기타 소리를, 골목길, 광장, 공원, 풀밭에서 맨발에 웃통을 벗은 채로 하던 축구 경기들을, 온 산을 휘감은 꽉 끼는 진주 목걸이 같은 엷은 아침 안개를, 모래투성이 해변에 껍데기가 벗겨진 채 놓여 있던 물기를 잔뜩 머금은 입술 같은 굴들을, 눈가에 이슬이 맺힌 채 우리 언어 중 가장 유혹적인 '자

---

*   프랑스어로 '잊지 않을 거예요(je ne l'oublierai pas)'라는 의미.

기'라는 말을 하는 연인의 속삭임을, 쌀이 타작될 때 나는 덜거덕거리는 소리를, 길거리에서 시클로에 탄 채 잠들어 가족들에 대한 기억으로만 온기를 유지하는 노동자들을, 어느 도시의 어느 보도 위에나 잠들어 있는 피난민들을, 천천히 타들어가는 느긋한 모기향을, 나무에서 갓 따낸 망고의 달콤함과 단단함을, 우리에게 말을 건네기를 거부했기에 우리가 그저 더욱더 애타게 그리워하기만 한 아가씨들을, 죽거나 사라져버린 남자들을, 폭탄에 날아가 버린 거리와 집들을, 우리가 벌거벗은 채 큰 소리로 웃어 대며 헤엄치던 개울들을, 새들처럼 천진하게 먹을 감으며 침벙거리는 정령들을 염탐하던 비밀스러운 작은 숲을, 잔가지로 엮어 만든 오두막 사방 벽에 촛불이 드리운 그림자들을, 진흙길이나 시골길에서 소 목에 단 방울들이 고저장단 없이 딸랑거리는 소리를, 버려진 마을에서 굶주린 개가 짖는 소리를, 눈물을 흘리며 먹게 되는 신선한 두리안의 식욕을 돋우는 지독한 악취를, 고아들이 어머니와 아버지들의 시신 옆에서 울부짖는 모습과 소리를, 오후 무렵 셔츠의 끈적거림, 사랑을 나누는 일이 끝날 무렵 애인의 끈적거림, 우리 시국의 끈적거림을, 마을 사람들이 뒤쫓을 때 필사적으로 도망치는 돼지들이 극도로 흥분해서 꽥꽥 질러대는 비명 소리를, 저녁노을 빛으로 불타오르는 구릉지대를, 드넓은 바다에서 솟아오르는 여명의 제왕을, 우리네 어머니가 뜨겁게 꼭 잡아주던 그 손을 잊을 수가 없었습니다. 이 복록은 끝없이 이어질 수도 있었지만, 요점은 이것이었습니다. 우리가 결코 잊을 수 없는 가장 중요한 것은 우리가 결코 잊을 수 없다는 사실 자체였습니다.

라나가 공연을 끝내자 관객들은 박수를 치고 휘파람을 불며 발을 굴렀지만, 나는 그녀가 머리 숙여 인사한 다음 우아하게 물러나는 동안 잠자코 멍하니 앉아 있었습니다. 박수갈채조차 보낼 수 없을 정도로 너무나 무기력해진 채로 말입니다. 시인이 다음 공연자를 소개하는 동안에도, 내 귀에 들리는 것은 '탕탕' 소리뿐이었습니다. 라나가 공연자들을 위해 마련된 탁자로, 그것도 뒤이어 무대에 오르느라 바로 옆자리 가수의 자리가 비어 있는 상태에서 자리로 돌아가자마자 나는 본에게 10분 후에 돌아오겠다고 말했습니다. 그가 이렇게 말하는 것이 들렸습니다. 그러지 마, 이 바보 같은 자식아. 하지만 나는 더 이상 앞뒤 재지 않고 바를 가로질러 걸어가기 시작했습니다. 여자에게 말을 걸 때 가장 어려운 일은 첫 발을 내딛는 것이었지만, 가장 중요한 일은 생각을 하지 않는 것이었습니다. 생각을 하지 않는 것은 생각보다 더 힘들지만, 그렇다 하더라도 여자들과 함께 있을 때는 설대로 생각을 해선 안 됩니다. 절대로. 생각을 하면 아무 일도 안 됩니다. 나는 고등학교 시절에 여학생들에게 접근할 때 처음 몇 번은 너무 많은 생각을 하면서 머뭇거리는 바람에 실패에 실패를 거듭하고 말았습니다. 하지만 그렇다고는 해도, 나를 겨냥했던 어린 시절의 온갖 괴롭힘으로 인해 내가 더 강인해졌음을, 거부 당하는 것이 거부당할 기회조차 얻지 못하는 것보다는 낫다고 믿게 되었음을 깨달았습니다. 따라서 나는 모든 의심과 두려움을 부처님도 인정할 만한 선(禪)불교 방식으로 부정하면서 여학생들에게, 그리고 이제는 여자들에게 접근했습니다. 나는 라나 바로 옆에 앉아 아무 생각 없이 그저 본능과 내가 여자에게 말을 걸 때 적용하는 세 가지 원칙을 따랐을 뿐이었습니다. 허락을 구하지 말고, 인사말을 건네지 말고, 여자가 먼저 말하게 두지 마라.

내가 말했습니다. 널 처음 만났을 때는, 네가 지금처럼 노래할 수 있을 거라고는 짐작도 못했어. 그녀가 아주 오래된 고대 그리스 조각상들의 눈을 떠올리게 하는, 텅 비어 있는데도 표정이 풍부한 두 눈으로 나를 바라보았습니다. 어찌 알았겠어요. 난 겨우 열여섯 살이었는걸요.

그리고 나는 고작 스물다섯이었습니다. 내가 뭘 알았겠습니까? 나는 몸을 바싹 붙여서 내 말이 음악 소리보다 더 크게 들리게 하면서 그녀에게 담배를 한 대 권했습니다. 넷째 원칙. 여성에게 나 말고 다른 무엇인가를 거부할 기회를 주라. 정숙한 젊은 베트남 여자라면 누구나 그래야 하는 것처럼 그녀가 담배를 거절한다면, 내게는 직접 한 대 피우겠다는 핑곗거리가 생기고, 그러면 그녀가 내 담배에 신경을 쓰는 동안 뭐라도 말을 해 볼 시간을 잠시나마 얻게 됩니다. 하지만 예상 밖으로 라나는 담배를 받아들였고, 한때 내가 미즈 모리에게 불을 붙여 주었듯 자기 담배를 도발적인 불꽃으로 불붙일 기회를 주었습니다. 네 어머니랑 아버지는 이 모든 일을 어떻게 생각하시지?

그분들은 노래하고 춤추는 걸 시간 낭비라고 생각하세요. 당신도 그분들 생각에 동의하겠죠?

내가 내 담배에 불을 붙였습니다. 만일 그분들 생각에 동의한다면, 여기 와 있겠니?

대위님은 우리 아버지가 하시는 모든 말씀에 동의하잖아요.

난 네 아버지가 하시는 말씀들 중 일부에만 동의해. 하지만 어떤 말씀에도 이의를 제기하지는 않지.

그럼 음악에 관한 한 내 생각에 동의하는 건가요?

음악과 노래는 우리를 살아 있게 하고, 우리에게 희망을 주지. 느낄 수 있으면, 우리가 살아갈 수 있다는 걸 알게 돼.

그리고 우리는 사랑할 수 있다는 걸 알아요. 라나가 내 눈을 비롯한 어느 신체 부위에든 담배 연기를 내뿜게 할 수 있다면 아주 기뻤을 테지만, 그녀는 연기를 후 불어서 내게서 멀리로 날려 보냈습니다. 우리 부모님은 노래가 내 결혼을 망칠까 봐 걱정하세요. 그분들은 사회적 지위가 상당한 데다 아주 부유한 누군가와 내일이라도 결혼하기만을 원해요. 대위님은 그중 어느 쪽도 아니지요, 안 그래요?

차라리 내가 사회적 지위도 있고 돈도 많으면 더 좋겠어?

만일 그렇다면 훨씬 덜 흥미로울 거예요.

내가 말했습니다. 너는 그런 식으로 느낀 역사상 최초의 여성일지도 몰라. 나는 내내 시선을 그녀의 시선에 고정해 두고 있었는데, 그녀의 클리비지(cleavage)가 발휘하는 인력을 고려한다면 엄청나게 힘든 일이었습니다. 나는 이른바 서구 문명에 관한 한 많은 면에서 비판적이었지만, 클리비지는 그것들 중 하나가 아니었습니다. 중국인들이 화약과 국수를 만들어 냈을지는 모르지만, 서구는 과소평가되기는 해도 엄청난 영향력을 지닌 클리비지를 만들어 냈습니다. 반쯤 노출된 젖가슴을 응시하는 남자는 간단한 음란 행위에 참여하고 있을 뿐 아니라, 설사 저도 모르게 그랬다고 할지라도, '클리브(to cleave)'*라는 동사의 시각적 구체화에 관해 곰곰이 생각해 보는 것이기도 했습니다. 이 동사에는 '쪼개다'와 '결합하다'라는 두 가지 의미가 있거든요. 여성의 클리비지는 이처럼 이중적이고 모순적인 의미를 더할 나위 없이 분명하게 입증했습니다. 두 젖가슴은 하나의 정체성을 지닌 두 개의 분리된 실체들이었으니까요. 그 이중의 의미는 클리비지가 여자를 남자로부터 분리하면서도, 미끄러운 비탈길을 미끄러져 내려갈 때의 불가항력적인 힘으로 그녀에게 끌어당기는 방식에서도 드러났습니다. 남자들에게는 그에 상응하는 것이 전혀 없었습니다. 어쩌면 대부분의 여자들이 진심으로 좋아하는 남자의 클리비지라 할 만한 유일한 것, 즉 두둑한 지갑을 여닫는 일을 제외하고는요. 하지만 여자들은 우리를 원하는 만큼 실컷 쳐다볼 수 있고 우리도 그것을 고맙게 생각하겠지요. 반면에 우리는 쳐다보면 욕을 먹었고, 쳐다보지 않는다고 해도 그에 못지않게 욕을 먹었습니다. 보기 드문 클리비지를 가진 여자라면 그 깊게 파인 곳에 풍덩 뛰어들기를 거부할 수 있는 눈을 지닌 남자에게 당연히 모욕감을 느낄 터였습니다. 그래서 나는 그저 예의상 담배를 한 개비 더 집으려고 손을 뻗으면서, 세련된 미적 안목으로 힐끗 쳐다보았습니다. 경탄할 만한 젖가슴들 사이에서 금목걸이에 달린 금 십자가가 덜렁거리며 부딪치고 있었고, 이번 한 번만은 내가 그 십자가에 못 박힐 수 있도록 진정한 기독교도

---

* 여성의 가슴골을 의미하는 'cleavage'의 동사형.

였더라면 좋았을 거라는 생각이 들었습니다.

담배 한 대 더 피울래? 내가 이렇게 말하면서, 그녀에게 담뱃갑을 내밀 때 우리의 시선이 다시 한번 마주쳤습니다. 우리 중 누구도 그녀의 클리비지에 대한 나의 전문가급 평가를 알은척하지 않았습니다. 그녀는 잠자코 내 권유를 받아들여, 섬세한 손을 앞으로 뻗더니 담배를 한 개비 빼내 설탕에 졸인 듯 달콤한 입술 사이에 끼워 넣고, 내가 손에 든 불꽃에서 불이 옮아 붙기를 기다렸다가, 담배가 한 줌 재로 점점 줄어들어 쉽게 흩날릴 때까지 서서히 피웠습니다. 만일 한 남자가 첫 번째 담배를 피우는 데 걸린 시간을 견디고 살아남았다면, 여자의 육체라는 해안 교두보에서 싸워 볼 만한 가능성이 있었습니다. 내가 두 번째 담배도 견디고 살아남았다는 사실에 내 자신감은 이루 헤아릴 수 없을 만큼 치솟았습니다. 그래서 내가 차지하고 있던 의자의 주인인 퍼머머리 여가수가 돌아왔을 때, 확신이 서기에 일어나서 라나에게 이렇게 말했습니다. 카운터로 가자. 원칙 5. 질문이 아닌 의견 제시가 부정적인 대답을 초래할 가능성이 더 적다. 그녀가 어깨를 으쓱하더니 내게 한 손을 내밀었습니다.

그다음 한 시간 동안 노래 몇 곡이 더 흐르는 가운데 라나가 온 세상과 내 팔뚝 털을 모조리 그슬리는 동안, 나는 다음과 같은 것들을 알게 되었습니다. 그녀는 보드카 마티니를 몹시 좋아했습니다. 그래서 내가 그녀에게 주문해 준 것만 해도 세 잔이었습니다. 잔은 맑은 액체 안에 속이 꽉 찬 녹색 올리브 한 쌍을 띄운 최고급 술로 찰랑거렸고, 올리브에서는 피멘토라는 도발적인 젖꼭지가 불거져 나와 있었습니다.* 그녀가 고용되어 있는 업체는 부유한 사람들이 주로 사는 브렌트우드 지역의 어느 화랑이었습니다. 그녀는 전에 남자친구가 둘 이상 있었는데, 여자가 과거의 남자친구들에 관해 논의할 때는, 과거의 결점 있던 애인들 및 쓸모 있던 애인들과 비교해서 당신을 평가하고 있음을 당신에게 알려 주는 것이었습니다. 나는 지나치게 요령이 좋아서 정치나 종교에 대해 물어보지 않기는 했지만, 그녀가 사회적으로나 경제적으로나 진보적이라는 것을 알게 되었습니다. 그녀는 산아제한, 총기 규제, 임대차규제법**이 필요하다고 믿었습니다. 또 동성애자들의 해방과 모든 사람을 위한 공민권이 필요하다고 믿었습니다. 또한 간디, 마틴 루터 킹, 틱낫한이 옳다고 믿었습니다. 그리고 비폭력, 세계 평화, 요가를 신봉했습니다. 또 디스코 춤의 혁명적인 잠재력과 나이트클럽들을 위한 국제연합의 필요성을 믿었습니다. 게다가 자유민주주의와, 그녀 말로는 시장의 보이지 않는 손이 사회주의라는 부드러운 새끼염소 가죽 장갑을 끼어야 한다고 믿는 것인, 규제자본주의는 물론이고 제3세계를 위한 민족자결권 역시 필요하다고 믿었습니다. 특히 좋아하는 가수들은 빌리 홀리데이, 더스티 스프

---

*   칵테일에 사용하는 올리브 절임을 만들 때 올리브 안에 고추의 일종이지만 맵지 않고 단맛이 나는 새빨간 색의 피멘토(pimento)를 조그맣게 잘라 박아 넣은 경우를 말한다. 올리브 한쪽 끄트머리에 빨간 피멘토 조각이 살짝 튀어나와 있다.

**   미국의 임대차규제법(rent control)은 임대료 상한제와 임대계약 갱신 청구권이 모두 포함된 개념이다.

링필드, 엘비스 프엉, 카인 리였으며, 베트남 사람들도 블루스를 제대로 부를 수 있다고 믿었습니다. 미국 도시들 가운데, 만일 로스앤젤레스에서 살 수 없게 된다면 뉴욕이야말로 자신이 살고 싶은 곳이라고 믿고 있었습니다. 하지만 내가 알게 된 이 모든 항목들 가운데 가장 중요한 것은 바로 이것이었습니다. 대부분의 베트남 여성들이 결혼할 때까지 자기 의견을 마음속에만 담아두다가, 결혼하고 나서야 마음껏 드러내는 데 반해서 그녀는 자기가 생각한 것을 말하기를 주저하는 법이 없었습니다.

한 시간이 다 지날 때쯤 내 귀에 가해지는 스트레스를 덜어 줄 또한 쌍의 귀가 절실했기 때문 나는 손을 흔들어 본을 불렀습니다. 그 역시 코냑으로 인해 비틀거렸고 평소와 달리 수다스러워졌습니다. 라나는 보통 사람과 어울리는 것을 꺼리지 않았기에, 한 시간 동안 그들은 추억의 뒤안길을 찾아가는 동반자가 되어 사이공과 갖가지 노래에 관한 추억담을 나눴고, 그러는 동안 나는 말없이 코냑 잔을 단숨에 들이켜고, 라나의 두 다리를 조심스럽게 숭배했습니다. 그 두 다리는 성경보다 더 길고 엄청나게 더 유쾌했으며, 인도의 요가 수행자 혹은 대평원 지대나 서남부 사막지대를 가로지르며 일렁거리는 미국의 고속도로와 마찬가지로 끝없이 뻗어 있었습니다. 그녀의 다리들은 바라봐 줄 것을 요구하면서, '아니요'든 '농'이든 '나인'이든 '니옛'이든 안 된다는 대답,* 혹은 '글쎄'라는 대답조차도 용납하려 하

---

*   농(non)은 프랑스어, 나인(nein)은 독일어, 니옛(nyet)은 러시아어.

지 않았습니다. 나는 그 다리의 모습에 사로잡혀 있다가, 라나가 하는 말을 들었습니다. 그러면 아내분이랑 아이는요? 본의 두 뺨을 타고 주르륵 흘러내린 눈물에 그녀가 내게 걸었던 주문이 풀렸고 나는 귀를 닫고 있던 상태에서 벗어났습니다. 어찌된 일인지 대화의 방향이 사이공과 갖가지 노래에서 사이공 함락으로 바뀌어 있었는데, 그리 놀랄 일은 아니었습니다. 망명자들이 듣는 대부분의 노래에는 우울하고 로맨틱한 상실감이 잔뜩 스며들어 있어서, 결국은 그 도시의 상실을 떠올리게 하고야 말았습니다. 사이공에 관한 망명자들 사이의 모든 대화는 궁극적으로는 사이공의 함락과 뒤에 남겨진 사람들의 운명에 관한 대화가 되어 버렸습니다. 본이 대답했습니다. 그들은 죽었어요. 나는 깜짝 놀랐습니다. 왜냐하면 본은 나를 제외한 어느 누구와도 린과 덕에 대해 결코 이야기하지 않았기 때문이었습니다. 사실 본은 누구에게도 거의 말을 걸지 않았습니다. 이것은 추억의 뒤안길을 찾아가다 보면 맞닥뜨리는 것과 관련된 골칫거리였습니다. 그길은 거의 언제나 안개가 자욱해서 발을 헛디뎌 넘어지기 십상이었습니다. 하지만 이처럼 당혹스러운 정신적 붕괴에도 아마 그럴 만한 가치가 있었던 듯 싶습니다. 나를 훨씬 더 놀랍게 한 것은 라나가 본을 껴안더니 그의 완고하고 볼품없는 머리를 자기 뺨에 바싹 기대게 했던 겁니다. 라나가 말했습니다. 가여운 분. 정말, 정말 가여운 분. 나는 가장 친한 친구와 둥근 바닥 쪽을 수직으로 돌려 세운 무한대 기호 같은 하늘이 내린 몸매를 가진 이 여자에 대한 가슴이 아릴 만큼 엄청난 사랑을 주체할 수가 없었습니다. 그녀의 나신의 곡선미를 내 두 눈으로, 젖가슴을 내 두 손으로, 피부를 내 혀로 체험하며 음미해서 그녀에 대한 내 욕망의 가설을 입증할 수 있기를 간절히 바랐습니다. 나는 바로 그때, 그녀가 모든 관심을 눈물을 흘리는 본에게 집중시키고 있고 본은 큰 슬픔으로 너무 무감각해져서 눈앞에 드러난 마법의 계곡을 눈치 채지 못한 것처럼 보였던 그 순간, 내가 그녀를 소유하게 되고 그녀가 나를 가지게 될 것임을 알았습니다.

15장

내가 지금까지 자백한 많은 것들이 경애하는 소장님이나 말씀은 많이 들었지만 얼굴 없는 수수께끼 같은 정치위원께는 낯설어 보일지도 모릅니다. '아메리칸 드림', 할리우드 문화, 미국 민주주의의 관행 따위로 인해 동양에서 태어난 우리 같은 사람들에게는 미국이 아주 갈피를 잡기 힘든 곳일 수 있습니다. 아마 절반은 서양 사람이라는 내 상황이 내가 미국인의 기질, 문화, 관습을 이해하는 데 본질적으로 도움이 되었을 거라고 짐작합니다. 특히 로맨스와 관련된 경우들을 포함해서요. 이해해야 할 가장 중요한 점은 우리는 구애를 하지만, 미국인들은 데이트를 한다는 것입니다. 남자와 여자가 마치 수익성이 있을 듯 보이는 모험적 사업을 협상하기 위해서인 양, 서로 만나기에 적당한 시간을 정하는 실용적인 관습이죠. 미국인들은 데이트를 단기간이든 장기간이든 투자와 수익에 관한 행위라고 이해했지만, 우리는 로맨스와 구애를 손실에 관한 행위로 여겼습니다. 어쨌든,

유일하게 가치 있는 구애는 자신이 언제 시간이 될지 미리부터 일정표를 검토하는 성향의 여자가 아니라 설득할 수 없는 여성을 설득하는 것을 의미했습니다.

라나는 확실히 구애가 필요한 여자였습니다. 나는 멸종한 익룡 같은 수녀들이 내게 가르친 흠 잡을 데 없는 필기체를 사용해서 내 입장을 변호하는 편지를 여러 통 썼습니다. 또 운율은 불확실하지만 진심은 확고한 빌라넬*, 소네트**, 2행 연구(二行連句)***를 여러 편 지었습니다. 게다가 라나가 자기 집 거실의 모로코풍 방석을 깔고 앉게 했을 때는 기타를 움켜쥐고 팜 두이와 찐꽁선과 우리 이주민들에게 새로이 각광 받는 서정적인 스타일의 덕 후이의 노래들을 불러 주었습니다. 그녀는 매혹적인 압사라****의 수수께끼 같은 미소, 자기 공연의 맨 앞줄 예약석, 계속 알현할 특권으로 보답했는데, 내게 주어진 알현 기회는 일주일에 고작 한 번뿐이었습니다. 나는 고마우면서도 고통스러웠습니다. 내가 주류 판매점에서 나른한 오후마다 매번 본에게 자세히 이야기했듯이 말입니다. 그의 반응은 아마도 당신이 이미 예상한 것처럼 미온적이었습니다. 이 바람둥이야, 한번 얘기

*   프랑스에서 시작된 19행 2운의 시 형태(villanell). 내용상으로는 주로 전원시.
**   10개의 음절로 이뤄진 시행 14개가 일정한 운율로 이어지는 시. 복잡한 운(韻)과 세련된 기교를 사용한다. 13세기 이탈리아에서 발생해 단테와 페트라르카에 의해 완성되었으며, 셰익스피어, 밀턴 등의 작품이 유명하다.
***   일종의 2행시(couplet).
**** 인도 신화에서 무희나 악사의 모습으로 등장하는 여신. 춤추는 여신 또는 천상의 무희라는 의미가 있다.

해 보시지. 어느 날 무뚝뚝한 모습으로 다시 돌아가서 그가 말했습니다. 그의 관심은 어느 통로를 향해 주머니쥐처럼 살금살금 움직이는 한 쌍의 십대 고객들, 즉 나이와 IQ가 적은 두 자리 수로 측정되는 2인조와 나 사이에 분산되어 있었습니다. 장군이 알게 되면 어떤 일이 벌어질까? 나는 장군의 오후 도착을 기다리면서 그와 함께 계산대 뒤편에 앉아 있었습니다. 대체 무슨 이유로 장군이 알게 될 거라는 거지? 내가 말했습니다. 아무도 말하지 않을 텐데. 라나나 나나 언젠가는 결혼해서 장군에게 털어놓게 될 거라고 생각할 정도로 감상적이지는 않아. 그럼 이 모든 구애며 가망 없는 무모한 짓거리는 다 뭐야? 우리의 교제에 관해 내가 한 이야기를 인용하며 그가 물었습니다. 나는 다음과 같이 말했습니다. 구애와 가망 없는 무모한 짓거리는 반드시 결혼으로 끝나야 해? 사랑으로 끝날 수는 없을까? 결혼이 사랑이랑 무슨 상관인데? 그가 코웃음을 쳤습니다. 하느님께서 우리를 결혼하도록 만드셨어. 사랑이야말로 결혼과 상관있는 가장 중요한 것이지. 나는 그가 「판타지아」를 보러 간 그날 밤처럼 울음을 터뜨리기 직전일지도 모른다고 생각했지만, 사랑과 결혼과 죽음에 대한 논의가 그날 오후에는 본에게 눈에 띄는 가시적 영향을 미치지 못했습니다. 아마 그가 뒤쪽 구석 위에 매달린 볼록 거울을 주시하고 있었기 때문이었을 겁니다. 거울의 외눈에 그 십대들이 호박색 맥주병에 반사된 형광등 불빛에 넋을 잃은 채 냉장된 맥주를 숭배하듯이 뚫어져라 바라보고 있는 모습이 드러났습니다. 내가 말했습니다. 결혼은 노예제도야. 게다가 하느님이 우리 인간을 만들었을 때 — 만일 하느님이 있다면 말입니다 ─ 우리가 서로의 노예가 되게 할 의도는 아니었어.

우리를 인간이게 하는 게 뭔지 알아? 거울 속에서 2인조 중 더 작은 녀석이 맥주 한 병을 슬쩍 자기 호주머니에 찔러 넣었습니다. 본은 넌더리가 난다는 듯 한숨을 쉬며, 금전등록기 아래 있는 야구 방망이로 손을 뻗었습니다. 우리를 인간이게 하는 건 우리가 이 행성에서 자위를 할 수 있는 유일한 피조물이라는 사실이야.

어쩌면 자기 주장을 조금 더 섬세한 방식으로 밝힐 수도 있었을 테지만, 그는 결코 섬세함에 관심이 있는 사람이 아니었습니다. 그는 좀도둑들이 무릎을 꿇고 각자의 재킷에 숨긴 물품들을 넘겨주며 머리를 조아릴 때까지 혹독한 신체적 위해를 가하겠다고 위협하는 데 좀 더 관심이 있었습니다. 본은 그저 우리가 배웠던 방식대로 가르치고 있는 것뿐이었습니다. 우리 교사들은 미국인들이 이미 포기해 버린 체벌의 확고한 신봉자들이었습니다. 그런 식이 포기가 미국인들이 더 이상 전쟁에서 승리하지 못하는 한 가지 이유일 가능성이 크기는 했습니다. 우리에게 폭력은 집에서 시작되어 학교로 이어졌고, 학부모와 교사들은 자녀와 학생들에게서 자기만족과 어리석음이라는 먼지를 털어 내기 위해 그들을 페르시아 양탄자처럼 두들겨 패는 방식으로 가르치고 향상시키려 했습니다. 내 아버지도 예외는 아니었습니다. 아버지는 그저 대부분의 사람들보다 조금 더 고상했을 뿐, 우리의 불쌍한 관절들이 시퍼렇게 멍이 들 때까지 자로 학생들의 손가락 마디라는 실로폰을 연주했습니다. 가끔은 우리가 세게 얻어맞을 만하기도 했고, 또 가끔은 아니기도 했지만, 아버지는 우리의 결백의 증거가 나타나도 결코 후회하는 기색을 내비치는 법이 없었습니다. 모든 사람에게는 '원죄'가 있기 때문에, 부당하게 가해진 처벌조차도 어떤 면에서는 정당했습니다.

어머니 역시 유죄였지만 어머니의 죄는 그렇게 원초적인 죄는 아니었습니다. 나는 범죄 자체보다는 그것이 원초적인지 아닌지에 더 신경을 쓰는 부류였습니다. 심지어 라나에게 구애를 하면서도, 내가 그녀와 함께 짓는 어떤 죄도 원초적이지 않을 것이기에 뭔가 부족한 것은 아닐까 의심하기도 했습니다. 그러면서도 그녀와 함께 죄를 짓는다면 충분할지도 모른다고 믿었습니다. 시도해 보지 않는 한 결코 알 수 없는 법이었으니까요. 어쩌면 내가 내 영혼을 그녀의 영혼에 부딪쳐 생긴 발작적인 불꽃으로 그녀에게 불을 붙이면서 무한의 세계를 어렴풋이나마 볼지도 모를 일이었습니다. 어쩌면 마침내 다음과 같은 것에 기대지 않고서도 영원의 세계를 깨닫게 될지도 모를 일이었습니다.

Q: 사도신경을 외라
A: 전능하신 천주성부, 천지의 창조주를 저는 믿나이다……

그 두 도둑놈조차도 이 기도문은 들어 본 적이 있었을 겁니다. 미국 사람들에게는 기독교 사상이 몹시 중요해서 그 사상에 세상 무엇보다도 귀중한 증서인 달러 지폐의 한 공간을 내줄 정도였으니까요. 이때조차도 '우리는 하느님을 믿노라'라는 표어가 그들의 지갑에 들어 있는 돈에 찍혀 있었을 게 분명합니다. 본은 좀도둑들의 이마를 야구방망이로 가볍게 톡톡 쳤고, 그러는 동안 그들은 이렇게 외쳤습니다. 제발, 저희를 용서해 주세요! 최소한 이 천치들은 신앙심의 두 가지 커다란 동기 중 하나인 두려움을 알게 되었습니다. 야구방망이로 해결할 수 없을 의문은 그들이 나머지 동기인 사랑마저 알게 되었을지 여부였습니다. 어인 일인지 그것을 가르치기가 훨씬 더 어려웠거든요.

장군이 평소와 같은 시간에 도착하자마자 출발했는데, 그가 뒷자리에 앉아 있는 동안 나 자신은 기사 노릇을 하고 있었습니다. 그는 평소처럼 말이 많지도 않았고 서류 가방에 있는 서류들을 하나하나 자세히 보면서 시간을 보내지도 않았습니다. 대신 차창 밖을 가만히 응시했는데, 그가 보통은 시간 낭비라고 여기는 일이었습니다. 그는 음악을 끄라는 명령을 내렸을 뿐이었습니다. 뒤이은 정적 속에서 불길한 전조인 소리 없는 첼로 연주가 틀림없이 그의 뇌리를 떠나지 않는, 소니라는 주제를 예고하는 것을 들었습니다. 추정컨대 '친목회'와 '수복 운동'의 활동들에 관해 소니가 쓴 신문 기사가 망명 공동체 전체로 일반적인 감기처럼 쉽게 퍼져 나가면서, 세균처럼 떠돌던 그의 주장들은 확고부동한 사실들이 되었고 그가 제시한 사실들은 전염성 있는 소문들이 되어 버렸습니다. 내 귀에까지 들어온 소문들에 따르면 장군은 '운동'에 자금을 대려고 노력하다가 빈털터리가 됐거나, 아니면 부정하게 얻은 돈에 푹 빠져 있었습니다. 전쟁 말기에 미국 정부가 우리를 돕지 않은 데에 입을 계속 다물게 하기 위한 미국 정부의 뇌물이거나 식당들은 물론이고 마약 거래와 매춘과 영세 사업자들을 갈취해서 얻은 수익이라는 것이었습니다. 어떤 사람들은 '운동'이 부정한 돈벌이에 불과하며, 태국에 있는 그 운동 조직 사람들이 공동체의 기부금에 의존하는 야비하고 부도덕한 오합지졸들이라고 주장했습니다. 다른 사람들은 그들이 정말로 최고 수준의, 그것도 피에 굶주린 데다 복수에 혈안이 된 1개 연대의 특수 부대원들이라고 말했습니다. 이렇게 끊임없이 양산되는 뜬소문에 따르면, 장군은 안락의자에서 이런 바보들을 사지로 보내거나, 아니면 필리핀으로 간 맥아더* 처럼 직접 영웅적인 침공을 지휘하기 위해 귀국할 예정이었습니다. 내가 이 뜬소문을 듣고 있었다면, 틀림없이 장군 부인 그리고 그 결과 장군도 듣고 있을 터였고, 우리 모두 윙윙거리고 치직거리는 AM 라디오 채널 같은 풍문을 주의 깊게 듣는 중이었습니다. 여기에는 무절제한 소령도 포함됐는데, 그의 뚱뚱한 몸은 내 바로 옆 1인용 접이식 좌석 가장자리 아래로 흘러넘치고 있었습니다. 나는 곁눈질로 세 개의 눈을 확실히 크게 뜬 채로 나를 노려보고 있는 그를 보기는 했지만, 감히 고개를 돌려 쳐다보지는 못했습니다. 그에게 제3의 눈을 제공한 구멍을 머리에 뚫은 것은 내가 아니었지만, 그의 종말을 초래한 음모를 생각해 낸 사람은 나였습니다. 이제 그가 죽었는데도 계속 나를 지켜볼 수 있게 해 주는 것은 바로 이 제3의 눈이었고, 그는 단순

* 1942년 일본에 밀려 필리핀에서 도망치듯 빠져나왔던 맥아더 장군의 1945년 필리핀 탈환 상륙 작전을 일컫는다.

427

한 망령이 아니라 구경꾼이었습니다. 그가 말했습니다. 이 시시한 얘기의 끝을 보는 날이 너무 기다려지는군. 하지만 난 이 얘기가 어떻게 끝날지 이미 알고 있어. 자넨 안 그래?

뭐라고 했나? 장군이 말했습니다.

아닙니다, 장군님.

자네가 뭔가 말하는 걸 들었는데.

틀림없이 혼잣말을 하고 있었나 봅니다.

혼잣말 좀 그만해.

네, 장군님.

혼잣말을 하지 않을 때의 유일한 문제는 자기 자신이야말로 사람이 상상할 수 있는 가장 매력적인 대화 상대라는 것이었습니다. 자기 자신보다 더 많은 인내심을 가지고 자기 말을 들어 줄 사람은 아무도 없었습니다. 그리고 자기보다 자기 자신을 더 잘 아는 사람은 아무도 없었지만, 자기보다 자기 자신을 더 많이 오해하고 있는 사람도 아무도 없었습니다. 하지만 혼잣말을 하는 것이 상상 속 칵테일파티의 이상적인 대화 방식이라면, 무절제한 소령은 계속해서 불쑥불쑥 끼어들며 냉큼 꺼지라는 신호들을 무시하는 성가신 손님이었습니다. 그가 말했습니다. 음모는 저절로 커져 가지, 안 그래? 자네가 이 음모를 태동시켰지. 이제 자네는 그걸 끝장낼 수 있는 유일한 사람이야. 컨트리클럽으로 차를 타고 가는 나머지 시간 내내 그런 식이었습니다. 내가 무절제한 소령에게 하고 싶은 말들로 혓바닥이 부어올라 아플 만큼 오랫동안 혀를 놀리지 않는 동안, 무절제한 소령은 내 귀에 대고 계속 속삭였습니다. 주로 나는 한때 아버지에게 일어나기를 원했던 일이 그에게도 일어나기를 바랐는데, 그건 바로 내 인생에서 사라지는 일이었습니다. 어머니가 돌아가셨다는 소식을 전하는 아버지의 편지를 미국에서 받은 후에 나는 하느님이 정말로 있다면 어머니는 살아 있고 아버지는 그렇지 않을 것이라고 만에게 써 보냈습니다. 아버지가 죽으면 얼마나 좋을까! 실제로, 아버지는 내가 귀국하고 오래지 않아 죽었지만, 생각한 바와 달리 나는 만족스럽지 않았습니다.

여기가 컨트리클럽이라고? 우리가 목적지에 도착했을 때 장군이 말했습니다. 내가 주소를 확인해봐도, 하원의원의 초대장에 적혀 있는 것과 똑같았습니다. 초대장에는 컨트리클럽이라고 적혀 있었고, 나 역시 우리가 다른 차량은 한 대도 없는 구불구불한 길을 차를 몰고 가다가 자갈 깔린 진입로를 따라 검은색 조끼를 입고 나비넥타이를 매고 대기 중인 주차 담당자가 있는 곳으로 올라가는 모습을 그려 보고 있었습니다. 북미산 흑곰 가죽이 바닥에 깔린 고요한 아지트로 들어서는 파스텔 빛깔의 서막을요. 전망창 사이사이 벽마다, 자욱한 시가 연기 사이로, 예리한 분별력을 가지고 가만히 시선을 던지는 가지뿔 달린 사슴 머리들이 걸려 있을 터였습니다. 바깥에는 어느 제3세계 도시보다 더 많은 물이 필요한 드넓은 골프용 잔디밭이 구불구불 펼쳐져 있고, 그곳에서 한창때인 은행가들이 넷씩 짝을 지어, 결정적인 한 방 같은 탈세 수완뿐만 아니라 노동조합들의 배를 가르는 데 필수적인 야만적이고 호전적인 힘까지 모두 요구되는 스윙 기술들이 포함된 운동을 실습할 터였습니다. 하지만 잔물결 무늬가 새겨진 골프공들과 자기만족적인 쾌활함을 변함없이 제공할 거라고 믿을 수 있는 마음을 달래 주는 안식처는커녕, 우리가 도착한 곳은 가가호호 방문하는 진공청소기 외판원의 매력을 모두 갖춘 애너하임*의 어느 스테이크 전문 식당이었습니다. 그곳은 다른 사람도 아닌 리처드 헤드와, 그가 강연 여행 차 방문 중인 상황에서, 사적으로 만찬을 들기에는 품위 없는 환경인 것 같았습니다.

나는 최근 생산된 미국과 독일 차량들만 세워져 있는 주차장에 직접 차를 세운 다음 장군을 따라서 식당으로 들어갔습니다. 지배인은 아주 작은 나라에서 온 대사의 독특한 특징, 그러니까 거만함과 굽신거림이 조심스럽게 뒤섞인 태도를 지니고 있었습니다. 그는 '하원의원'의 이름을 듣자마자 기가 꺾여서 고개를 살짝 숙여 인사를 하더니, 아가일 무늬 스웨터 조끼와 옥스퍼드 천으로 만든 버튼다운식 셔츠를 입은 혈기 왕성한 미국인들이 터무니없이 많은 양의 최고급 허리등심 스테이크와 뼈째 나온 양 갈비구이를 포식하고 있는 미로 같은 작은 식당 방들 사이로 우리를 이끌었습니다. 우리가 도착한 곳은 2층에 있는 어느 사실(私室)이었는데, 그곳에서 하원의원이 성인 남자 한 사람이 누울 수 있을 만큼 커다란 원탁에 앉아 몇몇 사람들에게 둘러싸여 알현을 받고 있었습니다. 참석자들은 저마다 손에 잔을 들고 있었으므로, 나는 우리의 늦은 도착이 사전에 정해진 것임을 깨닫게 되었습니다. 하원의원이 일어나자, 나는 본능적인 불안감

---

*　　캘리포니아 주 서남부의 도시.

을 가라앉혔습니다. 나는 비좁은 장소에서 세계 역사상 가장 위험한 생물, 즉 정장을 입은 백인 남자의 대표적인 표본들 몇몇과 다닥다닥 붙어 있었습니다.

하원의원이 말했습니다. 신사여러분, 두 분이 우리와 함께 할 수 있게 돼서 기쁘군요. 제가 두 분을 소개하겠습니다. 헤드 박사뿐 아니라 — 유명한 사업가들과 선출직 공무원들과 변호사들인 — 여섯 사람이 더 있었습니다. 하원의원과 헤드 박사는 매우 중요한 인사들인 한편, 장군을 포함한 다른 사람들은 어느 정도 중요한 인사들이었습니다(나 자신은 전혀 중요하지 않은 인사였습니다). 헤드 박사는 우리 만찬회의 핵심 존재였고, 장군은 그다음 핵심 존재였습니다. 하원의원은 장군을 위해서 헤드 박사의 참석이라는 큰 상을 포함해 잠재적인 옹호자, 후원자, 투자자들의 인맥을 확대할 기회로 그 만찬을 마련했습니다. 헤드 박사의 지지 발언이 있은 후 하원의원이 장군에게 이렇게 말했습니다. 장군의 대의로 향하는 문과 돈지갑들을 열 수 있을 겁니다. 당시, 헤드 박사의 양 옆자리는 장군과 나를 위해 이미 지정되어 있었고, 나는 사인을 받으려고 지체 없이 내가 소장한 그의 책을 내밀었습니다.

당신이 이 책을 상당히 꼼꼼하게 읽었다는 걸 알겠군요. 책이 물을 흠뻑 머금은 것처럼 불룩해지도록 모서리가 모조리 접혀 있는 책장들을 훌훌 넘기며 박사가 말했습니다. 그 젊은이는 미국인의 기질에 아주 관심이 많은 사람이에요. 하원의원이 말했습니다. 장군이 내게 말해 준 것이나 내가 직접 목격한 것들로 볼 때, 우리가 우리 자신을 알고 있는 것보다 그 친구가 우리를 더 잘 알고 있을까 봐 걱정이지요. 탁자에 앉은 남자들은 쿡쿡 웃었고, 나 역시 그랬습니다. 헤드 박사가 속표지에 사인을 하면서 물었습니다. 당신이 미국인의 기질에 관심이 아주 많은 사람이라면, 어째서 이 책을 읽는 거지요? 그건 미국인들보다는 아시아인들에 대한 내용인데. 그가 책을 다시 건네주었고, 나는 책을 한 손에 든 채로 이렇게 말했습니다. 어떤 사람의 기질을 이해하는 한 가지 방식은 그 사람이 다른 사람들, 특히 자기 자신과 같은 사람들을 어떻게 생각하는지를 이해하는 것이라는 생각이 들어서요. 헤드 박사가 무테 안경 너머로, 나를 늘 신경 쓰이게 하는 종류의 눈빛으로 골똘히 쳐다보았는데, 그것이 훨씬 더 신경 쓰였던 이유는 그 눈빛의 주인이 이전에 다음과 같은 글을 썼기 때문이었습니다.

평범한 베트콩 투사는 진정한 미국과 논쟁을 하지 않는다. 그는 거물들이 만들어 낸 종이호랑이와 논쟁을 한다. 왜냐하면 그는 단지 공산주의에 속아 넘어간 이상주의적인 젊은이일 뿐이기 때문이다. 그가 미국의 본질을 알게 된다면, 미국이 적이 아닌 친구라는 사실을 깨닫게 될 것이다.(213쪽)

나는 평범한 베트콩이 아니었으므로, 엄밀히 말해 헤드 박사가 나에 대해 이야기한 것은 아니었지만, 그렇다 하더라도 그가 유형별로 다루고 있음을 감안한다면 내 이야기를 하고 있는 셈이었습니다. 이 모임에 오기 전에 나는 박사의 책을 한 번 더 검토하면서 그의 분류 체계에서 나 같은 사람을 다룬 두 가지 사례를 찾아냈습니다. 나의 뒷면에 관한 것이었습니다.

베트남의 급진적인 지식인은 우리의 가장 위험한 적수이다. 제퍼슨과 몽테뉴, 마르크스와 톨스토이를 읽었을 가능성이 있기 때문에, 그가 서구 문명이 그토록 찬양하는 인간의 권리들이 지금껏 자기 나라 사람들에게까지 확대되지 않은 이유를 묻는 것은 당연하다. 우리는 이미 그를 잃어버렸다. 급진적인 목표에 삶을 바쳤으므로, 그에게는 돌아갈 수 있는 길이 전혀 없다.(301쪽)

이 평가에서는 헤드 박사가 옳았습니다. 내가 바로 최악의 목표, 즉 잃어버린 목표였습니다. 하지만 이어 나 자신의 앞면에 관해 쓰인, 이런 구절이 나왔습니다.

미국에 마음을 빼앗긴 젊은 베트남인들이 남베트남의 자유의 열쇠를 쥐고 있다. 그들은 말하자면 코카콜라를 맛보았고, 그것이 달콤하다는 것을 발견했다. 그들은 우리 미국인들의 단점들을 인식하고 있지만, 그래도 그러한 결함들을 해결하기 위한 노력에서 드러나는 우리의 성실성과 선의에 대해 희망을 가지고 있다. 우리가 돈독한 관계를 구축해야 하는 것은 바로 이런 젊은 사람들이다. 어쨌든, 결국에는 그들이 프랑스인들에게 훈련 받은 독재적인 장군들을 대체할 것이다.(381쪽)

이런 분류 체계는 책에 있는 그 페이지 수만큼이나 존재했지만, 우리들 대부분은 단 하나의 페이지가 아니라 수많은 페이지로 구성되어 있었습니다. 그럼에도 나는 헤드 박사가 나를 찬찬히 살피는 동안 한 권의 책이 아니라 쉽게 읽을 수 있고 또 쉽게 숙지할 수 있는 한 장의 종이로 본 건 아닐까 생각했습니다. 나는 그가 틀렸음을 입증할 작정이었습니다.

헤드 박사가 관심을 탁자의 나머지 사람들에게로 되돌리면서 말했습니다. 신사 여러분, 난 이 젊은이가 여러분 가운데 내 책을 전부 다 읽은 유일한 사람이라는 데 돈을 걸 수도 있습니다. 테이블에 느긋한 웃음이 잔물결처럼 퍼져나갔고, 어떤 이유에선지 농담의 대상이 바로 나라는 느낌이 들었습니다. 하원의원이 말했습니다. 전부 다요? 말도 안 돼요, 리처드. 여기 있는 누구든 뒷표지랑 과장된 광고용 추천문보다 더 많은 내용을 읽은 사람이 있다면 아마 난 깜짝 놀랄 겁니다. 한 차례 더 웃음이 터졌지만, 헤드 박사는 모욕 당했다고 느끼는 대신 즐거워하는 것처럼 보였습니다. 그는 이 행사의 왕이었지만 가볍게 종이 왕관을 쓰고 있었습니다. 그의 책의 인기, 잦은 일요일 아침 토크쇼 출연, 그리고 워싱턴의 어느 정책 연구소의 상주 학자라는 위치에서 비롯되는 명성을 고려할 때, 환대에 익숙한 것이 틀림없었습니다. 특히 공군 장성들이 그를 몹시 좋아했습니다. 그를 전략 자문위원으로 고용해서, 대통령과 보좌관들에게 폭격의 놀라운 효과에 대해 브리핑을 하도록 정기적으로 파견한 걸 보면 말입니다. 상원의원들과 하원의원들 역시 리처드 헤드를 사랑했습니다. 우리

하원의원처럼 이런 폭격에 사용되는 비행기를 생산하는 지역구의 하원의원들을 포함해서 말입니다. 그가 말했습니다. 내 책에 관한 한, 체면을 살리려면 조금 덜 솔직하고 조금 더 공손하게 행동할 필요가 있을 것 같군요.

내 바로 옆에 앉아 있던 중년 남자만 큰 소리로 웃지도 빙그레 웃지도 않았습니다. 회색빛이 도는 정장을 입고, 목에는 눈에 거슬리지 않는 줄무늬 넥타이를 매고 있었습니다. 그는 개인 상해법 전문 변호사, 집단 소송의 대가였습니다. 월도프 샐러드*를 깨작거리면서 그가 말했습니다, 당신이 체면을 살린다고 말씀하시니 재미있군요, 헤드 박사님. 많은 것이 변했지요, 아닙니까? 20년이나 30년 전이라면, 어떤 미국인도 아무렇지 않은 얼굴로 '체면을 살린다'고 말하지 않았을 겁니다.

헤드 박사가 말했습니다. 오늘날 우리가 쓰는 말 중에, 20년이나 30년 전에는 미국인들이 아무렇지 않은 얼굴로 하지는 않았을 것들이 많지요. '체면을 살린다'는 것은 유용한 표현이고, 나는 버마**에서 일본인들과 싸웠던 사람으로서 이 표현을 사용합니다.

하원의원이 말했습니다. 그들은 완강했어요. 아니, 아버지께서 그렇게 말씀해 주셨지요. 적들을 존경하는 건 잘못된 일이 아닙니다. 사실, 고결한 일이지요. 우리한테 받은 약간의 도움으로 그들이 무엇을 해냈는지 좀 보세요. 요즘에는 차를 몰고 거리를 지나갈 때면 꼭

---

* 사각으로 잘게 썬 사과와 샐러리, 호두를 마요네즈로 버무린 샐러드.
** 미얀마의 옛 이름.

일제 차를 보게 되지요.

장군이 말했습니다. 일본인들은 우리 나라에도 많은 투자를 했지요. 그들은 모터바이크와 녹음기를 팔았어요. 나 자신도 산요 스테레오를 하나 가지고 있습니다.

하원의원이 말했습니다. 게다가 그건 일본인들이 당신들을 점령하고 나서 불과 20년 만의 일이었어요. 일본 점령 기간 동안 백만여 명의 베트남인들이 굶어 죽었다는 걸 알고 있었나요? 이는 정장을 입은 다른 남자들에게 한 말이었는데, 아무도 큰 소리로 웃거나 빙그레 웃지 않았습니다. 개인 상해법 변호사가 말했습니다. 농담 말아요. '농담 말아요.'는 샐러드는 다 먹었는데 통감자 구이를 곁들인 행어 스테이크*는 아직 나오기 전에 이와 같은 통계 자료가 언급되는 일이 벌어졌을 때, 사람이 할 수 있는 유일한 말이었습니다. 잠시 동안 모든 사람이 눈을 가늘게 뜨고 시력 검사표를 유심히 보는 환자처럼 열심히 자기 접시와 칵테일을 바라보았습니다. 내 경우에는, 하원의원이 무심코 끼친 피해를 복구할 방법을 궁리하는 중이었습니다. 그가 굶주림이라는 미국인들이 전혀 알지 못하던 어떤 것을 언급하는 바람에 쾌활한 식사 상대가 돼야 하는 우리의 임무가 복잡해졌습니다. 그 단어는 그저 해골처럼 말라비틀어진 죽은 자들이 즐비한 풍경들

---

*   소의 횡격막에 매달려 있어 '행어 스테이크(Hanger Steak)'라는 이름을 얻은 이 부위는 소 한 마리에서 500g 안팎의 한 덩어리 밖에 나오지 않을 만큼 귀하므로, 푸주한이 팔기보다 자신이 먹으려고 숨겨둔다고 해서 '푸주한의 스테이크(Butcher's Steak 또는 Butcher's cut)'라는 별명으로 불리기도 한다.

을 떠올리게 할 뿐이었는데, 그런 모습이 우리가 제시하고 싶은 유령의 이미지는 아니었습니다. 왜냐하면 다른 사람들에게 당신들이 그저 우리들 중 하나와 전혀 다를 바 없다고 상상하라고 요구하는 것은 절대로 해서는 안 되는 일이었으니까요. 그런 정신적인 순간이동은 대부분의 사람들을 불안하게 만들었는데, 그들은 이왕에 다른 사람들을 생각하는 경우라면, 다른 사람들이 그들과 아주 비슷하거나 혹은 아주 비슷할 가능성이 있다고 생각하기를 더 좋아했습니다.

내가 말했습니다. 그 비극은 오래전 일이었습니다. 사실대로 말씀드리자면, 이곳에서 우리 동포들 대부분은 과거보다는 미국인이 되는 것에 더 집중하고 있습니다.

헤드 박사가 물었습니다. 그들은 그걸 어떤 방식으로 해내고 있지요? 그가 안경알 너머로 뚫어져라 바라보는 동안, 나는 두 개가 아닌 네 개의 눈이 나를 조사하고 있는 것 같다는 생각이 들었습니다. 그들은 — 다시 말해, 우리는 — 삶과 자유와 행복 추구의 가치를 믿습니다, 나는 그때껏 많은 미국인들에게 제시했던 대답을 그대로 말했습니다. 이 대답에 헤드 박사를 제외한 탁자의 모든 사람들이 찬성의 표시로 고개를 끄덕였는데, 내가 간과했던 것은 그가 영국 출신 이민자라는 사실이었습니다. 그는 계속해서 꿰뚫어보는 듯한 네 개의 눈, 즉 마음을 불안하게 만드는 두 개의 눈과 두 개의 안경알을 내게 고정시키고 있었습니다. 그가 말했습니다. 그럼, 당신은 행복한가요? 그것은 사적인 질문이었습니다. 내 봉급이 얼마냐고 묻는 것과 다를 바 없을 만큼 개인적이고, 우리 고국에서는 용인될 수 있을지언정 이곳에서는 그렇지 못한 질문이요. 그런데 더욱 곤란했던 점은 내가 만족스러운 대답을 생각해 낼 수가 없다는 것이었습니다. 만일 내가 불행하다면, 나에 대해 안 좋은 인상을 초래하게 될 터였습니다. 미국인들은 불행을 일종의 도덕적인 실패이자 반사회적인 생각으로 여겼으니까요. 하지만 만일 내가 행복하다면, 그렇게 말할 만큼 천박하다는 의미이거나, 오만하다는 징조일 터였습니다. 마치 내가 자랑하며 떠벌리거나 남몰래 싱글벙글하기라도 한 것처럼 말입니다.

바로 그 순간 웨이터들이 파라오와 함께 생매장될 준비를 마친 이집트인 종들처럼 엄숙한 표정으로, 주요리가 담긴 큰 접시를 저마다 어깨로 떠받친 채 당도했습니다. 만일 내가 우리 앞에 놓인 두툼한 고기 조각들 덕에 헤드 박사의 관심을 모면할 수 있을 거라고 생각했다면, 그건 오산이었습니다. 웨이터들이 물러난 후 그가 재차 물었고, 나는 불행하지는 않다고 대답했습니다. 커다랗게 부푼 풍선 같은 내 이중 부정문이 애매모호하고 공격 받기 쉬운 상태로 잠시 동안 허공에 떠 있었습니다. 헤드 박사가 말했습니다. 내 짐작에 당신이 불행하지는 않은 이유는, 아직까지 행복을 차지하지는 못했어도 행복을 좇고 있는 중이기 때문인 것 같군요. 아마 우리 모두가 그렇겠지만요, 맞나요, 신사 여러분? 사람들이 스테이크와 적포도주를 한 입 가득 물고서 그렇다고 웅얼거렸습니다. 평균적으로 미국인들은 지식인들을 신뢰하지 않지만, 권위에는 주눅이 들고 명성에는 넋이 나가 버립니다. 헤드 박사는 그 두 가지를 모두 어느 정도 가지고 있었을 뿐 아니라, 영국식 억양 또한 갖추고 있었는데, 이는 개를 부르는 호각 소리가 개들을 흥분시키는 방식 그대로 미국인들에게 영향을 주었습니다. 나는 영국인들의 식민 지배를 받은 적이 없었기 때문에, 그의 억양에 면역이 되어 있었고, 이 즉흥적인 세미나에서 내 입장을 고수하기로 결심했습니다.

내가 물었습니다. 헤드 박사님, 박사님은 어떠십니까? 행복하십니까?

박사는 내 질문에 동요하지 않고, 스테이크를 어떻게 조각낼지 결정하기에 앞서 나이프로 완두콩들을 잘게 잘랐습니다. 그가 말했습니다. 당신이 분명하게 깨달았듯이, 그 질문에 대해 만족할 만한 답변은 존재하지 않아요.

지방검사가 말했습니다. '네'는 좋은 대답이 아닌가요?

아닙니다. 행복이란, 미국식으로는, 일종의 제로섬 게임이기 때문이지요, 선생. 헤드 박사는 말을 하는 동안, 방 안에 있는 사람들을 하나하나 다 보았는지 확인하면서, 느릿느릿 포물선을 그리며 고개를 돌렸습니다. 어떤 사람이 행복해지려면, 누군가 다른 사람의 불행과 비교해서 자신의 행복을 평가해야 합니다. 당연히 역으로도 성립되는 과정이지요. 만일 내가 행복하다고 말하면, 누군가 다른 사람은 불행해질 게 분명합니다. 아마도 여러분 중 한 사람이겠지요. 하지만 내가 불행하다고 말하면, 여러분 중 몇몇을 더 행복하게 만들 수도 있지만, 동시에 여러분을 불편하게 만들기도 할 겁니다. 미국에서는 아무도 불행해서는 안 되니까요. 나는 우리의 영리한 젊은 친구가 모든 미국인들에게는 오로지 행복의 추구만이 약속되지만, 불행은 많은 사람들에게 보장된다는 것을 직관적으로 이해했다고 믿습니다.

침울한 분위기가 그 탁자를 엄습했습니다. 차마 입에 담기도 무서운 말이 언급되었는데, 그것은 장군과 나 같은 사람들은 용납 받을 수 있는 선을 넘어서지 않고서는 교양 있는 백인들 틈에서 도저히 입밖에 내지 못했을 말이었습니다. 우리 자신 같은 난민들은 대다수 미국인들이 추종하는 디즈니랜드 이데올로기, 다시 말해 그들이 사는 곳이 지구상에서 가장 행복한 곳이라는 이데올로기에 감히 이의를 제기할 수 없었습니다. 하지만 헤드 박사는 비난의 상대가 되지 않았습니다. 그는 영국 출신 이민자였으니까요. 그의 존재 자체가 과거 식민지의 합법성을 비준했으며, 또 한편 그의 문화적 유산과 억양은 많은 미국인들에게서 발견되는 잠재적인 친영(親英) 성향과 열등감을 촉발시켰습니다. 헤드 박사는 자신의 특권을 분명히 자각하고 있었고, 모임을 주최한 미국인들에게 자신이 안겨주고 있는 불편한 느낌을 재미있어 했습니다. 바로 이런 분위기에서 장군이 끼어들었습니다. 그가 말했습니다. 박사님 의견이 맞다고 확신합니다. 하지만 신사 여러분, 만일 행복이 보장되지 않는다면, 자유는 더더구나 중요합니다.

옳은 말입니다! 옳은 말이에요! 장군님. 하원의원이 축배를 들며 말했습니다. 그건 이민자들이 줄곧 알고 있던 것 아닌가요? 나머지 손님들 또한 저마다 축배를 들었고, 심지어 헤드 박사조차도 장군이 화제를 바꾸자 수수께끼 같은 미소를 지었습니다. 그러한 행동은 장군으로서는 전형적인 것이었습니다. 그는 군중의 마음을 읽는 법을 알았습니다. 돈을 모금하기 위한 결정적인 기술이었죠. 내가 파리

에 사는 당고모를 통해 만에게 보고했을 때 장군은 이미 기금 모금
에 어느 정도 성공을 거둔 상태였는데, 우리 나라를 방문한 적이 있
거나 일정 기간 복무를 한 미국인들 가운데 직접 연줄이 닿는 사람
들뿐 아니라 클로드에게 소개 받은 소수의 단체들로부터도 받아낸
것이었습니다. 이런 단체들에서 이사회의 일원으로 일하는 사람들
과 마찬가지로, 우리 나라에서 복무한 경험이 있는 사람들도 유서 깊
은 가문의 유력한 친지가 많은 사람들이었습니다. 그들이 '친목회'에
선사한 돈의 액수는 그들의 기준에서는 적당했고, 회계 감사관들이
나 기자들의 주목을 끌 만한 정도는 도저히 아니었습니다. 하지만 일
단 '달러 지폐'가 태국으로 재빨리 해외 송금되면, 환율이라고 불리
는 엄청난 요술 같은 일이 벌어졌습니다. 그 '달러 지폐'로 미국에서
는 햄 샌드위치 한 개를 살 수 있을지 모르지만, 태국의 난민 캠프에
서는 그다지 큰 액수도 아닌 녹색 '달러 지폐'가 전투원 한 사람을 여
러 날 동안 먹여 살릴 수 있는 총천연색의 바트로 바뀌었습니다.* 바
트가 조금만 더 있으면, 우리 전투원은 짙은 황록색의 최신 군복을
입을 수도 있을 터였습니다. 그러므로 난민들을 돕는다는 명목하에
이런 기부금들로 비밀 군대를 위한 식량과 복장 같은 기본 필수품들
을 구비했는데, 어차피 난민들로 구성된 군대이기는 했습니다. 총포
와 탄약은 태국 방위군이 제공하고 미국 정부로부터 대가로 얼마간
의 돈을 받았는데, 그것은 연방 의회의 전적인 승인을 받아 완벽하게

*   모든 지폐의 색깔이 동일하게 녹색인 미국과 달리, 태국은 액면가에 따
       라 녹색, 푸른색, 붉은색, 갈색 등 여러 색상이 사용된다.

투명한 절차에 따라 반출된 돈이었습니다.

물론, 우리가 그 자리에 있는 진짜 이유를 이야기할 적절한 순간을 신호로 알리는 것은 하원의원에게 달려 있었습니다. 그는 참석자들이 칵테일을 여러 잔 마시고 나서 베이크드 알래스카*를 먹을 때 드디어 말을 꺼냈습니다. 신사 여러분, 오늘 우리가 모여서 다시 한번 우정을 다지는 데는 중대한 이유가 있습니다. 장군님은 우리에게 우리의 오랜 맹우인 남베트남 군인의 곤경에 대해 이야기하러 왔습니다. 이 남베트남 군인이 없었다면, 세계는 오늘날보다 훨씬 더 악화되어 있을 겁니다. 인도차이나는 공산주의에 무너졌지만, 우리가 구해낸 태국, 타이완, 홍콩, 싱가포르, 한국, 일본 같은 곳들을 보세요. 이 나라들은 공산주의의 파도에 맞서는 우리의 방파제입니다.

헤드 박사가 말했습니다. 잘 아시겠지만 필리핀을 잊지 맙시다. 또 인도네시아도요.

하원의원이 말했습니다. 그렇고말고요. 마르코스와 수하르토는 이 남베트남 군인이 방화벽 역할을 한 덕분에 자기네 나라의 공산주의자들을 깔아뭉갤 시간을 가질 수 있었어요, 그래서 나는 우리가 이 군인에게 단순한 감사의 마음 외에도 무언가를 빚지고 있다고 생각합니다. 그것이 내가 오늘 여러분께 이곳에 와 달라고 부탁한 이유입니다. 이제 인도차이나가 지금껏 알고 있는 가장 훌륭한 자유의 수호자들 중 한 사람에게 차례를 넘기겠습니다. 장군님?

*   스펀지케이크를 여러 겹 쌓은 후, 아이스크림을 얹고 머랭으로 싸서 오븐에서 살짝 구운 디저트.

장군은 텅 빈 브랜디 잔을 옆으로 밀어 낸 다음, 양 팔꿈치를 탁자에 올린 채 양손을 마주잡고 몸을 앞으로 숙였습니다. 고맙습니다, 의원님. 여러분 모두를 뵙게 되어서 보잘것없는 저로서는 큰 영광입니다. 지금껏 여러분 같은 분들이 세계에서 가장 위대한 무기인 민주주의라는 무기고를 만들어 내셨습니다. 우리가 여러분의 병사들과 총포 없이 압도적인 병력에 맞섰다면, 결코 맞붙어 싸울 수 없었을 겁니다. 신사 여러분, 여러분은 그릇된 판단을 내린 우리 동포들뿐 아니라 공산주의 세계 전체가 어떤 식으로 전투대열을 이루고 우리에 맞섰는지를 기억하셔야 합니다. 러시아 사람들, 중국 사람들, 북한 사람들이 모두 그쪽 편에 있었습니다. 그와 꼭 마찬가지로 우리 편에는 그때껏 여러분이 친구로서 도왔던 많은 아시아 사람들이 있었지요. 제가 어떻게 우리와 함께 싸웠던 한국 사람들, 필리핀 사람들, 태국 사람들을 잊을 수 있겠습니까? 호주 사람들과 뉴질랜드 사람들은 물론이고 말입니다. 신사 여러분, 우리는 '베트남 전쟁'을 치른 것이 아니었습니다. 우리는 홀로 싸우지 않았습니다. 우리는 그저 자유와 독재 사이의 '냉전' 중에 베트남 전투를 벌였을 뿐 —

헤드 박사가 말했습니다. 동남아시아에 여전히 골칫거리가 있다는 점에 반론을 제기하는 사람은 아무도 없습니다. 나는 그때껏 대담하게 장군의 말을 가로막은 사람은 대통령밖에는 본 적이 없었지만, 아무튼 틀림없이 기분이 상했을 텐데도 그는 헤드 박사의 의견 제시에 기쁘다는 표시로 살짝 미소만 지었을 뿐 아무런 내색도 하지 않았습니다. 헤드 박사가 말을 이어 갔습니다. 하지만 문제가 많았던 과거가 어쩌했든지 간에, 이제 그 지역은 전보다 평온해졌습니다. 캄보디아는 차치하고요. 한편, 우리를 걱정하게 만드는 몹시 시급한 다른 문제들이 있습니다. 팔레스타인 사람들, 붉은 여단*, 소련 사람들. 지금껏 갖가지 위협이 계속 변화하며 퍼져 나갔습니다. 특수 훈련을 받은 테러범들이 독일, 이탈리아, 이스라엘에서 공격을 감행했지요. 아프가니스탄은 새로운 베트남이에요. 우리는 그곳에 대해 걱정해야 해요, 그렇지 않나요, 장군님?

장군이 자신의 염려와 이해심을 보여 주려고 이마를 살짝 찡그렸습니다. 나 자신과 마찬가지로 비(非)백인인 장군은 백인들에게 참을성 있게 굴어야 한다는 것을 알고 있었는데, 왜냐하면 그들은 비백인에게 겁을 집어 먹는 경향이 있기 때문이었습니다. 심지어 진보적인 백인들의 경우에도 어느 선까지만 어울릴 수 있었고 평범한 백인들과는 어울리는 것 자체가 거의 불가능했습니다. 장군은 백인들의 기질, 미묘한 차이, 내면적 특징을 익히 잘 알고 있었습니다. 꽤 여러 해동안 여기서 살아온 비백인들이 모두 그렇듯이요. 우리는 그들의 음식을 먹었고, 그들의 영화를 보았으며, 텔레비전을 통해서나 일상적인 접촉에서 그들의 삶과 심리를 관찰했고, 그들의 언어를 익혔고, 그들의 미묘한 신호를 체득했으며, 그들의 농담에는 (우리를 놀림감으로 삼을 때조차도) 웃음을 터뜨렸으며, 그들의 시혜적인 태도를 겸손하게 감내했으며, 슈퍼마켓과 치과에서 그들의 대화를 엿들었고, 그

---

*   1970년 설립된 이탈리아의 과격한 극좌 테러 조직.

들이 불안감을 느낀다기에 그들을 보호하기 위해 면전에서는 모국어를 사용하지 않았습니다. 우리가 이때껏 미국 사람들을 연구한 가장 위대한 인류학자들이었는데도 미국 사람들이 결코 그것을 알지 못했던 이유는, 우리가 현장 답사 기록을 우리 자신의 언어로 우리의 출생지로 재빨리 발송하는 편지며 엽서에 적었기 때문이었고, 그곳에서 우리 친척들은 우리의 이야기를 아주 재미있게, 어리둥절해하며, 경외하는 마음으로 읽었습니다. 비록 하원의원은 농담을 하고 있었지만, 백인들이 그들 자신에 대해 아는 것보다 우리가 그들에 대해 더 잘 알고 있을 가능성이 아주 컸고, 백인들이 우리에 대해 아는 것보다 우리가 그들에 대해 더 잘 알고 있으리라는 것은 확실했습니다. 이로 인해 때때로 우리는 스스로를 의심하며, 끊임없이 자신의 본 모습을 추측하고, 거울에 비친 모습을 확인하면서 그 모습이 정말 우리 자신일까, 백인들이 우리를 바라보는 모습은 아닐까 하고 궁금해하는 상태가 되었습니다. 하지만 우리가 그들을 잘 알고 있다고 생각했음에도 불구하고, 어쩔 수 없었든 자발적이었든 여러 해 동안 친밀하게 지낸 후에도 여전히 우리가 모르는 어떤 것들이 있다는 사실을 우리는 알고 있었습니다. 거기에는 크랜베리 소스를 만드는 요령, 미식축구 공을 제대로 던지는 방법, 히틀러 유겐트*에 적격이었을 사람들만 뽑는 것 같은, 남자 대학생 사교클럽 같은 비밀스러운 모임의 비밀스러운 관행들이 포함되어 있었습니다. 특히 우리에게 알려지지

* 1933년에 히틀러가 청소년들에게 나치스의 신조를 가르치고 훈련하기 위하여 만든 조직.

않은 것들 가운데 이와 같은 성스러운 장소가 있었습니다. 아니, 파리에 사는 당고모께 내가 그렇게 보고했습니다. 설사 전에 우리 같은 부류의 사람들이 온 적이 있었다손 치더라도, 아주 극소수만이 모습을 드러냈던 숨겨진 방이었습니다. 나만큼이나 이 점을 잘 알고 있었기 때문에, 장군은 기분을 상하게 하지 않으려고 주의하면서 마음을 졸이고 있었습니다.

장군이 말했습니다. 소련 사람들 얘기를 직접 꺼내시다니 재미있군요. 헤드 박사님, 박사님이 쓰신 대로 스탈린과 소비에트연방의 국민들은 기질적으로 서양보다는 동양에 더 가깝습니다. '냉전'이 그저 국가 간의 또는 심지어 이념 간의 충돌만이 아니라, 문명 간의 충돌이라는 박사님의 논점은 정확합니다. '냉전'은 진짜로 동양과 서양의 대립이고, 소련 사람들은 우리와는 달리 진짜로 서구적인 방식들을 배워 본 적이 한 번도 없는 아시아인들입니다. 물론 실제로 이 모임 혹은 심사에 대비하여, 헤드의 책에 실린 이런 주장들을 장군을 위해 요약한 것은 나였습니다. 그 순간 나는 내 처방전에 대한 헤드 박사의 반응을 보기 위해 그를 면밀하게 관찰했지만, 그의 표정은 바뀌지 않았습니다. 그래도 아직은 나는 장군의 논평이 그를 감동시켰다고 확신하고 있었습니다. 어떤 작가도 눈앞에서 자신의 생각과 글들이 호의적으로 인용되는 것에 무심할 수는 없었습니다. 작가들이 얼마나 많이 허세를 부리며 고함을 치든 혹은 얼마나 점잖게 처신하든, 그들은 내심 민감한 자아를 가진 겁이 많은, 인기 영화배우들에 비해 단지 훨씬 더 가난하고 덜 매력적일 뿐 기질적으로는 그들만큼이나 섬세한 피조물들이었습니다. 사람들은 그들의 비밀스러운 자아라는 그토록 하얗고 굵은 덩이줄기를 찾아낼 수 있을 만큼 깊게 땅을 파기만 하면 됐고, 그렇게 할 수 있는 가장 예리한 도구는 언제나 그들 자신의 말이었습니다. 나는 이런 노력에 더해 직접 기여하고자 이렇게 말했습니다. 우리가 소련 사람들과 맞서야 한다는 것에는 반론의 여지가 없습니다, 헤드 박사님. 하지만 그들과 싸워야 할 이유는 박사님께서 우리 나라에 있는 그들의 하수인들과 싸우는 것을 옹호했던 이유와 관계가 있습니다. 그리고 왜 우리가 지금도 그들과 계속 싸워야 하는지도 그렇고요.

그게 어떤 이유지요? 언제나 소크라테스의 문답법을 따르는 헤드 박사가 물었습니다.

'하원의원'이 말했습니다. 내가 말씀드리지요. 내가 직접 하는 말은 아니고, 존 퀸시 애덤스*가 위대한 우리 나라에 대해 언급하면서 했던 말을 인용해 보겠습니다. "자유와 독립의 깃발이 지금껏 휘날리고 있거나 앞으로 휘날릴 곳이라면, 그곳이 어디든 미국의 마음과 축복과 기도가 함께할 것이다…… 미국은 모든 나라의 자유와 독립을 지지한다."**

---

*   미국 정치가. 제2대 대통령 존 애덤스의 맏아들이자 제6대 대통령. 제5대 먼로 대통령 시절 국무장관으로서 그와 함께 미국 외교정책의 원칙을 담은 이른바 '먼로 독트린'의 기초를 다졌다. 먼로 독트린은 미국에 대한 유럽의 간섭이나 재식민지화를 허용하지 않는 대신 미국도 유럽에 대해 간섭하지 않겠다는 내용으로 되어 있다.

**   본문의 인용문은 먼로 독트린 발표 이전인 1821년 7월4일 독립기념일

헤드 박사가 다시 한번 미소를 지으면서 말했습니다. 좋습니다, 의원님. 영국인조차도 존 퀸시 애덤스와 논쟁을 벌일 수는 없지요.

수석 웨이터에게 칵테일을 더 달라는 손짓을 하며 지방 검사가 말했습니다. 내가 아직도 이해하지 못하는 것은 우리가 어째서 지게 됐냐는 겁니다. 개인 상해법 변호사가 말했습니다. 신사 여러분께서 이해하실 거라고 기대하면서 말씀드리자면, 내 의견으로는 우리는 지나치게 조심스러웠기 때문에 졌습니다. 우리는 평판이 훼손되는 걸 두려워했어요. 만일 우리가 우리 평판에 가해진 어떤 피해도 오래가지 않으리라는 것을 받아들이기만 했더라면, 압도적인 힘을 발휘해서 여러분의 동포들에게 어느 편이 승리할 자격이 있는지를 보여 줄 수 있었을 겁니다.

장군이 말했습니다. 어쩌면 스탈린과 마오쩌둥이 올바르게 대응한 것이겠지요. 수백만 명이 죽어 버린 마당에 수백만 명쯤 더 죽는다 한들 대수겠습니까? 헤드 박사님, 그 효과에 대해 뭔가 쓰지 않으셨나요?

예상보다 내 책을 더 꼼꼼히 읽으셨군요, 장군님. 장군님은 나와 마찬가지로, 최악의 전쟁을 확실히 목격한 분입니다. 그러니 내가 미국인들이 베트남을 잃어버린 이유에 관해 받아들이기 힘든 진실을

에 하원에 출석한 애덤스의 연설문 중 일부로, 여기서 '하원의원'은 외교적 불간섭주의를 천명한 다음과 같은 부분들은 빼고 자기 입맛에 맞는 부분만 골라 인용한 것으로 보인다. "하지만 미국은 쓰러뜨릴 괴물을 찾기 위해 해외로 나가지는 않을 것이다.", "오로지 자신만을 위한 투사이자 옹호자가 될 것이다."

이야기하더라도 당신은 날 용서해 주시겠지요. 헤드 박사가 안경알을 통해 두 눈으로 자세히 볼 수 있게 될 때까지, 콧등 위로 안경을 밀어 올렸습니다. 예(例)의 미군 장군들은 2차 세계 대전에 참전했기에, 예의 일본식 전략의 가치를 알게 됐지만, 전쟁을 지휘할 재량권을 갖고 있지 않았어요. 동양인들이 잘 알고 있고 존중하는 유일한 전쟁 방식인 섬멸전을 수행하는 대신 ── 도쿄, 히로시마, 나가사키를 유념해 주세요. ── 그들은 소모전을 벌여야만 했거나 혹은 그러기로 선택했습니다. 동양인들은 그것을 지극히 당연하다는 듯 나약함으로 해석합니다. 내가 틀렸나요, 장군님?

장군이 말했습니다. 동양에 한 가지 무궁무진한 자원이 있다면, 그건 사람들입니다.

맞는 말씀입니다. 한 말씀 더 드리겠습니다, 장군님. 이런 결론에 도달하게 되어 슬프지만, 나는 책이나 기록보관소뿐 아니라 버마의 전쟁터 곳곳에서도 직접 그 증거를 보았습니다. 이건 꼭 말씀드려야겠어요. 동양에는 산목숨이 넘쳐나고, 그 목숨은 무가치합니다. 동양 철학에서 표현하는 바에 따르면 ── 헤드 박사가 잠시 멈췄다가 말을 이어갔습니다. ── 생명은 중요하지 않습니다. 어쩌면 무신경한 말일 수도 있겠지만, 동양 사람들이 생명에 서양 사람들과 똑같이 높은 가치를 부여하지는 않습니다.

내가 파리에 사는 당고모께 써 보냈다시피, 우리가 이 생각을 흡수하고 웨이터들이 우리가 주문한 칵테일을 가지고 돌아오는 동안 침묵이 그 테이블을 엄습했습니다. '하원의원'이 술잔을 살살 흔들며 말했습니다. 어떻게 생각하시나요, 장군님? 장군은 코냑 소다*를 조금 마시고 미소를 지은 다음 이렇게 말했습니다. 물론 헤드 박사님 말씀이 맞지요, 의원님. 진실은 대개 거북하기 마련이지요. 어떻게 생각하나, 대위?

내가 넘쳐흐를 듯한 마티니 잔을 입으로 반쯤 가져간 순간, 모든 사람들의 관심이 내게 쏠렸습니다. 나는 어쩔 수 없이 잔을 천천히 내려놓았습니다. 이것과 같은 제주(祭酒) 세 잔과 적포도주 두 잔을 마셔 온 몸이 통찰력으로 꽉 찬 기분이었고, 내 정신을 팽창시키고 있던 진실의 공기를 밖으로 내보낼 필요가 있었습니다. 내가 말했습니다. 글쎄요. 외람되지만 제 생각은 헤드 박사님과 좀 다릅니다. 생명은 동양인들에게 귀중합니다. 장군이 눈살을 찌푸렸고, 나는 잠시 말을 멈췄습니다. 다른 사람들은 아무도 표정이 바뀌지 않았지만, 나는 긴장감이라는 정전기가 쌓이고 있음을 느낄 수 있었습니다. 그러니까 당신은 헤드 박사님이 틀렸다는 거군요. '하원의원'이 분명 멩겔레 박사**가 코앞에서 상냥하게 굴고 있기라도 한 것처럼 사근사근하게 말했습니다. 이런, 아닙니다. 내가 서둘러 말했습니다. 나는 속셔츠가 축축할 정도로 땀을 흘리고 있었습니다. 하지만 아시다시피 신사 여러분, 생명이 우리에게는 그저 귀중할 뿐이지만 — 내가 다시 한번 말

---

* 최상급 브랜디(코냑)에 얼음과 소다, 그리고 입맛에 따라서는 물을 섞는 칵테일.

** '죽음의 천사'라는 별명으로 악명 높았던 요제프 멩겔레(Josef Mengele). 독일 나치의 친위대 장교이자 아우슈비츠-비르케나우(Auschwitz-Birkenau) 나치 강제수용소의 내과 의사였다.

을 멈추자, 청중들이 내 쪽으로 미세하게 상체를 기울였습니다. — 생명은 서구인들에게는 값을 매길 수 없을 정도로 귀중합니다.

사람들의 관심이 헤드 박사에게로 쏠렸고, 그는 나를 향해 칵테일 잔을 들어 올리며 이렇게 말했습니다. 나였다 해도 그보다 더 잘 표현할 수는 없었을 거예요, 젊은 친구. 그 말이 끝나자 마침내 대화는 동력을 상실했고, 사람들은 강아지에게나 쏟을 법한 애정으로 저마다 칵테일 잔에 입을 비비기 시작했습니다. 나와 시선이 마주치자, 장군은 만족스럽다는 듯 고개를 끄덕였습니다. 모임의 주최자들은 우리의 타협적 답변에 만족한 듯했고, 이제 내가 질문을 해도 되겠다 싶었습니다. 내가 말했습니다. 어쩌면, 뭘 모르고 하는 소리겠지만, 우리는 컨트리클럽에 간다고 생각했습니다.

모임의 주최자들이 마치 내가 굉장한 농담이라도 한 것처럼 폭소를 터뜨렸습니다. 헤드 박사조차도 한몫 낀 듯, 맨해튼*을 마시며 쿡쿡거리고 웃었습니다. 장군과 나는 싱긋 웃으며 설명을 기다렸습니다. 하원의원이 수석 웨이터를 힐끗 보았는데, 그가 고개를 끄덕이자 이렇게 말했습니다. 신사 여러분, 지금이 여러분께 컨트리클럽을 소개할 가장 좋은 시점인 것 같군요. 칵테일을 잊지 마시기 바랍니다. 우리는 수석 웨이터의 안내를 받으며, 손에 칵테일 잔을 든 채 식당 밖으로 줄지어 나갔습니다. 복도를 따라가니 또 다른 문이 있었습니다. 그 문을 열면서 수석 웨이터가 말했습니다. 신사 여러분, 다 왔습

---

*   위스키에 베르무트를 섞은 칵테일.

니다. 그 안쪽에 그때껏 내가 기대했던 수사슴 머리가 걸려 있는 나무 패널 벽이 있는 방이 있었는데, 수사슴 머리의 모자걸이 같은 가지뿔은 우리 모두의 재킷을 걸기에 충분할 만큼의 뿔들을 과시하고 있었습니다. 공기 중에 담배연기가 자욱하고 조명이 어둑해서, 가죽 소파 위에 줄지어 앉은 몸에 착 붙는 드레스를 입은 매력적인 젊은 여자들을 돋보이게 하기에는 오히려 더 나았습니다.

하원의원이 말했습니다. 신사 여러분, 컨트리클럽에 오신 걸 환영합니다.

난 도무지 이해가 안 되는군. 장군이 살짝 귓속말을 했습니다.

제가 나중에 말씀드리겠습니다, 장군님. 내가 나지막이 말했습니다. 하원의원이 한 쌍의 젊은 아가씨들을 손짓해 부르는 동안, 나는 칵테일을 단숨에 들이켠 다음 수석 웨이터에게 그 잔을 건넸습니다. 장군님, 대위, 제가 두 분을 소개해 드리겠습니다. 상대가 될 여자들이 앞에 우뚝 서 있었습니다. 그들은 하이힐을 신고 있었기 때문에, 장군과 나 자신보다 2, 3인치쯤 더 컸습니다. 내 상대는 북유럽인 특유의 푸른 눈이 법랑질의 하얀 치아보다 더 냉정하게 빛나는, 금발을 거대하게 부풀린 여자였습니다. 한 손에는 거품이 이는 샴페인 잔이, 나머지 한 손에는 반쯤 피운 궐련이 꽂힌, 자루가 긴 궐련용 물부리가 있었습니다. 그녀는 나 같은 남자를 수천 번쯤 만난 전문가였지만, 나도 그녀 같은 부류를 상당히 여러 번 만난 적이 있었다는 점을 감안한다면, 그것은 도저히 불평할 수 없는 일이었습니다. 비록 내가 두 뺨과 입술을 움직여 판에 박은 듯한 미소를 짓기는 했지만, 하원의원이 우리를 소개하는 동안, 마음속에 평소 같은 열성을 불러 모으지는 못했습니다. 어쩌면 그녀가 카펫에 컬런 끄트머리를 무심코 턴 탓인지도 모르지요. 나는 그녀의 쇠처럼 냉혹한 아름다움에 자석처럼 끌리기는커녕, 그녀의 턱 밑 가는 줄에, 다시 말해 아무 치장도 하지 않은 목 피부와 얼굴을 뒤덮은 하얀 파운데이션 사이의 경계선에 신경이 쓰였습니다. 이름이 뭐랬죠? 아무 이유 없이 웃음을 터뜨리며 그녀가 말했습니다. 나는 그녀에게 말해 주려고 몸을 앞으로 숙이다가, 클로로포름 같은 진한 향수 냄새에 현기증을 일으키는 바람에 하마터면 그녀의 우물 같은 클리비지에 빠질 뻔했습니다.

당신 억양이 마음에 드는군. 몸을 뒤로 빼면서 내가 말했습니다. 어디든 남부 출신인 게 분명해.

조지아예요, 자기. 다시 한번 웃음을 터뜨리면서 그녀가 말했습니다. 당신은 동양인 치고는 진짜 영어를 잘하네요.

내가 웃음을 터뜨리자, 그녀도 웃음을 터뜨렸고, 내가 본 장군과 그의 상대인 빨간 머리 여자 역시 웃음을 터뜨리고 있었습니다. 방 안의 모든 사람들이 웃음을 터뜨리고 있었고, 웨이터들이 샴페인을 더 가져온 순간, 우리 모두가 대단히 멋진 시간을 보내게 될 것이 확실해졌습니다. 헤드 박사를 포함해서요. 그가 가슴이 풍만한 자신의 상대 여성에게 한 잔을 건네고 또 내게도 한 잔을 건넨 다음 이렇게 말했습니다. 내가 자네의 인상적인 표현을 다음번 책에서 사용하더라도 언짢아하지 않기를 바라네, 젊은 친구. 우리의 상대 여성들은 내 대답을 기다리면서 무심한 얼굴로 나를 쳐다보았습니다. 그보다 더 기쁜 일은 없을 겁니다. 이 사람들 앞에서는 말하기 힘든 여러 이유들로 몹시 불행했는데도 나는 이렇게 말했습니다.

16장

그날 밤 자정이 조금 지난 시각에 불 꺼진 장군의 집 밖에 차를 세웠을 때, 그가 뜻밖의 소식을 전했습니다. 고국으로 돌아가겠다는 자네의 요청에 대해 줄곧 생각해 봤어. 그가 백미러에 비친 두 눈만 보이는 상태로 뒷자리에서 말했습니다. 나는 여기서 자네가 필요하지만 자네의 용기를 존중하네. 그렇지만 본이나 다른 사람들과는 달리, 자네는 한 번도 전장이라는 시험대에 올랐던 적이 없었어. 그는 머리가 희끗희끗한 대위와 냉담한 중위를 전쟁 영웅들이라고, 전투 중에 자기 생명을 맡길 부하들이라고 평했습니다. 하지만 자네는 그들이 할 수 있는 일은 자네도 할 수 있다는 걸 입증해야 할 거야. 자네는 반드시 해야만 하는 일을 해야 할 거야. 그걸 할 수 있겠나? 물론입니다, 장군님. 나는 머뭇거리다가 너무 빤한 질문을 했습니다. 그런데 해야만 하는 일이 무엇입니까? 장군이 말했습니다. 해야만 하는 일이 뭔지 자네는 알고 있어. 나는 내가 틀렸기를 바리면서, 두 손을 여전히 핸들 위 10시와 2시 방향에 얹은 채로 앉아 있었습니다. 그저 일을 제대로 처리하기 위해 확인하고 싶을 뿐입니다, 장군님. 백미러로 그를 바라보며 내가 말했습니다. 해야만 하는 일이 정확히 무엇입니까?

장군이 호주머니를 샅샅이 뒤지느라 뒷자리에서 바스락거렸습니다. 내가 라이터를 꺼내 주었습니다. 고맙네, 대위. 잠시 동안 불꽃이 여러 가지 감정의 흔적이 뒤섞인 그의 얼굴을 비췄습니다. 이내 어두움을 밝히던 그 불빛이 사라지자, 그의 표정은 더 이상 읽을 수가 없었습니다. 내가 자네한테 어떻게 하다가 공산주의자들의 포로수용소에서 2년을 보내게 됐는지 이야기한 적은 한 번도 없었어, 그렇지? 아무튼, 굳이 생생하고 자세하게 얘기할 필요는 없겠지. 적이 디엔비엔푸*에서 우리 쪽 사람들을 포위해 버렸다는 정도로만 얘기해 두겠네. 프랑스인들과 모로코인들과 알제리인들과 독일인들은 물론이었고, 그들 가운데 수천 명은 우리 나라 사람들이었지. 나는 디엔비엔푸에 뛰어들겠다고 자원했어. 나 또한 파멸하게 될 것을 알면서도. 하지만 내가 아무것도 하지 않는 동안 전우들이 죽어 가게 내버려 둘 수는 없었어. 디엔비엔푸가 함락되던 날, 나는 모든 사람들과 함께 포로로 잡혔지. 비록 2년이나 되는 내 삶을 수감된 채 허비했지만, 그때 전투에 뛰어든 일을 결코 후회하지 않았어. 나는 전투에 뛰어든 일과 그

---

* 베트남 북서부, 라오스와의 접경 소도시. 인도차이나 전쟁 당시 프랑스군의 기지로, 프랑스군은 1954년 이곳에서 호찌민의 베트민, 즉 월맹군에게 결정적 패배를 당한 바 있다.

수용소에서 살아남은 일로 인해 현재의 나라는 남자가 되었지. 하지만 아무도 내게 자원하라고 요구하지는 않았어. 아무도 내게 해야만 하는 일이 무엇인지 말해 주지 않았어. 아무도 그 결과를 논의하지 않았어. 나는 이 모든 것이 당연하다고 생각했어. 알아듣겠나, 대위?

네, 장군님. 내가 대답했습니다.

그래, 아주 좋아. 해야만 하는 일이 실행되면, 그때 자넨 고국으로 돌아갈 수 있어. 자넨 아주 똑똑한 젊은이야, 대위. 세부 사항은 모두 자네에게 맡기겠네. 나와 상의할 필요는 없어. 자네 표는 내가 마련할 거야. 내가 실행된 일에 대한 소식을 들으면 자네는 곧 그걸 받게 될 거야. 장군이 문을 반쯤 열다 말고 이렇게 말했습니다. 하! 컨트리클럽이라고? 그가 낄낄거리며 웃었습니다. 그걸 기억해 둬야겠군. 나는 좁은 길을 따라 캄캄한 집으로 걸어 올라가는 그를 지켜보았는데, 집에서는 아마 부인이 전에 빌라에서도 자주 그랬던 것처럼 잠들지 않은 채로 그의 귀가를 기다리며 침대에서 책을 읽고 있을 터였습니다. 그녀가 장군의 갖가지 임무들이 자정이 지나도록 이어진다는 것을 알고 있기는 했지만, 과연 이런 임무들 중 일부에 무엇이 포함되어 있는지도 눈치채고 있었을까요? 우리에게도 컨트리클럽들이 있었다는 것을요? 때때로 그를 빌라까지 데려다준 후에 나는 양말을 신은 발로 복도에 서서 그들의 방에서 곤경의 기색이 조금이라도 흘러나오는지 귀를 기울였습니다. 나는 아무 소리도 들은 적이 없었지만, 그녀는 너무 영리해서 아무것도 모를 리가 없었습니다.

내가 알고 있던 것에 대해 말하겠습니다. 파리에 사는 당고모가 답장을 보냈는데, 서서히 드러난 투명잉크로 쓰인 내용은 간단명료했습니다. 돌아오지 마. 만은 이렇게 썼습니다. 우리는 여기가 아니라 미국에서 네가 필요해. 이게 네가 따를 명령이야. 지금껏 모든 편지들을 태워 없앴듯이, 나는 이 편지도 휴지통에 넣어 태워 없앴는데, 그 순간까지는 그것은 증거를 처리하는 한 가지 방법일 뿐이었습니다. 하지만 그 순간에는, 편지의 소각이 그걸 지옥으로 보내는 행위, 아니어쩌면 하느님이 아니라, 본과 나를 안전하게 지킬 수 있는 어떤 신에게 제물로 바치는 것이기도 했음을 자백합니다. 물론, 본에게 그 편지 이야기는 하지 않았지만, 장군의 제안은 말하고 조언을 구했습니다. 그는 기질적으로 직설적이었습니다. 그가 말했습니다. 넌 멍청이야. 하지만 네가 가는 걸 내가 막을 수는 없겠지. 소니에 관해서 말하자면, 죄책감을 느낄 이유는 전혀 없어. 그자는 입을 너무 싸게 놀렸어. 그는 자신이 알고 있는 유일한 방식으로 이런 위로를 해 주었습니다. 그가 내게 여러 잔의 술과 여러 판의 포켓볼 게임을 쏜 어느 당구장에서요. 당구장의 우애 넘치는 분위기와 관련된 무언가가 영혼을 안심시켜 주었습니다. 녹색 당구대 위로 떨어지는 빛의 웅덩이는, 햇빛과 신선한 공기에 지나치게 민감한 가시투성이 식물 같은 남자다운 감정이 자라는 일종의 실내 수경재배 지대였습니다. 당구장은 카페 다음으로, 그렇지만 나이트클럽이나 집보다는 우선적으로, 베트남 남부 남자와 마주칠 가능성이 가장 큰 곳이었습니다. 이곳에서 그는 성관계를 나눌 때와 마찬가지로 당구를 칠 때도, 들이켠 술의 양에 비례해 정확하고 정밀하게 조준하기가 점점 더 어려워진다는 것을 깨달았습니다. 따라서 밤이 깊어 갈수록 점차 우리의 게임은 매번 점점 더 길어졌습니다. 용케도 본이 그 제안을 한 것은 우리가 첫 번째 게임은 하던 도중이었습니다. 그 밤의 가운데 토막이 서서히 닳아 없어지다가 흔적도 없이 사라지고, 우리가 감각을 잃은 채로 첫새벽에 당구장을 떠나 삶의 흔적이라고는 도넛 가게 진열창 안에서 밀가루를 묻힌 채 열심히 일하는 제빵사뿐인 쓸쓸한 거리로 빠져나가기도 훨씬 전에 말입니다. 그건 내가 할게. 내가 당구공들을 삼각형 틀 안에 모아 넣는 것을 지켜보면서 본이 말했습니다. 장군님한테는 네가 했다고 말해. 하지만 너 대신 내가 그를 해치우겠어.

나는 그의 제안에 전혀 놀라지 않았습니다. 심지어 그에게 고맙다고 말하는 순간에도, 내가 그것을 받아들일 리가 없음을 알고 있었습니다. 나는 많은 사람들이 나보다 먼저 탐험했던 황야에 과감히 발을 들여 놓으려는 참이었습니다. 다시 말해 살인을 저지른 사람들을 그렇지 않은 사람들과 분리하는 문턱을 넘으려 하고 있었습니다. 오직 이 의식을 치른 사람만이 고향으로 돌아가도록 허락받을 수 있다는 점에서는 장군이 옳았습니다. 내게 필요한 것은 성사(聖事)*였지만, 이런 문제를 위한 성사는 전혀 존재하지 않았습니다. 왜 안 되나요? 만일 하느님이 존재한다면 말이지만, 살인이 신성하다고 인정하는 건 하느님이 바라지 않으실 거라고 믿으면서 우리는 대체 누굴 우

---

* 가톨릭교회에서 보이지 않는 하느님의 은총을 보이는 표지로 드러내기 위해 거행하는 특별한 종교 예식. 7성사와 준성사가 있으며, 그 중 7성사에는 세례, 견진, 성체, 고해, 혼인, 병자, 성품성사가 있다.

롱하려는 것이었을까요? 내 아버지의 교리문답서에 있던 또 하나의 중요한 질문으로 돌아가 보겠습니다.

Q: 인간이란 무엇인가?
A: 인간이란 육체와 영혼으로 이뤄진 피조물로 하느님의 형상을 따라 하느님의 모양대로 만들어졌습니다.

Q: 이 형상이 깃들어 있는 것은 육체인가 영혼인가?
A: 이 형상은 주로 영혼에 깃들어 있습니다.

내가 하느님을 닮은 형상을 찾기 위해 거울을 들여다보거나 동포들의 얼굴을 쳐다볼 필요는 없습니다. 만일 하느님 자신이 살인자가 아니라면, 우리 또한 살인자가 아님을 깨닫기 위해서는, 그저 그들의 본성을 유심히 살펴보고 나 자신의 본성을 들여다보기만 하면 됩니다.

하지만 물론 나는 살인뿐 아니라 살인의 부분집합인 모살(謀殺)에 대해서도 이야기하고 있는 것입니다. 내가 머뭇거리자 본은 어깨를 으쓱하더니, 당구대 위로 몸을 기울이며 한 손을 쫙 벌려 큐대를 받쳤습니다. 그가 말했습니다. 넌 언제나 많은 걸 배우고 싶어 하지. 음, 한 사람을 죽이는 일보다 더 엄청난 경험은 없어. 그가 스핀을 넣어 치자 큐볼이 표적구를 때린 직후 천천히 뒤쪽으로 굴러가 그다음에 치기에 딱 좋은 자리에 멈춰 섰습니다. 내가 말했습니다. 사랑과 생명 창조는 어때? 결혼을 하고 아이들을 낳는 건? 다른 사람들은 다 아닐지라도, 너는 그런 경험의 가치를 믿잖아. 그가 당구대 가장 자리에 한쪽 엉덩이를 걸치더니 두 손으로 큐대를 움켜쥐며 한쪽 어깨로 떠받쳤습니다. 지금 날 시험하는 거지, 그렇지? 좋아. 사람들한테는 사랑과 생명 창조에 대해 이야기하는 온갖 방식들이 있어. 하지만 나 같은 녀석들이 사람을 죽이면, 우리가 그 일을 해내서 모두들 기뻐하면서도 아무도 그 일에 대해 말하고 싶어 하지는 않아. 매주 일요일에 신부님께서 말씀하시기 전에, 전사가 일어나서 사람들에게 자신이 그들을 대신해서 누구를 죽였는지 말한다면 더 좋을 거야. 경청은 그들이 할 수 있는 최소한의 일이지. 그가 어깨를 으쓱하고 말을 이어갔습니다. 그런 일은 절대 일어나지 않겠지. 자, 현실적인 충고를 좀 해 줄게. 사람들은 죽은 체하기를 좋아해. 사람이 정말 죽었는지 어떻게 판단하는지 알아? 손가락을 눈알에 대고 눌러 봐. 살아 있으면 움직일 거야. 죽었으면 아닐 거고.

나는 나 자신이 소니를 쏴 죽이는 모습을 그려 볼 수 있었습니다. 영화에서 그런 행동을 여러 번 본 적이 있었으니까요. 하지만 내 손가락이 물고기처럼 미끈거리는 그의 눈알을 이리저리 흔드는 모습은 그려 볼 수가 없었습니다. 내가 말했습니다. 그냥 두 번 쏘는 건 어때? 이 약은 녀석아, 그건 소리가 나잖아. 탕 소리가 나. 그리고 한 번일지언정 총으로 쏘라고 누가 그러든? 가끔 우리는 베트콩을 총 말고 다른 것들로 죽였어. 네 기분이 조금이라도 나아질지는 모르겠지만, 이건 모살이 아니야. 그건 심지어 살인도 아니지. 그건 암살이야. 만일 아직 물어보지 않았다면, 너도 잘 아는 클로드한테 물어봐. 그가 나

타나서 이렇게 말하곤 했어. 여기 구매 목록이 있네. 가서 좀 담아
봐. 그러면 우리가 그 구매 목록을 가지고 밤중에 마을로 들어가곤
했지. 베트콩 테러범, 베트콩 동조자, 베트콩 부역자, 어쩌면 베트콩일
지도 모르는 사람, 십중팔구 베트콩인 사람. 이 여자는 배 속에 베트
콩을 뱄군. 이 녀석은 베트콩이 될 생각이야. 이 녀석은 모든 사람이
생각하기에 베트콩이야. 이 사람의 아버지나 어머니가 베트콩이야.
그러니까 이 사람도 훈련 중인 베트콩이지. 우리가 그들을 모조리 해
치우기도 전에 시간이 다 됐지. 우리는 기회가 있을 때 그들을 쓸어
버렸어야만 했어. 똑같은 실수를 하지 마. 이 베트콩 녀석이 너무 커
지기 전에, 다른 사람들을 베트콩으로 전향시키기 전에 제거해 버려.
그게 다야. 미안해할 이유는 전혀 없어. 울 이유도 전혀 없고.

그것이 온통 그렇게 간단하기만 하다면. 베트콩을 모조리 죽이는
일에 있어서 문제는 베트콩이 우리 마음의 성벽 안에 바글거리거나
우리 영혼의 마룻바닥 밑에서 숨을 헐떡거리거나 우리 눈에 띄지 않
는 곳에서 진탕 마시고 흥분해서 번식하기 때문에 늘 더 많이 있을
거라는 점이었습니다. 다른 한 가지 문제는 소니가 베트콩이 아니라
는 것이었습니다. 정의(定義)에 따르면, 불온 분자라면 입이 싸지 않
을 테니까요. 하지만 어쩌면 내가 틀릴 수도 있었습니다. 잠입 요원은
불온 분자인데도, 시끄럽게 떠벌리면서, 빠르게 회오리치며 과격화가
이뤄지는 가운데 다른 사람들을 선동하는 것이 임무였습니다. 그렇
지만 그런 경우, 여기서 그 잠입 요원은 공산주의자가 아닐 테고, 반
공주의자들을 자극해서 공산주의자에게 맞서 조직을 결성하도록 유

도할 것입니다. 그는 반공주의자일 것이고, 생각이 비슷한 사람들이 이념적인 열정으로 아찔하고 격한 분노로 속이 뒤집혀 극단적으로 행동하도록 부추길 것입니다. 그런 정의에 따르면, 가장 그럴싸한 잠입 요원은 장군이었습니다. 아니면 장군 부인이거나. 왜 안 되나요? 만은 우리한테는 최고위층 사람들이 있다고 내게 장담했습니다. 그가 말했습니다. 해방 후에 누가 훈장을 받는지 보면 깜짝 놀라게 될걸. 이제 내가 깜짝 놀라게 될까요? 만일 장군과 부인 역시 동조자들이라면, 그 농담의 대상은 나일 테지요. 우리가 인민의 영웅들로 추대될 때, 우리 모두 한바탕 웃음을 터뜨릴 수 있는 농담.

나는 본의 조언은 마음속에 묻어 둔 채, 위안을 찾아 내가 속내를 털어놓을 수 있는 나머지 한 사람인 라나에게로 향했습니다. 나는 그 다음 주에 포도주 한 병을 들고 그녀의 아파트로 갔습니다. 집에 있을 때 그녀는 UC 버클리의 스웨트 셔츠와 빛바랜 청바지를 입고서 아주 옅게 화장을 해서 대학생처럼 보였습니다. 요리 솜씨 역시 대학생 같았지만, 상관 없었습니다. 우리는 미국의 제3대 대통령이자 '독립선언문'의 기초자, 토마스 제퍼슨의 인정받지 못한 흑인 후손들에 관한 TV 코미디인 「제퍼슨 가 사람들」*을 보면서 거실에서 저녁을 먹었습니다. 그후에 포도주를 한 병 더 마셨는데, 우리 배 속에서 부담스러운 전분 덩어리들이 부드러워지는 데 도움이 되었습니다. 나는 창문을 통해 보이는 저 먼 언덕 위의 불빛이 환한 건축학상의 걸

*   1975년에서 1985년에 미국 CBS에서 인기리에 방영된 시트콤.

작들을 가리키며, 그중 하나가 그 작가주의 영화감독의 소유이며, 곧 그의 작품이 개봉될 예정이라고 말했습니다. 이미 필리핀에서 내가 겪은 불운한 일들을, 그리고 아무리 피해망상적 짐작일지라도, 그 작가주의 영화감독이 나를 죽이려 했다는 내 의심을 자세히 얘기해 둔 상태였습니다. 나는 그녀에게 이렇게 말했습니다. 한두 번 그를 죽이는 공상을 했다는 걸 인정할게. 그녀는 어깨를 으쓱한 다음 담배를 비벼 끄고 이렇게 말했습니다. 우리는 모두 사람들을 죽이는 공상을 해요. 예를 들면, 음, 내가 저 사람을 차로 치면 어떻게 될까 같은 그냥 스쳐 지나가는 생각이요. 아니면 최소한 어떤 사람이 죽는다면 어떨까 하고 공상을 하죠. 예를 들자면, 우리 어머니 같은 사람이요. 물론, 진짜로는 아니지만, 그냥 그럼 어떻게 될까라는……. 그렇죠? 지금 내가 제정신이 아닌 것처럼 느끼게 두지 마요. 나는 무릎에 얹고 있던 그녀의 기타로 극적인 스페인풍의 화음을 연주했습니다. 내가 말했습니다. 서로 죄를 고백하는 중이니까 말인데, 나는 아버지를 죽이는 생각을 해 본 적이 있어. 물론, 진짜로는 아니지만, 그냥 그럼 어떻게 될까라는……. 내가 너한테 우리 아버지가 신부라고 말해 준 적이 있었나? 그녀의 눈이 휘둥그레졌습니다. 신부요? 하느님 맙소사!

진심으로 충격 받은 그녀의 모습에 나는 그녀를 사랑하게 되었습니다. 나이트클럽용 화장과 디바 스타일로 반짝거리는 인공적인 겉모습 밑의 그녀는 여전히 순진했고, 전혀 오염되지 않아서 나는 그저 황홀경에 빠진 나 자신이라는 진정용 크림 덩어리를 그녀의 부드러운 하얀 피부에 대고 문지르기만을 원했습니다. 나는 그녀와 함께 모든 변증법적 방식들 중에서도 가장 오래된 것을 고스란히 반복하고 싶었습니다. 우리의, 즉 하느님의 나무에서 먼 곳에 떨어진 썩은 사과 같은 인류의 종합(綜合)을 야기한 아담이라는 정립(定立)과 이브라는 반정립(反定立)을 말입니다.* 우리가 인류의 시조들만큼 정말로 순수했다는 것은 아니었습니다. 만일 아담과 이브가 하느님의 지식을 모독했다면, 우리는 아담과 이브를 모독했고, 결국 내가 진정 원한 것은 "나 타잔, 너 제인"** 식의 푹푹 찌듯 선정적이고, 뜨겁고, 원시적인 울림이 있는 변증법이었습니다. 이 두 건의 결합 중 어느 쪽이든 베트남 소녀와 프랑스 신부의 결합보다 조금이라도 나은 경우가 있었나요? 내가 라나에게 말했습니다. 어머니는 내게 그런 한 쌍에게서 태어난 사생아라는 건 아무런 문제도 되지 않는다고 말하곤 했지. 엄마는 이렇게 말했어. 어쨌든, 우리는 용과 선녀의 짝짓기에서 태어난 민족이라고.*** 무엇이 그보다 더 이상할 수 있을까? 하지만 그래도 사람들은 나를 업신여겼고, 나는 아버지를 탓했지. 나는 자라면서 언젠가 아버지가 신자들 앞에 서서 이렇게 말할 거라는 공상을 했어. 여러분도 그를 알고 계실지 모르지만, 여기 제 아들이 있습니다. 여러분께서 그를 인정하고 제가 그러하듯 그를 사랑해서 그가

---

* 　헤겔의 변증법의 삼단계인 정(正), 반(反). 합(合)을 말한다. 테제, 안티테제, 진테제라고도 한다.

** 　타잔 영화 시리즈에 등장하는 타잔의 대사. 괴성과 이 어눌한 대사가 타잔의 가장 큰 특징이다.

*** 　베트남의 건국 신화, 좀 더 정확하게는 베트남의 주류 민족인 비엣족의 건국신화인 '락롱꿘과 어우꺼'의 신화에 대한 언급이다.

여러분 앞에 나설 수 있게 해 주십시오. 아니면 뭔가 그 비슷한 일을 공상했지. 그저 아버지가 남몰래 찾아와서 우리와 함께 식사하고 나를 아들이라고 불러 주기만 해도 행복했을 거야. 하지만 아버지는 결코 그렇게 하지 않았고, 그래서 나는 번갯불, 미친 코끼리, 불치병, 설교대 앞에 선 아버지 뒤로 내려와서 아버지가 조물주의 부름에 답하도록 아버지 귀에 대고 나팔을 부는 천사에 대한 공상을 했어.

그건 그분을 죽이는 공상을 한 게 아니잖아요.

아니야, 했어. 총으로.

그래도 그분을 용서했어요?

가끔은 했다고 생각해. 가끔은 안 했다고 생각하고. 특히 어머니가 생각날 때는. 그건 내가 아버지를 정말로 용서하지는 않았다는 뜻인 것 같아.

그때 라나가 몸을 앞으로 숙이며 한 손을 내 무릎에 얹고 말했습니다. 어쩌면 용서는 과대평가 되어 있는 것 같아요. 그녀의 얼굴이 어느 때보다 더 가까이 있어서, 내가 해야 할 일이라고는 몸을 앞으로 숙이는 게 다였습니다. 바로 그때 내 평생에 가장 엇나간 행동을 저질렀습니다. 정중하게 사절했던 겁니다. 아니 좀 더 정확히 말하면 뒤로 기대앉았습니다. 그 아름다운 얼굴과, 다시 말해 살짝 벌어진 입술의 유혹적인 틈과 어느 정도 거리를 두면서요. 내가 말했습니다. 가야 해.

가야 한다고요? 그녀의 표정을 보니, 전에는 남자한테 그런 말을 들어 본 적이 한 번도 없었던 것이 분명했습니다. 내가 그녀에게 소돔*의 가장 가증스러운 행위들을 저지르라고 요청했더라도, 그렇게 놀란 것처럼 보이지는 않았을 겁니다. 나는 마음이 바뀌기 전에, 그녀에게 기타를 건네고 자리에서 일어났습니다. 꼭 해야 할 일이 좀 있어. 여기서 해야만 할 일을 하기 전에. 그녀가 재미있다는 듯 뒤로 기대앉으며 극적인 화음을 연주할 차례였습니다. 그녀가 말했습니다. 진지한 것 같네요. 그런데 그거 알아요? 난 진지한 남자들이 마음에 들어요.

내가 얼마나 진지해질 수 있는지 그녀가 알았다면 좋았을 텐데요. 10시와 2시 방향에 각각 손을 얹은 채 그녀의 아파트에서 소니의 아파트로 차를 몰고 가는 내내 라나를 두고 온 일에 대한 후회와 그를 만나야 한다는 초조감을 누그러뜨리려고 체계적으로 심호흡을 했습니다. 명상 호흡은 클로드가 우리 나라 불교 승려들의 수행 방식에서 배워 내게 가르쳐 준 것이었습니다. 궁극적으로 호흡에 집중하라는 것이지요. 천천히 내쉬고 들이쉬면서 일상의 백색소음을 제거하고, 사색의 대상과 하나가 되도록 마음을 자유롭고 평온한 상태가 되게 해야 했습니다. 클로드는 이렇게 말했습니다. 물아일체의 경지에 이르면, 방아쇠를 당겨도 흔들리지 않아. 소니의 아파트 모퉁이를 돌자마자 차를 세웠을 때쯤, 내 마음은 자신의 의지나 움직임이 아니라 산들바람에 의해 이동하며 해변 위를 활공하는 한 마리 갈매기였습니다. 나는 푸른색 폴로셔츠를 벗고 하얀색 티셔츠를 걸쳤습니다. 갈

---

*   구약 성경, 창세기 18, 19장에 등장하는 죄악과 타락의 도시.

색 로퍼를 차서 벗어 던지고 카키색 군복 바지를 벗어 버린 다음 청바지와 베이지색 캔버스화를 잡아당겨 착용했습니다. 마지막으로 양면 겸용 윈드브레이커를 격자무늬 쪽이 바깥으로 나오도록 걸치고 페도라 모자를 썼습니다. 차를 떠나면서 나는 《타임》지를 구독 신청하고 받은 공짜 토트백을 하나 들고 갔는데, 그 안에는 작은 배낭 하나, 방금 벗어 버린 옷가지, 야구 모자 하나, 금발 가발 하나, 색안경 하나, 소음기가 장착된 검은색 발터 P22* 한 자루가 들어 있었습니다. 장군이 본에게 현금 봉투 하나를 건넸고, 그 돈으로 본이 전에 38구경 권총을 공급해 주었던 중국 갱단으로부터 그 권총과 소음기를 사들였습니다. 그런 다음 그는 내가 다 외울 때까지 자신과 함께 계획을 반복 연습하게 했습니다. 차에서 아파트로 이어지는 보도는 황량했습니다. 거리를 걸어가는 것은, 내가 그 동네를 여러 차례 관찰한 후 확신했듯이 미국식 습관은 아니었습니다. 그의 아파트 건물 입구에서 내가 차고 있던 시계를 확인했을 때는 9시가 조금 지난 시간이었습니다. 그 아파트는 '아메리칸 드림'의 진부한 복제품들 수백 개를 만들어 내는 잿빛 2층 공장이었습니다. 그곳에 수용되어 있는 모든 이들은 자신들의 꿈이 특별할 것이라고 가정했지만, 그것들은 그저 분실된 원본의 보잘것없는 복제품에 불과했습니다. 내가 인터폰을 눌렀습니다. 알로?** 그가 대답했습니다. 내가 왔음을 알리자,

---

*   독일의 발터 사가 생산하는 반자동 권총. 토끼나 다람쥐 같이 비교적 작은 동물 사냥이나 레크리에이션 용으로 주로 사용된다.

**   '여보세요'라는 뜻의 프랑스어.

잠시 주저하다가 곧 그가 말했습니다. 버저를 눌러 줄 테니 들어와. 나는 누구든 마주치는 것을 피하려고 엘리베이터 대신 계단을 이용했습니다. 2층에 이르러 아무도 없는 것을 확인하기 위해 복도를 엿보았습니다. 문을 두드리자 그가 금세 문을 열었습니다.

그 아파트에서는 고향의 냄새가 났습니다. 튀긴 생선과 흰 쌀밥과 담배 연기 냄새가요. 내가 소파에 앉자 그가 말했습니다. 네가 여기 왜 왔는지 알아. 내가 토트백을 꽉 움켜잡으며 말했습니다. 내가 여기 왜 왔는데? 발에 털이 복슬복슬한 핑크색 슬리퍼를 신고 있었음에도 불구하고, 나만큼이나 진지하게 그가 말했습니다. 소피아. 그는 운동복 바지와 회색 카디건을 입고 있었습니다. 등 뒤 식탁 위에는 롤러에서 종이 한 장이 삐죽 튀어나온 타자기 한 대가 웅크리고 있었고, 그 옆에는 아무렇게나 쌓아 놓은 서류 더미들이 있었습니다. 식탁 샹들리에 아래, 재떨이 위에서는 소니의 왕성한 두뇌에서 나온 배기가스인 자욱한 담배 연기가 서서히 흩어지며 떠돌았습니다. 그리고 장막 같은 연기구름 사이로, 식탁 위쪽 벽면에 장군과 부인의 식당에 있는 것과 같은 종류의, 그것도 똑같이 사이공 시간에 맞춘 시계가 걸려 있었습니다.

소니가 말했습니다. 우리는 그녀에 관해서 꼭 했어야 할 이야기를 나눈 적이 없었지. 우리의 마지막 대화는 불편했어. 그 점에 대해 사과할게. 우리가 그 일에 대해서 예의 바르게 처신했다면, 네게 필리핀으로 편지를 써 보냈겠지. 나는 뜻밖이긴 했지만 진심으로 내 안녕을 걱정하는 것처럼 보이는 그에게 허를 찔린 셈이었습니다. 내가 말했습니다. 그건 내 잘못이었어. 우선 나 자신이 그녀에게 편지를 써 보낸 적이 없었지. 우리 둘은 잠시 서로를 쳐다보았고, 이내 그가 미소를 지으며 말했습니다. 난 참 형편없는 집주인이네. 여태껏 너한테 마실 것도 권하지 않았잖아. 한 잔 어때? 내가 반대했음에도 불구하고, 그는 튀어오를 듯 급하게 부엌으로 갔습니다. 정확히 본이 예측한 대로였습니다. 나는 토트백 안의 발터 P22에 손을 댔지만, 본이 조언해 준 대로 자리에서 일어나 부엌으로 따라 들어가서 잽싸게 귀 뒤에 총알을 박아 넣을 의욕은 생기지 않았습니다. 본이 말했습니다. 그렇게 하는 게 자비로운 일이야. 네, 그랬습니다. 하지만 배 속의 전분 덩어리로 인해 모텔 방의 밀회에 사용되도록 고안된 따끔따끔하고 얼룩 방지 처리가 된 소파에 딱 들러붙어버린 듯 몸이 떨어지지 않았습니다. 사무실용 카펫 위에는 책 더미들이 모래 자루처럼 사방 벽을 떠받치듯 쌓여 있었고, 아주 오래된 텔레비전 위의 은색 스테레오에서는 소리가 낮게 흘러나왔습니다. 안락의자 위쪽으로는, 모네처럼 실성한 화가가 그린 것 같은 얼룩덜룩하고 서투른 그림 한 점이 주위 환경을 더 매력적으로 만들기 위해 아름다운 것이 꼭 필요한 것은 아니라는 흥미로운 원리를 실제로 입증했습니다. 아주 볼품없는 물건도 볼품없는 방을 그에 비해 덜 볼품없어 보이게 만들 수 있습니다. 그리 많은 돈을 쓰지 않고 이 세상에 한 방울의 사랑스러움을 첨가하는 또 하나의 방법은 세상을 바꾸는 것이 아니라 그것을 바라보는 방식을 바꾸는 것이었습니다. 바로 이것이 소니가 들고 돌아온 3분의 1쯤 차 있는 버번 위스키 병의 용도 가운데 하나였습니다.

저 소리 들려? 턱짓으로 스테레오를 가리키며 그가 말했습니다. 우리 둘은 각자 버번 위스키 잔을 무릎 위에 놓고 끌어안듯 꼭 붙잡았습니다. 국경 소도시들에 대한 캄보디아의 공격을 방어하던 우리가 방금 막 캄보디아를 급습했어. 너는 우리가 전쟁에는 넌더리가 나서 또 다른 전쟁을 원하지 않을 거라고 생각했겠지. 나는 크메르루주와의 국경 충돌이 어떻게 장군에게 엄청난 행운을 선사할지 생각해 봤습니다. 모든 사람들이 관심을 돌려 우리의 라오스 국경 지역 이외의 다른 곳을 계속 주시하게 되었던 겁니다. 내가 말했습니다. 승리의 문제점은 모든 사람들이 독이 바짝 올라 있어서 다시 한번 일전을 불사할 준비가 되어 있다는 거야. 그는 고개를 끄덕이고 버번 위스키를 홀짝거렸습니다. 패배의 좋은 점은 또 다른 전쟁을 하지 못하게 한다는 거고. 최소한 잠시 동안은. 너희 장군은 해당 사항이 없겠지만 말이야. 내가 막 이의를 제기하려던 찰나에 그가 한 손을 들어 올리며 말했습니다. 용서해 줘. 또 다시 정치 얘기를 하고 말았네. 맹세코 오늘 밤은 정치 얘기는 하지 않을게, 이 친구야. 모든 것이 정치적이라고 믿는 사람한테 그게 얼마나 힘든 일인지 너는 잘 알 거야.

버번 위스키조차도? 내가 이렇게 말하자, 그가 씩 웃었습니다. 좋아, 아마 버번 위스키는 정치성을 띠지 않을 거야. 나는 정치 말고는 무슨 얘기를 해야 할지 잘 모르겠어. 그건 일종의 약점이지. 대부분의 사람들을 그걸 견디지 못해. 하지만 소피아는 견디지. 다른 누구에게도 못하는 이야기를 그녀에게는 해. 그건 사랑이지.

그래서 네가 그녀와 사랑에 빠진 거고?

너는 그녀와 사랑에 빠지진 않았어, 그렇지? 그녀 말로는 아니었다던데.

그녀가 그렇게 말했다면, 난 아니었던 것 같군.

이해해. 설령 네가 그녀를 사랑하지 않는다고 해도 그녀를 잃는 것은 고통스럽지. 그게 인간 본성이야. 넌 그녀가 돌아오기를 원해. 그녀를 나 같은 녀석한테 잃고 싶어 하진 않지. 하지만 부디, 내 입장에서 생각해 줘. 우리는 아무것도 계획하지 않았어. 그 결혼식에서 대화를 하기 시작하고 나서, 멈출 수가 없었던 것뿐이야. 사랑은 노력하지 않아도 아무 숨김 없이 다른 누군가와 대화할 수 있는 것이면서, 동시에 한 마디도 하지 않아도 절대적으로 편안하다고 느낄 수 있는 것이지. 최소한 그게 내가 생각해 낸 사랑을 설명하는 한 가지 방법이야. 난 전에는 사랑에 빠져본 적이 한 번도 없었어. 그래서 사랑에 빠지는 것을 설명할 적절한 비유를 찾아내고 싶다는 이상한 욕구가 남아 있는 거야. 왜 있잖아, 나는 풍차, 그녀는 바람 같은 거 말이야. 바보 같지, 응?

아니, 전혀. 나는 우리가 정치보다 더 골칫거리인 화제를 꺼냈음을 깨닫고 중얼거리듯 말했습니다. 내가 감싸 쥐고 있던 거의 텅 빈 술잔을 내려다보자, 술잔 바닥에 남은 버번 위스키의 얇은 막 너머로 붉은 흉터가 보였습니다. 그가 말했습니다. 그건 그녀 잘못이 아니야. 그 결혼식에서 내 번호를 준 다음, 그녀의 번호를 물어보면서 이런 이유를 댔어. 한 일본인이 우리 베트남인들을 어떤 식으로 보는지에 관한 기사를 쓸 수 있다면 굉장하지 않을까요? 그녀가 정정해 줬지. 일본계 미국인이에요. 일본인이 아니고요. 그리고 베트남계 미국인들이에요, 베트남인들이 아니고요. 그녀가 말했어. 당신은 미국에 대한 권리를 주장해야만 해요. 미국을 저절로 가질 수는 없을 거예요. 당신이 미국에 대한 권리를 주장하지 않는다면, 미국이 당신 가슴속에 없다면, 미국은 당신을 강제수용소나 인디언보호구역이나 대농장에 던져 넣을 거예요. 그런데 지금껏 미국에 대한 권리를 주장하지 않았다면, 당신은 어디로 가려는 건가요? 내가 대답했지. 우리는 어디든 갈 수 있어요. 그녀가 말했어. 당신은 여기서 태어나지 않았기 때문에 그런 식으로 생각하는 거예요. 난 여기서 태어났고, 달리 갈 데가 없어요. 만일 내가 아이들을 낳는다면, 그애들 역시 아무 데도 갈 곳이 없겠죠. 그애들은 미국 시민이 될 거예요. 여기가 그애들의 나라고요. 바로 그 순간, 그 말에 한 번도 경험하지 못했던 욕구가 느닷없이 나를 덮쳤지. 그녀와 아이를 낳고 싶었어. 내가! 결혼을 바란 적이 한 번도 없었던 사람이! 아버지가 되는 것을 상상조차 할 수도 없던 사람이!

한잔 더 할 수 있을까?

그럼! 그가 내 잔을 다시 채웠습니다. 내 머릿속에서 본의 목소리가 말했습니다. 이 멍청한 새끼야. 넌 지금 사태를 더 악화시키고 있어. 빨리 끝내 버려. 소니가 말을 계속했습니다. 이제, 난 아이들과 부성애에 한해서는, 그게 실현 가능한 일이라기보다는 꿈이라는 걸 잘 알아. 소피아는 출산 가능 연령이 지났어. 하지만 입양이라는 게 있지. 나 외에 누군가 다른 사람을 떠올릴 때라고 생각해. 전에는 그저 세상을 바꾸고 싶었을 뿐이야. 아직도 그걸 원하고. 하지만 나 자신은 조금도 바꾸고 싶지 않았다는 건 모순이었어. 그럼에도 그게 바로 혁명이 시작되는 지점이지! 그리고 혁명이 지속될 수 있는 유일한 방법이고. 다른 사람들이 우리를 어떤 식으로 보는지 살펴보면서 우리가 계속 자신의 내면을 들여다본다면 말이지. 그게 바로 내가 소피아를 만났을 때 일어난 일이야. 그녀가 나를 본 방식대로 나 자신을 봤던 거지.

그러고는 바로 소니는 침묵에 빠졌습니다. 나는 결심이 너무 약해져서 오른팔을 들고 가방에 손을 넣어 총을 잡을 수가 없었습니다. 내가 말했습니다. 잘 들어. 너한테 고백할 게 있어.

그러니까 소피를 정말 사랑하는 거로군. 그는 정말로 슬퍼 보였습니다. 미안해.

내가 여기 온 건 미즈 모리 때문이 아니야. 대신 우리 그냥 정치에 대해서 얘기할 수 있을까?

좋을 대로.

내가 전에 너한테 공산주의자냐고 물었지. 너는 그렇다고 해도 나한테는 말하지 않을 거라고 했고. 하지만 만일 너한테 내가 공산주의자라고 말한다면 어떻게 될까? 그가 미소를 지으며 고개를 가로젓더니 이렇게 말했습니다. 나는 가정에 기초한 얘기는 믿지 않아. 네 정체가 무엇인지 혹은 네가 어떤 존재인지를 가지고 게임을 하는 이유가 뭐야? 내가 말했습니다. 이건 게임이 아니야. 나는 공산주의자야. 네 편이라고. 여러 해 동안 적대 세력과 혁명 둘 다를 위한 요원이었어. 그것에 대해 어떻게 생각해?

내가 어떻게 생각하느냐고? 그는 믿지 못하고 망설였습니다. 그러더니 격분해서 얼굴이 시뻘게졌습니다. 조금도 믿지 못하겠다는 게 내 생각이야. 내 생각엔 네가 날 골탕 먹이려고 여기 온 것 같아. 넌 나 역시 공산주의자라고 말하기를 원하지. 네가 날 죽이거나 폭로할 수 있게 말이야, 안 그래?

난 널 도우려고 애쓰는 중이야. 내가 말했습니다.

정확히 어떻게 날 도우려고 애쓰는 중이라는 거지?

내게 그의 질문에 대한 답은 없었습니다. 내가 무엇 때문에 그에게 고백을 했는지 모른다는 것을 자백합니다. 아니, 좀 더 정확히 말하면, 당시에는 몰랐습니다만, 아마 지금은 정말 알고 있는 것 같습니다. 나는 아주 오랫동안 가면을 쓰고 있었는데, 이때 그것을 벗어 버릴 기회가 온 겁니다. 그것도 안전하게요. 나는 본능적으로 이런 바보 짓을 했던 겁니다. 내게만 있는 것은 아닌 어떤 느낌 때문에요. 다른 사람들이 내가 진짜로 어떤 사람인지 알기만 하면 나를 이해하고 어쩌면 사랑할 수도 있을 거라고 믿는 사람이 나뿐일 리는 없습니다. 하지만 만일 가면을 벗었는데 다른 사람이 사랑이 아닌, 경악과 혐오와 분노의 감정으로 바라본다면 어떻게 되는 걸까요? 스스로 폭로한 자신의 본모습이 다른 사람들에게 그 가면만큼이나 불쾌하거나 아니면 훨씬 더 혐오스럽다면 어떻게 될까요?

그가 말했습니다. 장군이 이렇게 하라고 부추긴 거지? 두 사람이 부지런히 음모를 꾸미는 모습이 눈에 훤해. 내가 사라지면, 장군이나 너한테는 좋겠지. 틀림없이.

내 말 잘 들어 ―

넌 내가 소피아를 가졌기 때문에 질투하는 거야. 그녀를 사랑하지도 않으면서. 네가 화를 낼 거라는 사실은 알았지만, 이렇게까지 비열하게 나를 찾아와서 괴롭히려 들 줄은 짐작도 못했어. 내가 얼마나 멍청하다고 생각하는 거야? 네가 공산주의자라고 말만 하면, 갑자기 한 번 더 소피아의 마음을 끌게 될 거라고 생각했어? 그녀가 네가 필사적이라는 낌새를 맡고 네 면전에서 너를 비웃을 거라고는 생각하지 않아? 맙소사, 내가 그녀에게 얘기하면 그녀가 뭐라고 할지 상상조차 못하겠는…….

5피트 거리에서 빗맞히기는 불가능할 것 같지만, 충분히 그럴 수 있는 일입니다. 특히 너무 많은 포도주와 과거라는 지독한 이탄향이 가득 퍼져 있는 버번 위스키 한두 잔을 마신 후라면 말입니다. 총알이 라디오에 구멍을 내면서 소리를 죽이지는 못하고 약하게만 만들고 말았습니다. 소니는 그야말로 깜짝 놀라서 나를 쳐다보았고, 그의 시선은 내 손에 들린, 소음기 때문에 몇 인치 더 늘어난 총에 못 박혀 있었습니다. 나는 그때껏 숨을 멈추고 있었고, 내 심장은 고동치기를 그만둔 상태였습니다. 총이 덜컥 움직이자, 마구 내젓던 한쪽 손이 꿰뚫리며 그가 비명을 질렀습니다. 불현듯 자신에게 임박한 죽음을 깨닫자 벌떡 일어선 그가 돌연 뛰기 시작했습니다. 세 번째 총알이 어깨뼈와 등뼈 사이에 일격을 가하면서 그를 비틀거리게 만들었지만, 멈춰 세우지는 못했습니다. 그러는 사이 나는 커피 테이블을 뛰어넘어 그가 문에 도달하기 전에 따라잡았습니다. 이제 나는 이상적인 위치에 있었습니다. 아니, 본이 내게 그렇다고 말해 준 위치, 그러니까 대상에서 1피트 뒤, 그에겐 보이지 않는 곳, 도저히 빗맞힐 수 없는 자리에 있었습니다. 찰칵찰칵 하고 총이 발사되고, 총알 한 방은 그의 귀 뒤에, 또 다른 한 방은 두개골에 맞았습니다. 소니는 코가 부러질 만큼 무지막지하게 몸무게를 실어 얼굴부터 쓰러졌습니다.

나는 한쪽 뺨을 카펫에 대고 엎드려 있는 그의 몸을 바로 옆에서 지켜보았습니다. 엄청난 양의 피가 머리에 난 구멍 두 곳에서 솟구쳤습니다. 내가 서 있는 장소에서, 그러니까 소니의 뒤에서 그의 두 눈은 보이지 않았지만, 손바닥에 피투성이 구멍이 난 채로 뒤집혀 있는 한 손, 몸 옆에 어색하게 꺾여 있는 한 팔은 보였습니다. 전분 덩어리는 이미 다 녹아 있었지만, 이번에는 액체 상태인 결과물이 배 속에서 출렁거리며 쏟아져 나오겠다고 위협을 했습니다. 나는 숨을 깊게 들이쉰 다음 천천히 내쉬었습니다. 나는 미즈 모리를 떠올렸습니다. 아마 그녀는 집에서 고양이를 무릎에 앉힌 채 급진적인 페미니즘 논문을 읽으면서 소니의 전화를, 절대 걸려오지 않을 전화를, 절망적인 연인들이 늘 소리쳐 부르는 하느님과 우리의 관계를 분명히 밝혀 줄 그 전화를 기다리고 있었을 겁니다. 이제, 소니는 유명을 달리했고, 뒤에 남긴 것은 차갑고 캄캄해진 전등갓뿐, 그의 전등은 영원히 꺼져 버렸습니다. 그의 머리 주위로 피비린내 나는 후광이 커져 가는 동안, 카디건 등 부분에서는 시뻘건 얼룩이 번졌습니다. 내가 급작스레 밀려든 욕지기와 오한에 몸을 부들부들 떨자, 어머니가 이렇게 말했습니다. 넌 그들 모두보다 더 잘될 거야, 그럴 거지, 우리 아들?

숨을 깊게 들이쉰 다음 천천히, 한 번, 두 번, 그리고 다시 한번 더 내쉬자, 부들부들하던 떨림이 서서히 가벼운 떨림으로 가라앉았습니다. 본이 내 머릿속에서 말했습니다. 명심해. 넌 해야만 하는 일을 하는 중이라는 걸. 해야 할 필요가 있는 다른 일들의 목록이 다시 생각났습니다. 나는 윈드브레이커와 티셔츠를 벗어 버리고, 푸른색 폴로셔츠를 다시 입었습니다. 청바지와 캔버스화를 제거하고, 카키색 군복 바지와 로퍼를 다시 착용했습니다. 윈드브레이커는 아무 무늬 없는 하얀 쪽이 드러나도록 뒤집어 입었고, 페도라는 금발 머리가 내 목 맨 아랫부분을 건드리는 길이의 가발로 교체한 다음 야구 모자를 썼습니다. 마지막으로 색안경을 꺼내고, 토트백과 총을 배낭 안으로 넣고 나자 변신이 완료되었습니다. 가발, 모자, 그리고 안경의 착용은 본의 생각이었습니다. 그는 1년 내내 튄 치약 거품에 뒤덮여 뿌연 욕실 거울 앞에서 그 차림을 해 보라고 시켰습니다. 그가 말했습니다. 보여? 이제 넌 백인 남자야. 가면무도회나 할로윈 파티에 가기에는 너무 평범한 변장을 한 탓인지 나한테는 여전히 나 자신처럼 보였습니다. 하지만 바로 그게 핵심이었습니다. 누구든 내가 어떻게 생겼는지를 모르기만 하면, 나는 변장한 것처럼 보이지 않았습니다.

나는 손수건으로 내 잔에서 지문을 닦아 냈습니다. 그리고 손수건으로 문 손잡이를 문지르고 있던 순간 소니의 신음이 들린 것 같았습니다. 나는 산산조각 난 그의 뒤통수를 내려다보았습니다. 하지만 내 귓가를 똑똑 두드리는 피소리보다 더 크게 들리는 소리는 전혀 없었습니다. 본이 말했습니다. 넌 네가 무슨 일을 해야 할지 알고 있어. 나는 무릎을 꿇고, 얼굴을 낮춰 감기지 않은 소니의 한쪽 눈을 똑바로 쳐다보았습니다. 액체 상태가 된 저녁식사 내용물이 목구멍 뒤쪽으로 밀려 올라온 순간, 한 손으로 재빨리 내 입을 막았습니다. 그걸 힘겹게 꿀꺽 삼키며 극도로 불쾌한 맛을 느꼈습니다. 소니의 한쪽 눈은 빛을 잃어 공허했습니다. 그가 죽은 것은 분명했지만, 본이 말했다시피 이따금 죽은 자들은 자신들이 죽었음을 미처 알지 못했습니다. 그래서 나는 집게손가락을 앞으로 뻗어 천천히 점점 더 눈 가까이 들이밀었지만, 그것은 전혀 움직이지 않았습니다. 손가락을 그의 눈 앞 1인치 거리에서, 그다음에는 몇 밀리미터에서 정지시켰습니다. 미동도 없었습니다. 그런 다음, 손가락으로 매끄럽고 탄력 있으며 껍질이 벗겨진 메추라기 알 같은 질감의 눈을 건드리자 그가 눈을 깜박거렸습니다. 나는 그의 몸이 살짝 전율하는 순간 뒤로 펄쩍 뛰었고, 곧이어 1피트 거리에서 다시 한번 그의 관자놀이를 향해 총알을 발사했습니다. 본이 말했습니다. 이제, 그는 죽었어.

나는 숨을 깊게 들이쉬고 천천히 내쉬다가, 하마터면 토할 뻔했습니다. 첫 발을 쏜 이후로 3분이 조금 넘는 시간이 지났습니다. 나는 숨을 깊게 들이쉬고 천천히 내쉬었고, 내 안의 액체 상태의 내용물은 위태롭긴 해도 안정적인 상태에 이르렀습니다. 모든 것이 잠잠해진 후에 나는 소니네 집 문을 열고, 본이 권한 대로 대통령처럼 당당하게 걸어 나왔습니다. 클로드가 말했습니다. 호흡해. 그래서 나는 호흡을 하면서 소리가 울리는 계단을 달려 내려갔습니다. 그리고 한 번 더 호흡하면서 로비로 나가는 순간, 막 로비 정문이 열리고 있었습니다.

그는 백인 남자였는데, 중년이라는 잔디 깎는 기계가 머리카락 사이로 전형적인 대머리라는 광활한 길을 내 놓은 상태였습니다. 커다란 몸에 딱 맞지만 싸구려 티가 나는 정장은 그가 겉모습이 중요하고 실적에 따라 급료를 받는 저 박봉의 전문직들 중 하나에 종사하고 있음을 암시했습니다. 그의 윙팁*은 냉동 생선 같은 광택으로 반짝반짝 빛났습니다. 내가 이 모든 것을 알게 된 것은 그를 쳐다보았기 때문이었습니다. 본이 하지 말라고 한 일이었음에도 불구하고요. 눈을 마주치지 마. 사람들에게 너를 한 번 더 쳐다볼 구실을 주지 마. 하지만 그는 나를 쳐다보지조차 않았습니다. 똑바로 앞만 쳐다보면서 지나쳐 갔습니다. 마치 내가 눈에 보이지 않는다는 듯, 유령이나, 아니면 그저 또 한 사람의 특별할 것 없는 백인 남자이기라도 한 듯 말입니다. 나는 그의 인위적인 페로몬, 사내다움을 과시하려는 남자의 싸구려 오드콜로뉴가 남긴 비행운(飛行雲) 사이를 빠져나와 닫히기 전에 정문을 잡았습니다. 다음 순간, 나는 스모그 미립자가 섞인 부드러운 남부 캘리포니아의 공기를 들이마시며 거리에 서 있었습니다. 어디든 내가 원하는 곳으로 갈 수 있다는 깨달음에 흥분한 채로요. 내 차까지 가는 데는 간신히 성공했습니다. 그곳에서 바퀴 옆에 무릎을 꿇고 앉은 다음 아무것도 남지 않아서 배 속의 차 찌꺼기로 도랑을 더럽힐 때까지 구역질을 하며 토했습니다.

* 튼튼한 가죽으로 만들어 끈으로 묶게 되어 있는 구두로, 발가락 윗부분에 구멍이 있는 가죽 조각이 날개 모양으로 덧붙여져 있다.

17장

그게 보통이야. 다음날 아침 본이 말했습니다. 그가 내 마음에서
부어오른 혈종을 장군이 하사한 질 좋은 스카치 위스키 한 병의 도
움을 받아 가라앉혀 주었습니다. 그건 그냥 해치워야만 하는 일이었
고, 우리는 그걸 감수해야만 하는 사람들이야. 이젠 너도 무슨 말인
지 알겠지. 쭉 들이켜. 우리는 쭉 들이켰습니다. 최고의 치료제가 뭔
지 알아? 나는 최고의 치료제가 라나에게 돌아가는 것이라고 생각했
고, 소니의 아파트를 떠난 후 그렇게 했지만, 심지어 그녀와 함께 보
낸 잊지 못할 밤조차 내가 소니에게 한 짓을 잊게 도와주지는 못했습
니다. 충격을 받은 내 뇌가 덜컹덜컹 울리지 않도록 조심하면서 고개
를 천천히 가로저었습니다. 전장으로 복귀하는 거야. 태국에서는 기
분이 나아질 거야. 만일 그것이 사실이라면, 다행스럽게도 나는 오래
기다릴 필요가 없었습니다. 우리는 다음 날 출발할 예정이었습니다.
그 일정은 내가 법적으로 연루될 어떤 가능성도 피하도록 도우면서,

내 계략의 명백한 약점인 미즈 모리를 피할 수 있도록 계획된 것이었으니까요. 소니가 죽었다는 소식을 들은 그녀는 처음에 온갖 생각으로 혼란스럽겠지만, 곧이어 나를, 자신이 차버린 애인을 생각해 낼 터였습니다. 장군은 내가 약속한 날짜에 실행할 거라고 믿고 그 전주에 내게 표를 주었습니다. 우리는 그의 사무실에 있었고, 책상에는 그 신문이 놓여 있었습니다. 내가 입을 여는 순간, 그가 한 손을 쳐들면서 이렇게 말했습니다. 말할 필요도 없는 일이야, 대위. 나는 입을 다물었습니다. 나는 그 표를 점검했고, 그날 저녁 파리에 사는 당고모께 편지를 썼습니다. 나는 암호로 만에게 그의 지시를 어기는 책임을 지겠지만, 본의 생명을 구하기 위해 그와 함께 돌아가려는 것임을 알렸습니다. 만에게 어떻게 해낼지 구체적으로 알리지는 않았는데, 왜냐하면 내게도 여전히 아무 계획이 없었기 때문이었습니다. 하지만 내가 본을 이렇게 만들었으므로, 할 수만 있다면 그를 이 상황에서 벗어나게 하는 것도 내가 할 일이었습니다.

그 행위가 실행된 이틀 후, 아직 아무도 (어쩌면 미즈 모리는 제외하고) 소니의 부재를 알아차리지 못한 상태에서 우리는 공항 탑승구에서 장군과 부인이 제공한 대대적인 축하를 제외하고는 아무런 축하도 받지 못한 채 출발했습니다. 튜브 형태의 아음속(亞音速) 보잉사(社) 여객기를 타고 태평양을 횡단하도록 내던져진 채로 가망 없는 여행을 떠나는 것은 본과, 나, 머리가 희끗희끗한 대위 그리고 냉담한 중위, 우리 네 사람이었습니다. 잘 있어라, 아메리카. 비행기가 상승하는 동안 머리가 희끗희끗한 대위가 창밖으로, 내가 앉은 통로 쪽

좌석에서는 보이지 않는 풍경을 내다보며 말했습니다. 난 너라면 진저리나게 많이 겪었다. 가운데 자리에 앉아 있던 냉담한 중위도 동의하며 말했습니다. 도대체 왜 우리는 미국을 아름다운 나라라고 불렀을까요? 나는 아무런 대답도 하지 않았습니다. 나는 정신이 멍하고, 몹시 불편한 상태였습니다. 내 좌석의 한쪽은 무절제한 소령과 함께, 나머지 한쪽은 소니와 함께 나눠 쓰고 있었거든요. 내가 제트기에 탑승한 것은 그때가 겨우 일곱 번째였습니다. 대학 때문에 미국을 오갔고, 그다음에는 본과 함께 사이공에서 괌으로, 괌에서 캘리포니아로 날아갔고, 필리핀으로의 왕복 여행이 이어졌고, 이때 막 이 여행을 시작했습니다. 내가 미국으로 돌아올 가능성은 적었기에, 미국과 관련해서 내가 그리워할 모든 것들을 애석한 마음으로 생각해 봤습니다. 즉석 냉동식품, 에어컨, 사람들이 실제로 따르는 잘 규제된 교통 체계, 최소한 우리 조국에 비해 비교적 낮은 총격 사망률, 모더니즘 소설, 미국인들이 믿고 싶어 하는 만큼 절대적이지는 않더라도 우리 조국에 비하면 엄청난 표현의 자유, 성적 해방, 그리고 무엇보다 어디에나 존재하는 마약성 진통제인 낙관주의, 그러니까 무의식이라는 암담한 깡패들이 밤마다 휘갈겨 쓰는 절망과 격분과 증오와 허무주의라는 낙서를 하얗게 칠해서 감출 수 있게 미국인의 정신을 관통하도록 계속해서 쏟아 붓는 낙관주의의 끊임없는 공급 따위를 말입니다. 게다가 내가 크게 빠져들지 않았던 미국적인 것들도 많았습니다. 하지만 어째서 부정적이어야 하나요? 반미주의적인 부정성과 비관주의는 본에게 맡겨 둘 터였습니다. 그는 그때까지 결코 동화된 적이 없었고 떠나게 돼서 후련해했습니다. 그가 태평양 상공 어딘가에서 말했습니다. 마치 내가 누군가 다른 사람 집에 줄곧 숨어 지내는 것 같았어. 그는 반대편 통로 좌석에 앉아 있었습니다. 일본인 여자 승무원들이 튀김과 돈가스를 제공하는 중이었는데, 장군이 출발 탑승구에서 내 입에 억지로 밀어 넣었던 마지막 말보다는 맛이 더 좋았습니다. 본이 말했습니다. 벽 사이에 낀 채, 다른 사람들이 살아가는 이야기에 귀를 기울이며 오직 밤에만 밖으로 나오는 거지. 난 이제야 숨통이 트이는 것 같아. 우린 모든 사람이 우리처럼 생긴 곳으로 돌아가고 있어. 내가 말했습니다. 너처럼이겠지. 난 그곳의 모든 사람처럼 생기지 않았어. 본이 한숨을 쉬며 말했습니다. 더는 투덜대면서 칭얼거리지 마. 장군이 탑승구에서 주었던 위스키를 내 찻잔에 따르며 그가 말했습니다. 네 문제는 생각을 너무 많이 한다는 게 아니야. 네 생각을 누구나 알게 한다는 거야. 내가 말했습니다. 그럼 난 그냥 입 닥치고 있을게. 그가 말했습니다. 그래, 그냥 입 닥치고 있어. 내가 말했습니다. 알았어, 그럼, 난 입 닥치고 있을게. 그가 말했습니다. 이런, 제기랄.

도쿄에서 비행기를 갈아탄 것을 포함해 스무 시간의 잠 못 이루는 고된 여행 끝에 우리는 방콕에 도착했습니다. 나는 잠을 자지 못했기 때문에 지칠 대로 지쳐 있었습니다. 눈을 감을 때마다 무절제한 소령이나 소니의 얼굴 중 하나가 보였는데, 차마 오랫동안 쳐다볼 수가 없었거든요. 따라서 내가 수하물 컨베이어벨트에서 집어 든 배낭이 내 기억보다 더 무거워졌음을 알게 된 것은 놀라운 일이 아니었습니다.

이제 죄책감과 두려움과 불안감으로 가득 채워져 있었으니까요. 속이 지나치게 두툼해진 배낭이 내 유일한 짐이었습니다. 왜냐하면 아파트를 떠나기 전에, 우리는 르-르-르-르-아몬 목사에게 열쇠를 주면서 우리 물건들을 팔아서 그 돈을 '예언자들의 영원한 교회'를 위해 간직해 두라고 말했으니까요. 이제 내 모든 소지품은 배낭에 딱 맞는 양이었고, 『아시아의 공산주의와 동양적인 파괴 방식』한 부도 배낭의 가짜 바닥에 딱 맞았는데, 이 책은 다 해져서 갈라진 책등을 따라 거의 둘로 쪼개질 지경이었습니다. 장군에 따르면, 우리에게 필요한 것은 모두 태국에서 공급될 예정이었습니다. 모든 문제는 베이스캠프를 책임지고 있는 해군 제독과 클로드가 처리할 터였는데, 클로드는 자신에게 익숙한 모습으로 가장하고 난민들을 돕는 비정부기구를 위해 일하는 중이었습니다. 그는 국제선 출구에서 하와이안 셔츠와 리넨 바지 차림으로 우리를 맞았는데, 햇볕에 많이 탄 것을 빼고는 해머 교수의 집에서 마지막으로 보았을 때와 똑같아 보였습니다. 그가 나를 비롯해 나머지 사람들과 악수를 하면서 이렇게 말했습니다. 여러분을 만나니 정말 반갑군요. 방콕에 잘 왔어요. 다들 전에 여기와 본 적이 있나요? 아닐 줄 알았어요. 우리한테 하룻밤 여유가 있으니 한바탕 즐겨 볼 작정이에요. 내가 한 턱 내는 겁니다. 그가 한 팔로 내 양 어깨를 끌어안더니 진심 어린 애정을 담아 꼭 껴안고, 들뜬 군중 사이를 헤치며 출구를 향해 데리고 갔습니다. 어쩌면 그것은 죽에 가까울 만큼 끈끈한 내 마음 상태에 불과했을지도 모르지만, 우리가 지나치는 현지인들이 하나같이 우리 둘을 쳐다보고 있는 것 같았습니다. 그들 가운데 만의 요원들 중 하나가 있을지 궁금했습니다. 클로드가 말했습니다. 좋아 보이는군. 이 일을 할 준비는 다 된 건가?

물론이죠. 온갖 두려움과 불안감이 창자 안 어딘가 한 구역에서 부글부글 끓어오르고 있었는데도, 나는 이렇게 말했습니다. 나는 사람이 아직 결론나지 않은 계획이라는 절벽에 서면 누구나 겪게 되는 아찔한 기분을 느꼈습니다. 왜냐하면 본과 나 자신을 구할 방법도 모르면서 우리를 재앙 직전까지 몰고 왔으니까요. 하지만 계획이란 저절로 세워지고 낙하산이 생길 때까지, 아니면 흔적도 없이 사라질 때까지 계획하는 사람 자신은 아무것도 모르는 채로 진행되는 법 아닌가요? 나는 클로드에게 도저히 그 질문을 할 수가 없었습니다. 그는 늘 자기 운명의 주인처럼 보였으니까요. 최소한 사이공이 함락될 때까지는요. 그가 다시 한번 내 어깨를 꼭 껴안았습니다. 이 친구야, 난 자네가 자랑스러워. 그냥 자네가 그걸 알기를 바랐어. 우리 둘은 이 감상적인 기분이 퍼져 나가도록 내버려 둔 채, 잠시 말없이 걸었습니다. 그러다가 그가 다시 한번 내 어깨를 꼭 껴안으면서 이렇게 말했습니다. 자네한테 자네 인생 최고의 시간을 만들어 줄 작정이야. 내가 씩 웃자 그도 씩 웃었는데, 이것이 내 인생에서 마지막 최고의 시간이 될 지도 모른다는 것에 대해서는 둘 다 입을 다물었습니다. 클로드의 열정과 배려가 나를 감동시켰는데, 그건 그가 나를 사랑한다고 말하는 방식 혹은 어쩌면 운이 다한 남자의 마지막 한 끼에 해당하는 것을 제공하는 그 나름의 방식이었을 겁니다. 그가 우리를 공항 터미널 밖, 12월 말다운 날씨 속으로 데리고 나갔는데, 그때가 연중 그 지역을 방문하기에 가장 좋은 시기였습니다. 우리가 승합차에 몸을 싣자 클로드가 이렇게 말했습니다. 호텔에 가서 잠을 좀 자는 걸로는 시차를 극복하지 못해요. 난 여러분을 밤까지 깨어 있게 할 작정이고, 그런 다음 내일 우리는 캠프를 향해 떠날 겁니다.

운전사가 우리를 태우고 온갖 승합차와 트럭과 모터바이크로 붐비는 도로로 향했습니다. 우리는 자동차의 금속과 인간의 육신과 무언의 감정에 넘쳐나는 대도시 중심지의 빵빵대는 소리, 삑삑대는 소리, 웅웅대는 소리에 둘러싸였습니다. 클로드가 말했습니다. 여러분에게 고향을 연상시키나요? 여기가 몇 해 동안 여러분이 다녀 본 중에서는 가장 흡사한 곳이지요. 머리가 희끗희끗한 대위가 말했습니다. 사이공이랑 판박이군요. 클로드가 말했습니다. 같긴 한데 조금 다르지요. 전쟁도 난민들도 없으니까. 그런 건 모두 국경 근처에나 있어요. 여러분이 갈 곳 말이에요. 클로드가 담배를 돌렸고, 우리 모두 담배를 피워 물었습니다. 처음에 국경을 넘어 도망친 건 라오스인들이었지요. 이제 우리한테는 수많은 몽족*까지 있어요. 몹시 슬픈 일이긴 하지만 난민들을 돕는 일 덕분에 우리가 그 지방에 접근할 수 있는 거예요. 냉담한 중위가 고개를 절레절레 흔들며 말했습니다. 라오스. 거기엔 무척 사악한 공산주의자들이 있습니다. 클로드가 말했습

---

* 고대 중국의 중부와 남부 등에서 살던 묘족에서 갈라져 나와 베트남 북부와 라오스 북부, 태국, 미국 등에 흩어져 살고 있는 소수 민족. 라오스 고산지대에 살던 몽족은 베트남 전쟁 당시 미국을 지원했다가, 1975년 미국이 베트남 전쟁에서 패하고 라오스가 공산화되자, 박해를 피해 메콩 강을 건너 태국 등으로 탈출해 고단한 난민생활을 하기에 이르렀다.

니다. 뭐 다른 종류가 있긴 한가요? 하지만 라오스 자체는 인도차이나반도에 있는 지상 낙원에 가장 가까운 곳이지요. 전쟁 기간에 거기 있었는데, 정말 믿기 어려울 정도였어요. 난 그 사람들을 사랑해요. 그들은 상대를 죽이고 싶어 할 때를 제외하고는 지상에서 가장 상냥하고 가장 손님 대접이 극진한 사람들이에요. 그가 연기를 내뿜자, 계기반에 얹혀 있던 자그마한 선풍기가 그것을 우리 쪽으로 되돌려 보냈습니다. 어느 순간엔가, 클로드나 다른 외국인들이 우리를 지상에서 가장 상냥하고 가장 손님 대접이 극진한 사람들이라고 여겼던 적이 있었을까요? 아니면, 우리는 그때껏 늘 호전적이고 공격적인 국민이었던 걸까요? 난 아마 후자가 아닐까 생각했습니다.

운전사가 고속도로에서 빠져나가는 동안 클로드가 나를 팔꿈치로 쿡 찌르며 말했습니다. 자네가 한 일에 대해 들었어. 내가 한 일이요? 내가 뭘 했는데요? 클로드가 아무 말도 하지 않고 나를 계속 빤히 쳐다보기만 하자, 내가 하기는 했지만 말없이 불문에 붙여야 하는 단 한 가지 일이 기억났습니다. 내가 중얼거렸습니다. 아, 네. 클로드가 말했습니다. 자책할 것 없어. 장군님이 내게 말한 바로는, 그자가 화를 자초하고 있었다더군. 내가 말했습니다. 그가 화를 자초하지 않았다는 건 내가 보장합니다. 클로드가 말했습니다. 내 말은 그런 뜻이 아니야. 그저 그 남자 같은 부류를 많이 봤다는 것뿐이야. 늘 불평을 일삼는 선동꾼들. 독선적인 피학자들. 그들은 만사가 너무 못마땅해서 절대 만족하지 못하다가 결국 사형대에 묶일 작자들이지. 게다가 그자 같은 부류가 총살 집행 부대를 마주보면 뭐라고 할지 아나? 그러게 내가 뭐랬어! 자네 경우에 딱 한 가지 다른 점은 그 운 없는 굼벵이가 그런 생각을 할 시간도 없었다는 것뿐이지. 내가 말했습니다. 클로드, 당신이 그렇다면야. 그가 말했습니다. 내가 그렇게 주장하는 게 아니야. 그 책에 나와 있어. 그자는 죄책감에 시달리는 성격이라고.

나는 클로드가 언급하던 책, 즉 우리가 그의 강의 시간에 탐독했던 신문 지침서, 다시 말해 쿠바르크*라는 이름으로 통하던 책의 페이지들이 눈에 선했습니다. 거기에서는 심문관이 맞닥뜨릴 가능성이 있는 여러 성격 유형을 정의해 두었는데, 죄책감에 시달리는 성격에 대한 문단이 저절로 내 눈 앞에서 잔물결을 일으키며 펼쳐졌습니다.

이런 부류의 사람에게는 확고하고, 엄하며, 비현실적인 양심이 있다. 그는 일생을 자기 죄책감을 덜어 내는 데 바치는 것처럼 보인다. 그는 어떤 때는 속죄하기로 결심한 것처럼 보이지만, 또 다른 때는 잘못이 무엇이건 간에 누군가 다른 사람의 책임이라고 주장한다. 어느 경우든 그는 끊임없이 자신의 책임보다 다른 사람들의 책임이 더 크다는 증거 혹은 외적 표시를 찾는다. 흔히 자신이 지금껏 부당한 대우를 받았다는 것을 증명하기 위한 노력에 전적으로 매달리곤 한다. 사실, 처벌을 통해 자신의 양심의 가책을 누그러뜨리고자 부당한 대우를 유발하는 것일 수도 있다. 강한 죄책감을 느끼는 사람들은 어떤 식으로

*   쿠바르크 방첩활동 심문서(KUBARK Counterintelligence Interrogation). 1963년 최초 작성된, 저항하는 심문 대상자를 다루는 방법에 관한 128쪽 분량의 CIA 심문 지침서이다.

든 처벌을 받으면, 처벌로 인한 만족감 때문에 저항을 그만두고 협력할 수도 있다.

어쩌면 소니가 정말로 이런 사람이었을 수도 있지만, 나는 결코 확실히 알 수 없을 터였습니다. 더 이상 그를 심문할 기회가 없을 테니까요.

자, 다 왔어요. 클로드가 말했습니다. 우리의 목적지는 위쪽에 인공적인 네온등으로 만든 가짜 무지개가 걸려 있고, 양쪽 보도에는 온갖 연령대와 몸집의 얼굴이 희끄무레한 영장류들이 넘쳐나는 어느 골목이었습니다. 영장류들 중 일부는 군대 사병 머리를, 또 일부는 히피족의 긴 머리를 하고 있었고, 모두들 술에 취했거나 아니면 막 술에 취하려는 참이었으며, 다수가 상당히 흥분한 나머지 울부짖거나 야유를 보내고 있었습니다. 골목 전체에 바와 클럽들이 늘어서 있었고, 출입구마다 팔다리를 다 드러내고, 정교하게 짙은 화장을 한 아가씨들이 서 있었습니다. 승합차가 출입문보다 높게 영어로 황금 수탉이라고 적힌 선명한 노란색의 거대한 세로 간판이 솟아 있는 업소 앞에 멈춰 섰습니다. 활짝 열린 문 옆에 스물 정도로 보이는 아가씨 둘이 있었는데, 열다섯에서 열여덟 사이 어디쯤일 가능성이 크다는 뜻이었습니다. 그들은 6인치 하이힐을 신고 서 있었고, 완곡한 표현으로 옷이라고 부를 수 있을 만한 것을, 그러니까 유치원 교사들의 미소처럼 온화하고 사랑스러운 자신들의 친절한 미소만큼도 믿음직스럽지 않은 홀터 톱과 비키니 아랫도리를 입고 있었습니다. 야, 이

거. 머리가 희끗희끗한 대위가 이렇게 밀하면서 너무 활짝 웃는 바람에 그의 벌레 먹은 어금니들을 볼 수 있었습니다. 심지어 냉담한 중위조차도 이렇게 말했습니다. 좋았어. 비록 그는 웃지는 않았지만요. 클로드가 말했습니다. 여러분이 마음에 든다니 다행이군요. 다 여러분을 위한 거예요. 냉담한 중위와 머리가 희끗희끗한 대위가 어느새 들어가 버렸을 때, 본이 이렇게 말했습니다. 됐어요. 난 좀 걷겠습니다. 클로드가 말했습니다. 뭐라고? 좀 걷겠다고? 자넨 단 둘이 있을 수 있는 상대를 원하나? 그런 상대도 구할 수 있어. 날 믿어. 이 아가씨들은 전문가야. 그들은 수줍음이 많은 남자를 다루는 법을 알지. 본이 머리를 가로저었는데, 거의 겁을 먹은 듯한 눈빛이었습니다. 내가 말했습니다. 괜찮아. 내가 너랑 같이 산책할게. 클로드가 본의 팔꿈치를 움켜잡으며 말했습니다. 빌어먹을, 절대 안 돼! 알아들었다고 치자고. 모든 사내들이 다 이런 종류의 일을 반기진 않으니까. 하지만 산책을 한다면 자네는 여기 있는 절친한 친구한테 일생일대의 밤을 허락해 주지 않는 셈이야. 그러니 그냥 어서 들어가 앉아서 술이나 좀 마셔. 건드릴 필요는 없어. 쳐다보고 싶지 않으면 그럴 필요조차도 없어. 그저 눈을 감고 앉아만 있으라고. 하지만 자네 자신이 아니라 친구를 위해서 그렇게 하는 거야. 이건 어때? 클로드의 팔에 손을 얹으며 내가 말했습니다. 괜찮아요. 그를 내버려 두세요. 클로드가 말했습니다. 자네마저.

네, 나도요. 아무래도 본이 내게도 그의 도덕성을, 그러니까 치명적일 가능성이 있는 일종의 질병을 감염시킨 것 같았습니다. 클로드가 설득하려다가 포기하고 안으로 들어가 버린 후 나는 그에게 담배를 한 대 내밀었고, 우리는 함께 담배를 피우며 서 있으면서 우리 셔츠를 세게 잡아당기는 호객꾼들을 무시했습니다. 하지만 우리를 들이받고 밀치며 지나가는 여행자 무리들을 무시할 수는 없었습니다. 내 뒤에서 누군가가 말했습니다. 하느님 맙소사, 인마, 그녀가 그 탁구공으로 뭘 했는지 봤어? 누군가 다른 사람이 말했습니다. 핑퐁 칭총. 롱쉴랑덕동.* 우라질, 그 개 같은 년이 내 지갑을 훔쳐갔나 봐. 본이 담배를 던져 버리더니 말했습니다. 내가 누군가를 죽이기 전에 여기서 나가자. 나는 어깨를 으쓱했습니다. 어디로? 그가 내 어깨 너머를 가리켰고, 뒤돌아보자 본의 시선을 사로잡은 영화 포스터가 보였습니다.

우리는 『더 햄릿』을 지역 주민들로 가득 찬 어느 영화관에서 봤습니다. 영화가 신성한 예술 형식임을, 상영 중에 휴지 없이 코를 풀거나, 각자 간식, 음료 혹은 도시락을 가져오거나, 자녀를 때리거나, 거꾸로 우는 아기에게 자장가를 불러 주거나, 몇 줄 떨어진 곳에 있는 친구들을 애정에 넘쳐 큰 소리로 부르거나, 옆자리 친구와 과거, 현재, 미래의 여러 일들에 관해 토론하거나, 자기 자리에서 팔다리를 너무 넓게 벌리고 앉아서 상영 시간 내내 옆 사람의 넓적다리에 자기

---

*　　1984년 발표된 영화 「아직은 사랑을 몰라요(Sixteen Candles)」에 등장하는 중국인 교환학생의 이름인 '롱덕동'에 남근을 가리키는 비속어 '쉴랑(schlong)'을 추가해서 아시아인을 비하하는 의도로 사용되는 단어. '롱덕동'이라는 이름 자체도 오늘날 우스꽝스러운 아시아계 인물을 상징하는 일반 명사처럼 사용되기도 한다.

다리를 기대고 있거나 하면 안 된다는 것을 아직 배우지 못한 이들과 함께요. 하지만 그들이 틀렸다고 누가 말할 수 있었겠습니까? 관객이 반응을 보이지 않으면, 그 영화가 성공작인지 아니면 실패작인지를 달리 어떤 방법으로 알 수 있었을까요? 환호와 박수로 보건대 관객은 철저히 즐기는 것처럼 보였고, 만일 내가 그들과 마찬가지로 이야기와 영상이 빚어내는 장관에 빠져들지 못했다면 나만 불쌍해지는 셈이었습니다. 관객이 가장 열렬하게 반응한 장면은 최고조에 이른 전투 장면이었는데, 보는 내내 시차로 피곤한 내 심장마저 더 빠르게 뛰었습니다. 어쩌면 덤-덤-다-덤-다-덤-다-다-다아아아라는 악마가 내는 듯한 저음으로 뒤덮인 음표들이 지긋지긋하게 반복된, 위협적인 베토벤풍의 음악이었을 수도 있습니다. 또 어쩌면 슬로모션 효과를 낸 음향 정도로 축소된 쉭쉭거리던 헬리콥터 회전날개들이었을 수도, 자기네 대공포의 십자선을 들여다보는 베트콩 아가씨들의 시선들과 하늘을 나는 군마에 올라탄 후 벨라미와 셰이머스가 나누는 시선들의 교차편집이었을 수도, 공중에서 터지는 폭탄들이었을 수도, 또 야만적인 베트콩들이 할 법한 유일한 종류의 목욕인 피의 숙청을 당하는 베트콩들의 모습이었을 수도 있습니다. 아니, 어쩌면 이 모든 것이 내가, 나랑 똑같이 생기지는 않았더라도 꽤 흡사하게 생긴 베트콩들을 구약성경에 나올 법하게 대량 학살하는 일에 참여할 수 있도록 손에 총 한 자루를 들고 있기를 바라게 만든 것일 수도 있었습니다. 베트콩들은 확실히 내 동료 구경꾼들과 똑같이 생긴 것처럼 보였습니다. 하지만 구경꾼들은 다양한 미국산 무기들이 그리 멀지 않은 곳에 사는 이웃 나라 사람들을 증발시키고, 가루로 만들고, 갈기갈기 찢고, 피가 튀게 만드는 동안, 와 하고 함성을 지르고 웃음을 터뜨렸습니다. 나는 자리에 앉은 채로 몸을 연방 비틀며 무기력 상태에서 완전히 깨어났습니다. 눈을 감고 싶었지만, 그럴 수가 없었습니다. 바로 전 장면이 시작된 이래로 줄곧 눈을 빠르게 몇 번 깜박거렸을 뿐 다른 행동은 할 수가 없었습니다. 그것은 관객을 완전히 침묵에 빠트린 유일한 장면이었습니다.

이것은 또한 내가 촬영되는 것을 보지 못한 유일한 장면이기도 했습니다. 그 작가주의 영화감독은 아무 음악도 사용하지 않고, 오로지 배경음악 같은 베트콩 사중창단의 웃음소리와 욕설과 조롱으로 강조된 마이의 수없는 비명과 항의로만 그 고통을 풀어냈을 뿐이었습니다. 음악의 부재에 관객의 느닷없는 침묵은 더 선명하게 느껴졌고, 자녀들이 창자 꺼내기, 총격, 난도질, 참수 장면을 보지 못하도록 얼굴을 돌리게 하는 수고조차 하지 않았던 어머니들이 이 순간에는 자신들의 손으로 잽싸게 철부지들의 눈을 가렸습니다. 동굴의 어두운 구석구석에서 찍은 롱숏들*이 동굴 한복판에서 온몸을 꿈틀거리며 괴로워하는 인간 문어를 그려 냈는데, 그것은 반쯤 벌거벗은 채로 자신을 강간하는 자들의 등과 팔다리 밑에 깔려 발버둥치는 벌거벗은 마이였습니다. 그녀의 알몸은 언뜻언뜻 보이기는 했지만, 내게 미술사 수업에 대한 희미한 기억들을 떠올리게 한, 르네상스 회화 특유

* 카메라를 멀리 두고 피사체를 먼 거리에서 넓게 잡아 전경을 모두 찍을 수 있게 하는 촬영 방법.

의 명암법으로 표현된 피부 톤과 새빨간 피와 베트콩들의 다 해진 더러운 갈색 옷을 포함해, 주의 깊게 배치된 베트콩들의 다리, 팔, 엉덩이로 인해 대부분 잘 보이지 않았습니다. 이런 롱숏들과 번갈아 등장한 것은 바로 울부짖는 입이나 피투성이 코를 포함해 구타 당한 마이의 얼굴을 극단적으로 클로즈업한 숏*들이었습니다. 심지어 한쪽 눈은 심하게 부풀어서 완전히 감긴 채였습니다. 그 영화의 가장 긴 숏을 독차지한 것은 화면을 가득 채운 이 얼굴이었는데, 뜨고 있는 한쪽 눈은 눈구멍 안에서 빙글빙글 돌고 있고, 그녀가 비명을 지르는 동안 입에서는 피가 마구 튀었습니다.

엄마아아아아아아아아아아아아아!

나는 순간 움찔했습니다. 마침내 영화가 리버스숏**으로 바뀌고, 우리가 그 붉은 피부의 악마들을, 직접 담근 미주(米酒)로 벌게진 얼굴, 찌꺼기가 긴 채 드러난 이빨, 황홀경에 빠져 가늘게 모아 감긴 눈을 보게 되었을 때, 한 사람 한 사람의 내면에 불타오르는 단 한 가지 감정은 그들을 철저히 소멸시키고 싶다는 갈망이었습니다. 바로 이것이 감독이 그다음에 백병전이 벌어진 무시무시한 마지막 장면에서 제공한 영상이었는데, 의대 해부 시간에 시신 절개 교육용으로도 사

---

*　　익스트림 클로즈업숏. 일반적일 클로즈업보다도 더 극단적인 근접 촬영을 통해 인물이나 사물의 한 부분을 집중적으로 확대해 보여주는 촬영 기법.

**　　또는 리버스 앵글숏. 같은 장면을 직전에 보여준 것과 정반대 각도에서 찍은 숏을 말한다. 즉 카메라를 처음과 정반대 위치에 두고 찍은 장면으로 같은 장면을 반대편 시각에서 보여준다.

용할 수 있을 정도였습니다.

영화의 마지막 장면에 이르러, 아무 죄 없는 '대니 보이'가 창공으로 서서히 상승하는 휴이 헬리콥터의 열린 출입구에 앉아 여자들이 젖가슴으로 모유는 물론이고 밀크셰이크*까지 만들어 내야 하는 운명에 놓인 — 아니, 미군들이 그에게 해 준 말에 따르면 그렇다는 — 전쟁으로 피폐해진 조국을 가만히 내려다보며 눈물을 흘리는 장면에서는, 그 작가주의 영화감독의 재능을 인정해야만 했습니다. 총기 제작 거장의 천재적인 솜씨에 감탄하는 것과 마찬가지 방식으로 말입니다. 그는 부지런히 다듬어 한 편의 아름다우면서도 혐오스러운 작품을 만들어 냈습니다. 어떤 사람들에게는 통쾌하고 다른 사람들에게는 견디기 힘든, 파괴가 목적인 창작물을요. 영화 제작 참여자 명단이 자막으로 올라가기 시작했을 때, 나는 이 음울한 작업에 기여했다는 수치스러운 감정이 들었지만, 동시에 단역배우들의 기여에 자부심을 느끼기도 했습니다. 그들은 품위 없는 역할을 감수하면서도, 가능한 한 최고로 품위 있게 행동했습니다. 그중에는 '베트콩 강간범 1', '베트콩 강간범 2', '베트콩 강간범 3', '베트콩 강간범 4'를 연기한 네 명의 참전 용사들이 있었습니다. 물론, '궁지에 몰린 마을 사람', '숨진 소녀', '절름발이 소년', '부패한 장교', '예쁜 간호사', '눈

---

*   모유나 젖이라는 의미의 '밀크'와 '밀크셰이크'를 사용한 말장난의 일종. 여기서 밀크셰이크는 일종의 비속어로 '여성의 성적 매력, 난잡한 성행위' 등을 가리키는 것이다. 결국 여성들이 매춘으로 돈을 벌어야 하는 상황을 의미.

먼 거지', '슬픔에 잠긴 피난민', '화난 사무원', '눈물을 흘리는 미망인', '이상주의적인 학생', '상냥한 갈보', 그리고 '매음굴의 미친 놈'으로 영화에 처음 출연한 나머지 단역배우들도 있었지요. 하지만 나 자신의 성과만을 자랑스럽게 여긴 것은 아니었습니다. 마찬가지로 화면 뒤에서 헌신한 모든 동료가 있었습니다. 예를 들자면 해리요. 이 예술가는 광적으로 상세한 촬영 세트로, 오스카상 후보로 지명 받을 것이 분명했습니다. 그의 값진 수고는 심지어 그가 대단원을 위해 인근 묘지로부터 실제 시신들을 공급하느라 현지인 해결사를 고용한 일을 포함한, 사소한 사건에도 훼손되지 않았으니까요. 체포하러 온 경찰관들에게, 그는 진심으로 뉘우치듯 이렇게 말했습니다. 전 그게 불법인 줄 몰랐습니다, 경관님. 각각의 시신을 원래의 무덤으로 지체 없이 돌려보내고 감독이 지역 매음굴로 더 잘 알려져 있는 경찰노조에 상당한 기부금을 냄으로써 모든 것이 해결되었습니다. 나는 보조 제작자로 바이얼릿의 이름을 보고 얼굴을 찡그렸지만, 그녀에게 서열상 나보다 먼저 명단 자막에 나올 권리가 있음을 인정했습니다. 나는 애정 어린 마음으로 무료 스낵 및 음료 담당자들이 끊임없이 공급하던 음식물과 응급 처치 팀의 헌신적인 보살핌과 운전사들이 날마다 제공하던 능률적인 교통편을 상기했습니다. 솔직히 말해서, 내 업무가 그 일들보다 더 전문적이기는 했지만 말입니다. 어쩌면 이중문화와 이중언어라는 내 능력이 그린베레들이 현지에서 입양한 애완견 역할을 맡아, 명단 자막에 '개, 스미티'로 이름을 올린 사랑스러운 똥개에게 다양한 재주와 명령어를 가르친 훈련사의 능력, 혹은 우리에 갇힌 거친 벵골호랑이 ― '릴리' ― 와 함께 DC-3*전세기를 타고 날아왔고 '애벗'과 '코스텔로'라는 코끼리들을 책임지고 유순하게 만들었던 이국적인 동물 조련사의 능력만큼 특별하지는 않았을 수도 있음을 진심으로 인정합니다. 하지만 내가 비록 세탁부들 ― '딜리아', '메리벨', '코라손' 등등 ― 의 쾌적하고 신속한 작업에 감탄하기는 했어도, 과연 그들이 나보다 앞에 나올 자격이 있었을까요? 세탁부들의 이름이 계속 화면 위쪽으로 이동하고, 내 이름이 결코 나오지 않을 것임을 가까스로 깨달은 것은 시장, 시의원들, 관광청장, 필리핀군, 이멜다 마르코스 대통령 부인과 페르디난드 마르코스 대통령에 대한 감사의 말이 나오던 순간이었습니다.

사운드트랙 및 필름 재고관리 담당자들의 이름 자막이 다 지나갔을 때쯤에는, 감독의 성과를 마지못해 인정했던 내 마음은 이미 증발해 버리고 끓어오르는 살인적인 분노가 들어서 있었습니다. 그는 현실에서 나를 제거하는 데는 실패했지만 허구 속에서는 나를 계획적으로 살해하는 데 성공했고, 내가 점점 더 자세히 알아 가는 중이던 방식으로 나를 철저히 제거했던 것입니다. 우리가 극장을 떠날 때, 나는 여전히 화가 나서 씩씩거리고 있었고, 내 감정은 따뜻한 밤보다 더 뜨거웠습니다. 영화를 보고 나서도 평소처럼 말이 없는 본에게 물었습니다. 네 생각엔 어땠어? 그가 담배를 피우며 택시를 잡으려고 손을 흔들었습니다. 글쎄, 네 생각엔 어땠냐니까? 그가 마침

---

*   맥도널 더글러스 사가 제작한 쌍발 프로펠러기.

내 나를 쳐다보았는데, 그의 시선에는 연민과 실망이 뒤섞여 있었습니다. 그가 말했습니다. 넌 우리가 제대로 그려지도록 기여할 셈이었겠지. 하지만 우리는 인간조차도 아니었어. 덜컹거리는 택시 한 대가 보도에 붙여 차를 댔습니다. 내가 말했습니다. 이런, 네가 영화 평론가야? 그가 차에 올라타면서 말했습니다. 그냥 내 의견일 뿐이야, 모범생 양반. 내가 뭘 알겠어? 내가 차문을 쾅 닫으며 말했습니다. 내가 없었다면, 우리 나라 사람들을 위한 역할은 하나도 없었을 거야. 우리는 한낱 사격 훈련 대상에 불과했을 거라고. 그가 한숨을 쉬더니 차창을 내린 다음 말했습니다. 네가 한 일이라고는 그들에게 변명거리를 준 게 다였어. 이제 백인들은 말할 수 있겠지. 자, 봐라, 우리는 여기에 황인종을 출연시켰다. 우리는 그들을 혐오하지 않는다. 우리는 그들을 사랑한다고. 그가 차창 밖으로 침을 뱉었습니다. 넌 그들 대신 판을 깔아 주느라 애쓴 거야. 알겠어? 하지만 판을 운영하는 건 그들이지. 넌 아무것도 지배하지 못해. 그건 네가 아무것도 바꿀 수 없다는 뜻이야. 내부에서부터는 안 된다는 거지. 헛수고만 했으니, 이제 상황을 외부에서부터 바꿔야만 해.

우리는 차를 타고 가는 내내 더 이상 말하지 않았고, 호텔에 도착하자마자 그는 잠이 들어 버렸습니다. 나는 가슴팍에 재떨이를 얹은 채로 캄캄해진 우리 방에 누워 담배를 피우며 내가 어째서 만과 장군이 둘 다 찬성한 단 한 가지 임무에, '영화'와 그것이 대변하는 바를, 즉 우리에 대한 그릇된 묘사를 뒤집어엎는 데 실패했는지를 곰곰이 생각해 봤습니다. 잠을 자려고 애써 봤지만, 그럴 수가 없었습니다. 요란한 경적 소리와 바로 위 천장에 자리 잡고서 늘 그런 식으로 소일하는 것처럼 굴며 나를 무기력하게 만드는 소니와 무절제한 소령의 모습으로 인해 내내 깨어 있었으니까요. 옆방 침대 스프링들의 단조로운 삐걱삐걱 소리도 도움이 되지 않았습니다. 그 삐걱대는 소리가 너무 터무니없이 오랫동안 계속되는 바람에, 내가 추측하기에 그 모든 것을 견디는 불쌍하고 말없는 여자가 안쓰럽게 느껴졌습니다. 한쪽 당사자인 남자가 꽥꽥거리며 승리의 함성을 올렸을 때, 나는 다 끝났다 싶어 안도했습니다. 다 끝난 것이 아니었는데도요. 남자의 함성이 잦아들었을 때, 남자의 상대가 자신의 낮게 질질 끌며 감탄하는 듯한 남성적인 짝짓기 소리를 지른 걸 보면 말입니다. 놀라운 일들은 도무지 끝날 줄 몰랐습니다. 장군과 부인이 (그는 헤링본 정장을, 그녀는 라일락 색 아오자이를 입고) 공항까지 우리를 배웅하러 나왔던 순간 이후로 줄곧 말입니다. 그는 우리 네 명의 영웅들에게 각각 위스키 한 병씩을 선사하고, 우리와 사진을 찍은 다음, 우리가 탑승구로 빠져 나가기 전에 일일이 악수를 나눴습니다. 그러다가 마지막으로 내 차례가 왔습니다. 그렇지만 나와는 손을 잡은 채로 이렇게 말했습니다. 잠시 얘기 좀 하지, 대위.

나는 다른 승객들이 탑승할 수 있도록 옆으로 비켜섰습니다. 무슨 일입니까, 장군님? 장군이 말했습니다. 아내와 내가 자네를 우리 양아들이라고 생각하는 걸 알 거야. 그런 줄은 몰랐습니다, 장군님. 그와 부인의 표정이 냉엄했는데, 그것은 내 아버지가 평소에 보이던 표정이었습니다. 부인이 말했습니다. 그런데 당신이 어떻게 그럴 수가 있어요? 나는 시치미를 떼는 데는 이골이 났으므로 놀란 표정을 지어냈습니다. 제가 뭘 어쨌다는 말씀입니까? 장군이 말했습니다. 우리 딸을 유혹하려 했지. 부인이 말했습니다. 모두 그것에 대해 떠들고 있어요. 내가 말했습니다. 모두라뇨? 장군이 말했습니다. 소문 말이야. 결혼식에서 자네가 그애와 이야기를 나눴을 때, 내가 그걸 알아차렸어야 했는데, 그러지 못했지. 자네가 내 딸이 나이트클럽에서 계속 일하도록 부추길 거라는 생각은 결코 해 본 적이 없었어. 부인이 덧붙였습니다. 이뿐만이 아니에요. 두 사람은 나이트클럽에서 구경거리를 자처하기까지 했어요. 모두가 그 꼴을 봤다고요. 장군이 한숨을 쉬며 말했습니다. 자네가 그애를 더럽히려 할 거라는 생각은 나로서는 도저히 할 수가 없는 일이었어. 자네가 내 집에서 살면서 그애를 어린아이자 여동생으로 대한 후로는 더구나 아니었지. 부인이 강조했습니다. 여동생이라고요. 장군이 말했습니다. 자네한테 몹시 실망이야. 난자네가 여기 내 옆에 있기를 바랐지. 이 일만 없었으면 결코 자네가 가게 내버려 두지 않았을 거야.

장군님 —

자넨 어리석게 굴지 말았어야 했어, 대위. 자네는 군인이야. 모든 사물과 모든 사람에게는 제자리가 있는 법이야. 도대체 어떻게 우리가 우리 딸이 자네 같은 부류의 사람과 함께 하는 걸 용납할 거라고 믿을 수가 있지?

내가 말했습니다. 저 같은 부류요? 저 같은 부류라는 게 무슨 뜻입니까?

장군이 말했습니다. 이보게, 대위. 자네는 훌륭한 젊은이야. 하지만 동시에, 그러니까 자네가 혹시 깨닫지 못했을 경우에 대비해서 말이지만, 자네는 '잡종 새끼'야. 그들은 내가 무엇인가를 말하기를 기다렸지만, 장군이 나를 침묵시킬 단 하나의 단어를 이미 내 입에 쑤셔 넣어 버린 상태였습니다. 그들은 내가 유구무언이라고 여겼기 때문에, 화를 내고 슬퍼하고 비난하면서 고개를 절레절레 흔들었고, 나를 탑승구 앞에 위스키 한 병과 함께 둔 채 가 버렸습니다. 나는 즉시 병 마개를 열고 싶었습니다. 왜냐하면 내가 그 단어를 내뱉는 데 위스키가 도움이 될지도 몰랐으니까요. 그것은 목에 걸려 입 밖으로 나오지 않았고, 우리 고국의 비옥한 진흙으로 흠뻑 젖은 털양말 같은 맛이 났습니다. 그때까지 내가 잊고 지냈던 그런 종류의 식사는 가장 비천한 사람들 가운데 하나로 꼽히는 사람들을 위해 따로 마련되어 있는 법이었습니다.

우리는 해 뜨기 전 어둑어둑한 새벽에 일어났습니다. 다들 끙끙거리기나 할 뿐 말을 하지 못한 채 아침식사가 끝나고 클로드가 차를 몰아 방콕에서 캠프로 갔는데, 라오스와의 국경 근처에서 끝나는 하룻길이었습니다. 그가 홱 하고 방향을 틀어 온갖 포탄 구멍과 움푹 팬 곳들을 잽싸게 피하면서 비포장 샛길을 타고 가다가 껍질이 흰 카유푸티 나무 숲으로 들어갔을 때쯤, 태양은 우리 뒤에서 비탈길을 굴러 내려가는 중이었습니다. 땅거미 질 무렵의 숲속으로 1킬로미터쯤 들어가자, 지프 한 대와 올리브색 전투복 차림으로 각자 불상 모양의 무사 기원 부적 목걸이*를 걸고 무릎에 M16 소총을 얹은 젊은 병사 둘로 구성된 군 검문소에 이르렀습니다. 나는 분명 고약한 대마초 냄새를 맡았습니다. 병사들은 지프차에서 일어나지도 눈꺼풀이 반쯤 감긴 눈을 치켜뜨지도 않고, 손만 흔들어 우리를 통과시켰습니다. 우리는 바퀴자국이 깊게 팬 길을 계속 가다가, 거목들의 앙상하고 얇은 나뭇가지들이 우리를 불길하게 굽어보는 훨씬 더 깊은 숲 속으로 돌진하기 시작했고, 마침내 기둥 위에 지은 작은 사각형 오두막들이 있는 숲 속 개간지로 빠져 나갔는데, 창문마다 빛나는 전등 불빛 덕에 완전한 시골 생활을 간신히 면한 곳이었습니다. 가발 같은 야자수 잎들로 지붕을 이었고, 높이 떠 있는 문에서 지면까지 나무 판자가 연결되어 있었습니다. 짖어 대는 개들이 각 출입구 초입으로 그림자를 불러냈고, 우리가 차에서 기어 내렸을 무렵에는 그 그림자 1개 분대가 다가오는 중이었습니다. 클로드가 말했습니다. 저기 있군. 베트남 공화국 군대에 남은 마지막 사람들이.

어쩌면 장군의 사무실에서 내가 보았던 그들의 사진들이 좋았던 시절에 찍혔을 수도 있겠지만, 그 근엄하던 자유의 투사들은 이 초췌한 비정규군들과 거의 닮은 점이 없었습니다. 그 사진들에서는, 붉은색 스카프를 목에 단단히 둘러매고 말쑥하게 면도를 한 남자들이 밀림용 위장 전투복, 전투화, 베레모를 착용한 채, 숲 속으로 새어 든 햇살 아래 차려 자세를 취했습니다. 하지만 이 남자들은 전투화와 위장

*　　　불상 모양의 도금 부적. 주로 목걸이 형태로 걸고 다닌다.

복 대신에 검은색 윗옷과 바지를 입고 고무 샌들을 신었습니다. 그들은 특수 부대원의 전설적인 상징인 붉은색 스카프 대신 소작농들의 알록달록한 스카프를 맸습니다. 베레모 대신에 게릴라들이 쓰는 챙 넓은 모자를 썼습니다. 말끔한 뺨 대신에, 면도하지 않은 뺨과 다듬지 않아서 텁수룩한 머리카락이 남아 있었습니다. 한때 뜨겁게 빛나던 눈은 타다 남은 숯불처럼 흐릿했습니다. 저마다 특유의 바나나 탄창*이 달린 AK-47을 들고 있었는데, 이 상징적인 물건의 존재가, 다른 모든 특징들과 결합되면서 이례적인 시각 효과를 야기했습니다.

왜 저 사람들이 베트콩처럼 보이는 겁니까?

자신들의 숙적을 닮은 것은 그 게릴라들만이 아니었습니다. 열두 명 정도 되는 그들이 우리를 지휘관의 오두막으로 데려갔을 때 우리가 발견했다시피요. 이 오두막의 좁은 입구에 갓을 씌우지 않은 전구가 드리우는 역광을 받으며 호리호리한 한 남자가 서 있었습니다. 아니, 저 사람은…… 본이 말을 하다가, 어처구니없는 질문을 하기 전에 멈췄습니다. 클로드가 말했습니다. 다들 그렇게 말하지. 제독이 한 손을 들어 인사하며, 낯익은 친척 아저씨 같은 미소를 지었습니다. 그의 얼굴은 각이 지고 수척했지만 대체로 잘생긴 편이었고, 전형적인 학자나 고위 관료의 고귀한 생김새였습니다. 머리카락은 반백이기는 해도 완전한 백발은 아니었고, 정수리 위는 숱이 조금 적어지는 중으로 짧게 손질되어 있었습니다. 염소수염이 가장 독특한 특징으

---

*   바나나 모양의 타원형 탄창. AK-47의 가장 큰 외형적 특징 중 하나.

로, 젊은이의 듬성듬성한 수염이나 노인의 풍성하고 길게 늘어뜨린 수염 다발이 아니라 중년 남성을 위한 단정하게 다듬은 형태의 수염이었습니다. 제독이 말했습니다. 환영한다, 제군들. 심지어 나는 그의 온화한 어조에서도, 뉴스 영화*에 녹음된 호찌민의 교양 있고 차분한 목소리의 메아리를 들었습니다. 제군들은 아주 먼 거리를 이동했으니 틀림없이 지쳤을 거야. 어서 들어와서 함께 식사하지.

호찌민과 마찬가지로 제독은 스스로를 아저씨라고 불렀고 휘하 게릴라들의 복장과 어울리는 소박한 검은색 윗옷과 바지를 입었습니다. 게다가 호찌민과 마찬가지로, 자기 숙소를 간소한 학자풍으로 꾸몄습니다. 우리는 그 오두막의 하나뿐인 간소한 방에서 맨발로 삿자리를 깔고 앉았는데, 신참인 우리들은 이 섬뜩한 닮은꼴의 바로 앞자리가 영 거북했습니다. 예의 허깨비는 널빤지 마루에서 잠을 자는 것이 틀림없었습니다. 침대의 흔적이 전혀 없었던 걸 보면요. 대나무 책장이 한쪽 벽을 따라 나란히 세워져 있었고, 소박한 책상과 의자가 다른 한쪽 벽면을 차지하고 있었습니다. 저녁 식사 도중에, 우리가 장군의 위스키를 마시는 동안 제독은 우리가 미국에서 어떻게 보냈는지 꼬치꼬치 캐물었고, 우리는 뒤이어 그가 어쩌다가 숲 속에서 조난을 당했는지 캐물었습니다. 그는 미소를 지으며 코코넛 껍데기 반쪽으로 만든 재떨이에 담뱃재를 톡톡 털었습니다. 전쟁 마지막 날, 나는 부두에서 구출한 해병대원들, 장병들, 경찰들, 민간인들로 가득

---

*   시사적인 사건들을 보도하기 위해 정기적으로 제작, 상영하던 영화. 과거 극장에서 보통 영화 상영 전에 상영했다.

찬 수송선을 지휘하고 있었네. 나도 많은 동료 선장들처럼, 제7함대*로 배를 몰고 갈 수도 있었어. 하지만, 미국인들은 전에 우리를 배신한 적이 있었고, 그들에게로 달아난다면 다시 싸울 수 있을 희망이 없었지. 미국인들은 이미 손을 뗐으니까. 그들 백인종은 이미 실패했기 때문에 아시아를 황인종에게 맡기고 떠날 심산이었지. 그래서 난 배를 몰고 태국으로 갔어. 내게는 태국인 친구들이 있었고, 태국인들이 우리에게 피난처를 제공할 거란 사실을 알고 있었거든. 그들은 미국인들과 달리 갈 곳이 없었지. 공산주의가 캄보디아와 태국의 국경으로 밀어닥치는 중이었기 때문에 태국인들은 공산주의와 싸울 터였지. 라오스 역시 금세 무너질 예정이었어. 있잖나, 나는 수많은 우리 동포들과는 달리, 구원 받는 데는 관심이 없었다네. 그가 이 대목에서 잠시 말을 멈추더니 한 번 더 미소를 지었습니다. 우리 중 누구에게도 우리가 그 동포들 중 일부임을 일깨워 줄 필요는 없었습니다. 제독이 말을 계속했습니다. 하느님께서 진작 나를 구원해 주셨어. 미국인들한테 구원 받을 필요는 없었지. 난 부하들 앞에서 내 배를 걸고 필요하다면 수개월, 수년, 심지어 수십 년 동안이라도 싸움을 계속하겠다고 맹세했어. 만일 우리가 하느님의 눈으로 우리의 투쟁을 바라본다면, 이건 어차피 아주 짧은 시간에 불과했지.

본이 말했습니다. 그러니까 우리한테 정말로 승산이 있다고 보시는 겁니까, '아저씨'? 제독은 대답에 앞서 자신의 염소수염을 쓰다듬

*   일본 요코스카와 괌을 거점으로 서태평양 및 중동지역을 관할하는 미 해군 최대의 해외 전력.

었습니다. 그가 여전히 염소수염을 쓰다듬으면서 말했습니다. 이보게, 젊은이, 예수님을 기억하고 기독교가 그분과 사도들과 그들의 신앙과 '하느님의 말씀'만으로 시작된 방식을 명심해. 우리는 그 신실한 신앙인들과 마찬가지 처지일세. 우리한테는 이 캠프의 200명의 사도들과 노예가 된 조국으로 해방에 관한 소식을 전할 라디오 무선국과 총이 있어. 우리한테는 예수님과 그분의 사도들에게 결코 없었던 것들이 있지만, 그들과 같은 신앙 또한 있지. 특히 ── 무엇보다도 중요한 건 ── 하느님이 우리 편에 계시다는 거야.

본이 또 다른 담배에 불을 붙였습니다. 그가 말했습니다. 예수님은 돌아가셨습니다. 사도들도 그랬고요.

그러니 우리도 죽을 겁니다. 냉담한 중위가 말했습니다. 그 말이 의미하는 바에도 불구하고, 아니 어쩌면 그 말 때문에, 중위의 태도와 발언에는 여전히 감정이 드러나지 않았습니다. 그가 말했습니다. 그게 나쁜 일이라는 것은 아닙니다만.

제독이 말했습니다. 자네들이 이번 임무에서 죽게 될 거라고 말하는 게 아니야. 그야말로 궁극적으로는. 하지만 만일 자네들이 이번 임무에서 정말 죽게 된다면, 자네들이 구원한 사람들이 자네들에게 고마워할 거라는 점을 알아 두기 바라네. 마치 사도들이 구원한 사람들이 그들에게 고마워했듯이 말이야.

본이 말했습니다. 사도들이 가서 구원한 많은 사람들이 구원 받기를 원하지 않았습니다, '아저씨'. 그게 바로 사도들이 결국 죽게 되고만 이유입니다.

제독이 더 이상 미소 짓지 않으며 말했습니다. 이보게, 젊은 친구, 그건 자네가 신앙인이 아니라는 말처럼 들리는군.

그 단어로 종교나 반공주의나 자유나, 그것처럼 거창한 단어를 붙인 무언가를 신봉하는 사람을 의미하시는 거라면, 네, 저는 신앙인이 아닙니다. 제게도 한때는 신앙이 있었지만, 더 이상은 아닙니다. 저는 저 자신을 포함해서 누군가를 구원하는 데는 아무 관심이 없습니다. 저는 그저 공산주의자들을 죽이고 싶을 뿐입니다. 그게 바로 제가 제독님이 원하는 바로 그 사람인 이유입니다.

제독이 말했습니다. 나는 그 정도면 괜찮아.

18장

우리는 날씨와 새로운 동료들에 적응하면서 2주를 보냈습니다. 그런데 그들 가운데 내가 다시 볼 거라고는 결코 예상치 않았던 세 인물이 있었습니다. 이 해병대 중위들은 사이공의 그 뒷골목에서 아름다운 사이공! 오, 사이공! 오, 사이공! 하고 노래를 부르며 본과 만과 나와 마주쳤던 그날 밤보다 수염이 더 자란 데다 머리도 더 길었지만, 여전히 멍청해서 쉽게 알아 볼 수 있었습니다. 그들은 사이공이 함락되던 날 부두로 나아갔고, 그곳에서 제독의 배에 뛰어올라 탔습니다. 셋 중 리더인 해병대원이 말했습니다. 우리는 그 이후로 줄곧 태국에 있었습니다. 그는 그의 동료들이 그랬듯, 평생 동안 메콩 강 삼각주에 몸담고 살았고, 태양 아래 보낸 일생은 그들 모두에게 생생한 흔적을 남겼습니다. 비록 색조는 각기 달랐지만요. 그는 거무스름했지만, 나머지 해병대원들 중 하나는 더 거무스름했고, 세 번째 사람은 그중 가장 거무스름해서, 마치 우유를 타지 않은 홍차만큼이나 거무스름했습니다. 그들과 본 그리고 나는 마지못해 악수를 했습니다. 거무스름한 해병대원이 말했습니다. 우리가 두 분과 함께 국경을 넘어갈 겁니다. 그러니 우리는 서로에게 잘 보이는 편이 좋을 겁니다. 이 사람이 내가 권총을 겨눴던 해병대원이었지만, 그가 굳이 언급하지 않기로 했기 때문에, 나도 그러지 않기로 했습니다.

어느 날 밤 일찍 출발한 정찰대에는 총 열두 명이 있었는데, 라오스인 농부 한 사람과 몽족 정찰병 한 사람이 안내를 맡았습니다. 그 문제에서 라오스인 농부는 선택의 여지가 없었습니다. 이전의 정찰에서 제독의 부하들에게 납치를 당했고, 우리가 지나갈 예정인 지대를 잘 안다는 점을 고려해, 이제 안내인으로 활용되는 중이었습니다. 그는 베트남어를 하지 못했지만, 몽족 정찰병이 할 줄 알아서 그의 통역 노릇을 했습니다. 정찰병의 두 눈은 멀리서 보아도 버려진 궁전의 창문들처럼 캄캄하고 산산이 부서진 일종의 폐허임을 알 수 있었습니다. 그는, 우리 모두가 그랬듯이 검은색 옷을 입었지만, 유일하게 너무 큰 빛바랜 녹색 베레모를 쓰고 있었는데, 챙이 귀와 눈썹까지 내려올 지경이었습니다. 그의 뒤를 따르는 것은 해병대원 셋 중두 사람으로, AK-47로 무장한 거무스름한 해병대원과 뭉툭한 유탄이 짧은 금속 모조 남근을 닮은, 예의 M79 코끼리 사냥총*으로 무장한 더 거무스름한 해병대원이었습니다. 그 해병대원들을 냉담한 소령과 머리가 희끗희끗한 대위가 따라갔는데, 그들은 차마 적의 무기인

* 개발 초기에는 커다란 사냥감을 잡기 위해 개발되기 시작했고, 이후 전쟁용으로 개조되기 시작한 일종의 대구경포.

AK-47을 들 수가 없어서 M16을 휴대했습니다. 그들 뒤에는 한 손에는 M3 기관단총을 들고, 등에는 PRC-25 무전기를 맨 깡마른 통신병이 있었습니다. 그다음에 철학적인 위생병이 있었는데, 한쪽 어깨에는 M3 구급낭을 매달고, 나머지 어깨에는 M14*을 매달고 있었습니다. 이 정찰대의 어떤 사람도 비무장 상태로 다닐 수는 없었기 때문이었습니다. 그와 나는 재스민과 대마초 향기가 나는 어느 밤에 단번에 의기투합했습니다. 그때, 그가 내게 물었습니다. 슬픔과 비통 이외에, 진짜로 무겁지만 무게가 전혀 없는 게 뭘까요? 내가 대답을 찾지 못하고 곤란해하는 모습을 보더니, 그가 말했습니다. 허무주의요. 사실, 바로 그것이 그의 인생관이었습니다. 그다음에, M60**을 품에 안은 건장한 기관총 사수가 있었고, 이어 나 자신과 본이 따랐는데, 나는 AK-47을, 본은 M16을 지니고 있었습니다. 후위를 맡은 것은 가장 거무스름한 해병이었는데, 그가 지닌 무기는 B-40 대전차 로켓 발사기***였습니다.

방어를 위해서는 방탄조끼와 철모 대신에 저마다 심장에 걸칠 코팅된 손지갑 크기의 동정녀 마리아 그림을 지급받았습니다. 우리가 캠프에서 출발하기 직전에 제독이 이 선물을 베풀었는데, 우리 중 대부분에게는 그것이 일종의 위안거리였습니다. 우리는 그때껏 전술을

*   M1을 개량한 완전 자동 소총. 탈부착형 20발 상자형 탄창과 자동발사 기능을 갖췄다.
**   1960년대 개발된 미국의 다용도 기관총. 부사수나 탄약 운반수 없이, 사수 혼자서도 탄약 운반과 사격까지 겸하는 것이 가능하다.
***   소련에서 개발한 RPG-2의 개량형.

논의하고 휴대용 식량을 준비하고 라오스의 남단을 통과하는 경로의 지도를 검토하며 여러 날을 보냈습니다. 라오스 남단은 이전의 정찰에서 해병대원들이 정탐했던 지대로, 라오스인 농부의 고향이었습니다. 그는 이렇게 주장했습니다. 밀수꾼들이 쉴 새 없이 국경을 넘어 다녀요. 우리는 정기적으로 '자유베트남방송'을 청취했는데, 이 방송 팀은 제독의 오두막 바로 옆 대나무 판잣집에서 작업을 했습니다. 그곳에서 제독의 연설을 방송하고 신문에서 발췌해 번역한 기사들을 읽어 주고, 반동적인 정서가 담긴 팝송들을 전파에 실었는데, 제임스 테일러와 도나 서머가 그 무렵 특히 인기 있는 가수들이었습니다. 제독이 말했습니다. 공산주의자들은 사랑 노래를 몹시 싫어하지. 그들은 사랑이나 로맨스 혹은 오락거리의 가치를 믿지 않아. 국민들이 오로지 혁명과 국가만 사랑해야 한다고 믿지. 하지만 국민들은 사랑 노래들을 사랑하고, 우리는 국민들을 섬기지. 방송 전파는 감정을 잔뜩 실은 그 사랑 노래들을 라오스를 가로질러 우리 고국으로 전했습니다. 내 호주머니에는 그 방송을 청취할 수 있는 트랜지스터 라디오가 이어폰과 함께 들어 있었고, 나는 그것을 내 무기나 동정녀 마리아보다 더 소중하게 여겼습니다. 클로드는 성모도 어떤 신도 믿지 않았기 때문에, 우리가 떠날 때 하이파이브라는 형태로 그의 세속적인 축복 기도를 해주었습니다. 그가 말했습니다. 행운을 빌어. 잽싸게 갔다 빠져나와. 신속하고 조용하게. 나는 생각했습니다. 그게 어디 말처럼 쉬워야지. 내가 그 생각을 혼자만 간직하기는 했지만, 아마 우리 열둘 중 다수가 똑같이 생각했을지도 모른다고 짐작했습니다. 내 어깨를 꽉 잡았을 때, 클로드는 내 불안감을 직관적으로 알아챘습니다. 몸조심해, 이 친구야. 누군가 총을 쏘기 시작하면, 그냥 머리를 숙이고 있으라고. 전투는 전문가들한테 맡겨. 내 능력에 대한 그의 평가는 심금을 울리는 것이었고, 아마 정확할 가능성이 무척 컸습니다. 그는 나를 안전하게 지키고 싶어 했습니다. 만과 더불어, 비밀 유지가 곧 삶의 방식인 첩보원들의 온갖 수법들에 대해 내가 알고 있는 모든 것을 가르쳐 준 이 남자가요. 클로드가 말했습니다. 우리는 자네들이 돌아오기를 기다리고 있을 거야. 내가 말했습니다. 곧 만나요. 그게 다였습니다.

우리는 은색 달빛을 받으며 행진을 시작했습니다. 때때로 사람이 몹시 힘든 훈련을 시작할 때 가지게 되는 낙관주의의 응원을 받으면서요. 낙관주의는 우리의 폐를 가득 채워서 우리를 앞으로 나아가게 하는 헬륨가스*인 셈이었습니다. 이윽고 한 시간이 지나 우리는 터덜터덜 걸었습니다. 아니, 최소한 나는 터덜터덜 걸었습니다. 내 헬륨가스가 고갈되고, 대신 느릿느릿 듣는 물방울이 수건으로 스며들듯 육체로 스며든 피로의 기색이 처음으로 나타났기 때문이었습니다. 얼마간 행군한 후에 어느 물웅덩이에 이르자, 머리가 희끗희끗한 대위가 휴식을 명령했습니다. 나는 달빛이 비치는 웅덩이 가장자리에 앉아 쑤시는 넓적다리를 쉬게 하면서, 파랗게 빛나는 육체에서 분리된

---

*   풍선 등 각종 기구용 기체로 쓰이는 무색무취의 비활성 기체. 수소 다음으로 가벼우며, 화학적으로 안정이 되어 있다.

손 같은 손목시곗바늘들이* 새벽 1시를 가리키고 있음을 간신히 알아볼 수 있었습니다. 내 손도 내 시곗바늘들처럼 분리되어 있는 것처럼 느껴졌습니다. 왜냐하면 내 손은 가슴 호주머니 속의 담배 한 개비를 쥐고 어루만지길 원했으니까요. 그것은 내 신경계를 짜릿하게 하는 충동이었습니다. 본은 겉보기에는 내 것과 비슷한 갈망에는 끄떡도 않는 듯, 내 바로 옆에 앉아서 말없이 주먹밥을 먹었습니다. 웅덩이에서 진흙과 부식되는 초목의 심한 악취가 풍겼고, 수면 위에서 참새 크기의 죽은 새 한 마리가 우수수 빠져 버린 깃털의 달무리에 둘러싸여 둥둥 뜬 채 오르락내리락하고 있었습니다. 본이 중얼거렸습니다. 폭탄 구멍이로군. 폭탄 구멍은 미국의 발자국이자 우리가 이미 라오스에 들어왔다는 표시였습니다. 우리는 동쪽으로 이동하는 내내 이런 구멍들을 더 많이, 때로는 하나씩, 때로는 뭉텅이로 맞닥뜨렸고, 뿌리째 뽑혀 이쪽저쪽으로 내동댕이쳐진 카유푸티 나무들의 갈기갈기 찢긴 나머지 밑동 부분을 지나서 조심조심 나아가야만 했습니다. 한번은 어느 마을에 가까이 다가가다가, 강둑에 난 구멍들 근처에서 장대에 묶어 놓은 그물들을 봤는데, 농부들이 물고기들을 넣어 놓은 그 웅덩이들에 담그기만 하면 되는 상태였습니다.

동틀 무렵, 머리가 희끗희끗한 대위가 (라오스인 농부의 말로는) 이 국경 지대의 거주민들이 좀처럼 찾지 않는다는 외딴 지점에서 우리의 고된 이동을 중단시켰습니다. 휴식처는 어느 언덕 꼭대기에 있었

---

*   영어에서 'hand'에 '손'과 '시곗바늘'이라는 의미가 모두 있음을 이용한 비유.

고, 우리는 무심한 카유푸티 나무들 아래에 저마다 판초를 펼치고 손수 야자 나무 잎들을 그물처럼 얼기설기 엮어 만든 두건 달린 망토로 몸을 가렸습니다. 나는 내 배낭을 베개 삼아 누웠는데, 그 안에는 식량 말고도 『아시아의 공산주의와 동양적인 파괴 방식』이 들어 있었습니다. 언젠가 필요로 할 경우에 대비해서 그 배낭의 가짜 바닥에 눈에 띄지 않게 콕 박힌 채로 말입니다. 우리 중 두세 명은 3시간씩 교대로 자지 않고 깨어 있었는데, 중간 조들 중 하나에 배정된 것이 내 불운이었습니다. 내가 모자 챙으로 얼굴을 가린 채 간신히 잠이 들자마자 곧 긴장한 기관총 사수가 내 어깨를 흔들었고, 내 온 얼굴 위로 세균에 감염된 듯 몹시 불쾌한 입김을 내뿜으며 내가 보초 근무를 설 차례라고 알렸던 것 같습니다. 태양이 하늘 높이 떠 있었고, 나는 목이 바짝바짝 말랐습니다. 나는 아득히 먼 곳에 있는 메콩강을 쌍안경으로 볼 수 있었는데, 그 강은 대지의 초록색 몸통을 가르는 일종의 갈색 벨트였습니다.* 곳곳의 농가와 벽돌 공장들에서 흘러나오는 장작 연기의 물음표와 느낌표들을 볼 수 있었습니다. 정강이를 드러낸 농부들이 털이 텁수룩한 발굽이 논의 흙탕물에 푹푹 잠기는 물소들을 뒤따라 힘겹게 걸어가는 모습을 볼 수 있었습니다. 멀리서 차량들이 관절염에 걸려 극심한 고통에 시달리는 거북이들처럼 더디게 시골의 도로며 좁은 길들을 돌아다니는 것을 볼 수 있었습니

---

* 메콩강은 티베트 고원에서 발원해 중국 윈난성, 미얀마, 라오스, 태국, 캄보디아를 거쳐 베트남에 이른다. 이 강은 4천 킬로미터가 넘는 길이에, 진흙을 방출하여 하류로 갈수록 탁한 흙탕물이 된다.

다. 아주 오래된 사원의 산산이 부서진 사암(沙巖) 유적을 볼 수 있었습니다. 어느 멸망한 종족이 오래전 세운 것으로, 이제는 잊혀 버린 어느 폭군이 그들을 감독했는데, 그의 무표정한 두 눈은 자기 제국을 탕진하는데 사로잡혀 있었습니다. 전체적인 지형을 볼 수 있었는데, 햇빛 아래 드러난 맨몸은 불가사의하던 한밤의 그 피조물과 전혀 비슷해 보이지 않았습니다. 갑작스럽게 엄청난 갈망이 온땅이 초점을 잃고 흔들릴 만큼 엄청난 힘으로 나를 사로잡았는데, 나는 우리가 가져간 모든 필수품에도 불구하고 어느 누구도 술 한 방울 가져오지 않았음을 깨닫고 반은 놀랐고 반은 두려웠습니다.

둘째 날 밤은 첫째 날처럼 많이 이동하지 않았습니다. 그날 밤 내가 걸었는지 아니면 그저 나를 떨어뜨리고 싶어 껑충껑충 날뛰며 헐떡거리는 짐승에 올라탄 채 꼭 매달려 있던 데 불과했는지는 확실하지 않았습니다. 담즙이 목구멍에서 밀물과 썰물처럼 오르락내리락했고, 두 귀는 머리에서 부풀어 올랐고, 마치 겨울철인 것처럼 덜덜 떨렸습니다. 위를 쳐다보자 나뭇가지들 사이로 별들이 얼핏 보였고, 스노글로브의 유리 덮개 안에 갇혀 있는 눈송이들이 빙빙 돌듯 어질어질했습니다. 소니와 무절제한 소령이 스노글로브 바로 밖에서 나를 지켜보고 커다란 손으로 그것을 흔들면서 터뜨리는 웃음소리가 아련했습니다. 나를 물질적인 세상에 머물게 묶어 둔 딱 한 가지 단단한 물건은 내 두 손에 들려 있던 소총뿐이었습니다. 왜냐하면 내 두 발은 땅바닥을 느낄 수가 없었으니까요. 나는 마치 소니의 집을 떠난 후, 그날 밤 라나의 두 팔을 꽉 붙잡았던 것처럼 AK-47을 꽉 붙잡았습니다. 그녀는 문을 열었을 때 놀란 것처럼 보이지 않았습니다. 내가 돌아올 것을 줄곧 알고 있었으니까요. 나는 장군에게 라나와 내가 했던 일을 말하지 않았지만, 사실 말했어야만 했습니다. 그가 결코할 수 없는 일이 한 가지 있었는데, 나는 그 일을 했던 겁니다. 왜냐하면 방금 한 남자를 죽였기 때문에 이제 내게 금지된 것은 아무것도 없었으니까요. 심지어 장군에게 속하거나 비롯된 것이었다고 해도요. 숲의 향기조차도 그녀의 향기였고, 대나무 숲 한가운데서 내가 어깨를 움츠려 배낭을 떨쳐 내고 본과 냉담한 중위 사이에 앉았을 때는 축축한 대지가 그녀를 생각나게 했습니다. 우리 위쪽에서는 셀 수 없이 많은 반딧불들이 나뭇가지들을 밝게 비추고 있었고, 나는 숲의 주둥이와 눈이 우리에게 못 박혀 있음을 감지했습니다. 어떤 동물들은 어둠 속에서 볼 수 있지만, 의도적으로 우리 자신의 내면의 어둠 속으로 들어갈 수 있는 모든 경로를 찾아내는 것은 오로지 인간들뿐이었습니다. 하나의 종(種)으로서 우리는 이제껏 어떤 종류의 동굴이나 문이나 출입구도 마주치기만 하면 반드시 들어가고 싶어 했습니다. 겨우 하나의 입구에 만족하는 법도 결코 없습니다. 언제나 모든 가능성을, 심지어 가장 캄캄하고 불길한 통로들이라고 할지라도 하나하나 다 시도해 볼 겁니다. 아니, 라나와 함께했던 그 밤에 내가 그랬던 것이 떠올랐습니다. 냉담한 중위가 다시 일어서면서 말했습니다. 오줌을 눠야겠습니다. 머리 위에서 반딧불들이 일제히 꺼졌다 켜지는 사이 그는 숲의 어둠 속으로 사라졌습니다. 여운에 잠긴 채 그녀가 내게 물었습니다. 내가 왜 당신을 좋아하는지 알아요? 당신은 내 어머니가 증오하는 모든 것 그 자체예요. 나는 화가 나지 않았습니다. 그때껏 너무나 많은 증오를 억지로 먹어서 약간 더 먹는 정도는 잔뜩 살진 내 간에 별로 대수롭지 않았습니다. 캄보디아 사람들이 간을 도려 내 먹는다는 소문이 있는데, 만일 내 적들이 내게 그렇게 한다면 그들은 기뻐서 입맛을 다시게 될 겁니다. 왜냐하면, 증오로 만든 푸아그라보다 더 맛있는 것은 없었으니까요. 일단 맛을 보고 나면 말이죠. 중위가 갔던 방향에서 나뭇가지가 부서지는 소리가 들렸습니다. 괜찮아? 나는 반딧불들에 집중하면서 고개를 끄덕였는데, 그들의 집단적인 신호는 황무지의 대나무들 윤곽을 크리스마스 장식용 나뭇가지 모양으로 그려내고 있었습니다. 덤불이 바스락거리더니 중위의 흐릿한 형체가 대나무들 있는 곳에서 나타났습니다.

그가 말했습니다. 저기, 내가 —

갑자기 터진 빛과 소리에 눈과 귀가 멀어 버렸습니다. 흙과 자갈이 날아왔고, 나는 움찔했습니다. 귀울음이 났고, 내가 두 팔로 머리를 가린 채 땅바닥에 몸을 웅크리고 있는 동안 누군가 비명을 지르고 있었습니다. 누군가 비명을 지르고 있었는데, 그게 나는 아니었습니다. 누군가 욕설을 퍼붓고 있었는데, 그게 나는 아니었습니다. 내가 얼굴로 떨어졌던 흙을 털어 내고 나자 머리 위 나무들이 캄캄해져 있었습니다. 반딧불들은 깜박거리기를 멈췄고, 누군가가 비명을 지르고 있었습니다. 그것은 냉담한 중위였는데, 양치식물들 속에서 몸을 뒤틀며 괴로워하고 있었습니다. 철학적인 위생병이 중위에

게 전속력으로 달려가다가 쾅 하고 내게 부딪쳤습니다. 머리가 희끗
희끗한 대위가 어둠 속에서 흐릿한 모습을 드러내더니 이렇게 말했
습니다. 각자 방어 위치로, 빌어먹을. 내 옆에서 본이 난장판이 된 장
면을 뒤로하고 돌아서더니, 노리쇠 밀대*를 끊어지도록 힘껏 당겼다
밀고 — 딸깍딸깍 — 어둠을 향해 총기를 겨눴습니다. 나를 둘러싼
사방에서 사격을 준비하는 딸깍딸깍 소리가 들렸고, 나도 준비를 했
습니다. 누군가가 손전등을 켰고, 심지어 그쪽으로 등을 돌리고 있
던 내게도 그 빛이 보였습니다. 철학적인 위생병이 말했습니다. 다리
하나를 잃었습니다. 중위는 끊임없이 비명을 질렀습니다. 제가 다리
를 동여매는 동안 전등을 들어 주세요. 거무스름한 해병대원이 말했
습니다. 이 계곡의 모든 사람들이 이 소리를 듣고 있겠군. 머리가 희
끗희끗한 대위가 말했습니다. 그가 버텨 낼까? 위생병이 말했습니다.
우리가 이분을 병원으로 모셔다 드리면 버텨 낼 수도 있겠지요. 중위
님을 꽉 잡으세요. 거무스름한 해병대원이 말했습니다. 입을 다물게
해야만 해요. 머리가 희끗희끗한 대위가 말했습니다. 지뢰였던 게 분
명해. 습격은 아니야. 거무스름한 해병대원이 말했습니다. 대위님이
하시든지 아니면 제가 하든지요. 누군가 손으로 중위의 입을 막아 비
명소리를 죽였습니다. 어깨너머로 보니 철학적인 위생병이 중위의 잘
린 다리에, 다시 말해 무릎 위에서 절단돼 버린 다리에서 튀어나온
어금니 같아 보이는 뼈에 무의미하게 압박붕대를 동여매는 동안 거

---

* 소총 따위에서 노리쇠 뭉치와 연결되어 밀었다 당겼다 하는 긴 쇠. 큰 밀
대와 작은 밀대가 있다.

무스름한 해병대원이 자기 손전등으로 그에게 불을 비춰 주고 있었습니다. 머리가 희끗희끗한 대위는 한 손을 중위의 입에 갖다 댄 채, 나머지 한 손으로는 콧구멍을 꼭 막고 있었습니다. 중위가 철학적인 위생병과 머리가 희끗희끗한 대위의 옷소매를 꼭 잡은 채 헐떡였고, 거무스름한 해병대원은 손전등을 껐습니다. 서서히 몸부림치는 소리며 숨 가쁜 소리가 잦아들더니, 마침내 그는 잠잠해졌고 죽고 말았습니다. 그런데 그가 진짜로 가 버린 거라면, 왜 나는 그가 지르는 비명 소리를 여전히 들을 수 있었던 걸까요?

거무스름한 해병대원이 말했습니다. 이동해야만 합니다. 지금은 아무도 오지 않지만, 날이 밝으면 사람들이 올 거예요. 머리가 희끗희끗한 대위는 아무 말도 하지 않았습니다. 제 말 들으셨습니까? 머리가 희끗희끗한 대위가 그렇다고 대답했습니다. 거무스름한 해병대원이 말했습니다. 그럼 뭔가 조치를 취하십시오. 우리는 아침 전에 가능한 한 이곳에서 멀리 가 있어야 합니다. 머리가 희끗희끗한 대위가 그를 묻으라고 말했습니다. 거무스름한 해병대원이 시간이 너무 오래 걸릴 거라고 말하자, 머리가 희끗희끗한 대위가 시신을 우리와 함께 데려가라는 명령을 내렸습니다. 우리는 중위의 탄약을 나눠 들었고, 거무스름한 해병대원이 중위의 M16을 들고 가면서 배낭은 라오스인 농부에게 건넸습니다. 건장한 기관총 사수는 M60을 더 거무스름한 해병대원에게 건네고, 중위의 시신을 들어 올렸습니다. 우리가 막 출발하려던 찰나에 사수가 말했습니다. 중위님 다리는 어디에 있습니까? 거무스름한 해병대원이 손전등을 켰습니다. 그 다리는 거기,

갈가리 찢긴 양치식물들 위에 놓여 있었습니다. 살은 너덜너덜하고 검은색 옷 조각들은 여전히 살에 매달려 있는 데다 으스러진 하얀 뼈는 톱니처럼 삐죽삐죽하게 찢어진 피부 사이로 튀어나온 채로요. 거무스름한 해병대원이 말했습니다. 발은 어디 있는 거죠? 철학적인 위생병이 말했습니다. 멀리 날아가 버린 것 같은데요. 분홍색 살점이 며 피부 조각이며 조직들이 양치식물들에 달라붙어 있었고, 벌써 개미들이 우글거렸습니다. 거무스름한 해병대원이 그 다리를 잡아채고 위를 쳐다봤을 때, 처음으로 눈에 띈 사람이 바로 나였습니다. 그가 다리를 내게 불쑥 내밀며 말했습니다. 자, 받으세요. 그것을 거부할 생각도 해 봤지만, 그러면 누군가 다른 사람이 운반해야 할 터였습니다. 명심해, 넌 무언가의 반절이 아니야, 넌 모든 것의 갑절이야. 만일 누군가 다른 사람이 이 일을 해야만 한다면, 나 역시 할 수 있었습니다. 그것은 피부가 피로 끈적거리고 흙이 박혀 까끌까끌한 한 덩어리의 살과 뼈에 불과했습니다. 그것을 받아 개미들을 털어 내자, 자그마한 남자에게서 떨어져 나온 다리가 내 AK-47보다 조금 더 무겁다는 사실을 알게 되었습니다. 머리가 희끗희끗한 대위가 행군하라고 명령했고, 나는 건장한 사수를 뒤따라갔는데, 그는 중위의 시신을 한쪽 어깨에 걸머지고 있었습니다. 중위의 셔츠는 등 위로 말려 올라가 있었고, 훤히 드러난 등판은 달빛을 받아 푸르스름했습니다.

나는 한 손으로 다리 한 짝을 들고, 나머지 한 손은 어깨에 매달려 있는 AK-47의 끈을 잡고 갔는데, 사람의 다리 한 짝을 들고 가는 부담감이 사람의 시신을 들고 가는 것보다 훨씬 더 큰 것 같았습니다.

나는 그의 다리를 가능한 한 내게서 멀리 하면서 들고 갔는데, 점점 더 무거워졌습니다. 아버지가 어떤 규칙 위반에 대한 벌로 교실 앞에서 팔을 쭉 뻗은 채 손이라는 저울 위에 올려놓고 들고 있게 했던 성경책처럼 말입니다. 나는 여전히 그 기억을 마음에 담아 두고 있었습니다. 입관되어 있던 아버지, 냉담한 중위의 튀어나온 뼈만큼이나 하얀 시신에 대한 기억과 함께요. 교회에서 신자들이 성가를 부르던 소리가 내 귀에서 윙윙거렸습니다. 아버지가 죽었음을 알게 된 것은 아버지의 부제(副祭)가 경찰 본부로 내게 전화를 했을 때였습니다. 내가 말했습니다. 이 전화번호를 어떻게 아셨습니까? 그것은 아버지의 책상 위에 있던 서류들 사이에 있었습니다. 나는 내 책상 위의 서류를 바라보았습니다. 그 전해, 즉 1968년의 특별할 것 없는 어느 사건에 관한 기밀 취급 조서(調書)였습니다. 당시 어느 미군 소대가 꽝응아이 근처에서 거의 버려지다시피 방치돼 있던 한 마을을 장악했습니다. 군인들은 물소며 돼지며 개들을 죽이고 네 명의 소녀들을 윤간한 후에, 열다섯 명의 노인들과 여자들과 아이들뿐 아니라 그 네 명의 소녀들까지 마을 광장에 집합시켰고, 후회하는 한 이등병의 증언에 따르면 그들이 죽을 때까지 총질을 했습니다. 소대장은 보고서에서 자기 부하들은 틀림없이 열아홉 명의 베트콩을 죽였다고 했습니다. 그들이 삽 몇 자루, 괭이 몇 자루, 석궁 하나, 구식 장총 한 자루 외에는 아무 무기도 찾아내지 못했는데도요. 내가 말했습니다. 시간이 없습니다. 부제가 말했습니다. 당신이 오는 게 중요할 겁니다. 내가 말했습니다. 왜 그게 중요할까요? 침묵이 한참 흐른 뒤에, 부제가 말했습니다. 당신은 그분께 중요했고, 그분도 당신에게 중요했어요. 더 이상 말할 필요도 없이, 바로 그 순간 부제가 내 아버지가 누구인지를 안다는 것을 나는 알게 되었습니다.

우리는 두 시간 후에 강행군을 끝냈는데, 아버지의 장례 미사에 쏟은 것과 같은 길이의 시간이었습니다. 우리가 멈춰 설 때 내가 부겐빌레아 덩굴에 얼굴을 긁혔던 그 협곡에는 샛강이 콸콸 소리를 내며 흐르고 있었습니다. 나는 해병대원들이 얕은 무덤을 파기 시작하자 그 다리를 내려놓았습니다. 손에 피가 묻어 끈끈했기에 샛강 옆에 무릎을 꿇고 앉아 찬물에 손을 씻었습니다. 해병대원들이 일을 마칠 때쯤 내 손은 다 말랐고, 희미한 분홍색 빛줄기가 지평선 위로 나타났습니다. 머리가 희끗희끗한 대위가 냉담한 중위의 야자수 잎 망토를 펼쳐놓자 건장한 기관총 사수가 시신을 그 위에 올려놨습니다. 나는 비로소 다시 한번 손을 피로 더럽혀야 한다는 것을 깨달았습니다. 내가 다리를 집어 들어 제자리에 놓았습니다. 분홍색 빛을 받으며, 그의 뜬 눈과 헤벌린 입을 보았고, 여전히 그가 비명을 지르는 소리를 들을 수 있었습니다. 머리가 희끗희끗한 대위가 그의 두 눈을 감기고 입을 다물려 준 다음 망토로 시신을 감쌌지만, 그와 건장한 기관총 사수가 시신을 들어 올리자 다리가 망토 밖으로 스르르 빠져나왔습니다. 나는 끈끈한 손을 바지에 닦는 중이었지만, 다시 한번 그 다리를 집어 올리는 것 말고는 달리 방법이 없었습니다. 그의 시신이 무덤 속으로 내려진 후에, 내가 안으로 몸을 숙이고 그의 다리를 망토 밑, 그의 무릎 아래로 밀어 넣었습니다. 내가 흙을 도로 무덤에

퍼 넣는 작업을 돕는 동안에도 번들거리는 벌레들이 이미 땅 속에서 꿈틀꿈틀 빠져나오는 중이었습니다. 무덤은 동물들이 시체를 파내서 먹어치울 때까지, 딱 하루 이틀 정도 우리가 지나간 흔적을 감춰줄 만큼 깊었습니다. 내가 무덤가에 무릎을 꿇고 앉아 있는 동안, 소니가 내 옆에 쪼그리고 앉아서 말했습니다. 내가 알고 싶은 건 중위가 이 근처를 한 다리로 배회할 것인가 아니면 두 다리로 배회할 것인가, 혹은 그가 자기 눈에서 벌레들이 기어 나오게 할 것인가 아닌가야. 무절제한 소령은 내게 말을 거는 내내 무덤에서 머리를 삐죽 내민 채 이렇게 말했습니다. 정말이지, 유령이 어떤 모습으로 나타날지는 수수께끼야. 왜 나는 머리에 난 이 구멍을 제외하고는 모두 그대로인 채 여기 있는 거지? 왜 뼈와 살이 구역질나게 엉망진창이 아닌 거야? 내게 이유를 좀 말해 줘, 응, 대위? 자넨 만사를 다 알잖아, 아니야? 할 수만 있다면 대답했을 테지만, 나 역시 머리에 구멍이 났다고 느끼면서 그렇게 하기는 힘들었습니다.

그날은 우리가 발각되지 않은 채로 지나갔습니다. 그리고 짧은 행군 후, 그날 저녁 늦게 우리는 달빛을 받아 반짝거리는 메콩 강 둑에 이르렀습니다. 맞은편 어딘가에서 소장님이 나를 기다리고 있었겠지요. 정치위원이라는 그 얼굴 없는 분은 물론이고요. 나는 이 정보를 아직 모르고 있었는데도, 나쁜 기억처럼 악착같이 우리에게 들러붙은 거머리들을 잡아 뜯어내는 동안 무엇인가 예감하지 않기란 불가능했습니다. 우리는 라오스인 농부가 발목에서 살아 움직이는 검은색 손가락 하나를 잡아당길 때까지 아무것도 모른 채 줄곧 그것들을 데리고 다녔습니다. 나는 내 다리를 빨아 먹은 작은 괴물을 떼어 내 치우면서 이런 식으로 내게 달라붙어 있는 것이 라나이기를 바라지 않을 수가 없었습니다. 깡마른 통신병은 베이스캠프에 무전을 쳤고, 머리가 희끗희끗한 대위가 제독에게 보고를 하는 동안 해병대원들은 대나무 줄기들을 덩굴 식물들로 한데 묶어 뗏목을 조립함으로써 다시 한번 자기들이 무엇인가에 쓸모가 있음을 입증했습니다. 네 사람이, 대나무로 만들어 임시 변통한 노를 저어 강을 건널 수 있었는데, 첫째 팀은 더 거무스름한 해병대원이 짊어진 밧줄을 뒤로 늘어뜨리며 가는 겁니다. 그 밧줄은 강 양쪽 나무에 각각 묶인 채로 더 거무스름한 해병대원이 뗏목을 타고 돌아올 때 그를 이끌어 줄 터였습니다. 우리를 모두 실어 나르는 데는 네 번의 이동이 필요했습니다. 첫째 팀이 자정 전에 출발했습니다. 더 거무스름한 해병대원과 몽족 정찰병, 건장한 기관총 사수, 그리고 거무스름한 해병대원이었습니다. 나머지는 위험에 훤히 노출된 강둑 위에 뿔뿔이 흩어져 야자수 잎 망토를 두르고 웅크린 다음, 강을 등지고 궁둥이를 대고 도사리고 앉아 있는 거대한 숲을 향해 각자 총기를 겨냥하고 있었습니다.

30분 쯤 후에, 더 거무스름한 해병대원이 뗏목과 함께 돌아왔습니다. 그와 함께 세 사람이 더 갔습니다. 라오스인 농부와 가장 거무스름한 해병대원과 철학적인 위생병이었지요. 위생병은 냉담한 중위의 무덤에서, 일종의 축복기도로서 이렇게 말한 바 있었습니다. 살아 있는 우리 모두는 죽어 가고 있습니다. 죽어 가고 있지 않은 유일한 자들은 죽은 자들뿐입니다. 거무스름한 해병대원이 말했습니다. 저게 도대체 무슨 소리야? 나는 그게 무슨 소리인지 알고 있었습니다. 내 어머니는 죽었기 때문에 죽어 가고 있지 않았습니다. 내 아버지도 역시 죽었기 때문에 죽어 가고 있지 않았습니다. 하지만 이 강둑에서 나는 죽어 가고 있었습니다. 왜냐하면 나는 아직 죽지 않았으니까요. 그럼, 우리는 뭐야? 소니와 무절제한 소령이 물었습니다. 죽어 가고 있어? 아니면 죽었어? 나는 몸서리를 쳤고, 숲의 어둠 속을 응시하며 길게 뻗은 내 무기를 노려보다가, 유령이 출몰하는 나무들 사이에서 다른 유령들의 형체를 보았습니다. 인간의 유령과 짐승의 유령, 식물의 유령과 곤충의 유령, 죽은 호랑이와 박쥐와 소철(蘇鐵)과 도깨비의 혼령, 그리고 사후세계에 대한 권리를 주장하며 들썩거리는 식물계와 동물계를요. 숲 전체가 죽음이라는 희극배우와 삶이라는 조연의, 다시 말해 절대 헤어지지 않을 2인조의 우스꽝스러운 짓으로 일렁거렸습니다. 산다는 것은 쇠락의 불가피성에 끊임없이 시달리는 것이고, 죽었다는 것은 살아 있었다는 기억에 계속 시달리는 것입니다.

어이, 자네 차례야. 머리가 희끗희끗한 대위가 화난 목소리로 낮게 말했습니다. 또 한 번의 30분이 지나가 버린 것이 분명했습니다. 뗏목이 더 거무스름한 해병대원에 의해 밧줄을 따라 잡아당겨지면서 다시 한번 강둑을 스치고 있었습니다. 나를 따라 강을 건널 준비를 마친 소니와 무절제한 소령과 함께 본과 내가 일어났습니다. 나는 그 강의 백색소음, 내 무릎의 통증, 내 품에 있던 무기의 무게를 기억합니다. 영원히 함께 데리고 다닐 소니나 무절제한 소령과는 달리, 불공평하게도 어머니는 돌아가신 후 아무리 간절하게 여러 번 소리쳐 불렀어도 어떤 식으로도 결코 나를 보러 오지 않았음을 기억합니다. 강둑에서 우리 중 어느 누구도 어떤 식으로든 인간처럼 보이지 않았음을 기억합니다. 야자수 잎 망토를 뒤집어 쓴 데다 얼굴을 검게 칠하고 광물계에서 뽑아낸 무기들을 꽉 움켜잡고 있었으니까요. 나는 머리가 희끗희끗한 대위가 불쑥 노를 내밀며 했던 말을 기억합니다. 자, 받아. 내 한쪽 귀 옆으로 갑자기 채찍 같은 것이 휙 지나가고 머리가 희끗희끗한 대위의 머리가 퍽 하며 부서져서 그 노란색 뇌수가 쏟아지기 바로 직전이었습니다. 축축하고 부드러운 무엇인가의 작은 조각 하나가 내 뺨에 내려앉았고 천둥 같은 시끄러운 소음이 강 양쪽에서 치솟았습니다. 총구 섬광들이 건너편에서 잔물결을 일으키며 일렁였고, 수류탄의 굉음이 하늘을 찌를 듯했습니다. 더 거무스름한 해병대원이 뗏목에서 한 발 내딛는 순간 로켓추진식 수류탄이 쉭 하고 내 옆을 지나가더니 뗏목에 떨어져, 쏟아지는 불꽃과 불티 속에 산산조각 내며, 해병대원을 강둑에 철썩거리던 얕은 물속으로 내동댕이쳐 버렸고, 그는 완전히 죽지는 않은 채 물속에 누워 비명을 질렀습니다.

엎드려, 멍청아! 본이 나를 땅바닥으로 끌어당겼습니다. 깡마른 통신병이 이미 강 이편에 있는 숲을 향해 대응 사격을 하는 중이어서, 그의 기관단총 소리가 고막을 거세게 두드려 대고 있었습니다. 나는 온갖 총기의 사격 음량과 머리 위로 지나가는 총알들의 속도를 느낄 수 있었습니다. 두려움이 내 심장이라는 풍선을 부풀렸고, 나는 땅바닥에 뺨을 바짝 댔습니다. 우리는 강둑의 내리막 경사면에 있었던 덕에 복수심에 불타는 숲속 유령들의 시계 아래쪽에 머무르면서 매복 기습에서 살아남을 수 있었습니다. 본이 말했습니다. 제기랄, 쏴. 살의를 품은 미치광이 같은 수십 마리의 반딧불들이 숲에서 단속적으로 깜박거렸습니다. 단, 그것들이 총구 섬광만 아니었다면 말이지만요. 총을 쏘려면 머리를 들어서 조준을 해야 했지만, 온갖 총소리가 시끄러웠고, 총알들이 땅바닥에 부딪치는 것을 느낄 수가 있었습니다. 제기랄, 쏘라고! 나는 무기를 들어 올려 숲을 향해 겨눴습니다. 방아쇠를 당기자 반동으로 총이 내 어깨에 부딪쳤습니다. 그 섬광이 어둠 속에서 너무 선명해서 우리를 죽이려고 안달복달하는 모든 사람이 이제 내가 어디에 있는지 정확하게 알게 되었지만, 할 수 있는 일은 계속해서 방아쇠를 당기는 것뿐이었습니다. 어깨가 총에 계속 부딪쳐서 아픈 데다 잠시 멈추고 탄창을 꺼내고 또 다른 탄창을 끼울 때는 귀까지 쑤셨습니다. 강 이편에서 우리가 벌이는 총격전과 맞은편의 무지막지한 분대들의 무력 충돌이 빚어내는 입체음향 효과에 시달린 탓이었습니다. 나는 금방이라도 본이 일어나서 자신과 함께 사격 중인 적을 향해 돌격하라고 지시할까 봐 두려웠습니다. 나는 내가 그렇게 할 수 없을 것임을 잘 알았습니다. 나는 죽음이 두려웠고, 삶을 사랑했습니다. 담배를 한 대 더 피우고, 술을 한 잔 더 마시고, 7초간의 외설적인 환희를 한 번 더 경험할 만큼 더 오래 살기를 갈망했습니다. 그리고 그다음에는 어쩌면 죽고 싶어졌을 수도 있지요. 아니, 십중팔구는 그렇지 않았을 겁니다.

갑작스럽게 그들이 총격을 멈추는 바람에, 어둠을 향해 마구 사격하는 것은 본과 나뿐이었습니다. 나는 비로소 깡마른 통신병이 더 이상 한몫하고 있지 않다는 것을 알아차렸습니다. 나는 다시 한번 총격을 멈추고, 달빛 아래서 아무 소리도 나지 않는 총 위로 고개를 떨구고 있는 그를 보았습니다. 본 혼자서 여전히 사격 중이었지만, 그도 마지막 탄창을 다 쓴 후에는, 멈췄습니다. 강 건너편의 총격전은 이미 끝났고, 맞은편에서 몇몇 남자들이 외국어로 고함을 지르고 있었습니다. 그때, 우리 쪽의 어둑어둑한 숲 깊숙한 곳에서 누군가가 우리말로 소리쳤습니다. 단념해라! 헛되이 죽지 마라! 북부 억양이었습니다.

목이 쉰 듯한 강물의 속삭임을 제외하고는 강둑의 모든 것이 고요했습니다. 아무도 비명을 지르며 어머니를 찾지 않았습니다. 내가 더 거무스름한 해병대원 역시 죽었음을 알게 된 것은 바로 그때였습니다. 나는 본을 향해 돌아섰다가, 달빛 아래서 그가 나를 쳐다볼 때 반짝거리는 눈물로 젖어 있는 눈 흰자위를 보았습니다. 본이 말했습니다. 이 멍청한 새끼야, 너만 없으면 난 여기서 죽어 버릴 텐데. 그는 내가 그를 알고 지낸 이래로 고작 세 번째 울고 있었습니다. 그의 아내와 아들이 죽었을 때처럼 종말론적인 격분에 휩싸이지도 않았고 그가 라나와 공유했던 슬픈 기분에 잠겨 있지도 않고 말없이, 패배한 채로요. 임무는 끝났고, 그는 살아 있었습니다. 얼마나 서툴렀든 혹은 우발적이었든, 내 은밀한 계획은 효과가 있었습니다. 나는 그때 그를 구하는 데 성공했습니다. 하지만 밝혀졌다시피, 겨우 죽음으로부터 구했을 뿐이었습니다.

19장

겨우 죽음으로부터? 한 손가락을 내 자술서의 마지막 말에 얹어 두고 있는 동안, 소장은 진짜로 마음을 다친 것처럼 보였다. 다른 쪽 손에는 파란 연필*이 들려 있었는데, 그 색깔을 선택한 것은 스탈린 역시 파란 연필을 사용했기 때문이었다. 아니, 그가 내게 그렇다고 말해 주었다. 스탈린과 마찬가지로 소장은 부지런한 편집자여서, 내 수많은 오자(誤字)와 여담을 언제든 지적할 준비를 하고 지우거나 삭제하거나 고쳐 쓰거나 첨언하라고 재촉했다. 내 수용소에서 보내는 삶이 죽음보다 못하다고 암시한 건 약간 신파조로군, 그렇게 생각하지 않나? 소장은 대나무 의자에 앉아 있는 동안 대단히 합리적인 것처럼 보였고, 잠시 동안은 내 대나무 의자에 앉은 나 역시 그가 대단히 합리적이라고 느꼈다. 하지만 이내 내가 고작 한 시간 전까지도 그 매

---

* 　전통적으로 편집자들이 원고를 수정, 삭제할 때 사용하는 연필을 말한다. 이 때문에 일반 명사로 '검열, 삭제, 수정'을 의미하기도 한다.

복 기습 이후로 지난해 동안 줄곧 지냈던 창문 하나 없는 붉은 벽돌 독방에 앉아 있었다는 것이 기억났다. 이때 소장 수중에 있던 최근에 고쳐 쓴 자술서를 포함해 수많은 형태로 자술서를 고쳐 쓰면서 말이다. 아마 동지의 관점이 내 관점과는 다른가 봅니다, 소장 동지. 내 목소리 울림에 익숙해지려 노력하며 내가 말했다. 나는 일주일이 넘도록 아무에게도 말을 걸지 못한 상태였다. 내가 말을 이어갔다. 나는 죄수이고 동지는 책임자입니다. 동지가 내게 동조하기는 어려울지도 모르고, 그 반대도 마찬가지입니다.

소장이 한숨을 쉬며 내 자술서의 마지막 장을 의자 옆 탁자에 잔뜩 쌓여 있는, 그 앞부분에 해당하는 다른 306페이지 위에 올려놓았다. 내가 몇 번이나 말해야 하지? 당신은 죄수가 아니야! 저 사람들이 죄수지. 그가 내 동료 생존자들인 라오스인 농부, 몽족 정찰병, 철학적인 위생병, 가장 거무스름한 해병대원, 거무스름한 해병대원, 그리고 본을 포함해 천여 명의 수감자들을 수용하는 막사들을 창밖으로 가리키며 말했다. 당신은 특별한 경우야. 그가 담배에 불을 붙였다. 당신은 나 자신과 정치위원의 손님이지.

손님들에게는 떠날 권리가 있지요, 소장 동지. 나는 그의 반응을 관찰하기 위해 말을 잠시 멈췄다. 그의 담배들 중 한 개비를 원했는데, 만일 내가 그를 화나게 하면 얻지 못할 터였다. 그렇지만 그날 그는 보기 드물게 기분이 좋았고 얼굴을 찡그리지도 않았다. 그는 도드라진 광대뼈와 오페라 가수 같은 섬세한 이목구비를 지녔고, 심지어 라오스의 동굴을 근거지로 투쟁한 10년간의 전투에도 고전적으로 잘생긴 얼굴은 망가지지 않았다. 때때로 그가 매력을 잃게 만드는 것은 침울한 모습, 그러니까 나 자신을 포함해 수용소 안의 다른 모든 사람들과 공유하던 영속적인 축축한 낙담의 고통이었다. 이것은 향수병에 걸린 군인들과 죄수들이 느끼는 슬픔, 절대 그치지 않고 흘러서 절대 마르지 않고 영원히 축축할 옷 속으로 계속 흡수되는 땀이었다. 내가 대나무 의자에 앉아 있는 내내 축축하게 젖어 있던 것과 꼭 마찬가지였다. 최소한 소장은 그에게 바람을 보내 주는 선풍기의 혜택을 누렸는데, 그것은 수용소 내에 고작 두 대뿐인 선풍기 중 한 대였다. 앳된 얼굴의 보초에 따르면, 나머지 선풍기는 정치위원의 숙소에 있었다.

어쩌면 '손님'보다는 '환자'가 더 알맞은 용어인지도 모르겠군. 소장이 다시 한번 수정하며 말했다. 당신은 낯선 땅들을 여행했고, 몇몇 위험한 사상을 접했어. 전염성이 있는 사상을 그런 것에 익숙하지 않은 나라로 끌어들이게 내버려 둬서는 안 되는 법이지. 외국의 사상으로부터 오랫동안 단절되어 있는 인민들을 생각해 봐. 무방비로 노출되면 그런 사상에 대비되어 있지 않은 정신에는 진짜 재앙을 초래할 수도 있어. 당신이 우리 입장에서 상황을 본다면, 우리가 당신을 치료할 때까지 억류할 필요가 있음을 알 수 있을 거야. 설령 당신 같은 혁명가가 계속 그런 환경에 처해 있는 걸 보면 우리 마음이 아프다고 해도.

나는 그의 입장을 알 수 있었다. 조금 힘들기는 했지만. 평생 동안 의심을 감당해야 했던 나 같은 부류의 사람에게 의심을 품는 이유들이 있기 마련이었다. 하지만 고작 하루에 한 시간 창백한 얼굴로 시린 눈을 깜박거리며 운동을 하러 나가는 것만 허용되는 독방에서 1년을 보내고도 부당하다고 여기지 않기는 여전히 힘들었다. 매주 그가 자술서를 비판하고 결국 내가 자아비판을 하게 되는 이 시간마다 그에게 알렸다시피 말이다. 내가 그에게 상기시켰던 것들을 그 역시 염두에 두고 있었던 게 분명했다. 왜냐하면 내가 입을 열어 다시 말하려고 했을 때, 그가 이렇게 말했기 때문이다. 당신이 무슨 말을 하려는지 알아. 내가 줄곧 당신에게 말했듯이, 당신의 자술서가(그것에 대한 우리의 해석과 내가 정치위원 동지에게 제출할 이 자아비판 시간에 대한 보고서들에 입각하여) 만족스러운 상태에 이르면, 당신은 재교육의 다음 단계로, 그러니까 우리 희망대로라면 마지막 단계로 넘어가게 될 거야. 간단히 말하면, 정치위원 동지는 당신이 치료 받을 준비가 됐다고 믿고 있어.

그분이요? 나는 아직 그 얼굴 없는 남자를, 일명 정치위원을 만난 적조차 없었다. 죄수들 중 누구라도 마찬가지였다. 그들은 오직 주 1회 그의 강연 때만, 모든 죄수들이 정치 강연을 위해 집합하는 회당의 연단 위에 놓인 탁자 안쪽에 앉아 있는 그의 모습을 보았을 뿐이다. 나는 그곳에서조차 그를 보지 못했다. 왜냐하면 소장에 따르면, 이런 강연은 철저한 반동분자들, 즉 수십 년에 걸친 이념적 침투로 인해 세뇌 당한 꼭두각시들을 위해 고안된 초등학교 교육이나 마찬가지일 뿐이었으니까. 그 얼굴 없는 남자가 이런 단순한 학습에서는 나를 면제해 주기로 결정했다. 대신 나는 글을 쓰면서 곰곰이 반성하는 것을 빼고는 일체의 부담을 지지 않아도 되는 특권을 누렸다. 나는 운동용 울 안에서 위를 쳐다보다가 드물게 자기 대나무 숙소의 발코니에 나와 있는 정치위원을 언뜻 보았을 뿐이다. 그 숙소는 수용소를 굽어보는 두 개의 언덕들 가운데 더 큰 쪽 꼭대기에 있었다. 두 언덕의 기슭에는 나처럼 특별한 경우에 대비한 외딴 방들과 더불어, 주방, 식당, 무기고, 임시 변소용 구덩이들, 창고 같은 보초들의 숙소가 있었다. 가시철조망 울타리가 보초들이 머무는 이런 안쪽과 패배한 정권의 전직 군인, 공안경찰, 혹은 공무원이었던 수감자들이 서서히 무너져 가는 바깥쪽으로 수용소를 분리했다. 이런 울타리에 나 있는 출입문들 중 한 곳 바로 안쪽에 가족 방문을 위한 대형 가건물이 있었다. 포로들은 살아남기 위해 감정적으로 선인장이 되어 버렸지만, 그들의 아내와 아이들은 남편과 아버지의 모습에 반드시 눈물을 흘렸다. 가장 가까운 도시에서 오는 길 조차도 기차와 버스와 모터바이크를 갈아타야 하는 몹시 고된 여정인 탓에 기껏해야 일 년에 두어 번 보는 게 다였기 때문이다. 그 대형 가건물 너머에는 바깥쪽 수용소가 우리를 둘러싼 황량한 평야의 불모지에서 분리되어 있었고, 그 울타리는 차양용 헬멧 모자를 쓴 보초들이 쌍안경으로 여성 방문객들을 감시할 수 있는, 아니, 죄수들에 따르면 재미로 삼을 수 있는 감시탑들로 경계가 표시되고 있었다. 높은 곳에 위치한 소장의 테라스에서는 이런 관음증 환자들뿐 아니라 수용소를 둘러싸고 있는 곳곳에 큰 구덩이가 있는 평야와 앙상한 나무들까지, 다시 말해 돌풍처럼 휘몰아친 까마귀들과 급류처럼 쏟아져 나온 박쥐들이 불길한 검은색

대형으로 솟구쳐 오르는 이쑤시개 같은 나무들의 숲까지도 보였다. 나는 그의 숙소에 들어가기 전에 언제나 테라스에 멈춰 서서, 잠시 동안 독방에 있을 때는 허락되지 않는 경치를 음미했다. 만일 내가 아직도 치유되지 않았다면, 그 독방에서 열대의 태양에 뜨겁게 타들어갔을 게 뻔했다.

소장이 말했다. 당신은 방문이 지속되는 시간에 대해 지금껏 자주 불평을 했지. 하지만 당신 자술서는 치유에 꼭 필요한 준비 작업이야. 당신이 이 자술서, 그것도 내가 보기에 썩 만족스럽지도 않은 이것을 쓰는 데 1년이나 걸린 것은 내 잘못이 아니야. 당신을 제외한 모든 사람들이 꼭두각시 군인, 제국주의자의 하인, 세뇌 당한 앞잡이, 식민화된 매판(買辦) 자본가, 혹은 신뢰를 배반한 심복이었음을 자백했지. 당신이 내 지적 능력을 어떻게 생각하든 간에, 나는 그들이 내가 듣고 싶어 하는 말을 해 주는 데 불과하다는 것을 잘 알아. 반면에 당신은 내가 듣고 싶어 하는 말을 해 주려 하지 않지. 그렇게 하면 당신이 아주 똑똑해지나? 아니면 아주 멍청해지기라도 하나?

나는 여전히 약간 어질어질했고, 대나무 마룻바닥이 대나무 의자 아래에서 흔들리는 듯했다. 비좁고 갑갑한 독방에 있다가 밝고 넓은 곳에 다시 적응하는 데는 언제나 최소한 한 시간은 걸렸다. 나는 몸에 두른 너덜너덜해진 외투 같은 내 재치를 단단히 여미며 말했다. 글쎄요, 돌이켜 보지 않는 삶은 살 가치가 없다고 믿습니다.* 그래서

---

*   소크라테스의 명언.

내 삶을 돌이켜 볼 기회를 주신 소장 동지께 감사드립니다. 그가 찬성한다는 듯 고개를 끄덕였다. 내가 말했다. 다른 어떤 사람도 내가 누리는 것처럼 단순히 정신적인 삶에 대해 글을 쓰며 살아가는 사치를 누리지는 못합니다. 독방에서 내 몸에서 떨어져 나간 다음 거미줄 쳐진 구석으로 가서 내게 말을 걸었던, 버려졌던 내 목소리가 돌아와 있었다. 나는 어떤 면에서는 똑똑하고, 다른 면에서는 멍청합니다. 예를 들어, 나는 소장 동지의 비판과 편집상의 제안들을 받아들일 만큼은 똑똑하지만, 거듭 쓴 수많은 원고에도 불구하고 어째서 지금껏 내 자술서가 소장님의 높은 기준에 미치지 못했는지를 이해하기에는 너무 멍청합니다.

소장은 눈이 두 배나 더 커 보이게 하는 안경을 통해 나를 주시했는데, 그의 형편없는 시력은 10년 동안 동굴의 어둠 속에서 살았던 데서 비롯된 만성 질환의 일종이었다. 그가 말했다. 만일 당신의 자술서가 조금이라도 만족스럽기만 하다면, 정치위원 동지는 당신이 그가 구술시험이라고 부르는 단계를 밟게 하겠지. 하지만 그가 말하는 필기시험의 답안이 나한테는 도무지 진정한 자술서처럼 보이지 않아.

내가 많은 것들을 자백하지 않았던가요, 소장님?

아마, 내용면에서는. 하지만 표현 방식에 있어서는 아니야. 자술서는 내용만큼이나 표현 방식이 중요하지. 홍위병*들이 우리에게 증명

*   중국 문화혁명(1966~1976)의 일환으로 군대에 준하는 조직을 구성해 투쟁한 대학생 및 고교생 집단.

했듯이 말이야. 우리가 요구하는 것은 정해진 형식으로 글을 쓰는 정도에 불과해. 담배 피우겠나?

나는 안도감을 감추고 그저 무심한 듯 고개만 끄덕였다. 소장이 재빨리 담배를 내 터진 입술들 사이에 집어넣은 다음, 자기 마음대로 착복해 버린 내 라이터로 불을 붙여 주었다. 나는 담배 연기를 산소처럼 들이마셨고, 연기가 폐의 주름들 속으로 주입되자 손 떨림이 진정되었다. 심지어 이 마지막 수정 원고에서도 당신은 '호 아저씨'를 고작 한 번만 인용할 뿐이지. 이것은 당신 자술서에 존재하는, 당신이 모국의 전통보다 외국의 지식인들을 선호한다는 많은 징후들 가운데 하나에 불과해. 왜 그러는 거지?

내가 서구에 오염되었다는 건가요?

바로 그거야. 그걸 인정하기가 그렇게 힘들지는 않았지, 안 그래? 그렇다면, 우습군. 어째서 그걸 글로 표현하지 못하는지가. 물론 당신이 왜 『강철은 어떻게 단련되었는가』*나 『임해설원(林海雪原)』**을 인용하지 않았는지는 이해할 수 있어. 당신은 그 작품들을 접해 보지 못했을 테지. 북부 출신의 나와 같은 세대 사람들은 모두 그 책들을 읽었지만 말이야. 하지만 우리의 가장 위대한 혁명 시인인 또 흐우조차 언급하지 않는다고? 대신에 팜 두이와 비틀스의 황색음악***은 사

*　구(舊) 소련 작가 니콜라이 오스트롭스키의 혁명 소설.
**　중국 작가 곡파(曲波)의 작품. 2차 세계 대전 직후 제2차 국공 내전을 배경으로 한다.
***　성적 암시가 있는 지속한 음악. 본래는 20세기 초반 중국 공산당이 초창기 중국 팝음악을 비롯한 서구의 팝음악들을 성적으로 음란한 음악으

례로 언급하기까지 하면서? 실은 정치위원 동지한테는 '연구 목적'으로 수집해 간직하고 있는 황색음악의 음반들이 있어. 내게도 들어 보라고 권했지만, 사양했지. 내가 왜 그런 방종에 오염이 되고 싶겠나? 당신이 논하는 노래들과 또 흐우의 「그 이후에」를 대조해 봐. 내가 고등학교 시절에 읽었던 시지. 그는 "진리의 태양이 내 마음을 비춘" 방식에 대해 이야기하는데, 정확히 바로 그것이 내게 미친 혁명의 영향에 대해 내가 느낀 방식이었어. 보병 훈련 때문에 중국에 갈 때 그의 책 한 권을 가지고 갔는데, 훈련을 견뎌내는 데 도움이 됐지. 나는 진리의 태양이 당신 또한 비춰 주기를 바라. 자, 그의 시들 중에 부자의 아이와 종의 아이에 관한 또 다른 시가 생각나는군. 소장은 눈을 감고, 한 연(聯)을 암송했다.

한 아이가 풍족한 삶을 사네
서양에서 만든 넘치게 많은 장난감들을 가지고
반면 다른 한 아이는 구경꾼이라네
멀리서 잠자코 지켜만 볼 뿐

그가 눈을 떴다. 언급할 가치가 있지, 안 그런가?
내게 그 책을 준다면, 읽어 보겠습니다. 나는 1년 동안 나 자신의 글을 제외하고는 아무것도 읽지 못했기 때문에 이렇게 말했다. 소장

로 규정하면서 사용되기 시작한 용어로, 중국에서 '황색'이 외설물이나 섹스와 결부되는데서 비롯된 것이었다.

538

은 고개를 가로저었다. 다음 단계에서 당신은 아무것도 읽을 거를이 없을 거야. 하지만 더 잘 읽힐 글을 쓰기 위해 책이 필요했을 뿐이라고 암시하는 것은 결코 좋은 변명이 아닌 것 같군. '호 아저씨'나 혁명 시인을 인용하지 않은 것이 한 가지 문제이긴 하지만, 심지어 민간 속담이나 격언도 인용하지 않았잖아? 이봐, 당신이 남부 출신일지는 몰라도 —

나는 북부에서 태어나 그곳에서 9년 동안 살았습니다, 소장님.

당신은 남쪽을 선택했어. 아무튼, 당신은 북부 사람인 나와 공통의 문화를 호흡하지. 그렇지만 당신은 그 문화에서 인용하려 하지 않을 거야. 심지어 이런 것조차도.

아버지의 은공은 태산만큼 크다

어머니의 은덕은 원천에서 솟아나는 샘물만큼 한이 없다

자식이 뜻한 바를 성취할 수 있으려면

진실로 어머니를 숭배하고 아버지를 공경해야 한다

당신은 학교에서 이 정도로 기본적인 것들도 배우지 않았나?

내가 말했다. 어머니께서 가르치셨습니다. 하여튼 나는 자술서에서 어머니에 대한 내 숭배와 아버지가 공경 받지 못하는 이유를 분명히 드러내 보였습니다.

당신 어머니와 아버지의 관계는 참으로 유감이야. 당신은 내가 몰인정하다고 생각할지 모르지만 나는 그렇지는 않아. 당신의 저주 받은 운명을 고려해 볼 때, 나는 당신의 상황을 검토하면서 당신에게 큰 연민을 느껴. 원천이 더럽혀져 있다면 그 아이가 어떻게 뜻한 바를 성취할 수 있겠어? 그렇지만 나는 서양 문화가 아니라, 우리 고유의 문화가 당신의 힘든 상황에 대해 중요한 것을 알려 준다고 생각하지 않을 수가 없어. "재능과 운명은 반목하는 경향이 있다." 응우옌주*의 말이 당신한테 해당된다고 생각하지 않나? 당신의 재능은, 당신 말대로, 두 측면에서 보는 것이지만, 당신의 운명은 '잡종 새끼'가 되는 것이지. 만사를 한쪽에서만 본다면 당신 처지는 나아질 거야. '잡종 새끼'를 위한 유일한 치유법은 한쪽을 택하는 것이거든.

소장 동지가 옳습니다. 나는 이렇게 말했고, 어쩌면 정말 그럴지도 몰랐다. 내가 말을 이어갔다. 하지만 행해야 할 올바른 일을 아는 것보다 더 어려운 단 한 가지는 그 올바른 일을 실제로 행하는 것입니다.

동의하네. 내가 당혹스러운 것은 당신이 직접 만나면 더할 나위 없이 합리적인데, 지면상으로는 반항적이라는 거야. 소장은 재활용된 탄산음료 병에서 자신이 마실, 걸러 내지 않은 미주 한 잔을 따랐다. 마시고 싶나? 비록 술에 대해 남성적으로 발기된 욕구가 내 목구멍 안쪽을 쾅 하고 들이받기는 했지만, 나는 고개를 가로저었다. 내가 갈라진 목소리로 말했다. 차를 주십시오. 소장은 내게 미적지근하고 연한 색깔의 물을 한 잔 따라 주었다. 처음 몇 주 동안 당신을 지켜보는 일은 상당히 고약했지. 당신은 발광한 미치광이였어. 격리가 당신

---

*   16세기 베트남의 유명 문인이자 관리.

한테는 도움이 됐지. 이제는 최소한 몸은 정화됐어.

만일 증류주가 나한테 그렇게 나쁜 거라면, 소장님은 왜 마시는 겁니까?

당신과 달리 나는 지나치게 마시지 않아. 전쟁 내내 자제심을 길렀지. 동굴에서 살면 자신의 전 인생을 다시 생각해 보게 되지. 배설물 처리 같은 것까지도. 그런 걸 생각해 본 적이 있나?

가끔.

비꼬는 게 느껴지는군. 수용소의 편의 시설과 당신 방에 아직도 만족하지 못하나? 이건 내가 라오스에서 겪었던 것에 비하면 아무것도 아니야. 그래서 우리 손님들 중 일부가 비참해하는 게 당황스러워. 당신은 내가 당황한 척하고 있다고 생각하지만, 아니야. 난 정말 놀랐어. 우리는 그들을 상자에 넣어 땅속에 처박아 두지 않았어. 그들의 다리가 앙상해지도록 족쇄를 채우지도 않았어. 머리에 석회를 붓거나 피투성이가 되도록 두들겨 패지도 않았어. 대신에 자신들이 먹을 식량을 경작하고, 자신들의 집을 짓고, 신선한 공기를 마시고, 햇빛을 보고, 이 시골을 탈바꿈시키는 일을 하게 했어. 우리 방식과 그들의 미국인 협력자들이 이곳을 오염시킨 방식을 비교해 봐. 나무 한 그루 없지. 아무것도 자라지 않아. 무고한 사람들을 죽이고 불구로 만들 불발탄과 지뢰들은 있지. 이곳은 한때 아름다운 시골이었어. 이제는 한낱 황무지일 따름이지. 우리 손님들과 이런 비교를 해 보려고 얘기를 꺼내 보지만, 그들이 내게 동의할 때조차도 눈에서 불신을 보게 돼. 당신은 최소한 내게 솔직하게 얘기하지. 솔직히 말해서, 그것이 가장 유익한 전략은 아닐 수도 있지만 말이야.

나는 지금껏 혁명을 위해 지하에서 숨어 살았습니다, 소장님. 혁명이 내게 허락해 줄 수 있는 가장 하찮은 것이 있다면, 지상에서 합법적으로 살면서 내가 한 일에 전적으로 솔직해질 수 있는 권리입니다. 최소한 소장님이 다시 한번 나를 지하로 밀어 넣기 전에요.

또 시작이군, 공연히 반항하고 있어. 우리가 불안정한 시대에 살고 있는 걸 모르겠나? 혁명이 조국을 재건하는 데는 수십 년이 걸릴 거야. 이와 같은 시기에 전적으로 솔직하다고 해서 반드시 높이 평가받는 것은 아니야. 자, 그래서 나는 이걸 여기 보관하고 있지. 그가 삼베에 덮인 채, 대나무 장식장에 놓인 병을 가리켰다. 이미 내게 몇 번이나 보여주었다. 한 번만 보여 줘도 충분하고 남지만 말이다. 그런데도, 그는 몸을 숙이고 병에서 천을 스르르 풀었고, 나는 만일 세상에 정의라는 게 조금이라도 있다면 루브르나 서양 사람들의 업적을 전문으로 하는 위대한 박물관들에 전시되어 있어야 할 전시품으로 눈을 돌리는 것 말고는 할 수 있는 일이 없었다. 포름알데히드 속에 떠 있는 것은 우주 공간이나 가장 깊고 가장 기묘한 심해에서 생겨났을 것처럼 보이는 녹색이 감도는 괴물이었다. 미국인 프랑켄슈타인이 발명한 화학적 고엽제로 인해 몸은 하나지만 머리는 둘이고, 눈 넷은 감겨 있지만 입 둘은 지능이 모자란 듯 변함없이 딱 벌린 채 맨몸으로 피클처럼 절여져 있는 이런 아기가 생겨났다. 두 얼굴은 서로 다른 방향을 향하고, 두 손은 가슴 부근에서 옹송그렸고, 두 다리는 활짝 벌려 삶은 땅콩 같은 수컷의 성징이 드러나 있었다.

아이 어머니가 느꼈을 기분을 상상해 봐. 소장이 한 손가락으로 술잔을 톡톡 두드렸다. 아니면 아이 아버지나. 그 날카로운 목소리를 상상해 봐. 저게 도대체 뭐야? 그는 고개를 절레절레 흔들며 멀건 우유 같은 색깔의 미주를 마셨다. 나는 입술을 핥았고, 건조한 혓바닥이 찢어지기 쉬운 입술을 긁는 소리가 내 귀에는 크게 들렸지만, 소장은 전혀 알아채지 못했다. 그가 말했다. 우리는 이 죄수들을 모조리 그냥 쏴 죽일 수도 있었어. 예를 들면, 당신 친구 본도. 피닉스 프로그램의 암살범은 마땅히 총살 집행 부대 앞에 설 만하지. 당신이 그러듯 그를 보호하고 너그럽게 봐주는 것은 당신의 성격과 판단력에 대한 평가에 좋지 않은 영향을 미쳐. 하지만 정치위원 동지는 인정이 많아서 어떤 사람이라도 갱생할 수 있다고 믿어. 그들과 그들의 미국인 주인들이 원하는 사람은 누구든 다 죽였을 때조차도. 미국인들이나 그들의 꼭두각시들과는 대조적으로, 우리의 혁명은 그들에게 노동을 통한 구원의 기회를 제공하는 아량을 베풀었지. 소위 지도자라던 이 많은 사람들은 농장에서 단 하루도 일해 본 적이 없었지. 소작농의 삶에 대해 아무것도 모르면서 어떻게 농촌 사회를 이끌어 갈 수 있다는 거지? 병에 천을 다시 씌우는 수고 따위는 하지도 않은 채, 그가 자기 잔에 한 잔 더 따랐다. 일부 죄수들이 어째서 자기들이 제대로 못 먹고 있다고 생각하는지를 설명하는 유일한 표현은 이해력 부족이라고 하는 것이야. 물론 나는 그들이 고통 받고 있다는 걸 알아. 하지만 우리 모두가 고통 받았지. 우리 모두 여전히 고통을 겪어야 하고. 이 나라는 치유되고 있는 중이고, 그건 전쟁 자체보다도 더 오래 걸려. 하지만 이 죄수들은 오로지 자신들이 겪는 고통에만 신경을 써. 그들은 우리 편이 겪었던 일을 모르는 체하지. 나는 그들이 전쟁 기간 중의 혁명군보다 더 많은, 피난민 수용소에 들어갈 수밖에 없었던 소작농들보다 더 많은 하루 열량을 섭취하고 있음을 이해시킬 수가 없어. 그들은 자신들이 여기에서 재교육을 받는 게 아니라, 부당하게 괴롭힘을 당하고 있다고 믿어. 이런 아집은 그들에게 아직도 얼마나 많은 재교육이 필요한지를 보여 주지. 당신은 비록 반항적이기는 해도, 그들보다는 훨씬 앞서 있지. 이 점에서는 당신의 재교육 상태에 대한 정치위원 동지의 의견에 동의해. 일전에 그와 당신에 대해서 이야기를 좀 했지. 그는 당신에게 놀라울 정도로 관대해. 심지어 얼굴 없는 남자라고 불리는 것에도 이의를 제기하지 않았어. 그래, 나는 당신이 그를 조롱하는 게 아니라, 단순히 명백한 사실을 진술하려는 것일 뿐임을 이해해. 하지만 그는 자신의…… 상태에 더없이 민감하거든. 당신이라면 안 그렇겠어? 위원 동지가 오늘 저녁에 당신을 만나고 싶어 해. 그건 굉장한 영예야. 지금껏 어떤 죄수도 그를 직접 만난 적은 없었어. 당신이 죄수라는 것은 아니지만 말이야. 위원 동지는 당신과 몇 가지 쟁점을 명확히 하고 싶어 해.

내가 말했다. 어떤 쟁점들을요? 우리 둘 다 내 원고를 쳐다보았다. 여러 장의 원고가 대나무 탁자 위에 단정하게 포개진 채, 작은 돌멩이에 눌려 고정되어 있었다. 307페이지 모두 기름 한 컵에 둥둥 뜬 심지 하나의 불빛에 의지해 쓴 것이었다. 소장이 가운뎃손가락으로 원고를 톡톡 쳤는데, 그 끝은 잘려 있었다. 그가 말했다. 어떤 쟁점들이냐고? 어디서부터 시작할까? 아, 저녁 식사로군. 보초가 내나무 쟁반을 들고 문 앞에 있었다. 병든 것같이 피부가 노란색 소년이었다. 보초늘이든 포로들이든, 수용소 남자들 대부분은 피부가 이런 색조의 노란색이거나, 아니면 병들고 썩은 듯한 초록색이거나, 아니면 병들어 죽은 사람 같은 회색이었는데, 이것은 열대성 질병과 재앙을 초래하는 식단에서 비롯된 색깔들이었다. 소장이 말했다. 그건 뭐지? 산비둘기 구이, 카사바 수프, 양배추 볶음, 그리고 밥입니다, 소장님. 평상시 내 식량이 삶은 카사바였기 때문에, 산비둘기 구이의 뒷다리살과 가슴살에 군침이 흘렀다. 굶어 죽을 것 같은 때조차도 카사바는 목구멍으로 억지로 넘겨야만 했는데, 그것은 위벽에 딱 달라붙은 채소화시키려는 내 시도를 비웃었다. 카사바를 주식으로 연명하는 것은 요리의 측면에서 불쾌할 뿐 아니라, 위장병의 관점에서도 전혀 즐겁지 않았고, 고통스러울 만큼 단단한 벽돌이나 아니면 정반대로 몹시 폭발하기 쉬운 액체라는 결과물로 이어져, 결국 흥분한 피라냐 같은 항문이 언제나 제 엉덩이를 물어뜯곤 했다. 나는 보초가 08시에 그런 용도로 준비되어 있는 탄약통을 가지러 오리란 사실을 알고 있었기 때문에, 배변 시간을 맞추려고 필사적으로 노력했다. 하지만 뒤엉킨 소방 호스 같은 내 장은 제멋대로 분출했고, 그것도 보초가 비운 깡통을 가지고 돌아온 직후에 그랬다. 그러고 나면 액체든 고체든 그것은 거의 하룻밤, 하룻낮 동안 발효가 되었고, 몹시 불쾌한 혼합물로 인해 탄약통이 녹이 슬고 구멍이 났다. 하지만 앳된 얼굴의 내방 보초가 내게 말했듯이, 내게 불평할 권리는 전혀 없었다. 내 방 철문에 난 구멍으로 나를 응시하며 그가 말했다. 아무도 내 똥을 매일 치워 주지 않아. 하지만 당신은 지극 정성으로 시중을 받고 있지. 당신 엉덩이를 닦아 줄 사람이 부족하기는 해도. 거기에 대해서는 뭐라고 할 건데?

감사합니다, 선생님. 나는 보초들을 '동지'라고 부를 수는 없었다. 소장이 내 이력이 새지 않도록, 그것을 비밀로 하라고 요구했기 때문이었다. 일찍이 소장이 내게 말했다. 위원 동지가 당신을 지켜 주기 위해서 이런 지시를 내렸어. 수감자들이 당신 비밀을 알게 되면 당신을 죽일 거야. 내 비밀을 아는 사람들은 정치위원과 소장뿐이었고, 나는 그때껏 소장에 대해 고양이처럼 음흉하게 의존과 적의라는 두 가지 감정을 모두 키워왔다. 그는 자신의 파란 연필을 거듭 놀리면서 내가 자술서를 고쳐 쓰게 만드는 장본인이었다. 하지만 나는 도대체 무엇을 자백하고 있었던 걸까? 나는 잘못한 것이 전혀 없었다. 서구화되었다는 것만 제외하면 말이다. 그럼에도 소장이 옳았다. 나는 반항적이었다. 그가 원하는 대로 써 주고 달갑지 않은 체류 기간을 단축할 수도 있었음을 생각해 보면 말이다. 당과 공화국이 영원하기를. 호찌민의 찬란한 본보기를 따르라. 아름답고 완벽한 사회를 건설하자! 나는 이런 구호들이 옳다고 믿었지만, 차마 그걸 적을 수는 없었다. 내가 서구에 오염되었다고 말을 할 수는 있었지만 그걸 종이에 적어 넣을 수는 없었다. 상투적인 문구를 종이에 적어 두는 것은 사람을 죽이는 것만큼이나 큰 범죄인 것 같았다. 사람을 죽인 일에 대해 적은 것은 사실 자백이라기보다는 일종의 사실 인정이었다. 왜냐하면 소니와 무절제한 소령을 죽인 것은 소장의 눈에는 범죄가 아니었으니까. 그렇기는 하지만 어떤 사람들은 범죄라고 여길 수도 있는 행위를 했음을 인정했기 때문에, 그걸 서술함으로써 사태를 더 심각하게 만들 수는 없었다.

저녁을 먹는 동안 내게 다시 이야기하기 시작했을 때, 적절한 자백 방식에 대한 나의 저항으로 인해 그는 분통을 터뜨렸다. 그가 말했다. 당신들 남부인들은 지나치게 오랫동안 지나치게 운이 좋았어. 당신들은 비프스테이크를 먹는 걸 당연시했지. 반면 우리 북부인들은 굶어 죽을 만큼의 배급량으로 먹고 살았고. 우리한테서는 지방과 부르주아적인 성향이 깨끗이 씻겨 나갔지만, 당신은 아무리 여러 번 다시 자술서를 썼어도 그런 성향을 없애지 못해. 당신의 자술서는 도덕적인 약점들과 개인적인 이기심과 기독교의 미신으로 가득 차 있어. 당신한테서는 공동체 의식도, 역사라는 학문에 대한 믿음도 전혀 드러나지 않아. 당신은 국가를 구하고 인민에게 봉사하기 위해 자신을 희생하려는 욕구를 전혀 보여 주지 않아. 다시 한번 흐우의 시 한 수가 이 시점에 어울리겠군.

나는 수많은 가정의 아들
수많은 생기 없는 생명들의 남동생
수많은 어린 아이들의 형이다
집도 없고 끊임없이 굶주리며 살아가는 그들의

또 흐우에 비하면, 당신은 명목상의 공산주의자에 불과해. 실제로는, 당신은 부르주아 지식인이야. 당신을 비난하는 건 아니야. 자신의 계급과 출신에서 벗어나기는 어려운 법이고, 당신은 그 두 가지 면에서 모두 더럽혀져 있으니까. 당신은 자기 자신을 개조해야만 해. 호 아저씨와 마오 주석이 부르주아 지식인들은 그렇게 해야만 한다고 말했던 대로. 좋은 소식은 당신에게서 공동체적 혁명 의식의 기미가 조금이나마 보인다는 거야. 나쁜 소식은 당신의 언어가 본래의 당신을 배신한다는 것이지. 당신 언어는 명확하지 않고, 간결하지 않고, 직설적이지 않고, 단순하지가 않아. 그건 엘리트의 언어야. 당신은 일반 민중을 위해 글을 써야만 해!

내가 말했다. 정확하게 말씀하셨습니다, 소장님. 산비둘기와 카사바 수프가 위에서 이미 분해되기 시작해서, 그 영양분으로 내 두뇌가 활성화됐다. 카를 마르크스에 대해서 뭐라고 하실지가 좀 궁금합니다, 소장 동지. 『자본론』은 엄밀하게는 일반 민중을 위해 쓰인 것이 아닙니다.

마르크스가 일반 민중을 위해 쓰지 않았다고? 갑작스럽게 소장의 확대되어 보이는 홍채를 통해서 그가 살았던 캄캄한 동굴이 보였다. 꺼져 버려! 당신이 얼마나 부르주아적인지 알겠어? 혁명가는 마르크스 앞에서 공손한 태도를 취하는 법이야. 오로지 부르주아만이 자신을 마르크스와 비교해. 하지만 그가 당신의 엘리트 의식과 서구적 성향을 처리해 줄 테니 안심해도 돼. 그는 당신 재교육의 마지막 단계를 직접 감독할 최신식 시험실을 만들어 놨어. 그 단계에서 당신은 다시 한번 미국인에서 베트남인으로 변모하게 되겠지.

내가 말했다. 저는 미국인이 아닙니다, 소장님. 만일 내 자술서에서 무언가 드러난 게 있다면, 그건 내가 반미주의자라는 점 아닙니까? 내가 무엇인가 충격적일 만큼 재미있는 말을 한 게 틀림없었다. 그가 정말로 웃음을 터뜨렸던 걸 보면 말이다. 그가 말했다. 반미주의자에는 이미 미국이라는 단어가 포함돼 있어. 미국인들한테는 반미주의자가 필요하다는 걸 모르겠나? 증오 받느니 사랑 받는 게 낫지만, 마찬가지로 무시 당하는 것보다는 증오 받는 쪽이 훨씬 나은 법이야. 반미주의자라는 것은 오로지 당신을 반동분자로 만들 뿐이야. 미국인들을 물리쳤기 때문에 우린 더 이상 자신을 반미주의자로 규정하지 않아. 우리는 그야말로 100퍼센트 베트남인이야. 당신 역시 그렇게 되려고 노력해야 해.

삼가 말씀드리지만, 소장님, 우리 동포들 대부분은 나를 그들 중 하나로 생각하지 않습니다.

그러니까 더더욱 당신이 우리 중 하나임을 입증하기 위해 더 열심히 노력해야지. 당신은 최소한 가끔씩은 자신을 우리 중 하나라고 생각하는 게 분명해. 그러니 진전을 보이고 있는 거지. 식사를 마친 것 같군. 산비둘기 어땠나? 나는 그것이 맛있었다고 인정했다. 내가 "산비둘기"가 그저 완곡한 표현일 뿐이라고 말한다면 어떨까? 내가 내 접시에 쌓인 한 무더기의 작은 뼈들을, 살점에 힘줄까지 발라서 뼈들을 다시 한번 쳐다보는 동안 그가 나를 주의 깊게 관찰했다. 그게 무엇이었든 상관없이 아직도 한 접시 더 먹기를 간절히 원했다. 그가 말했다. 어떤 사람들은 이걸 쥐라고 부르지만, 나는 '들쥐'라는 명칭을 더 좋아해. 하지만 그건 별로 중요하지 않아, 그렇지? 고기는 고기이고, 우리는 우리가 먹어야만 하는 것을 먹는 거야. 내가 우리 대대 의사의 뇌를 먹고 있는 개를 본 적이 있다는 걸 아나? 웩. 난 그 개를 비난하지 않아. 녀석은 동료 개가 그 남자의 내장을 이미 먹어 치웠기 때문에 뇌를 먹고 있었을 뿐이거든. 이런 것들이 전쟁터에서 보게 되는 종류의 일들이지. 하지만 부하들을 모두 잃은 것은 그만한 가치가 있었어. 저 하늘의 해적들*이 우리에게 투하했던 모든 폭탄들이 죄다 우리 고국에 투하된 것은 아니었어. 우리가 라오스인들을 해방시켰다고 말할 필요조차 없지. 그것이 혁명가들이 하는 일이야. 우리는 다른 사람들을 구하기 위해 자신을 희생하지.

맞습니다, 소장 동지.

심각한 얘기는 이 정도로 됐어. 그는 삼베 덮개를 던져 피클처럼 절여져 있는 아기를 다시 가렸다. 난 그저 당신이 재교육의 필기시험 단계를 마친 것에 대해 직접 축하 인사를 하고 싶었을 뿐이야. 내가 보기에 아무리 아슬아슬하게 마친 거라고 해도. 당신은 자신이 얼마나 멀리까지 왔는지 알고 기뻐해야 해. 설사 당신 자술서에 너무나 명백하게 드러난 한계들에 대해 스스로 비판해야 한다고 해도 말이야. 당신만큼 우수한 학생이라면, 그래도 아직은 혁명이 요구하는 대로 변증법적 유물론자가 될 수 있을지도 몰라. 이제, 정치위원 동지를

* 베트남 전쟁 동안 북베트남이 미국 공군을 칭할 때 사용했던 용어. 앞에 '양키(yankee)'라는 단어를 붙여 사용하기도 했다.

만나러 가지. 소장이 자기 손목시계로 시간을 확인했는데, 공교롭게도 그것 역시 한때는 내 손목시계였다. 그가 우리를 기다리고 있어.

우리는 소장의 숙소에서 내려가 보초용 막사들을 지나서 두 개의 언덕을 가르는 길게 뻗은 평지까지 걸어갔다. 내 독방은 바로 이곳에 있었는데, 자기 몸에서 나온 육즙을 끼얹으며 지글지글 익어가고 죄수들이 양철 컵으로 벽을 톡톡 쳐서 메시지를 전달하는 열두 개의 벽돌 오븐 중 하나였다. 그들은 의사소통을 하기 위해 이미 간단한 암호를 개발해 놓은 상태였고, 머지않아 내게도 그것을 가르쳤다. 그들이 내게 전하려 한 내용은 부분적으로는 나를 얼마나 깊이 존경하는가 하는 것이었다. 내 영웅적 명성은 대부분 본으로 인해 생겼는데, 그는 대개 내 이웃들을 통해 내게 인사를 전하곤 했다. 그들은 내가 열렬한 공화주의와 공안부 경력 때문에 장기 격리 대상자로 특별히 선정되었다고 믿었다. 그들은 내 운명에 대해 정치위원을 비난했다. 왜냐하면 소장을 포함해 모두가 알고 있었다시피, 바로 그가 수용소를 책임지는 장본인이기 때문이었다. 내 이웃들은 매주 정치 강연 때마다 그를 가까이서 자세히 보곤 했는데, 그의 모습은 정말로 무시무시했다. 어떤 사람들은 악담을 퍼부으며, 그가 느낄 고통으로 인해 기쁨을 얻었다. 하지만, 그의 얼굴이 엉망이라는 사실은 다른 사람들 사이에서는 존경을 자아냈다. 그것은 헌신과 희생의 표시였다. 설사 죄수들이 경멸하는 대의명분을 위한 행위였다고 할지라도 말이다. 보초들 역시 그 얼굴 없는 정치위원에 대해서는 공포와 두려움과 존경이 뒤섞인 어조로 이야기했다. 하지만 결코 조롱 섞인 어조는 아니었다. 정치위원은 심지어 동료들 사이에서도 결코 조롱의 대상이 되어서는 안 되는 법이었다. 왜냐하면 동료들 중 한 사람이 그런 반혁명적인 생각을 언제 신고할지는 결코 아무도 알지 못했으니까.

나는 나 자신을 일시적으로 억류하고 최저 수준의 환경에 둔 조치의 필요성은 이해했다. 왜냐하면 혁명은 조금도 방심해서는 안 되니까. 그런데 내가 이해할 수 없었던 것과 정치위원이 설명해 주기를 바랐던 것은 보초들이 그를 두려워하는 이유, 그리고 좀 더 보편적으로는 혁명가들이 서로를 두려워하는 이유였다. 전에 면담 시간에 소장에게 물어 본 적이 있었다. 우리는 모두 동지 아닙니까? 그가 말했다. 맞아. 하지만 모든 동지들이 동일한 이념적 의식 수준을 지니고 있는 건 아니야. 비록 내가 어떤 정해진 문제들에 관해서는 그 위원 동지의 승인을 얻어야만 한다는 사실에 아주 신이 나지는 않지만, 그래도 나는 그가 '마르크스-레닌주의 이론'과 '호찌민의 사상'에 대해 내가 절대 따라갈 수 없을 정도로 잘 안다는 사실을 인정해. 나는 학자가 아니지만, 그는 학자야. 그 같은 사람들이 우리를 진정한 계급 없는 사회로 인도하는 중이지. 하지만 우리가 아직까지는 반혁명적인 사고방식의 모든 요소들을 뿌리 뽑지 못했기에, 반혁명적인 과오들을 용서해서는 안 돼. 우리는 조금도 방심해서는 안 돼. 심지어 서로에 대해서도. 아니, 대부분은 우리 자신에 대해서지만. 나는 동굴 시절에 생사를 건 궁극적인 싸움은 우리 자신과의 싸움이라는 것을 배웠지. 외국인 침략자들이 내 육체를 죽일 수 있을지는 모르지만 오직 나만이 내 정신을 죽일 수 있는 법이야. 이것은 당신이 명심하고 체득

해야 할 교훈이야. 그래서 우리가 당신에게 이걸 해낼 수 있도록 그처럼 많은 시간을 주는 것이고.

정치위원의 숙소로 향하는 언덕을 오르면서, 나는 그 교훈을 습득하는 데 벌써 너무 많은 시간을 쓴 것 같다는 생각이 들었다. 우리는 그의 발코니로 이어지는 계단 앞에 멈춰 섰는데, 거기서 앳된 얼굴의 보초와 세 명의 다른 보초들이 대기하고 있었다. 소장이 눈살을 찌푸린 채 나를 머리부터 발끝까지 면밀히 살펴보며 말했다. 이제부터는 위원 동지가 당신을 담당할 거야. 솔직히 말하겠네. 나보다는 그가 당신에게서 훨씬 더 많은 잠재력을 봐. 당신은 술과 매춘과 황색 음악이라는 사회악에 중독돼 있어. 당신은 용납할 수 없는 반혁명적인 방식으로 글을 쓰지. 당신은 브루족 동지와 '파수꾼'의 죽음에 책임이 있어. 심지어 우리를 부정확하게 대변하고 모욕한 그 영화의 권위를 약화시키는 데도 실패했지. 결정권이 내게 있다면, 나는 최종 치유를 위해 당신을 밭으로 보낼 거야. 만일 위원 동지와 일이 잘 풀리지 않으면, 여전히 그렇게 할 수 있고. 그걸 명심해.

내가 말했다. 알았습니다. 그리고 아직 내가 그의 영향력에서 벗어나지 못했음을 알고 있었기 때문에 이렇게 덧붙였다. 나를 위해 지금껏 해 주신 모든 일에 감사드립니다, 소장 동지. 자술서 때문에 소장님께 반동적인 자로 보였을 것이라는 사실을 잘 알지만, 소장님의 지도와 비판을 받으며 많은 것을 배웠다고 말씀드리는 내 진심은 믿어 주시기 바랍니다. (어쨌든 이것은 사실이었다.)

내 감사 표시가 소장을 누그러뜨렸다. 그가 말했다. 충고 좀 하겠네. 죄수들은 내가 듣고 싶어 한다고 생각하는 말을 하지만, 내가 듣고 싶어 하는 것이 진심이라는 점은 이해하지 못해. 그게 바로 교육 아닌가? 선생이 듣고 싶어 하는 것을 학생이 진심으로 말하게 만드는 것 아니야? 그걸 명심해. 그러고는 바로 소장은 돌아서서 언덕을 내려가기 시작했다. 감탄스러울 정도로 꼿꼿한 자세를 지닌 남자였다.

애된 얼굴의 보초가 말했다. 위원 동지께서 기다리신다. 가지.

나는 나 자신의 남은 부분을 추슬렀다. 미국에서 제조되고 남부의 어느 병원에서 착복된 소장의 저울에 의하면, 이때의 나는 과거의 나라는 남자의 4분의 3이었다. 소장은 자기 몸무게에 집착했고, 저울의 통계적인 정확성에 푹 빠져 있었다. 모든 보초들과 죄수들을 표본으로 판단한, 배변 운동에 관한 엄격한 종적 연구*를 통해 소장은 수용소 전체에서 모두의 장으로부터 하루에 약 600킬로그램의 배설물이 배출된다고 산출해 냈다. 죄수들은 이 배설물을 모아 직접 밭으로 운반했는데, 이것이 비료 역할을 하기 때문이었다. 그러므로 농작물 생산의 과학적 관리를 위해서는 대변의 정밀도가 필수적이었다. 심지어 보초들보다 먼저 계단을 올라가 정치위원의 문을 두드리던 이때도, 내 배 속이라는 공장이 산비둘기를 내일이면 혁명을 건설하는 데 도움을 주기 위해 사용될 단단한 벽돌로 만들고 있는 것이 느껴졌다.

---

*   연속적인 시간 간격으로 동일한 집단을 관찰하는 것과 관련된 연구. 간단히 말해 '횡적 연구'가 특정 시점에서 여러 다른 현상을 조사하고 관찰하며 비교 연구하는 것이라면, '종적 연구'는 시간의 흐름에 따라 어떤 한 가지 현상의 전개 과정을 연구하는 것이라고 할 수 있다.

들어와. 정치위원이 말했다. 그 목소리는…….

그의 숙소는 소장의 방만큼이나 검소한 커다란 직사각형 방 하나로만 이뤄져 있었다. 대나무 벽, 대나무 바닥, 대나무 가구, 그리고 초가지붕을 떠받친 대나무 서까래들이 있는 방이었다. 내가 들어서 있던 곳은 응접실에 해당하는 공간이었는데, 높이가 아주 낮은 대나무 의자 몇 개와 대나무 커피 탁자 한 개, 그리고 금칠한 호찌민의 흉상이 얹혀 있는 제단이 비치되어 있었다. 그의 머리 위에는 '독립과 자유보다 소중한 것은 아무것도 없다'라는 저 금언이 인쇄된 붉은색 현수막이 걸려 있었다. 방 중앙에는 책이며 서류들이 잔뜩 쌓인 긴 탁자가 의자들에 둘러싸인 채 놓여 있었다. 의자들 중 하나에 기대 세워져 있는 것은 익숙한 곡선미의 엉덩이를 지닌 기타였고, 긴 탁자의 한쪽 끝에는 내가 장군의 빌라에 남겨 두고 떠났던 바로 그것처럼 보이는 레코드 플레이어가 있었다……. 방 저쪽 끝에는 플랫폼 침대*가 있었는데, 구름 같은 모기장에 뒤덮인 채 안쪽에서 그림자 하나가 어른거렸다. 내가 맨발로 딛고 선 대나무 바닥은 서늘했고, 열린 창문들을 사이로 살랑거리는 산들바람에 모기장이 흔들렸다. 손 하나가, 화상으로 피부가 벌건 손이 모기장을 가르더니 침대 구석에서 그가 무시무시한 비대칭적인 얼굴 생김새를 드러냈다. 나는 눈길을 돌렸다. 정치위원이 말했다. 이런, 이 친구야, 내가 정말 네가 알아보지도 못할 만큼 그렇게 끔찍해? 나는 고개를 되돌렸다가, 완벽한 치아

---

*   낮은 대(臺) 모양의 침대틀 위에 매트리스를 얹은 형태의 침대를 말한다.

가 드러날 정도로 검게 그슬린 입술, 오그라든 눈구멍에서 툭 불거진 두 눈, 코 없는 구멍에 불과해진 두 콧구멍, 거대한 켈로이드 흉터가 있는, 머리카락도 귀도 없는 두개골을 보았다. 머리는 그 흉터로 인해 열광적인 사람 사냥꾼이 끈에 매달아 흔들리게 해 놓은, 참수 당해 쭈글쭈글해진 저 전리품들 중 하나와 비슷해져 있었다. 그가 기침을 하자 목구멍에서 구슬이 덜그럭거리듯 그르렁거리는 소리가 났다.

내가 돌아오지 말라고 하지 않았던가? 만이 말했다.

20장

그가 정치위원이었다고? 내가 한 마디 하기도 전에 아니, 적어도 어떤 소리를 내기도 전에, 보초들이 나를 와락 붙잡더니 입에 재갈을 물리고 눈을 가려 버렸다. 네가? 나는 비명을 지르고 어둠을 향해 크게 외치고 싶었지만, 그들에게 끌려 나가 눈가리개가 뜨끔거리고 두 팔이 꽉 붙잡힌 채로 언덕을 질질 끌려 내려가서 100보도 채 떨어지지 않은 목적지로 가는 내내 끙끙거리며 신음소리를 낸 것이 고작이었다. 앳된 얼굴의 보초가 말했다. 문 열어. 경첩이 삐걱거렸고, 나는 탁 트인 옥외에서 비좁고 사방이 꽉 막혀 소리가 울리는 공간 속으로 떠밀려 들어갔다. 앳된 얼굴의 보초가 말했다. 팔 들어. 내가 두 팔을 들어올렸다. 누군가가 내 셔츠의 단추를 끄른 다음 벗겨 냈다. 어떤 손이 바지춤을 여민 끈을 풀자 바지가 발목 근처로 툭 떨어져 내렸다. 또 다른 보초가 감탄하듯 휘파람을 불며 말했다. 저것 좀 봐. '잡종 새끼'가 큰데, 세 번째 보초가 말했다. 나만큼 크지는 않네. 네 번째 보초가 말했다. 그럼 어디 한 번 봐. 내가 그걸로 네 녀석 어머니랑 붙어먹으면 보게 될 거다.

어쩌면 더 많은 말을 했을지도 모르지만, 손가락이 거친 누군가 발포고무 마개를 내 두 귀에 끼워 넣고, 또 다른 사람이 그 위에 일종의 토시를 얹은 뒤로는 더 이상 아무 소리도 들리지 않았다. 나는 아무것도 안 들리고 말 못하고 앞도 못 보는 채로, 매트리스 위로 넘어뜨려졌다. 매트리스라니! 지난 1년 동안 널빤지 위에서 잠을 잤는데. 사지가 큰 대자로 벌려진 몸을 꿈틀거리는 것이 고작일 때까지, 보초들이 내 가슴과 넓적다리와 손목과 발목 둘레를 꽁꽁 묶었다. 거품 같은 물질이 손과 발에 감겼고, 비단 같은 두건이 머리에 씌워졌는데, 라나의 속옷을 만진 이후로 내가 느껴 본 가장 부드러운 천이었다. 나는 옴죽거리기를 멈추고 두건을 통해 호흡에 집중할 수 있도록 마음을 가라앉혔다. 이윽고 거친 시멘트 바닥을 울리는 발걸음이 느껴졌고, 문이 철커덕 닫히는 희미하기 짝이 없는 소리가 뒤를 잇더니 더 이상은 아무 일도 없었다.

나 혼자 있었을까? 아니면 누군가 나를 지켜보고 있었을까? 나는 축적되는 열기와 격한 분노와 두려움으로 땀을 흘리기 시작했고, 내 땀은 매트리스가 흡수할 수 있는 것보다 더 빠르게 등 아래에 웅덩이처럼 고였다. 내 손과 발 역시 뜨겁고 축축했다. 갑작스럽게 극심한 공포심이, 익사하는 듯한 감각이 나를 휘감았다. 나를 속박하는 것들에 맞서 몸부림치며 비명을 지르려고 애썼지만, 내 몸은 좀처럼 움직여지지 않았고 쿵쿵 코를 벌름거리는 소리 말고는 아무 소리도 나오지 않았다. 내가 왜 이런 일을 당하고 있는 걸까? 만이 내게 원하는 것은 무엇이었을까? 아무러면 내가 여기서 죽게 내버려 둘 리는 없어! 그럴 리가! 이것은 내 마지막 시험이었다. 진정해야 해. 이것은 그저 시험에 불과했다. 나는 시험에서는 늘 A학점을 받았다. 학과장은 몇 번이고 이렇게 언급했었다. 동양인은 완벽한 학생이야. 게다가 해머 교수에 따르면, 나는 서구 문명에서 사유되고 언명된 으뜸인 것을 공부했고, 그 문명의 횃불이 내게로 전해졌다. 나는 우리 나라의 가장 훌륭한 대변자이자, 클로드가 내게 장담한 바에 따르면 첩보 분야의 타고난 적임자였다. 명심해, 넌 무언가의 반절이 아니야. 어머니가 말했다. 넌 모든 것의 갑절이야! 그렇다, 나는 이 시험을 통과할 수 있을 터였다. 지난 1년 동안 나를, 그리고 본을 줄곧 연구한 정치위원이 고안해 낸 것이라 할지라도. 그는 줄곧 내 자술서를 읽었다. 소장과 달리 이미 내용 대부분을 알고 있었는데도 말이다. 그는 우리를 보내 줄 수도, 자유의 몸이 되게 해 줄 수도 있었다. 자기가 바로 그 정치위원이라고 말해 줄 수도 있었다. 왜 나를 1년 동안 격리시켰을까? 마음의 평정이 사라지고, 재갈에 눌려 거의 질식할 지경이었다. 진정해! 천천히 호흡해! 다시 한번 가까스로 감정을 억제할 수 있었다. 자, 이제 어떻게 하지? 어떻게 시간을 보내게 될까? 눈이 가려진 이후로 최소한 한 시간은 경과한 것이 분명했다, 아니었나? 입술을 핥고 싶은 생각이 간절했지만, 입에 재갈을 문 채로 토하기 일보 직전이었다. 그러면 죽을지도 몰랐다. 그는 나를 보러 언제쯤 오려고 했을까? 얼마나 오래 나를 여기 방치해 두려는 것이었을까? 그의 얼굴에 무슨 일이 일어났던 걸까? 틀림없이, 보초들이 내게 먹을거리를 먹여 주겠지. 온갖 생각이 꼬리에 꼬리를 물고, 수천 마리의 바퀴벌레 같은 시간이 내 온몸 위를 느릿느릿 기어 다니자 결국 나는 몹시 괴로워하고 혐오스러워 하면서 몸서리를 쳤다.

그 순간, 나는 자신을 위해 눈물을 흘렸고, 눈가리개 밑에서 흘린 눈물에 마음의 눈에서 티끌이 깨끗이 씻겨 나가는 뜻밖의 혜택을 봤는데, 눈이 안 보이는 것이 아님을 깨닫기에 충분할 정도였다. 마음의 눈이 보이게 되자, 내가 보았던 것은 무절제한 소령과 소니였다. 그들은 내가 매트리스에 누워 있는 동안에도 주위를 맴돌고 있었던 것이었다. 무절제한 소령이 말했다. 어쩌다가 여기까지, 가장 친한 친구이자 의형제가 자네의 사망을 지켜보는 지경까지 오게 됐지? 자네가 날 죽이지 않았더라면 자네 인생이 다른 방향을 택했을 거라고 생각하지 않나? 소니가 말했다. 내 인생은 말할 것도 없고. 소피아가 아직도 나 때문에 우는 걸 알고 있어? 그녀를 찾아가서 평안을 찾게 해 주려고 애써 봤지만, 그녀는 나를 보지 못해. 반면에 넌, 나로서는 차라리 전혀 보지 않는 게 나은데도 항상 나를 볼 수가 있지. 하지만 이런 너를 보면 조금 기쁘다는 걸 말해줘야겠군. 결국 정의는 존재해! 이런 비난에 응수하며, 그들에게 내 친구인 정치위원이 모든 것을 설명하기를 기다리라고 말하고 싶었지만, 심지어 내 머릿속에서조차도 나는 말문이 막혀 있었다. 항의의 표시로 끙끙 신음이나 할 따름이었는데, 이 꼴을 보며 그들은 그저 웃음을 터뜨릴 뿐이었다. 무절제한 소령이 한 발로 내 넓적다리를 쿡 찌르며 말했다. 자네가 꾸민 계략이 지금 자네를 어디로 이끌었는지 보이나? 그가 나를 훨씬 세게 쿡 찔렀고, 나는 항의의 표시로 몸서리를 쳤다. 그가 발로 계속 쿡쿡 찔렀고 나는 계속 몸서리를 치다가 마침내 그것이 무절제한 소령이 아니라, 내가 볼 수는 없지만 자기 신발 뒤축으로 내 다리를 밀고 있는 어떤 사람임을 깨달았다. 다시 한번 문이 철커덩하고 닫히는 것이 느껴졌다. 누군가 나 모르게 들어왔거나, 아니면 줄곧 여기에 있다가 방금 나간 것이었다. 시간이 얼마나 지났을까? 나는 확신할 수가 없었다. 내가 잠이 들었던 건가? 만일 그랬다면, 여러 시간이, 아니 어쩌면 하루가 통째로 흘러가 버린 게 분명했다. 그래서 나는 배가 고팠다. 마침내 내 신체 일부, 그러니까 내 배가 다 들리도록 꼬르륵 소리를 냈다. 세상에서 가장 시끄러운 목소리는 극심한 고통에 시달리는 자기 자신의 배가 내는 소리였다. 그렇기는 하지만, 이 목소리는 배가 성난 야수가 될 때에 비하면 아직도 조용한 편이었다. 나는 굶어 죽어 가고 있는 것은 아니었다. 아직은 아니었다. 그저 몹시 시장할 뿐이었다. 내 몸이 사실은 쥐었던 산비둘기를 이미 완전히 다 소화시킨 후였으니까. 그들은 내게 먹을 것을 주지 않을 작정이었을까? 나는 왜 이런 일을 당하고 있는 걸까? 내가 도대체 그에게 무슨 짓을 했던 걸까?

나는 이런 종류의 배고픔을 기억했다. 어린 시절에 몹시 자주 경험했다. 심지어 어머니가 내게 한 끼 식사의 4분의 3을 주고 자신을 위해서는 고작 4분의 1만을 남겨 뒀을 때조차도 말이다. 어머니가 말했다. 난 배가 안 고파. 어머니가 참고 있음을 알 만큼 나이를 먹었을 때, 내가 말했다. 나도 배가 안 고파요, 엄마. 빈약한 음식 그릇들을 두고 벌인 우리의 눈싸움은 서로 그릇들을 이리저리 밀어 대다가 언제나처럼 나에 대한 어머니의 사랑이 어머니에 대한 내 사랑을 압도하는 결과를 낳았다. 어머니의 몫을 먹으면서, 나는 음식뿐만 아니라 사랑과 분노라는 소금과 후추까지 삼켰다. 동정심이라는 설탕보다 더 강렬하고 센 양념들을 말이다. 내 배가 부르짖었다. 우리는 왜 배가 고팠지? 심지어 그때도 나는 만일 부유한 사람들이 모든 배고픈 사람에게 밥 한 공기씩만 내어 줄 수 있다면, 덜 부유해지기는 하겠지만 그래도 굶어 죽지는 않을 것임을 알고 있었다. 해결책이 그토록 간단하다면, 왜 누군가는 배가 고팠을까? 그저 동정심이 부족할 뿐이었을까? 아니야. 만이 말했다. 그가 우리 연구회에서 내게 가르쳐 주었듯이, 성경과 『자본론』둘 다 해답을 제시했다. 동정심만으로는 결코 부자들이 기꺼이 나누게 하고, 권력자들이 자발적으로 권력을 포기하게 설득할 수는 없을 터였다. 혁명이 그런 불가능한 일들이 일어나게 만들었다. 혁명은 우리 모두를, 부유하거나 가난하거나 다 자유롭게 할 거야……. 하지만 만의 말은 계급과 집단의 자유를 의미한 것이었다. 반드시 개개인이 자유로워질 것이라는 의미는 아니었다. 그렇기는커녕 많은 혁명가들이 옥사했고, 그것이 점점 더 내 운명이 될 것처럼 보였다. 하지만 땀과 배고픔과 사랑과 격분뿐 아니라 최후까지 느꼈음에도 불구하고, 하마터면 잠이 나를 압도할 뻔했다. 그 발이 다시 한번 나를, 이번에는 옆구리를 쿡 찔렀을 때 나는 점점 의식이 희미해져 가는 중이었다. 고개를 가로저으며 옆으로 돌아누우려

해 봤지만, 나를 구속하고 있는 것들 때문에 그럴 수가 없었다. 그 발이 한 번 더 나를 쿡 찔렀다. 그놈의 발! 그 악마는 날 쉬게 내버려 두려 하지 않았다. 내 맨살을 긁어 상처를 내고 넓적다리, 엉덩이, 어깨, 이마를 밀어 붙이는 그 뿔 달린 발가락들을 어찌나 증오했던지. 그 발은 내가 잠들기 직전일 때는 언제든 알고, 정확히 그 순간에 돌아와서 내가 그토록 필요로 하는 것을 조금도 맛보지 못하게 했다. 한결같은 암흑이 힘겨웠고 배고픔이 고통스러웠지만, 이 끊임없는 각성은 훨씬 더 심각했다. 내가 얼마나 오래 자지 않고 깨어 있었을까? 시험실임이 분명한 그곳에 얼마나 오랫동안 있었을까? 그는 언제 내게 모든 것을 설명하러 올 예정이었을까? 나는 알 수가 없었다. 자꾸 개입하며 시간의 흐름을 표시한 것은 그 발과 때로 내 두건을 들어 올려 재갈을 느슨하게 해 주고 목구멍에 물을 찍 짜 넣어 주던 손길뿐이었다. 내가 두어 마디 정도 간신히 내뱉자마자 다시 한번 재갈을 꼭 조이고 두건을 내 목까지 끌어내렸다. 잠깐, 잠 좀 자게 해 줘! 그 캄캄한 수면을 만질 수도 있었을 텐데……. 그러면 곧 지긋지긋한 발이 다시 한번 나를 쿡 찌르곤 했다.

그 발은 내가 죽을 때까지 깨어 있게 할 셈이었다. 그 발은 천천히, 몹시 천천히 나를 죽이고 있었다. 그 발은 판사 겸 보초 겸 사형집행인이었다. 아, 발이여, 나를 동정해 다오. 발이여, 일평생 깔려 있고 더러운 흙길을 걷고 위쪽에 있는 모든 것에 무시 당하는 그대여, 생명을 가진 모든 것 중에 그대야말로 내가 어떤 기분인지를 이해해야만 한다. 발이여, 우리 인류는 그대가 없다면 어디에 있을까? 그대는 우리를 아프리카에서 전 세계로 데려다주었는데도, 아무도 그대를 거의 언급하지 않는다. 분명히 그대는 이를테면 손에 비해 푸대접을 받았다. 그대가 나를 살려 준다면, 나는 그대에게 글을 바쳐서 내 독자들이 그대의 중요성을 깨닫게 할 것이다. 아, 발이여! 그대에게 간청하노니, 더 이상 나를 쿡 찌르지 말아 다오. 내 피부에 그대의 굳은살을 문지르는 걸 멈춰 다오. 그대의 다듬어지지 않은 날카로운 발톱으로 나를 긁어 상처 내지 말아 다오. 그대의 굳은살과 발톱이 그대의 탓은 아니지만. 그것들은 그대의 게으른 주인의 잘못이다. 나 역시 그대의 친척인 내 발을 돌보는 데 똑같이 무관심함을 자백한다. 하지만 만일 그대가 나를 잠만 자게 해 준다면, 내 발, 아니 모든 발에 관해서 새 사람이 될 것을 약속한다! 발이여, 나는 그대를 숭배할 것이다. 예수 그리스도가 죄인들의 발을 씻기고 거기에 입 맞췄을 때 그랬던 것과 마찬가지로.

발이여, 그대가 혁명의 상징이 되어야 한다. 망치와 낫을 쥐고 있는 손이 아니라. 그런데도 우리는 그대를 탁자 아래 계속 숨겨 두거나, 신발을 신겨 둔다. 우리는 그대를 학대한다. 중국인들이 전족으로 그러듯이. 우리가 손한테도 그런 상해를 입히려 한 적이 있을까? 제발 날 찌르지 말아 다오. 그대에게 간청한다. 나는 인류가 그대를 서투르게 대변함을 인정한다. 그대를 치장하는 데 엄청난 양의 돈을 쓸 때를 제외하고는. 물론 그대가 자신을 대변할 수 없다는 이유로 말이다. 발이여, 왜 내가 이전에는 그대를 생각해 본 적이 한 번도 없었는지, 아니 거의 없었는지 궁금하다. 손은 바라는 것은 무엇이든 자유롭게 할 수 있다. 심지어 글도 쓴다! 지금껏 발보다는 손에 관해 더 많은 글이 쓰인 것은 놀랄 일이 아니다. 발이여, 우리에겐 공통점이 있다. 우리는 이 세상에서 짓밟힌 자들이다. 그대가 나를 계속 깨어 있게 하는 것을 그만둬 주기만 한다면, 그래 주기만 한다면……

이번에는 손이 나를 쿡 찔렀다. 누군가 내 두건을 세게 잡아당겨 느슨하게 한 다음 귀 위로 들어 올렸다. 하지만 여전히 머리에 씌워져 있는 채였다. 이어 손이 토시를 떼어 낸 다음 귀마개를 홱 잡아 빼자, 샌들을 질질 끌며 걷는 소리, 시멘트에 걸상, 혹은 등받이 없는 의자가 긁히는 소리가 들렸다. 그 목소리가 말했다. 이 멍청아! 나는 여전히 어둠 속에서 손과 발이 묶인 채 무언가에 감싸여 있었고 몸은 벌거벗고 축축했다. 내 바싹 말라 버린 목구멍으로 구역질을 할 때까지 물이 쏟아져 들어왔다. 내가 오지 말라고 하지 않았어? 그것은 나보다 한참 위쪽에서, 천장 어딘가에서 들려왔다. 그의 목소리였다. 나는 심지어 고통스러운 상태에서도 그것을 확신했다. 하지만 내가 어떻게 돌아오지 않을 수가 있어? 내가 엉엉 울면서 말했다. 엄마가 새는 항상 자기 둥지로 돌아가는 법이라고 그러셨어. 난 그런 새가 아니야? 여기는 내 둥지가 아니야? 내 근원, 내가 태어난 곳, 내 나라가? 내 고향이? 이들이 내 동포가 아니야? 네가 내 친구가, 의형제가, 진정한 동지가 아니야? 나한테 왜 이러는지 말해 줘. 나라면 최악의 적한테도 이러지 않을 거야.

그 목소리가 한숨을 쉬며 말했다. 네가 최악의 적에게 할 수 있는 짓을 절대 과소평가하지 마. 그런데 이 문제에 관한 한, 네 아버지 같은 사제들이 늘 하는 말이 뭐였지? 남에게 대접 받고자 하는 대로 너희도 남을 대접하라.* 그거 괜찮은 생각이지. 하지만 상황은 절대 그렇게 간단하지가 않아. 있잖아, 문제는 우리가 어떤 대접을 받고 싶은지를 어떻게 알 수 있냐는 거야.

내가 말했다. 네가 무슨 얘기를 하는지 하나도 모르겠어. 왜 나를 고문하는 거야?

내가 너한테 이런 짓을 하고 싶어 한다고 생각하나? 나는 너한테 더 나쁜 일들이 절대 일어나지 않게 하려고 최선을 다하고 있는 거야. 소장은 진작부터 내 교육학적 방법론이, 네 자백을 들으려는 내 욕구가 지나치게 미지근하다고 믿고 있어. 그는 펜치로 이빨을 모조리 제거해 버려야 치통이 낫는다고 믿는 부류의 치과의사 같은 사람이야. 이건 하지 말라고 한 일을 해서 네가 자초한 상황이야. 자, 그러니 이 수용소를 이빨이 온전한 채로 떠나길 바라는 마음이 조금이라도 있다면, 우리는 소장이 만족스러워할 때까지 각자의 역할을 해내야 해.

제발 나한테 화내지 마. 내가 흐느끼며 말했다. 너마저 나한테 화를 내면 견딜 수가 없어! 그가 한 번 더 한숨을 쉬며 말했다. 네가 무엇인가를 잊어버렸는데 그걸 기억해 낼 수가 없다고 썼던 거 기억하니? 나는 그에게 기억나지 않는다고 말했다. 그가 말했다. 물론, 인간의 기억은 짧고 시간은 길지. 네가 여기 이 시험실에 있는 이유는 네

---

*   마태복음 7장 12절.

가 잊은 것을, 혹은 최소한 잊어버리고 쓰지 않은 것을 기억해 내기 위해서야. 이 친구야, 나는 네가 혼자서는 알아낼 수 없는 것을 알아내게 도와주려고 여기 있는 거야. 그의 발이 내 두개골 맨 아래 부분을 쿡 찔렀다. 여기, 네 머리 뒤쪽에서 말이야.

내가 말했다. 그게 내가 잠을 못 자게 하는 거랑 무슨 상관이지? 그가 웃음을 터뜨렸다. 탱탱 만화*를 즐기던 남학생의 웃음소리가 아니라 어쩌면 살짝 미쳤을지 모르는 사람의 웃음소리였다. 그가 말했다. 나뿐만 아니라 너도 왜 내가 널 자게 해 줄 수 없는지를 알고 있어. 우리는 네 비밀들 중 마지막 비밀을 감춰 둔 금고에 들어가야만 해. 우리가 널 오래 깨워 두면 둘수록, 그 금고를 부술 가능성이 더 많아질 거야.

하지만 난 모두 자백했어.

목소리가 말했다. 아니, 넌 그러지 않았어. 네가 의도적으로 억제했다고 책망하는 건 아니야. 내가 너한테 소장을 만족시킬 만한 방식으로 자술서를 쓸 기회들을 많이 주기는 했지만. 이 일을 자초한 건 바로 너야. 다른 누구도 아니지.

하지만 내가 뭘 자백해야 한다는 거지?

만일 내가 네게 무엇을 자백할지를 말해 준다면, 대단한 자백이 되지 못할 거야. 그래도 상황이 네 생각만큼 어찌해 볼 도리가 없을 정

---

* 벨기에 작가 에르제의 모험 만화 시리즈, 『탱탱의 모험』을 말한다. 용감한 소년 기자 탱탱이 애완견 밀루와 함께 전 세계를 돌아다니며 여러 가지 사건들을 해결하는 이야기를 담은 모험 만화의 고전이다.

도는 아니라는 데서 위안을 받도록 해. 우리가 봤던 시험들을 기억하니? 그때마다 넌 늘 만점을 받았는데, 나는 몇 점 부족하곤 했지. 나도 너만큼 열광적으로 읽고 암기했는데도, 넌 늘 나를 앞질렀어. 나는 그저 머리에서 정답을 끄집어 낼 수가 없었던 것뿐이었어. 하지만 정답은 계속 거기 있었지. 머리는 결코 잊지 않아. 나는 다시 교과서를 검토하면서, 생각했지. 그렇지! 나는 그것들을 줄곧 알고 있었어. 사실, 난 네가 재교육을 마치기 위해 무사히 통과해야만 할 질문의 답을 알고 있으리라는 걸 알아. 지금 그걸 물어볼 거야. 성공적으로 대답하면, 묶은 걸 다 풀어 줄 거야. 준비됐어?

시작해. 내가 자신감에 부풀어서 말했다. 내게 줄곧 필요했던 것은 나 자신을 증명할 시험이 전부였다. 마치 그가 어떤 책을, 아니 내 자술서를 획획 넘겨 보고 있는 것처럼, 종이가 바스락거리는 소리가 들렸다. 독립과 자유보다 더 소중한 것은 무엇이지?

함정이 있는 질문인가? 답이 너무 뻔했다. 그가 바라고 있는 것은 무엇이었을까? 내 정신은 어떤 부드럽고 축축한 것에 단단히 싸여 있었다. 그것을 통해서 나는 명백하고 확실한 답을 감지할 수 있었지만, 그것이 무엇인지를 말할 수가 없었다. 너무 뻔하지만 어쩌면 그것이 정말로 정답일지도 몰랐다. 마침내 나는 스스로 생각하기에 그가 듣고 싶어 하는 것을 말했다. 독립과 자유보다 소중한 것은 아무것도 없어.

그 목소리가 탄식하듯 말했다. 대체로 비슷하지만, 똑같지는 않아. 대체로 비슷하지만, 정확하지는 않아. 답이 바로 거기 있는데 그게 무잇인지 모를 때면 쇄설감이 느껴지지 않아?

내가 외쳤다. 나한테 왜 이러는 거야? 넌 내 친구고, 형제고, 동지잖아!

긴 침묵이 뒤따랐다. 오로지 종이를 뒤적이는 소리와 극심한 고통에 시달리는 그의 거친 숨소리만 들렸다. 그는 아주 적은 공기의 흐름이라도 확보하기 위해 있는 힘껏 숨을 들이쉬고 있었다. 이윽고 그가 말했다. 맞아, 난 네 친구고, 형제고, 동지고, 내가 죽을 때까지 이 모든 것일 거야. 네 친구, 형제, 동지로서 네게 경고했지, 아니었나? 그 이상 분명할 수가 없을 정도로. 내가 네 전갈을 읽는 유일한 사람이 아니었어. 또 내 어깨너머로 살펴보는 사람 없이 네게 전갈을 보낼 수 있는 것도 아니었지. 여기서는 모두에게 각자의 어깨너머로 살펴보는 사람이 있기 마련이야. 그런데도 너는 돌아오겠다고 고집을 부렸어, 이 바보야.

본은 죽음을 자초할 작정이었어. 나는 그를 보호하기 위해 돌아와야만 했다고.

목소리가 말했다. 그리고 너 역시 죽음을 자초할 작정이었고. 무슨 계획이 그래? 내가 여기 없었으면 너희 둘이 어디 있었을까? 우리는 '삼총사'야, 안 그래? 아니 어쩌면 이제는 '바보 삼총사'*인지도 모르지. 이 수용소에는 아무도 자원하지 않지만, 네가 돌아오리란 걸 알아차렸을 때 나는 정치위원이 되겠다고, 또 너희 둘을 여기로 보

---

*   '바보 삼총사(Three Stooges)'는 1920년대 초에서 1970년대 초까지 미국에서 가장 오랫동안 활발하게 활동한 슬랩스틱 코미디 팀의 이름이다.

내 달라고 요청했어. 그들이 이 수용소에 어떤 사람들을 처넣는지 알아? 마지막 저항을 택했거나, 계속 게릴라전을 벌였거나, 진정으로 뉘우치면서 전향하거나 자백하지 않으려는 자들이야. 본은 벌써 두 번이나 총살해 달라고 요구했어. 나만 없으면, 소장은 흔쾌히 그렇게 했을 거야. 너는, 내가 보호하지 않으면 생존 가능성이 확실치 않을 테고.

넌 이걸 보호라고 불러?

내가 없으면, 넌 이미 죽은 목숨일 거야. 내가 정치위원이긴 하지만, 내 위에는 네 전갈을 읽고, 네 경과를 지켜보는 더 많은 정치위원들이 있어. 그들이 네 재교육을 좌우해. 내가 할 수 있는 일이라곤 네 재교육을 맡아서 내 방법이 효과적일 거라고 소장을 설득하는 게 전부야. 소장이라면 널 지뢰제거반에 집어넣었을 거고, 넌 끝장이 났겠지. 하지만 나는 네게 독방에서 1년간 글을 쓰는 드문 호사를 누리게 해 줬어. 다른 죄수들이라면 너 같은 특혜를 받으려고 살인도 불사할 걸. 비유로 그런 말을 하는 게 아니야. 난 네게 큰 호의를 베푼 거야. 소장에게 널 계속 가둬 두게 했으니까. 그가 보기에 너는 모든 불온분자들 중에서도 가장 위험한 자이지만, 너를 죽이는 것보다는 교화하는 것이 혁명에 더 좋다고 그를 납득시켰어.

내가? 나 자신이 진정한 혁명가임을 입증하지 못했다고? 조국을 해방시키기 위해 내 인생의 수십 년을 희생하지 않았다고? 다른 사람도 아닌 너는 그걸 알고 있어야지!

납득시킬 필요가 있는 사람은 내가 아니야. 소장이지. 넌 도무지 그와 같은 남자가 이해할 만한 방식으로 글을 쓰지 않아. 너는 혁명가라고 주장하지만 네 이야기는 무심코 본래의 너를 드러내. 아니, 좀 더 정확히 말하면, 네가 네 본심을 드러내는 거지. 이 고집불통아, 왜 이런 식으로 글을 쓰는 걸 고집하는 거야? 너 같은 부류들이 소장 같은 사람들에게 위협적이라는 걸 알아야만 하는 마당에…… 그 발이 나를 쿡 찔러 깨웠다. 마치 내내 사막을 기어가다가 눈물 한 방울을 맛본 것처럼 한 순간 달콤한 잠에 빠져 버렸던 것이다. 그 목소리가 말했다. 자지 말고 깨어 있어. 네 목숨은 거기에 달려 있어.

날 자게 내버려 두지 않으면 넌 날 죽이게 될 거야. 내가 말했다.

난 네가 이해할 때까지 널 계속 깨워 둘 거야. 목소리가 말했다.

난 아무것도 이해하지 못하겠어!

목소리가 말했다. 그렇다면 거의 모든 걸 이해했군. 그가 낄낄 웃었고, 그것은 내 오랜 지기가 내는 소리처럼 들렸다. 이 친구야, 어떻게 우리가 여기 있게 됐는지 생각해 봐. 재미있지 않아? 넌 본의 목숨을 구하려고 왔고, 나는 너희 둘의 목숨을 구하려고 왔지. 내 계략이 네 것보다는 잘 풀리기를 빌어 보자고. 그런데 사실을 말하자면, 내가 이곳의 정치위원이 되겠다고 신청한 건 순수하게 우정 때문만은 아니었어. 넌 내 얼굴을 봤지. 아니, 좀 더 정확히 말하면, 내게 얼굴이 없는 걸 봤지. 내 아내와 아이들이 이 꼴을 보는 걸 상상할 수 있어? 목이 잠긴 듯 소리가 갈라졌다. 그들의 공포를 상상할 수 있어? 내가 거울을 들여다볼 때마다 느낄 공포를 상상할 수 있어? 솔직히 말해서, 사실 나는 몇 년째 거울을 안 보고 있기는 하지만.

나는 가족에게서 추방 당한 그를 생각하며 눈물을 흘렸다. 그의 아내 역시 혁명가로, 만일 그가 먼저 사랑에 빠지지 않았더라면 내가 사랑에 빠졌을 만큼 고결하고 꾸밈없이 아름다운 (우리 자매학교 출신의) 아가씨였다. 그의 아들과 딸은 이때 분명 최소한 일곱 살과 여덟 살은 됐을, 가끔 서로 싸울 뿐 흠이라곤 없는 어린 천사들이었다. 내가 말했다. 그들은 결코 네……네 상태를 두려움에 떨며 바라보지는 않을 거야. 넌 그저 네가 스스로를 보는 방식으로 그들이 보리라고 상상하는 것뿐이야.

넌 아무것도 몰라! 그가 소리쳤다. 다시 한번 침묵이 뒤따랐고, 그의 거친 숨소리만이 침묵을 깨곤 했다. 나는 그의 입술의 흉터를, 목에 난 흉터를 상상할 수 있었지만, 내가 원하는 것은 잠을 자는 것이 전부였……. 그의 발이 나를 쿡 찔렀다. 그 목소리가 부드럽게 말했다. 성질을 부린 것에 대해 사과할게. 이 친구야, 너는 내가 어떤 기분일지 알 수 없어. 그저 네가 알 수 있다고 생각하는 것에 불과하지. 하지만, 네 자식들이 널 보면 울부짖을 만큼, 네 아내가 네 손길에 움찔할 만큼, 너 자신의 친구가 널 알아보지 못할 만큼 끔찍하다는 게 어떤 것인지 알 수 있어? 본은 지난 일 년간 나를 봤지만, 내가 누군지 깨닫지 못했어. 엄밀히 말해서, 그는 회당 뒤쪽에 앉아서 오로지 멀리서 나를 볼 뿐이지. 나는 그에게 내가 누구인지 알려주려고 그를 부르지는 않았어. 왜냐하면 그런 걸 아는 건 틀림없이 그에게 이롭지 않을 테고, 십중팔구는 해를 끼칠 것이기 때문이었지. 그럼에도 — 그럼에도 나는 무심결에 그가 날 알아보는 걸 꿈꿔. 나를 알아

봐 봐야 그저 죽이고 싶어 할 뿐일 테지만 말이야. 그와의 우정을 잃는 고통을 상상할 수 있어? 어쩌면 그럴 수도 있겠지. 하지만 네이팜탄이 네 얼굴과 몸의 피부를 태워 없애 버리는 고통을 정말로 알 수 있어? 네가 어떻게 알 수 있냐고?

그러니까 말해 줘. 내가 외쳤다. 너한테 무슨 일이 일어났는지 알고 싶어!

침묵이 뒤따랐다. 얼마나 오랫동안이었는지 나는 알지 못하는 채로 말이다. 그러다가 그 발이 다시 한번 나를 쿡 찔렀고, 내가 그의 이야기의 첫 부분을 놓쳐 버렸음을 깨달았다. 그 목소리가 말했다. 나는 여전히 군복을 입고 있었어. 우리 부대 전체에 파멸의 느낌이 짙었지. 장교들과 사병들의 눈에는 극심한 공포가 비쳤고. 해방을 불과 몇 시간 남겨두고 나는 환희와 흥분은 감췄지만, 가족에 대한 걱정은 감추지 않았지. 비록 안전할 거라고는 해도. 아내는 아이들과 집에 있었어. 우리 운반책들 중 하나가 그들의 안전을 확보하기 위해 근처에 있었고. 해방군의 탱크들이 우리 다리로 접근하면서, 우리 부대장이 우리에게 꼼짝 말라고 명령하자, 나 자신에 대해서도 걱정을 했어. 우리의 해방자들이 전쟁 마지막 날에 날 쏴 죽이는 걸 원치 않았기에 마음속으로 그런 운명을 피할 방법을 계산하고 있었는데, 그때 누군가 이렇게 말했지. 드디어 공군이 왔어. 우리 비행기들 중 한 대가 상공에 있었어. 대공사격을 피할 만큼 높이 날면서. 하지만 동시에 폭격 비행을 하기에는 너무 지나치게 높았지. 누군가가 소리쳤어. 더 가까이 와. 저렇게 높이 날면서 어떻게 명중을 시키겠다는 거야? 그 목소리가 낄낄 웃었다. 글쎄 어떻게? 조종사가 폭탄을 투하했을 때, 동료 장교들을 사로잡고 있던 불안감이 나를 스쳤어. 그 폭탄들이 탱크들을 향해 떨어지는 대신에 영화 같은 슬로 모션으로 우리를 향해 떨어지고 있는 게 보였으니까. 그 폭탄들이 보기보다 더 빠르게 떨어지는 바람에, 우리는 뛰어서 도망쳤는데도 먼 곳까지 가지 못했지. 네이팜탄이 구름처럼 우리를 완전히 에워쌌는데, 난 운이 좋았던 것 같아. 나는 다른 사람들보다 더 빨리 달려서, 네이팜탄 불길이 핥고만 지나갔거든. 아팠지. 아, 얼마나 아프던지! 하지만 내가 너한테 불에 타는 게 불타는 것 같은 느낌이 든다는 사실 말고 도대체 뭘 얘기해 줄 수 있을까? 그것이 일찍이 내가 느꼈던 가장 참혹한 고통이라는 것 말고 그 고통에 대해 뭘 얘기해 줄 수 있을까? 이 친구야, 그게 얼마나 아팠는지를 네게 가르쳐 줄 유일한 방법은 내가 직접 너를 불태우는 것뿐인데, 그건 내가 절대 하지 않을 짓이지.

나 역시 하마터면 사이공 공항의 활주로 위에서 한 번, 그리고 '영화' 세트장에서 다시 한번 죽을 뻔했지만, 둘 중 어느 경험도 불에 타는 것과 같지는 않았다. 최악의 경우에도, 나는 살짝 그슬린 정도였다. 나는 그것을 만 배쯤 늘려서, 하버드에서 발명된, 아니 클로드의 수업 시간에 그렇다고 배운 적이 있었던, 그야말로 서구 문명의 등불인 네이팜탄 때문이라고 상상해 보려 했다. 하지만 그럴 수가 없었다. 녹고 있는 정신만을 남겨 둔 채, 자아가 분해되는 동안, 느낄 수 있는 것은 잠에 대한 욕구가 전부였다. 하지만 심지어 이런 녹고 있는 버터 같은 상태에서도, 내 정신은 이때가 나에 관해 얘기할 때는 아니라는 것을 잘 알았다. 내가 말했다. 상상이 안 돼. 전혀.

내가 산 건 기적이었어. 나는 살아 있는 기적이야! 안팎이 뒤집힌 인간이지. 아내만 아니었다면 난 죽었을 거야. 내가 집에 오지 않자 그녀는 나를 찾아 다녔지. 내가 군 병원에서 우선순위가 낮은 환자로 죽어 가는 걸 찾아냈어. 그녀가 간부들에게 알리자, 그들이 사이공에 남아 있던 최고의 외과 의사들에게 나를 수술하라고 명령했지. 나를 구했어! 그런데 뭘 위해서? 불에 덴 고통이 피부와 얼굴이 없는 고통보다 못한 것은 결코 아니었어. 나는 여러 달 동안 날마다 불에 타들어 갔지. 약기운이 서서히 없어지면, 난 여전히 타는 것 같아. 고문받는 것 같다는 게 맞는 말이긴 하지만, 그것으로도 설명하고자 하는 그 느낌을 다 전달할 수는 없어.

고문이 어떤 느낌인지 난 알고 있다고 생각해.

넌 겨우 알기 시작한 것에 불과해.

이럴 필요는 없어!

그렇다면 넌 아직도 이해하지 못하는 거야. 어떤 것들은 오로지 고문 받는 느낌을 통해서만 배울 수 있는 법이지. 난 내가 알게 됐고 여전히 알고 있는 그것이 무엇인지를 네가 알게 되기를 바라. 만일 네가 돌아오지 않았다면 난 내가 아는 그것을 너는 모르게 했을 거야. 하지만 넌 돌아와 버렸고, 소장이 빤히 지켜보고 있어. 혼자 남겨진다면, 넌 그의 감독 아래서 살아남지 못할 거야. 넌 그를 겁먹게 만들어. 넌 다름 아닌 그의 동굴 입구에 서 있는 그림자거든. 두 방향에서 사물들을 보는 어떤 이상한 생명체 말이야. 너 같은 사람들은 혁명의 순수성을 파괴할 수 있는 오염물질을 지니고 있기 때문에 숙청되어야만 해. 내가 할 일은 네가 숙청될 필요가 없다는 것, 석방되어도 괜찮다는 것을 증명하는 거야. 나는 바로 이런 목적을 위해 이 시험실을 지었어.

이럴 필요는 없어! 내가 중얼거렸다.

하지만 난 필요해! 네가 당하고 있는 일은 다 너 자신을 위한 거야. 소장이라면 그가 알고 있는 유일한 방법으로, 네 육체를 통해서 널 무너뜨릴 거야. 널 구할 길은 소장에게 내가 흔적을 남기지 않을 새로운 시험 방법을 확인해 보겠다고 약속하는 것뿐이었어. 바로 그래서 우리가 널 단 한 번도 구타하지 않았던 거야.

내가 고마워해야 해?

그래, 넌 그래야 해. 자, 이제는 최종 교정을 위한 시간이야. 소장은 전보다 못한 것은 받아들이지 않을 거야. 넌 그에게 네게 있는 것보다 더 많은 것을 제시해야 만 해.

나한텐 자백할 게 아무것도 남아 있지 않아!

언제나 뭔가가 있기 마련이야. 그게 바로 자백의 속성이지. 우리는 불완전하기 때문에 자백하는 걸 결코 멈출 수가 없어. 심지어 소장이나 나조차도 당이 지금껏 의도한 대로, 서로를 비판해야만 해. 군인인 소장과 정치위원은 변증법적 유물론의 살아 있는 화신이야. 우리는 더 강력한 종합, 즉 진정한 혁명 의식을 생산하는 정립과 반정립이지.

내가 잊어버리고 자백하지 않은 내용을 네가 이미 알고 있다면, 내게 말해 줘!

그 목소리가 다시 한번 낄낄거렸다. 종이를 뒤적거리는 소리가 들렸다. 목소리가 말했다. 네 원고에서 인용해 볼게. "간첩 활동의 증거인 걸쭉한 종이 반죽을 입안에 잔뜩 쑤셔 넣어 우리의 시큼한 이름들이 문자 그대로 튀어나갈 듯 혀끝에 뱅뱅 맴도는 상태였던 공산당 첩자." 너는 자술서에서 그녀를 네 번 더 언급해. 우리는 네가 이 명단을 그녀의 입에서 뽑아냈고, 그녀가 너를 지독한 증오심을 가지고 쳐다봤다는 건 알지만, 그녀의 운명은 알지 못해. 네가 그녀에게 무슨 짓을 했는지 우리에게 말해야만 해. 우린 알아야겠어!

나는 그녀의 얼굴을 한 번 더 보았다. 그녀의 소작농 같은 거무스름한 피부와 영화관에서 그녀를 둘러싸고 있던 의사들의 그 넓적한 납작코와 너무나도 비슷한 넓적한 납작코를. 하지만 나는 그녀에게 아무 짓도 하지 않았어. 나는 이렇게 말했다.

아무 짓도 안 했다고! 그녀의 운명이 네가 잊었다는 사실조차 잊어버린 바로 그것이라고 생각하나? 하지만 어떻게 그녀의 비극을 잊어버리는 게 가능하지? 그녀의 운명은 너무나 뻔해. 네 자술서에서 그녀를 보면서 독자가 상상할 수도 있는 것과는 다른 어떤 운명이 일찍이 그녀에게 있었나?

하지만 난 그녀에게 아무 짓도 하지 않았어!

바로 그거야! 자백해야 할 모든 것이 어떻게 진작부터 다 알려져 있는지 모르겠어? 넌 정말 아무것도 하지 않았지. 그게 바로 네가 시인하고 자백해야만 하는 죄야. 동의해?

어쩌면. 내 목소리는 희미했다. 그의 발이 한 번 더 나를 쿡 찔렀다.

내가 그렇다고 하면, 그가 날 자게 해 줄까?

이 친구야, 난 쉬어야 할 시간이야. 고통이 다시 느껴져. 그 고통은 결코 사라지지 않아. 내가 그걸 어떻게 견디는지 알아? 모르핀이야. 그 목소리가 낄낄거렸다. 하지만 그 특효약은 단지 몸과 뇌를 무감각하게 만들 뿐이야. 그럼, 내 정신은? 어떻게든 고통에 대처하는 방법은 누군가 다른 사람이 겪는 더욱 큰 고통을 상상하는 것뿐임을 난 발견했어. 그건 소위 자신의 괴로움을 줄여주는 괴로움이야. 그래, 우리가 국립 고등학교 시절에 배웠던 것, 판보이쩌우*의 말을 기억해? "인간에게 가장 큰 괴로움은 조국을 잃는 것에서 비롯된다." 나란 인간은 얼굴, 피부, 가족을 잃었을 때, 너를 상상했어, 이 친구야. 넌 네 조국을 잃어 버렸고, 내가 널 추방한 장본인이었지. 난 네가 몹시 가여웠어. 암호를 사용한 네 전갈문에 넌지시 드러났을 뿐인 그 격렬한 상실감 때문에. 하지만 이제 넌 돌아와 버렸고 난 더 이상 네 괴로움이 내 것보다 더 크다고 상상할 수가 없지.

난 지금 괴로워하고 있어. 내가 말했다. 제발, 잠 좀 자게 해 줘.

이 친구야, 우리는 혁명가들이야. 고난이 우리를 완성했어. 인민을 위한 고난은 그들의 고난에 무척 공감했기 때문에 우리가 선택했던 거야.

내가 말했다. 나도 그건 다 알아.

---

*   베트남의 독립 운동가. 프랑스에 저항하기 위해 유신회를 결성하고, 베트남 청년들을 일본에 유학시켜 인재를 육성하겠다는 동유운동을 일으켰다.

그럼 내 말 잘 들어. 의자 긁히는 소리가 났고, 진작부터 나보다 높았던 그의 목소리가 훨씬 더 높아졌다. 양해해 주길 바라. 너한테 이러는 건 내가 네 친구고 형제이기 때문이야. 수면의 안락함이 없어야만 비로소 너는 역사의 참상을 완전히 이해하게 될 거야. 내게 벌어졌던 그 일 이후로 줄곧 잠을 거의 못 잔 사람으로서 이 말을 하는 거야. 내가 네가 어떤 느낌일지 알고 있고 꼭 이렇게 해야 한다고 하면 그냥 날 좀 믿어 줘.

나는 진작부터 두려웠지만, 내 치료에 대한 그의 처방은 내 두려움을 훨씬 더 키웠다. 누군가가 그가 무슨 일을 당하게 만든 게 분명해! 그 누군가가 나였나? 그럴 리가! 그건 사실일 리가 없어. 아니, 그에게 그렇게 말하고 싶었다. 하지만 내 혀가 말을 들으려 하지 않았다. 나는 그저 그 누군가로 오해받았을 뿐이었다. 왜냐하면 내가 그에게 말했던, 아니 내가 그랬다고 생각한 대로, 나는 아무것도 아닌 사람이었기 때문이었다. 나는 거짓말, 걸쇠, 책이야. 아니! 나는 파리, 덩굴식물, 북베트남 놈이야. 아니! 나는 ─ 나는 ─ 나는 ─

한 번 더 의자 긁히는 소리가 났고, 앳된 얼굴의 보초가 으레 풍기던 고기 썩는 듯한 냄새를 맡았다. 어떤 발이 나를 쿡 찔렀고, 나는 부들부들 떨었다. 내가 말했다. 부탁입니다, 동지, 잠 좀 자게 해주십시오. 앳된 얼굴의 보초가 코웃음을 치더니, 뿔처럼 단단한 발로 한 번 더 나를 쿡 찌르며 말했다. 난 당신 동지가 아니야.

21장

그때껏 그 죄수는 자신이 역사로부터 잠시 휴식을 취할 필요가 있음을 결코 알지 못했다. 성인으로서의 삶을 역사를 맹렬히 뒤쫓는 데만 바쳤던 사람으로서 말이다. 그의 친구 만이 연구회에서 그에게 역사학을, 주홍글자*로 쓰인 선별된 역사학 도서들을 소개했다. 만일 역사의 법칙들을 이해한다면, 진작부터 시간을 독점하는 데 여념이 없는 자본주의의 손아귀에서 역사의 연표를 빼앗아 장악할 수 있다. 만이 말했다. 우리는 집주인, 사장, 은행가, 정치가 그리고 교사가 내리는 명령에 따라 눈을 뜨고, 일을 하고, 식사를 하고, 잠을 자. 우리의 시간이 그들의 소유임을 받아들여. 사실, 우리의 시간은 우리 것인데도. 식민화된 소작농들이여, 노동자들이여, 깨어나라! 눈에 보이지 않는 존재들이여, 깨어나라! 이해하기 힘든 우유부단을 떨치고 일

---

*　　불온서적이라는 오명을 쓴 책들이라는 의미.

어나 제국주의와 식민주의와 자본주의의 종이호랑이들과 충견들과 배부른 자본가들에게서 시간이라는 금시계를 훔쳐라! 만일 그대들이 그것을 훔치는 방법을 안다면, 시간은 그대들의 편이고 다수의 사람들 역시 그러하다. **그대들**은 수백만이지만, **그들**, 즉 지금껏 이 세상의 비참한 자들을 설득해서 자본주의 역사가 필연적이라고 믿게 한 식민주의자들, 매판자본가들, 자본주의자들은 고작 수천일 뿐이다. 우리, 전위대가 유색 인종들과 은폐된 착취에 짓눌려 사는 계급들에게 공산주의 역사가 필연적임을 확신시켜야만 한다! 착취 당한 자들의 궁핍은 필연적으로 그들을 반란으로 이끌겠지만, 그런 봉기를 향해 가는 시간을 앞당기고, 역사의 시계를 다시 맞추고 혁명의 자명종을 울리는 것은 바로 우리의 전위대다. 똑딱똑딱 — 똑딱똑딱 — 똑딱똑딱 —

　매트리스에 붙박인 채로, 그 죄수는 — 아니, 그 학생은 — 이것이 연구회의 마지막 모임이라고 생각했다. 혁명의 주체가 되기 위해서는 모든 것을 기억하는 역사의 주체가 되어야만 하는데, 그것은 오직 그가 완전히 깨어 있음으로써만 가능한 것이었다. 설사 완전히 깨어 있는 것이 최후에는 그의 목숨을 빼앗는다 할지라도 말이다. 그렇다 하더라도 잠을 잘 수만 있다면, 그는 더 잘 이해할 텐데! 그는 잠을 자기 위한 시도에 실패하자, 몸부림치고, 꿈틀거리고, 허우적거렸고, 이는 수 시간, 혹은 수 분, 혹은 수 초 동안 계속되었을 수도 있었다. 그러다가 느닷없이 그의 두건이 벗겨졌고, 재갈이 그 뒤를 이어서, 결국 그는 헐떡거리며 공기를 빨아들일 수 있게 되었다. 그를 억류한 자의 거친 두 손이 토시와 귀마개들을 잡아 뺐고, 마지막으로 그의 피부를 쓰라리게 했던 눈가리개를 풀었다. 빛! 그는 볼 수 있었지만, 즉시 눈을 감아야만 했다. 그의 머리 위 천장에는 수십, 아니, 수백 개의 백열전구들이 매달려 있었는데, 그는 그 총체적인 전력량에 눈을 뜰 수가 없었고, 그 환한 빛은 그의 눈꺼풀이라는 붉은색 여과장치를 통과해 퍼지고 있었다. 발 하나가 그의 관자놀이를 밀어붙였고, 앳된 얼굴의 보초가 이렇게 말했다. 이봐, 자지 마. 그는 질서 정연하게 격자무늬로 배열된 채 타오르듯 뜨겁게 빛나는 수많은 전구들을 향해 눈을 떴는데, 그 강렬한 빛에 사방 벽과 천장이 하얗게 회반죽칠된 시험실이 드러났다. 바닥은 하얗게 칠해진 시멘트였고, 심지어 철문조차도 하얗게 칠해져 있었으며, 방 안 전체는 대략 가로 3미터, 세로 5미터 정도였다. 노란색 군복 차림의 앳된 얼굴의 보초는 방 한 구석에 차려 자세로 서 있었다. 하지만 방 안의 다른 세 사람은 그의 매트리스 가장자리에, 그러니까 두 사람은 각각 양 옆에, 나머지 한 사람은 그의 발치에 서 있었다. 그들은 하얀색 실험실 가운과 바다색 수술복을 입고, 뒷짐을 지고 있었다. 고글에 얼굴들이 가린 채, 수술용 마스크와 스테인리스 궤도를 따라 도는 렌즈 여섯 개의 초점이 그에게 초점이 맞춰져 있었으므로, 이제 그는 죄수이자 학생일 뿐 아니라 환자이기도 하다는 사실이 분명했다.

Q. 당신은 누구인가?

그의 왼편 남자가 질문을 했다. 그들은 이때껏 *그*가 누구인지 몰랐나? 그는 계획이 있는 남자, 엿보는 눈을 가진 스파이, 구멍에 사는 두더지였다. 하지만, 그의 혀가 부풀어 입안 전체를 채우고 있었다. 그는 이렇게 말하고 싶었다. 제발 눈 좀 감게 해 줘. 그러면 내가 누구인지 말할 테니. 대답이 혀끝을 맴돌고 있어 ― 나는 펄펄 삶아지고 있는 북베트남 놈이야. 그런데 만일 당신들이 내가 고작 **절반**만 북베트남 놈이라고 한다면? 글쎄, 벤째를 두고 벌인 전투가 끝나고 공산당 사망자 수를 계산하는 임무를 맡았다가, 남아 있는 유해라고는 머리, 가슴, 팔 따위가 고작인 시체들을 정확하게 세는 문제에 직면했던 그 금발 소령의 말로는 이랬다. 절반이 북베트남 놈이어도 여전히 북베트남 놈이지. 게다가 미군들이 즐겨 말했듯이, 좋은 북베트남 놈은 죽은 북베트남 놈뿐이니까, 이 환자는 나쁜 북베트남 놈이었던 게 틀림없다.

Q. 정체가 무엇인가?

그의 오른편 남자가 소장의 목소리로 이 질문을 했다. 이 목소리를 듣자마자, 환자는 밧줄에 쏠려 피부가 얼얼해질 때까지 밧줄을 끊을 듯 몸부림쳤다. 그 질문이 잠자던 격분의 강한 폭발을 부추겼기 때문이었다. 난 당신이 무슨 생각을 하는지 알아! 내가 반역자라고 생각하지! 반혁명분자라고! 어디에도 속하지 못하고, 누구의 신뢰도 받지 못하는 잡종 새끼라고! 타올랐던 격분 또한 느닷없이 절망으로 변하더니, 그가 눈물을 흘렸다. 그의 희생은 결코 영예를 누릴 수 없는 걸까? 영원히 아무도 그를 이해해 주지 않을까? 그는 언제까지나 혼자일까? 왜 그는 늘 당하는 입장이어야만 하는가?

Q. 이름이 무엇인가?

매트리스 끝에 있는 남자가 정치위원의 목소리로 말했다. 쉬운 질문이었다. 아니, 그가 그렇게 생각했다. 그는 입을 벌렸지만, 혀가 움직여지지 않자 깜짝 놀라 움츠러들었다. 그가 자기 이름을 잃어 버렸나? 아니, 말도 안 돼! 그는 스스로 미국식 이름을 지었다. 그의 모국어 이름은 그를 이해한 유일한 사람인 그의 어머니가 지어 준 것으로, 그의 아버지는 아무 도움도 주지 않았다. 그를 아들이라고도 혹은 이름으로도 결코 부르지 않았던 그의 아버지는 심지어 수업 시간에도 그냥 너라고만 불렀다. 아니, 그는 결코 자기 이름을 잊어버릴 수가 없었다. 드디어 그것이 생각나자, 그는 혓바닥을 그 진득진득한 혀뿌리에서 해방시킨 다음, 큰 소리로 그것을 말했다.

정치위원이 말했다. 자기 이름조차 제대로 대지 못하는군. 박사, 그에게 혈청제가 필요할 것 같은데. 그의 말에 환자의 왼편 남자가 이렇게 말했다. 좋습니다, 그럼. 박사가 등 뒤에 있던 손을 앞으로 가져오자, 팔뚝까지 오는 하얀색 고무장갑을 낀 양손 중 한 손에는 소총 탄창 크기의 주사 약병이, 다른 한 손에는 주사기가 들려 있었다. 박사는 매끄러운 손놀림으로 주사 약병에서 주사기로 투명한 액체를 뽑아낸 다음, 환자 옆에 웅크리고 앉았다. 그가 몸서리를 치며 씰룩거리자 박사가 말했다. 어떻게 해서든 나는 주사를 놓을 거니까, 움직이면 당신 손해야. 환자는 몸부림을 멈췄다. 팔꿈치 안쪽의 따끔한 느낌은 일종의 안도감이나 다름없었고, 환각을 초래하는 강한 수면 욕구와는 또 다른 종류의 느낌이었다. 대체로 비슷하지만, 똑같지는 않았다. 그가 말했다. 제발 불 좀 꺼주십시오.

정치위원이 말했다. 우린 그럴 수 없어. 당신이 봐야만 한다는 걸 모르나? 소장이 코웃음을 쳤다. 이 세상의 모든 불빛으로도 그는 결코 볼 수 없을 겁니다. 그는 지하에 너무 오래 숨어 있었어요. 그는 근본적으로 눈이 멀었어요! 자, 자. 환자의 팔을 토닥거리며 의사가 말했다. 과학자들은 결코 희망을 포기해선 안 됩니다. 특히 정신을 다룰 때는요. 정신은 볼 수도 만질 수도 없기 때문에, 우리가 할 수 있는 건 고작 환자를 계속 깨어 있게 해서 그가 자기 정신을 들여다보도록 도와주는 게 전부입니다. 누군가 다른 사람이 되어 자기 자신을 관찰할 수 있게 될 때까지요. 이 부분이 가장 어렵습니다. 왜냐하면 우리는 우리 자신을 가장 잘 알 가능성이 있지만, 동시에 자신을 가장 잘 알지 못할 가능성이 있기도 하니까요. 그건 마치 우리 코가 책장 사이에, 그러니까 바로 앞에 있지만 읽을 수 없는 단어들 사이에 밀어붙여져 있는 것과 같습니다. 쉽게 읽으려면 거리가 필요한 것과 꼭 마찬가지로, 우리가 스스로를 둘로 분열시켜서 우리 자신으로부터 얼마간의 거리를 확보할 수만 있다면, 다른 어떤 사람보다도 더 우리 자신을 잘 볼 수 있을 겁니다. 이것이 우리 실험의 본질인데, 이 실험을 위해서는 한 가지 장치가 더 필요합니다. 의사가 바닥에 놓인 어깨끈 달린 갈색 가죽 가방을 가리키자, 환자는 그때까지는 알아채지 못하고 있었지만 즉각적으로 그것이 군용 야전 전화기임을 알아보았고, 그 모습에 다시 한번 덜덜 떨었다. 의사가 말했다. 소련 측이 우리 환자에게 강제로 진실을 불게 할 혈청제를 제공했습니다. 이쪽의 다른 구성 요소는 미국 것이고요. 우리 환자의 눈빛이 보이십니까? 저 심문실들에서 자신이 봤던 것을 기억하는군요. 하지만 우리는 전선을 그의 젖꼭지나 음낭을 통해 전화 발전기의 축전지 단자에 연결하지는 않을 겁니다. 대신에 — 의사가 책가방 안에 손을 넣어 검은색 전선을 하나 꺼냈다 — 우리는 이걸 발가락에 고정시킬 겁니다. 수동식 L자형 손잡이의 경우, 지나치게 많은 양의 전기를 발생시킵니다. 우리는 고통을 원하는 게 아닙니다. 고문하지는 않아요. 우리가 원하는 건 그를 계속 깨어 있게 할 정도의 자극이 전부입니다. 따라서 저는 전기 출력량을 조절했고, 전화기를 이것에 연결했습니다. 의사가 손목시계를 하나 들어올렸다. 초침이 열두 시 정각을 지나갈 때마다, 잠깐 동안 전류가 환자의 발가락으로 전달됩니다.

의사가 환자의 한쪽 발 둘레에서 올이 굵은 마대 뭉치를 끌렀고, 환자는 의사의 기묘한 장치를 보려고 목을 길게 뺐지만, 세부적인 것들을 관찰할 만큼 몸을 들어 올릴 수가 없었다. 보이는 건 발가락에서 책가방까지 연결된 검은색 전선이 다였는데, 책가방 안에는 의사가 그 손목시계를 다시 넣어 놓은 상태였다. 의사가 말했다. 60초입니다, 여러분. 똑딱똑딱……. 환자는 전화 호출을 기다리면서 덜덜 떨었다. 환자는 전에 그런 호출을 받은 피실험자가 비명을 지르고 이리저리 움찔거리면서 그 호출에 어떤 식으로 답하는지 목격한 적이 있었다. 호출이 열 번이나 스무 번쯤 되면, 실험대상의 눈에는 디오라마관(館)*에 마련된 박제 표본의 생기 없는 광택, 살아 있지만 죽은 듯하거나 죽었지만 살아 있는 듯한 눈빛이 어렸다. 손잡이가 다시 돌아갈 거라고 예상하기 때문이었다. 클로드가 학생들을 데리고 그와 같은 심문을 보러 가서 이렇게 말한 적이 있었다. 누구든 잘난 체하는 멍청이가 웃음을 터뜨리거나 발기하기라도 하면 끌어내겠다. 이건 진지한 일이야. 환자는 손잡이를 돌리라는 요구를 받지 않아 자신이 안도했던 것을 기억해 냈다. 피실험자의 경련을 지켜보는 동안, 그는 움찔거리면서 그 호출이 어떤 느낌일지 궁금해했다. 이제 여기서 그는 매초가 째깍째깍 흘러가는 동안 식은땀을 뻘뻘 흘리며 벌벌 떨고 있다가 마침내 정전기가 터지면 펄쩍 뛰곤 했는데, 아파서가 아니라 깜짝 놀라서였다. 의사가 말했다. 보이시죠? 전혀 해가 없습니다. 환자가 전선 클립에 화상을 입지 않도록 전선을 계속 다른 발가락으로 바꿔서 연결만 해 주십시오.

정치위원이 말했다. 고맙습니다, 박사님. 이제 괜찮으시다면 우리 환자와 단둘이 있고 싶군요. 문으로 향하며 소장이 말했다. 원하는 만큼 천천히 하십시오. 이 환자는 오염돼 있어요. 철저하게 씻어낼 필요가 있습니다. 정치위원은 소장과 의사와 앳된 얼굴의 보초가 나간

---

*   박물관에서 입체 모형을 늘어놓은 전시실. 주로 축소 모형인 경우를 말한다.

후 — 하지만 한쪽 구석에 서서 엄청난 참을성으로 그 환자를 관찰하는 소니와 무절제한 소령은 나가지 않았다 — 환자의 매트리스를 제외하면 그 방안의 유일한 가구인 나무 의자에 앉았다. 환자가 말했다. 제발 좀 쉬게 해 줘. 정치위원은 다시 한번 정전기가 올라 환자가 깜짝 놀랄 때까지 아무 말도 하지 않았다. 이윽고 그가 몸을 앞으로 숙이며 환자에게 그때까지 감춰두었던 얇은 책 한 권을 보여주었다. 우린 이걸 장군의 빌라에 있는 네 숙소에서 발견했어.

Q. 제목이 뭐지?

A. 1963년 판,『쿠바르크 방첩활동 심문서』

Q. 쿠바르크가 뭐지?

A. CIA의 암호명.

Q. CIA가 뭐지?

A. USA 중앙 정보국

Q. USA가 무엇이지?

A. 아메리카합중국.

정치위원이 상체를 뒤로 젖히며 말했다. 내가 너한테 아무것도 숨기지 않는다는 걸 알았겠지. 네가 여백에 써 놓은 메모들을 읽어 봤어. 네가 밑줄 친 구절들을 참작하면서. 네게 가해지고 있는 모든 일들은 이 책에서 나온 거야. 다시 말해서, 네 시험은 책을 마음대로 보면서 치르는 시험인 셈이야. 놀랄 일은 아무것도 없지.

잠 좀…….

안 돼. 난 이 혈청이 효과가 있는지 보려고 널 관찰하는 중이거든. KGB가 준 선물이지. 우리 둘 다 강대국들이 그들의 선물로 뭘 얻으려고 기대하는지 잘 알지만 말이야. 그들은 지금껏 약소국인 우리 나라에서 자신들의 온갖 기술, 무기, 발상들을 시험해 왔지. 우리는 그들이 시치미를 떼고 부르는 소위 '냉전'이라는 저 실험의 피실험자들이었어. 굉장한 농담이지! 그 전쟁이 우리에게 얼마나 치열했는지를 고려한다면 말이야. 재미있기는 하지만 엄청 재미있지는 않아. 왜냐하면 너나 나나 둘 다 이 농담의 대상이니까. (소니가 말했다. 난 우리가 농담의 대상인 줄 알았는데. 무절제한 소령이 말했다. 쉿. 난 이 얘기를 듣고 싶어. 재미있을 것 같거든!) 정치위원이 말을 이었다. 늘 그랬듯, 우리는 그들의 기술과 장비를 도용했지. 이 백열전구들? 미국에서 제조된 거야. 전구에 전력을 공급하는 발전기도 마찬가지고. 비록 휘발유는 소련에서 수입한 거지만.

바둑판처럼 배열된 전구들이 만들어 내는 열기에 땀을 뻘뻘 흘리면서 환자가 말했다. 제발 불 좀 꺼 줘. 아무 대답도 들리지 않아서 그는 같은 말을 되풀이했다. 여전히 아무 말도 들리지 않자, 그는 정치위원이 나가 버렸음을 깨달았다. 그는 눈을 감았고, 잠시 동안 자신이 잠을 잤다고 생각했다. 전기가 그의 발가락을 얼얼하게 자극할 때까지는. 클로드가 학생들에게 이렇게 말한 적이 있었다. 나는 '농장'*에서 직접 이런 기술을 당해 본 적이 있었어. 이런 기술들은 여러분

*   CIA 요원 훈련을 위한 CIA의 비밀 훈련 시설.

이 자신에게 가해지고 있는 게 뭔지를 잘 안다 해도 효과를 발휘하지. 그는 이제는 정치위원의 수중에 있는 쿠바르크 지침서 등사본의 기술들을 언급하는 중이었다. 그 책은 심문 강의의 필독 도서였다. 환자가 되기 전 그저 학생이기만 하던 시절에 환자는 이 책을 여러 차례 읽었다. 당시 그는 책 속의 계략과 성격 유형과 장치들을 암기했고, 격리와 감각 박탈과 합동 심문관들*과 잠입 요원들**의 중요성을 파악했다. 그는 '이반은 멍청이 기술', '양의 탈을 쓴 늑대 기술', '이상한 나라의 앨리스 기술', '전시안(全視眼)*** 기술', '아무도 널 사랑하지 않아 기술'을 완전히 터득했다. 간단히 말해, 그는 이 책을 속속들이 알고 있었다. 예측 불가능한 일과를 강조하는 점을 포함해서. 따라서 앳된 얼굴의 보초가 들어와서 전선을 그의 손가락 중 하나로 옮겨 단 것은 그리 놀랄 일이 아니었다. 앳된 얼굴의 보초가 환자의 발을 다시 싸매는 동안, 그가 그 자신조차 이해 못 할 무언가를 중얼거렸지만, 앳된 얼굴의 보초는 아무 대꾸도 하지 않았다. 이 앳된 얼굴의 보초는 환자에게 이두박근에 푸른색 잉크로 북부에서 태어나 남부에서 죽다라고 새긴 자기 문신을 보여준 적이 있는 보초였다. 그

* 악랄하고 위압적인 유형의 심문관과 친절하고 차분한 유형의 심문관이 공통으로 심문을 주관하는 형태.
** 일종의 정부 공작원으로 불법 행동을 선동하여 체포를 유도하도록 정부가 정치 단체에 잠입시키는 공작원을 의미한다.
*** '모든 것을 보는 눈'이라는 뜻으로 신처럼 세상만사를 굽어보는 전지전능한 눈을 말한다. 미국 1달러 지폐 뒷면의 좌측 피라미드 그림 윗부분에도 인쇄돼 있는 그림으로, 삼각형 안에는 한 개의 눈이, 삼각형 외곽에는 후광이 그려져 있다.

렇지만, 사이공으로 진군한 마지막 사단에 있었기 때문에, 그가 그
도시를 행방시키려고 도착했을 때쯤 전쟁은 이미 끝나 있었다. 하지
만 그의 문신은 여전히 예언적일 수도 있었다. 그는 면회하러 온 어느
포로의 아내가 그에게 옮긴 매독으로 진작부터 거의 죽어 있는 거나
다름없었다. 그녀가 자신이 가지고 있던 유일한 재산으로 뇌물을 상
납했기 때문이었다. 환자가 말했다. 제발, 불 좀 꺼 줘요. 하지만 앳된
얼굴의 보초는 더 이상 그를 돌보고 있지 않았다. 그 대신 십대의 보
초가 음식을 배달하러 왔다. 방금 먹지 않았던가? 그는 배가 고프지
않았지만 십대 보초는 금속 숟가락으로 그의 목구멍에 쌀죽을 억지
로 밀어 넣었다. 기본적인 필수품들의 지급 일정은 반드시 뒤죽박죽
으로 혼란스러워야 하기에, 그의 배식 일정은 불규칙하고 예측 불가
능했다. 정확히 그 책에 따른 것이었다. 갑작스럽게 자신을 괴롭히는
치명적인 질병을 연구하는 의사처럼, 그는 자신에게 일어난, 그리고
앞으로 일어날 모든 일을 잘 알았지만, 그로 인해 달라진 것은 아무
것도 없었다. 그는 이 점을 그 십대 보초에게 말하려 시도했지만, 보
초는 그에게 입 닥치라고 한 다음 그의 갈비뼈를 발로 걷어차고 나가
버렸다. 전선이 다시 한번 그를 얼얼하게 자극했는데, 다만 이번에는
그것이 손가락이 아닌 귀에 고정되어 있었다. 그가 머리를 흔들었지
만 전선은 자지 말고 깨어 있으라고 그를 들볶으면서, 꽉 다문 입을
열려 하지 않았다. 그의 정신은 쓰라리고 갈라져 있었다. 그가 빨아
먹은 후 그의 어머니의 젖꼭지가 꼭 그랬을 것처럼 말이다. 그녀는 그
를 이렇게 불렀다. 배고픈 우리 아가. 태어난 지 불과 몇 시간 만에, 심

지어 눈조차 뜨지 못했지만, 너는 내 젖을 어디에서 찾아야 할지 정확하게 알았어. 게다가 일단 달라붙으면, 놓아주려 하지 않았지! 너는 매시 정각에 그것을 요구했어. 어머니 젖의 첫 한 모금은 완벽했을 게 분명했지만 그는 그 맛이 어땠는지 기억할 수가 없었다. 그가 아는 것은 그것에 어떤 맛이 없었는지가 다였다. 두려움, 다시 말해 그의 혀를 쓸고 지나가며 퍼지는 9볼트 배터리의 톡 쏘는 금속성 맛 말이다.

Q. 어떤 느낌이 드나?

정치위원이 돌아와서, 하얀 실험실 가운, 수술용 마스크, 스테인리스 고글을 착용하고, 두 손에는 고무장갑을 끼고 메모장과 펜을 든 채 환자를 굽어보고 있었다.

Q. 어떤 느낌이 드냐는 말 안 들려?
A. 몸에 아무 느낌이 없어.
Q. 하지만 정신은 느낄 수 있어?
A. 내 정신은 모든 걸 느껴.
Q. 이제 기억이 나?
A. 뭐가?
Q. 네가 뭘 잊어 버렸는지 기억나?

그러자 환자는 자신이 무엇을 잊어 버렸는지를 기억해 냈으며, 만일 그것을 또렷이 말할 수만 있으면 전선이 코끝에서 제거되고, 입 안에서 배터리의 맛이 사라지고, 불이 꺼지고, 마침내 잘 수 있을 거라는 생각이 들었다. 그가 울음을 터뜨리자 눈물이 그의 망각이라는 거대한 수면으로 떨어져 내렸고, 기억상실이라는 불안정한 유동체에 초래된 약간의 염도 변화가 흑요석 같은 과거를 자극해 떠오르게 했다. 오벨리스크 하나가 그의 망각의 대양에서 서서히 모습을 드러냈다. 이는 내내 바다에 파묻혀 있었기 때문에 그도 알지 못하는 채로 폐기돼 있었던 것의 부활이었다. 오벨리스크에 새겨져 있는 것은 상형문자들이었다 ― 생쥐 세 마리, 일련의 직사각형들, 파도 모양의 곡선들, 드문드문한 간지*⋯⋯그리고 영사기의 암호 같은 이미지들. 왜냐하면 이제는 그가 기억해 냈으나, 이때까지 내내 잊고 있었던 그 일이 일어났던 곳이 바로 그들이 영화관이라고 부르는 방이었으니까.

Q. 누가 그걸 영화관이라고 불렀지?
A. 경찰들.
Q. 왜 그걸 영화관이라고 부른 거지?
A. 외국인들이 방문할 때는, 그 방은 영화관이야,
Q. 그리고 외국인들이 방문 중이 아닐 때는?
A. ⋯⋯

* 일본어 문자 체계는 히라가나, 가타카나, 간지의 세 가지로 이루어져 있는데, 그중 간지는 한자(漢字)의 일본식 발음이다.

Q. 그리고 외국인들이 방문 중이 아닐 때는?

A. 거기서 심문이 이뤄져.

Q. 심문이 어떤 식으로 이뤄지지?

A. 아주 많은 방법이 있어.

Q. 한 가지 사례를 든다면?

한 가지 사례라! 선택할 수 있는 사례는 아주 많았다. 전화 호출은 물론이고, 비행기 태우기와 물 드럼통과 핀, 종이, 선풍기를 사용한 흔적 하나 남지 않는 기발한 방식과 마사지와 도마뱀들과 국소 화상들과 장어에 이르기까지. 이중 어느 것도 그 책에는 적혀 있지 않았다. 심지어 클로드조차도 그것들의 유래를 몰랐다. 그것들이 그가 조합에 들어가기 오래전부터 행해졌다는 사실을 제외하고는. (무절제한 소령이 말했다. 이건 너무 오랫동안 계속되고 있어. 이만하면 됐어. 소니가 말했다. 아니. 그는 이제야 정말로 땀을 흘리고 있어. 뭔가 효과가 나기 시작하는 중이라고!)

Q. 그 영화관에 누가 있었지?

A. 경찰관 셋. 소령. 클로드.

Q. 그 영화관에 또 누가 있었지?

A. 나.

Q. 그 영화관에 또 누가 있었지?

A. ……

Q. 또 누가 —

A. 그 공산당 첩자.

Q. 그녀에게 무슨 일이 일어났지??

입안에 증거인 종이 반죽을 쑤셔 넣고 있던 그 첩자를 그가 어떻게 잊어버릴 수 있었을까? 그녀가 붙잡혔을 때 삼키려고 애쓰던 경찰 명단에는 그 자신의 이름도 적혀 있었다. 그는 영화관에서 그녀를 지켜보면서, 자신이 만에게 그 명단을 넘겨준 장본인이었음에도 그녀가 자신의 진짜 신분을 눈치 채지 못했다고 확신했다. 하지만 그 첩자는 만의 연락책이었기 때문에 만이 누구인지는 알고 있었다. 그녀는 널찍한 방 한가운데, 검은색 고무판을 덮어 놓은 탁자 위에 맨몸으로 손과 발이 네 개의 탁자 다리에 각각 밧줄로 묶인 채 누워 있었다. 불이라고는 천장에 달린 형광등 조명밖에 없었고, 등화관제용 암막 커튼이 주글주글하게 닫혀 있었다. 사방 벽에는 회색 접이식 금속 의자들이 아무렇게나 밀어붙여져 있는 한편, 방 뒤쪽에는 소니 사(社)의 영사기가 세워져 있었다. 맞은편 벽에 걸린 영화 스크린은 첩자를 심문할 때 배경막으로 쓰였고, 클로드는 영사기 옆에서 스크린 쪽을 지켜보았다. 무절제한 소령이 책임자였다. 하지만 그는 그 영화관에서 제 역할을 포기하고 세 명의 경찰관에게 일임한 채, 접이식 의자에 앉아 지켜보기만 했는데, 그의 얼굴은 불행해 보일 뿐 아니라 땀투성이었다.

Q. 넌 어디에 있었지?

A. 클로드와 곁에.

Q. 넌 뭘 했지?

A. 지켜봤어.

Q. 뭘 봤는데?

나중에, 눈이 부신 미래에 조만간, 정치위원이 환자에게 그의 대답을 녹음한 테이프를 틀어 줄 터였다. 비록 그에게는 그 녹음기의 존재에 대한 기억이 전혀 없었지만 말이다. 테이프에 녹음된 자기 목소리를 듣는 많은 사람들은 그것이 자기 목소리처럼 들리지 않는다고 생각하며 그 사실에 충격을 받았는데, 그도 예외가 아니었다. 그는 이 낯선 사람의 목소리가 이렇게 말하는 것을 들었다. 모두 다 봤어. 클로드는 이게 역겨운 일이기는 하지만, 내가 꼭 봐야 한다고 했어. 내가 말했지. 이 일이 정말로 필요합니까? 클로드가 말했어. 소령에게 말해. 그가 책임자야. 난 그저 조언자일 뿐이지. 그래서 나는 소령에게 갔어. 그가 이러더군. 그것에 관해 내가 할 수 있는 건 아무것도 없어. 아무것도! 장군님은 저 여자가 그 이름들을 어떻게 입수했는지 알고 싶어 하셔. 그것도 당장 알고 싶어 하시지. 내가 말했어. 하지만 이건 잘못된 일입니다. 모르시겠습니까? 이런 일을 할 필요는 없단 말입니다. 소령은 자리에 앉아서 아무 말도 하지 않았고, 클로드도 영사기 옆에 선 채로 침묵을 지켰지. 내가 그 세 경찰에게 말했어. 그녀와 단 둘이 있을 시간을 좀 줘요. 비록 미국인들이 흰색 정복과 모자 때문에 우리 경찰들을 흰 생쥐라고 부르기는 하지만, 이 셋 중 누구도 생쥐처럼 보이지는 않았어. 그들은 국가를 대표할 만한 성인 남성의 평균적인 표본들이었지. 지프차며 오토바이를 타서 짙게 그을린 피부에 호리호리하고 여윈 사람들이었어. 머리끝부터 발끝까지 흰색으로 차려 입는 대신, 흰색 셔츠와 연한 파란색 바지의 근무복 차림이었지. 연한 파란색 모자는 벗고 있었지만. 내가 말했어. 그녀와 두어 시간만 함께 있게 해 줘요. 가장 젊은 경찰관이 코웃음을 쳤어. 저 사람은 자기 차례가 처음이길 바라는 것뿐이에요. 나는 격한 분노와 수치심으로 얼굴이 빨개졌어. 가장 나이 많은 경찰관이 말했지. 저 미국인은 이 일에 대해서 걱정하지 않잖아요. 당신도 그래야 해요. 자, 콜라 좀 마셔요. 구석에 탄산음료로 가득 찬 프리지데어 냉장고 한 대가 있었는데, 가장 나이 많은 경찰관은 벌써부터 한 손에 뚜껑을 딴 콜라 한 병을 들고 있다가 내 손에 꽉 쥐어 준 다음 나를 소령 바로 옆 의자로 데려갔지. 자리에 앉았는데, 얼음처럼 차가운 콜라 병을 쥔 손가락들이 곱아들기 시작했어. 첩자가 울부짖었어. 정말입니다, 선생님들! 저는 아무 죄가 없어요! 맹세해요! 가장 젊은 경찰이 말했어. 당신이 그 모든 경찰들 이름이 적힌 명단을 갖고 있었던 이유가 그걸로 설명이 되나? 그게 어딘가에 아무렇게나 놓여 있던 걸 그냥 발견하기만 했는데, 다음 순간 너무 배가 고파서 그걸 먹으려고 해야만 했다는 거야? 첩자가 흐느끼며 말했지. 아니오, 아니에요. 그녀에겐 자신을 방어할 그럴듯한 이야기가 필요했지만, 무슨 이유에서인지 그녀는 그런 이야기를 생각해 내지 못했어. 어떤 이야기로 그 경찰관들의 관심을 딴 데로 돌릴 수 있었을 거라는 것은 아니지만. 중년의 경찰이 자기 벨트를 풀고 바지 지퍼를 내리며 말했어. 좋아. 그는 이미 발기해 있어서 그의 열한 번째 손가락이 사각 팬티에서 툭 튀어나와 있었지. 첩자는 신음하면서 탁자 반대쪽으로 눈길을 돌렸지만, 가장 젊은 경찰이 거기 서 있는 걸 알게 됐을 뿐이었어. 그는 이미 바지를 내리고서, 한 손으로 맹렬히 펌프질을 하고 있었지. 그의 등 뒤에 앉아 있었기 때문에 내가 본 것은 그의 벌거벗은 엉덩이의 홀쭉한 볼깃살이 전부였어. 물론 첩자의 눈에 비친 공포도 봤지. 그녀는 이것이 심문이 아니라 그 경찰들이 쥐고 있는 도구로 직접 작성한 판결문임을 알았어. 아이가 있는 게 분명한 가장 나이 많은 경찰이 대부분의 성인 남성 신체의 가장 추한 부분에 있는 뭉툭한 곳을 어루만지고 있었어. 가장 젊은 경찰관이 몸을 측면으로 돌리고 그 첩자의 얼굴 근처로 다가갔기 때문에 그 광경이 분명히 눈에 들어왔어. 그가 말했어. 자, 어서, 한 번 봐 봐. 이 녀석이 널 좋아하는데! 충혈된 그 세 기관들은 길이가 다 다른 데다, 하나는 위쪽, 다른 하나는 아래쪽으로 향해 있었고, 세 번째는 옆으로 휘어져 있었어. 첩자가 눈을 감은 채 고개를 가로저으며 울부짖었지. 제발 이러지 마세요! 이렇게 빌게요! 가장 나이 많은 경찰이 웃음을 터뜨렸어. 저 납작코랑 거무스름한 피부를 좀 봐. 캄보디아인이나, 아니면 아마 참족*

---

*   베트남 남부와 캄보디아에 흩어져 사는 인도네시아계(系)의 소수 민족으로 짬인(人)이라고도 한다. 체격이 건장하고, 피부색은 거무스름한 다갈색이다.

피가 섞였나 봐. 그 인간들은 피가 뜨겁지.

쉽게 시작하지. 중년의 경찰이 탁자 위 그녀의 다리 사이로 보기 흉하게 올라가며 말했어. 이름이 뭐지? 그녀는 아무 말도 하지 않았어. 하지만 그가 그 질문을 되풀이했을 때, 무엇인가 원초적인 것이 그녀 안에서 깨어났지. 그녀는 눈을 뜨고 그 경찰을 쳐다보면서 이렇게 말했어. 내 성은 '베트'고 이름은 '남'이야. 잠시 동안, 세 경찰은 말문이 막혔지. 이윽고 그들은 폭소를 터뜨렸어. 가장 젊은 경찰이 말했지. 이 개 같은 년이 화를 자초하는군. 중년의 경찰은 여전히 크게 웃으면서 첩자가 비명을 지르고 또 지르는 동안 몸을 내려 그녀를 무겁게 짓누르고 있었어. 그 경찰이 끙끙거리며 요란하게 움직이는 모습과 다른 두 경찰이 무릎을 드러내고 발목 부근에 바지를 걸친 채 발을 질질 끌며 탁자 주위를 돌아다니는 모습을 지켜보자니, 그들이 결국 치즈 한 덩어리를 둘러싸고 모여 있는 생쥐인 것처럼 보였어. 내 동포들은 '줄'이라는 개념을 결코 이해하지 못했고, 아무도 줄 끝에 있고 싶어 하지 않아서, 이 세 마리 생쥐가 서로 밀치락달치락하며 내 시야를 방해하는 동안, 내가 볼 수 있는 것은 그들의 땀투성이 아랫도리와 첩자의 버둥거리는 두 다리가 다였어. 그녀가 더 이상 비명을 지르지 않은 것은 더 이상 그럴 수가 없었기 때문이었어. 가장 젊은 경찰관이 그녀의 입을 막아 버렸거든. 그가 말했지. 좀 빨리 해요. 왜 이렇게 오래 걸려요? 중년의 경찰이 말했어. 내가 하고 싶은 만큼 오래 할 거야. 어쨌든 자네도 이 여자랑 즐기는 중이잖아, 아니야? (두 손으로 급하게 눈을 가리며 무절제한 소령이 외쳤다. 이 얘기는 그만! 난 못 보겠어!) 하지만 우리는 중년의 경찰관이 마침내 엄청난 경련을 일으키며 부들부들 떠는 동안, 그저 지켜보는 것 말고는 속수무책이었지. 이런 쾌락은 언제나 개인적인 것으로 남겨 둬야 하는 법이야. 카니발이나 섹스 파티에서처럼 모든 사람이 함께하지 않는 한 말이야. 여기서, 오로지 바라보기만 하는 사람들에게 그 쾌락은 소름끼치는 것이었어. 내 차례예요. 가장 젊은 경찰이 이렇게 말하며 첩자에게서 몸을 떼어내자 그녀는 다시 한번 비명을 지를 수 있게 되었지만, 곧이어 가장 나이 많은 경찰이 가장 젊은 경찰의 자리를 차지하고 그녀의 입을 막아버렸지. 난장판이군. 가장 젊은 경찰이 셔츠를 치키며 말했어. 그는 난장판에 구애받지 않고 탁자 위에 자리를 잡았고, 심지어 중년의 경찰관이 오그라든 제 것을 뒤덮은 부분 가발 같은 곱슬곱슬한 털 위로 바지 지퍼를 올리는 와중에도 전임자의 동작들을 반복하기 시작하더니, 몇 분 만에 똑같이 외설적인 결말에 도달했어. 그 뒤가 가장 나이 많은 경찰의 차례였는데, 그가 탁자 위로 올라가자 첩자의 얼굴을 보는 데 방해가 되는 것이 아무것도 없게 됐지. 이제 마음대로 비명을 지를 수 있었지만, 그녀는 더 이상 그러지 않았어. 아니, 더 이상 그럴 수가 없었지. 그녀는 나를 똑바로 응시하고 있었지만, 고통이라는 나사들이 그녀의 위, 아래턱과 두 눈을 꽉 조여서, 그것도 여느 때보다 훨씬 더 강하게 조이고 있어서, 그녀가 나를 전혀 보고 있지 않다는 느낌을 받았어.

가장 나이 많은 경찰이 끝마친 후, 그 방은 첩자의 흐느껴 우는 소리와 다른 두 경찰이 피우는 담배의 치직거리는 소리를 제외하고는 고요했지. 가장 나이 많은 경찰은 셔츠 자락을 집어넣다가 자신을 쳐다보고 있는 나를 보고는 어깨를 으쓱하며 말했어. 누가 해도 했을 거예요. 그렇다면 우리는 왜 안 됩니까? 가장 젊은 경찰이 말했지. 저 사람한테 얘기하느라 시간 낭비하지 마세요. 어차피 저 사람은 이 여자한테 이 요법을 실행할 만큼 발기하지도 못했을 걸요. 보세요. 탄산음료를 건드리지도 않았다고요. 그건 사실이었어. 난 손에 든 병을 잊어 버리고 있었거든. 그건 심지어 더 이상 차갑지도 않았지. 중년의 경찰이 말했어. 안 마실 거면, 날 줘요. 내가 꼼짝도 하지 않자, 화가 치민 경찰이 세 발짝 만에 다가오더니 그 병을 낚아챘어. 그는 한 모금 마시더니 얼굴을 찌푸렸지. 따뜻한 탄산음료는 질색이야. 그가 악의적으로 이렇게 말하고 나서 내게 그 병을 다시 내밀었지만, 난 그저 우두커니 그것을 바라보는 게 고작이었어. 내 정신은 내 손가락들만큼이나 마비되어 있었거든. 가장 나이 많은 경찰이 말했지. 잠깐만. 여기 이 여자가 제대로 씻어야 하는데 그 사람한테 따뜻한 탄산음료를 마시게 할 필요는 없어. 그가 첩자의 무릎을 쓰다듬자, 그 손길과 그 말에 그녀가 정신을 차리더니, 머리를 쳐들고 너무나 강렬해서 그 방에 있는 모든 남자가 다 마땅히 재와 연기로 변해 버릴 정도의 증오감으로 우리 모두를 노려봤어. 하지만 아무 일도 일어나지 않았지. 중년의 경찰관이 웃음을 터뜨리며 엄지손가락으로 병 주둥이를 막은 다음 병을 힘차게 흔드는 동안에도, 우리는 여전히 살과 피를 지닌 인간이었고, 그녀도 마찬가지였어. 그가 말했지. 좋은 생각이에요. 하지만 끈적거릴 거예요!

맞아. 기억은 끈적했지. 나는 그 탄산음료의 일부를 계속 밟고 있었던 게 틀림없어. 나중에 그 경찰들이 첩자와 탁자에 여러 양동이의 물을 끼얹은 다음 타일 바닥을 대걸레로 닦아 냈는데도 말이야. (무절제한 소령이 말했다. 내가 그들에게 그렇게 하라고 명령했어. 그들이 자기들이 어지럽힌 것을 치우기를 즐거워하진 않았어. 그건 내가 분명히 말해 줄 수 있지.) 여전히 벌거벗은 채 탁자 위에 방치돼 있던 첩자는 더 이상 비명을 지르거나 심지어 흐느껴 울지도 않았지만, 다시 한번 눈이 감긴 채, 머리가 뒤로 젖혀지고, 등은 활처럼 휘어 있었어. 경찰들은 그녀에게서 자신들의 흔적을 씻어 없앤 후, 다 비워진 병을 몸 안으로 넣어 주둥이의 병목 부분까지 파묻히게 해 놓았어. 중년의 경찰이 부인과 의사 같은 관심으로 허리를 굽히고 병 밑바닥을 통해 들여다보면서 말했지. 이 여자 속이 곧장 들여다보이는 걸. 가장 젊은 경찰이 어깨로 그를 밀어 젖히며 말했어. 어디 좀 봐요. 그가 투덜거렸지. 난 아무것도 안 보여요. 가장 나이 많은 경찰이 소리쳤어. 농담이잖아, 이 바보야! 농담이라! 맞아, 아주 형편없는 농담. 클로드가 알아들었듯이, 어떤 언어여도 이해되는 슬랩스틱 코미디의 졸렬한 모방작이었지. 경찰들이 임시변통한 자궁검경을 가지고 의사 놀이를 하는 동안, 그가 내게 다가오더니 이렇게 말했어. 알아두라고 말해 주는 건데. 나는 저들에게 저렇게 하는 법을 가르치지 않았어. 무슨 말인가 하면, 저 병 말이야. 모두 자기들 힘으로 생각해 냈지.

그들도 좋은 학생들이었던 거야. 꼭 나처럼. 그들은 경험을 통해 잘 배웠던 거야. 나도 그렇고. 그러니 아무쪼록 네가 불을 꺼 주기만 한 나면, 아무쪼록 네가 전화를 꺼 주기만 한다면, 네가 나를 전화로 호출하는 걸 멈춰 주기만 한다면, 네가 우리 둘이 한때, 그리고 어쩌면 아직도 가장 친한 친구라는 걸 기억한다면, 네가 내게 자백할 것이 아무것도 남아 있지 않다는 걸 알 수 있다면, 역사의 배가 다른 침로(針路)를 택했더라면, 내가 회계사가 됐더라면, 내가 딱 맞는 여자와 사랑에 빠졌더라면, 내가 좀 더 고결한 애인이었다면, 내 어머니가 덜 어머니다웠더라면, 내 아버지가 사람들의 영혼을 구원하러 여기가 아니라 알제리에 가 버렸더라면, 소장이 나를 뜯어고칠 필요가 없다면, 내 동포들이 나를 의심하지 않는다면, 만일 그들이 나를 그들 중 하나로 여긴다면, 우리가 우리의 원한을 잊는다면, 우리가 복수심을 잊는다면, 우리가 모두 다른 누군가의 각본 속 꼭두각시들임을 스스로 인정한다면, 우리가 서로 전쟁을 하지 않았더라면, 우리 중 일부가 스스로를 민족주의자나 공산주의자나 자본주의자나 현실주의자라고 부르지 않았다면, 우리 승려들이 분신하지 않았다면, 미국인들이 우리를 우리 자신으로부터 구하러 오지 않았다면, 우리가 그들이 파는 것을 사지 않았다면, 소련인들이 우리를 동지들이라고 부른 적이 결코 없었다면, 마오쩌둥이 똑같은 일을 하려고 시도하지 않았다면, 일본인들이 우리에게 황인종의 우월성을 가르쳐주지 않았다면, 프랑스인들이 우리를 문명화시키려 시도한 적이 결코 없었다면, 호찌민이 변증법적이지 않고 카를 마르크스가 분석적이지 않았다면, 시장의 보이지 않는 손이 우리 목덜미를 붙들고 있지 않다면, 영국인들이 신세계의 반역자들을 물리쳤다면, 원주민들이 백인을 처음 보자마자 그냥 "빌어먹을, 죽어도 안 돼."라고 말해 버렸다면, 우리 황제들과 고관대작들이 자기들끼리 충돌하지 않았다면, 중국인들이 우리를 천 년 동안 지배한 적이 결코 없었다면, 그들이 폭죽 이상의 용도로 화약을 사용했다면, 석가모니가 이 세상에 존재한 적이 결코 없었다면, 성경이 쓰인 적도 없고 예수 그리스도가 희생을 당한 적도 결코 없었다면, 아담과 이브가 여전히 에덴동산에서 즐겁게 뛰놀고 있다면, 용왕과 선녀인 왕비가 우리를 낳지 않았다면, 그들 둘이 헤어지지 않았다면, 그들의 아이들 중 50명이 선녀인 어머니를 따라 산으로 가지 않았다면, 나머지 50명이 용인 아버지를 따라 바다로 가지 않았다면, 전설의 불사조가 그저 우리의 시골지역에 추락해서 불타기만 한 게 아니라 정말로 그 자신의 잿속에서 솟구쳐 올랐다면, '빛'도 '말씀'도 없다면, 하늘과 땅이 결코 나뉘지 않았다면, 역사적인 일이 막간 익살극으로든 비극으로든 결코 일어나지 않았다면*, 언어라는 뱀이 나를 물지 않았다면, 내가 결코 태어난 적도 없었다면, 내 어머니에게 갈라진 음부가 절대 없었다면, 네가 더 이상 교정을 할 필요가 없다면, 그리고 내가 이런 환영들을 더 이상 보지 않는다면, 제발 나 좀 자게 해 줄 수 있어?

22장

물론 당신은 잠잘 수 없어. 혁명가들은 불면증에 시달리는 사람들이다. 역사의 악몽이 너무 무서워 잠들지 못하고, 세상의 병폐로 너무 고민하느라 깨어 있는 게 차라리 나은 사람들 말이다. 아니, 소장이 그렇게 말했다. 그가 그렇게 말한 것은 내가 매트리스 위에 현미경 아래 놓인 슬라이드 위의 표본처럼 누워 있을 때였는데, 셔터의 부드러운 찰칵 소리에 나는 박사의 실험이 이미 성공을 거뒀음을 깨달았다. 나는 눈에 보이지 않는 자이로스코프식 심리적 기제가 작동되어 극도의 고통으로 이리저리 부대끼다가, 밑에서 고문 받고 있는 육체와 불빛이 환한 천장 너머 높은 곳에 둥둥 떠 있는 평온한 자의식으로 분리되어 있었다. 이 높이에서 보니, 내가 당한 생체 실험*은 사실무척 흥미로운 것이었고, 흔들리는 노른자위 같은 내 몸이 끈적거리

---

*   '가혹한 비평'이라는 의미를 포함한 중의적 표현.

는 흰자위 같은 내 정신 밑에서 희미하게 빛나고 있었다. 이렇게 나는 예속되어 있는 동시에 높이 들려 있었기 때문에, 심지어 소니와 무절제한 소령에게도 이해력 너머에 있는 존재였다. 그들은 박사와 소장과 정치위원이 나를 둘러싸고 서 있는 동안, 세 사람의 어깨 너머로 유심히 들여다보면서 여전히 내 만성적인 불면증의 단계에 머물러 있었으니까. 세 사람은 더 이상 실험실 가운과 수술복과 스테인리스 고글을 착용하고 있지 않았고, 빨간색 계급장을 단 노란색 군복을 입고 권총이 든 권총집을 엉덩이에 차고 있었다. 밑에 있는 이들은 인간과 유령이었지만, 나는 초자연적인 '성령'이어서, 천리안과 초인적인 청력을 가지고 있었다. 이렇게 초월적인 방식으로, 나는 소장이 무릎을 꿇고 앉아 내 인간 이하의 모습을 향해 한 손을 내밀더니 집게손가락을 천천히 뻗어서 내 열린 눈의 눈알을 살짝 누르는 것을 보았다. 가엾은 내 몸을 움찔하게 하는 손길이었다.

나 자신
제발, 자게 해 주십시오.
소장
당신은 내가 당신 자백에 만족해야 잘 수 있어.
나 자신
하지만 난 아무것도 하지 않았습니다!
소장
바로 그거야.

나 자신

불빛이 너무 환합니다. 가능하시다면 ——

소장

온 세상이 우리 나라에 어떤 일이 벌어지는지를 지켜보았지만, 세상 대다수가 아무것도 하지 않았지. 그뿐 아니라 —— 그것을 즐기기까지 했어. 당신도 예외는 아니야.

나 자신

나는 큰소리로 외쳤습니다, 아닙니까? 아무도 귀 기울이지 않은 것이 내 잘못입니까?

소장

변명하지 마! 우리는 우는소리를 하지 않았어. 우리는 모두 기꺼이 순교자가 되려 했어. 박사와 위원 동지와 나 자신이 살아 있는 것은 순전히 운일 뿐이야. 당신은 그 첩보원을 구하기 위해 당신 자신을 기꺼이 희생하지 않았을 따름이야. 그녀는 위원 동지의 목숨을 구하기 위해서 자기 목숨을 기꺼이 내놓았는데 말이지.

나 자신

아닙니다. 나는 ——

소장과

정치위원과

박사 (일제히)

시인해!

이내 나는 나 자신이 그것을 시인하는 것을 보았다. 나 자신이 내가 했던 일들에 대해서가 아니라 내가 하지 않았던 일들에 대해서 벌을 받거나 재교육을 받고 있다고 인정하는 것을 들었다. 나는 수치심이 느껴져서 수치스러운 줄도 모르고 눈물을 흘리며 외쳤다. 나는 아무것도 하지 않는 죄를 저질렀습니다. 나는 아무것도 하지 않았기 때문에 그 모든 일을 당한 사람이었다! 게다가 나는 눈물을 흘리며 울었을 뿐 아니라 울부짖었고, 감정의 토네이도에 내 영혼의 창문들이 덜덜 떨리고 덜컥거리기까지 했다. 비참한 상태의 내 모습과 음성이 너무도 충격적이어서 소장과 정치위원과 나를 제외한 모두가 내가 나도 모르게 초래한 그 비참하고 엉망진창인 상황에서 눈길을 돌려 버렸다.

정치위원

만족스러운가요?

소장

자, 그가 아무것도 하지 않았음을 시인했군요. 하지만, 브루족 동지와 '파수꾼'은요?

정치위원

그는 그 브루족 동지와 '파수꾼'을 구하기 위해 아무것도 할 수 없었을 겁니다. 그 첩보원의 경우, 그녀는 살아남았지요.

소장

우리가 그녀를 석방해 줬을 때 그녀는 걷지도 못했어요.

정치위원

아마 그녀의 육체는 망가졌지만, 정신은 아니었을 겁니다.

박사

그 경찰들은 어떻게 됐습니까?

정치위원

내가 그들을 찾아냈지요.

소장

그들은 대가를 치렀어요. 그도 그래야 하는 것 아닌가요?

정치위원

맞아요. 하지만 그는 그가 빼앗은 생명들에 대해서 칭찬도 받아야 합니다.

소장

소니와 소령이요? 그들의 보잘것없는 목숨은 그 첩보원이 입은 피해에 필적할 만한 것도 못 됩니다.

정치위원

그럼, 그의 아버지의 목숨은 필적할 만한가요?

내 아버지라고? 이건 무슨 소리였을까? 심지어 소니와 무절제한 소령조차, 자신들의 생사에 대한 가혹한 평가에 소스라치게 놀라 흥분한 상태로 멈춰 서서 귀를 기울였다.

소장

그가 자기 아버지에게 무슨 짓을 했는데요?

정치위원

그에게 직접 물어보시지요.

소장

이봐! 날 봐! 당신 아버지한테 무슨 짓을 했지?

나 자신

난 아버지한테 아무 짓도 하지 않았습니다!

소장과

정치위원과

박사 (일제히)

시인해!

나는 눈물을 흘리고 있는 노른자위 같은 나 자신을 내려다보면서, 웃음을 터뜨려야 할지 아니면 동조해서 울어야 할지 몰랐다. 내가 만에게 아버지에 대해 써 보냈던 것을 잊고 있었나? 아버지가 죽으면 얼마나 좋을까!

나 자신

하지만 그런 뜻은 아니었습니다!

정치위원

자신에게 솔직해져 봐.

나 자신

네게 그런 짓을 하라는 뜻은 아니었어!

정치위원

그럴 리가, 넌 그런 뜻이었어! 대체 네가 누구한테 편지를 쓰고 있다고 생각했던 거야?

나는 영향력 있는 위원회의 일원이자, 심지어 그 당시에도 자신이 언제가 정치위원이 될 가능성이 있음을 알고 있던 혁명가에게 편지를 쓰고 있었다. 또 이미 사람들의 영혼과 마음을 개조하는 조형 미술을 배우고 있던 정치적인 당 간부진의 일원에게 편지를 쓰고 있었다. 또 내가 부탁하는 것이면 무슨 일이든 할 친구에게 편지를 쓰고 있었다. 게다가 문장* 하나의 힘과 그 말의 무게를 중요하게 여기는 작가에게 편지를 쓰고 있었다. 그리고 내가 원하는 것을 나 스스로 아는 것보다 더 많이 아는 형제에게 편지를 쓰고 있었다.

소장과

정치위원과

박사 (일제히)

당신 무슨 짓을 했지?

나 자신

---

*   원래 영어의 'sentence'에는 '판결문'과 '문장'이라는 의미가 모두 있고 본문에서 작가는 이 단어를 그런 두 의미가 담긴 중의적 단어로 사용하고 있다.

난 아버지가 죽기를 바랐습니다!

소장이 턱을 문지르며 의심스럽다는 듯 박사를 쳐다보자, 그가 어깨를 으쓱했다. 박사는 육체와 정신을 깨서 열어젖힐 뿐, 발견되는 것에 대해서는 책임이 없었다.

박사
그의 아버지는 어떻게 죽었습니까?
정치위원
암살자가 털어놓은 얘기에 따르면, 머리에 총을 한 방 맞았지요.
소장
나는 위원 동지가 그를 구하기 위해 이런 이야기를 지어내고도 남을 사람이라고 생각해요.
정치위원
내 첩보원한테 물어봐요. 그녀가 그 아버지의 죽음을 처리했으니.

소장이 나를 뚫어져라 내려다보았다. 내가 아무것도 하지 않은 것이 유죄일 수도 있다면, 무엇인가를 원해야 마땅한 것 아닐까? 이 경우에는, 내 아버지의 죽음이었다. 내 아버지라는 사람은 무신론자인 소장이 생각하기에 식민주의자, 미사라는 아편을 파는 자, 짐작건대 그들 자신의 구원을 위해 수백만의 가무잡잡한 사람들을 희생시켜 천국행이라는 고된 길을 비춰주는 불타는 십자가로 삼은 하느님의

대변인이었다. 그의 죽음은 계획적인 살인이 아니라 정당한 판결문이
었고, 그것이야말로 일찍이 내가 쓰고 싶어 했던 전부였다.

소장

생각 좀 해 봅시다.

소장이 돌아서서 자리를 떴고, 박사도 순순히 뒤따랐지만, 소니와
무절제한 소령은 남아서 정치위원이 얼굴을 찌푸리며 느릿느릿 의자
에 자리를 잡고 앉는 동안 지켜보았다.

정치위원

우린 참 대단한 한 쌍이로군.

나 자신

불 좀 꺼줘. 아무것도 볼 수가 없어.

정치위원

독립과 자유보다 더 소중한 것은 무엇이지?

나 자신

행복?

정치위원

독립과 자유보다 더 소중한 것은 무엇이지?

나 자신

사랑?

정치위원

독립과 자유보다 더 소중한 것은 무엇이지?

나 자신

모르겠어!

정치위원

독립과 자유보다 더 소중한 것은 무엇이지?

나 자신

죽어 버리고 싶어!

그 대목에서 나는 흐느끼고 울부짖으며 그 말을 해 버렸다. 이때, 드디어, 그것이 스스로를 위해 내가 원하는 것이자, 아주 많은 사람들이 내게 원하는 것임을 알게 되었다. 소니와 무절제한 소령이 찬성의 표시로 박수를 치는 동안, 정치위원이 권총을 뽑았다. 드디어! 죽음은 잠시만 아플 뿐, 삶이 얼마나 많이, 얼마나 오랫동안 아플지를 감안한다면 그리 나쁜 것이 아니었다. 약실에 총알이 장전되는 소리가 내 아버지 성당의 종소리만큼이나 또렷했는데, 그것은 어머니와 내가 일요일 아침마다 우리 오두막집에서 듣던 소리였다. 스스로를 내려다보면서, 나는 여전히 성인 남자 안에 있는 그 아이와 그 아이 안에 있는 성인 남자를 볼 수 있었다. 나는 그때껏 늘 분열되어 있었다. 그 점에 있어서 내 잘못은 일부분일 뿐이라 해도 말이다. 비록 내가 두 개의 삶을 살며 두 마음을 가진 남자가 되기로 선택했다고는 하지만, 사람들이 언제나 어떤 식으로 나를 '잡종 새끼'라고 불렀는지를 감안할 때 그러지 않는다는 것은 힘든 일이었다. 우리 나라 그 자체가 저주받고, 타락하고, 북과 남으로 분열되어 있었다. 우리가 예의 미개한 전쟁을 하며 분열과 죽음을 선택했다고 말할 수도 있겠지만, 그것 역시 일부분만 진실이었다. 우리는 프랑스인들에게 모독받겠다고, 그들에 의해 북부, 중부, 남부라는 불경스러운 삼위일체로 분할되겠다고, 더 나아가 이등분되기 위해 자본주의와 공산주의의 강대국들에게 넘겨진 다음, 정장을 입고 거짓을 간직한 백인들이 냉방 장치가 잘된 방에서 벌이는 '냉전'이라는 체스 시합에서 격돌하는 각각의 군대라는 역할을 부여받겠다고 선택한 적이 없었다. 그렇기는커녕, 학대받은 우리 세대가 출생하기 이전부터 분열되어 있었던 것과 꼭 마찬가지로, 나는 아무도 결코 나를 있는 그대로의 나로서 받아들이지 않으며 그저 언제나 내 두 측면 사이에서 선택하라고 윽박지를 뿐인 출산 이후의 세상으로 인도되며 날 때부터 분열이 되었다. 이것은 그저 하기 어려운 일 정도가 아니었다 — 그렇기는커녕, 진실로 불가능한 일이었다. 어떻게 나 자신에 맞서서 또 하나의 나를 선택할 수 있었겠나? 이제 내 친구가 나를 속 좁은 사람들, 두 마음과 두 얼굴을 가진 남자를 기형적인 존재로 취급하고 어떤 질문에 대해서든 오직 하나의 답만을 원하는 저 폭도들이 있는 이 좁은 세상에서 해방시켜 줄 터였다.

그런데 잠깐만 — 그는 무엇을 하는 중이었을까? 그가 총을 마루에 놓더니 내 옆에 무릎을 꿇고 앉아 내 오른손에 감긴 마대를 푼 다음, 그 손에 묶인 밧줄마저 풀었다. 나는 나 자신이 내 눈앞에 내 손을 들어 올리는 것을 보았는데, 거기에는 형제애의 붉은 흉터가 새겨져 있었다. 그런 인간 이하의 눈을 통해, 그리고 위쪽에서 내 초자연적인 시선을 통해, 나는 내 친구가 그 권총을 내 손에 놓는 것을 보았다. 토카레프*였다. 소련인들이 미국의 콜트식 자동권총을 바탕으로 그것을 설계했기에, 그 무게가 낯선 것은 아니었는데도 내가 혼자 힘으로 똑바로 들고 있지 못하는 바람에, 내 친구가 권총을 쥔 내 손가락들을 감싸 줄 수밖에 없었다.

정치위원

네가 날 위해 이 일을 해 줄 수 있는 유일한 사람이야. 해 줄 거지?

그리고 이 대목에서 몸을 앞으로 숙이더니, 자신의 미간에 총구를 바짝 대면서, 두 손으로는 내 손을 고정시켰다.

나 자신

왜 이런 짓을 하는 거야?

나는 이렇게 말하며, 울었다. 그 역시 울음을 터뜨리자, 눈물방울들이 내가 몇 년간 그처럼 가까이서 보지 못한 얼굴이 없어진 그 섬뜩한 부위로 흘러내렸다. 내 젊은 날의 형제는 어디에 있기에, 내 기

* 미국의 M1911을 모방하여 만든 구소련의 반자동 권총 TT-33. 베트남 전쟁 당시에는 북베트남군과 베트콩이 주력 권총으로 사용한 바 있다.

억을 제외한 모든 곳에서 사라져 버렸을까? 거기에, 오직 거기에만, 그의 진지한 얼굴이 변함없이 남아 있었다. 도드라지게 불거진 광대뼈, 얇고 작은 입술, 귀족적이고 얄팍한 코, 조수간만의 차에서 비롯된 힘으로 그때껏 앞이마의 머리선이 차츰 닳아 없어지게 만들어 온 강력한 지성을 암시하는 널찍한 이마를 가진 진지하고 이상주의적인 얼굴이 말이다. 알아볼 수 있게 남아 있는 것이라고는, 눈물로 생생해진 두 눈과 목소리의 음색이 전부였다.

정치위원

내가 울고 있는 건 이렇게 괴로워하는 널 보는 걸 도저히 견딜 수가 없어서야. 하지만 널 구하려면 널 괴롭힐 수밖에 없어. 다른 방법으로는 소장이 용납하려 하지 않을 거야.

이 말에 내가 웃음을 터뜨렸다. 매트리스 위의 육체는 부들부들 떨리고만 있었지만.

나 자신

어떻게 이게 날 구하는 거야?

그가 눈물을 흘리며 미소를 지었다. 나는 그 미소 역시 알아보았다. 일찍이 우리 나라 사람들 가운데서 본 중 가장 새하얀, 치과의사의 아들에게 걸맞은 미소였다. 변해 버린 것은 그 미소가 아니라 얼

굴이었고, 아니, 그 얼굴이 없다는 것이었고, 그 결과 이 새하얀 미소
는 일종의 텅 빈 공동 속에서 떠돌았다. 체셔 고양이*같이 소름끼치
게 히죽거리는 웃음이었다.

정치위원

우리는 굉장히 곤란한 상황에 빠졌어. 소장은 네가 자력갱생하고
나서야 비로소 널 떠나게 해주겠지. 그런데 본은 어쩌지? 게다가 설
령 본이 떠날 수 있다 한들, 너희 둘이서 어떻게 할 거야?

나 자신

만일 본이 떠날 수 없다면……나도 그럴 수 없어.

정치위원

그러면 넌 여기서 죽게 될 거야.

그가 총신을 내 머리에 대고 훨씬 더 세게 눌렀다.

정치위원

먼저 나를 쏴. 내 얼굴 때문이 아니야. 난 얼굴 때문에 죽지는 않을
거야. 나는 내 가족이 결코 다시는 이것을 볼 필요가 없게 하려고 나
자신을 여기로 유배시켰을 뿐이야. 그래도 살아남으려고 했지.

*   루이스 캐롤의 『이상한 나라의 앨리스』에 등장하는 히죽히죽 웃는 고
양이.

나는 더 이상 내 육체도 나 자신도 아니었다. 나는 오로지 그 총일 뿐이었고, 그 말의 울림은 총의 강철을 거쳐 도달해, 우리 둘을 모두 깔아뭉갤 기관차가 금방이라도 도착할 거라는 신호를 보냈다.

정치위원

나는 정치위원이야. 그런데 난 도대체 어떤 종류의 훈련소를 감독하는 거지? 하고 많은 사람들 중에서 하필이면 네가 재교육을 받는 곳이야. 네가 여기 있는 건 네가 아무것도 하지 않았기 때문이 아니야. 넌 지나치게 많이 교육을 받았기 때문에 재교육을 받고 있는 거야. 하지만 지금껏 넌 뭘 배웠지?

나 자신

난 지켜보면서 아무것도 하지 않았어!

정치위원

어떤 책에서도 찾아 볼 수 없는 걸 네게 말해 줄게. 모든 소도시, 마을, 구에서 당 간부들은 똑같은 강의를 해. 그들은 우리의 의도가 선하다며 재교육을 받고 있지 않은 주민들을 안심시키지. 하지만 위원회와 정치위원들은 이 죄수들을 갱생시키는 데는 관심이 없어. 모든 사람이 이걸 알지만, 아무도 그걸 큰소리로 말하려 하지 않아. 당 간부진들이 막힘없이 지껄이는 그 모든 전문용어는 단지 끔찍한 진실을 숨길 뿐이야 —

나 자신

난 내 아버지가 죽기를 바랐어!

정치위원

우리가 권력자들이기 때문에, 우리에게는 우리를 학대할 프랑스인들이나 미국인들이 필요하지 않아. 우리는 스스로를 정말 잘 학대할 수 있거든.

내 몸 위쪽의 환한 빛에 눈이 멀 것 같았다. 나는 더 이상 내가 모든 것을 볼 수 있는지 아니면 아무것도 볼 수 없는지 확신할 수 없었고, 불빛의 열기를 받아 내 손바닥은 땀으로 번들거렸다. 권총을 움켜쥔 손이 미끄러웠지만 정치위원이 두 손으로 총신을 고정시키고 있었다.

정치위원

너 외에 누군가가 내가 입에 담기도 무서운 말을 했다는 것을 알게 되면 나는 재교육을 받게 될 거야. 하지만 내가 두려운 건 재교육이 아니야. 날 겁먹게 하는 건 내가 받은 교육이야. 교사가 어떻게 자신이 믿지 않는 걸 가르치며 살 수 있겠어? 내가 어떻게 이런 널 보면서 살아? 난 못 해. 자, 방아쇠를 당겨.

차라리 그 총으로 내가 먼저 나를 쏘겠다고 말했다고 생각하지만, 내 목소리는 들리지 않았고, 그의 머리에서 총을 떼어 내서 총구를 나 자신의 머리로 돌리려 애썼으나, 그럴 힘이 없었다. 그 무자비한 두 눈은 이제는 앙상하게 마른 나를 빤히 내려다보았고, 그의 안쪽 깊은 곳 어딘가에서 우르릉거리는 소리가 울렸다. 그런 다음 느닷없이 그 소리가 터져 나오더니 그가 큰소리로 웃고 있었다. 뭐가 그렇게 재미있었을까? 이 블랙 코미디가? 아니, 그건 너무 심각했다. 불빛이 환한 이 방에서는 오로지 가벼운 코미디만, 그러니까 웃다가 죽을 수도 있는 화이트 코미디만이 가능했다. 그가 그렇게 오래 웃었다는 것은 아니지만 말이다. 그가 내 손을 놓으면서 웃음을 멈추자, 내 팔이 옆구리로 떨어지고 권총이 덜커덕 하는 소리를 내며 시멘트 바닥에 부딪혔다. 정치위원의 뒤에서, 소니와 무절제한 소령이 그 토카레프를 간절히 응시했다. 둘 중 어느 쪽이든 할 수만 있다면 기꺼이 그것을 집어 들어 나를 쏴 죽였을 터였지만, 그들은 더 이상 육체를 가지고 있지 않았다. 정치위원과 내 경우에는, 육체는 있었지만 쏠 수가 없었는데, 어쩌면 그것 때문에 정치위원이 웃음을 터뜨렸을 수도 있었다. 전엔 그의 얼굴이었던 그 텅 빈 공동이 여전히 나를 굽어보고 있는데다, 아주 재미있다는 듯 터졌던 그의 웃음소리는 너무 빨리 끝나 버려서, 내가 제대로 들었는지 확실치가 않았다. 나는 그 공동에서 슬픈 표정을 보았다고 생각했지만, 확신할 수는 없었다. 오직 눈과 치아만이 약간의 감정을 표현할 뿐, 그는 더 이상 울지도 미소 짓지도 않았다.

정치위원

사과할게. 내가 이기적이고 나약했어. 만일 내가 죽으면, 너도 죽을 테고, 그다음에는 본이 죽겠지. 소장은 총살형 집행부대 앞에 그를 끌고 가는 걸 몹시 기다려. 최소한 이제 너는 너 자신과 우리 친구를 구할 수 있어. 나를 구하지는 못더라도. 그거면 난 다 감수할 수 있어.

나 자신

부탁인데, 내가 잠 좀 자고 나서 이런 얘기를 해도 될까?

정치위원

먼저 내 질문에 대답해.

나 자신

하지만 왜?

정치위원이 권총을 권총집에 넣었다. 그런 다음 그는 풀려 있던 내 한쪽 손을 다시 한번 결박하고 나서 일어섰다. 그는 아주 높은 곳에서 나를 뚫어져라 내려다보았는데, 어쩌면 그것은 축소된 각도 때문이었을 수도 있었지만, 나는 그의 얼굴 없는 모습에서 공포 외의 다른 무엇인가를⋯⋯광기가 드리운 희미한 그림자를 보았다. 어쩌면 그것이 단순히 그의 머리 뒤쪽에서 환한 빛이 창조해 낸 시각적 효과에 불과했을 수도 있었지만.

정치위원

이 친구야, 소장은 네가 아버지가 죽기를 바랐다는 이유로 널 보내줄 수도 있지만, 나는 네가 내 질문에 대답을 할 수 있을 경우에만 널 보내 줄 거야. 형제여, 내가 너 자신을 위해서 이렇게 한다는 것을 명심해.

그가 한 손을 들어 내게 작별 인사를 하자, 그의 손바닥에서 우리 맹세의 붉은 흉터가 밝게 빛났다. 그와 동시에, 그는 떠났다. 네가 들을 수 있는 가장 위험한 말들이 바로 그런 것들이야. 소니가 공석이 된 의자에 앉으며 말했다. 무절제한 소령이 소니를 옆으로 밀쳐 자리를 만들고 그와 함께 앉았다. 소령이 말했다. "너 자신을 위해서"는 그저 나쁜 일을 의미할 수도 있어. 딱 때를 맞춘 듯, 구석마다 높은 곳에 얹혀 있던 스피커들에서 딸깍 소리가 난 다음, 웅웅거리는 잡음이 났는데, 바로 정치위원이 내게 나 자신의 낯선 목소리를 틀어주고 나서야 비로소 내가 알아챘던 스피커들이었다. 내가 어떤 일을 당하게 될 것인가라는 의문은 누군가가 비명을 지르기 시작했을 때 해결되었다. 소니와 무절제한 소령은 손으로 잽싸게 귀를 막을 수 있었지만, 나는 그럴 수가 없었다. 하지만 심지어 귀를 보호한 채로도, 소니와 무절제한 소령은 이 비명을, 그러니까 고통에 찬 아기의 이 날카로운 비명소리를 1분 이상 견디지 못했고, 눈 깜박할 새에 그들 역시 사라져 버렸다.

어딘가에서 아기가 비명을 지르고 있었는데, 그 아기의 괴로움은 나와 공유되고 있었다. 내게는 더 이상의 괴로움이 필요하지 않았지만 말이다. 나는 나 자신이 마치 그러면 두 귀가 꽉 막히기라도 할 것처럼 두 눈을 질끈 감는 것을 보았다. 이 시험실에서 비명 소리가 울리는 채로 생각을 한다는 것은 불가능했고, 아주 오랜만에 처음으로 나는 잠 이상의 무언가를 원했다. 나는 고요를 원했다. 아, 제발 ─ 나 자신이 큰 소리로 이렇게 외치는 것이 들렸다. ─ 그만! 그 뒤 곧 또 한 번 딸깍 소리가 나더니, 비명 소리가 그쳤다. 테이프로군! 나는 테이프를 듣고 있는 것이었다. 근처 어떤 방에서 고문을 받으며 그 울부짖음이 관을 타고 내 방으로 흘러드는 그런 아기는 존재하지 않았다. 그것은 그저 녹음된 소리였고, 나는 잠시 더, 그저 끊임없는 불빛과 열기와 내 새끼발가락에 붙어 있는 전선의 고무줄 걸쇠에 대해 걱정하기만 하면 됐다. 그런데 이내 또 다시 그 딸깍 소리가 들렸고, 내 몸에는 미리부터 힘이 꽉 들어갔다. 누군가가 다시 한번 비명을 지르기 시작했다. 누군가가 너무 크게 비명을 지르고 있어서 나는 나 자신과의 연결이 끊어졌을 뿐 아니라, 시간의 흐름도 놓쳐 버렸다. 시간은 더 이상 철로처럼 똑바로 달리지 않았고, 더 이상 시계 문자 반에서 회전하지 않았으며, 더 이상 내 등 밑으로 기어들어가지 않았고, 끝없이 반복되는 카세트 테이프처럼 무한히 원을 그렸고, 내 귓가에서 아우성치면서 스스로를 손목시계, 자명종, 혁명, 역사로 통제할 수 있다는 우리의 생각에 자지러지게 웃었다. 우리는, 그 악의적인 아기를 제외하고 우리 모두는 시간이 다 되어가는 중이었다. 비명을 지르고 있는 아기는 이 세상의 모든 시간을 다 가지고 있었는데, 얄궂은 것은 아기가 그것을 알지도 못한다는 점이었다.

제발 — 나 자신의 목소리가 다시 한번 들렸다. — 그만! 네가 원하는 건 뭐든지 다 할게. 어째서 세상에서 가장 취약한 존재가 가장 강력하기까지 할 수 있는 것이었을까? 나도 이런 식으로 어머니한테 비명을 질렀나? 만일 그랬다면, 날 용서해주세요, 엄마! 만일 내가 비명을 질렀다면, 그건 엄마 때문이 아니었어요. 나는 난자와 정자로 만들어졌기 때문에, 하나이지만 또한 둘이고, 만일 내가 비명을 질렀다면 그건 아버지한테서 받은 그 푸른 유전자들 때문이었을 게 분명하다. 이때 나는 그것을, 내 수태의 순간을 보았다. 시간이라는 중국인 곡예사가 터무니없을 만큼 자기 몸을 뒤로 젖히는 바람에 내가 아버지의 말 못 하는 남성적인 무리들이 어머니의 자궁으로 침입하는 것을 볼 수 있었던 것이다. 그들은 어머니의 난자의 거대한 벽을 뚫고 지나가는 데 열중하고 있는, 투구를 쓰고 무서운 속도로 울부짖으며 달리는 유목민 패거리였다. 이런 침입으로, 과거에 아무것도 아니었던 내가 현재의 누군가가 되었던 것이다. 누군가가 비명을 지르고 있었는데, 그것은 그 아기가 아니었다. 나는 백만, 아니 그 이상의 세포가 되고, 많고 또 많은 무리가 되어서, 나 자신의 나라, 나 자신의 국민, 수많은 나 자신을 지배하는 황제이자 독재자가 되고, 내 어머니의 분열되지 않은 관심을 독차지할 때까지, 분열되고, 분열되고, 또 다시 분열되었다. 누군가가 비명을 지르고 있었는데, 그것은 그 첩자였다. 나는 독립과 자유에 대해서는 아무것도 모르는 채로 어머니의 수족관을 꽉 매우고 있었다. 시각을 제외한 내 모든 감각으로 모든 경험 가운데서도 가장 기괴한 경험을 목격한 증인으로서 또 다른 인간의 내부에 들어 있었다. 나는 인형 안에 들어 있는 인형이었고, 완벽하게 규칙적으로 똑딱거리는 메트로놈, 다시 말해, 내 어머니의 힘차고 한결같은 심장박동에 최면이 걸려 있었다. 누군가가 비명을 지르고 있었는데, 그것은 내 어머니였다. 어머니의 목소리는 내가 곤두박질쳐 튀어나왔을 때 들은 첫 번째 소리였다. 어머니의 자궁만큼 따뜻하고 습한 어느 방으로 떠밀려 들어간 것은 어느 무신경한 산파의 울퉁불퉁한 손에 와락 붙잡혀서였는데, 그녀는 여러 해 뒤에 혀로 젖을 빨고 말을 하는 게 나를 위해 더 좋은 일이었으므로 내 혀를 꽉 조여 억누르고 있던 설소대를 자르기 위해 자신의 날카로운 엄지손톱을 어떤 식으로 사용했는지를 내게 말해 줄 터였다. 이 사람은 또한 신이 나서 내게 어머니가 나를 어찌나 세게 밀어냈던지 나뿐만 아니라 장에서 배설물까지 배출했고, 피와 대변으로 이뤄진 산모의 분비물이라는 낯설고 새로운 세상의 해변으로 나를 밀어 보냈다고 말해 준 그 여자이기도 했다. 누군가가 비명을 지르고 있었고, 나는 그것이 누구인지 알지 못했다. 나를 묶은 가죽끈이 잘리고, 벌거벗고 얼룩덜룩한 자줏빛의 나 자신이 일렁거리는 빛을 향해 돌려 눕혀 지면서, 내 모국어나 어떤 외국어를 사용하는 갖가지 그림자들과 흐릿한 형체들의 세계가 내게 드러났다. 누군가가 비명을 지르고 있었고 나는 그것이 누구인지를 알았다. 그것은 바로 나였다. 그 질문을 처음 받았던 때 이래로 줄곧 내 눈앞에 매달려 있던 그 한 마디, '아무것도 아닌 것'*을 그때까지 보지도 듣지도 못했던 그 대답, '아무것도 아닌 것!'을, 내가 거듭거듭 소리 질러 외친 그 대답, '아무것도 아닌 것!'을 절규하는 듯 외치고 있는 것은 나였다. 왜냐하면 내가 마침내 깨우쳤기 때문이었다.

---

*   영어로 'nothing'이 화자가 찾아낸 답이다. 본문에서 문맥에 따라 '아무것도 아닌 것' 혹은 '아무것도 없음'으로 표현되지만, 모두 동일하게 'nothing'을 가리키는 것임을 밝혀둔다.

23장

그 한 마디로, 나는 재교육을 끝마쳤다. 남은 이야기는 내가 어떻게 다시 나 자신을 결합시키고, 어쩌다 지금 있는 곳에서 눈물을 머금고 내 나라를 떠날 준비를 하게 되었는지가 전부이다. 내 인생의 다른 모든 중요한 일들과 마찬가지로, 두 가지 일 중 어느 것도 쉽지 않았다. 특히, 떠나는 것은 내가 하고 싶지 않은 일이지만 해야만 하는 일이다. 나를 위해 혹은 재교육을 마친 다른 졸업자들 중 그 누구를 위해서든 인생에서 무엇이 남아 있을까? 이 혁명 사회에 우리를 위한 자리는 그 어디에도 존재하지 않는다. 심지어 스스로를 혁명가라고 여기는 사람들을 위한 자리조차도. 우리는 여기서 대변 받지 못하며, 이 사실에 대한 인식은 내가 시험 중 당한 그 어떤 일보다도 더 나를 아프게 한다. 통증은 결국 멈추겠지만, 인식은 최소한 정신이 붕괴하지 않는 한 끝나지 않는다 ─ 그러면 두 마음을 가진 남자인 내게는 도대체 그런 일이 언제쯤 일어날까?

최소한 통증은 내가 그 한 마디를 입 밖에 냈을 때 끝나기 시작했다. 돌이켜 생각해보면, 답은 명백했다. 그런데 나는 이해하는 데 왜 그렇게 오래 걸렸을까? 결국 맨처음부터 거기 있던 그 한 마디를 알아내자고, 나 자신에게 끼친 상당한 피해는 말할 것도 없고, 미국의 납세자와 베트남 사회 둘 다에 그토록 엄청난 손해를 끼쳐가면서, 그토록 여러 해 동안 교육을 받고 재교육까지 받아야만 했던 건 무슨 이유에서였을까? 그 답은 너무 어처구니없어서, 이제 수개월이 지난 후, 일시적이나마 안전하게 항해사의 집에 머물면서 이런 내 깨달음의 장면을 다시 읽는 동안 나는 심지어 큰소리로 웃기까지 한다. 그 장면 자체가 비명소리에서 웃음소리로 양도된(아니면, 발전된?) 셈이었다. 물론 정치위원이 불빛과 소리를 끄러 왔을 때 나는 여전히 비명을 지르고 있었다. 그가 나를 풀어주고 껴안은 다음, 내 비명소리가 잦아들 때까지 나를 가슴에 안아 어르는 동안에도 여전히 비명을 지르고 있었다. 마침내 내가 흐느끼는 소리 말고는 잠잠해지자, 그 어두운 시험실에서 그가 말했다. 괜찮아, 거봐. 이제 내가 아는 걸 너도 알지, 안 그래? 내가 여전히 흐느끼면서 말했다. 그래. 알겠어. 알겠다고!

내가 알게 된 것은 무엇이었을까? 바로 **농담**이었다. '아무것도 아닌 것'은 의표를 찌르는 어구였고, 내 일부가 ('그 아무것도 아닌 것'에) 의표를 찔려서 꽤 다치긴 했지만, 내 다른 일부는 그것이 아주 우습다고 생각했다. 그것이 바로 내가 그 어두운 시험실에서 부들부들 떨고 몸서리치는 동안, 내 통곡과 흐느낌이 엄청난 폭소로 바뀐 이유였다.

내가 너무 심하게 웃는 바람에 결국 앳된 얼굴의 보초와 소장이 그 소란의 원인을 조사하기 위해 왔다. 소장이 캐물었다. 뭐가 그렇게 우습지? 내가 외쳤다. '아무것도 아닌 것'입니다!* 나는 마침내 무너졌다. 나는 마침내 말해 버렸다. 내가 외쳤다. 모르겠습니까? 그 대답은 '아무것도 아닌 것'입니다! '아무것도 아닌 것'입니다, '아무것도 아닌 것'입니다, '아무것도 아닌 것'입니다!

　오직 정치위원만이 내 말뜻을 이해했다. 소장은 내 기이한 행동에 갈팡질팡하다가 이렇게 말했다. 당신이 그에게 한 일을 좀 봐요. 그는 정신이 나갔어요. 소장은 나를 걱정했다기보다는 수용소의 안녕을 걱정하는 것이었다. 왜냐하면 계속해서 아무것도 아니라고 말하는 미치광이는 근로 사기 진작에 해로울 터였으니까. 나는 '아무것도 아닌 것' '그 무언가 있음'을 이해하는 데 너무 오랜 시간이 걸린 것에 미칠 듯이 화가 났다. 지나고 나서 보니 내 실패가 불가피한 것이기는 했지만 말이다. 훌륭한 학생은 '아무것도 아닌 것'을 이해할 수 없으며, 오로지 학급의 익살꾼, 제대로 이해 받지 못하는 멍청이, 정직하지 못한 바보, 그칠 새 없이 농담하는 사람만이 그것을 이해할 수 있다. 그렇다 해도, 그런 깨달음이 그 명백한 것을 간과한 아픔을, 내가 정치위원을 밀어젖히고 주먹으로 계속 내 이마를 두들길 수밖에 없게 한 그 아픔을 피하게 해 주지는 못했다.

*　　답을 찾아낸 화자에게는 '아무것도 아닌 것(혹은, 아무것도 없음)'이라는 의미이나, 정치위원 만을 제외한 소장과 다른 이들에게는 '아무것도 아닙니다(혹은, 아무것도 없습니다.)'로 들리는 상황.

소장이 말했다. 그 짓 좀 그만 해! 그가 앳된 얼굴의 보초 쪽으로 돌아서더니 말했다. 그만두게 해!

앳된 얼굴의 보초는 내가 주먹으로 이마를 두들길 뿐 아니라 머리로 벽을 들이받기까지 하자 나 때문에 애를 먹었다. 결국, 정치위원과 소장이 직접 그를 도와 나를 다시 결박해야만 했다. 오직 정치위원만이 내가 나 자신을 계속 때릴 수밖에 없음을 이해했다. 난 너무 어리석었다! 어떻게 모든 진실에는 적어도 두 가지 의미가 있다는 것을, 구호가 사상이라는 시체에 걸쳐진 공허한 정장이라는 것을 잊을 수 있었을까? 정장은 사람이 그것을 어떤 방식으로 입느냐에 좌우되기 마련이었고, 이 정장은 이제 다 닳아서 해져 있었다. 나는 미친 듯 화가 났지만 정신이 나간 것은 아니었다. 그렇다고 소장의 착각을 바로잡아줄 작정은 아니었지만. 그는 '아무것도 없음'에서 단 한 가지 의미만을 발견했다. 예를 들어 '거기에는 아무것도 없다.' 같은 문장에서 '부재'라는 부정적 의미만 보았던 것이다. 그는 긍정적인 의미는 파악하지 못했다. '아무것도 없음'이 사실은 '그 무언가'라는 역설적인 사실을 말이다.* 우리의 소장은 농담을 알아듣지 못하는 사람이었고 농담을 알아듣지 못하는 사람들은 정말로 위험한 사람들이다. 그들은 '아무것도 없음'을 경건한 마음으로 말하고, 다른 모든 사람들에게 '아무것도 없음'을 위해 죽을 것을 요구하고, '아무것도 없음'을 숭

---

*   원문의 "there's nothing there."라는 표현을 일반적인 경우처럼, "거기에는 아무것도 없다."라고 이해하는 것이 아니라, "거기에는 '아무것도 아닌 것[혹은, 아무것도 없음]'이 있다."라고 이해하는 방식을 말한다.

배하는 사람들이다. 그런 사람은 '아무것도 없음'을 비웃는 사람을 니그럽게 봐 주지 못한다. 한꺼번에 흐느끼며, 눈물을 흘리고, 웃음까지 터뜨리고 있는 나를 그와 정치위원이 내려다보고 있었을 때, 그가 정치위원에게 이렇게 물었다. 만족했나요? 이제 다시 박사를 불러야 해요.

정치위원이 말했다. 그럼, 그를 부르세요. 힘든 부분은 끝났군요.

박사가 나를 다시 내 독방으로 옮겼다. 이제는 그 방이 잠겨 있지 않았고, 내가 족쇄를 차고 있지도 않았지만 말이다. 나는 내가 가고 싶은 대로 자유롭게 갈 수 있었지만 그러기를 망설였고, 때때로 앳된 얼굴의 보초가 나를 구석에서 나오도록 달래야 했다. 내가 자발적으로 모습을 드러내는 보기 드문 경우에도, 햇빛이 있을 때는 결코 나가지 않고 오직 밤에만 나갈 뿐이었는데, 결막염으로 인해 눈이 태양광선이 내리쬐는 세상에 민감해졌기 때문이었다. 박사가 개선된 식단, 햇빛, 운동을 처방해 줬지만, 내가 원하는 것은 잠자는 것이 다였고, 잠을 자고 있지 않을 때는 잠결에 돌아다니면서 침묵을 지켰다. 소장이 왔을 때를 제외하고는. 그는 여전히 아무 말도 안 하나? 소장은 들를 때마다 이렇게 물었고, 이 질문에 나는 구석에서 몸을 웅크린 채 히죽거리는 얼간이처럼 이렇게 말했다. 아무것도 없다, 아무것도 없다, 아무것도 없다. 박사가 말했다. 딱한 친구 같으니. 그는 그 경험을 한 후로 조금, 어떻게 말해야 좋을지 모르겠지만, 혼란스러운 상태입니다.

그럼, 뭔가 조치를 취해요! 소장이 외쳤다.

제 최선을 다하겠지만, 그건 모두 그의 정신에서 벌어지는 일들입니다. 박사가 멍든 내 이마를 가리키면서 말했다. 그는 절반만 맞았다. 모든 것이 정신에서 벌어진 일들이었지만, 대체 어느 정신이란 말인가? 그렇지만, 결국 박사는 나를 느리지만 회복을 향해 가는 길로 떠미는 치료법을 불현듯 생각해 내고야 말았는데, 그 길의 끝은 나와 나 자신의 재통합이었다. 어느 날, 내가 팔짱을 끼고 그 위에 머리를 얹은 채 한쪽 구석에서 웅크리고 있을 때, 바로 옆 의자에 앉아서 그가 이렇게 말했다. 어쩌면 익숙한 행위가 자네에게 도움이 될지도 몰라. 나는 한쪽 눈으로 그를 응시했다. 시험이 시작되기 전에는, 날마다 자술서를 쓰느라 여념이 없었지. 자네 정신 상태가 너무 심각해서 지금 무엇인가를 쓸 수 있다고 생각하지는 않지만, 어쩌면 그냥 그런 시늉을 하는 것만으로도 도움이 될 수도 있을 거야. 나는 두 눈으로 그를 응시했다. 그가 자기 서류가방에서 두툼한 종이 한 뭉치를 꺼냈다. 낯이 익은가? 나는 조심스럽게 팔짱을 풀고, 그 뭉치를 받아 들었다. 첫 페이지를 보고, 그런 다음 두 번째, 세 번째를 보다가, 번호가 매겨진 그 종이 다발을 307페이지까지 빠르게 넘기며 훑어보았다. 박사가 말했다. 그게 뭐라고 생각하지? 내가 중얼거렸다. 내 자술서요. 이 친구야, 바로 그거야! 아주 좋아! 자, 내가 자네에게 바라는 건 이 자술서를 베끼는 거야. 그의 서류가방에서 한 움큼의 펜과 또 한 뭉치의 종이가 나왔다. 한 자 한 자 그대로. 그렇게 해 줄 수 있겠나?

내가 느릿느릿 고개를 끄덕였다. 그는 그 두 뭉치의 종이와 함께 나

홀로 있게 내버려 두었고, 아주 오랫동안 — 오랜 시간이었을 것이 틀림없었다 — 나는 덜덜 떨리는 손에 펜을 쥔 채, 텅 빈 첫 페이지를 가만히 바라보고 있었다. 그런 다음 혀를 빼물고 일을 시작했다. 처음에는 한 시간에 두세 마디가 고작이었지만, 그다음에는 한 시간에 한 페이지, 그러고는 한 시간에 두세 페이지를 베낄 수 있었다. 그 자술서를 베끼는 데 걸린 몇 달에 걸쳐, 내 일생이 펼쳐지는 것을 보면서 내가 흘린 침이 페이지 여기저기에 점점이 찍혔다. 서서히 멍든 이마가 치유되고, 나 자신의 글을 흡수하는 동안, 나는 이 기록 속의 그 남자, 의심스러운 지능을 가진 그 정보원에 대한 동정심을 무럭무럭 키워갔다. 그는 바보였을까? 아니면 너무 잘난 척하다 화를 자초했을까? 그는 역사의 올바른 편을 선택한 것이었을까? 아니면 그릇된 편을 선택한 것이었을까? 게다가 이런 것들은 우리 모두가 스스로에게 물어야만 하는 질문들이 아니었을까? 아니면 그토록 걱정해야 하는 사람은 오로지 나와 나 자신뿐이었을까?

내 자술서를 베끼는 일을 끝마칠 때쯤에는, 그 답들을 그 기록 속에서 발견할 수 없을 거라는 점을 이해하기에 충분한 의식이 돌아와 있었다. 박사가 다음에 나를 진찰하기 위해 왔을 때, 내가 한 가지 부탁을 했다. 이 친구야, 무슨 부탁인가? 박사님, 종이를 더 부탁합니다. 종이를 더요! 나는 내 진술서에 뒤이어, 끝날 것 같지 않던 그 시험 시간에 일어났던 그 일들에 관한 이야기를 적어 두고 싶다고 설명했다. 그 결과, 그가 종이를 더 가져다주었고, 나는 새 종이에 시험실에서 당했던 일에 대해서 썼다. 예상대로, 나는 그 두 마음을 가진 남자가 몹시 안쓰러웠다. 그는 그런 남자는 저예산 영화나 할리우드 영화나 어쩌면 끔찍하게 실패한 군대식 과학 실험에 관한 일본 영화에나 등장하는 게 가장 어울린다는 사실을 깨닫지 못했다. 두 마음을 가진 남자가 어떻게 감히 스스로를 대변할 수 있다는 생각을 했을까? 하물며 그 자신의 반항적인 동포들을 포함해 다른 사람들을 대변하는 일은 더 말할 것도 없고 말이다. 그들은 그들의 대변자들이 무엇이라고 주장하든, 결국 절대로 제대로 대변될 수 없을 터였다. 하지만 페이지가 쌓여감에 따라, 나를 놀라게 하는 다른 어떤 감정이 느껴지는데, 바로 내게 그런 일들을 한 남자에 대한 동정심이었다. 내 친구인 그 역시 자신이 내게 한 일들로 인해 괴로워하지 않았을까? 글을 쓰는 것을 끝마칠 때쯤, 즉 내가 그 끔찍한 한 마디를 눈부시게 빛나는 그 불빛을 향해 절규하듯 외치는 것으로 글을 끝맺을 때쯤에는, 그도 고통스러웠을 거라고 확신했다. 그 확신 뒤 남은 일은 박사에게 정치위원을 한 번 더 만나게 해 달라고 부탁하는 것이 전부였다.

그거 아주 좋은 생각이야. 박사가 내 원고를 톡톡 치고 흐뭇하게 고개를 끄덕이며 말했다. 자넨 거의 다 됐어, 젊은 친구. 자넨 거의 다 됐어.

나는 그 시험이 종결된 이후 줄곧 정치위원을 보지 못했다. 그는 내가 회복되기 시작하도록 혼자 내버려 뒀는데, 나는 그것이 그 역시 자신이 내게 한 짓들에 대해 갈등을 겪었기 때문이었다고 생각할 수밖에 없다. 비록 그가 내게 한 일들이 내가 직접 그 대답에 이르러

야만 했기 때문에 꼭 해야만 하는 일이었다고 할지라도 말이다. 어느 누구도 내게 그 수수께끼의 해답을 말해 줄 수는 없었다. 심지어 그조차도. 그가 할 수 있는 것은 그 유감스러운 고문 방식을 통해 내 재교육의 속도를 올리는 것이 전부였다. 그런 방식을 사용했기에, 그는 당연히 내 증오를 예상한 탓인지 나를 다시 만나기를 주저했다. 마지막이 될 우리의 만남을 위해 그의 숙소에서 그를 만났을 때, 나는 그가 내게 차를 권한 다음 손가락으로 무릎을 톡톡 두드리며 내가 쓴 새 페이지들을 유심히 읽는 내내 불편해하는 것을 알 수 있었다. 고문을 한 사람과 고문을 당한 사람은 그들 사이의 절정의 순간이 지나가 버린 후 서로에게 무슨 말을 할까? 나는 알지 못했다. 하지만 내가 여전히 나 자신과 또 하나의 자아로 이등분된 채 그를 지켜보며 대나무 의자에 앉아 있는 동안, 나는 그에게서, 그러니까 한때는 얼굴이 있었던 그 소름끼치는 공동에서도 비슷한 분열을 간파했다. 그는 정치위원이었지만 동시에 만이기도 했고, 내 심문관이었지만 동시에 터놓고 다 얘기할 수 있는 단 한 사람의 친구이기도 했으며, 나를 고문한 악마였지만 동시에 내 친구이기도 했다. 어떤 사람은 내가 헛것을 보고 있었다고 말할지도 모르지만, 진짜 착시는 다른 사람들과 자기 자신을 분열되지 않은 전체로 볼 때 일어나는 것이었다. 마치 초점이 맞는 것이 초점에서 벗어난 것보다 더 진짜이기라도 한 것처럼 말이다. 대개 우리가 스스로를 보는 방식과 다른 사람들이 우리를 보는 방식이 똑같지 않은데도, 우리는 거울에 비친 우리 모습이 진짜로 우리라고 생각했다. 마찬가지로, 우리는 대개 우리가 스스로를 가장 또렷하게 본다고 생각하며 스스로를 기만했다. 그렇다면 내 친구가 말하는 것을 듣는 동안, 착각에 빠져 있는 것이 아님을 나는 어떻게 알았을까? 나는 알지 못한다. 그저 그가 내 불안한 육체적, 정신적 건강 상태에 대해 묻는 의례적인 인사말을 건너뛰고 본과 내가 수용소와 조국 둘 다를 떠나게 될 거라고 알렸을 때 그가 나를 놀리고 있는 것인지를 파악하려 애썼을 뿐이었다. 내가 당연히 여기서 죽게 될 거라고 생각했었기에, 그 말을 하는 그의 단호한 태도에 깜짝 놀랐다. 내가 말했다. 떠난다고? 어떻게?

트럭 한 대가 정문에서 너와 본을 기다리고 있어. 네가 날 만날 준비가 됐다고 들었을 때, 더 이상 시간을 낭비하고 싶지 않았거든. 너희는 사이공으로 가게 될 거야. 거기에 본의 사촌이 하나 있는데, 틀림없이 그가 연락할 거야. 이 남자는 이 나라에서 달아나려고 이미 두 번이나 시도했고, 두 번 다 붙잡혔어. 세 번째인 이번에는, 너와 본과 함께, 그도 성공하겠지.

그의 계획에 나는 어리둥절해졌다. 마침내 내가 물었다. 네가 그걸 어떻게 알아?

내가 어떻게 아냐고? 그의 텅 빈 공동은 표정이 없었지만, 그의 목소리는 즐거워하는 듯했고, 어쩌면 씁쓸해 하는 것 같기도 했다. 내가 너희 탈출에 돈을 지불했어. 당국 관계자들에게 돈을 보내 뒀으니까, 때가 오면 반드시 그들이 담당 경찰관들이 못 본 척하게 해 줄 거야. 돈이 어디서 생기는지 알아? 나는 짐작도 못 했다. 절박한 여자들은 이 수용소에 있는 자기 남편들을 만나려고 어떤 대가든 치르려

하지. 보초들은 그들 몫을 차지한 다음 나머지는 소장과 내게 넘겨. 난 일부는 집으로 아내에게 보내고, 상급자들에게는 내 몫의 십일조를 상납하고, 나머지를 너희들의 탈출을 위해 사용했지. 공산 국가에서 여전히 돈으로 원하는 건 뭐든 살 수 있다는 게 놀랍지 않아?

내가 중얼거렸다. 그건 놀랍지 않아. 우습지.

그런가? 내가 이 불쌍한 여자들의 돈과 금붙이를 차지하면서 웃음을 터뜨렸다고는 말할 수 없어. 하지만 있잖아, 혁명가라는 네 경력을 고려할 때, 네가 이 수용소에서 석방되기 위해서는 자술서면 충분할지 몰라도, 본을 석방시킬 것은 다름 아닌 돈이야. 결국에는 소장한테도, 본의 죄를 고려할 때, 상당한 금액을 지불해야만 해. 그리고 너희 둘이 우리 나라를 확실히 떠날 수 있게 해 줄 것도 다름 아닌 많은 돈이지. 너희는 반드시 그래야 하니까. 이 친구야, 이게 내가 너희에 대한 우정으로 이 여자들한테 지금껏 한 짓이야. 내가 여전히 네가 인정하는 사랑하는 친구일까?

그는 나 자신을 위해, '아무것도 없음' 때문에 나를 고문한 얼굴 없는 남자였다. 하지만 나는 여전히 그를 인정할 수 있었다. 두 마음을 가진 남자가 아니라면 도대체 누가 얼굴 없는 남자를 이해할 수 있었겠는가? 그 순간 나는 그를 껴안고 눈물을 흘렸다. 나를 풀어줄 예정이었지만, 그 자신은 죽음을 통해서가 아니면 이 수용소를 떠날 수도 없고, 떠날 마음도 없기에, 결코 풀려날 수 없다는 것을 알고 있기 때문이었다. 최소한 죽음은 그의 죽은 거나 다름없는 삶에서 그를 구원해 줄 터였다. 그가 자기 상태에서 얻는 유일한 혜택은 다른 사람들이 볼 수 없는 것 혹은 그들이 볼 수 있을지도 모르지만 부인하는 것을 볼 수 있다는 것뿐이었다. 왜냐하면 그는 거울을 들여다보면서 그 텅 빈 공동을 볼 때마다 '아무것도 없음'의 의미를 이해했으니까.

그런데, 이 의미란 무엇이었을까? 내가 마침내 직관적으로 알게 된 것은 무엇이었을까? 바로 다음과 같은 것이었다. 독립과 자유보다 더 소중한 것은 아무것도 없지만, 동시에 '아무것도 없음'이 독립과 자유보다 더 소중하다!* 이 두 구호는 대체로 같지만, 똑같지는 않다. 고무적인 첫 구호는 호찌민의 공허한 정장으로, 그가 더 이상 입지 않는 것이었다. 그가 어떻게 그럴 수가 있을까? 그는 죽어 버렸으니까. 두 번째 구호는 교묘한 구호, 즉 농담이었다. 그것은 호 아저씨의 공허한 정장의 안팎을 뒤집어 놓은 것으로, 오직 두 마음을 가진 남자나 얼굴 없는 남자만이 감히 걸칠 엄두를 낼 수 있는 느낌의 의상이었다. 이 기묘한 정장은 내게 잘 맞았다. 왜냐하면 그것은 최첨단 방식으로 재단되었으니까. 꼴사납게 솔기를 드러낸 채로 안팎이 뒤집힌 이 정장을 입고 있으면서, 마침내 나는 우리의 혁명이 어쩌다 정치적 변화의 전위대에서 후방에서 재물만 모으는 정권으로 변해 버렸는지 알게 되었다. 이러한 변신에 있어서, 우리가 이례적인 것은 아니었다. 프

---

*   원문의 "nothing is more precious than independence and freedom."라는 하나의 문장을 두 가지 방식으로 받아들이는 것을 말한다. 일반적인 방식으로 '독립과 자유보다 더 소중한 것은 아무것도 없다.'라고 이해하는 방식과 'nothing'을 하나의 주체로 보고 '아무것도 없음[혹은, 아무것도 아닌 것(nothing)]이 독립과 자유보다 더 소중하다.'라고 이해하는 또 다른 방식을 제시하고 있다.

랑스인들과 미국인들도 정확히 똑같은 일을 하시 않았던가? 한때는 그들 자신이 혁명가였음에도 불구하고, 그들은 제국주의자들이 되어, 저항하는 우리의 작은 국토를 식민지로 만들어 차지하고, 우리를 구한다는 명목으로 우리의 자유를 빼앗았다. 우리의 혁명은 그들의 혁명보다 상당히 오래 걸렸고, 상당히 더 많은 피를 흘렸지만, 우리는 잃어버린 시간을 만회했다. 우리는 우리의 프랑스인 지배자들과 그들의 후임자인 미국인들의 최악의 습성을 배우는 것에 관해서라면, 우리 자신이 최고임을 행동으로 입증했다. 우리는 게다가 원대한 이상을 남용하기까지 했다! 독립과 자유 ─ 나는 이 단어들을 말하는 데너무 신물이 났다 ─ 의 이름으로 스스로를 해방시켰지만, 그런 다음 곧 우리의 패배한 동포들에게서 바로 그것을 박탈했던 것이다.

얼굴 없는 남자 외에는, 오로지 두 마음을 가진 남자만이 혁명이 독립과 자유를 위해 어떤 식으로 싸우는지가, 그런 것들을 '아무것도 아닌 것'보다 가치가 적은 것으로 만들어 버릴 수 있음에 대한 이 농담을 이해할 수 있었다. 내가 바로 나와 나 자신이라는 그 두 마음을 가진 남자였다. 우리는, 다시 말해, 나와 나 자신은 그때껏 너무나 많은 것을 함께 겪었다. 우리가 만난 모든 사람들이 우리를 서로 멀어지게 만들고 싶어 했고, 이쪽이든 저쪽이든 어느 하나를 선택하기를 원했다. 정치위원을 제외하고는 말이다. 그는 우리에게 자신의 한 손을 보여주었고 우리는 그에게 우리의 손을 보여주었다. 즉, 우리 어린 시절의 모양 그대로 지워지지 않고 남아 있는 그 붉은 흉터들을 서로에게 보여주었다. 우리가 그때껏 겪은 모든 일들이 끝난 후에도,

이것은 우리 몸에 남은 단 하나의 표시였다. 우리는 손을 꼭 맞잡았고, 그가 이렇게 말했다. 네가 떠나기 전에, 줄 것이 있어. 그가 책상 밑에서 우리의 낡을 대로 낡은 배낭과 『아시아의 공산주의와 동양적 파괴 방식』을 가져왔다. 우리가 마지막으로 그것을 보았을 때, 그 책은 책등이 깊게 접힌 채, 거의 쪼개지기 일보 직전이었다. 결국 제본이 망가져 찢어졌고, 고무줄이 갈라진 두 부분을 동여매고 있었다. 우리는 그것을 거절하려 했지만, 그가 그것을 배낭 속으로 재빨리 밀어 넣은 다음 그 배낭을 우리에게 밀어 붙였다. 그가 말했다. 언젠가 네가 내게 메시지를 보낼 필요가 있을지도 모르니까. 혹은 그 반대의 경우도 마찬가지고. 나한테도 여전히 한 부가 있어.

우리는 마지못해 그 배낭을 받아들었다. 소중한 친구 —

하나 더. 그가 우리의 원고를, 우리의 자술서 사본과 그 후의 모든 것을 집어 들고, 우리에게 배낭을 열라는 몸짓을 했다. 그 시험실에서 벌어졌던 일은 우리끼리의 비밀이야. 그러니 이것도 네가 함께 가져가.

우리는 그저 네가 알았으면 해서 —

가! 본이 기다리고 있어.

그래서 우리는 마지막으로 퇴교처분을 받아 어깨에 배낭을 메고 갔다. 더 이상은 연필도, 책도, 교사의 화난 표정도 없었다. 유치한 각운들과 철없는 말장난은 있었지만, 우리가 무언가 좀 더 진지한 것을 생각했더라면 우리는 우리의 완전한 구원에 대한 불신의 무게에 짓눌려 넘어졌을 것이다.

앳된 얼굴의 보초가 우리를 수용소 정문까지 호송했는데, 그곳에서 소장과 본이 공회전 중인 몰로토바 트럭* 옆에 서 있었다. 우리는 본을 일 년하고도 수개월 동안 보지 못했는데, 그가 내뱉은 첫 마디는 이것이었다. 너 꼴이 말이 아니구나. 우리가? 그는 어떻고? 우리의 육신에서 이탈한 정신들은 웃음을 터뜨렸지만, 육신으로 체현된 자아들은 그러지 않았다. 우리가 어떻게 그럴 수 있었겠나? 우리의 가없은 친구는 천 조각을 모아 꿰맨 누더기를 입은 채, 알코올 중독자의 손에 맡겨진 꼭두각시처럼 우리 앞에서 비틀거렸고, 머리숱이 빠진데다 피부는 밀림의 썩은 초목의 창백한 색조를 띠고 있었다. 그는 한쪽 눈에 검은색 안대를 착용하고 있었는데, 우리는 그에게 무슨 일을 당했는지 물어볼 정도로 어리석지는 않았다. 몇 미터 떨어진 곳의, 가시철조망 안쪽에서 엉망인 옷차림의 다른 초췌한 남자 셋이 지켜보고 있었다. 우리가 우리의 동료들을, 몽족 정찰병과 철학적인 위생병과 거무스름한 해병대원을 알아보는 데는 잠시 시간이 걸렸다. 몽족 정찰병이 말했다. 꼴이 말이 아닌 정도가 아닌데. 그보다 더 나빠 보이는 걸. 철학적인 위생병이 치아의 절반이 사라진 채로 용케 활짝 웃어보였다. 그가 말했다. 저 친구한테 조금도 신경 쓰지 마세요. 질투하는 것뿐이에요. 거무스름한 해병대원의 경우, 이렇게 말했다. 너희 두 녀석이 여기서 제일 먼저 빠져나갈 걸 알고 있었어. 행운을 빈다.

우리는 아무 말도 할 수가 없어서, 본과 함께 트럭에 올라타기 전

---

* 고리키 자동차 공장(GAZ)에서 구 소련이 생산하던 트럭 이름.

에, 그저 미소를 지으며 한 손을 들어 작별 인사를 했을 뿐이었다. 앳된 얼굴의 보초가 짐칸 해치를 들어 올려 잠갔다. 소장이 우리를 올려다보며 말했다. 이봐, 여전히 할 말이 아무것도 없나? 사실, 우리는 할 말이 아주 많았지만, 소장을 자극해서 우리의 석방을 취소하게 하고 싶지 않았기 때문에, 그저 고개를 가로젓기만 했다. 당신 마음대로 해. 당신은 자신의 과오들을 자백했고, 그 후로는 더 이상 말할 것이 아무것도 없다는 거지?

정말로 '아무것도 없음'이었다! '아무것도 없음'은 진실로 말로 표현할 수 없는 것이었다. 트럭이 앳된 얼굴의 보초를 콜록거리게 만든 붉은 먼지구름 속에 출발하는 동안, 우리는 소장이 자리를 뜨고 몽족 정찰병과 철학적인 위생병과 거무스름한 해병대원이 그들의 눈을 가리는 것을 지켜보았다. 이내 우리는 모퉁이를 돌았고, 수용소가 시야에서 사라졌다. 우리가 본에게 다른 동료들에 대해 묻자, 그는 우리에게 가장 거무스름한 해병대원은 지뢰에 두 다리가 절단된 후 출혈과다로 죽었고, 한편 라오스인 농부는 탈출하려고 시도하다가 강에 빠져 사라졌다고 말해 주었다. 처음에 우리는 이 소식을 듣고 조용히 있었다. 그들은 어떤 대의를 위해 죽었을까? 어떤 이유로 수백만 이상의 사람들이, 대개 그들 자신의 선택이 아니었는데도, 우리의 위대한 전쟁에서 조국을 통일하고 우리 자신을 해방시키기 위해 죽었을까? 그들과 마찬가지로, 우리도 모든 것을 희생하기는 했지만, 최소한 우리는 여전히 유머 감각을 지니고 있었다. 만일 어떤 사람이 아주 약간의 거리를 두고, 반항적 상황에 대한 아주 눈곱만 한 감각이라도 지니고, 그것에 대해서 실제로 생각해 본다면, 우리를, 그러니까 너무나도 기꺼이 자기 자신과 다른 사람들을 희생시켰던 사람들을 놀리는 이 농담에 웃음을 터뜨릴 수 있을 것이다. 그래서 우리는 웃고, 웃고, 또 웃었고, 본이 우리가 마치 미치기라도 한 것처럼 우리를 쳐다보며, 무슨 일이냐고 물었을 때, 눈에서 눈물을 닦으며 이렇게 말했다. 아무 일도 없어.

산길과 무너져 가는 고속도로들을 가로지르며 감각을 마비시키는 듯한 이틀간의 여행 끝에, 몰로토바 트럭이 우리를 사이공 외곽에 내려놓았다. 우리는 그곳에서부터 시무룩한 사람들이 살고 있는 망가진 거리들을 따라 느릿느릿 항해사의 집을 향해 나아갔다. 다리를 저는 본으로 인해 걷는 속도가 늦어졌던 것이다. 숨죽인 도시는 으스스할 정도로 고요했는데, 어쩌면 그 나라가 다시 한번 전쟁 중이었기 때문이었을 것이다. 아니, 몰로토바 운전사가 우리에게 그렇다고 말했다. 우리는 서부 국경 지대에 대한 크메르 루주의 여러 번의 공격이 지긋지긋해서 캄보디아를 침공해 점령했다.* 중국은 우리를 응징하기 위해 그 해 초, 내가 시험을 보는 사이 언젠가 우리의 북부 국경지대를 급습했다. 평화는 이것으로 끝이란 말인가. 우리를 더욱 당황하게 한 것은 우리가 항해사, 그러니까 본의 사촌의 집에 도착할 때까지 로맨틱한 노래 한 곡이나 유행가 한 소절조차 듣지 못했다는 점이

*   베트남은 1978년 12월 25일 캄보디아 침공을 감행했고, 10년간 점령, 통지한 바 있다.

었다. 예전에는 노천 카페와 트랜지스터 라디오에서 늘 그런 곡들이 흘러나오곤 했다. 하지만, 소장의 식사보다 아주 조금 나을 뿐인 저녁식사를 하는 동안, 항해사가 소장이 암시했던 것을 사실로 확인해주었다. 황색음악은 이제 금지되었고, 오로지 혁명적인 적색음악*만이 허용되었다.

이른바 황인종의 땅에서 황색음악 금지라고? 이런 것을 위해 그때껏 투쟁한 것이 아니었기 때문에, 우리는 웃음을 터뜨리지 않을 수가 없었다. 항해사가 우리를 신기한 듯이 쳐다보았다. 그가 말했다. 난 더 심한 경우도 본 적이 있어. 두 번의 재교육 기간 동안 난 훨씬 더 심한 경우도 본 적이 있어. 그는 보트로 그 나라를 탈출하려 했다는 죄목으로 재교육을 받은 적이 있었다. 그는 이전에 그런 시도를 할 때는, 가족을 함께 데려가지 않았다. 혼자서 위험을 무릅써서 가족이 살아남도록 도와주거나, 일단 그 경로가 안전하다고 입증되면 도망칠 수 있게 도와줄 돈을 집으로 보낼 수 있는 외국에 도달하기를 바랐기 때문이었다. 그러나 그는 세 번째 생포는 북부 수용소에서의 재교육으로 이어질 것이라고 확신했는데, 그곳에서 돌아온 사람은 그때껏 아무도 없었다. 그러므로 이번 시도에서, 그는 아내, 세 아들 및 그들의 가족, 두 딸과 그들의 가족, 세 인척의 가족을 데려가서, 일가가 공해상에서 살든 죽든 함께할 예정이었다.

승산이 얼마나 될까요? 본이 자신이 신뢰하는 전문지식을 지닌 옛

---

*   혁명을 찬양하고 옹호하는 정치적인 음악.

정권의 노련한 해군인 항해사에게 물었다. 항해사가 말했다. 반반. 난 도망친 사람들 중 절반의 소식만 들었어. 나머지 절반은 결코 성공하지 못했다고 가정해도 무방하지. 본이 어깨를 으쓱하더니 말했다. 그 정도면 충분한 것 같네요. 넌 어떻게 생각해? 그가 우리에게 이렇게 말을 걸었다. 우리는 천장을 쳐다보았는데, 그곳에서는 소니와 무절제한 소령이 등을 대고 반듯이 누운 채, 도마뱀붙이가 놀라 달아나게 만들고 있었다. 그들은 이때도 늘 하던 습관대로 일제히 말했다. 그 정도면 굉장한 승산이야. 궁극적으로 사람이 죽을 확률은 백 퍼센트니까. 이런 식으로 자신감을 찾은 다음, 우리는 본과 항해사에게로 고개를 돌려, 더 이상 웃지 않으며, 동의의 표시로 고개를 끄덕였다. 이것을 그들은 진행해도 좋다는 신호로 해석했다.

그다음 두 달 동안 출발을 기다리면서, 우리는 계속 우리 원고를 공들여 작업했다. 거의 모든 상품과 원자재의 만성적인 부족에도 불구하고 종이는 전혀 부족하지 않았는데, 인근의 모든 사람들이 정기적으로 자술서를 쓰라는 요구를 받기 때문이었다. 심지어 우리는 이미 몹시 광범위하게 자백을 했는데도, 이런 것들을 써서 그 지역 당 간부들에게 제출해야만 했다. 그것들은 소설 습작이었다. 왜냐하면 우리는 사이공으로 돌아온 이래 줄곧 아무것도 하지 않았는데도 자백할 거리를 찾아내야만 했으니까. 일례로 자아비판 시간에 충분한 열의를 보이지 못했다는 식의 사소한 것들은 그런대로 용인될 만했다. 하지만 정말로 중대한 사건은 없었고, 우리는 자술서를 끝맺을 때면, 반드시 독립과 자유보다 소중한 것은 아무것도 없다고 썼다.

지금은 출발하기 전날 저녁이다. 우리는 본과 우리 자신의 요금을 내 배낭의 가짜 바닥에 숨겨 놓았던 정치위원의 금붙이로 지불했다. 우리가 정치위원과 나눠 가진 암호책이 금붙이가 있던 자리를 차지했는데, 그것은 우리가 가져갈 것들 중 가장 무거운 이 원고 다음으로 무거운 것이고, 이 원고는 우리의 유언장까지는 아니라 하더라도 우리 존재의 증거는 될 것이다. 우리에게는 이 이야기를 제외하고는 그 누구에게도 남길 것이 아무것도 없다. 이 이야기는 우리를 대변하고자 했던 그 모든 사람들에 맞서 우리 자신을 대변하려는 우리의 최선의 시도이다. 내일 우리는 바다로 간 저 수만 명에, 즉 혁명으로부터 달아난 난민 대열에 합류할 것이다. 항해사의 계획에 의하면, 출발 당일인 내일 오후에, 사이공 도처의 집들에서, 가족들이 마치 채 하루가 안 걸릴 짧은 여행인 양 출발하게 될 것이다. 우리는 남쪽으로 세 시간 거리의 어느 마을까지 버스로 이동할 예정인데, 그곳 강기슭에서는 도선업자 하나가 원뿔형 모자로 얼굴을 가린 채 대기 중이다. 우리를 우리 삼촌의 장례식에 데려다 줄 수 있습니까? 이렇게 암호화된 질문에 대한 암호화된 답변은 다음과 같다. 당신 삼촌은 위대한 분이었습니다. 우리는 고무줄로 묶은 암호책과 묶지는 않고 물이 스미지 않는 비닐로 싼 이 원고를 배낭에 넣어 든 채, 항해사와 그의 아내, 그리고 본과 함께 소형 모터보트에 가까스로 기어올라 탄다.

우리는 살그머니 강을 건너 항해사 일가의 나머지 사람들이 우리와 합류하게 될 어느 작은 마을로 간다. 모선은 훨씬 더 하류에서 기다리고 있는데, 150명이 승선할 저인망 어선으로, 거의 모든 사람이 그 선창에 숨을 예정이었다. 항해사가 경고했다. 거기는 더울 거야. 냄새가 지독하지. 일단 선원들이 선창의 출입구를 밀폐하면, 우리는 숨을 쉬기 위해 악전고투하게 될 것이다. 150의 3분의 1에, 알맞은 공간에 갇힌 150명의 육체에서 비롯되는 압력을 덜어줄 통풍구가 전혀 없기 때문이다. 그렇지만 대폭 줄어든 공기보다 더 심각한 것은 심지어 우주 비행사들조차도 우리보다는 나은 생존 확률을 지니고 있음을 알고 있다는 것이다.

우리는 끈으로 우리 양어깨와 가슴둘레에 암호책과 원고가 안에 든 배낭을 동여맬 것이다. 우리가 살든 죽든, 그 이야기의 무게는 우리에게 꼭 매달려 있을 것이다. 이 석유램프 불빛으로 몇 자만 더 적어야겠다. 정치위원의 질문에 대답한 후, 우리는 우리가 더 많은 질문들에, 결코 진부해지지 않을 보편적이고 시대를 초월한 질문들에 직면한 것을 발견한다. 권력에 맞서 투쟁하는 사람들은 자신들이 권력을 잡으면 무엇을 하는가? 혁명가는 혁명이 승리를 거두면 무엇을 하는가? 독립과 자유를 요구하는 사람들이 왜 다른 사람들의 독립과 자유를 빼앗는가? 그리고 외견상 우리 주변의 많은 사람들이 그렇듯, '아무것도 아닌 것'을 믿는 것은 제정신인 것일까, 아니면 제정신이 아닌 것일까? 우리는 이 질문들에 대해서 우리 스스로 대답할 수밖에 없다. 우리의 삶과 우리의 죽음은 우리에게 지금껏 늘 바람직하지 않은 사람들 사이에서 바람직하지 않은 사람들에게 동조하라고 가르쳤다. 따라서 경험을 통해 자력을 띠게 되었기에, 우리의 나침반은 고통받는 사람들을 끊임없이 가리킨다. 심지어 지금도, 우리는 우리의 고통 받는 친구, 우리의 의형제, 정치위원, 얼굴 없는 남자를 생각한다. 말로 표현할 수 없는 것을 말했고, 모르핀을 꿈꾸며 잠자고, 영원한 잠을 꿈꾸는, 아니 어쩌면 '아무것도 없음'을 꿈꾸는 그 사람을 말이다. 우리의 경우에, '무언가'를 볼 때까지 얼마나 오랫동안 '아무것도 없음'을 응시했던가! 이것이 우리 어머니가 느낀 것일 수도 있을까? 어머니가 자기 자신의 속을 들여다보다가, 아무것도 없던 곳에 이제 어떤 것이, 다시 말해 우리가 존재한다는 사실에 깜짝 놀랐을까? 어머니가 우리를, 아버지가 되어서는 안 되는 신부의 씨인 우리를, 원하지 않는 대신에 원하기 시작한 전환점은 어디였을까? 어머니는 언제 자신을 생각하는 걸 그만두고 우리를 생각하기 시작했을까?

내일 우리는 낯선 사람들 사이에 있는 우리 자신을 발견하게 될 것이다. 본의 아니게 뱃사람이 되어 임시로 승선 명단에 오른 사람들 사이에서 말이다. 우리들 가운데는 젖먹이들과 아이들이 있을 것이고, 당연히 어른들과 부모들도 있겠지만, 노인들은 전혀 없을 것이다. 그들 중 누구도 항해할 엄두를 내지 못하니까. 우리들 가운데는 남자들과 여자들이 있을 것이고, 당연히 마르고 호리호리한 사람들도 있겠지만, 우리 중 단 한 사람도 뚱뚱하지는 않을 것이다. 전 국민이 강제적인 다이어트를 견뎌왔기 때문이다. 우리들 가운데는 밝은 피부를 가진 사람들과 거무스름한 피부를 가진 사람들과 그 사이에 낀 온갖 색조의 피부를 가진 사람들이 있을 것이고, 어떤 사람들은 품위 있는 말투를, 또 어떤 사람들은 거친 말투를 사용할 것이다. 많은 사람이 화교라는 이유로 박해를 받은 중국인들일 것이고, 또 다른 많은 사람들은 재교육 하위를 받은 사람들일 것이다. 총체적으로 우리는 오늘 밤 항해사의 라디오로 은밀히 '미국의 소리'*를 들었을 때도, 한 번 더 들렸던 이름인 '보트 피플'로 불릴 것이다. 우리도 이 '보트 피플'로 간주될 것이기 때문에, 그들의 이름은 우리를 불안하게 만든다. 그 이름은 인류학적인 우월감의 기미가 있어서, 인간이라는 종족 중 어떤 잊혔던 부류, 바다 안개에서 머리에 해초를 뒤집어 쓴 채 모습을 드러내는 어떤 잃어버린 종류의 양서류를 환기시킨다. 하지만 우리는 원시인이 아니며 동정을 받을 대상도 아니다. 혹시라도 안전한 피난처에 도착하면, 이번에는 우리가 아무도 원하지 않는 자들에게 등을 돌린다고 해도, 전혀 놀랄 일이 아닐 것이다. 이는 우리가 들어 알고 있는 인간본성이니까. 그러나 우리는 냉소적이지 않다. 그 모든 일에도 불구하고 — 그렇다, 어찌 됐든, '아무것도 없음'에 직면해서도 — 우리는 여전히 스스로를 혁명가라고 여긴다. 우리가 환상이라는 흥분제에 취한 몽상가라고 불리는 데 이의를 제기하지는 않겠지만, 그래도 우리는 변함없이 생명체들 중 가장 희망에 찬 존재, 혁명을 추구하는 혁명가이다. 곧 우리는 동쪽이 언제나 붉은색인 저 수평선상에서 새빨간 해돋이를 보게 될 것이지만, 일단 지금 창문을

*   VOA(Voice of America). 미국 연방 정부가 운영하는 국제 방송. 1942년 독일어 방송을 첫 시작으로, 현재 40개 이상의 언어로 뉴스와 정보를 송출하고 있다.

통해 보이는 풍경은 캄캄한 골목길, 황량한 포장도로, 닫힌 커튼이다. 설마, 우리가 유일하게 깨어 있는 사람들일 리는 없다. 단 한 개의 등불을 켜고 있는 유일한 사람들일지는 몰라도. 그래, 우리가 혼자일리가 없다! 수천 명 이상의 사람들이, 사람들의 비난을 혹독하게 받을 만한 생각들과 터무니없는 희망들과 금단의 음모들에 사로잡힌채, 우리와 마찬가지로 어둠 속을 응시하고 있을 것이 틀림없다. 우리는 적절한 시기와 정당한 대의명분을 숨어서 기다리는데, 바로 이 순간 그것은 단순히 살고 싶다는 것이다. 그리고 우리가 이 마지막 문장을, 수정되지 않을 이 문장을 쓰는 바로 이 순간에도, 우리는 오직이 한 가지만을 확신하고 있음을 자백한다 — 우리는 우리의 죽음을 걸고, 이 한 가지 약속을 지킬 것을 맹세한다.

우리는 살아남을 것이다!

감사의 말

이 소설의 많은 사건들은 정말로 존재했다. 약간의 세부 사항들과 연대순을 마음대로 고쳤음을 인정하기는 하지만 말이다. 사이공의 함락과 베트남 공화국의 마지막 날들에 관해서는, 데이비드 버틀러의 『사이공 함락』, 래리 엥겔만의 『비 오기 전의 눈물』, 제임스 펜턴의 「사이공 함락」, 더크 할스테드의 「화이트 크리스마스」, 찰스 헨더슨의 『굿나잇 사이공』, 그리고 티치아노 테르차니의 『지아이 퐁*! 사이공 함락과 해방』을 찾아보았다. 특히 프랭크 스넵의 중요한 저서인 『적당한 시차』에 신세를 졌는데, 이 책은 클로드의 사이공 탈출과 '파수꾼' 에피소드에 영감을 주었다. 베트콩 활동뿐 아니라 남베트남의 교도소와 경찰에 대한 설명을 위해서는, 더글러스 밸런타인의 『피닉스 프로그램』, 장피에르 데브리와 앙드레 망라의 소책자 『우

---

* '해방'이라는 의미의 베트남어.

리는 고발한다』, 트롱 누 탕의『어느 베트콩의 회고록』, 그리고《라이프》1968년 1월호에 실린 한 편의 기사를 참조했다. 알프레드 W. 맥코이의『고문에 대한 질문』은 1950년대로부터 베트남 전쟁을 거치면서 이뤄진 미국의 심문 기술 발달과 이라크 전쟁 및 아프가니스탄 전쟁에서 이뤄진 심문 기술의 확대를 이해하는 데 결정적이었다. 재교육 수용소를 위해서는 후이엔 산 통의『강제 개조』, 제이드 능옥 꽝후이엔의『변화하는 남풍』, 그리고 트란 트리 부의『잃어버린 세월』을 활용했다. 베트남에 쳐들어가려 시도하는 베트남 저항군들의 경우에는, 비엔티안에 있는 라오스 인민군 역사박물관의 작은 전시관에 라오스군이 노획한 그들의 가공품들과 무기들이 전시되어 있다.

그 투사들은 지금껏 대체로 잊혀 있었거나, 아예 알려진 적조차 없었던 반면, 그 '영화'에 관한 영감은 결코 비밀이라고 할 수 없을 것이다. 엘리너 코폴라의 다큐멘터리 「암흑의 핵심」과 그녀의『비망록 : 「지옥의 묵시록」의 제작 과정』은 많은 통찰력을 부여해 주었으며, 「지옥의 묵시록」 DVD에 실린 프랜시스 포드 코폴라의 해설 또한 마찬가지였다. 다음과 같은 책들 역시 도움이 되었다 : 로널드 버건의『프랜시스 포드 코폴라: 클로즈업』, 장폴 사이예와 엘리자베스 빈센트의『프랜시스 포드 코폴라』, 제프리 차운의『할리우드의 작가주의 영화감독 : 프랜시스 코폴라』, 피터 코위의『지옥의 묵시록, 책』과『코폴라 : 전기』, 마이클 굿윈과 나오미 와이즈의『언저리에서 : 프랜시스 포드 코폴라의 삶과 시대』, 진 D. 필립스와 로드니 힐의『프랜시스 포드 코폴라 : 인터뷰』, 그리고 마이클 슈마허의『프랜시스 포드 코폴

라 : 영화 제작자의 삶」. 또한 더크 할스테드의 「최후의 묵시록」, 크리스타 라우드의 「지옥의 묵시록으로의 귀환」, 디어드러 매케이와 파드마파니 L. 페레스의 「아직까지도 묵시록! 이푸가오족 단역배우들과 「지옥의 묵시록」의 제작 과정」, 토니 렌넬의 「역사상 가장 무모한 영화」, 그리고 로버트 셀러스의 「『지옥의 묵시록』의 무리한 제작 과정」 같은 논물들의 도움도 받았다.

때때로 다른 사람들이 했던 말의 정확한 표현 또한 중요했는데, 특히 다음과 같은 경우의 출처를 밝혀둔다. 또 흐우의 시구는 《베트남 뉴스》의 "또 흐우 : 민중시인"이라는 기사에 실린 그의 시 몇 편에서 찾았고, 응우옌 반 키가 번역한 "아버지의 은공은 태산만큼 크다"라는 금언은 『베트남 들춰내기』라는 책에서 구했고, 이외에 『포도어의 동남아시아』 1975년 판도 도움이 됐으며, 생명과 그 가치에 대한 동양인의 관점에 관한 윌리엄 웨스트모어랜드 장군의 생각들은 피터 데이비스 감독의 다큐멘터리 「마음과 정신」에서 따왔다. 이 책에서는 그런 생각들이 리처드 헤드의 것으로 나온다.

마지막으로 이 소설이 현재와 같은 책이 되는 데 반드시 필요했던 많은 분들과 단체들에 감사드린다. 아시아 문화원, 브레드 로프 작가 회의, 문화 혁신 센터, 제라시 예술가 상주 프로그램, 순수예술 창작 센터, 그리고 서던캘리포니아 대학교는 자료 조사나 집필을 용이하게 만들어 준 보조금이나 상주 프로그램이나 안식 휴가를 제공해 주었다. 내 에이전트인 냇 소벨과 줄리 스티븐슨은 끈기 있는 격려와 현명한 원고 교정 능력을 제공해 주었고 편집자인 피터 블랙스톡 또한 마찬가지였다. 모건 엔트레킨과 주디 호텐슨은 열렬한 후원자들이었고, 뎁 시거와 존 마크 볼링과 그로브 애틀랜틱의 전 직원이 이 책과 관련해 지금껏 수고해 주었다. 내 친구 치오리 미야가와는 처음부터 이 소설에 믿음을 가지고, 지칠 줄 모르고 초고를 읽어 주었다. 하지만 늘 그렇듯이, 내가 가장 큰 빚을 진 분들은 내 아버지, 조지프 타인 응우옌과 어머니 린다 킴 응우옌이다. 전쟁 기간 중과 그 후의 그분들의 불굴의 의지와 희생이 내 삶과 내 형, 텅 타인 응우옌의 삶을 가능케 했다. 형은 늘 힘이 되어 주었고, 그의 훌륭한 동반자 후엔 리 카오와 그들의 자녀 민, 럭, 린도 마찬가지였다.

이 책의 마지막 몇 마디는 언제나 최우선 순위일 두 사람, 란 두엉과 우리 아들을 위해 남겨 둔다. 그녀는 단어 하나하나를 다 읽어주었고, 엘리슨은 정확히 때 맞춰 태어나 주었다.

우리의 베트남 전쟁은 결코 끝나지 않았다*

비엣 타인 응우옌

로스앤젤레스 — 4월 30일 목요일은 내 전쟁의 종전 40주년 기념일이다. 미국인들은 그것을 베트남 전쟁이라고 부르며, 승리한 베트남인들은 미국전쟁이라고 부른다. 사실, 이 두 명칭은 모두 부정확한 명칭이다. 그 전쟁이 라오스와 캄보디아에서도 엄청난 황폐화에 이를 때까지 계속 진행되었기 때문인데, 이것은 미국인들과 베트남인들 모두가 차라리 잊고 싶어 하는 사실이다.

어쨌든, 전쟁을 겪으며 살아온 사람이라면 누구에게나, 그런 전쟁의 명칭은 필요하지 않다. 그것은 언제나 오로지 그 '전쟁'일 뿐이며, 내 가족과 나도 바로 그렇게 부르고 있다. 기념일은 갖가지 전쟁 이야기들이 언급되는 때이고, 내 가족과 다른 난민들의 이야기 역시 전쟁 이야기이다. 이것이 중요한 것은 미국인들이 전쟁을 떠올릴 때면, '저

* 2015년 4월 24일, 《뉴욕 타임스》 선데이 리뷰의 오피니언 섹션에 처음 게재되었던 글이다.

쪽에서' 싸우는 사람들을 떠올리는 경향이 있기 때문이다. 전쟁 이야기를 이민자 이야기에서 분리하려는 경향은 대부분의 미국인들이 얼마나 많은 미국의 이민자와 난민들이 갖가지 전쟁 —— 그중 많은 전쟁에 이 나라가 관여해왔다 —— 을 피해 도망쳤는지를 이해하지 못한다는 것을 의미한다.

내 가족과 다른 난민들이 미국으로 올 때 우리의 전쟁 이야기를 가지고 오기는 했지만, 대체로 그것들은 여전히 우리 같은 사람들을 제외하고는 아무도 들어주지도, 읽어주지도 않은 채로 남아 있다. 400만에 달하는 이주 베트남인 공동체의 대다수 사람들에 비해, 내 가족은 지금껏 운이 좋았다. 내 친척들 가운데 누군가가 전쟁 중에 사망한 300만 명이나, 보트로 탈출하려다 해상에서 사라진 수십만 명 가운데 포함될 가능성은 전혀 없다. 하지만 미국에 와서 우리가 겪었던 일들은 힘든 것이었다.

내가 네 살에 처음 이 나라에 왔을 때, 부모님은 나를 빼앗기셨고, 나는 부모님이 자립할 동안 나를 돌보기로 되어 있던 낯선 미국인들의 가정에 강제로 보내졌다. 나는 작은 아파트, 아니 어쩌면 이동 주택이었을지 모를 장소와 나를 어찌 해야 할지 모르던 젊은 부부를 기억한다. 나는 좀 더 큰 집으로, 아이들이 있는 어느 가족에게로 보내졌고, 그들은 내게 젓가락 사용법을 물었다. 그들로서는 환영을 하려는 의도였다고 확신하지만, 나는 젓가락 사용법을 알지 못했기 때문에 어찌할 바를 몰랐고 나 자신에게 실망했다.

베트남의 경우는 익숙하면서도 동시에 낯설다. 나는 캘리포니아주 새너제이에서, 내가 베트남 음식을 먹고 베트남인 교회를 다니고 베트남어를 공부하고 언제나 상실 및 고통과 관련된 베트남의 이야기들을 듣던 베트남인 집단 거주지에서 자라는 동안 베트남에 대해 많은 것을 들었다. 내 부모님과 내가 알던 모든 사람들은 집, 재산, 친척, 나라, 그리고 마음의 평화를 잃어버린 상태였다. 가장자리가 빨간색과 파란색으로 장식된 항공 우편 봉투에 들어 있던 편지와 사진들은 가난과 굶주림과 절망에 관한 이야기들을 품고 도착하곤 했다. 부모님은 양녀인 내 누나를 남겨 두고 오셨는데, 나는 외로운 표정의 아름다운 소녀가 찍힌 한 장의 흑백 사진을 통해서만 누나를 알고 있었다. 나는 누나를 전혀 기억하지 못했다. 한 분씩 차례로 돌아가신 조부모님들도 기억하지 못했는데, 그분들 중 두 분은 한 번도 만난 적도 없었다. 부모님은 십대이던 1954년에 남쪽으로 도망치셨지만, 그 두 분은 계속 북쪽에 머무르셨기 때문이었다.

아버지는 당신의 어머니를 다시는 보지 못하시고, 당신의 아버지는 40년 동안 보지 못하실 터였다. 어머니는 당신의 부모님을 다시는 보지 못하시고, 자매들과는 20년 동안 보지 못하실 터였다. 게다가 그분들이 피하시려 했던 폭력은 끝내 그분들을 따라잡았다. 아버지와 어머니는 식료품점을 여셨다가, 크리스마스이브에 강도 사건으로 총을 맞고 부상을 입으셨는데, 그때 나는 10살이었다. 나는 만화를 시청하면서 부모님이 집에 오시기를 기다리고 있었다. 형이 그 전화를 받았다. 형이 내게 무슨 일이 일어났는지 말해주었을 때, 나는 울지 않았고, 형은 울지 않는다는 이유로 내게 소리를 질렀다.

내가 27년 동안 베트남에 돌아가려 하지 않은 것은 베트남이 두려 웠기 때문이다. 미국에 사는 아주 많은 베트남인들이 그렇듯이 말이 다. 나는 미국에 사는 베트남인들은 친숙하면서도 이질적이라고 여 겼지만, 베트남 자체는 그저 이질적일 뿐이었다. 내가 베트남을 기억 해 내는 방식은 미국 영화와 책을 통해서였고, 그것들은 모두 어떤 무언의, 무의식의 단계에서 내가 나의 언어라고 결정했던 영어로 된 것들이었다. 나는 사방에서 난민들이 사용하는 엉터리 영어를 들었 고, 미국인들의 눈을 통해 그들을 외국에서 갓 이주해온 우스꽝스럽 고 꺼림칙한 존재로 볼 수밖에 없었다. 그건 내가 아니었다. 나는 두 개의 언어 속에서 어떻게 똑같이 잘 살 수 있을지 알지 못했다. 그래 서 하나를 완벽하게 습득하고 나머지 하나는 무시했다. 하지만 그 언 어와 문화를 습득하면서, 나는 미국인들이 베트남인들을 어떻게 생 각하는지를 너무나 잘 알게 되었다.

나는 「지옥의 묵시록」을 보면서, 미 해군들이 삼판선에 가득 찬 민 간인들을 학살하고 마틴 신이 부상당한 여자를 냉혹하게 쏘는 것을 보았다. 「플래툰」을 보면서, 미국인들이 베트남 군인들을 죽일 때 관 객들이 박수갈채를 보내는 소리를 들었다. 이런 장면들은 비록 허구 이기는 했지만 나를 격한 분노로 부들부들 떨게 했다. 나는 내 영어 가 아무리 완벽하고 내 행동이 아무리 미국인답다고 해도 미국인들 의 마음속에서 내가 타자, 동양 놈, 외국인이라는 것을 알고 있었다. 대부분 백인들뿐이던 고등학교 시절에 소수의 아시아인 학생들은 점 심식사를 먹기 위해 한쪽 구석에 함께 모여 있으면서, 우리 자신을

'아시아인의 침략'이자 '황화'라고 칭하기도 했다.

이와 같은 이야기들이 내가 아는 베트남 사람들 사이에서는 흔하다. 워싱턴의 베트남 참전 용사 기념관에서 20만이 넘는 전사한 전우들의 이름을 찾지 못할 남부 베트남의 참전용사들 같은 수많은 사람들에게, 전쟁은 끝나지 않았다. 그것은 그들이 미국인들의 마음속에서 '베트남 참전용사들'이 아니기 때문이다. 우리의 역할은 우리를 지켜주고 구해준 데 고마워하는 것이었고, 우리 중 많은 사람들이 정말로 고마워한다. 미합중국은 전쟁이 끝난 후 수년간 동남아시아에서 온 난민 수십만 명을 기꺼이 맞아들였다. '애국자법'의 작성을 도운 법대 교수에서부터 이라크 전을 위해 벙커파괴폭탄을 설계한 과학자에 이르기까지 우리보다 더 애국적인 무리를 찾아내기는 힘들 것이다. 또한 이라크와 아프가니스탄 전의 많은 참전용사들이 우리들 가운데 포함된다고 여겨도 좋을 것이다.

하지만 베트남계 미국인들은 미국을 위해 싸우면서도 동시에 이나라에서 그들 자신의 자리를 얻기 위해 안간힘을 썼다. 그들은 베트남 밖에 있는 최대의 베트남인 공동체, '리틀 사이공'의 본거지인 캘리포니아 주 오렌지카운티에 그들 자신의 베트남 전쟁 기념관을 세웠다. 그곳은 미군과 베트남군이 나란히 서 있는 동상을 특징으로 하며, 좀 더 포괄적인 이야기를 알려 준다. 매년 4월, 수천 명의 난민들과 참전용사들과 그들의 자녀들이 이곳에 모여 그들 자신의 이야기를 하고 이른바 그들의 '검은 4월'을 기념한다.

마흔 번째인 이번 '검은 4월'은 우리의 전쟁에 관한 이야기들을 되돌아볼 때다. 어떤 사람들은 난민인 우리 가족이 아메리칸 드림의 산 증거라고 여길지도 모른다 ── 부모님은 부유하시고, 형은 백악관 자문위원회를 이끄는 의사이며, 나는 교수이자 소설가이다. 그렇지만 우리 가족의 이야기는 상실과 죽음에 관한 이야기이다. 오로지 미합중국이 (인접한 라오스와 캄보디아에서 사망한 200만 명의 다른 사람들을 포함시키지 않고도) 300만 우리 동포의 목숨을 빼앗은 전쟁을 치렀다는 이유만으로 우리가 여기에 와 있는 것이니까. 필리핀인들은 대체로 필리핀-미국 전쟁 때문에 이곳에 와 있는데, 그 전쟁은 20만 명 이상의 목숨을 앗아갔다. 많은 한국인들은 200만 명 이상의 목숨을 빼앗은 전쟁으로 인해 유발된 일련의 사건들 때문에 이곳에 와 있다.

우리가 이런 전쟁들의 원인들과 책임 분배를 두고 논쟁을 할 수는 있지만, 사실 전쟁은 바로 이쪽에서, 전투 장비에 대한 시민들의 지원으로 시작돼서 우리가 부추긴 전쟁들을 피해 도망친 겁에 질린 난민들의 도착으로 끝이 난다. 이러한 종류의 이야기들을 하거나, 가족의 이야기를 전쟁 이야기로 읽고 보고 듣는 법을 깨우치는 것은 예의 군산복합체라는 병폐를 치료할 수 있는 중요한 방법이다. 왜냐하면 이 복합체는 전쟁은 지옥*이라는 생각에 방해를 받기는커녕 오히려 그런 생각을 기반으로 번창하니까 말이다.

---

*   "전쟁은 지옥이다(War is hell)."라는 문장은 미국 남북전쟁 당시 북군의 장군이자 전쟁이 끝난 후 육군 총사령관이 된 윌리엄 T 셔먼이 한 말이다. 사실 그가 이렇게 말한 것은 전쟁이 참혹하기 때문에 피해야 하는 것이라는 뜻에서가 아니라, 가능한 한 적군에게 참혹하고 값비싼 대가를 치르게 해야 하는 것이라는 의미에서였다.

아시아계 미국인의 소설에 나타난 분노*

폴 트란

베트남 전쟁은 40년 전에 끝났다. 새로운 정권이 전장을 딛고 일어섰다. 우리 가족과 마찬가지로 여러 가족들이 태평양을 건너 도망쳤다. 많은 사람들이 해상에서 숨졌다. 다른 사람들은 차라리 자신들도 그랬더라면 좋았을 거라고 생각한다. 이 이야기에 행복한 결말은 없다 — 패자들이 사람의 목숨에 별 가치를 두지 않는다고 여기는 국민에게 당한 자신들의 패배에 집착하는 동안은 아니다. 이런 집착은 당연히 미국인들이 베트남 사람들의 자유를 위한 투쟁에 대한 자신들의 '개입'을 이야기하고, 또 고쳐 이야기하는 여러 방식들을 좌우한다. 그것은 미합중국과 제국으로서 미국의 피할 수 없는 의무와 이타주의 및 망상적 예외주의를 서사의 중심에 배치함으로써, 베트남 사람들과 그들의 승리와 비극에 관한 이야기를 가려 버린다. 하지만

---

*   1991년 설립된 비영리 문예 단체인 '아시아계 미국 작가 워크숍'의 온라인 잡지, 《더 마진(The Margins)》에 처음 실렸던 전화 대담 기사이다.

비엣 타인 응우옌의 빛나는 소설 데뷔작 『동조자』는 그 전쟁의 가장 중요한 장본인들에 대한 우리의 주의를 환기시킨다. 이 소설은 아무도 역사의 "올바른 편"에 서 있지 않은 복잡한 세계를 펼쳐 보인다. 서정적인 힘으로 도약한 다음, 매 페이지마다 사람들이 서로에게 무슨 짓을 할 수 있는지를 잊지 못하게 만드는 독특하면서도 잊히지 않을 만큼 친숙한 목소리로 변화한다. 지난 달 전화 대담을 하면서, 응우옌과 나는 미국의 제국주의에 반대하는 격한 분노로 가득 찬 소설을 쓰는 것과 베트남인들이 어떤 식으로 "스스로를 정말 잘 학대할" 수 있는지와 혁명이 실패한 이후의 개인들에 대해 이야기를 나눴다.

폴 트란 : 당신 소설의 배경이기도 한 캘리포니아 주, 샌디에이고에서 성장하는 동안, 나는 우리 가족 가운데서 영어로 읽고 쓸 줄 아는 유일한 사람이었다. 내 어머니는 베트남 중부에서 성장했다. 어머니는 1954년에 태어났고, 베트콩 교도소에서 9년을 보내고 필리핀에서 재교육을 받은 후 1989년에 미국으로 왔다. 나는 어린 시절에 많은 시간을 베트남 사람들에 관한 문학 작품을 찾으려 애쓰며 지냈다. 대학에 가면서 집을 떠나고 나서야 비로소 이 꿈이 실현되기 시작했다.

내가 이 대담을 이런 식으로 시작하고 싶은 것은 당신이 비슷한 정서를 표현한 몇몇 인터뷰 기사를 읽었기 때문이다. 그 인터뷰 기사들에 따르면, 당신은 미합중국에서 성장한 어린 아이로서, 문학작품과 할리우드 영화에서 베트남에 관한 이야기들을 찾아보았다. 《뉴욕 타임스》에 실린 당신 책에 대한 서평 중 하나에 따르면 이 책은 "이전에 목소리를 내지 못하던 사람들에게 목소리를 부여하는 동시에 나머지 우리들이 40년 전의 사건들을 어쩔 수 없이 살펴보게 만들어서, 문학의 공동을 채워 넣는다." 당신은 『동조자』가 어떤 공동을 채운다고 믿나?

비엣 타인 응우옌 : 《뉴욕 타임스》 서평에서 『동조자』가 목소리를 내지 못하던 사람들에게 목소리를 부여한다고 할 때, 그 표현이 정확하지는 않다고 생각한다. 지금은 이미 상당한 양의 베트남계 미국 문학작품과 영어로 번역된 베트남 문학작품이 있다. 베트남인들과 베트남계 미국인들은 목소리를 내고 있다. 전체적으로 미국인들이 그 목소리들을 듣지 않는 경향이 있을 따름이다. 그렇기는 하지만, 그러니까 베트남인들과 베트남계 미국인들이 쓴 저작물의 그러한 양을 감안한다고 해도, 『동조자』가 그런 문학작품이 이야기하는 것 사이의 어떤 빈자리를 채우고 있다고는 생각한다.

이 소설을 내놓는 것을 마음속으로 그려보는 동안, 나는 베트남에서의 미국 전쟁의 역사를 베트남계 미국인의 관점에서 직면하게 하는 소설은 아직도 없다고 느꼈다. 번역본을 구할 수 있는 베트남 문학작품 대부분은 북부 베트남인이나 공산주의자인 베트남인이나 과거에 공산주의자였던 베트남인의 시각에 초점을 맞추고 있다. 베트남계 미국 문학은 난민의 경험에, 즉 베트남인들이 미합중국에 도착한 직후부터 그들에게 무슨 일이 벌어지는지에 초점을 맞추는 경향이 있다. 실제로 우리가 전쟁 그 자체에 직면하려면 리 리 헤이슬립과 마이 엘리엇 같은 1세대 베트남인들의 회고록을 참조해야만 한다.

게다가 심지어, 누락된 것은 미국이 베트남에서 한 일에 대해 더 비판적인 해석을 취하는 문학작품들이었다. 그것이 이 책의 기본 취지였다 ─ 나는 베트남에서 미국인들이 한 역할에 대해 매우 비판적이고 싶었고 베트남계 미국인들의 통상적인 태도를 취하지 않기를 원했는데, 그들의 통상적인 태도는 미국인들의 구조를 받은 것에 고마워하거나 혹은 문학작품 내에서 직접적으로 대립하지 않으면서 절충하는 것이었다.

나는 또한 많은 아시아계 문학작품에 대해서도 반응을 보일 작정이었는데, 아시아계 문학작품은 내 연구 대상의 일부이기 때문에 많은 양의 그런 작품들을 읽은 바 있었다. 베트남계 및 아시아계 미국 문학 모두를 특징짓는 것들 중 하나는 대체로 크게 분노하지 않는다는 것이다. 많은 양의 격렬한 분노는 없다. 최소한 지난 수십 년 동안에는 없었다. 게다가 노여움이나 격렬한 분노가 있더라도, 무지한 사람들, 그러니까 아시아의 출생국가나 아시아인 가족들이나 아시아인 가부장들 쪽을 향해서만 존재한다. 그런 모든 것이 중요하기는 하지만, 나는 미국 문화에, 혹은 미국이 저지른 짓에 대해 미국에 화를 내는 것을 꺼려하는 마음을 감지했다. 그것이 바로 이 책에서 내가 미국 문화와 미국에 대해 훨씬 더 화난 어조를 택한 이유이다.

마지막으로, 나는 어느 누구도 곤경을 모면하게 봐주고 싶지 않았다. 그래서 이 책은 남부 베트남의 문화와 정치, 그리고 베트남의 공산주의에 대해서도 매우 비판적이다. 대상을 선별적으로 고르는 대신에 ─ 한 집단에 대해서만 비판하는 대신에 ─ 모두에게 책임을 지우기로 정한다.

트란 : 나는 학부생으로서 당신의 학술서, 『인종과 저항』을 읽으면서 처음 당신의 저서를 접했다. 『동조자』를 읽는 동안, 그 연구 논문의 이론들이 이 책에 도입되었는지 알고 싶었다. 『동조자』가 자기 반성적이면서도 동시에 모든 것을 비판적으로 보는 목소리를 효율적으로 활용해서 모든 사람들을 다룸으로써, 저항과 동화라는 이분법적 관념을 거부한다는 것은 매우 분명하다. 그 목소리가 모든 사람들을 다룬다고 할 때, 결국 모든 사람이 이 책의 독자라고 말하고 싶은 것인지? 좀 더 구체적으로 말하자면, 젊은 작가로서 나는 유색인종 작가들이 지금껏 지배적인 시선들을 위해 글을 쓰도록 유혹받았던 방식에 대해 생각해 보려고 토니 모리슨의 『어둠 속의 유희』를 참조했다. 내가 『동조자』를 읽는 동안 느꼈던 것은 그런 방식은 아니었다. 모두가 그 전쟁의 공범이라는 것을 글로 쓰고 다룸으로써, 이 소설이 지배적인 시선에 의탁하는 것을 피하는 것인가?

응우옌 : 나는 토니 모리슨이 어떤 식으로 글을 쓰는지에 대해 말했던 내용을 매우 잘 알고 있었다. 그녀는 언제나 흑인들에 대한 글을 쓰며 흑인의 경험은 이미 보편적이라고 말한다. 그녀의 작품에는 해명이 전혀 없다. 이 소설에 아무런 해명도, 해석도, 설명도 없다는 것이 내게는 아주 중요했다. 왜냐하면 이런 것들은 지배적인 문화를

위한 글쓰기의 징후들이기 때문이다. 대신에, 나는 의도적으로 이 책을 내부에 독자가 있게, 다른 베트남 사람을 위한 일종의 자술서로 구성했다. 이 책은 해석이나 설명이 있다고 할 정도로, 베트남 문화를 미국인들에게 해석하거나 설명해 주고 있지는 않다. 미국 문화 혹은 남부 베트남의 문화를 베트남인들에게 해석해 주고 있다. 그것이 내게 정말로 결정적인 한 수였던 것은 그로 인해 내가 미국 문화에 대해 이처럼 비판적이고 풍자적인 접근 방식을 취하는 것이 가능해졌기 때문이다.

나는 베트남인의 인간다움을 설명하는 하나의 방편으로 이 책을 쓰고 싶지는 않았다. 토니 모리슨은 『빌러비드』에서, 백인들에게 자기 자신을 설명해야만 하는 상황이 자신을 왜곡하는 것은 스스로가 다른 사람들의 눈에 비친 자신들의 비인간성 혹은 인간성의 결핍을 당연한 것으로 받아들이는 입장에서 출발하기 때문이라고 주장한다. 전형적으로 소수 민족 작가들이 처하게 되는 입장인, 인간성을 확언하려 애쓰는 책을 쓰는 대신에, 이 책에서는 우리는 인간적이라는 전제에서 시작한 다음, 이어서 또한 우리는 동시에 비인간적이기도 하다는 것을 증명하기 시작한다.

이 책의 모든 사람들, 특히 우리의 주인공은 모종의 끔찍한 행위를 저지른다. 내게 있어서, 우리 모두가 인간적인 동시에 비인간적이라고 인정할 수 있는 능력이 정말로 중요한 것은 그런 인정 역시 지배적인 문화의 특성을 드러내는 것이기 때문이다. 예를 들어, 베트남 전쟁에 관한 미국 영화들에서, 미국인들은 자신들이 악당이 되어야 하든

반(反)영웅이 되어야 하든 상관하지 않고 화면에 등장하기를 바란다. 주변부에서 고결하고 인간적인 단역 배우가 되는 것보다는 그렇게 할 수 있는 것이 훨씬 낫다. 지배적인 문화는 비인간성을 주체성의 일부로 [생각하기를] 전혀 꺼리지 않으며, 흔히 그렇다고 주장한다. 그런 점은 위대한 영화에 기여하며, 위대한 예술에도 기여한다. 그리고 그것은 또한 내가 이 책에서 해야 한다고 느꼈던 일의 일부이기도 하다. 인간성을 주장하는 것은 부적합하고 짐짓 자신을 낮추는 듯한 행위이니 말이다. 인간적인 동시에 비인간적인 서술자를 등장시킬 수 있다는 것은 지배적 문화 안에서 우리의 종속 상태에 이의를 제기하는 내 나름의 방식이었다.

트란 : 《하이픈》과의 인터뷰에서 당신은 이렇게 자문한다. "만일 내가 이 시기에 살았더라면 무엇을 했을까?" 지배적인 문화 안에서 베트남 사람들이 재현되는 경우에, 베트남인 등장인물이 ― 그 인물은 대체로 베트남 여성이다 ― 국가를 대신하는 것은 흔한 일이다. 이런 주변적 인물들은 각종 영화와 글에서 베트남이 지금껏 어떤 식으로 취급받았는지에 대해 사유하거나 드러내는 은유 혹은 단초로 취급받는다. 이 책에서 누가 베트남을 대신하는지에 대해 나 나름의 의견이 있기는 하다. 하지만 당신 또한 그러한지 묻고 싶었다.

응우옌 : 이 책은 푸옹이라는 소설 속 인물이 사람들이 차지하려고 싸움을 벌이는 대상인 나라 전체를 상징하는 『조용한 미국인』 같

은 소설에 대해 대응하는 것이기 때문에 내가 어떤 한 사람의 등장 인물이 국가를 대신하게 한다는 그런 아이디어를 피하려고 노력하고 있었다고 생각한다. 등장인물, 특인 여성에게 그런 부담을 지우고 싶다는 유혹이 종종 있다. 하지만 나는 이 책의 각기 다른 등장인물들이 베트남과 베트남 사람들에게 일어났던 일의 여러 측면들을 구현하고 있으며, 좀 더 비극적인 인물들 중 하나가 우리 주인공의 어머니와 주인공 자신이라고 생각한다. 당신도 그 어머니에게 일어난 일, 그녀가 프랑스인 신부에 의해 임신하게 된 것을 식민지화에 대한 일종의 알레고리로 읽어낼 수 있을 것이다. 그녀는 또한 우리 주인공을 인간답게 만드는 것을 돕기 위해 이 책 속에 존재한다. 우리는 그에게 누군가에 대한 어떤 진정한 인간적인 감정들을 부여해야만 한다. 우리 주인공 역시 명백하게 그 자신을 베트남의 역사를 구현하는 사람으로, 그러니까 강간으로 태어난 '잡종 새끼'라고 여긴다. 이런 성적 학대는 마찬가지로 프랑스인들이 저지른 일에 대한 알레고리이며, 내적 분열은 식민지화의 결과로 그 나라에 일어난 일에 대한 알레고리이다. 하지만 나는 이런 등장인물들을 가능한 한 복합적으로 만들어서 그 모든 중압감을 완화시키고자 노력한다.

트란 : 내가 명백하게 주인공이 베트남을 대신하고 있다고 여겼던 순간이 있다. 혼혈 사생아로, 분열된 채 말이다. 이 책이 마지막 장에 가까워지면서 언급된 베트남의 기원 설화에 대한 생생한 재구상의 순간이 바로 그것이었다. 그런데 한 등장인물이 명백히 그들 자신을

베트남으로 인식되게 만들었다고 느낀 순간이 한 번 더 있었다. 그것은 자신을 구금한 경찰들에게 강간을 당하면서 "이름이 뭐지?"라는 그들의 질문에 "내 성은 '베트'고 이름은 '남'이야."라고 대답하는 그 첩자였다. 엄청나게 두렵고 경악스러운 그 순간에, 그 첩자는 서술자를 쳐다보면서도 그를 전혀 알아보지 못한다. 어떤 의미에서는, 하나의 베트남이 다른 하나의 베트남을 인식하지 못하는 것이다. 그것은 일종의 마술에 걸린 듯한 배경 설정으로, '영화관'이라고 불리는 방안에서 벌어진 일이다. 나는 다음과 같은 것이 알고 싶다. 그렇다면 베트남은 어쩌다 할리우드 때문에 스스로를 몰라 볼 정도가 되어 버렸는가? 그리고 이런 방들은 대중문화를 대신 나타내는 것인가?

응우옌 : 내게 그 점에 대해 상기시켜줘서 고맙다. 그리고 당신이 정확히 봤다. 나는 관습적으로 여성들을 통해 베트남을 재현하는 행위가 외국인들이 행하는 일일뿐 아니라 베트남 사람들 자신들마저도 행하는 일이라고 생각하고 있었다. 공산당 첩자가 그렇게 말하는 그 순간은 판보이쩌우의 이야기에 대한 암시인데, 그 이야기는 또한 트린 T. 민하의 영화, 「성은 베트 이름은 남」*의 일부이기도 하다. 젊은 여자가 그녀에게 결혼했냐고 묻는 어떤 사람과 우연히 마주치

---

*   국내에 처음 소개될 때, 「그녀의 이름은 베트남」이라는 제목으로 소개된 바 있는 트린 T. 민하 감독의 실험적인 다큐멘터리. 각기 베트남과 미국에 거주하는 다섯 명의 베트남 여성들의 재연출된 인터뷰를 통해 베트남전 이후에도 여전히 남아 있는 전근대성을 비판한다.

자, 이렇게 대답한다. "네. 그이 성은 '베트'고, 이름은 '남'이에요." 나는 이 순간을 넌지시 암시하면서도 동시에 그 효과를 약화시키고 싶기도 했다. 왜냐하면 그 첩자는 국가와 결혼하지는 않았지만, 국가를 구현하기 때문이다. 그 배경, 즉 영화관 역시 마찬가지로 「성은 베트 이름은 남」이라는 영화에 대한 암시이므로, 그것은 베트남이, 특히 여성들이 영화적으로 어떤 식으로 묘사되는지에 관한 짧은 변주곡인 셈이다.

미국인들의 상상 속에서, 영화가 『조용한 미국인』에서 담당하는 것과 동일한 역할을 담당하는 것은 일반적으로 베트남 여성들인데, 그 역할이란 국가를 대신하거나, 강간을 당하거나, 외국인들, 특히 미군들의 연인이 되는 것이다. 우리는 그런 것이 화면에서 거듭 반복되는 것을 본다. 즉, 베트남 여성은 외국인에 대한 그녀의 사랑 때문에 고통 받게 되고, 그것은 그녀의 비극의 일부이자, 서구에서 볼 때 그녀가 그토록 매력적인 이유이다. 그래서 이 소설의 바로 이 순간에, 나는 이것이 단순히 서구가 베트남에 저지르고 있는 짓이라는 측면에서만이 아니라, 베트남인들 또한 그들 스스로에게 저지르고 있는 짓이라는 측면에서도 벌어지고 있었던 일이라는 점을 보여주고 싶었다. 다시 말해, 베트남 여성들에 대한 강간은 베트남 남성들에 의해서도 마찬가지로 행해졌다는 것이다. 베트남인들은 최소한 부분적으로는 그들이 스스로에게 한 짓에 대해 책임이 있다. 나는 그 책임을 외면하고, 전적으로 미국인들이나 프랑스인들에게만 죄를 전가하고 싶지는 않았다. 비록 그런 비난도 이 책 속에 존재하기는 하지만 말이다. 이것 또한 우리가 우리의 주체성을 되찾는 방식의 일부이기 때문에 나는 이것이 아주 명확하게 베트남인 대 베트남인의 대립과 책임의 순간이기를 원했다. 다시 말해, 우리는 피해자들일뿐 아니라 가해자들이기도 하다. 이것은 우리 모두가 직시하기 매우 힘들다고 생각하는 우리 역사의 일부이다. 차라리 다른 나라 사람들이나 다른 편 사람들을 비난하는 것을 훨씬 좋아할 것이다. 그런 일도 중요하다. 하지만 동시에 우리는 어떤 식으로 "우리가 스스로를 학대했는지"를 철저히 살펴볼 필요가 있고, 그렇기에 이 문구가 이 책 말미의 핵심 어구들 중 하나인 것이다.

트란 : 나는 지금껏 유령들과 그 유령들이 베트남계 미국 문학에 나타나는 방식에 사로잡혀 있었다. 섀런 퍼트리샤 홀랜드와 에이버리 고든 같은 학자들은 지금껏 미국의 인종 관계론과 관련된 텍스트들에 나타난 유령들을 자세히 살펴보며, 유령들과 유령 같은 인물들이 이야기의 주변부를 돌아다니고 가장자리에서 출몰하며 우리가 미국의 거대 서사에 관해 사실이라고 알고 있는 것을 복잡하게 만드는 방식들을 검토했다. 그렇다면 당신은 『동조자』에서는 그 유령들이 누구라고 말하겠나?

응우옌 : 이 책에는 유령이 거의 없다. 스포일러를 누설하지 않는 한에서 말한다면, 죽어서 서술자의 상상 속에서 문자 그대로 유령으로 재등장하는 사람들은 있다. 서술자는 과거에, 그리고 그의 어머니

와 아버지 같은 인물들에 사로잡혀 있지만, 사실은 지금껏 베트남에 일어났던 모든 일에 사로잡혀 있는 것이다. 우리는 그가 어쩔 수 없이 난민으로서 미국으로 도망칠 수밖에 없으며 그처럼 많은 사람들을 뒤에 남겨두는 모습을 보게 된다. 책이 한층 더 진행됨에 따라, 점점 더 많은 베트남의 역사가 드러나고, 책의 끝부분, 결정적 순간에, 우리의 서술자는 그의 상상 속에서 역사를 거슬러 올라가면서, 베트남이 역사적으로 엄청난 정신적 충격을 받았거나 고통 받았던 모든 방식들과 그런 역사가 어떤 식으로 현재까지 계속 그의 뇌리에서 떠나지 않으면서 그를 베트남 문화의 근원으로 거슬러 올라가게 하는지를 하나하나 열거한다. 우리가 용왕과 선녀의 자손이고, 100명의 자식들이 한 무리는 산으로 또 다른 무리는 바다로 가도록 나뉘는 지점에 이르기까지 말이다. 우리의 서술자는 그가 어떻게 이처럼 유령에 시달리는 현재에 이르렀는지를 설명하기 위해 원죄의 그 순간까지 죽 거슬러 올라가야만 한다.

트란 : 이 소설은 매 페이지마다 무언가 색다른 것을 펼쳐 보인다. 이 소설은 미국-베트남의 외교 관계 및 전쟁의 여파 둘 다에 의의가 있는 등장인물들과 사건들을 고르면서, 역사를 참조한다. 나는 결말을 향해 가는 부분에 특히 관심이 있는데, 거기서 서술자는 베트남으로 돌아오고 정치위원은 그에게 이렇게 묻는다. "독립과 자유보다 더 중요한 것은 무엇인가?" 그는 악을 쓰며 대답한다. "아무것도 아닌 것." 나는 거듭 이 책의 초반부로 돌아가 보았는데, 거기서 화자는 자

신이 '아무것도 아닌 것'이며, 아무 이름도 부여받지 못했고, 자신의 아버지에게 '아무것도 아닌 것'으로 인식되었다고 주장한다. 서술자가 정치위원의 질문에 제시한 내립과 서술자 자신 간에 연관성이 형성될 수 있는가? 이 서술자가 내내 이어진 그 질문에 대한 해답인가? 다시 말해, '아무것도 아닌 것'인 개별적인 인간으로서, 그 개인이 독립과 자유보다 더 중요한가? 아니면 있는 그대로 그저 '아무것도 아닌 것'인가? 완전히 다른 어떤 것일 수도 있을까?

응우옌 : 혁명과 개인을 이항대립으로 표현하고 싶지는 않았다. 내가 정말로 분명하게 염두에 두고 있던 것은 랠프 엘리슨의 『보이지 않는 인간』이었는데, 그 책은 내게 많은 영향을 미쳤다. 엘리슨의 책은 자의식이 싹터 혁명가가 되는 사람에 관한 유사한 서사를 따라가다가, 그가 혁명이 실패했음을 발견하자, 개인주의로 되돌아간다. 그리고 나는 그런 지점에 이르기까지는 내내 엘리슨과 같은 입장이었다. 소설의 결말이 내가 엘리슨과 의견을 달리하는 지점이다. 왜냐하면 설사 혁명이 우리 주인공에게 실망을 안겨준다고 해도, 그는 반대 방향으로 갈 필요를 느끼지 않으며 이제 그에게 남아 있는 것은 한 사람의 개인이 되는 것이 전부라고 주장하기 때문이다. '아무것도 아닌 것'인 개인이 여전히 혁명의 실패보다 더 중요할지도 모른다. 그러므로 그 개인은 혁명적으로 행동하고 연대의식을 실천하는 것의 중요성을 계속해서 주장한다. 당신의 질문은 내가 옳다고 생각하는 것, 즉 한 측면에 있어서 '아무것도 아닌 것'인 한 개인이 이런 혁명적

인 사회에서 엄청난 가치를 가진다는 점을 지적하고 있다. 하지만 동시에, 개인주의에만 의존하는 것은 내가 이 책의 끝부분에서 불완전하게나마 표현하고자 시도하는 것, 즉 혁명의 실패에 대한 해답이 될수 없을 것이다. 결국 이 책이 제시하는 해결책은 실제로 존재하지 않는다. 왜냐하면 내게 우리 서술자의 모험 — 혹은 불운 — 은 아직 완성되지 않았기 때문이다. 그는 그저 가공할 만한 계시의 순간에 한차례 도달하고, 그런 다음에 결국 이 소설에서는 마무리되지 않는어떤 시작 단계에 남겨지게 될 뿐이다.

트란 : 당신은 화자가 철저하게 망가진 이후에도, 그의 재구성이시작되는 순간이 있기 때문에 이 소설은 속편을 꼭 필요로 한다고말한 적이 있다. 앞서 내가 유령들에 대해 던졌던 질문과 동일한 맥락에서, 당신은 한 인터뷰에서 이 소설을 쓰는 동안, 악몽에 시달렸다고 언급한 바 있다. 당신과 소설 끝부분의 서술자 둘 모두에게 발생한 유령이 등장하는 악몽들에 대해 고려해 볼 때 — 그 부분에 대해서 당신은 "그는 이제는 잘 알고 있는 많은 것들로 고심했었다"고 서술한 바 있다* — 당신은 이 서술자, 혹은 그의 모험과 불운, 혹은 당신이 써 넣은 베트남/베트남인의 설화에 대해 무엇을 이해하고 있으

---

*   이 질문에서 폴 트란이 언급하며 인용하는 인터뷰 또한 앞서 한 차례 언급되었던 《하이픈》지와의 인터뷰를 가리킨다. 《하이픈》은 샌프란시스코 만 지역의 20~30대 언론인, 활동가, 예술가들이 모여 2002년 창간했으며, 아시아계 미국인의 모습을 온전히 전달하는 것을 표방하는 인쇄 및 온라인 잡지이다.

며, 그것이 당신이 다음 프로젝트를 시작하는 데 어떤 식으로 영향을 줄 수 있을까?

응우옌 : 내 생각에는 그가 이제 막 가까스로 그 자신과 현재의 그라는 사람을 이해하기 시작하는 중인 것 같다. 그는 이 소설 내내 자술서를 쓰면서 자신이 목격했고 견뎌냈던 일들로 인해 마음이 찢어질 듯 괴로운 상태다. 그는 자신이 혁명가이기 때문에 스스로가 어떤 사람인지 그리고 세상이 어떤 식으로 돌아가는지를 잘 안다고 생각한다. 그는 정치적으로 의식화된 상태이고, 줄곧 그 정치의식으로 그 자신과 그가 느끼는 바를 이해했다. 하지만 그런 자신감은 이 책의 전개 과정 내내 그에게서 사라져간다. 그러므로 결국 그는 정처 없는 신세가 되고, 이런 재교육 후에 그 자신을 재구성하는 방법을 찾아내야 한다. 그로 인해 어떤 일이 일어날지에 대해 내게 몇 가지 생각이 있기는 하지만, 글을 쓰면서 느낀 즐거움 중 일부는 그가 한 개인으로서 어떻게 변할 것인지를 정확히 알지는 못하고 있다는 것이었다. 그의 자기교육이 어떻게 펼쳐질지 알아내기 위해서 정말로 속편을 써야 할지도 모르겠다.

트란 : 당신은 「감사의 말」에서, 이 책의 마지막 몇 마디는 란 두엉과 당신의 아들 엘리슨을 위해 남겨 둔다고 써 놓았다. 내가 그 마지막 몇 마디를 찾아보았는데, "우리는 살아남을 것이다"라는 문장이다. 당신의 아들이 이 세상에서, 이 소설이 존재하는 곳에서 성장하

는 동안, 당신은 그를 위한 삶이 어떤 종류의 것이기를 바라는가?

응우옌 : 아버지가 된다는 것은 일종의 계시적인 경험이다. 내 아들은 내게 그 아이가 얼마나 경이로운 존재인가라는 측면에서 볼 때 완벽한 놀라움 그 자체이며, 바라건대 아마 아버지라면 누구나 자신의 아이들에 대해 그렇게 생각할 것이다. 나는 아시아계 미국인으로서 우리가 우리 아이들에게 바랄 거라고 여겨지는 것들, 그러니까 아이비리그 교육이며 전문 직종에서의 성공 등등의 측면에서 그 아이에게 기대로 인한 그 어떤 부담도 주고 싶지 않다. 내게 그런 것은 중요하지 않다. 내가 그애를 쳐다보면, 행복하고 사랑이 넘치고 친절하고 즐거움 그 자체인 사람이 보인다. 그리고 그애가 성장하며 살아가는 동안 그런 모든 자질들을 계속 간직하기를 바란다. 내게는 그런 것이 그애가 거둘지도 모를 그 어떤 종류의 외적인 성공보다 더 중요하다. 내 생각에 내가 그애를 위해 원하는 것은 나 자신의 경험과 이 책에서 내 서술자에게 일어나는 일에서 비롯된 결과인 것 같다. 내가 아들이 나나 내 서술자와 같은 식으로 성장하기를 원하지 않으리라는 것은 분명하다. 더욱이 그 아이가 작가가 되는 것만큼은 절대로 바라지 않을 것이다!

트란 : 이 책이 이 세상에서, 특히 베트남에 대한 미국의 개입과 베트남 사람들에 관한 미국인들의 생각을 가차 없이 고수할 압도적인 미국 문화에 직면하여, 어떤 종류의 정치적인 역할을 하기를 바라나?

응우옌 : 다른 인터뷰 진행자가 내게 그녀가 이 책을 다 읽었을 때 결말 때문에 놀라고 당황스러웠다고 말했던 적이 있다. 나는 독자들이 이 책 때문에 놀라고 당황하기를 바란다. 그것이 내가 정치적으로 이 책에 바랄 수 있는 최선일지도 모른다. 그동안 내내 내가 비평가로서 문학의 정치적 능력을 책을 읽는 사람들의 범위를 넘어서까지 과대평가한 것인지 정말로 알고 싶었다. 문학이 그럴 수 있기를 바라기는 하지만, 감히 이 책이 문학과 책을 읽는 사람들의 영역 밖에서 어떤 영향을 미칠지를 예측하지는 못하겠다. 나는 이 책이 사람들을 자극해서 이런 역사에 관한, 그리고 아울러 그들이 이전에 접했던 문학작품에 관한 그들의 전제를 다시 생각해 보게 만들기를, 그러니까 좋은 의미에서 그들을 불편하게 만들기를 바란다.

옮긴이 김희용

이화여자대학교 영어영문학과를 졸업하고 동 대학원 박사 과정을 수료했다. 배화여자대학교, 그리스도대학교, 성결대학교 등에 출강했으며 현재 전문 번역가로 활동중이다.『오 헨리 단편선』,『로마 제국 쇠망사』,『결혼이라는 소설1,2』 등을 우리말로 옮겼다.

동조자

1판 1쇄 펴냄 2018년 6월 11일
1판 2쇄 펴냄 2021년 7월 29일
2판 1쇄 펴냄 2023년 5월 30일
2판 5쇄 펴냄 2024년 4월 24일

비엣 타인 응우옌
옮긴이 김희용
발행인 박근섭, 박상준
펴낸곳 (주)민음사
출판등록 1966. 5. 19. 제16-490호
서울시 강남구 도산대로 1길 62(신사동)
강남출판문화센터 5층 06027
대표전화 02-515-2000 / 팩시밀리 02-515-2007
www.minumsa.com